邯郸学院学术著作出版基金资助出版

中/国/古/典/名/著

看透水滸

蔺九章◎著

中国文史出版社

图书在版编目（CIP）数据

看透水浒／蔺九章著. —北京：中国文史出版社，2019. 1

ISBN 978-7-5205-1021-9

Ⅰ. ①看… Ⅱ. ①蔺… Ⅲ. ①《水浒》研究 Ⅳ. ①I207. 412

中国版本图书馆 CIP 数据核字(2019)第 024963 号

责任编辑：方云虎

封面设计：三棵树

出版发行：**中国文史出版社**

社　　址：北京市海淀区西八里庄路 69 号　　邮编：100412

电　　话：010-81136630

传　　真：010-81136666

印　　装：廊坊市海涛印刷有限公司

经　　销：全国新华书店

开　　本：710 毫米×1000 毫米　1/16

印　　张：26. 5

版　　次：2019 年 7 月北京第 1 版

印　　次：2019 年 7 月第 1 次印刷

定　　价：68. 00 元

序

2002年，蔺九章君从国企考入河北师大脱产读研，时年35岁，在同学中已属“大龄”青年。半路出家的他，深知学习机会来之不易，非常刻苦，恶补不辍。他的妻儿在外地，但他很少回家，潜心于读书；每逢假期，总是扛着满满一提包书回家。三年如一日，学业大进。毕业时所撰写的学位论文《李渔“无声戏”理论研究》在答辩时，得到答辩专家的一致好评。

九章研究生毕业后被天津市某高校录为教师，因家庭缘故回到家乡邯郸学院。年近不惑的他从讲师做起，2009年被评为副教授，2012年晋升为教授，同年又被评为邯郸市社会科学优秀青年专家，在中国古代文学、邯郸地方文学方面开拓颇多，笔耕不辍，产生了一定影响。对教学亦是精益求精，所讲课程广受学生欢迎，即将付梓的这部《看透水浒》，就是他在教学实践的基础上补充完善而成。

《水浒传》作为一部家喻户晓的奇书，有关研究论著林林总总，蔚为大观，而且见仁见智，莫衷一是。阅读九章的这部书稿，不免让人眼前一亮，令人有耳目一新之感。大体说来，其特色有以下几个方面。

求证严谨，有根有据。该书虽笔调轻松，语言通俗，但确是严肃的学术之作。通篇始终结合文本进行分析，首先从书名“水浒”二字说起，再依小说的自然顺序，条分缕析地细细解读，未有随意穿凿附会之嫌。对王进之前的解读，可以看作“主题篇”；史进之后的探究，可以视为“人物篇”。在“主题篇”部分，由书中“引首”处写起，自然而然引出“文”“武”二字的含义界定，进而提出作者本意在于指出北宋“崇文抑武”的国策之非，特别是通过对前两回的分析，得出天怒和人怨以及天怒人怨造英雄的结论，认为这不仅为天罡地煞的横空出世的正义性提供了依据，也为否定大宋王朝“崇文抑武”的基本国策奠定了坚实基础。在“人物篇”部分，更是紧紧抓住人物的性格内涵，来论证“崇文抑武”国策之非。如杨志，由其外在形象入手，通过解读“青面兽”，得出长相问题不知坑苦了多少有真才实学并渴望成功的宋朝人的结论，继而分析杨志黯然出场、黯然神伤、黯然失色、黯淡无光直至最后黯然魂销的蹭蹬经历，向人们展示了一位志向高远并为之苦苦奋斗挣扎的武士却“壮志难‘扬’”的悲剧一生；再如杨雄，作者认为，“病关索”的深层含义应当是一代武士为“崇文抑武”这一“贯索”所囚禁、困耗、侵害和荼毒，其生命与灵魂被所谓的身份暴力、精神暴力、肉体暴力等形式最大限度地消损、戕害和毁灭着，致使其该出手时，不敢出手；该休息时，不敢休息；该劝诫时，不敢劝诫；该雄起时，不敢雄起，其整体表现即“雄风难‘扬’”。作者认为，杨雄这一形象与其他人物比起来，更是揭露了“崇文抑武”国策所造成的莫大危害。武士集团的独立性和生命力的丧失，是有宋一代武士的最大厄运，也是赵宋王朝的巨大悲剧！

虚实结合，视角独特。该书将《水浒传》放在北宋王朝这一大的社会背景中加以考察，用北宋在历史上确实推行过的“崇文抑武”国策来观照小说中的人物、情节和环境，以文证史，以史究文，论证严密，启人心智。过去有些论者将一百零八人视为农民，或市民、或流民、或游民等，但在论述过程中不免相互矛盾，难以自圆其说。该书则提出了“武士说”，认为天罡地煞都是富有血性、忠君爱国的武士，他们先由“崇文抑武”的国策而不得已走向聚义，最终又因这一国策导致风流云散的悲剧结局。但该书并未将历史上的宋江起义与小说中的宋江聚义纠缠在一起，诚如作者在“引言”中所说，《水浒传》不是对历史上的宋江起义的艺术再现，它只是借“宋江”的名号，借他人之酒杯，浇自己胸中之块垒。因为小说中宋江的行为谈不上是什么造反和革命，充其量是一场“聚义”。宋江压根儿就没想把赵宋王室怎么样，他始终是个顺民、忠臣，只不过中间惹出点事情，闹出点乱子。该书将小说所虚构的天罡地煞放在历史上实行过“崇文抑武”国策的宋朝，凸显了以宋江为首的一百零八人的大义大忠，从新的视角切入，突破了学界对《水浒传》的许多传统看法。

观点新颖，论证有力。该书新的观点可谓俯拾即是，除了上面已经涉及的，其他如将豹子头林冲解读为“在林莽中横冲直撞的豹子”，将天暗星杨志解读为“黯淡无光”“壮志难扬”，将吴用解读为“弃而不（勿）用”，将宋江解读为“宋室江山的呼保义”，将武松解读为“武林中的劲松”，等等，道出了许多常人所未言过的观点。这些观点的提出，并非为了哗众取宠，而是由丰富的材料和细密的论证作为支撑，譬如“人物篇”选取了十一位梁山英雄，每个人物仅以七个字给予高度的概括，像史进的“九纹龙”和“义盖云天”，鲁智深的“花和尚”和“侠气冲天”，李逵的“黑旋风”和“童心烂漫”，扈三娘的“一丈青”和“身家难护”，卢俊义的“玉麒麟”和“难如君意”等，所挖的井口虽小，但开掘深广，旁征博引，论说详尽，重点突出，不仅使读者对人物形象有了一个全新的了解，且答疑解惑，增长知识。

学人眼光，文学笔触。改革开放以来，尤其是近年来，社会上解读《水浒传》的书，要么阳春白雪少有人问津，要么迎合市场却脱离文本自说自话成了无源之水、无根之木。该书则取长补短，结合给学生上课时的讲解特点，摆脱以往古典小说研究中惯用的分析模式，在探究严肃学术问题时，力避枯燥晦涩的言语，行文中有叙述、有议论、有描写，间有抒情，如在分析“林教头风雪山神庙”一节时，写有一首现代诗：天下着雪/ 好寒，好冷/比天还冷的/ 是林冲的心/天下着雪/ 好紧，好密/四野难分/比路还迷茫的/是林冲的心/天下着雪/ 好猛，好烈/填平了一切坑洼/难以填平的/是林冲的心。又将《新鸳鸯蝴蝶梦》的歌词穿插进来，形象生动地刻画了林冲当时孤寂悲凉的心境。这样的笔触还很多，相信定能给读者带来精神和心灵上的愉悦和享受。

蔺九章君学有创建，可喜可贺。在该书即将付梓之际，他请我为该书作序，作为老师，便欣然答应，理应不辞。尽管此书还存在这样或那样的不足和问题，其观点，读者未必都赞同，甚或引起争议。但我想，学术并非定于一家，也并非只有一张嘴，自应各抒己见，不断开拓，这应成为学界的常态。

该书的撰写初心，是要把学术性和普及性融合起来，其写法，是一次大胆有益的尝试。但愿此书能真正成为一把再次打开《水浒传》的锁钥，成为广大读者的良师益友。

是为序。

霍现俊

2018年9月6日于河北师范大学半陶斋

前　言

一把再次打开《水浒传》的锁钥

看到书名《看透水浒》，不少人可能会哑然失笑。因为在大家看来，《水浒传》能有什么秘密让人难以看透呢？从语言角度讲，它是我国第一部白话长篇小说，通俗易懂，浅显直露；从塑造的艺术形象来讲，多数血肉丰满，性格鲜明；从小说蕴含的思想情感来讲，似乎也没有那么含蓄朦胧，抽象隐晦。

实际上，《水浒传》并非常人想象的那么好读，自它问世以来对它的误读、歪读以及五花八门的个性化解读就是明证。当然，这其中确实有许多问题让人莫衷一是，比如："水浒"二字是什么意思？为什么作者将书名定为《水浒传》，而非《江湖传》《英雄传》或其他？为什么金圣叹要把原著的第一回改为"楔子"？为什么作者在第二回说"高俅奸佞虽堪恨，洪信从今酿祸胎"？为什么反面典型不先写在历史上坏得流脓的"六贼"，却写与之相较大为逊色的高俅？为什么让一百零八人中名气不大的史进第一个出场？为什么鲁智深被称作天孤星？为什么林冲身为堂堂八十万禁军教头却连自己漂亮的妻子都保不住？为什么杨志本领高强、背景不凡却霉运连连？为什么让晁天王中道而卒？为什么宋江忠心报国却被朝廷害死？为什么武松被称作天伤星？为什么卢俊义德才兼备却无人重用……好了，再问就成《十万个为什么》了。诸如此类的问题，相信并非人人都能做出有根有据、令人信服的解答。

回答这些问题的难度姑且不论，但答案肯定并非唯一。因为《水浒传》是名著啊，对名著中有些问题的看法往往是一千个读者有一千个哈姆雷特甚至是几千个哈姆雷特。是啊，一个人对名著中的某人某事有好几种看法是很常见的事情，正所谓“横看成岭侧成峰，远近高低各不同”。何况“一个文本的能指永远是一样的，而它的所指却由于文化符码的改变不断地发生变化”[①]。至于答案谁对谁错更是公说公有理，婆说婆有理，见仁见智，莫衷一是。这可能就是名著的魅力吧。

《水浒传》是名著这可是地球人都知道的事情。晚明“通俗小说第一人”冯梦龙将其列入“四大奇书”，明末清初被称为“天下第一才子”的金圣叹把它并入“六才子书”，清中叶后又荣登“四大名著”排行榜，进入20世纪，新文化运动的旗手胡适更是把对《水浒传》的研究看作是“大事业”，将其视为中国文学的“正宗”。而且，《水浒传》早在17世纪就已迈出国门，以后又陆续译成多国文字广泛流布海外，在世界范围也产生了相当的影响。《水浒传》是名著可不是浪得虚名的，其内涵的深厚程度是不言而喻的，对它的多元化解读再正常不过了。

仅就我国学界而言，关于《水浒传》主题思想的研究，就如恒河沙数，聚讼纷纭。什么为英雄豪杰立传说、忠义说、诲盗说、怨毒骂世逞露才华说、忠奸斗争说、农民起义说、投降主义说、为市民写心说、绿林文化说、封建时代的爱国主义说、伦理反省说、讽谏皇帝说、复仇说、游民说、军事人才悲剧说、反腐败说、多元融合说……近年来，又出现病毒说、暴力说、野蛮恐怖说、地狱之门说等等，不一而足，认为水泊梁山是黑帮集团、恐怖邪恶组织，梁山好汉是小偷地痞流氓土匪，是野蛮残暴嗜血分子，是反人类、反政府、破坏国家稳定人际和谐的人渣，他们“制造了比腐败官府更为可怕的邪恶与恐怖统治”[②]，甚至还有人认为有些国人身患焦虑症、烦躁症以及暴怒冲动脾气大也与《水浒传》关系甚大。以致得出结论：《水浒传》是中国文化的垃圾，是中国人精神的毒品，必须坚决将之批倒批臭。除之而后快，灭之心方安。

再把视线投向国外。西方人对《水浒传》的解读，仅看书名就挺有趣的。如德译本有《强盗与士兵：中国小说》，法译本有《中国的勇士们》，英译本有《在河边发生的故事》《沼泽地里的逃犯》《一百零五个男人和三个女人的故事》，大家并不陌生的、曾得过诺贝尔文学奖的美国

① 罗钢：《叙事学导论》，云南人民出版社1994年版，第242页。

② 〔美〕夏志清：《中国古典小说导论》，胡益民等译，江西人民出版社2001年版，第95页。

女作家赛珍珠也与《水浒传》有缘，她将其译为《四海之内皆兄弟》。另外一些不太典型的译名，如俄译本的、日译本的、泰译本的、朝鲜译本的、越南译本的、波兰译本的、匈牙利译本的、意大利译本的等，就不在此一一胪列了[①]。如此多的不一样的译名，说明西方人对《水浒传》的理解也是丰富多彩的。

不过，综合来看，中外学界对《水浒传》的看法，不外乎两大类：一是赞的，以"忠义说"为代表；一是贬的，以"诲盗说"为代表。前者赞之为英雄豪杰，后者贬之为土匪恶棍。可持这两种观点的文章往往自相矛盾，难以自圆其说，尤其在解读人物的形象和特点时。再想想，中国历史上，写正能量的也就是教人学好的小说很多，写负能量的也就是有腐蚀和毒害作用的小说也有不少，为什么单单《水浒传》成了"奇书"和"名著"？这难道也是中国文学中特有的一峰独峙、群山环拱的现象吗？综观"四大奇书"或"四大名著"，似乎又非如此简单。

应该说，教人学好的小说成为名著不足为奇，教人学坏的居然堂而皇之地也被众人奉为经典，岂非咄咄怪事！这就不由得让我们重新审视并怀疑"诲盗说"的科学性或曰合理性了。因为从文学传播学和接受学的角度讲，质量低劣特别是思想垃圾的作品应该早被淘汰或转入地下了。若不然，那就是数百年来数以亿计的受众的鉴赏能力出了问题。但，这似乎又不太可能。

因为文学作品的经典地位不是自封的，也不是一两个人拍脑袋敲定的，它是在漫长的历史中经受住考验并获得公认的。虽然数以亿计的受众在不同历史时期认定《水浒传》是名著，不乏各见所爱、各取所需的趋向，就像鲁迅先生说的不同的读者看《红楼梦》，"经学家看见《易》，道学家看见淫，才子看见缠绵，革命家看见排满，流言家看见宫闱秘事"。[②]（《集外集拾遗·绛洞花主小引》）虽然对文学作品尤其是对名著的认识很难穷尽，因为它是一座富矿，需要不断挖掘，不断发现，不断还原，但这都不足以成为否定广大受众有足够鉴赏能力的理由。或许在他们的内心深处潜藏着对《水浒传》的深层理解，这种理解不是简单的"忠义说"，更不是"诲盗说"，而是国家和民族生存和发展中不可或缺的东西，否

① 引自宁稼雨：《水浒闲谭》，中国文史出版社 2009 年版，第 266 页。

② 鲁迅：《鲁迅全集》（第八卷），人民文学出版社 2005 年版，第 179 页。

则，它不会被奉为名著。

真正的文学经典和名著，它往往关乎天下苍生的苦乐，关乎国家民族命运的沉浮，而不仅仅是关注一家一姓、一人一己之私利，说它是“为天地立心，为生民立命，为往圣继绝学，为万世开太平”恐也不为过。它往往事关大达、大道，情关治国理政、兴邦安民的大问题，这就需要其作者乃至作品要有大智慧、大手笔，更要有大情怀、大视野、大格局。

比如《三国演义》成为经典，是它依据中国社会“治少乱多”的史实，选取了中国社会最混乱的一段时期来敷衍，表达了世世代代中国人对仁君贤臣、国家一统与和平生活的向往；《西游记》成为名著，是它通过描写“玄武门之变”（实际影射“靖难之役”）、刘洪杀死江流儿的父亲做了十八年假江州州主的传奇、孙悟空追求绝对自由和绝对自我价值而犯上作乱等事件和人物，对上层、中层乃至下层社会逐一进行了道德批判，认为全社会之人都需要忏悔、赎罪，都需要道德重建。而且，只要一心向善，刻苦修炼，人人皆能成圣成贤。这难道不符合以上所说的“五大”吗？

《水浒传》也是“五大”的产物，它通过对以“天罡地煞”为代表的武士阶层的形象描写，揭示了一百零八将的悲剧命运，用以说明北宋惨痛的亡国史，实际是对赵宋王朝实行的“崇文抑武”国策进行了彻底的否定。在此可能有人会发出疑问，《水浒传》并未写北宋的灭亡，只写到了宋江等人的被害，怎么扯到这一话题了。这就不得不说《水浒传》中大量存在的一种写作智慧与艺术——留白，即好多话作者不明言，而是以无衬有，有无相应，所谓“大音希声，大象无形”，反而给人以无限的想象空间，品咂出无穷的滋味。类似的意思有的学者则称之为“阐释空缺”，说“一部小说，如果把某些对于理解其中重要事件和情境是必不可少的细节隐藏起来，那就必定比那些把所有信息都提供出来的文本更难理解。但这种省略、隐瞒，或称之为‘阐释空缺’，却是小说家们经常采用的一种叙事策略[①]”。这种情况在以后有关章节中是有论述的，这也正是我们给本书命名“看透水浒”的缘故。当然，说它是对“崇文抑武”国策的否定，这还是浅层次的，实际其背后是作者对血性问题的深刻思考，

① 罗钢：《叙事学导论》，云南人民出版社 1994 年版，第 255 页。

这应当是《水浒传》的真正命意所在，也应当是吸引广大受众喜爱并奉其为经典的秘密所在。

何谓血性？血性即勇气。“夫战，勇气也。”（《左传·曹刿论战》）打仗，靠的什么？靠的就是敢打敢拼、一往无前的冲劲，靠的就是“一不怕苦，二不怕死”的精神，失却血性，打仗必将溃不成军，一败涂地。我想，不论在冷兵器时代，还是热兵器时代，这都应是一条铁律。血性不是欺软怕硬，不是遇险而退，更不是懦弱逃避，逆来顺受；血性，也不是嗜杀，不是血腥，不是丧失理智的残暴。血性，是扶危济困，疾恶如仇；是见义勇为，勇于担当；是不畏强敌，敢于亮剑；是敢于刺刀见红，与邪恶血战到底。写到这里，忽觉得孟老夫子说的大丈夫和血性特相似，即“富贵不能淫，贫贱不能移，威武不能屈”，如此表述是不是更简洁呢？

综观世间，个体也好，国家、民族也好，没有血性，难免会受人欺侮，甚至难以自保，任人宰割。所谓“马善被人骑，人善被人欺”，这里的“善”，不应解释为“善良”，而是“血性”之意。秦汉隋唐期间，华夏民族血性弥满，出现了秦皇汉武，唐宗武曌，这些帝王英伟尚武，气象不凡，创造了国家的鼎盛辉煌，王维之诗“九天阊阖开宫殿，万国衣冠拜冕旒”似可作一形象总结；武则天的出现，似乎是阴盛之极的征象，也似乎是阳衰之极的结果。到了赵宋，实行“崇文抑武”的国策，汉民族血性衰败的症候开始彰显，钱多、物丰，女人美、男人㞞，引得契丹、党项、女真、蒙元、满清等周边游牧民族挥鞭南下，野蛮逐鹿，“提兵百万西湖上，立马吴山第一峰”，几度入主中原；近代以来，外国列强觊觎中华，虎视眈眈，尤以日寇、美帝亡我之心不死，多亏有了中流砥柱的中国共产党，“点燃了全民血性，不负历史担当”，（引自国防大学戴旭教授一文《伟大的民族不可以没有血性》）夺取了抗日战争和抗美援朝战争的伟大胜利，实现了中华民族的凤凰涅槃。但毋庸讳言，尤其是赵宋后，血性和担当成为我们民族的短板，正如在中国工作生活了半个世纪之久的一位西方传教士——亚瑟·史密斯在一个世纪前所指出的，中国人最缺乏的不是智慧，而是勇气和正直的纯正品性。此种言论，不知是否说中了我们的病根。当然，“揭出病苦，引起疗救的注意”。（鲁迅《南腔北调集·我怎么做起小说来》）是有利于惩前毖后、开创未来的。“一个有希望的民族并不讳言自身的弱点，正视民族精神的负面，大胆地揭露它、批判它，正是为了动员全民族克服它。这也是民族赋予作家的使命之一。[①]”自然也是学人义不容辞的责任。

血性来自哪里？《水浒传》的作者应当很清楚，它首先来自军人，即武士。如明朝署名“五湖老人”的在其《忠义水浒全传序》里言：“兹余于梁山公明等，不胜神往其血性，总血性发忠义事，而其人足不朽。”[②]认为宋江等一百零八将是血性之人，血性之人方能成就忠义之事，所谓“侠之大者，为国为民”，如此则能成为不朽之人。若武士都没了血性，那整个民族的精神也就无从谈起。作者长于元世，知悉辽、金等军队的强悍和宋兵的孱弱，痛中思痛，痛感赵宋王朝在“崇文抑武”国策的指引下，整个国家在暖风熏人的大气候、小环境中，国人莺歌燕舞，醉生梦死，疲软不振，死气沉沉，最终折戟沉沙，永劫沉沦。宋朝实行这一国策，产生了一个连制定者都始料未及的结果，即国家政权虽未被“家奴”篡夺，却为“友邦”劫掠。同样的改朝换代，江山易主，二者所产生的悲剧性结局对赵氏家族乃至国人来说又有何异呢？作者肯定注意到，赵宋之前，军人拥兵自重，骄横跋扈，篡政夺权之事多发，此时血性总体上说来自本土；赵宋始，“崇文抑武”的国策把武士打入十八层地狱，阉割了国人的血性，本土自产自生血性的能量大大减弱，如此招致的后果难免很悲剧，那就是没了血性的民族屡屡被血性十足的民族所侮所灭。正如有人所说：“今天你失却了血性，明天你必将招来血腥。”想想世上的事情奇怪不，自不生血，靠体外输血；本土失却血性，就得靠异族灌输。如果本族、异族都没了血性，那就只能靠异国打压，催生血性不成？

关于国人的血性话题，涉及一连串的话题：血性该不该有？血性从何处来？血性如何保有？这一系列的问题实际也是自有人类以来一个永恒的话题，不知是否曾经翻滚于《水浒传》作者的脑海，但却是我阅读《水浒传》后的感受和体悟。我觉得作者当初不仅想了这些问题，而且想得很深，这也应该是《水浒传》真正的命意所在。

《水浒传》不是“江湖人说给江湖人听的故事”[③]，更不是“强人说

① 陆志平、吴功正：《小说美学》，人民出版社 1991 年版，第 131 页。

② 朱一玄、刘毓忱：《水浒传资料汇编》，南开大学出版社 2012 年版，第 188 页。

③ 王学泰：《水浒 · 江湖》，陕西人民出版社 2011 年版，第 195 页。

给强人听的故事”[1]，而是忠义人说给有国者听的故事。《水浒传》不是对历史上的宋江起义的艺术再现，它只是假“宋江”的名号，借他人酒杯，浇自己胸中之块垒。因为小说中的宋江的行为谈不上是什么造反和革命，充其量是一场“聚义”。因为“造反是对统治者的反抗，而革命是对反动统治制度的反抗。造反的人希望自己做皇帝，革命的人希望世界不再有皇帝。中国历史上只有农民造反而没有农民革命[2]”。宋江压根儿就没想把赵宋王朝怎么地，他始终是个顺民、忠臣，只不过中间惹出点儿事情，闹出点儿乱子。正如鲁迅先生在《流氓的变迁》一文中所指出的：“司马迁说：‘儒以文乱法，而侠以武犯禁’，‘乱’之和‘犯’，决不是‘叛’，不过闹点小乱子而已。”[3] 这一观点用在《水浒传》及其传主宋江身上再合适不过了。

得出以上结论，一不拿影视剧说事，二不敢随心所欲地胡乱阐释，而是严肃认真地依据小说文本并思考之后得出的。本书写作秉持的原则：首先是忠实于原著，所依据的文本，是一百二十回本的《水浒传》。请注意，这个版本在形式上最大的特点是没有“楔子”；其次是本书的写作思路，就是按照小说的自然顺序，一步步解读。在简要诠释“水浒”二字的基础上，引出对该书主题思想的认识，即《水浒传》是对“崇文抑武”国策的形象否定，这可视为“主题篇”。此篇分别界定了“文”“武”的概念，阐述了“崇文”和“抑武”的表现，并通过对前二回的解读，看“天”和“人”对这一国策的反应，进而窥见作者对这一国策的态度和认识；然后是“人物篇”，列举了十一位有代表性的武士作为论据，以论证“崇文抑武”国策的是是非非。“人物篇”按小说人物的出场先后来写，尽力在统一的主题思想下写出形象、性格协调一致而不是彼此矛盾、前后割裂的文字。

既然是诠解《水浒传》，就不能脱离《水浒传》所描写的特定时代，更不能游离于作品之外。按照布鲁克斯的主张，“文学批评就是对作品本身的批评和评价。至于作者的真正意图，我们只能以作品为依据。只有在作品中实现了的意图才是作者真正的意图，至于作者对创作的设想和事后

① 孙述宇：《水浒传：怎样的强盗书》，上海古籍出版社 2011 年版，第 18 页。
② 张望朝：《天下无贼——说不尽的水浒人物》，中华书局 2009 年版，第79 页。
③ 鲁迅：《鲁迅选集》，人民文学出版社 1983 年版，第 488 页。

对作品的回忆都不能作为依据。①”这也是我写作此书的初衷，但由于理论、学养和笔力的欠缺，难免有词不达意，甚或观点错谬之处，还请方家指教。

① 朱立元：《当代西方文艺理论》，华东师大出版社2005年版，第110页。

目录

引　　子

从"水浒"二字说起

一代奇才金圣叹在《读第五才子书法》中首句言道："大凡读书，先要晓得作书之人，是何心胸。"① 要晓得作者的"心胸"，就须先搞清书名的含义。因为书名不仅"是小说文本的一部分——事实上，是我们读小说时最早接触到的那一部分，因此，它在吸引和支配读者的注意力方面具有相当大的力量"，而且，"对于作者来说，选择书名是他创作过程中的一个重要组成部分，它可以使焦点更好地对准小说想要涉及的问题②"。事实确实如此，书名往往营构于正文写作之前，它应该是一个向导，对作品的材料选择、谋篇布局特别是主题思想的确立都起着引领的作用。而且，书名绝非轻易拟就，大都经过作者的反复推敲和精心摹画，它就像一部作品的眼睛，透过这个眼睛，便能揣度作者的写作初心，发现书中蕴含的丰富多彩的旨趣、情境、人物性格、生活关系乃至整个世界的广大背景(意引黑格尔语)。为此，大才子金圣叹就曾说过："题目是作书第一件事。只是题目好，便书也作得好。"③ 此书名究竟好不好，最好通过比较再下结论，俗话说："有比较才有鉴别。"将《水浒传》的书名与前后几部大书相较，其高妙之处便自不待言。可以说，在明代的"四大奇书"中，书名最抽象、最隐晦，内蕴最丰厚，也最易引起争议的恐怕莫过于

① 朱一玄、刘毓忱：《水浒传资料汇编》，南开大学出版社 2012 年版，第 218 页。

② 〔英〕乔·艾略特：《小说的艺术》，张玲等译，社会科学文献出版社 1999 年版，第 5—6 页。

③ 朱一玄、刘毓忱：《水浒传资料汇编》，南开大学出版社 2012 年版，第 219 页。

《水浒传》了。

就说《三国演义》吧，有点儿历史常识的人一看书名都晓得讲的是魏、蜀、吴三个国家的发家史、争斗史和灭亡史，最终三国一统归司马；《西游记》更是老少皆知，记述唐僧师徒“四人一骑”西天取经、终成正果的故事；《金瓶梅》可能因少儿不宜、成人也讳莫如深等原因普及率不高，让人看着书名有些迷糊，但只要对其中的主要人物略知一二，就会了解到这是由男一号西门庆所宠爱的三个女人即潘金莲、李瓶儿、庞春梅的名字中各取一字连缀而成，透过这些男男女女展现了封建末世的金粉浮华和醉乐人生。这当然都是表皮的呈现，但普通人了解到这个程度也未尝不可。《水浒传》可就没这么简单了，单单“水浒”二字就够人琢磨半天的。

据说，《水浒传》原名《江湖豪客传》。书成后，作者施耐庵感到书名直白浅露，也易引起笔墨官司，便寻思改名，但改来改去都不甚满意。可巧门生罗贯中博学多才，他引经据典，提议改名为《水浒传》，施老先生听后大喜过望。于是，旷世大书有了自己高简瑰奇、意蕴丰厚的名字。

《水浒传》跻身四大奇书，“水浒”二字实在为其增色不少。因为它的真正含义不仅单看字面很难理解，即使通读全书，并掩卷沉思，也不一定得其壸奥。正因如此，许多人像龙宫探宝一样，兴趣盎然，乐此不疲，自然生出许多不一样的答案。

一、最浅白的解释：水边

“水浒”的难点在“浒”字。应该说，这是个相当冷僻的字，要不是大名鼎鼎《水浒传》的普及，单独拿出来读，好多人还真不认识这个字。东汉许慎《说文解字》云：“浒，水涯也。”就是水边的意思。《诗经·王风·葛藟》曰：“绵绵葛藟，在河之浒。”它与“水”结合在一起仍是“水边”之意。联系文本，“水浒”之意就是发生在水边——水泊梁山的故事。在柴进看来，水泊梁山“是山东济州管下一个水乡，地名梁山泊，方圆八百余里”；（第十一回）在林冲眼里，则是“山排巨浪，水接遥天”之地；（第十一回）在作者的笔下，水泊梁山更是气势恢宏，“寨名水浒，泊号梁山。周洄港汉数千条，四方周围八百里。东连海岛，西接咸阳，南通大冶金乡，北跨青齐兖郡。”（第七十八回）水浒英雄即以水泊梁山为根据地，行云布雨，兴风作浪，闹出了声闻宇宙的大动静。解读为“水边"或"水滨"，应该不是最终的解读，而是接近真相的开始。

二、最厚道的解释：居海滨之思

《水浒传》问世后，就开始有人研究"水浒"二字了。明代万历年间，袁无涯刻本《忠义水浒全书·发凡》中说："《传》不言梁山，不言宋江，以非贼地，非贼人，故公以'水浒'名之。浒，水涯也，虚其辞也。盖明率土王臣，江非敢据有此泊也。其居海滨之思乎？"① 认为此书不以"梁山"或"宋江"命名，而名之"水浒"，是表明梁山泊还是大宋的地盘，"溥天之下，莫非王土；率土之滨，莫非王臣"，宋江等只是"率土"之"王臣"，不是"贼人"，所居之地不是"贼地"。并由"水边"之意联想到"居海滨之思"——历史上两位跑到水边的人物：伯夷和姜尚。"吾读《孟子》，至伯夷避纣居北海之滨，太公避纣居东海之滨二语……"②《孟子·离娄上》提到伯夷和姜尚在商纣统治期间，为躲避灾祸，困守一隅，以待真命天子。意谓宋江等人暂借水泊栖身，是身在江湖，心存魏阙，专待宋室招安，为朝廷效力，均是忠义之人。这正是袁无涯刻印的版本命名为《忠义水浒全传》的缘故。对此，李贽亦有言："施、罗二公，身在元，心在宋；虽生元日，实愤宋事。是故愤二帝之北狩，则称大破辽以泄其愤；愤南渡之苟安，则称灭方腊以泄其愤。敢问泄愤者谁乎？则前日啸聚水浒之强人也，欲不谓之忠义不可也。是故施、罗二公传《水浒传》，而复以忠义名其传焉。夫忠义何以归于《水浒传》也？其故可知也。夫水浒之众何以一一皆忠义也？所以致之者可知也。"③

三、最怨毒的解释：水边的垃圾

明末清初的金圣叹在《贯华堂水浒传·序二》中对将"水浒"目为"忠义"大发议论并大加指责："观物者审名，论人者辨志。施耐庵传宋江，而题其书曰《水浒传》，恶之至，迸之至，不与同中国也。而后世不知何等好乱之徒，乃谬加以'忠义'之目。"将目《水浒传》为"忠义"者斥为"好乱之徒"，反对"以忠义予之"。并私忖作者之所以命名

① 朱一玄、刘毓忱：《水浒传资料汇编》，南开大学出版社2012年版，第132页。
② 朱一玄、刘毓忱：《水浒传资料汇编》，南开大学出版社2012年版，第226页。
③ 朱一玄、刘毓忱：《水浒传资料汇编》，南开大学出版社2012年版，第171页。

“水浒”，是表明要把揭竿造反的宋江一伙像驱逐不祥之物一样驱逐到王土之外，驱逐到遥远的水边去。“若夫耐庵所云水浒也者，王土之滨则有水，又在水外则曰浒，远之也。远之也者，天下之凶物，天下之所共击也；天下之恶物，天下之所共弃也。[①]”生长于乱世的金圣叹以一种特有的情怀，对罪大恶极的宋江之流痛恨到咬牙切齿，骂之为“凶物”和“恶物”，认为应把他们当作垃圾丢弃在偏远荒绝的水边，驱逐出主流社会。

有趣的是，袁无涯和金圣叹二人的解释，都是从水涯、水滨之意延伸开来，却得出了大相径庭的结论。这也难怪，不同的时代，会产生不一样的阅读感受。金圣叹批点《水浒传》之际，正是李闯王、张献忠高举反旗如火如荼之时，对这帮饥寒交迫的“泥腿子”的攻城略地和杀富济贫，家境优裕的金圣叹难免心惊胆战、深恶痛绝。这叫屁股决定脑袋，可以理解。

四、最前卫的解释：来到水边开创基业

太平天国史学专家罗尔纲在其《〈水浒〉真义考》中说，《水浒传》这个书名，取义于《诗经·大雅·绵》：“古公亶父，来朝走马，率西水浒，至于岐下。爰及姜女，聿来胥宇。”说原诗是称赞周文王的祖父古公亶父东迁岐下，奠立基业。《水浒传》以此为名，其“真义”就是要“表明梁山泊与宋皇朝对立，建立新政权”，以“水浒”为书名，用意是宣扬农民革命。[②] 这实际是在说《水浒传》的作者施耐庵借古公亶父的典故，用小说这种形式来宣传和鼓吹农民革命，未免有索隐派的嫌疑。而且，好多学者业已提到，“水浒”一词与水泊梁山的联系，并非始于罗贯中，而是梁山所在的东平人首先使用。元杂剧作家高文秀的《黑旋风双献功》就有“某聚三十六大伙，七十二小伙，半垓来小喽啰，威震山东。寨名水浒，泊号梁山”。水浒戏《还牢末》里说：“咱那梁山泊里宋公明，不比那帮源洞里方腊。”这说明“寨名水泊”并无鼓吹农民革命的“微言大义”[③]。古公亶父来到岐下，虽然在客观上奠定了周王朝的基业，但其主

① 朱一玄、刘毓忱：《水浒传资料汇编》，南开大学出版社 2012 年版，第 211 页。

② 罗尔纲：《〈水浒〉真义考》，《文史》第十五辑，中华书局 1982 年版。

③ 李殿元、王珏：《水浒传之谜》，中国广播电视出版社 2006 年版，第 3 页。

观意愿，却像孟子所说的，是为了逃避狄人的掳掠欺辱，这倒和一百零八将把水泊梁山作为避难场所颇为吻合；古公亶父和他的族人选择岐下重新安家，立业兴邦，这和水浒好汉在梁山泊所干的营生也是一样的。

五、最不见经传的解释：被排斥于水边即主流社会之外的弃儿

鉴于以上各家见解，结合自己的阅读体会，我将“水浒”二字理解为“被排斥于水边即主流社会之外的弃儿”，实际这是袁无涯刻本与金圣叹部分观点的组合，只不过与金圣叹在情感上完全相左罢了。

有一群人，确切地讲是一群武士，他们在“崇文抑武”的国策统治下，被官方视为危险恐怖分子或金圣叹所谓的“凶物”和“恶物”——《水浒传》上称为的“妖魔”和“魔王”，被摒弃到“水边”——水泊梁山（可以理解为“凉山”，拔凉拔凉的地方；亦可理解为“良山”，良人聚集的地方。《读史方舆纪要》卷三十三“东平州”载：“梁山，州西南五十里，接寿张县界。本名良山。汉梁孝王常游猎于此，因改为梁山。[①]”），喻主流社会之外，像弃儿一样被冷落、被歧视、被放逐，长期处在被压抑甚至被伤害的境地。虽然如此，他们中以宋江为代表的绝大多数却忠字当头，“忠心报答赵官家”，百般纠结、死活不肯落草为寇。即使无可奈何走上梁山后，依然“身在江湖，心存魏阙”，抛却个人之间的恩怨情仇，以国家和民族大义为重，“宁可朝廷负我，我忠心不负朝廷”，谱写了一曲催人泪下的武士忠君报国之歌。

需要说明的是，此种解释把《水浒传》中的主要人物分为“文”“武”两类，依据的是中国古代传统文化中的人才观念。中国古代就专业角度讲，尤重两类人才，一是人文型人才，一是政治军事型人才，即文和武。

此分法打破了之前的一些做法，比如把一百零八将视为农民，可“一百零八将中农民很少，充其量也只有五个人，这五个人在起义军中是从属的地位、不占主导的地位[②]”。这五个人无非是指三阮、陶宗旺和李逵。可阮氏兄弟是渔民，李逵自小砍柴，但其从行为到品性都难觅淳朴农

---

① 顾祖禹：《读史方舆纪要》，贺次君、施和金点校，中华书局 2005 年版，第 1554 页。

② 杨子坚：《新编中国古代小说史》，南京大学出版社 1990 年版，第 117 页。

民的踪影。唯有一个像农民的九尾龟陶宗旺倒是田户出身，使用的兵器也是农具——铁锹，可人家并不种地，反而是个建筑匠人，属手工业者，上山后负责基建项目。也就是说，从中难觅真正的农民。当然，若说梁山好汉没有一个是农民也难，比如铁扇子宋清，毕竟是农耕社会，有几个不与农村沾边的？只不过典型的农民很少而已。（注意：本书主要关注一百零八人，不论成千上万的喽啰来自哪个阶层。）另外，一百零八人中占主导思想的，既无帝王思想，也缺乏土地要求，这也是判断其属性的关键所在。中国农民造反的鲜明特色在于其有“王侯将相，宁有种乎”的政治要求和均田免粮、等贵贱均贫富的土地要求，水泊梁山没有这些诉求。他们的“替天行道”只是替皇上拔除奸邪，决不杀皇上；那“杀到东京，夺了鸟位”的言论也只是李逵偶尔胡乱喊两句而已。此处尤须注意不要将文学上的水泊梁山与历史上的宋江起义混为一谈：“这种以招安为目的……已不是历史上的宋江起义，历史上不曾有过这样的农民起义，《水浒传》所描写的称王自立的田虎、方腊倒符合农民起义的一般规律，但作者又把他们称为‘逆贼’。可见本书的主题并不是歌颂农民起义，寄托关于公道、正义和建立正常封建秩序的理想才是它的根本宗旨。①”

再如把一百零八将看作市民，可他们的身份太杂了，“帝子神孙，富豪将吏，并三教九流，乃至猎户渔人，屠儿刽子……”（第七十一回）很难把他们简单地都归入市民一个类别。再说了，仗义疏财、拔刀相助是市民的特有品德吗？市民往往积铢累寸，斤斤计较，他们中很难大量地产生像史进、鲁智深那样的豪气之人。我们不能因鲁迅说了句“《三侠五义》为市井细民写心，乃似较有《水浒传》余韵，然亦仅其外貌，而非精神”②，就把一百零八人都说成是市井细民。若要说《水浒传》反映了市民的思想意识和审美情趣，毋宁说它反映了华夏民族普遍的思想意识和审美情趣。要不然，为何那么多国人包括工农兵商学都喜欢《水浒传》呢？

还有的把一百零八将说成流民或游民。流民是天灾人祸而导致离开故土，以致生活没有着落，但没有脱离社会正常秩序的人；游民是“脱离了宗法网络、没有稳定收入和固定居处的人们”③。学者王学泰对此用力

---

① 张稔穰：《中国古代小说艺术教程》，山东教育出版社 1991 年版，第 197 页。

② 鲁迅：《中国小说史略》，山西古籍出版社 2001 年版，第 179 页。

③ 王学泰：《水浒·江湖》，陕西人民出版社 2011 年版，第 197 页。

很勤，他还总结了“游民性格”或“游民意识”的四大特点：第一，游民具有天然的反社会性，他们希望天下大乱，因为只有天下大乱才能改变自己不得志的地位；第二，游民具有主动进攻性，夺取属于自己以及不属于自己的财物，所谓“该出手时就出手”是也；第三，注重拉帮结派，只讲帮派利益，不讲是非观念；第四，丧失角色意识，排斥文明道德，缺乏儒家的忠孝、仁爱、谦和等基本素养，往往表现出中国传统思想意识中最黑暗、最野蛮的一面。[①] 一百零八将成分很杂，不排除其中有“流民”或“游民”身份的人，如打虎将李忠、赤发鬼刘唐、鼓上蚤时迁等，但他们中的大多数在出场时都是有头有脸有身份的人，如史进是庄主，鲁达是军官，林冲是教头，晁盖是保正，宋江是押司，柴进是贵族……何谈“流民”或“游民”？说某人的身份应该就其出身而言，即一个人最初从事的职业和履历造成的身份，正如《红楼梦》中的贾宝玉我们说他的身份是贵族公子，不能说他是和尚一样，随意选取某人一生中的某一阶段来定格、定义某人的身份是不严肃的，也是不科学的；另外，把“游民”的“四大特点”或曰“四大恶德”扣在一百零八将头上，如何解释林冲对高俅的迫害死活不敢接招、鲁达毫不利己援救素不相识的弱女子、宋江的疏财好义、武松的无奈为兄复仇、史进为救被华州贺太守霸占的画匠女儿玉娇枝铤而走险、梁山好汉招安后征辽、征王庆、征田虎、征方腊等人和事，难道这些都是希望天下大乱？都是反社会？都是帮派思想在作怪？都是最黑暗、最野蛮的体现？难道几百年来数以亿计的受众将史进、鲁智深、武松等奉为侠义之士和英雄豪杰都错了，那也太低估人们的智商了！我觉得王前程先生的大作《不应夸大〈水浒传〉中游民思想的负面影响——简评新时期学术界的名著翻案风潮》立论精准，鞭辟入里，较为解渴。他认为学者王学泰的“游民造反”理论是错误的，因为他将“游民”和“流氓”两个概念混淆或混同在一起，“从他所总结的游民意识四大特征看，那实实在在是流氓无赖的思想性格而不是他所定义的‘游民’的思想性格[②]”。可谓一语中的。将一百零八将视为“流民”或“游民”，意即他们就是流氓无赖，如此他们的“恶德恶行”就是天生的，这就规

① 王学泰：《游民文化与中国社会》，学苑出版社 1999 年版，第 230—263 页。

② 王前程：《不应夸大〈水浒传〉中游民思想的负面影响——简评新时期学术界的名著翻案风潮》，《菏泽学院学报》2008 年第 6 期，第 40 页。

避了社会和政府等后天环境因素的影响，岂不成了典型的血统论、唯成分论吗？而且，按照王学泰先生的观点，高俅也属游民之列，他也是完全有可能走上梁山加入造反队伍的。“高俅的外在条件几乎与燕青差不多，完全有资格上梁山，成为其中合格的一员。如果不是命好，一步到位地结识了最高统治者，而是受到打压和冤屈，说不定也会造反闹事，成为‘农民起义’的领袖。[①]”王学泰先生确实是将一百零八将都当成了“流氓”，他注意到了高俅与燕青“外在条件”差不多，但没注意到他们的内在素质差得十万八千里，根本就不是一路人。燕青对有救命之恩的主人视如生父，忠贞不贰，情深义重；高俅“仁义礼智，信行忠良，却是不会”，是被亲爹开除家籍的忤逆之人，他有什么资格上梁山？梁山上有一个这样的人吗？燕青本人并没有受到什么打压和冤屈，而是因为义气深重跟随受到冤屈的主人上的梁山；高俅到处流窜，也没有受到什么打压和冤屈，他这样的滑头见人说人话，见鬼说鬼话，一般不会受到冤屈；即使受到，他也不会“造反”，不是什么人受到委屈都敢直面抗争的！因为按照《水浒传》作者的认识，跻身“文官”的高俅没有武士的“武胆”和“武略”，更没有“武德”。他若要出气和报复，不会明堂正道、当面锣对面鼓地来，他擅长使阴招，背后下手，不会和人公开叫板，更不会“成为‘农民起义’的领袖”；而且，王学泰先生将高俅的发迹归之为“命好”，“一步到位地结识了最高统治者”，这就模糊了作者的写作意图，作者意在讽刺最高统治者的不务正业，特别是批评其用人路线，“天子好蹴鞠，满城尽高俅”，即使高俅没被宠幸，也会有类似高俅的人成为徽宗的幸臣，并进而揭示北宋王朝覆灭的深层原因。之所以出现许多自相矛盾、难以自圆其说的问题，在于他的“游民”理论还有待完善。

还有的干脆把一百零八人说成是流氓。萨孟武先生说：“梁山泊所代表的是什么？不消说，它的构成成分，以流氓为主，最初投到梁山泊的是晁盖等七人，……梁山泊的好汉大率出身于流氓，没有正当的职业，或在山林‘剪径’，或在湖里‘揩油’。”其所谓的“流氓”，主要指那些“不曾劳动，也不想劳动，社会并不依靠他们而存在，他们却要依靠社会讨生活。他们完全是一种过剩人口，纵令他们全部灭亡，也不妨害社会的存

① 王学泰：《水浒·江湖》，陕西人民出版社 2011 年版，第 202 页。

在，反而他们的灭亡却可使社会的秩序因之安定[1]”。随意百度一下，就可发现“流氓”是既指无业游民，也指不务正业、为非作歹的人。此解释可视为萨先生所谓“流氓说”的通俗版。如此解读，确实有好多问题不好理解，比如鲁智深、林冲、杨志、宋江、杨雄难道都是“不曾劳动”的流氓，杨雄要活在当下完全能获“全国五一劳动奖章”；那些守土尽责的军官如秦明、关胜、呼延灼等就不仅仅是“劳动”了，有时是要玩命的。一百零八人好多都是朝廷的官吏，从都统制、兵马都监、团练使到押司直至狱卒，达35位之多，约占梁山好汉的三分之一；那自谋职业的个体从业人员，如私塾教师吴用，云游道人公孙胜，行商坐贾的卢俊义，雕石治印的金大坚，卖字为生的萧让，精通书算的蒋敬，悬壶济世的安道全，医兽相马的皇甫端，使枪棒卖药的李忠、薛永，裁缝侯健，铁匠汤隆，搞羊马贩卖的石秀、燕顺，搞运输的王英，开饭馆的曹正、朱富、孙新、顾大嫂、王定六等，哪一个没有正当营生？放在当下，孙新、顾大嫂能获“诚信经营与服务示范单位”的殊荣，安道全必是“金陵好医生”，这类人员有26位之多，占到近四分之一；富豪和渔猎户22人，占到五分之一，此中的卢俊义肯定能当选“优秀民营企业家”。以上总和占到近77%，怎能说梁山好汉都是不务正业的流氓呢？无正当营生的只有12位，如张青、孙二娘、时迁、白胜等，占比11%；占山为王的13位，占比12%，两者总共占到23%，还不到四分之一，且他们原来未必生下来就是强盗。所以，说一百零八将都是流氓，难以成立。而且，他们灭亡或曰解散后，北宋王朝不仅没有随之国泰民安，反而很快被异族所灭，那么，北宋王朝的灭亡是否因这些“流氓”的灭亡而灭亡了呢？

不少人喜欢探究国人的劣根性，但研究史学的方法不能生搬硬套到文学研究上。比如你尽可以说历史上的宋江是个流氓，可要说小说《水浒传》中的宋江，乃至史进、鲁智深、林冲、杨志、吴用、武松、卢俊义、扈三娘都是为非作歹、放刁耍赖、极尽下流之事的流氓，恐怕未必人人信服。如若是，那《水浒传》中的高俅、蔡京、杨戬、高衙内、镇关西、富安、陆谦、牛二、王婆、西门庆、张都监、慕容知府、殷天锡、裴如海、贺太守、李固等又是什么呢？那《水浒传》写的还是人类社会吗？恐怕是动物世界、恐龙时代吧！

---

[1] 萨孟武：《水浒传与中国社会》，北京出版社2005年版，第4—7页。

一百零八人不是单一的农民，不是纯粹的市民，也不尽然都是什么流民或游民，更不可能都是什么流氓，他们是一群武士，一群来自各行各业的武士。总体上他们义薄云天，慷慨赴义，彰显的是一种男儿本色，阳刚之美。当然，小说中描写的这群武士即一百零八人由于家庭背景、生活经历、性格特点等的不同，个体素质差异很大，他们并非完人，即并非个个无可挑剔，事事值得颂扬，如此眼光看他们就会出问题。人非圣贤，孰能无过？武士嘛，自有武士的特点。而且，作者在小说中对武士的不足并非不置一词，特别是对滥杀无辜等行为是持反对立场的，读者只要留意是会察觉到的。

“水浒”二字已初步了解，下面，在此基础上，我们谈谈整本《水浒传》到底表达了怎样的主题思想，方便大家以一持万，阐幽探赜。

第一讲　“崇文”之非

“引首”引发的话题之一

之所以把《水浒传》中的主要人物分为“文”“武”二类，不是个人的匠心独创，也不单是中国古代传统文化中的人才观念如此，实际它是《水浒传》作者本人的看法。当然，他是借天庭和未来君主仁宗之口表达出来的。

请看，《水浒传》“引首”有一段非常重要的话：

> 这仁宗皇帝，乃是上界赤脚大仙，降生之时，昼夜啼哭不止。朝廷出给黄榜，召人医治。感动天庭，差遣太白金星下界，化作一老叟，前来揭了黄榜，自言能止太子啼哭。看榜官员引至殿下，朝见真宗，天子圣旨，教进内苑看视太子。那老叟直至宫中，抱着太子，耳边低低说了八个字，太子便不啼哭。那老叟不言姓名，只见化一阵清风而去。耳边道八个甚字？道是：“文有文曲，武有武曲。”端的是玉帝差遣紫微宫中两座星辰下来，辅佐这朝天子。文曲星乃是南衙开封府主龙图阁大学士包拯，武曲星乃是征西夏国大元帅狄青。这两个贤臣，出来辅佐。

仁宗降生之时为什么一直哭哭啼啼？他愁啊怕呀！这就奇怪了，上天让他幸运地降生在帝王之家，将有享不尽的荣华富贵，更何况他将来还可能君临天下，成为九五至尊，笑还来不及呢，哭的哪门子丧？这不是矫情嘛。

哎，不在其位，不谋其政，寻常百姓只道皇家之人地位显赫，养尊处优，哪知他们也有难念的经。正是：站着说话不腰疼，吃咸菜的不知啃鸡爪子的苦啊。仁宗怕的是龙床睡不踏实，愁的是龙椅坐不稳。这是什么意思？说得清楚一点儿吧，他在愁赵宋王朝缺少擎天白玉柱、架海紫金梁的股肱大臣，尤其是怕没有得力的武士守疆护土、保家卫国。这不，襁褓中的仁宗哭得昏天黑地，感动了上天，天庭差遣太白金星变为老叟降临皇宫，仅在仁宗耳边说了八个字，立马破涕为笑。语言的魔力有时真的赛过灵丹妙药啊！

太白金星的话怎么这么管用？北宋王朝怎么了？怎么连刚出生的婴儿都在为“文曲”“武曲”的匮乏日夜号哭，偌大的王朝真的到了最危险的时候了吗？这婴儿是不是在杞人忧天？

北宋的历史告诉我们，还真不是。北宋到了仁宗时，“积弱积贫”的状况已经到了相当的程度，特别是在军事上，军队的战斗力那是打一仗输一仗，真是王小二过年——一年不如一年，黄鼠狼生老鼠——一代不如一代。哎，怎一个弱字了得！要说军队的数量也不少，从建国初期的二十多万发展到仁宗时的一百二十多万，是西夏国和辽国兵力的总和，经济实力也就是后勤保障也给力，可就是打不赢。黑格尔曾说，凡是存在的都是合理的，这倒不一定对，但凡是存在的都是有原因的，却是真理。这个原因还得从仁宗的祖上、宋朝开国皇帝宋太祖说起。哎，都是匡胤惹的事（祸）呀！那真是成也匡胤，败（弱）也匡胤！

赵匡胤乃武夫出身，凭着一刀一枪，官越做越大，到后周世宗柴荣时，官至殿前都点检，手握重兵。人常说，“枪杆子里面出政权”，此言不虚，确实道破自古以来朝代更迭的玄机。公元960年，赵匡胤靠着武力，发动“陈桥兵变”，轻而易举地从柴荣七岁儿子的手中夺得政权，建立了宋朝。

龙袍披上了，龙椅坐上了，但太祖心里却时常在打鼓，他担心别的将帅也效仿他，“以其人之道，还治其人之身”，这种模式太可怕了！怎么办？太祖真是“上界霹雳大仙下降”，利用吃饭喝酒的工夫，在轻歌曼舞、觥筹交错之际，用一种好言相劝加金帛赎买的平和方式，便将好多皇帝都非常头疼的事情轻松搞定。

他对石守信等将帅说：“人生如白驹之过隙，所谓好富贵者，不过欲多积金银，厚自娱乐，使子孙无贫乏耳。汝曹何不释去兵权，择便好田宅市之，为子孙立永久之业，多置歌儿舞女，日饮酒相欢，以终其天年。君臣之间，两无猜嫌，上下相安，不亦善乎！[①]”大致的意思在《宋史·卷二百五十·列传第九》的《石守信传》中也有记载，“人生驹过隙尔，不如多积金、市田宅以遗子孙，歌儿舞女以终天年。”宋太祖豁出去了，为了确保龙椅的安稳，可舍得出血了，给他们大把的银子，给他们奢华的豪宅，给他们漂亮的姑娘，就此换取了掌兵将帅的权力。没有之前汉高祖铲除异姓王的刀光剑影，没有后来所谓明太祖“炮打庆功楼”的血流成河，悄无声息、干脆利落地解除了武将们的兵权，成就了中国历史上最成功的解权行动——“杯酒释兵权”，从而解决了藩镇势大力强、尾大不掉的历史难题，根除了带兵将领拥兵自重至割据叛乱的可能性。紧接着，定下了“崇文抑武”的国策。

这一国策强调文治，以文驭武。文人由科举考试而进入仕途，并为他们入仕提供相当宽松的环境。且重用文臣，贬抑武士，不仅上自宰辅、下至州守的各级行政长官须用读书人，就是主兵的枢密使等武职也多由文人出任，以致像狄青那样功高盖世的名将也难以久在枢密，逐步使科举出身的文官士大夫集团成为政治中坚。“贫者因书富，富者因书贵”，（王安石《劝学文》）求得功名的士子自然春风得意，意气风发，“平生事笔砚，自可娱文章。开口揽时事，议论争煌煌”，（欧阳修《镇阳读书》）全社会普遍形成“富贵须从书中求”的共识。北宋第三位帝王宋真宗的《劝学诗》对此更是推波助澜：“富家不用买良田，书中自有千钟粟；安居不用架高堂，书中自有黄金屋；出门莫恨无人随，书中车马多如簇；娶妻莫恨无良媒，书中自有颜如玉；男儿若遂平生志，六经勤向窗前读。”一时间，大宋王朝的子民更把笔杆子奉为神明，将那枪杆子看得不如烧火棍，“好铁不打钉，好男不当兵”唱响了中原大地的上空。从此汉人更是远离尚武精神，变得阴柔文弱，血性遁失，满世界难找个真爷们儿。

哎，世界上好多东西都是把双刃剑。“崇文抑武”解决了内鬼的问题，却没想到它解决不了外寇的问题。也就是说，一旦夷狄入侵，谁来抵抗？没有强有力的枪杆子，难道让那些文人用笔杆子退敌吗？什么何塘改字退匈奴，李白醉写吓蛮书，这些故事茶余饭后消遣一下可以，但那终究是文人臆想出来的白日梦。毕竟，剽悍的民族不是吓大的！赵匡胤并不全然知道：“君主必须注意两件事：其一是内部的，它来自臣民方面；其二

① 司马光：《涑水记闻》，邓广铭、张希清点校，中华书局1989年版，第11页。

是外部的，它来自外国势力。对于后一种情况，依靠坚甲利兵和依靠亲密的盟友就能够防御了。而且，如果他拥有坚甲利兵，他们总会有亲密的朋友。[1]” 太祖只关注了其中的一个方面，却忽略了另一方面。更遗憾的是，他更不知道：“君主除了战争、军事制度和训练之外，不应该有其他的目标、其他的思想，也不应该把其他事情作为自己的专业，因为这是进行统帅的人应有的唯一的专业。……反之，大家都知道，君主沉醉于安逸比对关心军事想得更多便亡国。亡国的头一个原因就是忽视这个专业，……君主永远不要让自己的思想离开军事训练问题，而且他应该在和平时期比在战争时期更加注意这个问题。”[2] 这位意大利人写的书可惜赵匡胤看不到，要看到的话，北宋可能不会被灭得那么惨，也有可能中国的历史会改写。

应该说，赵匡胤不是一般的人，他深知历史上曹氏建魏、司马氏建晋、刘裕建宋、两萧氏建齐和梁、陈霸先建陈、杨氏建隋、李氏建唐以及唐末以来五十年间换了八姓十二个皇帝的根源，当然他更深知自己上位的原因，他也确实下对了药，解决了华夏王朝几百年来拥兵自重的将帅靠武力抢班夺权的难题。但实施这一国策也带来了很大的副作用，那就是文恬武嬉民风靡弱，兵魂销尽国魂一空。应该说，赵宋王朝“崇文抑武”的统治策略带有过渡期的特点，在治国理政的水平上超过前朝，输于后朝。超过前朝是它的政权没有被统兵带队的将帅颠覆，输于后朝是它是被夷狄势力所灭。它后面的元、明、清三朝一般来讲不是亡于这两者，而是亡于起自民间的朱元璋、李自成、孙中山。当然，明、清两朝的覆灭要复杂一些，不单单是内因，也有外部的原因。

写到此处想发问，华夏民族是从什么时候开始精神雌化的？思来想去，我觉得有一个标志性的人物，那就是武则天，她干了一件震古烁今、对女性来说独一无二的大事——废唐建周。自武则天牝鸡司晨以后，男人尤其是汉民族的男人越来越不爷们了。（“不爷们”是指那些在黑恶势力、强敌寇仇横行霸道、为所欲为、烧杀抢掠、肆意践踏侮辱时而成为懦夫、病夫和看客的人们。）就说唐朝后的宋朝吧，要找几个爷们还真费劲。宋

---

① 〔意〕尼可洛·马基雅维里：《君主论》，潘汉典译，商务印书馆 1986 年版，第 88 页。

② 〔意〕尼可洛·马基雅维里：《君主论》，潘汉典译，商务印书馆 1986 年版，第 69—70 页。

代仅有的几个爷们还叫人给杀了，北宋的杨家将、南宋的岳家将都让昏君佞臣迫害得妻离子散、家破人亡。只好让女同胞佘太君、穆桂英挂帅，让十二寡妇出征。整个宋朝在军事上，让辽国、西夏国、金国、蒙古国打得闻风丧胆、满地找牙，真个是懒老婆卖豆腐——人熊货软。所以有人说，甭提宋朝，一提就伤心。

宋仁宗伤心、担忧最甚的事，就是宋王朝满大街都是“女人”——真真假假的女人。爷们儿难觅，怎一个愁字了得。直到太白金星悄悄地告诉他，玉帝将差遣文曲星包拯和武曲星狄青两个贤臣前来辅佐，他才止住啼哭。这段话表达了作者几个重要的观点：

一是治国安邦，人才为要。

二是人才分为两大类：一文一武，而不是人们常说的好人和坏人，即忠臣和奸臣。文臣要像包拯，能治国理政；武将要像狄青，能定国安邦。“引首”结尾有一首诗，其尾联“细推治乱兴亡数，尽属阴阳造化功”，此间的“阴阳”二字，按照作者的观点应该是文属阴，武属阳，意指文、武两类人才。

三是要国强民富，这一文一武两类人才都要重视，即“重文重武”是正确的。小说写自仁宗天圣元年（1023）癸亥登基至嘉祐二年（1057），一连三九二十七年田禾大熟，“天下太平，五谷丰登，万民乐业，路不拾遗，户不夜闭”，“号为三登之世”，这种大好局面正是仁宗重用文曲星包拯、武曲星狄青的结果。嘉祐二年（1057）狄青被迫害致死，三登之世遂宣告结束，紧接着天灾连连，嘉祐三年（1058）瘟疫盛行。反之，“重文轻武”和“轻文重武”都失之偏颇，都不对，“崇文抑武”更不对。因为“崇”是把已推尊的对象又捧到了山上，山是地球上最高的位置，捧到山上无异于老百姓常说的捧到了天上，这个捧到天上的对象意味着失去了监督。失去监督必然导致无法无天，为所欲为。任何人群，不论是从文的还是习武的，本身无所谓好和坏，即本质上都有好和坏的因子存在，关键是社会组织激发和鼓励他哪种因子的生存和发展。如果社会组织过分抬高某类人群，这类人群必然成精作怪，不仅对社会发展无益，相反，往往会成为社会前进和发展的障碍或破坏者。“抑武”的“抑”，其右边的“卬”是用一只手把某人按住，使之长跪于地，左边的“扌”部也是一只手，整体的意思是一只手往下按还嫌不够，还要另外加上一只手再往下按，让他成为人下人，让他永世不得翻身。这样的人下人，要么活得憋屈窝火，要么动粗。

《水浒传》形象地告诉我们，宋代的国策是“崇文抑武”。下面我们首先聊聊“崇文”二字。

一、“文”的界定

一提到“文”，我们会想到“文人”等字眼。在不少人的心目中，文人的形象是高大、纯洁的，比如，屈原“长太息以掩涕兮，哀民生之多艰”的深广情怀，陶潜“不戚戚于贫贱，不汲汲于富贵”的人格操守，李白“五岳寻仙不辞远，一生好入名山游”的潇洒脱尘，杜甫“致君尧舜上，再使风俗淳”的政治理想，苏东坡“识遍天下字，读遍人间书”的自负才气，文天祥“人生自古谁无死？留取丹心照汗青”的不朽气节，于谦“粉身碎骨全不顾，要留清白在人间”的万丈豪情，更有那养德励志、浩气荡然的语言，什么诚意正心、格物致知、修身齐家治国平天下；居庙堂之高则忧其民，处江湖之远则忧其君；先天下之忧而忧，后天下之乐而乐；为天地立心，为生民立命，为往圣继绝学，为万世开太平……每每读到这些历经千年也不会消磨的语句，无不让人心生敬意，心潮澎湃，慷慨激昂。那么，究竟什么是“文”呢？

“文”是什么，什么是“文人”？我们只能说在中国古代，“文”和“文人”与书、读书、读书人有关。但要说清其中的任何一个真正的内涵恐怕都要费许多笔墨，而且啰唆半天亦不知所云。既然是个糊涂账，只能尽量避开，我们还是揣测一下《水浒传》的作者对“文人”的理解吧。

我觉得，在《水浒传》的作者看来，文人更倾向于指称那些跻身仕途的读书人，即那些读书人中的精英分子，由知识精英而政治（权力）精英。小说没有只字描写书生“头悬梁，锥刺股”的苦读，也没有让他们整天把为国为民的豪言壮语挂在嘴上，而是直接呈现他们在官场上精彩绝伦的表演。毕竟文人的最高境界或曰艳羡的终极目标就是做官，所谓“学而优则仕”。多数文人忙乎半天为了啥？《水浒传》诞生数百年后的闲斋老人在为《儒林外史》作序时说得很清楚：为了功名富贵，“其书以功名富贵为一篇之骨”①。追逐功名富贵的文人多活跃在政治舞台，特别在

① 朱一玄、刘毓忱：《儒林外史资料汇编》，南开大学出版社2003年版，第254页。

科举制盛行的宋朝更是如此。所以，《水浒传》中的“文人”多数就是“文官”。为了表述的方便，依然用“文人”来说事。

《水浒传》上的“文人”，首先指文学之士。

小说第十九回“林冲水寨大并火 晁盖梁山小夺泊”：“林冲大骂（王伦）道：‘量你是个落地穷儒，胸中又没文学，怎做得山寨之主！’”这里的“文学”，实际上指的是经学。这和“孔门四科”以及《世说新语》里三十六门之一的“文学”意思是一致的，而与现代意义上的“文学”大异其趣。“经学”在北宋即指科举考试。说王伦“胸中又没文学”是说他是个落第秀才，是科考的失败者。原来到了宋代，王安石等人认为诗词歌赋华而不实，废除唐代诗赋取士的旧制，实行“经义取士”，可以说对科举考试做了革命性的变革。

“文学之士”即指通过科举考试进入体制内的官员。这类官员在朝廷的，主要有宰相赵哲、参政文彦博、参知政事范仲淹、太尉洪信、太师蔡京、中书梁世杰（后外放北京大名府）、殿前太尉宿元景等；在地方州府的，主要有东京开封府滕府尹、东平府尹陈文昭、兵马都监张蒙方、江州知府蔡德章、通判黄文炳、青州知府慕容彦达、东平府太守程万里、高唐州知府高廉、华州贺太守等；再往下的，有县级的郓城知县时文彬、清风寨知寨刘高等。这些官员应该都是“文学”之士或至少沾边的：历史上的大名鼎鼎的蔡京、文彦博、范仲淹均是进士及第，众所周知；有的小说上已经点明他的文官身份，如黄文炳、刘高；有的虽未点明但看小说的描写可以看出他的文官身份，如兵马都监张蒙方，他是被武松不费吹灰之力杀死的；有的不用脑子想也知道他不是武夫出身，如蔡京的第九子蔡德章、高俅的侄子高廉以及宋徽宗和蔡京们的亲眷、门生、故吏慕容知府、贺太守、程太守们，他们即使不是全日制学历，至少也混了个函授文凭。反正那年头，与“文”结缘就可以趾高气扬，那何乐不为呢？总之，他们是不会与“武”沾边的，他们的脑子才没进水呢，学武、习武、做武士等着挨贬呀！什么？他们整不上学历和文凭！你是怀疑蔡京们的能力和智商吗？他们有什么事情干不成的？

如果您不服气，咱就解剖一下第一个隆重出场的洪太尉这个军队高级将领是不是文人出身。

首先他身体虚弱。洪太尉前往江西信州龙虎山，宣请嗣汉天师张真人，须表志诚之心，步行上山礼拜，叩请天师。你看他：

> 这洪太尉独自一个，行了一回，盘坡转径，揽葛攀藤。约莫走过了数个山头，三二里多路，看看脚酸腿软，正走不动，口里不说，肚里踌躇，心中想道："我是朝廷贵官，在京师时重茵而卧，列鼎而食，尚兀自倦怠，何曾穿草鞋，走这般山路！知他天师在那里？却教下官受这般苦！"又行不到三五十步，掇着肩气喘。（第一回"张天师祈禳瘟疫　洪太尉误走妖魔"）

看官，您眼前是否浮现出一个二八娇娘，踮着小脚，扭扭搭搭、娇喘吁吁走在山路上的情形呢。这样一个走两步就腿脚酸软、上气不接下气的人，还是一个男人吗？"娴静似娇花照水，行动如弱柳扶风"，这是怎么造成的？太尉自己说得很清楚，他每天在京师娇妻美妾，鲜衣珍馐，生活过得太滋润，简直赛过活神仙。可那样的日子也不容易，每天身体就像被掏空了似的，倦怠乏力，头昏眼花。可见他养尊处优，懒得强身健体，由此推出他的另一个特点：

身无武艺。身体虚弱，走两步就喘粗气，怎么能是习武之人？而且，有武艺的人出门都要佩剑带刀，动不动就舞枪弄棒。你看洪太尉只身前往野兽出没的龙虎山都不带个防身器件，只是"取过丹诏，用黄罗包袱背在脊梁上，手里提着银手炉"就上了路，不是他艺高胆大，而是他用不惯那玩意儿，更看不起那东西。文人嘛，文人就喜欢读书。洪太尉那可是饱学之士，怎见得？

科班出身。这是他的第三个特点。洪太尉对龙虎山的道士们说："我读一鉴之书，何曾见锁魔之法？"何谓"一鉴之书"？鉴，同"监"，指国子监，是当时的最高学府和教育管理机关，比现在的北大和清华可能还要牛，毕竟那时能考上国子监的人太少了，而且他把国子监所藏的全部书籍都读了。这表明洪太尉一是受过正规的教育，寒窗苦读，靠科举赢得了改变命运的船票；二是学富五车，满腹经纶，当与著名学者钱钟书有一拼。据说钱钟书入学后的第一个志愿就是"横扫清华图书馆"，要读尽清华藏书。只是人家洪太尉远早于钱钟书，钱老若在地府遇见洪太尉，不知做何感想？洪太尉万卷经书读过，越读似乎胆子越小，这就是洪信的第四个特点：

贪生怕死。洪太尉正走在山路上，树后扑地跳出一只吊睛白额锦毛大虫。他吃了一惊，叫声：“阿吁!”扑地望后便倒。“倒在树根底下，唬的三十六个牙齿捉对儿厮打，那心头一似十五个吊桶，七上八落的响，浑身却如中风麻木，两腿一似斗败公鸡，口里连声叫苦。大虫去了一盏茶时，方才爬将起来。”后又遇见大蛇，又吃一惊，撇了手炉，叫一声：“我今番死也!”望后便倒在盘砣石边。“惊得太尉三魂荡荡，七魄悠悠。”“看身上时，寒粟子比滑灿儿大小。”吓得浑身起了豆大的鸡皮疙瘩。

面对大虫和大蛇，洪太尉吓得胆战心惊，骨软筋麻，屁滚尿流，胆裂魂飞。哎哟，胆子太小了！读此，可能有人为洪太尉鸣不平，说洪太尉没被吓死，胆子已经相当可以了，好多人碰到这种情形，恐怕还不如洪太尉呢，对人要求不要太高！此话有理，但看待这个事情得看对象，不同的对象要求应该不一样。试想，洪太尉作为指挥千军万马的将帅，与民间的老百姓武松、李逵、解氏兄弟相比，他们面对老虎是怎样的英雄气概，洪太尉表现如此之㞞，怎么带兵打仗，怎么身先士卒？这样的身子骨，怎么冲锋陷阵啊？“兵熊熊一个，将熊熊一窝”，洪太尉统率的军队能打胜仗吗？高度怀疑啊！不用怀疑了，历史的事实胜于雄辩！

由此我们得出结论：洪太尉出身于文学之士。

再者，《水浒传》上的“文人”还指“文艺之星”。

如果说文学之士是取得了官方学历、属于科班出身的话，那么，文艺之星就是没有受过正规教育、靠自学成才的人。文艺当指文化艺术，什么文学、音乐、歌舞、书法、绘画、杂耍技艺等都应包含在内，小说中的高俅就属于这样的文艺范儿。

> 且说东京开封府汴梁宣武军有一个浮浪破落户子弟，姓高，排行第二，自小不成家业，只好刺枪使棒，最踢得好脚气毬。京师人口顺，不叫高二，却都叫他做高毬。后来发迹，便将气毬那字去了“毛傍”，添作“立人”，便改作姓高名俅。这人吹弹歌舞，刺枪使棒，相扑顽耍，颇能诗书词赋。（第二回“王教头私走延安府　九纹龙大闹史家村”）

高俅不仅喜欢文艺，而且玩出了水平，玩出了名堂。喜欢文艺的人很多，但要达到一定水准、被人公认为是“星”的很少；达到一定水准的人很少，但要被伯乐发现和赏识的更少。高俅就属于这“更少的人”中的幸运儿。

话说一日高俅奉驸马王都尉钧旨到端王府办事，恰逢端王正与三五个小黄门相伴着蹴气毬。“也是高俅合当发迹，时运到来，那个气毬腾地起来，端王接个不着，向人丛里直滚到高俅身边。那高俅见气毬来，也是一时的胆量，使个‘鸳鸯拐’，踢还端王。端王见了大喜。”端王能不大喜吗？放在当下，高俅绝对是奥运赛场的风云人物，世界足球冠军的料儿。端王发现这样一个人才容易吗？好不容易发现了还能让他走吗？随着交往的深入，端王越来越喜欢高俅；随着端王变为宋徽宗，高俅坐着直升机迅速成为大宋王朝的殿帅府太尉。

可能有人会质疑，说小说上明明写着高俅“好刺枪使棒”，应该是个武士，不属于“文”的范畴，我们应如何看待这个问题？

其一，不要抓住一点，不及其余。应该全面观照，整体分析，防止以偏概全，应完整地把握所有的特别是主要的文字描写，不要光看芝麻，忽略了西瓜，不能因为脸上趴着个苍蝇，就说这是苍蝇而不是脸。

其二，不要望文生义，仅仅根据几个字去牵强附会，容易得出差之毫厘、谬以千里的结论。“好打几趟拳踢几下腿”就是武士出身？那陆游、辛弃疾也好这一口儿，而且陆游还打死过好几只老虎，二人驰骋疆场还杀死过许多人呢，那人们为什么首先认定他是文人而不是武夫。喜好唱歌，不一定就是歌手；喜好涂脂抹粉，不一定就是美容师；喜好舞文弄墨，不一定就是文人；喜好打几趟拳、踢几下腿，也不一定就是武士。要注意，高俅是个“浮浪破落户子弟”，什么意思？是说他是个四处游荡、不务正业的无赖。“人在江湖漂，怎能没把刀。”混迹江湖，游走于黑白两道之人，不会两下子能行吗？不时常整两下子还符合他“浮浪破落户”的身份吗？

其三，不要一叶障目，不见泰山。我们不要被“好刺枪使棒”五个字遮住了眼，要注意高俅发迹变泰、扬名立万主要靠的什么。鸳鸯拐！这一脚，踢得当时的端王未来的徽宗皇帝心花怒放，踢得高俅芝麻开花——节节高，踢得“人间万姓仰头看”——一颗冉冉升起的耀眼明星诞生了，他就是高俅。人们不禁感叹：太高了！“高”是“毬”高，不是他的枪棒、腿脚功夫高。“抬举高俅毬气力，全凭手脚会当权”，他靠毬技赢得了职场的辉煌，走向了人生的巅峰。

其四，不要脱离历史，要注意还原历史的真实场景。有宋一代，是文人的天堂，朝廷对文人优厚有加，文人的身份地位空前提升，文人的幸福指数达到了历朝之冠。“天子重英豪，文章教尔曹。万般皆下品，唯有读书高”，以致“满朝朱紫衣，皆是读书人”。文人们一边上朝议政，一边拥妓纳妾、声色犬马地过着“幸福的生活”。他们流连于“为君持酒劝斜阳，且向花间留晚照”，享受于“重头歌韵响琤琮，入破舞腰红乱旋”，沉醉于“萧娘劝我金卮，殷勤更唱新词。暮去朝来即老，人生不饮何为”，糜烂于“萧娘敛尽双娥翠，回香袂，今朝有酒今朝醉”。直到今天，两宋依然是不少文人向往的黄金时代。但现实中的事情，往往有笑的，就有哭的，“不是东风压倒西风，就是西风压倒东风”嘛，特别在“崇文抑武”的宋朝，文人春光灿烂，武士却进了地狱。朝廷不遗余力地削夺将帅的兵权，不失时机地贬损武士的社会地位，对行伍之人的不重视、不重用，特别是不信任，使这些人不得不忍气吞声，委曲求全，活在被遗忘的角落，几乎成为被社会遗弃的群体。那高俅在宋朝被委以重任，军权在握，他不是“文”，还能是什么？只不过他有点儿特殊，是个“文艺之星”。

二、“崇文”的体现和后果

“崇文”主要体现在两个人物身上，一个是洪太尉，一个是高太尉，这是小说浓墨重彩加以书写的。通过解剖麻雀，就可管窥全豹。这些文官被捧到了天上，造成的后果可想而知。

一是无法无天。通俗地说，无法无天就是除了自己，目无一切，甚至不把国法和上天放在眼里。国法，大家都知道；上天，需要啰唆几句，指天帝或天神，中国古人崇拜的是天帝而不是上帝。据说古人有三大崇拜：天地崇拜、祖先崇拜和君师崇拜。北京的天坛就是帝王祭天的地方，皇帝都祭天，百姓能不祭吗？不是说“上有所好，下必甚焉”吗？国人从上到下对“天”都很礼敬，有事没事经常喊“老天爷”！“无法无天”意谓胆子太大了，怎么想就怎么做，想干什么就干什么，只要自己愿意就做，一切后果统统不管不顾，这样的人自然很少。文人出身的洪太尉就是这样一个无法无天的人。

身为钦差大臣的洪太尉肩负抗瘟救灾的重大使命，不止一日到了龙虎山，从表面看或说一开始还是靠谱的，装模作样挺志诚的，又是香汤沐浴，又是素斋麻鞋，还只身踏上叩请天师、步步惊心的后山之路，虽然一会儿被大虫吓得“扑地望后便倒”，一会儿又被大蛇惊得“望后便倒在盘砣石边”，但毕竟完成了宣请嗣汉天师张真人的使命。没了皇王圣旨压身的洪太尉恢复了本来面目，天是王大，他是王二，在游山途中逐渐暴露了无法无天的本性。

“无法”是指洪太尉完成宣请天师的任务后，次日便欣然应邀游玩起绮丽秀美的道教圣地龙虎山。那龙虎山真美啊！“千峰竞秀，万壑争流。瀑布横飞，藤萝倒挂”，有品位会享受的洪太尉岂能放过？按某些人的观点，洪太尉这是公差兼旅游二合一，天经地义，无可厚非，“不会休息的人，就不会工作”嘛。但按理（或天理）说，他应立即启程回京向他的皇帝老板述职。更何况，这可是非常时期啊，黎民百姓正在遭受瘟疫的煎熬而生离死别、哭天号地、生不如死，仁宗皇帝正在为生民涂炭“龙体不安”！你洪太尉却前呼后拥，花着公款在那儿游山玩水、赏心悦目、心花怒放、谈笑风生、逍遥自在。咱们且不论你把天下苍生放在何处，（那时人家还没有把“为人民服务”作为宗旨，当时的大臣文彦博就曾给皇帝说：“为与士大夫治天下，非与百姓治天下也。”这番言论比起前朝皇帝“水可载舟，亦可覆舟”的见识差远了。）就说你把皇家的事情放在心上了吗？你把朝廷的法度当回事了吗？

“无天”即指洪太尉要大牌，大施淫威，大出风头，“我任性，活出我的了不起”。特别是游到“伏魔之殿”时，他不顾真人道众的百般告诫，万般劝阻，刚愎自用，擅开并擅入“伏魔之殿”，且胆大妄为，放倒石碑，掘起石龟，挖起石板，放走了前代老祖天师锁镇并叮咛后世子子孙孙绝对不能放走的一百零八个魔王，亲自导演了一出“误走妖魔”的大戏。嗨！要说起来洪太尉也有现代人叹服的地方，那就是不讲迷信，根本不信锁魔之法，不信魔王的存在，他的科学探究精神值得后人点赞，只不过那时从上到下都热衷迷信。哎，洪信只能单奔了，太孤独了。

二是为所欲为。根据自己的欲望、本性做事情，随性、随欲而为。人有什么样的欲望呢？色欲、物欲、权欲……那真是欲望多多，欲壑难填，所谓“贪如火，不遏则燎原；欲如水，不遏则滔天”。《水浒传》上的贪欲之徒，可以说各个层面的都有：位高权重、掌握生杀予夺的，有徽宗、高俅、高衙内、蔡京、童贯、杨戬、蔡九知府、张团练、张都监、贺太守、刘高知寨、慕容知府、高廉太守、郓城县令等；再就是依附于文官集团的职小位卑的宵小之辈或在文官集团统治下的市井之徒，有富安、陆谦、董超、薛霸、蒋门神、殷天锡、毛太公、曹太公、镇关西、崔道成、邱小乙、牛二、阎婆惜、潘金莲、西门庆、王婆、飞天蜈蚣、潘巧云、裴如海、白秀英、李固、李巧奴等。他们有的不择手段，翻手为云，覆手为雨，可谓得心应手，志得意满；有的机关算尽，却马失前蹄，得不偿失，一命归西，灰飞烟灭。这些欲望之徒堪称八仙过海，各显神通，都在自己的一亩三分地一展功夫，各竞风流，《水浒传》上描写为所欲为最先的、官位最高也最周详的莫若高太尉了。

高太尉是一个被父亲开除家籍、被开封府尹开除市籍而沦为盲流的地痞无赖。哎，要说他也够可怜的，但可怜之人必有可恨之处，特别是他权势熏天之时。

他上任后烧的第一把火，就是逼得八十万禁军教头王进背井离乡，原因是高俅曾被王进的父亲打过。以前没本事、没条件报仇雪恨，现在可以伸手五支令，蜷手就要命了，高俅开始实施报复了。但王进的父亲已故，这让高俅有些遗憾。中国民间有个说法，叫人死账灭；还有个说法，叫父债子还。高俅喜欢后一个，老子死了，儿子顶账。现在我大权在握，再也不是早先任人欺负的小瘪三了，我要让全国人都知道，血债要用血来还，看看谁还敢小觑我高俅。当然，这是高俅的心理活动。活画出一个得势不饶人、挟私报复的奸佞小人嘴脸。但他迫害王进的理由非常充分，且合理合法，显示出“文人”的特色。如说王进诈病在家；小觑本官即藐视上级；更要命的是抗拒官府。哎，欲加之罪，何患无辞！哪一个罪名扣在头上都能让王进吃不了兜着走，王进的好日子过到头了。要么留恋红尘丢掉小命，要么仓皇跑路前途未卜。哎，选哪一个都坑妈呀。因为王进家中没有妻子只有老妈，但王进只能二选一了。

紧接着高俅干的第二件事情，就是整得另一位八十万禁军教头林冲家破人亡，走投无路，原因是自己视如珍宝的螟蛉义子看上了林冲的老婆林娘子。作者似乎异常痛恨这些无良文官，让高俅这个妻妾成群的人无后，意谓其不孝，只能过继一个到膝下，而且是让堂弟——一个本该喊他哥哥的人过继做他的儿子，构成乱伦。历史上，高俅的儿子应该是一大堆，不少都位居高官，如其子高尧康、高尧辅等都是承宣使或观察使。这官都是很大的，如承宣使就相当于鲁达的上司“老种经略相公”的职位，难怪《宋会要辑稿》要慨叹：“名器之滥，不可胜言。”大官中即使有子的，也让他们的儿子像猪一样弱智，比如蔡京之子蔡九知府。高太尉为满足

“儿子”的无耻淫欲，什么缺德的事都干得出来。

一是卑鄙下作。一个朝廷重臣、军界首脑，为了养子猪狗不如的兽欲，竟然从幕后走到台前，亲自出面，下作到与手下的龌龊小人沆瀣一气、狼狈为奸，设下连环毒计，必欲除掉自己的好下属以谋得人家的妻子而后快，把自己所谓的快乐幸福建立在拆散别人美满家庭的痛苦之上。此等行径已经不能简单地从人品、官德的角度来抨击了，而只能用“卑鄙卜作，猪狗不如”八字来定性了。

二是阴狠毒辣。与高俅相比，高衙内显得简单、直接得多，只要他看上的喜欢的，两个字——顺从的“走”，不顺从的“抢”，跟当初占山为王、饱受诟病的矮脚虎王英有什么不同吗？相比高衙内，小霸王周通显得文明多了。他看中桃花姑娘后，又是下聘礼，又是定下好日子前来迎娶，看起来相当有礼数。有人说周通好色，但也没听人家抢男霸女。男大当婚嘛，山大王也有追求“性福”的权力，但这个权力被他的“强盗”身份生生剥夺了。门当户对的，找不到，因那年头女匪很少，后来好不容易有了三个，可惜也与周通无缘；两相情愿的，有几个良家女子愿意嫁给土匪的。所以，娶媳妇对周通来说只能是一个绮丽的梦，他不“小霸”一回，这辈子就只能单飞了。还说高衙内，高衙内在谋夺女人上，与他“老爸”比就显得嫩了许多，他只知道盯女人，高太尉却懂得盯住女人的男人。即干事更阴更毒更狠，把老谋深算、老奸巨猾这些词儿用在高太尉身上都显得不给力。特点是釜底抽薪，一不做，二不休，害死女人的丈夫，以置《水浒传》上唯一的一位十全十美、失去丈夫、失去经济保障的弱女子于绝境，让你不得不从，“心甘情愿”，彻底让他们玩弄于股掌之上，完全沦为他们的性奴。

三是栽赃陷害。即占领道德高地，让被害人死得比窦娥还冤，但又不能怨天，也不能尤人，只能怪自己违犯了国家法律，“手执利刃，故入节堂，杀害本官”。如此一来，被害者就成了杀人凶手，只能明正典刑，否则国法不容，民愤难平。高俅真高，他不光毬技高，在“依法施政”上水平也相当高，所干之事往往师出有名，名正言顺，顺天应人，岂不“人心大快”？高太尉不仅要堂堂正正地消灭他的所谓“仇人”的肉体，还要让老百姓知道他高太尉是如何公平、公开、公正、公道地依法办案，他要让他的“仇人”活得难受，死得憋屈，身首异处还要背负恶名和骂名。所以，谈到高俅等人的人品，李贽便忿忿不平，他说：“今人只管说男盗女娼便不好了。童贯、高俅那厮，非不做大官，燕青、李师师都指为奸佞，是又强盗娼妇不如了。官大那里便算得人?”①

如果说洪太尉是“挂羊头卖狗肉”，那高太尉就是“既做婊子，又立牌坊”。

需要点明的是，《水浒传》中有一个奇怪的现象，当官的没几个好人。正如李贽所言：“戴纱帽中，绝少人品。”② 自然，由于北宋实行“崇文抑武”的国策，当官的特别是手握权柄的自然出身于“文”，基本都是文官。最上层的是徽宗皇帝；第二层是蔡京、高俅、杨戬、洪信、陈宗善等朝中大臣；第三层是梁中书、蔡九知府、高廉、慕容知府、程万里太守、贺太守、孟州太守等州、府级官员；第四层是阳谷知县、郓城知县(书中第二任)、寿张知县、沂水知县、张都监、刘高知寨等县级或之下官员。这些官员大都自私贪鄙，为害不小。即使是在文学史上红得发紫的大文人苏东坡（抑或苏子由），小说也轻轻地黑了一把，让他也沾了点儿高俅的狐臭。当然，《水浒传》的作者很懂辩证法，他不会让庞大的文官集团一个亮点也没有，比如殿前太尉宿元景、郓城第一任知县时文彬、东平府府尹陈文昭、济州太守张叔夜都是作者眼中的好官，但也很难做到“出淤泥而不染”，如宿元景也曾三次收受梁山的金银珠宝，张叔夜也收过一次，“为官清正，作事廉明，每怀恻隐之心，常有仁慈之念”的时文彬也为了给钟爱的部下宋江洗脱罪名，而把所有的罪责都试图往无辜的唐牛儿身上推。若不是张文远唆使阎婆惜搅局，唐牛儿难免背上黑锅成为杀人凶手。此时，国家的法制、为官的准则、百姓的性命在时知县心中都远不及私情来得重要。

被作者高度颂扬并誉为清官楷模的、堪称水浒第一知府的张叔夜、第一知县的时文彬都难脱俗、难免草菅人命，那些以徇私枉法、贿赂公行而臭名昭彰的赃官们还不知如何跋扈嚣张、如何鱼肉百姓呢?

为了避免有打哑谜之嫌，姑且以“智取生辰纲”为由头，引出小说中未写但历史上人所共知的一件事情，让大家管窥一下北宋官僚穷奢极欲的“盛况”。

晁盖等人劫持“生辰纲”只有一次，但在头年还有一次被别人劫去

① 朱一玄、刘毓忱：《水浒传资料汇编》，南开大学出版社2012年版，第182页。
② 朱一玄、刘毓忱：《水浒传资料汇编》，南开大学出版社2012年版，第183页。

了，表明梁中书连续两年给老岳丈蔡京送生日礼物，每次都是十万贯。如此天文数字的巨额钱财，蔡京如何消化得了！这用不着旁人发愁。俗话说，只有想不到的事，没有做不到的事。蔡京榨取了百姓的血汗后，其生活享用之华侈，是小老百姓想都想不到的。据曾敏行《独醒杂志·蔡元长之侈》载："蔡元长（蔡京，字元长）为相日，置讲议司，官吏数百人，俸给优异，费用不赀。一日，集僚属会议，因留饮，命作蟹黄馒头。饮罢，吏略计其费，馒头一味为钱一千三百余缗。又尝有客集其家，酒酣，京顾库吏曰：'取江西官员所送咸豉来！'吏以十瓶进。客分食之，乃黄雀肫也。元长问：'尚有几何？'吏对以：'犹馀八十有奇。'"① 仅一道蟹黄馒头就花掉 1300 多贯，值一般人家的一套房产；下饭用的咸豉，乍听不起眼，却是稀有名贵的野味——现被列为国家保护动物的黄雀的肫做成，江西官员献给他竟有百瓶之巨。用"一顿饭，一头牛"来形容蔡京的大手笔那真是小巫见大巫了。

观照洪信、高俅、蔡京这些官僚的所作所为，我们能得出什么结论呢？

① 曾敏行：《独醒杂志》，朱杰人标校，上海古籍出版社 1988 年版，第 81 页。

第二讲　“抑武”之非

“引首”引发的话题之二

说了“崇文”，我们接着说“抑武”。

一、“武”的界定

一提到“武”字，人们不免会想到武术、武将、威武雄壮等字眼，懂点儿文学的可能还会想到许多壮怀激烈的诗句，什么“八百里分麾下炙，五十弦翻塞外声。沙场秋点兵。马作的卢飞快，弓如霹雳弦惊”，什么“驾长车、踏破贺兰山阙。壮志饥餐胡虏肉，笑谈渴饮匈奴血”，等等。那么，“武”是什么，什么是“武士”？一般认为，“武”与“文”相对，与军事或技击有关，也指行事勇敢、威猛的人。

我觉得“武”“武士”这些概念比“文”和“文人”要简单些，至少《水浒传》中如此。《水浒传》上被天师锁镇的魔王即一百零八将都属于“武”的范畴，都是武士，单凭被天师锁镇即可一票通过，“崇文抑武”嘛。

观照《水浒传》中的一百零八将，武士大略具备如下元素。

武器。武器是武士的生命，是他们的命根子。中国古代虽只有“兵器”没有“武器”这个词，但在现代语境中还是“武器”一词用得顺手。水泊梁山的好汉都有武器或曰兵器，如宋江的朴刀和锟铻剑、卢俊义的朴刀和杆棒、关胜的青龙偃月大刀、林冲的丈八蛇矛、秦明的狼牙棒、呼延灼的双鞭、鲁智深的禅杖、武松的戒刀、董平的双枪等，连“智多星”吴用都有。吴用一出场虽似秀才打扮，生得眉目清秀，面白须长，却手提铜链。铜链和火眼狻猊邓飞的铁链一样都是兵器。“链即锏字，军器，似剑，有脊而无刃，非锻炼字。[1]”宋江嘛，使用的兵器比较杂，早年“爱习枪棒、学得武艺多般”，可见他枪和棍棒都会用；杀惜用的是刀，杀了人逃命的时候拿的是一把朴刀，后来腰上常悬一把“锟铻剑”。神医安道全在小说中好像没怎么提到他的武功，但他至少是有兵器的，那就是八脉神针，当然还有手术刀。小说第六十五回“托塔天王梦中显圣　浪里白跳水上报冤”写道：“肘后良方有百篇，金针玉刃得师传。重生扁鹊应难比，万里传名安道全。”堪称内外科的全才专家，阅历丰富的人都晓得如此医生特别是他手中的手术刀子非常厉害，那真是刀刀惊魂，招招要命，哪个俗人不开眼，哪个胆大敢不服？与之相反的文官一般都不喜欢舞枪弄棒，比如高俅即使领兵出征也不带兵器，他带的都是美女，“天子降敕，催促起军，高俅先发御营军马出城，又选教坊司歌儿舞女三十余人，随军消遣”。（第七十八回“十节度议取梁山泊　宋公明一败高太尉”）

武艺。梁山好汉鲁智深、武松、卢俊义、关胜、花荣哪一个不是绝艺在身，武功高强。就说吴用吧，好多人认为吴用是个文弱书生，但他使用的兵器却很不一般——软兵器，属于奇门兵器。这种软兵器非常难学，能使用这种武器的人，应该不是平庸之辈。你看他一出场，正逢赤发鬼刘唐和插翅虎雷横大战，吴用“便把铜链就中一隔。两个都收住了朴刀”。没两下子敢往正在打斗的虎狼中间插一杠子吗？宋江嘛，也会武艺，他还收了两个徒弟——孔明、孔亮。有人可能纳闷，怎么没见宋江出过手啊？可能是“真人不露相，露相非真人”吧。高俅倒是出过手，被梁山俘获后自吹自擂，“我自小学得一身相扑，天下无对”，结果被燕青“只一交，颠翻在地褥上，做一块半晌挣不起”。有人说，高太尉当时醉了，不在状态。那武松醉酒打猛虎、醉打蒋门神又如何解释？当然，并不全然否定高俅有一定拳脚基础，只不过比较平常稀松而已。

武略。指军事谋略，所谓“文韬武略”是也。如果觉得宋江和吴用的兵器、武艺不显山不露水，对他们的武士身份还有些质疑的话，但相信对他们的军事谋略很少有不服气的。因为他们一路走来，那可是久经沙场和战阵，斗官军，平田虎，征王庆，打方腊，基本做到了“运筹帷幄之中，决胜千里之外”。不似高太尉之流，只会大言不惭，“非是高俅夸口，若还太师肯保高俅领兵亲去那里征讨，一鼓可平”，临阵却一筹莫展，黔

① 朱一玄、刘毓忱：《水浒传资料汇编》，南开大学出版社2012年版，第392页。

驴技穷，只能一败再败，狼狈不堪。

武胆。指行武的胆力和气魄，有所谓“文心武胆”之说。一百零八将的胆气我们自不必说了，他们成瓮喝酒，大块吃肉，风高放火，月黑杀人，打家劫舍，冲州撞府，武士的风范不容置疑。你再看童枢密、高太尉，他们在官场上趾高气扬，耀武扬威，但在剿捕梁山好汉的战场上却很不给力，不是魂飞魄散，心胆俱落，就是六神无主，不知所措。在对外御侮上，更是采取鸵鸟政策，逃避现实，软弱无力，敷衍塞责，甚至弄虚作假：“话说当年有大辽国王，起兵前来侵占山后九州边界。兵四路而入，劫掳山东、山西，抢掠河南、河北。各处州县，申达表文，奏请朝廷求救，先经枢密院，然后得到御前。所有枢密童贯，同太师蔡京，太尉高俅、杨戬商议，纳下表章不奏。只是行移临近州府，催趱各处，径调军马，前去策应。正如担雪填井一般。”（第八十三回“宋公明奉诏破大辽 陈桥驿滴泪斩小卒”）把大宋国威丢得一干二净。

武德。也称“武道”，中国人历来崇礼敬德，行医的要讲求“医德”，从教的要讲求“师德”，练武的则要讲求“武德”。“武德”一词，早在《左传》中已有记载，楚庄王言：“武有七德：禁暴、戢兵、保大、定功、安民、和众、丰财者也。”自古以来，一直将有无优秀的品德当作评价武林人物最重要的标准，为了培养高尚的品德，各个门派均制定了若干条律，要求门徒严格遵守。如少林有“练功十忌”：“一忌荒惰，二忌矜夸，三忌躁急，四忌太过，五忌酒色，六忌狂妄，七忌讼棍，八忌假正，九忌轻师，十忌欺小。”《水浒传》中最重要的“武德”是忌好色与尚义气。

忌好色。并不是不色，一百零八人中与“色”有缘，即有过女人的亦有人在，如宋江、卢俊义、林冲、杨雄等，好色者如王英则屈指可数。“梁山英雄大都是单身汉，至于已婚英雄，他们婚姻生活方面的事书中很少提及，除非他们因妻子遇到什么麻烦。①”他们对女性是有排斥的，但并非“采取敌视的态度②”，除非这些女人对不住武士在先。“对好汉最重要的考验是他必须不好色。③”比如生铁佛崔道成武艺并不十分逊色

① 〔美〕夏志清：《中国古典小说史论》，胡益民等译，江西人民出版社 2001 年版，第 88 页。

② 王学泰：《游民文化与中国社会》，学苑出版社 1999 年版，第 260 页。

③ 〔美〕夏志清：《中国古典小说史论》，胡益民等译，江西人民出版社 2001 年版，第 88 页。

于鲁智深，蒋门神的力气和武艺远胜于一般人，还有“田虎、王庆、方腊以及许多不太知名的歹徒[1]”，就因是淫棍色狼，被剔除在了好汉行列之外。

与忌好色相比，梁山好汉更崇尚义气。义气，是武士最重要的内在品质，是灵魂。说到一百零八人的义气，人们自然会想到义盖云天的九纹龙、侠气冲天的花和尚、扶危济困的及时雨、坚守人伦的武行者、为朋友置自己生死于度外的黑旋风、为至交两肋插刀的拼命三郎以及那很少有人注意到的虽不在一百零八将之列，也没有留下什么姓名，但却是水浒世界中义气深重、被李卓吾赞之为“妙人”[2] 的好汉——陈桥驿杀人小校等英雄豪杰。与之相对的，是《水浒传》里的文官，如蔡京、高俅等，他们做事只讲私利，不讲义气，只讲个人欲求，不顾别人感受。所以，李悔吾先生早就指出：“《水浒传》的英雄们最讲义气，……上自当朝皇帝，下至污吏贪官、土豪恶霸是最不义者。”[3] 当然，《水浒传》里实际写的最不讲义气的人是蔡京和高俅的顶头上司——宋徽宗，只不过作者基于各种考虑，“没有公开给他栽上‘昏君’恶名”[4]，对其薄情寡义也未作过多明显的交代。但若稍微留神，会发现，他伙同手下对梁山好汉下阴招，卸磨杀驴是不义；劳民伤财、穷奢极欲征花石纲、建艮岳是不义；不理朝政、偷挖暗道公然嫖娼、荒淫无耻是不义；……还有的在小说中虽未写，但却清清楚楚地写在史书中，如在处理与辽国的关系上好大喜功、急功近利、背弃百年盟约、联金伐辽是不义；在处理与金国的关系上违反“海上盟约”、纳叛杀降、出尔反尔、不守信义并因此由“张觉事件”引发郭药师临阵倒戈也是因为不义；甚至宋徽宗为了一己之私对儿子宋钦宗都不讲义气，做了许多“坑儿”的糗事。宋徽宗包括他的儿子宋钦宗在处理国际事务中、国内事务中特别是与臣僚、与百姓的关系上，表现出极端自私、寡廉鲜耻等诸多恶劣品行，实与高俅一丘之貉，半斤八两。此乃物以类聚，人以群分是也。徽、钦二帝被俘至北国，金人封其为昏德公和重昏

---

① 〔美〕夏志清：《中国古典小说史论》，胡益民等译，江西人民出版社 2001 年版，第 88 页。

② 朱一玄、刘毓忱：《水浒传资料汇编》，南开大学出版社 2012 年版，第 183 页。

③ 李悔吾：《中国小说史漫稿》，湖北教育出版社 1992 年版，第 265 页。

④ 〔美〕浦安迪：《明代小说四大奇书》，沈亨寿译，中国和平出版社 1993 年版，第 287 页。

侯，可谓知人矣。

需特殊说明的是，小说中的蒋门神、栾廷玉、史文恭等也都是武林中人，甚至神勇无敌，武功盖世，却被摒于武士行列之外。主要原因就是他们缺“义”，失却了武士最重要的“义”字。他们依附于文官集团及其衍生物，如祝家庄和曾头市这些黑帮组织（祝朝奉的“朝奉”是官名，“朝奉郎，乃唐时散官阶，宋时不闻，殆沿唐世称呼耳[①]”。光听他庄上的店小二一句话：“只我店里不比别处客店，拿你到庄上，便做梁山泊贼寇解了去”，即可知祝家庄有多么厉害！显然是官僚恶霸；曾家五虎霸占金毛犬段景住的马匹，属于流氓无赖行径），不辨香臭，助纣为虐，损德失义，丧掉了一个武士应有的基本的道义担当和人格独立，所以他们，当然更包括他们的主子祝家三杰、曾家五虎都不够武士的标准；《水浒传》里造反的王庆、田虎、方腊等人尽管身雄力大，武艺纯熟，但都有篡弑之心，“终究够不上‘侠义’之士，走不上‘忠义’之路，只能是一个‘乱寇’渠魁”[②]。由“义”而放大到“忠”，也是“武义”的应有之义。李贽在《忠义水浒传序》中说：“施、罗二公，身在元，心在宋；虽生元日，实愤宋事。……敢问泄愤者谁乎？则前日啸聚水浒之强人也，欲不谓之忠义不可也。是故施、罗二公传《水浒传》，而复以忠义名其传焉。”[③]至于生铁佛崔道成、飞天夜叉丘小乙、飞天蜈蚣王道人等在“义”方面更是人中的渣滓，不值一论。

诸多元素备于一身，称作武士自然实至名归。但也不能仅凭这些元素机械套用，需全面剖析，灵活把握。

二、“抑武”的表现和结果

一百零八将大致可分为两种类型：一类是行侠好义型，一类是受害受压型。小说基本上由这两类人物的命运沉浮结撰而成。整部《水浒传》既有行侠好义者阳刚、尚武、飒爽的豪气，又有受害受压者的无奈、沉重和悲凉，这多重审美因子使得千百年来的无数读者既获得了力的享受，又感受到来自遥远古代历史深处的叹息声。

---

① 朱一玄、刘毓忱：《水浒传资料汇编》，南开大学出版社 2012 年版，第 415 页。
② 老谭：《水浒一直被误读》，重庆大学出版社 2010 年版，第 263 页。
③ 朱一玄、刘毓忱：《水浒传资料汇编》，南开大学出版社 2012 年版，第 171 页。

先说行侠好义型。这类人多生活在天高皇帝远的地方或社会底层，与体制关系疏远或本人主观上对体制并不看重如李逵，或虽然看重却因侠义的本性使然也无可奈何。主要有两大人物、两大系统：两大人物是史进和鲁智深；两大系统主要为晁系和宋系。

两大人物中史进的特点是义，义盖云天；鲁智深的特点是侠，侠气冲天。作者安排这两位重量级的人物率先隆重出场，是因他们身上凝聚了一百零八将的高贵品质——侠义，集中体现了水泊梁山英雄群体的光辉形象。还因为作者推崇侠义精神，向往侠义世界。更主要的是，由史进引出鲁智深，由鲁智深进而展开小说荡人心魄、波澜壮阔的全景。没有鲁智深，哪有林冲（的命在）；没有林冲，后面的精彩故事就难以展开。

晁系和宋系是指因晁盖和宋江的人格魅力而形成的两大相对松散的群体。

晁系的主要成员为“七星”，包括晁盖、吴用、公孙胜、刘唐、三阮兄弟以及白胜。他们为劫取梁中书的不义之财而走到一起，并由此引出梁山元老派的宋万、杜迁、朱贵等人。

宋系的成员最为庞大，多为宋江的义气感召上的梁山。按地域分，属于郓城派的，有宋清、朱仝、雷横、徒弟孔明、孔亮以及慕名到郓城投奔宋江的石勇等；属于清风寨派的，有花荣、燕顺、王英、郑天寿、秦明、黄信等，还包括大闹青州后奔赴梁山途中收的吕方、郭胜；属江州派的，有戴宗（连带出杨林、杨雄、石秀、时迁、李应、杜兴等）、李逵（连带出汤隆、焦挺、鲍旭、朱富、李云等）、李俊、李立、穆弘、穆春、张横、张顺、童威、童猛、薛永、侯健，劫了江州法场后在赴梁山途中又收了欧鹏、蒋敬、马麟、陶宗旺等。

行侠好义者中的多数，似乎是他们主动上的梁山，其实不然。他们不满于现实中的黑暗和邪恶，亦不容于主流社会，所以最终才不得不上的梁山。有人说他们是自愿上的梁山，如晁盖；更有甚者说他们是被梁山逼上梁山的，如宋江。其实都是没有充分认识到行侠好义的武士与主流社会精英集团的尖锐矛盾和冲突。晁盖和宋江都不愿上梁山，梁山是他们心中的乐土吗？不是，那可是一个拔凉拔凉的地方。要知道，晁盖和宋江都是在性命难保的情况下无可奈何上的梁山。

再说受害受压型，主要有三类。

一是被迫害的武士。迫害指采用强力或运计铺谋借助强力使无辜的弱者受到侮辱和损害。最有代表性的是林冲、解氏兄弟（连带出孙立、孙新、邹渊、邹润、顾大嫂、乐和），其次为柴进、卢俊义（连带出燕青、蔡福、蔡庆）等。当然，若有疑问，请参看具体的人物解读，如卢俊义。

二是被伤害的武士。伤害比迫害轻一些，主要使对方在精神或情感上受到损伤。最有代表性的是杨志、武松，其次为雷横（在行侠好义型已经提到，这类人的情况比较复杂，但主要为受害受压型）、杨雄（连带出石秀）、施恩（被比他更大的恶势力伤害）、裴宣等人。

三是被打压的武士。打压意指打击和压制。主要包括战败归降的军官群体和生活于社会底层的草根。战败归降的军官主要有关胜、秦明、呼延灼、董平、张清、索超、徐宁、黄信、宣赞、郝思文、韩滔、彭玘、单延圭、魏定国、凌振、龚旺、丁得孙，他们本领高强，但不受重用，比如关胜任蒲东巡检，就是在县令手下当差，屈沉于下僚；呼延灼任汝宁州都统制，听起来官儿不小，实际上就是个临时的，有仗时总管诸军，没仗时回家抱孩子（兵罢即省），最要命的是不被信任，比如秦明，宋江用了个离间计迷惑官府，青州知府就不问青红皂白将人家家属全部处死，共事多年的知府一点儿都不了解秦明吗？是否有必要杀死他无辜弱小的妻儿？杀死他的家属除了解气还有什么好处？花荣在谈到文官刘高时，对宋江义愤填膺地说：“近日除将这个穷酸饿醋来做个正知寨：这厮又是文官，又没本事，自从到任，只把乡间些少上户诈骗，乱行法度，无所不为。小弟是个武官副知寨，每每被这厮怄气，恨不得杀了这滥污贼禽兽。”这段话颇能代表这些军官的心声。草根阶层的有朱武、陈达、杨春、李忠、周通、曹正、晁盖、吴用、公孙胜、刘唐、三阮兄弟、白胜、七星聚义引出梁山元老派的宋万、杜迁、朱贵以及张青、孙二娘、时迁、邓飞、孟康、樊瑞、项充、李衮等。他们要么由于生计无着、走投无路、铤而走险而打家劫舍，行走在剑尖刀锋上；要么替天行道，劫富济贫，干下惊天动地的勾当；要么鸡鸣狗盗、挖坟掘墓，做些损人利己、损阴丧德的勾当；要么冒着风险开黑店，做些忍心害理的营生。需要啰唆一句的是，像时迁、孙二娘所为之事即使在当时，也是违法的，是为人所不齿的，晁盖对时迁等人的态度不是已昭然若揭了吗？但作者这么写，自有他的道理，他要揭示屈居于底层的武士由于不得其用，为了生存，而采取的一种异于常人的手段和方式。曾跟随太祖、太宗南征北战的名将曹翰都因武士俸禄低微而写下“曾因国难披金甲，耻为家贫卖宝刀”的诗句，他变卖家产，因他还有点儿存货，时迁、孙二娘这样的家境，卖什么呢？没有什么可卖，怎么办？按我们现代人的观念，他们有很多条路可以走，可以活下去，比如可以卖苦力、捡废品、做乞丐等，但那是你的想法，不是武士的活法。注意：这些武士不是庸庸碌碌的凡夫俗子，也不是信念坚定、纪律严明的红军战士。而且，不能把古代当成现代，要还原当时的生活场景，所以，站在受打压的武士立场考虑，只能理解为“良心丧于困地”了。

一百零八人，不论是行侠好义型，还是受害受压型，其困厄险阻的命运都让人不胜唏嘘慨叹。乾隆年间的蔡元放在《水浒后传读法》中就曾说：“天罡地煞一百零八星，在地穴中幽闭多年，甫能挣得出世。及出世后，经了多少苦恼，耽了多少惊怕，方才聚合一处。招安之后，东征西讨，建了许多功业。而征方腊之后，殁于王事者过半，已是可怜。而宋江、卢俊义，又被奸臣鸩死，吴用、花荣、李逵，亦皆身殉，更令人扼腕不平。其余三十三人，除武松残废不算，那三十二人之中，虽有几个为官，而大半亦俱忧愁放废，四分五落，不特有离群索居之感，而天罡地煞出世一番，并无一个好收成结果。天道人事之不平，孰过于此！”[①] 难怪有人称《水浒传》为“愤书”也，“愤大臣之覆餗，而许宋江之忠；愤群工之阴狡，而许宋江之义；愤世风之贪，而许宋江之疏财；愤人情之悍，而许宋江之谦和；愤强邻之启疆，而许宋江之征辽；愤潢池之弄兵，而许宋江之灭方腊也。[②]”

以上我们简要分析了“崇文抑武”，实际上也透露了小说作者对此的基本态度——否定这个国策。

否定这一国策，似乎还有一个有趣的现象可以用来佐证，那就是“梁山好汉无赵姓”。学者沈家仁认为，虽然《水浒传》所写的 725 个人物中，姓赵的有 13 人。他们是：宋徽宗赵佶、宰相赵哲、谏议大夫赵鼎、监战官赵安抚、纳金翠莲的雁门县富户赵员外、押送杨志的公差赵虎、阳谷县开纸马铺的赵仲铭、捉宋江的郓城县都头赵能和赵得、田虎的部下赵能、方腊的部下赵毅、童贯的部下赵潭及东京名妓赵元奴，人可谓不少。然而在水泊梁山上，却没有一个姓赵的好汉。一百零八将的 77 个姓氏之中，姓李的有 7 个：李逵、李俊、李应、李立、李云、李忠、李衮；姓朱

① 朱一玄、刘毓忱：《水浒传资料汇编》，南开大学出版社 2012 年版，第 497 页。
② 朱一玄、刘毓忱：《水浒传资料汇编》，南开大学出版社 2012 年版，第 400 页。

的4个：朱仝、朱武、朱富、朱贵；姓张的4个：张清、张青、张横、张顺；姓杨的4个：杨志、杨雄、杨林、杨春。有人认为，梁山上的这些好汉，上山后都是“强盗”，在“强盗”中安排一个赵姓，有辱国姓。出于对国姓的尊重，作者才有意不安排的。可田虎手下的赵能、方腊手下的赵毅这些“反贼”和妓女赵元奴都安排为赵姓，这就是尊重国姓吗？还有人说，《水浒传》中的故事很多都是从《大宋宣和遗事》中移植过来的，《大宋宣和遗事》中列举了以宋江为首的三十六人的绰号及姓名，这三十六人之中就没有赵姓，所以七十二地煞中就不宜塞进一个赵姓。这种说法太武断，难以令人信服。在分析了这些情况后，沈先生得出结论：“文学作品中人物姓氏的选择，并不是作家信手拈来，而是有意安排的。一百零八将中没有赵姓，正反映了作者强烈的爱憎感情，反映了对重用奸佞、误国害民的赵氏王朝的极大不满。故不愿让梁山英雄与他们同姓同祖，玷污清白。”① 这话有一定道理，尤其是最后一句。需要补充的是，民间有一句话：不是一路人，不进一家门。一百零八将和以宋徽宗为首的文官集团分属不同的阵营，有着不同的道德属性，比如一方重义，一方不义，格格不入，泾渭分明。而且，不让梁山好汉姓赵，也彰显了作者对赵宋王朝治国理念和执政策略截然不同的态度。

因此，《水浒传》写出了：崇文，宠出一帮“国妖”——“口言善，身行恶”；抑武，却贬出一群忠君报国的义士。明代思想家李贽在《忠义水浒传序》中充分肯定了这些武士的“忠义”属性，他说：“有国者不可以不读，一读此传，则忠义不在水浒，而皆在于君侧矣。”② 在历史上，往往忠义之士斗不过小人；在虚构的小说世界里，作者也未随心所欲地浪漫一把，而是采取了严肃的现实主义的写作手法。国妖出手，最终把宋江等忠心耿耿（也有人称之为“愚忠”）的武士消灭殆尽。当外敌入侵时，只剩下一帮沉醉于灯红酒绿、迷失于莺歌燕舞、热衷于俗欲膨胀、津津于坐而论道的麻木文弱之人，他们能怎样呢？只能听天由命，听之任之了。很快，北宋惨灭。

这确是一部推究北宋亡国原因的作品。“远在金圣叹之前，一些晚明评论家就已众口一词，认为该小说是部严肃的作品，并非仅是一部有趣的

① 沈家仁、沈忱：《梁山好汉无赵姓》，《文苑》2016年第1期，第54页。
② 朱一玄、刘毓忱：《水浒传资料汇编》，南开大学出版社2012年版，第172页。

英雄冒险故事集。例如天都外臣序文就说，小说中的人物模范可能与正史列传人物有同样的教训意义，尽管梁山泊诸人与历史上的真人真事并不完全相同。李贽序文集中表达了下列观点：这部小说与司马迁的不朽巨著一样，是反映北宋历史悲剧的‘发愤’之作。[1]”小说亦可书写历史，这在宋元时期早就不是什么新鲜事了，当时大量出现的历史演义就是明证。人们或许发现，小说是一种能够呈现个人经验的最好形式，“是最能满足人们将生活与艺术紧密结合之愿望的文学形式”[2]，“小说弥补了历史学家的必然性的失误[3]”，“它可以记录潜在于历史学家的不以个人为主的编年史之下的人类经验”[4]，而这些经验可以帮助说明历史。

当然，对北宋历史上是否实行过“崇文抑武”国策，以及这一国策是否对当时的社会造成负面影响，若觉得仅从小说文本也就是文学角度分析还嫌不够，就此推荐一本书——《武士的悲哀——北宋崇文抑武现象透析》。该书作者为陈峰先生，历史学博士、西北大学教授、博导，兼任中国史学会理事，中国宋史研究会副会长等职，书序为著名史学家、中国宋史研究会原会长漆侠先生所作，相当权威啊！此处引录该书一段文字，视为史学角度与文学角度的一种呼应。

> 说起来，北宋王朝最终遭此结局，其直接原因固然出自末代两朝，而更深远的祸根却可以追溯到列祖列宗之时。其中源远流长而日益加深的“崇文抑武”国策产生了极其巨大的消极影响，不仅导致了国家武装力量的核心——武将群体的萎靡、无能以及自卑，而且造成了一个时代尚武精神的沦丧。[5]

《水浒传》，一部推究北宋灭亡原因的小说，一部从文学角度探究治国理政大事的大书，一部只有肉食者才能谋之但却由民间底层小人物完成

---

① 〔美〕浦安迪：《明代小说四大奇书》，沈亨寿译，中国和平出版社 1993 年版，第 292 页。

② 〔美〕艾恩·瓦特：《小说的兴起》，（台湾）桂冠图书股份有限公司 1994 年版，第 26 页。

③ 曹文轩：《小说门》，作家出版社 2002 年版，第 38 页。

④ 〔美〕华莱士·马丁：《当代叙事学》，北京大学出版社 1990 年版，第 5 页。

⑤ 陈峰：《武士的悲哀——北宋崇文抑武现象透析》，人民出版社 2011 年版，第 2 页。

的巨著，一部将永远警醒后来者，特别是警醒居住于中原——一个容易“暖风熏得游人醉”的地方上的人的奇书，一部“有国者不可以不读”的创新之书。你不佩服，能行吗？

好心人提醒我，如此解读恐有主题先行的嫌疑。其实不用紧张，因为主题是可以先行的，关键是看如何先行。“从形态学的角度来看，它大体可以划分为三种形态：创作主题、文本主题和鉴赏主题。[①]”先不说与我们关系不大的创作主题，单就文本主题和鉴赏主题而言，主题先行是有很多优点的。它有助于对人物形象特点的整体感悟，有益于对小说倾向的总体观照，有利于将读者对文本原意的阐释与依据生活经验、审美经验基础而对作品做出的个体诠解有机结合，互促互动，互相补充和印证，更有可能得到意想不到的收获，得出令人信服的结论。

大才子金圣叹曾云：“天下之乐，第一莫若读书；读书之乐，第一莫若读《水浒传》。”[②] 下面就让我们正式走进《水浒传》，穿行于文本的字里行间，领悟作者的锦心绣口，一起读出不一样的《水浒传》。

① 马廷新：《论主题应该先行——对主题先行的重新阐释》，《山东理工大学学报》2005 年第 2 期，第 88 页。

② 朱一玄、刘毓忱：《水浒传资料汇编》，南开大学出版社 2012 年版，第 241 页。

第三讲　首回言“天怒”

一百二十回本的首回，即金圣叹七十回本所谓的“楔子”。本来开门见山的问题，让金圣叹一搅和，不得不在“首回”即“第一回”和“楔子”的问题上多说几句。

金圣叹“腰斩”《水浒传》，就是他把第一回说成是“楔子”，使第一回成了开场白，继而保留第二回到第七十一回，构成七十回本。之后的内容，即宋江受招安后忠君报国的篇幅，他全部删去，增入卢俊义梦见梁山头领全部被捕杀的情节，以“梁山泊英雄惊恶梦”结束全书，遂成七十回本的《第五才子书施耐庵水浒传》。金圣叹此举，确是中国文学史上一件大事。

金批《水浒传》，在现代研究者中最引起争议的有两个问题，一个是“独恶宋江”，一个就是所谓的“腰斩水浒”了。[①] 在“四大奇书”或“四大名著”当中，被剪裁、修改或改编最甚的恐怕当数《水浒传》。这方面胆子最大、下手最狠的莫过于金圣叹，他改动的基本特点是“改头去尾”。如此一变，使本来就挺复杂的《水浒传》版本更加让人眼花缭乱。好在市面上流通的基本是繁本，简本不多。不过，繁本也有三种：一百二十回本、一百回本，再就是金圣叹的七十回本。

金圣叹为什么这么改，美国斯坦福大学教授刘若愚（James Liu）先生认为：“金圣叹的重大修改是出于政治与艺术两方面的因素。由政治而言，他亲见1644年的明朝亡国（同一年他的《水浒传》新版刊出），这是由起义军促使而由满洲征服者所完成的，因而他感到有责任指责叛乱与

---

① 竟引陈洪，《金圣叹传论》，天津人民出版社1996年版，第65页。

起义，无论是正义的或是非正义的。由艺术而言，他觉得前面的部分胜过后面的部分，故以一百零八位男女豪杰在梁山聚义为小说的结尾。他这个版本得以普及并不是完全没有道理的，尽管它有损于原作者的本意。”[①]但金圣叹本人则说：“此一回，古本题曰楔子。楔子者，以物出物之谓也。”[②] 金圣叹所谓“古本”一说，前人特别是鲁迅先生在《谈金圣叹》一文中早已指出，金是“自称得到古本”[③]，其目的是假托“古本”以达到删改的目的。金圣叹还具体解释道：“以瘟疫为楔，楔出祈禳；以祈禳为楔，楔出天师；以天师为楔，楔出洪信；以洪信为楔，楔出游山；以游山为楔，楔出开碣；以开碣为楔，楔出三十六天罡、七十二地煞，此所谓正楔也。”[④] 可以说，他“近于官绅”[⑤] 的立场，率性、任情的个性和强烈的表现欲望，深深地影响着他对《水浒传》的改编。

对于金圣叹的改动，历来褒多贬少。许多人盛赞这是才子之笔，是大手笔，特别是对他把高俅的出场移作第一回，“不写一百零八人，先写高俅，则是乱自上作也[⑥]”，以及“开书第一样脚色，作书者盖深著破国亡家、结怨连祸之皆由是辈始也[⑦]” 等见解，更是佩服得五体投地。殊不知，金圣叹把“洪太尉误走妖魔”一节改成楔子或曰引子，其作用就此发生质的改变，成了以甲事引出乙事，即金圣叹所谓的“以物出物”，这就改变了前两回与后文不可分割的有机联系，使原本的第一回变得有没有都无所谓了。特别是原著的前两回写的是天罡地煞横空出世的两大原因，他自作聪明一刀斩开，应该说是严重背离了作者的写作初衷。作者的本意是要将一百零八将的出世与宋朝的国策联系起来，但金圣叹一改，极易把出世的原因归咎于个别人或少数几个人，这样，作品的高度和深度就大打折扣了。因为王朝的兴衰更迭不能说与个别人的作用以及偶发性因素没有关系，但最终起作用的，是制度设计和建设，包括政治制度、经济制度、

① 〔美〕刘若愚：《中国文学艺术精华》，王镇远译，黄山书社 1989 年版，第 79 页。

② 朱一玄、刘毓忱：《水浒传资料汇编》，南开大学出版社 2012 年版，第 227 页。

③ 鲁迅：《鲁迅选集》（第三卷），人民文学出版社 1983 年版，第 177 页。

④ 朱一玄、刘毓忱：《水浒传资料汇编》，南开大学出版社 2012 年版，第 227 页。

⑤ 鲁迅：《鲁迅选集》（第三卷），人民文学出版社 1983 年版，第 177 页。

⑥ 朱一玄、刘毓忱：《水浒传资料汇编》，南开大学出版社 2012 年版，第 227 页。

⑦ 陈曦钟、侯忠义：《水浒传会评本》，北京大学出版社 1981 年版，第 55 页。

军事制度、文化制度、法律制度等，因为制度更带有根本性、全局性和长期性，比如宋朝的“崇文抑武”制度，是这一制度深刻地影响和左右了赵宋王朝的历史轨迹，而不只是高俅等个别人。高俅也生活在“崇文抑武”的世界，只不过他是这一国策的顶级受益者和热烈的拥护者而已。总之，金圣叹改动后，小说的结构和味道特别是作者的本意就大变了，完全不一样了。何况原因和结果分开，整个文本就支离破碎，必然影响甚至误导读者的阅读和理解。

事实也是如此，现在不少读者认为这个“楔子”纯粹多余。一是作用不大，充其量为梁山泊聚义做了神秘的铺垫。认为这是典型的“书不够，神来凑”，与中国古代不少小说都有神怪的影子一样，其主要目的就是勾起读者的兴趣，可那对古人管用，对现代人就显得多此一举了；二是神神怪怪的东西也不符合现代思想，有宣扬封建迷信之嫌。所以有人比金圣叹更利索，走得更远，想干脆砍掉“楔子”。

啰唆了半天，我们的目的其实只有一个，就是我们下面要解读的是第一回，而不是“楔子”，尽管它们的内容一样，但解读的结果大不一样。第一回“张天师祈禳瘟疫　洪太尉误走妖魔”讲的是什么？我认为关键词就是两个字：天怒。

何为“天怒”？中国古人有一种思想叫“天人感应”，认为：“天人之间存在着相互交感的可能，这种交感是双向的，即天以某种神秘的力量对人有所制约，而人也可以凭自己的精神、行为对天发生作用，使天产生相应的反应。这种反应往往以某些天象或某些自然物发生变异作为标志。①”这一理论在古代运用得非常广泛，除了军事及日常生活外，首先应用于政治上。《水浒传》中的“天人感应”即表现为政治方面，将自然灾变与朝政有失关联起来。它表明，如果政通人和，上天就会降下祥瑞以鼓励；如果君主做错了事，上天就会降下灾异以示警，即天谴。

一、上天是如何发怒的

按照“天人感应”的说法，天灾就是天怒。宋仁宗嘉祐三年（1058），上天发怒，瘟疫盛行。小说第一回写道：

---

① 李生龙.《儒家文化与中国古代文学》，岳麓书社 2009 年版，第 436 页。

嘉祐三年三月三日五更三点，天子驾坐紫宸殿，受百官朝贺。……当有殿头官喝道：“有事出班早奏，无事卷帘退朝。”只见班部丛中，宰相赵哲、参政文彦博出班奏曰：“目今京师瘟疫盛行，伤损军民甚多。伏望陛下释罪宽恩，省刑薄税，祈禳天灾，救济万民。”

文官集团的领军人物赵哲和文彦博率先闪亮登场。赵哲在历史上是否当过宰相我们就不去考证了，权当小说家语，作者借二人之名似乎另有用意。什么用意？大概是说这两个人非常聪明（一个是赵家班的睿智哲思之人，一个是文章学问淹博华赡之人），都是文官。看官从二人的奏言中可见一斑。

俗话说：“会说的不如会听的。”按照小说在“引首”部分的交代：“天下瘟疫盛行，自江南直至两京，无一处人民不染此症。天下各州各府，雪片也似申奏将来。”由此可见疫情波及范围之广、程度之深、危害之大。这两段文字一结合不难看出，赵哲、文彦博所奏没有实事求是，他们避重就轻，瞒大说小，掩盖了问题和矛盾的严重性。

二、上天为什么发怒

关于这场瘟疫的起因，小说并没有交代。这里面似乎隐藏着一个惊天秘密。那就是这场瘟疫可能源于水灾，因为瘟疫多为自然灾害引发，俗话说：“大灾之后，必有大疫。”但小说没有提到水灾。若瘟疫之前真有水灾，发生的时间在历史上也不是小说中写的嘉祐三年，而是嘉祐元年（1056）。据史书记载，嘉祐元年，京师五六月间淫雨成灾，大水淹没了北宋王朝的都城汴梁，损失巨大。这么大的灾祸是什么原因造成的？朝中如日中天、红得发紫的文官集团的领袖文彦博、庞籍、欧阳修等自然要发挥其理论特长，充分运用天人感应等学说论证一把，他们认为灾异现象之所以出现，是因为政治有失，矛头直指行伍出身而委以重任的狄青。

狄青是北宋抵御外敌立下卓越功勋的常胜将军，类似于国人非常熟悉的南宋将领岳飞。战功赫赫的狄青在宋仁宗皇祐四年（1052）被提拔为枢密副使，后又平定南方叛乱有功，升任枢密使（类似于现代的国防部长），成了北宋王朝军事的最高领导。论功行赏，在他朝非常正常，但在“崇文抑武”的宋朝却被认为上违国策，下逆民心，武将执掌枢密院更是构成天大的忌讳，当时朝野舆论大哗。那些学富五车的大臣利用祖宗家法，搬弄阴阳五行等理论，又是上书皇帝，又是散布谣言，说什么“水者阴也，兵亦阴也，武将亦阴也”，等等，得出今年的大水就是老天爷因为狄青任官而显示的征兆。且无中生有，罗织罪名，通过上下联动，一体运作，终于在嘉祐元年（1056）八月，将仅在枢密院任职四年的狄青罢官，外放陈州，逐出京师。外放期间还经常遣使“抚问”，不到半年，即嘉祐二年（1057）初，整日惶惶不安、忧惧交加的狄青含冤而逝。就这样，被上天视为“武曲星”的干国栋梁怆然陨落，年仅49岁。

狄青可不是一般人哪！他可是宋仁宗哭着喊着感动了天庭，天帝才派他来辅佐宋朝的。如今正值壮年，就被北宋君臣上上下下给迫害致死，天庭能不悲痛、能不震怒吗？万里长空且为忠魂舞，泪飞顿作倾盆雨。那雷打得，那叫一个响啊；那雨下得，那叫一个大啊！直叫北宋王公大臣、黎民百姓心惊胆战，鬼哭神嚎。

小说作者为什么将发生在嘉祐元年（1056）的瘟疫推迟到嘉祐三年（1058）？是无心而为，写作有误，还是另有门道？我觉得，我们不能轻易看低作者。而且一般作者对开头部分是非常重视的，更何况巨著《水浒传》的作者。作者将瘟疫的时间改在狄青被迫害致死之后，意在说明天灾的始作俑者不是狄青。恰恰相反，天灾的罪魁祸首正是那些迫害狄青们的文官集团。因为狄青死后，天灾始发，意寓上天谴责宋朝不应实施“崇文抑武”的国策，这个国策从根本上讲是错误的。

三、上天发怒后怎么办

天子久居深宫，地球人都知道的事他还蒙在鼓里！但知晓后，倒也雷厉风行，什么“急敕”“一面……一面”……一连串的紧急措施倒也很让小民心里暖暖的，眼泪在眼眶里转了三圈差点儿掉下来。但皇上有了指示，王公大臣能不能落实呢？

> 天子听奏，急敕翰林院随即草诏：一面降赦天下罪囚，应有民间税赋悉皆赦免；一面命在京宫观寺院，修设好事禳灾。不料其年瘟疫转盛，仁宗天子闻知，龙体不安，复会百官计议。向那班部中，有一大臣越班启奏。天子看时，乃是参知政事范仲淹。拜罢起居，奏曰：“目今天灾盛行，军民涂炭，日夕不能聊生。

以臣愚意，要禳此灾，可宣嗣汉天师星夜临朝，就京师禁院修设三千六百分罗天大醮，奏闻上帝，可以禳保民间瘟疫。”仁宗天子准奏……钦差内外提点殿前太尉洪信为天使，前往江西信州龙虎山，宣请嗣汉天师张真人星夜来朝，祈禳瘟疫。（第一回“张天师祈禳瘟疫　洪太尉误走妖魔”）

应当说，从“引首”和此段文字看，灾情发生后，朝廷在政治、经济、医疗、思想稳定等各个方面采取了一系列措施，还是比较到位的。虽然有人认为他们不求科学求神道是迷信，是愚昧，是无能，但如果我们穿越到古代，就会觉得皇上的决策还是伟大英明正确的，比如让宫观寺院修设好事禳灾与现代的思想稳定工作的作用是不是挺相似？（当时的医疗条件有限，不如此又有什么好办法呢？）但忙乎了半天，收效并不大，因为小说写了“其年瘟疫转盛”，即一年后瘟疫反而越来越严重。这说明什么？

说明国家机器运转不灵，政府对重大灾害应急处置不当落实不力，工作效能低下。政令难出皇宫！说到底，官僚集团出了问题。

紧接着出场的一个大臣让人眼前一亮——范仲淹，是否情况要出现转机？“先天下之忧而忧，后天下之乐而乐”，“居庙堂之高则忧其民，处江湖之远则忧其君”，那可都出自范大人之手啊。廉吏啊，能臣啊，太有名了！太让人期待了！期待他高屋建瓴，对症下药，回天有力，解民于倒悬，可他说的一番话顿时让现代人大跌眼镜。他竟然求助于天师，不靠政绩靠神灵，在重大事情面前也是一筹莫展，无计可施，和愚夫村妇有甚区别？有人说了，还是范仲淹水平高，仁宗正是听了他的话，立即派人赶赴江西龙虎山去请张天师。“天师在东京禁院做了七昼夜好事，普施符箓，禳救灾病”，于是，“瘟疫尽消，军民安泰”。嘿，天师怎么这么灵验，真有神灵吗？看官，这都是小说家言，不要太当真！正如赵哲此人纯属子虚乌有，范仲淹早在皇祐四年（1052）就已去世，不可能出现在嘉祐三年（1058）的朝堂上一样，小说所写的天师禳灾成功也是虚构的，只不过这样写符合“中国古代特色”，老百姓爱买账罢了。作者的目的，一是想说明宋朝文官的无能，在历史上很有名气的都不过如此，其余的碌碌之辈更是可想而知；二是要借此引出“洪太尉误走妖魔”这件事。

四、禳弭天灾却又惹祸招殃

上天降灾示警，仁宗钦点太尉洪信前往江西信州龙虎山宣请张天师前来禳灾。钦差大臣到了信州，这可不得了！“大小官员出郭迎接”，“次日，众位官同送太尉到于龙虎山下”。就是与神仙有点儿关系的三清道士也不敢怠慢，“只见上清宫许多道众，鸣钟击鼓，香花灯烛，幢幡宝盖，一派仙乐，都下山来迎接丹诏，直至上清宫前下马”。高接远送，风光无限！到了龙虎山，洪太尉从表面看装模作样挺志诚的。又是香汤沐浴，又是素斋麻鞋，还只身踏上步步惊心的后山之路，虽然一会儿被大虫惊得“扑地望后便倒”，一会儿又被大蛇惊得“望后便倒在盘砣石边”，但毕竟完成了宣请嗣汉天师张真人的使命。

没了皇王圣旨压身的洪太尉恢复了本来面目，天是王大，他是王二，在游山途中开始为所欲为，无法无天。特别是游到“伏魔之殿”时，不顾真人道众的百般告诫，万般劝阻，擅开并擅入“伏魔之殿”，且胆大妄为，放倒石碑，掘起石龟，挖起石板。

> 看时，石板底下却是一个万丈深浅地穴。只见穴内刮喇喇一声响亮，那响非同小可。……那一声响亮过处，只见一道黑气，从穴里滚将起来，掀塌了半个殿角。那道黑气直冲上半天里，空中散作百十道金光，望四面八方去了。（第一回“张天师祈禳瘟疫　洪太尉误走妖魔”）

坏了坏了，违背天师之命，放走了妖魔。妖魔，是朝廷和文官集团对武士的看法。他们视武士为乱世魔王和洪水猛兽，认为必须把他们打入地狱，让他们永世不得翻身，以确保国家的长治久安。

看到这里，有人可能要提出疑问，洪太尉身为皇帝宠臣，他为什么要违背天师旨意，难道他想造反不成？这里的天师，指的是道教的领袖。道教在北宋堪称国教，宗教的领袖和俗世的皇帝自然是一条心，天师正是贯彻皇上的指令才将“魔君”镇压起来的。小说将现实中赵宋皇帝制定的打压武士的无形的、抽象的“抑武”国策敷衍成道教有形的、具体可感的“伏魔之殿”，体现了作者非同寻常的艺术想象力。

洪太尉哪舍得造反啊？那小日子过得，嘿，前呼后拥烘托出年年的喜庆，甜言蜜语带来了月月的欢乐，好看的舞蹈送来天天的欢腾，开心的美食吃出时时刻刻的眷恋和不舍。这样的好日子他怎么还会出幺蛾子，莫非他地沟油吃多了，雾霾吸得太多堵住脑血管了？

嗨，洪太尉之所以放走魔君，这个问题实际上很好理解。洪太尉被皇帝宠爱，宠爱到一定程度那就是溺爱。大家知道，父母舐犊情深往往会出逆子，君王过分袒护纵容下属则很容易出逆臣。逆子是要打爹骂娘的，逆臣自然要向溺爱他的皇上开炮了。家和国不是一个道理吗？还有人问，洪太尉违背皇上之命放走妖魔，皇上会发怒吗？当然会发怒，但他发怒又能把自己宠爱的臣子如之何呢？正如许多逆子不是照样被父母捧在手心继续溺爱吗？另外，还有个关键问题，就是洪太尉放走妖魔，皇上会知道吗？

上天发怒示警，意思是让赵宋王朝停止迫害像狄青这样的武士，更弦易辙，改变“崇文抑武”的国策，警告这样下去不行，后果很严重！可老天爷并没有明示，似乎在和宋朝君臣打哑谜，赵宋政府完全可以装傻充愣，继续按照既定方针办事。

洪太尉与好多官员一样，不知为君分忧，只知自己享乐；不想百姓疾苦，只想自己逍遥。在全国多地遭灾、灾民生活在水深火热之中的时候，他却在方外之地过起了神仙般的日子。而且在这个过程中，由于自己私欲膨胀，颐指气使，无法无天，随心所欲，以致在天怒（天灾）的同时又人为地惹发祸端。

1. 游山玩水，贪图享乐。完成了宣请天师的使命，龙虎山的真人道众并提点执事人等哪能放过这巴结权贵的天赐良机，自然要盛意邀请洪太尉饱览一番道教圣地的美丽风光，“太尉大喜”。四字不多，却充分显示了太尉“先天下之乐而乐，后天下之忧而忧”的情怀。对此，大才子金圣叹也曾发出宏论：“天下本无事，游山游出事来。”后一句很有见地，可前一句就有点儿信口开河的意思。因为天下当时正瘟疫肆虐，哀鸿遍野，怎能说是无事呢？准确地讲洪太尉是在国家遭难之际，人民痛苦呻吟之时，依然不忘自己及时行乐，他的心里只有自己，哪有君民？

2. 骄横跋扈，独断专行，滥用公权，以势压人。小说多次写到洪太尉的这一特点。如真人道众苦苦劝阻太尉休开伏魔之殿，太尉笑道：“胡说！你等要妄生怪事，煽惑百姓良民，故意安排这等去处，假称锁镇魔王，显耀你们道术。我读一鉴之书，何曾见锁魔之法？神鬼之道，处隔幽冥，我不信有魔王在内。快快与我打开，我看魔王如何！”……太尉大怒，指着道众说道：“你等不开与我看，回到朝廷，先奏你们众道士阻当宣诏，违别圣旨，不令我见天师的罪犯；后奏你等私设此殿，假称锁镇魔王，煽惑军民百姓。把你都追了度牒，刺配远恶军州受苦”……太尉大怒，喝道：“你等道众，省得甚么！上面分明凿着遇我教开，你如何阻当？快与我唤人来开。”一连串的大怒、怒斥、威胁、恐吓、勒令……鲜活地勾勒出洪太尉至尊至霸、官威十足、说一不二、骄横跋扈的可恶形象。哎，洪太尉，真能作！

3. 成事不足，败事有余。指洪太尉“误放妖魔”一事。金圣叹的“游山游出事来”，即指洪太尉一肚稻草，忙中添乱，按下葫芦起来瓢，简直是一波未平，一波又起，聋子还没看好，又治了个哑巴，指明了洪太尉成事不足，败事有余的个人素质和行事风格。恰似某些干部，面对可怜巴巴的灾民，非但不救灾赈灾，济苦怜贫，反而借机敛财，中饱私囊，贪赃枉法，胡作非为，用于自己挥霍享受，结果在天灾人祸的同时，又惹发事端，可谓天怒加人怨，雪上加霜，遗祸无穷。

4. 弄虚作假，欺上瞒下。离开龙虎山，洪太尉在路上“分付从人，教把走妖魔一节，休说与外人知道，恐天子知而见责”。洪太尉真是见人说人话，见鬼说鬼话，到什么山就唱什么歌，堪称“假话达人”，因他深知说真话有风险，说假话可以立功受奖，皇帝老儿万千宠爱在文人，皇恩浩荡啊！文官说什么他信什么，没有任何怀疑防范之心，所以他谎话连篇，达到了瞒天过海的目的。哎，“假作真时真亦假，无为有处有还无”。果然，“洪太尉次日早朝，见了天子，奏说：‘天师乘鹤驾云，先到京师。臣等驿站而来，才得到此。’仁宗准奏，赏赐洪信，复还旧职，亦不在话下。”对皇帝来说，洪太尉绝对是“磕一个头，放三个屁，行善没有作恶多”的官员，但就是这样一个不忠不义的坏官，皇帝却猪油蒙心，赏赐了他大把的银子，给他说了许多信任勉励的话，继续让他高官得做，骏马得骑，安享幸福的生活。嘿，有人说了，说句假话有什么了不起的，谁没有说过假话？是啊，一个微不足道的人说十句假话可能无关紧要，但一些重要人物在一些重要事情上说一句假话就可能使万万千千的生灵涂炭。伟人列宁在《决不要撒谎！我们的力量在于说真话！》中说：“吹牛撒谎是道义上的灭亡，它势必引向政治上的灭亡。”[1] 这可能针对的就是洪太尉

---

① 列宁：《列宁全集》（第九卷），人民出版社 1988 年版，第 281 页。

一类的人。危言耸听吗？一点儿也不！事实证明，洪太尉说假话，报喜不报忧，性质很恶劣，问题很严重。他虽为祈禳瘟疫做了点儿工作，但却让后来的徽宗皇帝伤透了脑筋。徽宗皇帝在御书房“睿思殿”的素白屏风上写下“山东宋江、淮西王庆、河北田虎、江南方腊”四大寇的姓名，并为之时不时心烦意乱、血压升高、头痛头晕、失眠多梦。徽宗皇帝哪里知道，都是他的爱卿惹的祸啊！

当然，一百零八将是妖魔，是祸患，那是宋朝统治者的认识，是他们的主观认识。但客观上，他们是“替天行道”的代表，是忠肝义胆的豪杰，是疾恶如仇、见义勇为的血性儿女，是令人千般唏嘘、万般感慨的旷世英雄。从梁山义军的“四大征”——征大辽、征田虎、征王庆、征方腊还看不出来吗？

洪太尉误走妖魔，“误走”二字用得极其高明。一方面它表明洪太尉本意不想放走这些妖魔，他可是“崇文抑武”国策的绝对受益者和坚决拥护者，他对血性十足、崇尚侠义的武士那是极端蔑视、刻骨仇恨的；另一方面则是表明作者的揶揄和讽刺，这哪里是“误走”，分明是洪太尉的无法无天导致了“妖魔”的出世。

从表层看，“妖魔”是被洪太尉“误放”的；但从根本上讲，妖魔不是被洪信放走的，而是饱受洪太尉们迫害的武士们实在忍无可忍才出世的。换言之，与其说是洪太尉放走的妖魔，不如说是妖魔们自己打破牢笼，挣脱缚在身上的枷锁。因为哪里有压迫，哪里就有反抗，不在沉默中灭亡，就在沉默中爆发。魔君们打破牢笼，冲出地狱，就是因为他们压抑日久，他们要呐喊，要抗争，要站起来。一百零八将的出世，就是武士集团对文官集团的不满与抗争，该出手时就出手了。

“妖魔”的出世，只是为“天罡地煞”走上历史舞台提供一个由头，为下一步描写他们的侠义之举铺平了道路。他们的出世，并不是要举旗造反，改朝换代。作者之所以说“千古幽扃一旦开，天罡地煞出泉台”即一百零八将出世之后，“社稷从今云扰扰，兵戈到处闹垓垓”，那是因为赵宋王朝已经被那些帝王器重的“忠臣”，比如洪太尉、高太尉等，当然也包括帝王在内，整得江河日下、国将不国了。这些人门头上冠冕堂皇，表面上庄重体面，但背地里却在自毁制度，自坏规矩和条例。如王英所说的“如今世上都是那大头巾弄得歹了”，（第三十二回“武行者醉打孔亮　锦毛虎义释宋江”）也如李逵所言：“条例，条例！若还依得，天下不乱了！”（第五十二回“李逵打死殷天锡 柴进失陷高唐州”）面对如此社会，有血性、有担当的武士岂能坐视不管，是可忍，孰不可忍！他们要“替天行道”。他们实在看不惯那些无法无天、为所欲为的权力精英了，他们怀揣侠义，想为皇家整顿这不合理的世道。正是：

百万流徒带锁来，江湖满地起雄才。
天罡地煞风雷吼，花石生辰齑粉灰。
一代真朝在水国，几批降将拜山隈。
人民多少肮脏泪，端赖斯编取次揩。

聂绀弩先生的这首诗，特别是首联和颔联活画出英雄慷慨悲凉的出世和尚义豪侠的本色。但宋江们并不想推翻现政权，他们只反贪官，不反皇帝，啸聚山林只是无奈之举、权宜之计，接受朝廷招安专图报国才是其深埋心底、朝思暮想的理想。

有人可能心生疑问，赵宋王朝如此对待这些武士，他们为什么还对皇帝老儿这么忠心？

答案之一：手心里捧出的多是逆子，棍棒底下打出来的却往往是孝子。

答案之二：“仗义每从屠狗辈，负心多是读书人。”这是曾在晚明为官多年的忠义之士、诗人曹学佺说的。此人刚正不阿，一身正气，阅历丰富，见识高超，所写的这句名言很是值得深思。

总之，《水浒传》第一回确有许多秘密，等待着我们去揭开。正是：

水浒首回布幽局，满纸荒唐藏是非。
都云作者难脱俗，千载谁解其中味。

行文至此，我们再重复一下“洪太尉误走妖魔”的三个节点。

时间：洪太尉宣请张天师是在宋仁宗嘉祐三年（1058），发生在狄青被迫害致死之后。此间文官集团对武士阶层的角逐取得了决定性的胜利，武士更加失势落寞，处于难见天日的时期。

地点：锁镇魔王的地点在江西信州龙虎山，“江西信州龙虎山”寓意锁镇在这里的武士是忠信之人，是盘龙卧虎之辈，但他们面临的境遇将是西山日薄，好运不长。

人物：前往龙虎山的洪太尉叫洪信，考证其人，史无记载，此公是个虚拟的人物。既是虚构角色，其名字肯定蕴含深意。我以为，洪信乃“洪水猛兽的信使”之意，意思是没有洪太尉，就没有梁山好汉。“遇洪而开”，暗示导致武士雄起的原因在朝廷，在朝廷的奸官悍吏。小说第二回开头的小诗清楚地道出了这一点。“诗曰：千古幽扃一旦开，天罡地煞出泉台。自来无事多生事，本为禳灾却惹灾。社稷从今云扰扰，兵戈到处闹垓垓。高俅奸佞虽堪恨，洪信从今酿祸胎。”正是：

百名魔君伏民间，只待人怨沸腾时。

第四讲　二回道“人怨”

第一回写到的主要人物是洪太尉以及一百单八位魔君，第二回写的则主要是高太尉和一个人。

这个人叫王进，他是“人”，不是魔。他是个什么样的人，他“怨”谁，为什么“怨”？为什么第一回写到了一百单八位魔君，放着现成的不写却转而写另外的人物？是不是很奇怪！

王进是在第二回“王教头私走延安府　九纹龙大闹史家村”出场的，亦在此回没了踪影，显得非常神秘和诡异。

王进是干什么的？他是东京八十万禁军教头，属职业军人，有编制吃公粮的，是个官家人物，和林冲应该是同一单位的。亦和林冲原来一样，过着衣食无忧的小康生活。为什么说他是“人”，因为他不在天罡地煞之列，没有落草，也没有绰号，所以说他是“人”，不是魔。

话说高俅发迹做官，一步登天做了殿帅府太尉。上任第一天，发现一个叫王进的教头因病假没有参加他的上任仪式，就因这点儿小事，高俅大发雷霆，差人把病中的王进捉拿到殿帅府。哎，子系中山狼，得志便猖狂。当高俅知道王进就是当年打翻过自己的王升之子时，更是“大怒”，喝令左右“加力与我打这厮”。原来，当年高俅曾学使棒，被身为都军教头的王升，“一棒打翻，三四个月将息不起”。俗话说：“小人报仇，从早到晚。”如今王升的儿子落到他的手上，岂肯轻易放过！但他不想让王进一刀毙命，痛快死去，他要好好逞一下他的淫威，要像猫捉老鼠一样，慢慢戏弄消遣，他要让王进受尽煎熬，在五味杂陈中痛苦死去。中国有句古话，宁得罪君子，不得罪小人。因为得罪一下君子他不会用太损的手段报复你，得罪了小人他会不择手段整你。但高俅没想到，善于审时度势的王进见势不妙，比兔子跑得都快，最终设计逃离虎口。后路过史家村，传授“九纹龙”史进武艺。不久便投奔延安老种经略相公，此后书中再也没有提及。就像昙花一现，很快便消失得杳无踪迹。后史进流落江湖不肯落草，曾千里寻师终无结果，使王进成为《水浒传》中一位神龙见首不见尾的人物。

王进的故事不多，仅千把来字而已。“这千把字大概分为三部分：无理受责—弃官出走—史村授徒。[①]”这三部分我们看到王进是个仁义、睿智、正直、孝顺、忠信的谦谦君子。

一、王进是个什么样的“人”

1. 仁义

当高太尉意欲让手下毒打王进时，小说写道：“众多牙将都是和王进好的，只得与军正司同告道：‘今日是太尉上任好日头，权免此人这一次。’”说明王进为人仁义，与同事相处和睦，人缘甚好。否则，在上司冲冲大怒时谁敢为之求情。俗话说：不怕背后有人害你，就怕背后没人帮你。要想在有人害你的时候有人帮你，就得平时讲仁义，有人缘，结下几个交情过命的朋友。

王进的仁义，还体现在对史进武艺的评点与比试上。先说他枪棒使得好，见出王进的高眼慈心，继而又实事求是地指出其尚有漏洞和毛病。年轻气盛的史进怎能服气，要和王进比试高低，王进一再谦让。比武中“只一缴”便将史进打倒，却赶紧“向前扶住”，连表歉意，显示出大师的风范。想当年，王进的父亲将高俅打翻，肯定也是这样只是为了点拨功夫。怎奈高太尉小肚鸡肠，一点儿小小的旧怨念到如今，人家父亲都已故去还不依不饶，实属可恶可恨。

2. 睿智

好多同事为王进求情，高太尉一看，第一天上任不能都拂了大家的面子。于是，“高太尉喝道：‘你这贼配军，且看众将之面，饶恕你今日，明日却和你理会。’王进谢罪罢，起来抬头看了，认得是高俅。出得衙门，叹口气道：‘俺的性命，今番难保了。俺道是甚么高殿帅，却原来正是东京帮闲的“圆社”高二。比先时曾学使棒，被我父亲一棒打翻，三

① 沈家仁、沈忱：《趣味水浒》，河南文艺出版社 2014 年版，第 207 页。

四个月将息不起，有此之仇。他今日发迹，得做殿帅府太尉，正待要报仇，我不想正属他管。自古道："不怕官，只怕管。"俺如何与他争得？怎生奈何是好？'"王进此时对自己的前途命运在内心深处肯定有一番痛苦复杂的思想斗争，但与林冲相比，他显得更清醒，对统治阶级特别是高俅这样的混混领导有清醒的认识，不抱任何幻想。

3. 正直

高俅要成为自己顶头上司的消息，王进尽管养病在家，可不乏好友的他对此"重大信息"应该是有耳闻的。而且，他也知道自己先父与高俅的过节。在此不利的情况下，他若像有的人那样，在高俅到任伊始就曲意逢迎，献媚讨好，表明与领导保持高度一致的态度；或者见风转舵，负荆请罪，坚决与先父划清界限，是否会峰回路转、柳暗花明也未可知。但王进不是那样的人，正直的人注定是要风雨兼程了。

4. 孝顺

王进多亏同事帮他说情，总算躲过一劫。"回到家中，闷闷不已。对娘说知此事，母子二人抱头而哭。娘道：'我儿，三十六着，走为上着。只恐没处走。'王进道：'母亲说得是……'"读到这，金圣叹曾经感言："王进者，何人也？不坠父业，善养母志，盖孝子也。"[①] 王进是一个孝子，和老母相依为命，而且对母亲的话百依百顺，最后冒着危险携母亲一起逃出魔掌。再看他携母逃命，一路上尽心侍奉老母。母亲骑马，自己挑担，好一副母子患难与共的逃难图啊。当然，王进的母亲见识非凡，不是俗常之人。人常说：求忠臣必于孝子之门。那么，王进他忠吗？

5. 忠信

母亲说惹不起，躲得起，大思路是对的。可宋朝之大，躲到哪里？有他们母子的容身之所吗？"王进道：'母亲说得是。儿子寻思，也是这般计较。只有延安府老种经略相公镇守边庭，他手下军官，多有曾到京师的，爱儿子使枪棒，何不逃去投奔他们？那里是用人去处，足可安身立命。'"繁华的京都、诱人的官场、体面的工作、安稳富裕的生活，这些都是林教头宁可屈辱地活着都不愿割舍的东西，可王进毅然决然将其抛弃，远离京师，赶赴偏僻荒凉的边陲小镇延安。王进最后是进了军营，还是隐没在了寻常巷陌，我们不得而知，反正他没有成为"魔君"，没有杀

① 朱一玄、刘毓忱：《水浒传资料汇编》，南开大学出版社 2012 年版，第 227 页。

人，没有落草，是一个不折不扣的顺民。金圣叹亦认为王进是个忠信之人，他说：“吾又闻古有求忠臣必于孝子之门之语，然则王进亦忠臣也。”[①] 王进居家孝顺，于国忠良，其忠信志诚，可见一斑。

王进的忠信还体现在日常生活中对人对事的态度上。淳朴厚道的农人史太公收留他母子过夜，且帮他医好老母的心疼病，王进记挂在怀，知恩图报。对史进的武艺传授，是每日点拨，从头指教，不遗余力，倾注了全部心血，“半年之上，史进把这十八般武艺，从新学得十分精熟。多得王进尽心指教，点拨得件件都有奥妙”，史进日后的表现和名气都是很好的证明。

王进是个仁义、睿智、正直、孝顺、忠信之人，应该是大宋上上下下心目中的安善良民。小说主要凸显的是他的“德”，以引起读者对他的同情，激起共鸣。这样一个好人，一个没有什么过错、本人没有招谁惹谁的好人，却被迫害得无家可归，亡命天涯，想想他能没有怨气吗？他对谁有怨气呢？

二、王进“怨”的是个什么样的人

中国人都知道，王进怨的是高俅。高俅此人有两大特点。

1. 多才多艺

“且说东京开封府汴梁宣武军，一个浮浪破落户子弟，姓高，排行第二，自小不成家业，只好刺枪使棒，最是踢得好脚气毬，京师人口顺，不叫高二，却都叫他做高毬。……这人吹弹歌舞，刺枪使棒，相扑顽耍，颇能诗、书、词、赋。”高俅对音乐、舞蹈、文学、书法、杂技、相扑等艺术形式很有造诣，特别是蹴鞠球技精湛，世所罕有，连酷爱蹴鞠的宋徽宗都对他佩服得一见倾心。高俅虽属无赖盲流，但放在现在绝对是个非常火爆的文艺青年。

2. 人品低劣

小说写道：“若论仁、义、礼、智、信、行、忠、良，却是不会，只在东京城里城外帮闲。”是一个被父亲开除家籍、被开封府尹开除市籍成为盲流的痞子，后辗转到淮西开赌坊的柳世权、东京城开生药铺的董将士、小苏学士、驸马王晋卿、端王处。“后来没半年之间，直抬举高俅做

---

① 朱一玄、刘毓忱：《水浒传资料汇编》，南开大学出版社2012年版，第227页。

到殿帅府太尉职事。”一个未发迹时人见人嫌的无赖，竟然被伯乐皇帝揪着小辫扶摇直上、平步青云、飞黄腾达一跃而成为国家的中流砥柱。那么发迹后的高俅会不会摇身一变，改头换面，立地成佛呢？

三、王进“怨”高俅什么

1. 挟势弄权，杀鸡儆猴

高殿帅新官上任，得知有人未到，很是恼火。即便知道了事出有因，也不饶恕，依然要大施淫威，真是“一朝权在手，便把令来行”，要给考勤未到、患病在家但已请假的下属王进一个厉害尝尝。“高俅喝道：‘胡说！既有手本呈来，却不是那厮抗拒官府，搪塞下官！此人即系推病在家，快与我拿来。’”本帅刚上任你就有病，成心与领导过不去吗？高俅上任伊始，就发号施令，吹胡子瞪眼，好让人知道他高太尉不是吃素的。典型的小人得志！

2. 父债子还，心胸狭窄

高俅随即差人捉拿王进。“牌头与教头王进说道：‘如今高殿帅新来上任，点你不着，军正司禀说染病在家，见有患病状在官。高殿帅焦躁，那里肯信，定要拿你，只道是教头诈病在家。教头只得去走一遭；若还不去，定连累小人了。’王进听罢，只得挨着病来。进得殿帅府前，参见太尉，拜了四拜，躬身唱个喏，起来立在一边。高俅道：‘你那厮便是都军教头王升的儿子？’王进禀道：‘小人便是。’”其实高俅早就了解得一清二楚，就等下手开刀杀“仇人”了。嘿，高俅，你以前是个市井混混，但现在鸟枪换炮成为新贵，位高权重，你还睚眦必报，连当年与下属父亲之间的纠葛都放不下，气量太小了，哪有个高级领导的样子？都说大人有大量，“宰相肚里能撑船，将军额上能跑马”，高俅，你的心眼儿怎比那针鼻儿还小。你与韩信相比简直是天壤之别，韩信成为上将军后，对曾羞辱他的小混混不仅没有惩罚，反而抬举他做了都尉，不念旧恶，以德报怨。哎，同样是高级干部，做人的差距怎么就这么大呢？

3. 恶语伤人，官报私仇

接着，口含天宪、行为下作的高俅首先从王进的父亲身上开刀，对王进在精神上实施摧残。“高俅喝道：‘这厮，你爷是街市上使花棒卖药的，你省的甚么武艺？前官没眼，参你做个教头，如何敢小觑我，不伏俺点视！你托谁的势，要推病在家，安闲快乐！’王进告道：‘小人怎敢，其实患病未痊。'高太尉骂道：'贼配军，你既害病，如何来得？'王进又告道：'太尉呼唤，安敢不来！'高殿帅大怒，喝令左右：'拿下！加力与我打这厮！'"……高俅的诽谤、羞辱、诬陷、斥骂，岂止"恶语伤人六月寒"，特别是骂王进的先父比打王进还要难受万分。打，伤的是表皮；骂，伤的是内心。如此行径哪里有国之重臣的样子，活脱脱一副泼皮无赖流氓恶棍的嘴脸。这样的鸟人偏偏身居高位、手握国家重器，岂不让人寒心？更可气的是，明明是挟私报复，却师出有名，什么藐视上级、撒谎休假；更恶毒的是，精神上摧残后，紧接着又想实施身体摧残。只不过高太尉一扭头，发现人没了。原来王进"光棍不斗势力""光棍不吃眼前亏"，不跟你高俅玩儿了。

整部《水浒传》，为什么不先写"魔"（一百零八人），却是首先写"人"？

有人说，王进虽不是"魔"，但他是本套书中第一个出场的好汉。

错！他不是好汉，是个好人。因为本书中的好汉必须具备武胆——行武的胆力和气魄，这应是作者认为的好汉最基本的不可或缺的条件，《水浒传》中的好汉基本都杀过人或与命案有关。有人说吴用没杀过人，错！吴用杀的人是吴用，他最后不是自杀了吗？王进缺乏这种武胆。

有人问，难道你认为王进的武艺不行？

错！王进的武艺应该是不错的，但艺高不一定胆大，正如胆大不一定艺高一样。之所以说他武艺高强，一方面他是东京八十万禁军的教头，没两下子坐不到也坐不稳那个位子；另一方面从他徒弟史进身上也可推断师父的不同寻常。史进在出道前，自以为经了七八个有名的师父，武功不含糊，没想到与王进过招，"只一缴"，便把棒丢在一边，"扑地望后倒了"，这证明王进的武艺真是十分了得。史进自此拜王进为师，只半年以后，学得十八般武艺样样精熟，日后小试牛刀威震少华山，上梁山后成为马军八骠骑之一，地位仅次于五虎将，位列天罡星第二十三位，属于不可多得的一流战将。没想到，史进这个速成班的学员的武艺竟远在林冲的徒弟曹正之上，正应了"名师出高徒"这句俗语。王进的武功应不在林冲之下，绝对是个人才。

有人认为先写王进，是为了引出史进，让王进教史进武艺，使史进成为有实战能力的英雄。

大错特错！您认为只有王进会武功吗？鲁达、林冲没资格给史进当老师吗？之所以让王进第一个出场，关键因为他是一个“人”，一个好人，一个有能力的好人，一个有能力为大宋王朝出力报效的好人，却也活得很无奈、很憋屈、很沮丧、很迷茫、很心碎、很悲剧。王进有怨气，很正常。谁能说他没怨气，谁敢说他没怨气？高俅辱骂他的先父他没怨气？高俅逼得他年迈苍苍的老母风餐露宿、跋山涉水、无法安享晚年他没怨气？高俅整得他没了铁饭碗他没怨气？高俅害得他有家难回、破家败产他没怨气？……总之，“人”都怨气冲天了，“魔”就可想而知了，“魔”那火暴脾性再忍气吞声就不正常了。作者是在为“魔君”出世（不甘屈辱，暂居水泊）的正当性、正义性寻找理由。

而且，我还认为作者安排王进第一个出场，是要让他报道传达一个信息，即赵宋王朝气数衰微，不久将寿终正寝。因为“王进”谐音“王气将尽”或“进于亡也”。“王气将尽”的原因在于像王进这样的“孝子忠臣”“国家之祥麟威凤、员璧方珪”① 都屈居下位，报国无门，甚至惨遭打压、迫害。一个人正气不足，必然正退邪生，焉能不病？一个国家“权奸筹国，顷致无术②”，（见清代陈枚《水浒传序》）必然乱象丛生，一盘散沙，焉能不败！

整部《水浒传》，为什么不先写“六贼”，却先写高俅？

“北宋六贼”之说始见于《宋史·钦宗本纪》：“（宣和七年十二月甲子）太学士陈东等上书，数蔡京、童贯、王黼、梁师成、李彦、朱勔罪，谓之‘六贼’，请诛之。”这“六贼”在《宋史》中都榜上有名，蔡京入《奸臣传》，王黼、朱勔入《佞幸传》，童贯、梁师成、杨戬、李彦入《宦者传》。“六贼”基本都是宋徽宗重用的大臣，他们个个都是贪赃枉法、巧取豪夺的高手，折腾百姓、作恶多端的能手，吃里爬外、卖国求荣的行家里手，当时京师流传着这样一首民谣：“打破筒（谐童贯姓），泼了菜（谐蔡京姓），便是人间好世界。”导致方腊起义和金国南侵，成为推进北宋快速灭亡的罪魁祸首。可能徽宗朝极品级的坏蛋太多，高俅在“六贼”面前都小巫见大巫，自愧弗如，无地自容，他都没有资格进入“六贼”行列。但却被小说作者“提拔”进了“四大奸臣”（蔡京、童贯、高俅、杨戬）的团队，且有幸第一个出场，原因是什么呢？

① 朱一玄、刘毓忱：《水浒传资料汇编》，南开大学出版社 2012 年版，第 228 页。

② 朱一玄、刘毓忱：《水浒传资料汇编》，南开大学出版社 2012 年版，第 317 页。

原因嘛，应该是高俅的名字听起来与徽宗皇帝的喜好和专长太有缘分之故。“高俅”的谐音是“高毬”——毬技高超。徽宗就酷爱蹋毬，爱屋及乌，对有同好的队友高俅也格外垂青，而不问其德才能否承担得起那么重要的职责。导致徽宗主政期间，朝中几乎全是佞臣。奸贼弄权，群魔乱舞，把个赵宋王朝折腾得乌烟瘴气，鸡飞狗跳，终使徽宗老儿光荣“北狩”。（还好，有儿子钦宗和后宫众多美女相伴）实际上，作者抬出高俅，批判的锋芒应该是直指“三好”皇帝宋徽宗。“三好”者：好艺、好道、好女人也。只不过在帝制时代，作者不得不用曲笔而已。试想，“四大奸臣”又是谁在赏识和重用他们呢？没有昏君，何来奸臣？

本来，徽宗好艺（石艺园艺、金石书画、玩鸟蹴鞠等）也无可厚非。但身为皇帝，不该爱艺胜过爱江山。你把那江山交给高俅踢，他可是擅长踢腾的高手，能不给你踢散架子吗？你把那奇花异石、名木佳果看得比老百姓的命还重，整得很多人家墙倒屋塌，居无住所，民不聊生，民怨沸腾。青面兽杨志就是因为运送“花石纲”而开始了他的倒霉生涯；方腊起义也是以诛杀苏杭应奉局的一把手朱勔为号召。你“敲剥天下之骨髓，离散天下之子女，以奉我一人之淫乐，视为当然，曰：‘此我产业之花息也’。然则为天下之大害者，君而已矣”[①]！这个“君”说的就是你赵佶啊。有人说：“一位君主必须依靠他的行动去赢得伟大人物与才智非凡的声誉。”[②] 什么行动？“世上没有任何事情比得上伟大的事业和做出卓越的范例，能够使君主赢得人们更大的尊敬。[③]”可徽宗干的是什么事情呢？简直称得上是乌七八糟！而且，徽宗的属下都视“皇帝的爱好高于一切”为座右铭，把皇帝对美好生活的向往，当成他们的奋斗目标。君臣沆瀣一气，狼狈为奸，都把老百姓看得不如牛马、不如草芥。那老百姓把他们看成什么呢？寇仇呗！顺理成章啊。徽宗啊，赵佶啊，日子混到这个份儿上，估计你的好日子也快到头儿了。不让你着着急，天理难容啊！

没有徽宗，就没有高俅；没有高俅，就没有王进的出走；没有王进的

---

① 黄宗羲：《黄宗羲全集》（第一册），浙江古籍出版社 1985 年版，第 2 页。

② 〔意〕尼可洛·马基雅维里：《君主论》，潘汉典译，商务印书馆 1986 年版，第 106 页。

③ 〔意〕尼可洛·马基雅维里：《君主论》，潘汉典译，商务印书馆 1986 年版，第 105 页。

出走，就没有史进的出世，历史就很难进入风云际会、龙争虎斗的时期。也就是说，天罡地煞就很难出世。意在表明导致北宋王朝覆灭的主要责任在最高统治者，在最高统治者确立的治国方略——崇文抑武。

第五讲　天怒人怨造英雄

经常听人说“时势造英雄”，很少听过“天怒人怨造英雄”，它们有区别吗？有，前者属于泛指，后者稍微具体些。“时势”的概念比“天怒人怨”要大，在逻辑学上二者属于包含关系。

所谓“时势”，就是一定历史时期内各种社会历史条件的总和所造成的客观时空环境及其发展趋势。所谓“英雄”，即杰出人物，是那些品质优秀、才能超群、生性勇武、面对困难百折不挠的人。英雄人物的出现是一定历史时代的必然产物，正如马克思在《1848 年至 1850 年的法兰西阶级斗争》第二章末尾写道：“如爱尔维修所说的，每一个社会时代都需要有自己的伟大人物，如果没有这样的人物，它就要创造出这样的人物来。”① 只不过不同时代产生不同类型的英雄，比如兵荒马乱或保家卫国的时代产生战争英雄，像刘备、曹操、孙权、关羽、张飞、诸葛亮以及赵一曼、杨靖宇、赵尚志、左权、董存瑞、杨根思、黄继光、邱少云、毛岸英等金戈铁马，浴血疆场；和平发展的年代产生和谐英雄，像雷锋、李素丽、焦裕禄、王杰、欧阳海、向秀丽、赖宁等为人造福，大爱无疆；黑暗没落的时代产生悲剧英雄，像比干、屈原、商鞅、杨业、岳飞、文天祥、于谦、袁崇焕、林则徐、谭嗣同、秋瑾等忠肝义胆、血荐轩辕。

“时势”当中包含一种情况就是“天怒人怨”。翻检中国古代史，治少乱多，政治清明的时候少，浊世乱世多，好几千年仅有“四大治世”：文景之治、贞观之治、开元盛世、康乾盛世，可谓少得可怜。相对来讲，

① 马克思、恩格斯：《马克思恩格斯选集》（第一卷），人民出版社 1995 年版，第 432 页。

“天怒人怨”的时候较多，只不过程度不同而已。

“天”（或“天帝”“天神”）是中国古人的最高信仰，和西方人信仰上帝一样。无论东方还是西方，都有各自不同的信仰，都有把某个自然物或者想象虚拟的影像神化或者人格化的倾向。天神的一笑一颦、一嗟一叹、一举一动无不牵动着下界凡人的脆弱神经，雷击、洪水、旱灾、虫灾、风灾、地震等自然灾害都被视为老天爷对人间统治的不满，都被看成是执政有失。所以，历朝历代只要发生大的自然灾害，帝王们（聪明的）都要反躬自省，检讨自己的过失过错，甚至要下“罪己诏”昭告天下。皇帝写检查，写给天帝吗？不是，他主要是做给天下人看的。帝王们心里很清楚，天怒不可怕，可怕的是天怒发展到人怨，更可怕的是有人借天怒做文章替天行道造反作乱。天怒不一定代表人怨，但天怒很容易成为人怨的诱因和导火索。由此，帝王们对天怒非常重视，千方百计查漏补缺防患未然，使天怒不至于酿成人怨。人怨关乎民心，民心向背是最大的政治啊！

我们平时所说的“天灾人祸”这个词造得非常高明，意思是只有天灾而没有人祸，就不会出大乱子；自然的灾害加上人为的祸患，那就麻烦了，老房子着火——没得救了。大家知道，自然灾害的事先预防和防范，事后的救助、恢复和重建，直接考量、彰显的是统治者的治理体系和执政能力。风清气正、国泰民安时，天怒往往被简单地理解为天灾，甚至在天灾面前，人们反而会更加同心协力，共赴时艰；而吏治腐败、民不聊生时，特别是暴虐、昏朽或处于王朝末世时，即使面临一点点儿的天灾，也可能触发人怨，极易堤溃蚁穴，一发而不可收。在中国历史上，天怒人怨是国家动乱的根源，也是人民起义的主要原因。

秦末农民起义就是天怒人怨的结果。当时的天怒表现为水患成灾，人怨则怨的是秦朝统治的残暴严酷。当时，老百姓动辄触犯刑律，遭受刑罚。公元前 209 年，陈胜、吴广等 900 多名壮丁被官差押送前往渔阳（今北京密云县西南）戍边，走到今安徽省宿州一带，途遇大雨，不能如期到达目的地，误期全部都要被杀死，逼得他们发出了“王侯将相，宁有种乎”的呐喊。《史记》载：“二世元年七月，发闾左适戍渔阳九百人，屯大泽乡。陈胜、吴广皆次当行，为屯长。会天大雨，道不通，度已失期。失期，法皆斩。陈胜、吴广乃谋曰：‘今亡亦死，举大计亦死，等死，死国可乎？’”陈胜曰：“天下苦秦久矣。……”反正是死，与其窝窝囊囊死，不如轰轰烈烈干一场。就这样，他们斩木为兵，揭竿为旗，中国历史上第一次大规模的农民起义就此拉开了序幕。

汉末黄巾起义亦表现为天怒人怨。东汉末年灵帝年间，雷电、冰雹、大旱、地震等灾害频发，怪事不断，皇帝荒淫变态，宦官、外戚乱政，百姓苦不堪言，以致走投无路的贫苦农民纷纷头扎黄巾，高喊“苍天已死，黄天当立，岁在甲子，天下大吉”的口号，向腐朽的统治者发动了猛烈攻击。《三国演义》第一回写道：

> 建宁二年四月望日，帝御温德殿。方升座，殿角狂风骤起。只见一条大青蛇从梁上飞将下来，蟠于椅上。帝惊倒，左右急救入宫，百官俱奔避。须臾，蛇不见了。忽然大雷大雨，加以冰雹，落到半夜方止，坏却房屋无数。建宁四年二月，洛阳地震；又海水泛溢，沿海居民，尽被大浪卷入海中。光和元年，雌鸡化雄。六月朔，黑气十余丈，飞入温德殿中。秋七月，有虹现于玉堂；五原山岸，尽皆崩裂。种种不祥，非止一端。帝下诏问群臣以灾异之由，议郎蔡邕上疏，以为蜺堕鸡化，乃妇寺干政之所致，言颇切直。帝览奏叹息，因起更衣。曹节在后窃视，悉宣告左右；遂以他事陷邕于罪，放归田里。后张让、赵忠、封谞、段珪、曹节、侯览、蹇硕、程旷、夏恽、郭胜十人朋比为奸，号为“十常侍”。帝尊信张让，呼为“阿父”。朝政日非，以致天下人心思乱，盗贼蜂起。

有人说，小说家之言怎能当真？应该能。因为《三国演义》是在史书《三国志》的基础上写的，有些地方可以当真。清代著名史学家章学诚都说它“七实三虚”：七分史实，三分虚构。没有违背历史的基本事实，我们就不必拘泥某些成说了。且中国古代不少小说是“史之补也”，可以当史书读的。若还不信，请参看《后汉书·本纪·孝灵帝纪》，那上边写的和小说大致无二，但没有小说清晰好读。

唐末农民起义也不外乎天怒人怨。唐僖宗乾符年间，灾荒不断，尤其是潼关以东直到海滨的广大地区连年大旱，几乎颗粒无收，许多人被迫吃草、吃土、吃树皮，天下百姓，流离失所，哀鸿遍野。灾情如此严重，官府照样催逼赋税。高高在上的僖宗皇帝每天照样嬉戏游乐，可巧的是他和徽宗皇帝非常相似。二人都是真正意义上的亡国皇帝；都是运动健将，徽宗是知名的“蹴鞠皇帝”，僖宗是有名的“马毬天子”；都爱好广泛，什么听歌听戏、架鹰斗鸡等，除了正事之外，别的样样精通。此外唐僖宗和汉灵帝也有惊人的相似之处，二人都拜太监为干爹：汉灵帝的干爹是太监张让，唐僖宗的干爹是太监田令孜。唐末的政治极度腐败，老百姓极端痛苦，“关东连年水旱，州县不以实闻，上下相蒙，百姓流殍，无所控诉，相聚为盗，所在蜂起①”。小乱终究是要酿成大祸的，“金色蛤蟆争努眼，翻却曹州天下反”，这句极富气势和煽动力的谶语，惹得两个盐贩子王仙芝、黄巢热血沸腾，一个在河南，一个在山东造反了。

明末农民起义也是如此，特别是北方大旱，旱灾又引发蝗灾，灾难于是扩展到旱灾以外的地区，导致大面积、大范围的饥荒，饥荒最终导致人吃人。陈其猷《饥民图》、计六奇《明季北略》、马懋才《备陈大饥疏》等史料都有记载：“炊人骨以为薪，煮人肉以为食。而食人之人，亦不免数日后面目赤肿，内发燥热而死矣。于是死者枕藉。”面对此种情况，“官府不仅不予以赈灾蠲免，反而束于功令，赋税之外又加辽饷、剿饷、练饷，地方官趁机勒逼，严为催科”。更加变本加厉，敲骨吸髓，引发各地饥民和流民蜂拥而起，他们高喊“均田免粮”的口号，渐成燎原之势，直至占领京师，将崇祯皇帝逼死在煤山。

中国历史上规模最大的农民起义太平天国运动更是天怒人怨的结果。1846年至1850年，两广地区自然灾害严重，水灾、旱灾、虫灾不断，广大劳苦大众陷入饥饿和死亡的境地。此时，中华民族已沦为半殖民地半封建社会，内忧外患史无前例，但满清官僚政府却很不给力，对老百姓比秃尾巴狗都横，对洋人则奴颜婢膝、唯命是从，纯粹一个三孙子，统治更加不得人心。老百姓除了给本国政府缴税纳贡，还要给外国鬼子赔款割地，双重的剥削压榨造成阶级矛盾和民族矛盾异常尖锐。贪官污吏、土豪劣绅借机巧立名目，雁过拔毛，使下层民众的生活愈发苦不堪言。再加上外国的鸦片和商品大量输入国内，小农经济开始解体，大批农民破产、失业，挣扎在死亡线上。此时，洪秀全打出了激荡人心的口号：有田同耕，有饭同食，有衣同穿，有钱同使，无处不均匀，无人不饱暖。以致天下归心，将士用命，反清力量迅猛发展壮大，纵横大半个中国达十四年之久。

---

① 司马光：《资治通鉴》卷二百五十二，中华书局1956年版，第8174页。

自秦汉到明清，跨越两千年的时空隧道，中间兴衰存续不断，朝代更替频繁，真可谓城头变幻大王旗，各领风骚若干年。每个成功者夺得政权、坐上宝座的形式各有不同，但王朝覆亡的背景和原因却都惊人的相似，那就是天怒人怨。《水浒传》天罡地煞的出世自然也难逃这一规律。

《水浒传》中所表述的天怒就是发生于宋仁宗年间的水灾和瘟疫；人怨就是以“王进”为代表的人民大众对以洪太尉、高太尉为代表的文官政治集团的不满和仇恨。天怒和人怨两者结合，才会天下动荡大乱。

应该说，《水浒传》上描写的真正造反的不是宋江，宋江的叫聚义，不叫起义和造反。“虽然义军的首领之一李逵曾多次说过要‘杀去东京，夺了鸟位’一类的话，义军的另一位朱贵也说过‘俺这里兀自要和大宋皇帝做个对头’，但这支义军的主要领导者及大多数人并不反对皇帝，并不想着夺取政权；相反，他们比起皇帝身边的大臣更加忠于皇帝，他们是以等待招安、为国效力作为起义的最终目标的。但他们又为什么反上梁山呢？根本原因就在于他们生活在一个不公道的社会，他们中的大多数人都在这个社会中受到了不公正的待遇。《水浒传》所表现的社会的最大的不公正，就是李卓吾所说的‘冠屦倒施，大贤处下，不肖处上’。(《忠义水浒传序》）……梁山义军中的许多首领，都有非凡的武艺，超人的谋略，都曾想为国家建功立业。”①《水浒传》上真正造反的魁首是方腊，方腊起义比起宋江的聚义，更是天怒人怨特别是人怨的结果。其举事的直接原因是“因朱勔在吴中征取花石纲，百姓大怨，人人思乱”，而并非简单的“此人原是歙州山中樵夫，因去溪边净手，水中照见自己头戴天平冠，身穿衮龙袍，以此向人道他有天子福分，因而造反”。（一百一十回）述说“天怒人怨”的记载在《大宋宣和遗事》中则更为详细，该书说宋徽宗即位后，“朝欢暮乐，依稀似剑阁孟蜀王；论爱色贪杯，仿佛如金陵陈后主。遇花朝月夜，宣童贯、蔡京；值好景良辰，命高俅、杨戬。向九里十三步皇城，无日不歌欢作乐。盖宝箓诸宫，起寿山艮岳，异花奇兽，怪石珍禽，充满其间；画栋雕梁，高楼邃阁，不可胜计。役民夫百千万，自汴梁直至苏杭，尾尾相含，人民劳苦，相枕而亡。加以岁岁灾蝗，年年饥

① 张稔穰：《中国古代小说艺术教程》，山东教育出版社 1991 年版，第 195 页。

馑，黄金一斤，易粟一斗；或削树皮而食者，或易子而飧者。……天子全无忧问，与臣蔡京、童贯、杨戬、高俅、朱勔、王黼、梁师成、李彦等，取乐追欢，朝纲不理。……满朝上下，皆喜谀佞，阿附权势，无人敢言其非”①。太能瞎折腾的徽宗皇帝，带领手下一帮特会捧场的大臣，君臣同乐，朋比作奸，搅得民不聊生，民怨沸腾，逼得方腊扯起了反旗。

天怒从哲学角度讲，属于外因，只是事物发展和变化的条件，对事物的发展变化不起决定性的作用，也就是说仅有天怒不会酿成大的祸患。《水浒传》中的天怒发生在嘉祐三年（1058），到天罡地煞聚义的徽宗朝，相隔半个多世纪，其间马照跑，舞照跳，天下太平，万民乐业。小说作者生怕读者察觉不到这种情形，专门在第二回的开头又啰唆了一番：

> 后来仁宗天子在位共四十二年，晏驾，无有太子，传位濮安懿王允让之子，太宗皇帝的孙，立帝号曰英宗。在位四年，传位与太子神宗。神宗在位一十八年，传位与太子哲宗。那时天下尽皆太平，四方无事。

意在说明天怒并不直接导致天下大乱。天怒不可怕，人怨不得了。

人怨属于内因，是事物发展的根本原因，对事物的发展变化起决定性的作用。天怒之后降到人间的这些魔王即武士并没有马上作乱，他们一直做着安善良民、守法顺民，直到人怨沸腾，也就是君子风范的王进被逼得远走他乡，有家难奔，有国难投。此时备受迫害的豹子头、壮志难扬的青面兽、仗义疏财的及时雨、四海漂泊的武行者、德才兼备的玉麒麟这些“妖魔”们才不得不身归绿林，替天行道。应该说，《水浒传》作者对“天怒人怨”的认识还是相当客观的。

了解了“天怒人怨”，接下来我们了解什么叫“英雄”，《水浒传》中的英雄究竟是不是英雄？

汉代刘劭在其《人物志》中专门就“英雄”二字作了阐述：“夫草之精秀者为英，兽之特群者为雄。故人之文武茂异，取名于此。是故聪明秀出谓之英，胆力过人谓之雄，此其大体之别名也。②”水浒英雄聪明秀出，胆力过人，如此解读比较贴合他们的形象。有人可能说太高抬他们了，一

---

① 佚名：《新刊大宋宣和遗事》，中国古典文学出版社 1954 年版，第 10 页。
② 刘劭：《人物志》，刘国建注译，长春出版社 2001 年版，第 94 页。

百单八将除了史进、鲁智深等有数的几位能配得上英雄的称号外，其他充其量也就是个好汉。

好汉一般指勇敢坚强的男子。水浒上的好汉具有一些共性，如仗义疏财，不近女色，杀人放火乃至豪饮海塞等。又有人会说称他们是好汉也不合适，他们的行为简直就是土匪、强盗。

土匪多指抢劫财物，为非作歹，残害百姓的武装集团。强盗则是以暴力夺人财物者。

对“英雄”的解读，我们在此只是简要地说了一下其概念，并与相关的评价词语做了一下比较。但到底一百单八将是不是“英雄”，相信不同时代、不同地位和阶层的人对此会有不同的回答。认为他们是英雄豪杰的，应该是对鲁达等人锄强扶弱、除暴安良的豪侠行为非常欣赏和感佩；认为他们是土匪盗贼人渣恐怖分子黑社会的，可能是对武松、李逵、王英等人的滥杀、强暴行为非常反感和不满。因此，要想说清这个问题并非易事，留待后面的人物解读中读者自己去品悟吧。

需要一提的是，在明代，就有人将《水浒传》和《三国演义》合而为一，以《英雄谱》之名刊行于世。熊飞在《〈英雄谱〉弁言》中说：“凡称丈夫，各有须眉；谁是男子，不具血性？英雄有尽于《三国》《水浒传》也，是一指而蔀斗也。英雄无谱，而英雄又不尽于《三国》《水浒传》，则余之合《三国》《水浒传》而题为《英雄谱》也何居？”[①] 杨明琅在《叙英雄谱》中，更是将李逵与关云长相提并论：“寿亭侯忠义千古，黑旋风孝勇绝伦，持此青龙偃月刀朴刀大斧，何难劈开霄壤，扫荡妖氛耶？”并认为：“为君者不可以不读此谱，一读此谱，则英雄在君侧矣；为相者不可以不读此谱，一读此谱，则英雄在朝廷矣。”[②] 和李卓吾之说如出一辙。可见，早在明代，有人就视一百零八人为英雄豪杰了。

当然，十个指头伸出来不一般齐，即一百零八人“人有其性情，人有其气质，人有其形状，人有其声口[③]”，不能一概而论。但对“英雄”特别是“水浒英雄”这一整体形象还是应该有一个基本的把握，这也是阅读《水浒传》应有的前提。下面，我们主要谈谈过来人们存在的一些

① 朱一玄、刘毓忱：《水浒传资料汇编》，南开大学出版社 2012 年版，第 203 页。
② 朱一玄、刘毓忱：《水浒传资料汇编》，南开大学出版社 2012 年版，第 205 页。
③ 朱一玄、刘毓忱：《水浒传资料汇编》，南开大学出版社 2012 年版，第 213 页。

认识误区。

误区之一：求全责备，道德至上。

即站在道德高地评头论足，把水浒英雄看作抽象的人，要求他们成为十全十美的至人、圣人、贤人，简单说就是完人。符合“完人”标准的就褒，不符合的就使劲地贬。

我们不止一次说到，评说《水浒传》的一百零八人，不要将之简单地定位为好人或坏人。他们“或精灵，或粗鲁，或村朴，或风流，何尝相碍，果然认性同居；或笔舌，或刀枪，或奔驰，或偷骗，各有偏长，真是随才器使”。性情和材质各异，“精灵”的如白胜嗜赌，“风流”的如王英好色，“偷骗”的如时迁和段景住等。实际上，梁山英雄不仅不是完人，不是君子，甚至都不是一般人所说的什么“好人”。中国人认为君子动口不动手，水浒英雄喜欢动手甚于动口，他们能成为普通人心目中的君子吗？执着地按道德完人的标准要求他们，本身就是欠妥的。

他们并不是那么高尚的人，纯粹的人，脱离了“低级趣味”的人。他们就是一群武夫，精神上受到打压，物质上比较贫乏（如李忠、刘唐、阮氏三兄弟、白胜、杨志、解氏兄弟、武松、李逵、石秀以及多数上山落草的），身心上都有这样那样的不足和毛病。比如史进把母亲气死，有时还进妓院嫖嫖娼；鲁智深在五台山上酗酒闹事毁坏公物、污损环境卫生，还偷拿过桃花山李忠、周通的赃物等。如何看待这些问题？一要看人的本质，如史进气死母亲，并非其个人品质恶劣，而是他执着于武学，母亲眼见爱子难以成龙，绝望弃世，这个账主要应记在“崇文抑武”的国策上，主要是那个社会导致了这一悲剧。二要还原当时的社会场景，比如宋代的娼妓业是合法的，秦楼楚馆公开营业，平民百姓寻花问柳并不受法律的约束，当然身为万民表率的官员是不允许招妓买醉的。如果愣把现代社会嫖娼违法的观念运用到宋代，硬生生地给史进的风流行为贴一个道德标签，就显得不大对头儿。三要看大节，看整体，只盯住某人身上的某个斑点、某个痦子说事甚至无限放大，那世上就不会有一个俊男靓女了。

他们也有正常人的食欲、钱欲、物欲，并不是毫无自私自利之心的人。比如他们多次提到“快活”二字，提到“大碗喝酒，大块吃肉”，在“智取生辰纲”后将其中的一部分“赃银”分给参与者，等等。他们的这些言行受到现代人的很多诟病，比如吴越先生说：“这样的强盗，实质上大都是没有一点儿民族自尊心、只想到自己的糊涂蛋子强盗!”[1] 周思源先生说：“他们的目的只是为了自己一世快活而已，丝毫没有为了贫苦大众的打算。”[2] 并指出他们的“仇富”“劫富”心理和行为，否定其义举性质，否定其英雄形象。“所谓‘劫富济贫’，实际上是一种财产再分配行为，然而‘劫富’的结果并没有‘济贫’，而是被极少数人侵吞了，并没有实现财产性质的改变，不义之财并没有改变为正义之财，只是从一些掠夺者——贪官污吏手里转移到另外一些掠夺者即各个山头的头领手中而已。[3]”“个人的财产，无论是生产资料还是消费资料，只要是合法地获得的，都应该受到法律保护，政府、团体或任何个人都不得侵犯。说得更明确一点儿，根据无罪推论，只要不能证明个人财产是非法所得的，就应受到保护。水浒英雄或罗宾汉抢劫富人的做法是不折不扣的违法行为。而且，即使是非法财产，也只能由执法机构依法剥夺，而不能由个别英雄自行其是。[4]”这些观点已将梁山好汉视为现代杰出的共产党人了，对此齐裕焜先生曾反驳道：“‘大碗喝酒，大块吃肉’正是挣扎在饥饿线上老百姓的朴实的愿望，达官贵人，富贵之家的老爷、太太、少爷、小姐们才不想‘大碗喝酒，大块吃肉’呢，他们追求的是饮食的精致化。对于八百年前参加起义的贫苦百姓来说，《水浒传》这样的描写不是很真实吗?”[5] 而且，对“济贫”问题也不能作纯粹化、绝对化、理想化地看待，难道刘唐、白胜、阮氏兄弟等穷苦百姓分点儿银子不叫“济贫”?难道抢劫后的钱财马上分给穷人引来官府的追捕才叫“济贫”?难道晁盖把银子用来发展梁山的正义事业不叫“济贫”?至于梁小民先生一边说“只要不能证明个人财产是非法所得的，就应受到保护”，一边又说“即使是非法财产，也只能由执法机构依法剥夺，而不能由个别英雄自行其是”更让人啼笑皆非。这些观点放在现代社会可能合理，可放在封建社会的宋朝就显得荒唐了。试问，谁来、谁敢、谁能证明蔡京、梁中书的“生辰纲”不是合法收入，谁来、谁敢、谁能剥夺他们的非法财产?靠腐败的政府和官

---

① 吴越：《品水浒》，东方出版社 2008 年版，第 66 页。

② 周思源：《新解水浒传》，中华书局 2007 年版，第 10 页。

③ 周思源：《新解水浒传》，中华书局 2007 年版，第 11 页。

④ 梁小民：《收入再分配不是“劫富济贫”》，《中国经济时报》2002 年 6 月 22 日。

⑤ 齐裕焜：《〈水浒传〉研究中的一个悖论》，《齐鲁学刊》2010 年第 6 期。

员来裁定处理吗？靠蔡京、梁中书们反躬自省、洗心革面、脱胎换骨、顿悟成佛吗？晁盖等人不是“仇富”，而是“仇恶”，是对鱼肉百姓、搜刮民脂民膏的蔡京、梁中书们这些恶人的恨；他们不是“劫富”，而是“义举”，是那个社会血性男儿对贪官污吏的不屈反抗，是风险很大但也是唯一切实可行的方式。因为在古代，解决贪官蠹政害民的办法只有两个，一个是自上而下由皇帝出面以平民愤，一个是自下而上百姓铤而走险以抗争。在《水浒传》中，惩处贪官靠已成为腐败总头子的徽宗皇帝看来是公鸡下蛋——没指望了，要营造人间的公平、正义，全靠老百姓自己了。

误区之二：只贬个体，不究社会。

只抨击个体的滥杀、虐杀行为，而不追究隐在幕后的社会因素，似乎水浒英雄生来“野蛮”“暴力”，无厘头成为贼匪黑帮，嗜杀成性杀人不眨眼的恶魔，跟当时社会没有丁点儿关系。比如有人否定武松，必先列举武松杀嫂的血腥残忍和血溅鸳鸯楼的滥杀无辜，指责其毫无人性、凶残暴虐，进而全盘否定其英雄形象。但对社会的黑暗、不公和官僚的腐败只字不提，完全抛却群奸乱舞、法纪混乱的社会现实，好像武松是生活在真空中的异类，是生来如此，颇有点儿“只许州官放火，不许百姓点灯”匪夷所思的味道。武松为何要杀潘金莲？难道他想犯罪吗？他真不想！惊悉哥哥的死讯后，他首先想到的是依靠政府和组织，想方设法、克服许多困难搜集到凶手谋害哥哥的人证和物证，满怀希望地找到自认为与自己关系不错的“父母官”，没想到已收受仇家贿赂的知县大人所说的一番话似兜头一瓢冰水，浇了他个透心凉。无可奈何之下，好汉武二郎由公力救济转向私力救济。知县说道：“武松，你休听外人挑拨你和西门庆做对头；这件事不明白，难以对理。圣人云：‘经目之事，犹恐未真；背后之言，岂能全信？’不可一时造次。”狱吏便道：“都头，但凡人命之事，须要尸、伤、病、物、踪，——五件俱全，方可推问得。”知县饱读诗书，抬出圣人，手下人也来凑趣，意思是告诉武松，即使你本人亲自看到亲自捉到，这个官司你也打不赢。人常说：“秀才见了兵，有理说不清。”因为秀才说的“之乎者也”，文化素质低的大兵听不懂；现在可好，成了“武夫见了官，有理没人听”了，有文化的官根本就不听武夫说。想想当时的武松是什么心情？官府的态度是悲剧升级非常重要的一环。随后武松对知县只说了一句话就离开了公堂："既然相公不准所告，且却又理会。"您不管，我只能自己管了。仔细理解，您会觉得这是真汉子真爷们说的话！毫不纠缠，干脆利索。一般人遇到这种事，要么忍气吞声，要么气死拉倒，可武松是英雄好汉，不是孬种窝囊废。恨到极处，什么事情做不出来呢？当潘金莲们在通奸特别是谋杀武大郎的前前后后，官府和法律在干什么？不闻不问甚至默许纵容。要知道，赵宋法律对谋害亲夫是要判重刑的，宋代话本小说《错斩崔宁》中的陈二姐就是被官府认定为杀夫凶手而处以剐刑的。不仅对谋害亲夫的要处以酷刑，即使对通奸行为也是要判刑的。《宋刑统》卷二六《杂律·诸色犯奸》规定："诸奸者，徒一年半；有夫者，徒二年。"可官员徇私枉法，小民的冤情就不得伸张，"于是，武松不再寄希望于法律，不再相信法律，也不会再遵守和维护法律。此前，武松并没有杀过人，从杀嫂开始，武松就杀人不眨眼了"。（语出鲍鹏山《潘金莲的砒霜武松的刀》）一个良民、顺民，就这样变成了"暴民"。关于这个问题，几百年前的金圣叹早有认识，他在《宋史纲批语》中说："盖盗之初，非生而为盗也。父兄失教于前，饥寒驱迫于后，而其才与其力，又不堪以郁郁让人，于是无端入草，一啸群聚，始而夺货，继而称兵，皆有之也。然其实谁致之失教，谁致之饥寒，谁致之有才与力而不得自见？'万方有罪，罪在朕躬'。成汤所云，不其然乎？"① 可惜，现在不少学过唯物史观的人，反而没有金老先生的见识。

误区之三：同情女性，似是而非。

对《水浒传》中的女性抱有同情，自有合情合理的成分。但往往偏执一词，诿过于英雄，得出颠倒黑白的结论。比如：好多人为潘金莲掬一捧清泪，叹一曲衷肠，说她自小被卖到大户人家做使女，境遇可怜；长大些又因姿色可人，所遇非人，大户欲占为己有；喜的是金莲挺有个性，不爱财叔，无奈大户心怀鬼胎将她嫁与"三寸丁谷树皮"的武大郎为妻。（他想让金莲回心转意再找他，估计金莲嫌他又老又丑如意算盘落了空；金莲想现在在虎口，好歹是正妻一把手说了算，回转狼窝名分上不清不楚算什么呢？既入虎口，何回狼窝！）只可惜大郎又矮又丑，二人的婚姻极不般配、极不协调，被人说成是"好一块羊肉，倒落在狗口里"。潘金莲

① 朱一玄、刘毓忱：《水浒传资料汇编》，南开大学出版社 2012 年版，第 215 页。

的命运确实令人心痛，不幸的婚姻更是令人扼腕叹息。为此，不少人为金莲鸣不平，要为她的通奸、杀夫行为昭雪翻案，但往往越说越离谱。认为红杏出墙杀死武大不是她的错！谁之错？有人说：金莲美若天仙，嫁给武大这样的厮守一辈子，要不劈劈腿、偷点腥，太亏了，一辈子就白活了。好像错在潘金莲长得太漂亮（和武大比），心理失衡的一方就应该胡搞乱来；又有人说：都是武松惹的祸。当初潘金莲主动投怀送抱，他就不该拒绝，而且拒绝得太没水平，跟燕青拒绝李师师的水平相比差得太远了，最后把潘金莲逼到西门庆怀里。要是叔嫂相恋，哪有日后一根叉竿引发的血案？还有的说：潘金莲西门庆你情我愿“性福”缠绵，武大这个癞蛤蟆就应该有自知之明主动让位，无奈他却心胸狭窄、自不量力还很不理智拿武松来威胁，纯粹自己找死，潘金莲就应该为寻求幸福踢开绊脚石，可惜“性福”生活被所谓的“变态男”武松扼杀在摇篮里。总体说来，几乎都是武大、武松的错。客观地讲，这很不公平。咱就不说旧社会那可恶的蓄奴制了，从根本上这是潘金莲悲剧的根源，仅说潘金莲的个人道德素质问题吧。她想叔嫂乱来，社会风俗允许吗？她跟西门庆通奸，道德和法律允许吗？她和西门庆的关系，王婆发问他们是要长做还是短做，他们说要长做，难道要长做就只有害死武大这一条路吗？难道就不能离婚吗？听到此话肯定有人会蹦起来，认为古代只有丈夫单方面的“休妻”，妻子没有离婚的自由，那就错了。女弃男的故事历代都有，比如姜子牙、朱买臣都是被老婆甩掉的；开放文明的宋代比起前朝来应该进步更大，宋朝法律规定可以“和离”（即协议离婚）。（可参看《宋刑统·户婚律》）妇女可以主动提出离婚，这样的诉讼在当时并不鲜见，如李清照就提出与张汝舟离婚，而且成功了。又有人说了，潘金莲提出离婚，武大肯定不同意（武松未必不同意），这条路行不通。错！这时的潘金莲，已经不是一个人了，她的背后站着财大气粗、实力雄厚的西门庆，只要是钱能解决的问题，在西门庆那里都不是个事。他都能将惊天血案摆平，小小的离婚案不是小菜一碟吗！何况潘金莲婚姻的不和谐谁人不知，离婚合情合理合法，谁不支持，谁能阻挡得住！关键是潘金莲根本就没想离婚，她若提出离婚，就会净身出户，就不能风风光光嫁给西门庆，她可是一条女汉子，她不想在大红灯笼高高挂的宽宅大院里屈居人下。为此，她干脆一不做，二不休，扳不倒葫芦洒不了油，“斩草除根，萌芽不发”，王婆献计，西门庆买药，潘金莲亲自毒杀，人多主意多，人多事好办，一条龙下来残忍地毒死了武大郎。难道武大郎长得矮就没有生存权，长得丑就没有追求幸福的权利吗？那也是一条命，一个活生生的好人哪！勤劳、善良、本分还颇有些男人气概的武大郎就这样残忍地被人害死。潘金莲这么干，符合公序良俗吗？天道人心允许吗？这种令人发指的事情，在历代法律和普世道德上，都是不容许的，都是天理难容的。以上提到的三种观点，听起来似乎是同情女性，实际就是善恶不辨，美丑不分，甚至……需要注意的是，《水浒传》中的女性，“除了几位梁山女英雄不算，其余全是道德败坏的，她们年少的纵欲（书里叫她们作‘淫妇’），年老的贪财（叫作‘虔婆’），而两者之忘恩负义则如出一辙。[①]”为什么水浒世界里有如此多的坏女人？作者主要是为了说明武士的地位低下，或武士排斥女性的特有属性而设置。一句话，是为了小说的主题思想服务的，这样做难免让现代人觉得作者的妇女观有保守、落后之嫌。

误区之四：只盯芝麻，遑论其他。

有人否定水浒英雄，认为他们蔑视生命、蔑视妇女、蔑视孩子，嗜斗、嗜杀、嗜血，强化了国人的恶气，坏人心术，是人心的地狱。（刘再复语）这种观点，实则不是现代人的新见，金圣叹早有此论：“《水浒传》所叙，叙一百零八人，其人不出绿林，其事不出劫杀，失教丧心，诚不可训。”[②] 究其原因，可能是只看到了“戾气”，而忽略了“戾气”产生的原因；只看到了杀戮，而忽略了杀戮的正义性；只看到了“用拳头讲理”，而忽略了此中包含的血性对一个国家和民族的弥足珍贵。

说梁山好汉制造了比腐败官府更为可怕的邪恶与恐怖统治，是高抬了一百零八将这些“邪道”人物，毕竟“邪不侵正”啊，其影响的程度和范围应该小得多。比如鲁达拳打镇关西，只是让渭州城少了个欺行霸市、欺男霸女的恶财主；林冲手刃陆虞候，只会让高衙内身边添换几个新帮闲；晁盖等智取生辰纲，也减不了蔡太师、梁中书的泼天富贵……这些事充其量给老百姓茶余饭后增加点儿谈资，给老爷、太太们行事提了个醒，无关大碍。但高俅们的官场腐败、道德沦丧、不义不公则严重破坏朝廷的公信力，造成百姓不仅不爱老爷大人，相反却恨之入骨，皇帝的话也不

① 孙述宇：《水浒传：怎样的强盗书》，上海古籍出版社 2011 年版，第 237 页。
② 朱一玄、刘毓忱：《水浒传资料汇编》，南开大学出版社 2012 年版，第 215 页。

信，政府的话也不听，整个国家处于堕落糜烂、一盘散沙的状态，毫无公平正义可言，毫无组织工作效率，毫无抵御外侮的能力。梁山好汉并非生而长角带刺，他们的“戾气”也并非先天就有，它源于腐败的官府和官员，此观点一如前面金圣叹所述“盖盗之初，非生而为盗也。……”腐败官府是魔窟，奸官污吏是魔鬼，他们才是杀人不见血的刀，是社会的毒瘤，是产生万恶的渊薮，其制造的邪恶和恐怖绝对不是几个梁山好汉所能比拟的。在《水浒传》第十八回，作者也认识到“剥民官府过于贼”。在这一点上，目光如炬、观点犀利的金圣叹还真和笔力老辣的《水浒传》作者想到了一块。

说梁山好汉乱抢乱劫，乱杀乱砍，残害生灵。试问他乱抢乱劫金老汉、赵员外了吗？他乱杀乱砍金翠莲、林娘子、李小二、郓哥、何九叔、潘太公、黄文炳的哥哥黄文烨了吗？他杀镇关西、崔道成、邱小乙、富安、陆谦、董超、薛霸、牛二、潘金莲、西门庆、王婆、蒋门神、张都监、张团练、刘高夫妇、慕容知府、毛太公、殷天锡、高廉、贺太守、曾家五虎、李固也叫残害生灵吗？“杀恶人即是善念”，不知是不是佛经里说的，反正老百姓说是。《水浒传》的作者在李逵打死殷天锡之后插入一首诗：“惨刻侵谋倚横豪，岂知天理竟难逃。李逵猛恶无人敌，不见阎罗不肯饶。”当官府不再主持公道和正义或曰不再为民转而害民的时候，民间起而自保或保护弱者及蒙冤者的行为，就是正义之举，就会被老百姓所欣赏、所推崇，甚至被阎罗所认可。诞生于底层的为民除害、为民张目的壮举，虽在许多时候都不合法，但它顺民心、得民愿，往往被赞为“与民做主除奸霸，替天行道伐昏廷”，不仅不比腐败官府、滥官污吏更可怕，反而更可爱。至于武松、李逵们的过度杀戮谁也反对，但要分析具体的情境。鸳鸯楼也好、江州法场也好，都不是温情脉脉、你侬我侬，谈情说爱、请客吃饭的场所，那是白刀子进、红刀子出的战场，稍有差池不是你死就是我活，不如此他就难以全身而退，他就难以所向披靡救人于危难，更何况在孤军奋战、以少敌多、情急之下的人，他哪有工夫去分辨谁是好人谁是坏人、谁是官兵谁是草民、谁是穿着军装的百姓谁是脱却官服的便衣？你说你能，那是你不知道什么叫战场！

说水浒英雄“只用拳头讲理”，野性十足，令人十分厌恶反感，有人经常引用李逵的话说就是“我是前打后商量”，先揍你一顿再说，好似梁山好汉都是蛮不讲理，无缘无故就主动攻击他人的流氓。可这样的“流氓作风和行为在梁山集团中不仅罕有，而且不被推崇。鲁达以铁拳打死了镇关西，那是因为镇关西欺负弱者在先；武松替施恩教训了蒋门神，那是因为蒋门神强夺快活林在先；李逵踢死了殷天锡，那也是因为殷天锡命令恶仆痛打柴进在先[①]”。都是因为恶人的为非作歹在先，他们的怒不可遏在后。如此看来，梁山好汉就是勇于反抗，以暴制暴，这在封建末世国家机器不能正常运转、法律条文形同虚设的状况下是非常难能可贵的，这种可贵就是他们身上血性的存在。我们所说的血性，是说在黑暗末世的路见不平，义字当先，“该出手时就出手”的气概；是说在战争年代的战场上，在和平时期的职场或竞技场上，奋勇争先，团结协作，无所畏惧，敢打必胜，永不服输，永不言败的精神。这种血性对个体而言可能无足轻重，但对于国家和民族来讲则不可或缺。换言之，若站在个人和生活的角度，我们可能不太愿意跟李逵、王英那样的人打交道；若站在国家和民族的角度，一旦遇有外敌入侵，我们自然希望有李逵、武松那样的英雄冲锋陷阵，赴汤蹈火。国家和民族危亡之际，这些武士身上的血性就更显得弥足珍贵。《水浒传》的作者是从国家和民族的大义着眼的，是大我，而非小我。一个国家和民族，只会礼仪，不敢动拳；只会微笑，不敢瞪眼；只会动嘴，不敢耍横，那就会招致被骑、被欺的命运，就永远无法屹立于世界民族之林。国防大学的教授金一南少将就讲过类似的话。要不，在辽国举兵犯境、民族存亡之际，有谁能挺身而出，开赴狼烟四起的边关，收复檀、蓟、霸、幽四州，大败辽国数十万精兵悍将，履行保境安民的神圣使命；在国内“盗贼”蜂起、为害百姓之时，有谁能主动提出征王庆、征田虎，特别是提出南征方腊，为此抛头颅、洒热血，付出了伤损七十一位梁山英雄的惨重代价，换得了国家的稳定和百姓的安宁。没有血性，没有担当，经济富裕但民气极端懦弱的宋朝能有征辽大捷吗？能很快平息内乱重走正轨吗？可惜，这是小说家言，并非史实。

误区之五：误读原著，颠倒黑白。

张同胜先生曾就此专门写过一篇论文：《关于〈水浒传〉误读误解问题的探讨》。作者认为，在《水浒传》文学意义的解读过程中，存在着许

① 王前程：《不应夸大〈水浒传〉中游民思想的负面影响》，《菏泽学院学报》2008 年第 6 期，第 42 页。

多误读误解问题。接着分析了导致的原因，比如读者的成见、中西文化差异、历史语境、价值观变迁、相关认知知识的匮乏、艺术真实、文本和成见的规定性等[①]。作者旁征博引，见解独到，遗憾之处是未对误读误解产生的负面情况展开论述。这个问题难以绕过，因误读误解直接影响到一百零八将“英雄”身份的认定。

比如有人认为宋江不忠，有颠覆朝廷的野心，举出的例子是他曾写过反诗。实际他写“敢笑黄巢不丈夫”，是嘲笑黄巢不忠于朝廷，不够个英雄好汉，写“血染浔阳江口”是要“替天行道”，消除对皇帝不忠的贪官污吏。这哪里是反诗，分明是忠君诗；认为他不义，举出的例子是他玩弄权术，是“纯用术数去笼络人”，（金圣叹语）将梁山好汉全伙招安，然后忽悠大家为朝廷卖命，结果损失惨重，用弟兄们的鲜血染红了他的顶子。实际他是想把弟兄们引入正途，让大家伙儿都有个好前程，毕竟历代造反的结局大都不妙，只不过理想很丰满，现实很骨感；认为他不孝，举出的例子是他与父亲脱离了关系。实际情况人家书中说得已很清楚，那是当时的胥吏不好做，容易犯事牵连全家，宋江为避免不必要的麻烦而不得不制造“假象”。出于种种原因，说宋江不忠、不义、不孝，可以说是没有读出作者心中的宋江。第五十五回“高太尉大兴三路兵　呼延灼摆布连环马”中的一首诗可谓作者心目中宋江思想和行为的真实写照：“忠为君主恨贼臣，义连兄弟且藏身。不因忠义心如一，安得团圆百八人。”

再如卢俊义的悲剧命运，有人认为纯粹是宋江、吴用陷害所致，人家好端端地做着富商，偏要给人栽赃，拉人入伙，平白无故把一个幸福的家庭给拆散了。如清中叶的蔡元放在《〈水浒后传〉读法》中就说：“卢俊义本是好好的一个北京员外，安居乐业，即是本领武艺甚好，而山寨兵多将广，尽可不必需此一人，乃忽然平地生波，将他赚哄他上山，要他入伙，弄得他家破人亡，受刑拷，犯思难，即他一身，亦几乎死于非命。虽说罡煞数应聚会，然毕竟觉道不妥。”[②] 其观点实与晚明的李卓吾、明末清初的王望如、现代的胡适、宋云彬、聂绀弩等人的大同小异，无非“凑数说”“不近人情说”“败笔说”而已。实际小说要写的是朝廷不重视武士，使得功夫一流的卢俊义无用武之地，纵然富甲天下，生活优裕，

① 张同胜：《水浒争鸣》第十一辑，中央文献出版社 2009 年版，第 767 页。

② 朱一玄、刘毓忱：《水浒传资料汇编》，南开大学出版社 2012 年版，第 499 页。

到底意难平。吴用“坑陷”他的所谓反诗并不必然使他命运转向，倘若地方政府稍做调查了解，围绕卢俊义的一切麻烦就会涣然冰释。可惜，贪婪无度的梁中书岂肯放过卢大财主这块肥肉。他深知要想如愿以偿地暴得大富，必须把卢俊义放到案板上，置于自己的屠刀之下，然后扔进炼狱之中……如此一来，卢府的财产就任由他支配了。卢俊义由陶朱公到阶下囚，幕后真正的总导演不是宋江和吴用，而是梁中书。只不过吴用深谙官儿们的饕餮本性，给个杆他们就会顺着往上爬。粗心的读者只看到表层，只顾起劲地大骂吴用，却没有注意暗地里起决定性作用的那双黑手。

说小说赞同、美化英雄们的野蛮报复行为①，这更是冤枉了作者，因为小说作者是反对滥杀无辜的。一是通过当事人之口可以看出。如宋江计赚秦明入伙和李逵劈杀小衙内两个事件，这两件事确实表现了江湖黑道的恶习：为达到目的而不惜滥杀无辜。然而，小说显然不赞成这种歹毒的做法，写秦明“怒气于心”，“说道：‘你们弟兄虽是好意要留秦明，只是害得我忒毒些个。’”又让朱仝说道：“是则是你们弟兄好情义，只是忒毒些个。”这里无疑包含着对好汉集团滥杀无辜的暴力行为的批评。二是通过他人之口可以看出。第四十回写江州劫法场，无人约束的李逵“不问官军百姓”，“排头儿砍将去”，小说中晁盖大声喊道：“不干百姓事，休只管伤人。”第六十六回写梁山人马攻打大名府，虽然事前做过周密的安排，遍贴布告，晓谕城中居民不要随意外出，但在攻城之日依然导致一片混乱。小说中蔡福对柴进说：“大官人可救一城百姓，休教残害。”可是，“比及柴进寻着吴用，急传下号令去，休教杀害良民时，城中将及伤损一半。”在小说中，十一次出现“休得伤害百姓”之类的词语。第六十回写梁山为了赚得玉麒麟“只为一人归水浒，致令百姓受兵戈”，“千门万户受灾危，三市六街遭患难。……可惜千年歌舞地，翻成一片战争场。”小说对此深表遗憾和不满。我们不能只看到小说家对梁山好汉报复行为的描写，而忽略了作者对此野蛮行径的否定态度，只不过作者在小说中总体显现的是一种比较中立的心态。“中立是一种小说家呈现世界的方式。它并不意味着小说家可以面对杀人放火而无动于衷，更不意味着小说家在面对这一切时持纵容的态度。而只意味着他不要轻易出场、轻易露出嘴脸来发

① 此类观点可参看夏志清著，胡益民等译的《中国古典小说史论》，江西人民出版社 2001 年版。

言。它只是提倡叙述者将自己藏住，将判断的权利留给读者，或者——假如一定要表示自己的态度的话——通过间接的方式来表达自己的倾向性，使判断成为暗藏于字面背后的判断。[①]”就艺术角度而言，这正是《水浒传》作者的高明之处。

对《水浒传》中的“滥杀”“虐杀”描写如何看待，杜贵晨先生曾撰文指出：此类描写“只是武松、李逵等少数人的行为，不是‘梁山泊好汉’行为的主流；而且，包括李逵杀死小衙内在内也有某种《水浒传》式的正当理由，而并非绝对的无辜；假如《水浒传》没有了这些‘血腥描写’，那么所谓‘梁山泊好汉’岂不与当今影视中有‘政策观念’的‘革命队伍’一样，没有了基本历史形象和性质的差异了吗？因此，《水浒传》有限的‘血腥描写’是古人生活与情感的真实反映，也是其作为江湖侠盗题材历史小说的一种必然样貌”。同时，在文后杜先生也从艺术层面指出，此种描写“是《水浒传》叙事写人艺术初步走出‘叙好人完全是好，坏人完全是坏’的幼稚与蒙昧，向着更高级阶段演进的创新之举”[②]。可谓至评。另外，作者对“滥杀”“虐杀”的细节并未做详细描写，以致台湾学者孙述宇先生认为，“我们发现这书虽然叙述了很多凶暴的事，……然而说也奇怪，这些描写并不残虐，喜爱读残虐描写的人看了是要大为失望的[③]”。这都说明了《水浒传》文笔的温和以及作者的深仁厚泽。

当然，我们对《水浒传》等古典名著进行否定的风潮也需有个辩证的看法。萨孟武先生曾说：“在政治修明的国家，侠义小说绝对得不到人家的欢迎，因为一面有健全的舆论，监督政府，同时又有贤明的法律，保护人民。无辜的人受了压迫，法律自能保护，万一法律不能保护，则舆论必攻击政府，使政府无从逃避。因此之故，侠客毫无用处，亦为法律所不容。由此可知侠义小说的流行，乃是暗示社会的黑暗。”[④]《水浒传》是否属于“侠义小说”我们暂且搁置不议，但它里面毕竟有“侠义”，而且是很重要的属性。若因社会进步而出现政治清廉、法治严明，“谋闭而不

① 曹文轩：《小说门》，作家出版社2002年版，第234页。

② 杜贵晨：《〈水浒传〉中的“血腥描写”及其文化阐释》，《河北学刊》2016年第1期，第93—96页。

③ 孙述宇：《水浒传：怎样的强盗书》，上海古籍出版社2011年版，第15页。

④ 萨孟武：《水浒传与中国社会》，北京出版社2005年版，第57页。

兴，盗窃乱贼而不作”，以致使《水浒传》不合时宜，甚至人人厌弃，这未尝不是一件好事。以光明洞达的社会换得《水浒传》的废弃，值，太值了！而且绝对会成为人类文明发展史上的一件惊天大事！问题是，没有忠肝义胆的官员和百姓，能有政治修明的国家和社会吗？

以上，我们按照一定的逻辑顺序，分别对“天怒人怨”“英雄”“水浒英雄”做了阐释，特别对涉及“水浒英雄”的一些偏颇认识和误解误读做了不胜其烦的阐发。厘清这些概念，有助于对一百零八人历史的、客观的、辩证的、理性的认识，有助于对整部小说全面、科学的理解。《水浒传》前二回先写“天怒”和“人怨”，而没有先写一百单八条好汉行云布雨，兴风作浪，这就为天罡地煞的横空出世的正义性提供了依据，也为否定大宋王朝“崇文抑武”的基本国策奠定了坚实基础。

第六讲　义盖云天的九纹龙

《水浒传》作为一部诞生较早的大书，对后来的小说影响应该是很大的，比如《西游记》和《红楼梦》都与“石”有缘。《水浒传》以石碑（石碣）开篇，其后的《西游记》中的仙石、《红楼梦》中的顽石都与之非常相似；[①] 而且《水浒传》与《儒林外史》也有很多的机缘巧合，吴敬梓虽是文人，但酷似水浒英雄，也是一位轻财好义、性情豪爽之人，估计喜欢读《水浒传》，因为二书的正面人物均是上天星宿下凡，只是一个要“替天行道”，一个要“维持文运”；都有短篇连缀成长篇的味道，先是珠串式或接力棒式，继而百川归海式，最后风流云散，均为分—总—分式结构；特别是在开篇人物的命名上有着惊人的相同之处，都有两个名字唤作“×进”的人率先出场：《儒林外史》是周进和范进，《水浒传》是王进和史进。从以上论述中可看出，《水浒传》对中国小说创作的贡献厥功至伟。

大家知道，文学即人学，以叙事为主的小说更是以写人为中心。换言之，小说的主要任务就是塑造人物。因此，从人物形象入手挖掘作品主题，即揣摩作者的创作意图是最实在和最有效的方法。小说人物特别是开篇人物的姓名，绝非作者心血来潮随意拟就，往往是作家煞费苦心、处心积虑、有意为之的结果。《儒林外史》中的“二进”命名当与“粥”和“饭”有关，即与“功名富贵”有关，丰衣足食受人敬，功成名就誉天下，因此闲斋老人说“其书以功名富贵为一篇之骨”。卧闲草堂刻本评说

① 引自杜贵晨：《一种灵石，三部大书——从〈水浒传〉〈西游记〉到〈红楼梦〉的“石头记”叙事模式》，《山东师范大学学报》2010年第5期，第8页。

"慎勿读《儒林外史》，读竟乃觉日用酬酢之间，无往而非《儒林外史》"。《儒林外史》展示的是读书人为了提升"一粥一饭"的数量和质量而上演的一出出丑剧、闹剧、喜剧、悲剧。《水浒传》中的"二进"命名，当是"王者，亡也"。合起来寓意是宋朝"亡史进也"——开始走进灭亡的历史。《水浒传》主要揭示的是北宋王朝走向覆亡的原因——文官坑国害民，武士沦落底层并日渐消磨殆尽，国家的战争能力几废，北宋在金国的打压下几乎不战而亡。

《水浒传》第一个出场的"人"是王进，第一个出场的"魔"即水浒英雄是谁呢？金圣叹说："一百零八人为头先是史进一个出名领众。"① 没读过《水浒传》的，肯定不知道史进是谁，因为他不怎么有名，也可以说是一个虎头蛇尾的人物。那作者为什么让一个没怎么出彩的人物第一个出场，为什么让他而不让鲁达、林冲、武松或宋江第一个出场呢？

这首先是因为作者赋予了"史进"这个名字丰富的内涵。有人认为"史进"是"诗经"。说"史进"就是"诗经"的谐音，暗示读者应到《诗经》中去寻找"水浒"的真正含义；有的认为是"进于史也"。金圣叹曰："'史'之为言史也，固也。'进'之为言何也？曰：彼固自许，虽稗史然已进于史也。'史进'之为言进于史，固也。②"似乎《水浒传》是以"史"而"进"入正题，表面是虚构的文学，其实是在剖析历史。还有的认为是"史尽"，宋朝的历史尽了。说法很多，难于尽数，此处也不评论，可能各有道理。我的观点是"史进"的意思是"历史进入一个非常时期"，什么非常时期呢？小结部分再作交代。这个内涵丰富的名字，看似次要人物、过场人物，实则让他拉开了《水浒传》这部大书的序幕。

其次是作者赋予了史进独特的禀赋，什么独特禀赋呢？下面，就让我们剥丝抽茧，进一步揭开史进第一个隆重出场的神秘面纱。

一、解读"九纹龙"

"九纹龙"是史进的绰号。绰号似乎是梁山好汉的身份和名片，他们每人无一例外都有绰号，有的还不止一个。这些绰号或雅或俗，或庄

---

① 朱一玄、刘毓忱：《水浒传资料汇编》，南开大学出版社 2012 年版，第 229 页。
② 朱一玄、刘毓忱：《水浒传资料汇编》，南开大学出版社 2012 年版，第 228 页。

或谐，与姓名融为一体，成为小说不可分割的一部分。鲁迅先生在《且介亭杂文二集·五论“文人相轻”——明术》中曾说：“创作难，就是给人起一个称号或诨名也不易。假使有谁能起颠扑不破的诨名罢，那么，他如作评论，一定也是严肃正确的批评家，倘弄创作，一定也是深刻博大的作者。”[①] 这段话若用在《水浒传》上是再恰当不过了，这些绰号语言凝练，灵动传神，使《水浒传》成为运用绰号最多的，也是最成功的小说之一。

除了一百零八将都有绰号，小说还给许多其他人物也起了绰号。如与梁山将领关系密切人物的绰号有白衣秀士王伦、托塔天王晁盖以及为林冲竭力开脱罪责的开封府当案孔目“孙佛儿”孙定等；与梁山对立人物的绰号有圆社高二（高俅）、赛伯当王四、摽兔李吉、生铁佛崔道成、飞天夜叉丘小乙、镇关西郑屠、花花太岁高衙内、干鸟头富安、没毛大虫牛二、李天王李成、大刀闻达、金眼虎邓龙、蒋门神蒋忠、飞天蜈蚣王道人、黄蜂刺黄文炳、铁棒栾廷玉、殷直阁殷天锡、擎天柱任原、宝光如来邓元觉、郑魔君郑彪、小养由基庞万春等；无关紧要的小人物绰号有生铁王员外、银担子李二、花胳膊陆小乙等。这三类人大约使用了 120 个绰号，加上梁山好汉 108 将，占到全书人数的三分之一左右。（此处参照的数字为出场人物 725 人，为沈忱先生依据人民文学出版社 1954 年出版的百二回本《水浒全传》所得，主要目的是想说明绰号是《水浒传》的一个亮点）有意思的是，《水浒传》作者还给人物之外的其他事物如名马起了“转山飞”“照夜玉狮子”等绰号。

通常情况下，作者赋予人物的绰号，一般都比较直白，大体分为外在型和内在型两大类。所谓外在型，即根据人物的形貌、身份、专长和惯使的兵器等外在容易识看的特点命名。如豹子头林冲、青面兽杨志、赤发鬼刘唐、美髯公朱仝、花和尚鲁智深、菜园子张青、插翅虎雷横、神行太保戴宗、浪子燕青、鼓上蚤时迁、操刀鬼曹正、铁叫子乐和、轰天雷凌振、大刀关胜、双枪将董平、一丈青扈三娘等。所谓内在型，即根据人物的品性、行为等需要较长时间并非一眼就能明了的特点命名。如及时雨宋江、玉麒麟卢俊义、智多星吴用、入云龙公孙胜、立地太岁阮小二、短命二郎阮小五、活阎罗阮小七、黑旋风李逵、白日鼠白胜、霹雳火秦明、急先锋

① 鲁迅：《鲁迅全集》（第六卷），人民文学出版社 1973 年版，第 377 页。

索超、拼命三郎石秀、小李广花荣、小霸王周通、母大虫顾大嫂、母夜叉孙二娘等。

史进的绰号“九纹龙”就属于外在型，因为他身上刺着九条纹路漂亮的龙，估计他也以此为傲，经常袒露于外，让人很容易识别。不信，请看小说第二回“王教头私走延安府　九纹龙大闹史家村”：“王进当日因来后槽看马，只见空地上一个后生脱膊着，刺着一身青龙，银盘也似一个面皮，约有十八九岁，拿条棒在那里使。”南宋人龚圣与《宋江三十六赞》中史进的赞语为：“龙数肖九，汝有九文。盍从东皇，驾五色云。”此中也点到了史进的花绣（也叫文身、纹身、刺青等）。

史进为什么要刺花绣？小说通过其父史太公与王进的对话告诉了我们：“教头在上，老汉祖居在这华阴县界，前面便是少华山，这村便唤做史家村。村中总有三四百家，都姓史。老汉的儿子从小不务农业，只爱刺枪使棒。母亲说他不得，怄气死了，老汉只得随他性子。不知使了多少钱财，投师父教他。又请高手匠人与他刺了这身花绣，肩臂胸膛总有九条龙，满县人口顺，都叫他做‘九纹龙’史进。”可见史进的花绣与习武有关。放在现代，花绣仍是少数人的偏好。这少数人虽不能说都是黑帮痞子，但多数人认为那毕竟是另类所为，非登大雅之堂者所喜。你见哪位大人物身上有刺青啊！在古代的宋朝，哪些人刺青呢？大约有两类人：一是军人；一是混混。生活在北宋神宗、哲宗、徽宗、钦宗和南宋高宗朝的庄绰有一本很有名的书叫《鸡肋编》，其下卷有：“车驾渡江，韩、刘诸军皆征戍在外，独张俊一军常从行在。择卒之少壮长大者，自臀而下文刺至足，谓之‘花腿’。京师旧日浮浪辈以此为夸。今既效之，又不使之逃于他军，用为验也。[①]”可见宋朝不仅军人“文身”，京城中一些不务正业、游冶浪荡之人也把“文身”当成了一种时尚。这两类人为什么要刺青？军人被刺青，主要是军方为了制止他们逃跑。因为多数人当兵就是为了混口饭吃，当饭和命二选一时，很多士兵就会开小差溜之大吉，为此在其身上特别是面额之上雕刺花纹以为标记以防止这种情况。若当逃兵，被捉回后将受到严厉惩罚。南宋人牛弁《曲洧旧闻》中载：“艺祖（即宋太祖）平定天下，悉招聚四方无赖不逞之人，刺字以为兵。”宋代的“刺字为兵”制度，使得声名赫赫的狄青曾被人称为“面涅将军”，即面有刺字的

① 庄绰：《鸡肋编》，萧鲁阳点校，中华书局 1983 年版，第 92 页。

将军；混混刺青则是出于自愿，心甘情愿还得掏腰包请人做，主要是为显示自己的霸气、个性乃至异端另类。这两类人有一个共同的特点：人下人（在宋代），被人看不起，其共同倾向是爱武不爱文。史进就酷爱武术，当时武勇之人多文身，文身被看作为英雄行径，所以他也要刺青。史进刺青作者意图主要是彰显其尚武精神。他喜爱武术到什么程度，到把亲生母亲给活活气死。有人说史进气死母亲作者的意图是想说他先不孝，后不忠，差矣！史进类似于贾宝玉，逆反心理严重，但史太太却望子成龙心切，老来得子，孩子长得又好，“银盘也似一个面皮”，充满期望完全可以理解。何况家庭又相当富裕，放在当下供到国外读书也不在话下。在王进的眼中，史家绝对是个大户人家：

当时转入林子里来看时，却是一所大庄院，一周遭都是土墙，墙外却有二三百株大柳树。看那庄院，但见：前通官道，后靠溪冈。一周遭青缕如烟，四下里绿阴似染。转屋角牛羊满地，打麦场鹅鸭成群。田园广野，负佣庄客有千人；家眷轩昂，女使儿童难计数。正是：家有余粮鸡犬饱，户多书籍子孙贤。（第二回“王教头私走延安府　九纹龙大闹史家村”）

怎么样？与《红楼梦》上的贾府有一拼吧，只不过贾府在京师，史家庄院在乡村而已。这样的人家就应该让子孙读书，否则就不正常，尤其是在宋朝。但史进却不合潮流，喜武不喜文，和贾宝玉不喜欢科举仕进一样。宝玉的“不成器”气得他父亲竟然要打死他，史进的“堕落”则让心气很高的母亲每日以泪洗面、郁郁寡欢最终气结而死。史进的做法类似于现代青年不学习、不上进、不参加高考而混迹街头沦为流氓地痞，父母不气死，也得气疯。作者如此写的目的是想揭示武士在宋朝的地位忒低！哎！青春期撞上更年期，不出点儿事那就怪了，真是家家有本难念的经啊！母亲的离世并没能使史进幡然悔悟，痛改前非，反而因失却紧箍咒，更加无拘无束。对于父亲史太公来讲，升官发财死老婆可能谈不上是什么坏事，作为拥有三四百家一个大村的村长，他的气量应该是挺大的，坚信天要下雨，娘要嫁人，随他去吧，其实就是溺爱儿子。没想到溺爱使儿子由逆反发展到叛逆，史进的花绣竟然绣成了九条龙。

史进为什么要刺九条龙？在古代，这“九”和“龙”都不是咱小老百姓可以随意享用的东西。古人以“九”为尚，认为“九”是阳数之极，表示登峰造极，至高至大，皇帝就被称为九五至尊嘛。说到“龙”，那更是皇帝的象征。皇帝本人叫“真龙天子”，皇帝的身体叫“龙体”，面相叫“龙颜”，衣服叫“龙袍”，坐的椅子叫“龙椅”，睡的床叫“龙床”，等等。在水浒英雄的绰号中，以“龙”字为绰号的还有四位：入云龙公孙胜、混江龙李俊、出林龙邹渊、独角龙邹润，但独有史进的绰号是根据人为的显露于外的形体特点而取的。作者居然将“九”和“龙”都赋予史进，突出彰显的应该是一种武士的胆力和气魄。至于说“在身上刻青龙这一图案本身就暗含了某种令人不安的意图”①，具有叛逆色彩，似乎也有一定的合理成分。合理之处是史进在家里确有叛逆表现，对武术的酷爱，对母亲反对他习武的青春期式的抗拒，终致恨铁不成钢的母亲含恨而死。但若说他有不臣之心，意欲造反称帝，就有些望文生义、牵强附会了。终其一生，他只是“义气”太重。在有些人看来，义气占了上风，就显得不忠了。

那么，史进的花绣——“九纹龙”产生了怎样的效果呢？小说第五十九回“吴用赚金铃吊挂　宋江闹西岳华山”有赞诗：久在华州城外住，出身原是庄农，学成武艺惯心胸。三尖刀似雪，浑赤马如龙。体挂连环镔铁铠，战袍风飐猩红，雕青镌玉更玲珑。江湖称史进，绰号九纹龙。“雕青镌玉更玲珑”，是说花绣为史进锦上添花，增加了许多魅力。需要指出的是，文身和黥面是有很大区别的，黥面是在罪犯面部实施的一种刑罚，后用在士兵身上，在其脸上刺字以防逃跑，二者都带有侮辱丑化性质，而文身除了显示霸气个性外，很大程度上还有美容作用。文身的位置在身上，上身较多，如史进的在肩臂胸膛上，鲁智深的在背上，阮小五的在胸前，但都不在脸上。北宋以文化天下，经济繁荣，百姓富足，饱暖之后在精神方面肯定有更多的追求，应该是一个非常爱美的时代。不仅女性爱美如命，如潘金莲、潘巧云等，而且男子也开始关心自己的穿戴和美容，丑男人在宋朝很不好混，文身就是其中一个表现，这股潮流也波及了梁山好汉。除了史进，还有七位好汉刺有花绣：

第一位出场的是鲁智深。第四回“赵员外重修文殊院　鲁智深大闹五台山”，因下节专门介绍，此不赘述。

① 刘紫云：《地痞流氓的“时尚”》，《文史知识》2012 年第 2 期，第 87 页。

第三位出场的是阮小五。第十五回“吴学究说三阮撞筹　公孙胜应七星聚义”：“那阮小五斜戴着一顶破头巾，鬓边插朵石榴花，披着一领旧布衫，露出胸前刺着的青郁郁一个豹子来。”

第四位出场的是杨雄。第四十四回“锦豹子小径逢戴宗　病关索长街遇石秀”：“戴宗、杨林立在街上看时，前面两个小牢子，一个驮着许多礼物花红，一个捧着若干缎子彩缯之物；后面青罗伞下，罩着一个押狱刽子。那人生得好表人物，露出蓝靛般一身花绣……因为他一身好武艺，面貌微黄，以此人都称他做病关索杨雄。有一首临江仙词，单道着杨雄好处：两臂雕青镌嫩玉，头巾环眼嵌玲珑。鬓边爱插翠芙蓉。背心书刽字，衫串染猩红。问事厅前逞手段，行刑刀利如风。微黄面色细眉浓，人称病关索，好汉是杨雄。”

第五、六位出场的是解珍、解宝兄弟二人。第四十九回“解珍解宝双越狱　孙立孙新大劫牢”：“那解珍一个绰号唤做‘两头蛇’，这解宝绰号叫作‘双尾蝎’。二人父母俱亡，不曾婚娶。那哥哥七尺以上身材，紫棠色面皮，腰细膀阔。这个兄弟解宝，更是利害，也有七尺以上身材，面圆身黑，两只腿上刺着两个飞天夜叉，有时性起，恨不得腾天倒地，拔树摇山。”

第七位出场的是龚旺。第七十回“没羽箭飞石打英雄　宋公明弃粮擒壮士”：“‘没羽箭’张清手下两员副将：一个唤做‘花项虎’龚旺，浑身上刺着虎斑，脖项上吞着虎头，马上会使飞枪。”

第八位出场的是燕青。第七十四回“燕青智扑擎天柱　李逵寿张乔坐衙”：“燕青把布衫脱将下来，吐个架子，则见庙里的看官如搅海翻江相似，迭头价喝采，众人都呆了。任原看了他这花绣，急健身材，心里倒有五分怯他。……太守见了他这身花绣，一似玉亭柱上铺着软翠，如凤凰踏碎玉玲珑，孔雀斜穿花错落，真是美不胜收，心中大喜。”

这八位英雄出身各异，有少庄主、和尚、渔民、狱吏、猎户、军人和家奴，但爱美之心尽皆相同。这些人也因身份地位审美水平的差异而使花绣惹人瞩目的程度出现不同，如燕青的花绣不仅让竞技场上的男男女女搅海翻江似的喝彩，而且让水浒第一美女、皇帝的御用妓女李师师都眼热心跳、把持不定，也使燕青成为水浒当中超越帅哥史进的第一帅哥。

如同绰号并非梁山好汉所独享，花绣也呈现同样的特点，只不过小说中提到的普通人刺青的较少，如第二十四回“王婆贪贿说风情　郓哥不忿闹茶肆”王婆与西门庆逗闷子，王婆让西门庆猜潘金莲是谁的老婆，西门庆猜了半天，最后说“倒敢是花胳膊陆小乙的妻子”，也没猜对。“花胳膊”就是根据陆小乙所刺花绣起的绰号。还有第七十四回“燕青智扑擎天柱　李逵寿张乔坐衙”写道：“说言未了，只见人如潮涌，却早十数对哨棒过来，前面列着四把绣旗。那任原坐在轿上，这轿前轿后三二十对花胳膊的好汉，前遮后拥，来到献台上。”此间提到的“这轿前轿后三二十对花胳膊的好汉”，都是太原相扑力士任原的跟班，他们身上也刺有花绣。可见，花绣英雄有，普通人也有，说明《水浒传》中的时代，以文身为美，应该是当时的风尚。

既然这么多人都刺有花绣，都有绰号，那凭什么让史进第一个出场呢？

二、细析“义盖云天”

纵观九纹龙的一生，大致经历了七件大事：一是史家村学艺王教头；二是重义气暂上少华山；三是寻师父一遇鲁提辖；四是赤松林再遇鲁智深；五是救王义义刺贺太守；六是做卧底情陷东平府；七是征方腊命丧昱岭关。经验告诉我们，生活中要想了解一个人得需要共事，不能仅看他怎么说；小说中要想了解一个人也需要从事中看出，看他在事中的行为和心理。看史进在七件大事中的表现，我们得出一个结论：“义”字是他一生的信仰和追求。“义薄云天”不足以概括史进的特点，借用周润发在20世纪80年代拍摄过一部影片用在史进身上可能恰如其分，那就是“义盖云天”，史进是水浒世界“义气”最重的一位英雄。作者说他是“天微星”，可能是想到了“微乎其微”这个成语，不是用来形容非常小，而是想形容像史进这样义气的人非常少，即使在水浒英雄中。

義，“义”字的繁体，会意字，上为“羊”，下为“我”。“羊”字意谓善和美（“善”和“美”都是羊字头）；与“我”合起来意即保持自己固有的人性之美，使自己的行为正当、合理、适宜。故曰：“义者，宜也。”（《礼记·中庸》）朱熹曰：“义者，天理之所宜。”义者，理义、道义、正义、公义。司马迁在《太史公自序》中，申述了他作《游侠列传》的目的，高度肯定了“义”的本质和价值：“救人于厄，振人不赡，仁者有乎！不既信，不倍信，义者有取焉。”在《游侠列传》中则更进一步论述了他对“义”的推崇：“今游侠，其行虽不轨于正义，然其言必信，其行必果，已诺必诚，不爱其躯，赴士之厄困，既已存亡死生矣，而不矜其能，羞伐其德，盖亦有足多者焉。”当然，“义”的内涵也在不断演变，在稳定和谐的年代，要做到“义”，一般也不需要我们舍生取义，杀身成仁，只需在他人需要帮助时，社会需要我们贡献时，我们每人伸一下手，出一点儿力，大义即可成矣！

“义”是中国人推尊的一种道德规范，是中国侠士之魂，也是《水浒传》之魂。《水浒传》“义”字的重要内涵，集中体现在了“九纹龙”史进的身上。史进身上所体现出来的浓浓的师徒义、父子义、江湖义、朋友义、君臣义、情人义，像一座山，那么执着，那么厚重；像一片天，那么澄净，那么宽广；像一盏灯，映照出自己的高洁，也洞烛了尘世的污浊。

其一，师徒义：难舍难分，多情多义。

禁军教头王进受高太尉迫害逃离京师，一路上小心谨慎，不敢走大路、过大邑，尽量钻山沟、进小村，因路上贪行程途，错过了宿店，到晚上才走进一处村坊。母子二人一路上担惊受怕，少吃没喝，鞍马劳倦，没想到在这小山村找到了回家的感觉。热气腾腾的烫脚水，有菜有肉又有酒的可口饭，特别是母亲生了病，主人又是献方子又是到县城给撮药……这一句句的实诚话、一件件的贴心事，使得久居人情寡淡之地的王进不时感到一股股暖意涌上心头。因此，当他见到主人史太公的儿子——一个酷爱武艺但学有所限的后生时，便慨然应允，欣然授徒，以答谢主人的恩情。

老师真教，学生真学。老师真教，因为王进也是个义气之人，受人点水之恩，必当涌泉相报，王进心有余，力更足，其理论水平、武功修为、教学能力在禁军中堪称一流；学生真学，因为史进爱武术爱到把亲生母亲给气死，现在好不容易遇到一位有真才实学的名师，他能不珍惜，能不学吗？这不，仅仅半年多的时间，“史进十八般武艺：矛，锤，弓，弩，铳，鞭，锏，剑，链，挝，斧，钺，并戈，戟，牌，棒与枪，杈，一一学得精熟。”王进见史进学有所成，便萌生离别之意。（王进）“相辞要上延安府去。史进那里肯放，说道：‘师父只在此间过了，小弟奉养你母子二人，以终天年，多少是好！’”俗话说：“一日为师，终身为父。”史进提出为师父母子养老送终，就是要以侍父之礼孝敬王进。其情其义，堪比天高比海深，你现在能找得着这样的学生吗？无奈王进去意已决，“史进并太公苦留不住，只得安排一个筵席送行。托出一盘两个缎子，一百两花银谢师。次日，王进收拾了担儿，备了马，子母二人，相辞史太公。王进请娘乘了马，望延安府路途进发。史进叫庄客挑了担儿，亲送十里之程，心中难舍。史进当时拜别了师父，洒泪分手，和庄客自回。王教头依旧自挑了担儿，跟着马，和娘两个，自取关西路里去了。”

“两个缎子、一百两花银”，按《水浒传》上一两银子的实际购买力，酬金数目相当可观啊！第十五回“吴学究说三阮撞筹　公孙胜应七星聚义”写吴用去劝说三阮入伙劫生辰纲时，给了阮小七一两银子，买了一瓮酒，二十斤生熟牛肉，一对大鸡，还清了之前欠店家的酒钱。这两项消费都由那一两银子支付了，店主人没有一点儿意见，可知当时一两银子的含金量不可小觑。一两银子的功用在小说中至少还出现过两次，一次是刘唐代表梁山感谢宋江、朱仝和雷横等人的救命之恩留在郓城县酒店的一两银子，一次是杨林与戴宗邀请石秀一起喝酒的一两银子，可知一两银子不论在山东还是在蓟州购买力都相当可观。有人说按此购买力算，一百两银子少说也值现在十几万元之多，史进给王老师的辅导费是不是太多了？这要看在哪里消费。在偏远的山村可能是笔巨款，在繁华的都市可能就微不足道。所以，给王进的钱很难说多与少，关键要看性价比。你看史进毕业就能就业，就业就能上岗，上岗就能上手，而且是把高手，这钱给得值！

史进对名师如此，对误他不浅的庸师打虎将李忠同样“义”气深重。李忠是史进的开手师父，只教了徒弟一些花拳绣腿。史进去延安寻师途中认识鲁达，两人一块去吃饭途中遇到了正在耍枪卖药的李忠。此时满身武艺、相貌堂堂的史进并未嫌弃沦落江湖、街头卖艺、生活寒酸、气貌卑琐、武功“原来不直半分”的打虎将，没有装作没看见一走了之，而是主动热情地“就人丛中叫道：‘师父，多时不见’”，并请师父一起上了渭州城有名的潘家酒楼，让李忠坐在他的上位，他下首坐了，对师父恭敬有加。有此徒弟，夫复何求？

其二，父子义：养老送终，重情重义。

王进走后不到半年，“史进父亲太公，染病患症，数日不起。史进使人远近请医士看治，不能痊可，呜呼哀哉，太公殁了。史进一面备棺椁盛殓，请僧修设好事，追斋理七，荐拔太公。又请道士建立斋醮，超度生天，整做了十数坛好事功果道场，选了吉日良时，出丧安葬。满村中三四百史家庄户，都来送丧挂孝，埋殡在村西山上祖坟内了。”古语说：“人生七十古来稀。”这不，不到七十岁的史太公一病不起。应该说，史进做为儿子，他尽到了“义”。一是不怕花钱、想方设法、不分远近多方找寻医生给父亲治病；二是父亲死后备办丧葬事宜，买棺椁盛殓，以让亡父入土为安；三是置办了肃穆庄严的诵经超度法会道场，请佛、道两家追斋理七、超度亡魂，希望父亲在另一个世界过上好日子；四是为亡父举行了隆重的送葬仪式，场面宏大壮观。

有人按照儒家的传统道德观，指责史进不孝，说他忤逆父母，不“顺”，终把母亲气死，实在是大逆不道。此观点只注意到了个体因素，全然忽视社会原因，有失公允。小说通过史太公之口说：“老汉的儿子从小不务农业，只爱刺枪使棒。母亲说他不得，怄气死了。”由此得知，史进把亲生母亲活活气死的原因，就是因为酷爱习武。若史进厌弃武学，喜耕乐读，就不会有这样的悲剧发生。试想，若当时朝廷崇文又崇武，那史进的母亲恐怕笑都来不及，哪来的积郁成疾！何况就史进的本质而言，气死母亲这件事发生在他的青春期，身体发育和思想都不成熟，肯定不是他的本意；从他后来对待重病中的父亲的表现来看，史进其实是个很孝顺的孩子。还有人说史进没有娶妻生子，“不孝有三，无后为大”，还是不孝。这些看法就有点儿牵强了，按照现代观点，你能说丁克一族就是不孝吗？按照古代观点，梁山好汉有几个有后的，都是不孝之子吗？宋江也无后，在当时不是照样以“孝”著称吗——孝义黑三郎！抓住史进所谓“孝”的问题大做文章，就是攻其一点，不及其余。有人刻意强调史进的“不孝”意在抹黑梁山好汉的“义”，进而全盘否定其人品道德。

就家庭范围来讲，“孝”应比“义”在标准要求方面更高一些，“孝”要求尊祖敬宗、传宗接代，“义”讲究义务、责任、本分。“孝”更多强调的是一种情感，情感是无止境的，如“孝敬”“孝顺”“孝心”等；“义”则强调行为多一些，如“仗义直言”“仗义疏财”“仁至义尽”等。行为是有限制的，一个人，无论多么厉害、多么成功，不可能把所有的事做完。史进在“孝”上可能不尽如人意，但对家庭尤其是对父亲的“义”可以说尽到了本分，而且做得相当不错。

从小说安排史进拥有双亲、父母健全的角度说，史进是幸运的，作者对史进是相当厚道的，整部《水浒传》还有谁能拥有这个待遇呢？其他英雄不是缺爹，就是少娘，甚至父母全无；但从小说交代是他生生把母亲气死的角度讲，十几岁年少的孩子又怎能承受其重，作者对他似乎又残酷了些。其实，作者如此安排，用意并不是针对个人，而是把矛头指向那个时代。是那个“崇文抑武”的畸形时代，害死了史进的母亲。

其三，江湖义：见义思齐，义无反顾。

父亲死后，史进当家。他会当什么家呢？他不肯务农，不事农桑，也不治家，懒得娶妻生子，理财建宅，每天就是打熬气力，平时闲得发慌便到处寻人较量枪棒，此时的史进总感觉有劲没地方使，手拿金刚钻，揽不上瓷器活儿，空有一身本事，没有用武之地。俗话说：“学成文武艺，货与帝王家。”如果当时国家有延揽天下武术人才的制度和机构，如果华阴县令闻识史进是个人才，能给他个都头之类的差事干，他必能成为守乡护土的好手。可当局不把武士当回事，让史进请缨无门、报国无路。既然政府不给施展才能的机会，那就只能自己给自己创造机会了。

正好史进听说少华山有强人出没，便出面组织村民自保，类似于后来的民团武装，并积极备战，以防贼寇侵害。不久，山贼欲往县城打粮，与史进发生冲突。“那少华山跳涧虎陈达在马上答道：‘俺山寨里欠少些粮食，欲往华阴县借粮，经由贵庄，假一条路，并不敢动一根草，可放我们过去，回来自当拜谢。’史进道：‘胡说！俺家现当里正，正要来拿你这伙贼。今日倒来经由我村中过，却不拿你，倒放你过去，本县知道，须连累于我。’”二人话不投机，斗在一处，结果“跳涧虎”陈达没能“跳过山涧”，被史进擒拿。

我们看到，史进并非是个年轻无知、没有主见、意气用事的人，起初他与山贼水火不容、势不两立，以致两下反目，刀兵相见。陈达被捉，另外两位山寨头领岂能善罢甘休、坐视不管。这不，史进听得庄客飞报敌情，即刻上马准备迎战，正待出庄门，没想到出现了意想不到的一幕：“只见朱武、杨春步行，已到庄前。两个双双跪下，噙着两眼泪。史进下马来喝道：‘你两个跪下如何说？’朱武哭道：‘小人等三个，累被官司逼迫，不得已上山落草，当初发愿道：‘不求同日生，只愿同日死。’虽不及关张刘备的义气，其心则同。今日小弟陈达不听好言，误犯虎威，已被英雄擒捉在贵庄，无计恳求，今来一径就死。望英雄将我三人一发解官请赏，誓不皱眉。我等就英雄手内请死，并无怨心！’……朱武、杨春，并无惧怯，随了史进，直到后厅前跪下，又教史进绑缚。……朱武道：‘一死尚然不惧，何况酒肉乎！’”

接下来，便发生了戏剧性的一幕：“当时史进大喜，解放陈达，就后厅上座，置酒设席，管待三人。朱武、杨春、陈达拜谢大恩。酒至数杯，少添春色。酒罢，三人谢了史进，回山去了。”史进一百八十度的大转弯，使原来剑拔弩张的紧张局势马上逆转，朱武对史进的义气行为表示高度赞赏，之后两家开始了密切的交往，今日送金银，明日传书信。这下坏了，因为世上没有不透风的墙啊。由于手下的疏忽和小人的告密，中秋佳节之夜，四人正在喝酒，华阴县县尉率领两位都头、三四百捕快将史进住宅包围了。

“话说当时史进道：‘却怎生是好？’朱武等三个头领跪下答道：‘哥哥，你是干净的人，休为我等连累了大郎。可把索来绑缚我三个，出去请赏，免得负累了你不好看。’”史进道：“如何使得！恁地时，是我赚你们来，捉你请赏，枉惹天下人笑。我若是死时，与你们同死，活时同活。你等起来，放心，别作圆便。且等我问个来历缘故情由。”随后，史进“喝教许多庄客，把庄里有的没的细软等物，即便收拾，尽教打迭起了，一壁点起三四十个火把。庄里史进和三个头领全身披挂，枪架上各人拷了腰刀，拿了朴刀，拽扎起，把庄后草屋点着。庄客各自打拴了包裹。外面见里面火起，都奔来后面看。且说史进就中堂又放起火来，大开了庄门，呐声喊，杀将出来。”

由敌人到朋友，由两家而最终走到一起，到底是什么原因使史进产生了质的变化？作者并未详细交代，致使后世好多读者产生了千万次的发问，也出现了千万种的答案。史进田产丰饶，家资巨富，绝对的“富二代”，上山落草干什么，实在是不可思议，令人难以置信。

史进的脑子应该没出什么问题，问题是有两个人可能对他产生了很大的“负面”影响：一个是父亲，一个是师父。史太公在县政府里当里正，此人善解人意，宅心仁厚，特别是他得知王进的情况后，这个主管治安的小吏并没有为邀功请赏、提拔重用而上报知县，这就是“义”。王进属义，高俅属“不义”，所以史太公的行为也属“义”。出淤泥而不染，这样的义士在县衙里能混好吗？小说中的地方官基本都是贪鄙之辈，什么梁中书、慕容彦达、高廉等，即使像济州太守张叔夜一样的廉吏也收过梁山的金银，华阴县难道风景这边独好？太公的正直行为以及对县衙黑恶现象不满的言语能不影响到儿子吗？更让人难以置信的，是师父王进在天子脚下、首善之地的京师居然受到小人上司卑鄙无耻的迫害，这世界怎么成这个样子了，这国家从下到上还有个好人吗？青春年少、涉世不深，还难以辩证看待世事的史进陷入了迷茫和苦闷，眼前似乎一片漆黑。

当陈达借道打粮时对史进说“四海之内，皆兄弟也。相烦借一条路”这些江湖气味很浓的话时，史进根本就听不进去，但当朱武、杨春来史家庄跪请受缚，愿与陈达同死时，这二人就如光芒四射的太阳刹那间照亮和温暖了史进阴冷的内心，他被他们的义气所强烈震撼！哎呀，此情只应天上有，人间能得几回闻！在朱武三人的“义”与官方的“不义”面前，史进毅然抛弃了主流社会的一切，走上了一条令现代好多人为之唏嘘叹惋的不归路。

为了“义”，史进赴汤蹈火，不计后果，义无旋踵，在所不惜。金圣叹《贯华堂第五才子书水浒传》评点道：“写史进，便活写出不经事后生来。”他认为史进年轻气盛，意气用事，脑袋缺根筋，断送了自己的荣华富贵和锦绣前程，实在划不来。其实不然，金圣叹看到的只是史进失去的(体制内的东西)，没看到他所得到的。他失去的只是锁链，获得的将是整个世界（的美好事物）。

其四，朋友义：仗义而行，重义轻财。

史进杀人、烧庄，是在官府派兵围困史家村时的情急行为，“一时间要救三人”，暂避少华山后，头脑冷静下来，他肯定后悔了，不愿意落草为寇啊！古往今来，谁愿意当贼啊？但世上没有后悔药，怎么办？此时摆在史进面前的路有三条：一是回家再作良民；二是上山为贼；三是寻机重新做人再返主流社会。第一条已绝无可能，他在当地已经家喻户晓，谁不知道他杀人放火与土匪穿一条裤子，哪个大胆敢做他的保护伞。第二条实在心不甘、情不愿，尽管朱武劝说：“哥哥便在此间做个寨主，却不快活！只恐寨小，不堪歇马。”史进只不答应：“我是个清白好汉，如何肯把父母遗体来点污了？你劝我落草，再也休题。”毅然决然铁心铁意不当贼寇。思来想去，只能去找寻师父，这便是第三条路，“我若寻得师父，也要那里讨个出身，求半世快乐”。这也是许多梁山英雄共同走过的路。几天后，史进告别少华山，赶奔延安府，在渭州结识鲁提辖，又遇开手师父李忠。

应该说，李忠等七八个江湖师父教给史进的是花架子和江湖习气，王进这个德艺双馨的师父教给史进的是真才实学和顺民思想，而鲁达与他虽未有武学意义上的师徒关系，但却在精神层面深深地影响了史进，可以说是史进道德意义上的师父。当他与鲁达、李忠三人在潘家酒店喝酒时遇到了哭泣的金翠莲，听说孤弱无依的金翠莲被郑屠所害的事情后，侠义满怀的鲁达当即决定帮助金翠莲父女，他从身上摸出五两来银子，然后“看着史进道：‘洒家今日不曾多带得些出来，你有银子，借些与俺，洒家明日便送还你。’史进道：‘直甚么，要哥哥还。’去包裹里取出一锭十两银子，放在桌上。”此时的史进已经完全被鲁达的侠客行为所征服。

要知道，史进随身没带多少银子，小说对此是有交代的：在少华山“史进住了几日，定要去，朱武等苦留不住。史进带去的庄客，都留在山寨；只自收拾了些少碎银两，打拴一个包裹，余者多的尽数寄留在山寨。”史进为朋友可以说是无有保留，倾囊相赠。小说为了让读者明了二人的高大形象，特地把打虎将李忠拿来做对比，“鲁达看着李忠道：‘你也借些出来与洒家。’李忠去身边摸出二两来银子。鲁提辖看了见少，便道：‘也是个不爽利的人。’鲁达只把十五两银子与了金老。”其实李忠固然称不上慷慨，但也没那么吝啬，因为他就是个江湖艺人，能赚几个钱？能拿出二两银子对他来讲已经很不容易了，作者矮化李忠，抬高鲁、史，在艺术上无可厚非，但客观讲不太厚道。豪侠仗义当然值得赞扬，量力而行同样应该肯定。而且，李忠也因鲁达付出了很大代价，鲁达三拳砸掉了自己的饭碗，同样也断送了李忠的卖艺卖药生涯，为了躲避官府的连坐，李忠亡命天涯，逃至青州桃花山，做了山大王。

鲁达在潘家酒楼给史进上了第一课，后又在赤松林上了第二课。鲁智深那陌路相助、疾恶如仇、锄强扶弱、宽容大度的侠义品质，使史进的思想发生了质的飞跃。正是：鸟随鸾凤飞腾远，人伴贤良品质高。挨金似金，挨玉似玉。如果说朱武等人的行为激活了史进大脑深处的“义”，那么鲁达的行为则使史进的“义”升华为了“侠”。

“义”讲求对等原则，重视彼此往来；“侠”则崇尚利他原则，所谓“毫不利己，专门利人”。到了小说第五十八回“三山聚义打青州　众虎同心归水泊”时，史进路见不平，拔刀相助，为了一个与己无关的弱者，单身去刺杀太守，已像鲁智深一样侠义满怀，无愧为顶天立地的英雄好汉了，这一刺给自己的人生增添了无与伦比的亮色。

原来上了梁山的鲁智深没有忘记惺惺相惜的史进，他和武松到少华山看望史进，却未能如愿。朱武道：“小人等三个在此山寨，自从史大官人上山以后，好生兴旺。近日史大官人下山，因撞见一个画匠，原是北京大名府人氏，姓王，名义；因许下西岳华山金天圣帝庙内装画影壁，前去还愿。因为带将一个女儿，名唤玉娇枝同行，却被本州贺太守，原是蔡太师门人，那厮为官贪滥，非理害民。一日因来庙里行香，不想见了玉娇枝有些颜色，累次着人来说，要取他为妾。王义不从，太守将他女儿强夺了去为妾，又把王义刺配远恶军州。路过这里，正撞见史大官人，告说这件事。史大官人把王义救在山上，将两个防送公人杀了，直去府里要刺贺太守；被人知觉，倒吃拿了，现监在牢里。又要聚起军马，扫荡山寨。我等正在这里无计可施！”……后三山聚义，宋江等智取华州，史进被救后上了梁山。

史进最终上了梁山，那是因为朝廷和官场已将“义”彻底抛弃。鲍鹏山先生在《〈水浒〉的语义学》一文中很有见地地指出，那个被贺太守发配又被史进救出的画家“王义”寓意是“王之义”，先王之义和圣王之义，已被那个“崇文”的朝廷和官家抛弃，要找，只能到江湖，到江湖强盗寄居的水泊梁山去找。而且他还谈到王义的女儿本姓“王”，作者偏要写成“玉”，他并不认为“玉娇枝”是个艺名，而是认为这是作者有意为之，是要和鲁智深救的姑娘金翠莲凑成一金一玉。所谓金枝玉叶，乃宝贵之物的意思，宝贵之物正遭受玷污和蹂躏，需要义气充盈的武士不惜犯大难、冒大险而救之。此时的史进，俨然“侠之大者，为国为民”。

其五，情人义：实话实说，有情有义。

史进上了梁山之后，寸功未立，寸草未得，正巧梁山兵马攻打东平府受挫，史进毛遂自荐，要进城潜伏在相好李瑞兰家做卧底，以求里应外合打下城池。此时的史进心情应该是挺兴奋的，因为他可借机见到自己的风尘知己，若打下东平府，更可以和自己的“真爱”长相厮守，岂不快哉！

小说第六十九回“东平府误陷九纹龙　宋公明义释双枪将”写道：“只见九纹龙史进起身说道：‘小弟旧在东平府时，与院子里一个娼妓有交，唤做李瑞兰，往来情熟。我如今多将些金银，潜地入城，借他家里安歇。约时定日，哥哥可打城池。只等董平出来交战，我便爬去更鼓楼上，放起火来，里应外合，可成大事。’”

有人说，小的时候听说水浒英雄都是单身汉，不近女色，怎么史进还嫖过娼，有情人，是真的吗？其实人们说梁山好汉不好女色，是指大多数。不少好汉确实奉行独身主义，像鲁智深、晁盖、刘唐、公孙胜、吴用、杨志、武松、李逵等，而且他们认为“贪女色，不是好汉的勾当”，“但凡好汉，犯了‘溜骨髓’三个字的，好生惹人耻笑”，对好色行为嗤之以鼻。即使有女人的，男子也只顾打熬筋骨，冷落了对方，如宋江、杨雄、卢俊义等，导致女方红杏出墙，惹出一段段风流冤孽。前面我们已然说过，“不近女色”与“不好女色”是有区别的，梁山上“好女色”的也就是矮脚虎王英，其他的如想抢占村姑为妻的小霸王周通、与妓女李巧奴有往来的神医安道全、夺了程太守女儿的双枪将董平，以及与妓女李瑞兰有染的史进，应属正常人的范畴，达不到好性喜色的标准。

因为，好汉们若想女人基本只有两条途径：一是抢民女，二是进妓院。因为好人家的女子谁愿嫁给强盗，文人出身的官员谁肯将宝贝女儿嫁给武士，贼人成堆的山上女人又太少……可这两途都不是正途，很容易败坏梁山的名声，且逛妓院还易被官府发现，均不利于梁山事业的健康发展。不信请看：

> 且说史进转入城中，径到西瓦子李瑞兰家。大伯见是史进，吃了一惊，接入里面，叫女儿出来厮见。……李瑞兰引去楼上坐了，遂问史进道：“一向如何不见你头影？听的你在梁山泊做了大王，官司出榜捉你，这两日街上乱哄哄地说，宋江要来打城借粮，你如何却到这里？”史进道：“我实不瞒你说，我如今在梁山泊做了头领，不曾有功，如今哥哥要来打城借粮，我把你家备细说了。如今我特地来做细作，有一包金银，相送与你，切不可走漏了消息。明日事完，一发带你一家上山快活。”（第六十九回“东平府误陷九纹龙　宋公明义释双枪将”）

正是：水浒英雄知多少，情种唯有史大郎。史进真心真意，和盘托出，而且把情人及其全家的将来都安排妥帖，也顾及不上他们是老鸨和龟公，上山后会被众家兄弟耻笑。真情一片，令人动容。谁料“落花有意，流水无情”。

> 李瑞兰葫芦提应承，收了金银，且安排些酒肉相待，却来和大娘商量道：“他往常做客时，是个好人，在我家出入不妨。如今他做了歹人，倘或事发，不是耍处。”大伯说道：“梁山泊宋江这伙好汉，不是好惹的，但打城池，无有不破。若还出了言语，他们有日打破城子入来，和我们不干罢！”虔婆便骂道：

“老蠢物，你省得甚么人事？自古道：蜂刺入怀，解衣去赶。天下通例，自首者即免本罪。你快去东平府里首告，拿了他去，省得日后负累不好。”李公道：“他把许多金银与我家，不与他担些干系，买我们做甚么？”虔婆骂道：“老畜生，你这般说，却似放屁！我这行院人家，坑陷了千千万万的人，岂争他一个！你若不去首告，我亲自去衙前叫屈，和你也说在里面。”李公道：“你不要性发，且叫女儿款住他，休得打草惊蛇，吃他走了。待我去报与做公的，先来拿了，却去首告。”

果然，妓女李瑞兰向官府告密，出卖了史进。当史进被押解到大厅上时，东平府程太守见了，大骂道：“你这厮胆包身体，怎敢独自个来做细作？若不是李瑞兰父亲首告，误了我一府良民。快招你的情由。宋江教你来怎地？”面对程太守的威吓、辱骂，史进只不言语。

此时的史进为何一言不发？原因在于他是梁山好汉中少有的真正对女人“动情”的男子。他付出了金钱，更付出了感情，但他怎么也想不明白，“往来情熟”的女人居然将他出卖，翻脸比翻书都快，难道真的像人们所说的“戏子无义，婊子无情”吗？此时史进的心情，正如一首歌所唱的：“曾经以为付出后就会有收获，而今天留给我的却是无言的沉默。为爱是那么执着，以为我和你会有结果。而今天我对你却无话可说，无话可说。到底是谁的错，是你还是我。究竟是为什么，难道是当初的迷惑。曾经以为付出后就会有收获，而今天留给我的却是无言的沉默。为爱是那么执着，以为我和你会有结果。而今天我对你却无话可说，无话可说。”

史进本想立功受奖，没想到连自己都身陷囹圄，着实被现实狠狠地撞了一下腰。哎！不是腰，是腿。史进“两腿各打一百大棍”，要知道受刑部位是大腿而不是臀部，疼痛可想而知。史进为他的真情付出了惨痛代价，恐怕更受伤的不是身，而是他的心。好在史进真是条硬汉，任其严刑拷打不发一言。要知道当年武松被张都监诬为盗贼，都屈打成招。史进是众好汉中唯一一个被严刑拷打而宁死不屈的英雄。城破后，史进带人上门报仇，杀了李瑞兰全家。

耐人寻味的是，梁山泊英雄从个体角度讲，他们所杀之人主要为两类：一为文人，一为妓妇。“花荣倒戈后的第一个目标是刘高，宋江脱险后的第一复仇对象是黄文炳，晁盖一行上山后的第一个行为是火并王伦。[①]”所杀女人则多被冠以“淫妇”之名，像阎婆惜、潘金莲、潘巧云、贾氏、刘知寨夫人等，其特点主要为水性无定、见利忘义，这几位虽不是妓女，可人品如同也被杀死的白秀英、李巧奴、李瑞兰等妓女一般无二，故此处将这两类女人合而定名为“妓妇”。就中也可见，作者将文人的品性视如妓女，对“崇文抑武”国策下的文人的“成见”该有多深！

史进上梁山后，做了两件大事：一是收伏芒砀山樊瑞、项充、李衮三人；二是攻打东平府，进城当卧底，结果被窑姐儿告发入狱吃尽苦头。金圣叹在《读第五才子书法》中写道：“史进只算上中人物，为他后半写得不好。”[②] 认为第六十九回编得不好，不但情节不合理，对史进这个人物的刻画，亦是虎头蛇尾，不够一致。不少人认为金评很有见地，我则认为此回大有深意，正表明在“不义”的世界里“义”的毁灭。

其六，君臣义：不肯落草，深明大义。

酷爱武术的史进不幸长于“崇文抑武”的宋朝，命中注定了他风雨兼程的一生。他抛弃万贯家财和安逸生活，毅然出手援救朱武三人，成为他人生的重要转折点，从此他浪迹于主流社会之外，心如飘蓬。在第六回“九纹龙剪径赤松林　鲁智深火烧瓦罐寺”中智深问道：“史大郎，自渭州别后，你一向在何处？”史进答道：“自那日酒楼前与哥哥分手，次日听得哥哥打死了郑屠，逃走去了。有缉捕的访知史进和哥哥赍发那唱的金老，因此小弟亦便离了渭州，寻师父王进。直到延州，又寻不着。回到北京，住了几时，盘缠使尽，以此来在这里寻些盘缠，不想得遇哥哥。”

当年离开少华山，史进充满忐忑和希望去寻梦，“恒定心中方向，风雨无阻远航”。但不知是师父在军中改姓换名，还是隐姓埋名躲在了民间，寻师之梦终未能圆。迷茫中的史进又遇到了改变他命运的一个人——鲁达，因为鲁达打死镇关西也连坐到了史进。被通缉的史进边逃边寻找师父，几乎踏遍了甘陕地区，却一无所获。心灯灭了，漂泊的人该去何方？史进犹如断线的风筝四处游荡。记忆定格在了河北大名府，一摸兜，坏了，兜比脸还干净。人常说，一分钱难倒英雄汉。几天下来，史进开始抓

① 曾大兴：《封建中国的军事人才悲剧——〈水浒传〉主题新探》，《中南民族学院学报》1989 年第 2 期，第 99 页。

② 朱一玄、刘毓忱：《水浒传资料汇编》，南开大学出版社 2012 年版，第 222 页。

狂了。古人云：富贵起淫欲，饥寒起盗心。良心丧于困地的史进，干起了剪径抢劫的勾当，没想到竟在他乡遇到好友鲁智深。

之前的史进死活不肯落草，因为他心中有梦；现在脚下的路已经走尽，他也尝尽了生活的苦，也找不到那个可以相信的人，可能感到万分沮丧，甚至开始怀疑人生。史进又一次走到十字路口。

他和鲁智深火烧瓦罐寺后，来到一个村镇小酒店，二人“吃了酒饭，智深便问史进道：‘你今投那里去？’史进道：‘我如今只得再回少华山去，投奔朱武等三人，入了伙，且过几时，却再理会。’”这就是为什么相貌英俊、阳光帅气、武艺高强的少年史进奔命江湖，迟迟不肯“点污”先人却最终落草的原因？因为他的心门已经关上，只能放弃理想。此时他已顾不得自己讲过“不肯将父母遗体来点污”的话，顾不得自己是什么清白好汉，万般无奈只能上山入伙为贼。英雄末路，好生凄凉，“嗟乎！时运不齐，命途多舛。”史进距离他梦中的目标渐行渐远。

但人生往往会出现戏剧性的变化。上了梁山的史进，时间不长就迎来了朝廷招安，但此时的史进对招安已不感兴趣。有何为证？第七十二回“柴进簪花入禁院　李逵元夜闹东京”写史进和穆弘等人在宋江的带领下到东京看灯，二人在樊楼醉酒后一起作诗蔑视朝廷，吓得宋江“魂飞魄丧”：

> 宋江、柴进也上樊楼，寻个阁子坐下，取些酒食肴馔，也在楼上赏灯饮酒。吃不到数杯，只听得隔壁阁子内有人作歌道：浩气冲天贯斗牛，英雄事业未曾酬。手提三尺龙泉剑，不斩奸邪誓不休！宋江听得，慌忙过来看时，却是“九纹龙”史进，“没遮拦”穆弘，在阁子内吃得大醉，口出狂言。宋江走近前去喝道：“你这两个兄弟吓杀我也！快算还酒钱，连忙出去！早是遇着我，若是做公的听得，这场横祸不小。谁想你这两个兄弟也这般无知粗糙！快出城，不可迟滞。明日看了正灯，连夜便回，只此十分好了，莫要弄得撅撒了！”史进、穆弘默默无言，便叫酒保算还了酒钱。两个下楼，取路先投城外去了。

实际上，史、穆二人所作之诗，是《水浒传》中唯一的一首本人亲作的所谓“反诗”。现在看来，这首诗充其量就是首“反奸邪诗”或“反腐败诗”，不是什么真正的“反诗”。《水浒传》上写所谓“反诗”的还有两位，宋江写的实际被人曲解或误读，卢俊义的并非他本人所写，陷入“反诗门”均属奸邪之人主观敷衍，罗织诬害。

史进的思想为何出现如此大的变化？一是通过与华州贺太守、东平府程太守等腐败官员的接触，他已看破官府；二是与他有过命之交的鲁智深反对招安，应对他有很大影响；三是他人的悲惨遭遇如武松、林冲对他不可能不产生触动。

反对归反对，看法归看法，毕竟能顾全大局，深明大义，全伙接受了招安。紧接着史进参加了征辽战役，在为国家和民族而战的战场上出生入死，杀死辽将楚明玉、曹明济和琼妖纳延；征方腊时，杀死沈刚，生擒甄诚。最终在江南的睦州昱岭关下，由于卢俊义指挥不慎，史进被“小养由基”庞万春一箭射死，为国捐躯，死后被朝廷追封“忠武郎”。第一百一十八回“卢俊义大战昱岭关　宋公明智取清溪洞”：

> 且说卢先锋军马将次近昱岭关前，当日先差史进、石秀、陈达、杨春、李忠、薛永六员将校，带领三千步军，前去出哨。当下史进等六将，都骑战马，其余都是步军，迤逦哨到关下，并不曾撞见一个军马。史进在马上心疑，和众将商议。说言未了，早已来到关前。看时，见关上竖着一面彩绣白旗，旗下立着那“小养由基”庞万春。看了史进等大笑，骂道：“你这伙草贼，只好在梁山泊里住，掯勒宋朝招安诰命，如何敢来我这国土里装好汉！你也曾闻俺‘小养由基’的名字么？我听得你这厮伙里，有个甚么‘小李广’花荣，着他出来，和我比箭。先教你看我神箭。”说言未了，飕的一箭，正中史进，攧下马去。五将一齐急急向前，救得上马便回。又见山顶上一声锣响，左右两边松树林里，一齐放箭。五员将顾不得史进，各人逃命而走。转得过山嘴，对面两边山坡上，一边是雷炯，一边是计稷，那弩箭如雨一般射将来，总是有十分英雄，也躲不得这般的箭矢。可怜水浒六员将佐，都作南柯一梦。史进、石秀等六人，不曾透得一个出来，做一堆儿都被射死在关下。

应该说，九纹龙史进忠实地履行了君臣之义，死得其所。

三、结语

天罡地煞第一个出场的“史进”意味着历史进入了一个非常时期，什么非常时期？即与第一组出场的少华山的三位头领有关。

《水浒传》作为“奇书”和“名著”，应该说它的许多文字都经过精心打磨，每一个人物，此处主要指他们的名字当都经过反复斟酌。“朱武”之名，当与“四象”有关。“四象”在我国古代用来表示天空中东、西、南、北四个方向的星象，即东方苍龙，西方白虎，南方朱雀，北方玄武，源于中国古代的星宿信仰。“朱武”即朱雀玄武，意指南、北方向，南和北属五行中的火和水，水火意味着动荡和争战；杨春绰号“白花蛇”，“蛇”又称“小龙”；陈达绰号“跳涧虎”，“史进”之名与三位之姓名绰号合在一起意为“历史进入一个龙吟虎啸、龙腾虎跃、英雄辈出、风起云涌的时期”。

史进不是《水浒传》的书胆，即不是小说浓墨重彩着力渲染的主要人物，但却寄予了作者崇尚和所要表达的人格理想——义，史进不仅做到了，而且做到了极致——义盖云天。

史进生长在华阴，是典型的关西大汉，身材魁伟，尚武重义，堪称“义绝”之人：对父亲，他慎终追远，重情重义；对师父，他难舍难分，多情多义；在江湖，他见义思齐，义无反顾；对朋友，他仗义而行，重义轻财；作为子民，他迟迟不肯落草，深明大义；即使对世人都不看好的婊子情人，他也是实话实说，有情有义。在“义”的感召下，他大闹史家村，夜走华阴县，剪径赤松林，不屈东平府，是一位十足的好汉形象。更值得称道的是，到了小说的第五十八回“三山聚义打青州　众虎同心归水泊”时，其人格由“义”升华到“侠”。为了一个毫不相干的弱者，单身去刺杀无良太守，给自己的人生抹上了靓丽的色彩！最终在招安以后的“不义”的世界里，他处处碰壁，直至殒命沙场。史进是梁山上能与鲁智深比肩的为数不多的侠义之士，其号天微星即为此意。“微”，少也，微乎其微是也。

史进不仅行侠好义，而且武功一流，是梁山上年龄较小的好汉。一百零八将排序时他位列三十六员天罡星的二十三位，马军八骠骑兼先锋使第七名，排名仅次于李逵，在穆弘、雷横、李俊和三阮之前。不少人认为，仅凭武艺和贡献，史进的位置似乎偏高了。其实不然，若按德才兼备的标准（作者心目中的“德”），作者似还有意压低了史进的排位。即使这样，后世读者已然不明就里，若名次再提前，不知还要生出多少是非。哎！真是可怜了盖世才子的一片苦心哪。

伟哉史大郎，义气冠稗史。
可叹读书人，几多迷津里。

第七讲　侠气冲天的花和尚

“九纹龙”史进是作者推许，但多数读者并不太熟悉或看重的一个形象，而晚于他出场的鲁智深却是作者和不少读者都赞赏有加的重量级人物，实乃后来居上。以致金圣叹在给水浒人物定级别时，将史进定为“上中人物”：“史进只算上中人物，为他后半写得不好。[①]”将鲁智深定为“上上人物”：“鲁达自然是上上人物，写得心地厚实，体格阔大。论粗鲁处，他也有些粗鲁；论精细处，他亦甚是精细。[②]”

细心的读者可能注意到，鲁智深有两个名字：出家前的俗家名字人称鲁达，出家后始叫鲁智深。小说提及“鲁达”此名并非出自别人之口，而是他的自我介绍。第三回“史大郎夜走华阴县　鲁提辖拳打镇关西”写史进和鲁达这两个重量级的人物在渭州城里的茶坊相遇，互生好感后相向而坐。史进道：“小人大胆，敢问官人高姓大名？”那人道：“洒家是经略府提辖，姓鲁，讳个达字。”“鲁达”之“鲁”应有“鲁莽、粗鲁、鲁直”之意；“达”应有“通达、豁达、放达”之意，与后来的“智深”有神似之处。

“鲁达”之名应该花费了作者不少心思，但鲁智深这个法名比本名更是家喻户晓，尽人皆知，此法名是五台山智真长老赐予。第四回“赵员外重修文殊院　鲁智深大闹五台山”写道：“首座呈将度牒上法座前，请长老赐法名。长老拿着空头度牒，而说偈曰：‘灵光一点，价值千金，佛法广大，赐名智深。’”从此宋朝公务员队伍中少了个鲁达鲁

---

① 朱一玄、刘毓忱：《水浒传资料汇编》，南开大学出版社 2012 年版，第 222 页。
② 朱一玄、刘毓忱：《水浒传资料汇编》，南开大学出版社 2012 年版，第 221 页。

提辖，而寺庙僧侣里或者确切地说是江湖上多了一位不守清规戒律的“花和尚”。

鲁智深的知名度为何甚于鲁达？金圣叹关注的似乎只是鲁达的体态和性格，特别是人物性格的出色描写尤为许多研究者格外留意，但民间俗众注意到的是鲁智深出家前后行侠仗义的量和质都发生了重大变化。

出家前的鲁达做的动静最大的一件事就是拳打镇关西。镇关西的能量相对单薄，势力比较弱小，他既不掌握笔杆子（权柄），也不掌握枪杆子，每天只是拿着个杀猪刀子对着猪头使气斗狠。他肯定挣下了几个糟钱，要不然也不会烧包嘚瑟，拈花惹草，从他生前死后本人和家族的表现都可看出他在当地也是一霸，但影响力和呼风唤雨的程度是无法和走下五台山后鲁智深所面对的对手相比的，什么山大王（土匪）、恶势力、腐败官府，哪一个不是有刀有枪，人多势众，耍阴使计，能量非凡，都不是单枪匹马的鲁智深所轻易就能对付的。但在和强大的黑恶势力的顽强斗争中，鲁智深的侠肝义胆越来越凸显，他在人们心目中的形象也越来越高大伟岸。其实，鲁智深最为人所看重的就是他的“侠”。纵观其一生，为人津津乐道的故事多是拳打镇关西、援手桃花村、火烧瓦罐寺、倒拔垂杨柳、扶弱野猪林，这些故事虽情节各异，但有一个共同的特点，那就是“侠”味十足，侠气冲天。

不过，对事物的看法往往因立场的不同而大相径庭。比如有人认为鲁达救助金氏父女是目无政府和法律的行为，说金氏父女被肉联厂董事长镇关西欺凌，鲁达若想救助，应首先建议金氏父女寻求官府申诉，进而利用其人脉关系帮助他们打官司，身为朝廷公职人员，他为什么没有这么做呢？是不是他太缺乏法律意识和组织观念？鲁达为什么不通过高太尉们这些政府官员和正当的法律途径来解救金氏父女呢？哎，鲁达这样的人怎么能担当重任呢？素质不行啊！这样的人就知道动粗耍野挥拳头，热衷暴力，他应该像金老儿一样跟镇关西先好好谈谈，和风细雨，春风化人嘛！君子动口不动手，不问效果问风度嘛！他对郑大官人不该出手乱出手，怎么能随便打人呢？打人也不能下死手啊！郑大官人那多劳多欲的身子骨怎禁得住他这样的大汉揍呢？象征性地在人家的胳膊上拧一把、臀部踢一脚就行了，为什么非要置人家于死地而后快呢？整得那“血腥场面”让现代温文尔雅的人情何以堪！留得人家继续欺男霸女，作恶关西多好！干吗为那些毫不相干的人这么卖力呢？有人说都是女人惹的祸！

说鲁达喜欢女人，尤其是美女。说他暗恋金翠莲、心念桃花女、迷上林娘子。活该他为了第一个女人，丢了好端端的工作做了和尚；因为第二个女人，与山大王打了一仗；为了第三个女人，失去了京都户口，被迫逃离大相国寺而亡命江湖，以致失身为贼。哎，做这些值吗？为什么这些祸事都与美女有关，为什么与嫫母、无盐这些丑女无关呢？嗨，原来镇关西、高衙内们都不去争抢丑女，以致与鲁达有缘的都是美女。那鲁达究竟与这些美女有没有感情纠葛呢？好像没有。那为什么有些大学者、大教授说他绰号“花和尚”是因了女人呢？难道他们没有读过原著，还是不同凡俗，标新立异；抑或故弄玄虚，哗众取宠；或是走火入魔，剑走偏锋了呢？

一、探秘“花和尚”

中国有个成语叫“望文生义”，意思是仅从字面上去附会，以致做出不正确的解释。这不，人们看到“花和尚”三字，极易联想到“花花公子”“花花太岁”等词语，认定“花和尚”也和他们一样，喜好寻花问柳，拈花惹草，做出有违佛规的行为。也有人见解独到，说“花花和尚”是色情，“花和尚”是情色，是风流但不下流，依然是说鲁智深与女人的关系不清不楚。实际上《水浒传》中的“花和尚”与“花花和尚”“花心和尚”一字之差，意思却有天壤之别。

当然，历史上和现实中的“花花和尚”自有人在。按说和尚作为特殊的群体，本该四大皆空，六根清净，自觉遵守佛门戒律。无奈生而为人，难免有七情六欲，“食色，性也”嘛。要彻底断情绝欲，谈何容易！因此，古往今来贪于此道的僧人史不绝书，如《南史》中梁元帝的妃子徐昭佩，《北齐书》中武成帝高湛的皇后胡氏，《旧唐书》《新唐书》中所记的武则天、高阳公主、太平公主等都与和尚往来情密。史书之外，通俗文学特别是宋元以后的戏曲、小说中描写和尚好色的更多，如宋话本《简贴和尚》，元杂剧《月明和尚度柳翠》，明杂剧《玉禅师翠乡一梦》，明拟话本《醒世恒言·汪大尹火焚宝莲寺》《初刻拍案惊奇·夺风情村妇捐躯》《欢喜冤家·蔡玉奴避雨遇淫僧》等。晚明以后，又出现了专门辑录和尚偷情犯戒的小说，如《僧尼孽海》《风流和尚》《灯草和尚传》等，它们更以淫僧、色情作为吸引人的关目，或作为公案作品的噱头，满足人们追奇猎异的心理，借以达到自己追名逐利的目的。

像这样的花花和尚，《水浒传》中也是车载斗量。说到《水浒传》中的和尚，除了五台山文殊院的智真长老和其徒弟鲁智深等少数几个外，为作者所尊重的还真不多。因为书中提到的不少都是恶僧、淫僧或俗僧，正应了小说第四十五回“杨雄醉骂潘巧云　石秀智杀裴如海”中所言“德行高僧，世间难得”。小说中写到的和尚多为作者所鄙视，蔑之为“秃驴”，因为他们大多不守清规，贪淫好色。小说中引述大诗人苏东坡的“不秃不毒，不毒不秃，转秃转毒，转毒转秃”及俗语“一个字便是僧，两个字是和尚，三个字鬼乐官，四字色中饿鬼”来印证“唯和尚色情最紧”的观点。如第六回“九纹龙剪径赤松林　鲁智深火烧瓦罐寺”写云游和尚崔道成勾结道人丘小乙，将原先的几个老和尚赶走，霸占了瓦罐寺，“杀人放火”，“养着一个妇女在那里”淫乐。小说第四十五回写潘巧云为亡夫王押司做道场，请到的“这一堂和尚见了杨雄老婆这等模样，都七颠八倒起来。但见：班首轻狂，念佛号不知颠倒；阇黎没乱，诵真言岂顾高低。烧香行者，推倒花瓶；秉烛头陀，错拿香盒。宣名表白，大宋国称做大唐；忏罪沙弥，王押司念为押禁。动铙的望空便撇，打钹的落地不知。敲铦子的软做一团，击响磬的酥做一块。满堂喧哄，绕席纵横。藏主心忙，击鼓错敲了徒弟手；维那眼乱，磬槌打破了老僧头。十年苦行一时休，万个金刚降不住。那众僧都在法坛上看见了这妇人，自不觉都手之舞之，足之蹈之，一时间愚迷了佛性禅心，拴不定心猿意马。”简直是原形毕露，丑态百出。更有那和尚裴如海凡心大炽，色胆包天，竟敢勾引刽子手杨雄这个职业杀手的老婆，堪称火中取栗，虎口掏食，其勇敢程度和偷情手法，经过《水浒传》的入微刻画，几乎使他成了中国小说史中知名度最高的一位淫僧。

不过，《水浒传》给鲁智深起绰号为“花和尚”，与“花花和尚”和“花心和尚”大相径庭。小说中的鲁智深不仅自己不近女色，而且对欺负女性的各色人等深恶痛绝。“在被迫落草，占据二龙山以前，他干了四件轰轰烈烈的事：一是拳打镇关西，二是大闹桃花村，三是大闹野猪林，四是火烧瓦罐寺。……他干上述四件事，是为了救四个妇女：金翠莲、桃花庄公主、林冲娘子和瓦罐寺妇人。他救她们纯粹是锄奸扶弱，一团正气，自己并无女色之想。这是中国好汉的本色。”[①] 然而，就是这样一个不近

① 杨子坚：《新编中国古代小说史》，南京大学出版社1990年版，第122页。

女色的护花使者、堂堂的正人君子，《水浒传》作者却给他起了一个“花和尚”的绰号，这究竟是什么原因呢？我以为，大概有内、外两种因素。

首先说外在原因。鲁智深之所以被叫作“花和尚”，当与他脊背上的花绣有关。小说第四回“赵员外重修文殊院　鲁智深大闹五台山”这样写道：

只说鲁智深在亭子上坐了半日，酒却上来；下得亭子，松树根边又坐了半歇，酒越涌上来。智深把皂直裰褪膊下来，把两只袖子缠在腰里，露出脊背上花绣来，扇着两个膀子上山来。

“花和尚”意思是身体上刺有花绣的和尚，这一名称和史进得名“九纹龙”如出一辙。此段文字可为作者眼中的鲁智深。那么，被人称为“花和尚”更在鲁智深本人那里得到了印证。小说第十七回“花和尚单打二龙山　青面兽双夺宝珠寺”写鲁智深夫子自道：

人见洒家背上有花绣，都叫俺做“花和尚”鲁智深。

小说在好几处都点明，鲁智深得名“花和尚”，就是因为其背上的花绣，与女人没有半毛钱关系。

值得注意的是，宋代的男人不仅刺青，而且喜欢簪花。刺青可能是有些血性的男儿所为，而簪花却人人皆宜。应该说，戴花唐已有之，但不甚普遍；明清时期，偶有为之。唯有两宋，男人戴花蔚然成风。北宋已蔚然成风，延及苟安一隅的南宋达到极盛之态，几乎形成了男子个个簪花于街头的奇特景观。

在以北宋为背景的《水浒传》中，男人戴花已经非常普遍，你会发现梁山好汉简直就是“花团锦簇”：且不说风流倜傥的浪子燕青“腰间斜插名人扇，鬓畔长簪四季花”，让人莫名其妙、超级搞笑的是穷得掉渣的乡下渔夫阮小五居然“斜戴着一顶破头巾，鬓边插朵石榴花”，更让人匪夷所思的是两个刽子手、职业杀手——一个是蓟州押狱兼行刑、人称病关索的杨雄“鬓边爱插芙蓉花”，另一个是大名府的刽子手、满脸横肉的蔡庆，生来爱戴一枝花，于是大家干脆叫他“一枝花”蔡庆，就连占山为王的小霸王周通前往桃花村“成亲”也“鬓傍边插一枝罗帛像生花”，身后的小喽啰们“头巾边乱插着野花”，整个宋朝简直是鲜花遍地，繁花似锦，到处是花的世界，花的海洋，堪称“花花世界”。

当然，民间的好尚来自官方的引领。“上有所好，下必甚焉”嘛。据南宋耐得翁《都城纪胜》记载，宋朝皇帝尤其是宋徽宗每次参加社会活动，都是“御裹小帽，簪花，乘马”，还要求身边的大臣、跟班的都必须戴花。《水浒传》第七十二回“柴进簪花入禁院　李逵元夜闹东京”，背景便是宋徽宗庆贺元宵，宫禁值班人员“每人皆赐衣袄一领，翠叶金花一枝，上有小小金牌一个，凿着‘与民同乐’四字，因此每日在这里听候点视。如有宫花锦袄，便能勾入内里去”，这“翠叶金花”俨然成了通行证，柴进略施小计骗得一朵，合着衣帽便混进皇宫睿思殿。小说中所写的节庆日簪花《宋史》里亦有记载，宫中每逢盛典，从皇帝到大臣直至侍卫、隶卒，头上都要簪花。以致南宋诗人杨万里有诗《德寿宫庆寿口号十篇》中有一首“春色何须羯鼓催，君王元日领春回。牡丹芍药蔷薇朵，都向千官帽上开”，每个官员的帽子上都盛开着各色鲜花。稍后的姜夔也有诗《郊礼后景灵宫薛谢纪事》：“六国文武浩如云，花簇头冠样样新。惟有至尊浑不戴，尽将春色赐群臣。万数簪花满御街，圣人先自景灵回。不知后面花多少，但见红云冉冉来。”描述了街上人人插红戴花，远远望去犹如片片红云浮动，形成世间一大奇观。

中国有句童谣：“新年来到，人人欢笑。姑娘要花，小子要炮。”爱花戴花应该是女子的专利，但在有宋一朝，男人特别是成年男人不论地位高低、家境贫富、相貌俊丑，都对簪花崇尚有加，簪花已经成了男人生活的重要组成部分。不在头上戴朵花似乎就不能出门，无脸见人，这在正常人看来，这个社会出了问题。什么问题？阴盛阳衰！男人的举手投足、兴趣爱好、价值取向已经异化甚至趋同女性化，这似乎违反了造物主的初衷。《周易》有言：“一阴一阳之谓道。”若世间只有阴没有阳或者反之，“道”就会消亡，这个社会或国家就难以存续。宋朝男人对“花”的举国痴迷和疯狂，意味着阳气的衰竭。但鲁智深并未簪花，因为他的头上不容易簪花，他只是刺了花绣，为此也得了“花和尚”的绰号，但这只是外在原因，可能在作者想来，应该有更深层的内在原因。

内在原因是什么？在俗人眼中，鲁智深应该是个假和尚，但在真人眼中却是位不折不扣、货真价实的真菩萨。为什么他在俗人眼中是个假和尚呢？

首先是长相不像。一般人认为和尚似乎长得都应该像唐僧一样，慈眉善目，相貌清秀，但鲁智深长得却不符合这个标准。小说写他初到五台山与众僧见面时的情形："首座与众僧自去商议道：'这个人不似出家的模样。一双眼却似贼一般。'众僧道：'知客，你去邀请客人坐地，我们与长老计较。'知客出来请赵员外、鲁达到客馆里坐地。首座众僧禀长老说道：'却才这个要出家的人，形容丑恶，貌相凶顽，不可剃度他，恐久后累及山门。'""形容丑恶，貌相凶顽"，连五台山上的众僧都觉得鲁达长得粗恶，有碍寺容，不愿他在此剃度为僧。

其次是语言不像。和尚们往往心念佛祖，口诵善言，应该是文明用语的模范使用者，但鲁智深却是个粗鲁汉子，嘴里经常不干不净，动不动就"洒家"长，"洒家"短。这"洒家"有人理解为"俺"或"咱"，似乎有失偏颇，若如此，小说第五十九回"吴用赚金铃吊挂　宋江闹西岳华山"中的那个强抢民女的贺太守就不会骂鲁智深说"几曾见出家人自称洒家"。照此看来，"洒家"的含义应比较粗俗，应该如同今人俚语骂人话中的"老子"一般。比之更甚者，他还时常大暴粗口，骂人为"鸟人""直娘贼"等，语言更显粗俗不堪，更没有个和尚样子了。

最后是行为不像。刚上五台山当了和尚，就在佛殿后随意撒尿屙屎，"全没些个出家人体面"。对于出家人的"五戒"：不杀生；不偷盗；不邪淫；不贪酒；不妄语，除了"邪淫"不涉外，其他均程度不同地受到时人的非议，"不看经卷花和尚，酒肉沙门鲁智深"。最为人熟知的是他不守清规戒律，喝酒吃肉，对此鲁智深并不讳言。在桃花村他对刘太公说："洒家不忌荤酒，遮莫甚么浑清白酒，都不拣选；牛肉狗肉，但有便吃。"之前他醉酒后更是一闹五台山，闹了僧堂；再醉后二闹五台山，"打坏了金刚，塌了亭子，卷堂闹了选佛场"，实在是无法无天。最为人褒贬不一的是他竟然"杀生"，"臂负千斤扛鼎力，天生一片杀人心"。对此，有人说他是暴徒，有人说他是英雄，甚至在真人眼中他更是侠，是佛，推崇之至。这样一来，"花和尚"自然与一般和尚大不相同，其"花"，也就带有点儿洒脱率性、无拘无束的意思，从而使鲁智深成为独一无二的"这一个"（黑格尔语）。

确实，这位在俗人眼中的假和尚，实则是侠，是佛。李卓吾就曾说："如今世上都是瞎子，再无一个有眼的，看人只是皮相。而鲁和尚却是个活佛，倒叫他不似出家人。”① “‘花和尚’喜食酒食、不守佛门清规之类的举动，不过是他仗义行侠的点缀。他不能容忍任何人恃强凌弱，把扶弱济贫、排难解纷看成是自己应尽的义务，生活不拘小节，但在大是大非面前，是非标准非常严格，他的道德风范反映了梁山好汉与贪官污吏、恶霸劣绅在人品上的尖锐对立。”②

二、细析“侠气冲天”

说鲁智深是侠，是佛，平心而论实非过誉。鲁智深应该是援侠入佛，佛以侠立，普通人看得更多的是他的侠气。那么，什么是“侠”呢？

从学术角度讲，“侠”的内涵和形象有一个发展演变的过程，从春秋战国到唐宋明清直至今天，“侠”在不同历史时期呈现的风貌以及在人们心目中的主观认识都有很大的不同。学者如龚鹏程者认为，所谓侠者，人夹也，意思是振臂一呼，前呼后拥，具有一定势力的人，如“战国四公子”——齐国的孟尝君、魏国的信陵君、赵国的平原君、楚国的春申君即是这样的“侠”。他们为了对付强秦和维护本国的利益，礼贤下士，广揽人才，成为名噪一时的人物。这样的“侠”，甚或史书上把董卓这样祸国殃民的恶贼也称为“侠”，都存在于尘封的记忆即史书里或少数人的脑子里，与世间芸芸俗众一般不会发生多大的纠葛。也就是说，他们主要囿于贵族圈子中，与俗众心目中的“侠”有一定距离，这应该是所谓的“私剑之侠”。后来“侠”不断发展到“道义之侠”，再到“江湖之侠”，逐渐演化为原由上层豢养最后无处不在，越来越多地体现为一种精神，一种文化。野狐禅如我者则以为，司马迁的《游侠列传》给“侠”的人生观与行为准则定下一个基调，那就是“其行虽不轨于正义，然其言必信，其行必果，已诺必诚，不爱其躯，赴士之厄困。既已存亡死生矣，而不矜其能，羞伐其德，盖亦有足多者焉”。司马迁对“侠”的定义，其实更接近于我们现代人对“侠”的认识。其观点正如现代人刘若愚《中国之侠》一书所阐述的“侠”的重要特点——重仁尚义，施恩拒报，也如汪涌豪、陈广宏在《侠的人格与世界》一书中所讲述的侠客的一个重要特点，他们往往感同身受，把别人的仇和恨当成自己的仇和恨，把别人蒙受的不幸

① 朱一玄、刘毓忱：《水浒传资料汇编》，南开大学出版社 2012 年版，第 173 页。
② 丁夏：《咫尺千里——明清小说导读》，清华大学出版社 2002 年版，第 33 页。

和不公当成自己的不幸和不公，将心比心、推己及人、设身处地替别人考虑，譬如我们常说的古道热肠、慷慨扶弱、重义轻生、一诺千金等品性，这样的“侠”更多地活在文学作品中，《水浒传》则集中体现在鲁智深身上。

鲁智深的“性格就在豪侠二字”①，其身上的侠气、侠情、侠骨、侠义和侠行，真如在历史（包括虚构的文学世界）幽暗的夜空里，偶然发现的一两颗亮丽的流星；在阴冷刺骨的寒夜，突然出现三两堆温暖的篝火，带给人们一霎时莫名的兴奋。② 这种莫名的兴奋首先来自鲁智深那特有的标志性的动作——大踏步，这三字预显着此人一生的慷慨磊落，气量恢宏，武艺出众，无私无畏。请看小说第三回“史大郎夜走华阴县　鲁提辖拳打镇关西”这样写道：

> 史进来到渭州城，便入路口一个小小茶坊里来，拣一副座位坐了。向茶博士打听师父王进下落。茶博士道：“这府里教头极多，有三四个姓王的，不知哪个是王进？”道犹未了，只见一个大汉，大踏步竟入走进茶坊里来。史进看他时，是个军官模样，怎生结束，但见……生得面圆耳大，鼻直口方，腮边一部貉䝞胡须。身长八尺，腰阔十围。

鲁智深的出场真个是豪情万丈，侠气逼人啊！但他更让人兴奋的是他的侠行当中体现出的侠情和侠骨。

侠行之一：悲天悯人，甘弃前程。

小说第三回写鲁达给郑屠说：“洒家始投老种经略相公，做到关西五路廉访使”，告诉我们鲁达本是延安府老种经略赏识和器重的得力干将，因功夫好、能力强被借调去辅佐小种经略。这个“经略”大致相当于唐朝的节度使，虽只有管兵而没有发兵权，又要受其他官吏的监察和制约，权力小了些，但毕竟是“掌管边疆军民大事”的封疆大吏，在其一亩三分地还是可以说一不二的。鲁达在如此“封疆大吏”手下当差，且很被上司看重。可以想见，经过多岗位的锻炼，其升迁应该是指日可待的事情，似锦前程、美好的未来在向他频频招手。可是当鲁达听到弱女子的哭

① 杨子坚：《新编中国古代小说史》，南京大学出版社 1990 年版，第 121 页。
② 意引自龚鹏程：《侠的精神文化史论》，山东画报出版社 2008 年版，第 1 页。

泣声后，他没有采取事不关己、高高挂起的态度。

（鲁达、史进、李忠）三个酒至数杯，正说些闲话，较量些枪法，说得入港，只听得隔壁阁子里有人哽哽咽咽啼哭。鲁达焦躁，便把碟儿、盏儿，都丢在楼板上。酒保听得，慌忙上来看时，见鲁提辖气愤愤……鲁提辖道："可是作怪！你与我唤的他来。"（第三回"史大郎夜走华阴县　鲁提辖拳打镇关西"）

读至此，肯定有人对鲁达如此大的气性不以为然，然中国古代十大思想家之一的李卓吾却独出机杼、别开洞天地指出："英雄愤躁，菩萨慈悲，原出一心。"（袁无涯眉批）小说第三回接着写道：

酒保去叫。不多时，只见两个到来：前面一个十八九岁的妇人，背后一个五六十岁的老儿，手里拿串拍板，都来到面前。看那妇人，虽无十分的容貌，也有些动人的颜色……拭着泪眼，向前来，深深的道了三个万福。那老儿也都相见了。鲁达问道："你两个是那里人家？为甚啼哭？"那妇人便道："官人不知，容奴告禀：奴家是东京人氏，因同父母来这渭州投奔亲眷，不想搬移南京去了。母亲在客店里染病身故。父女二人流落在此生受。此间有个财主，叫作镇关西郑大官人，因见奴家，便使强媒硬保，要奴作妾。谁想写了三千贯文书，虚钱实契，要了奴家身体。未及三个月，他家大娘子好生利害，将奴赶打出来，不容完聚，着落店主人家追要原典身钱三千贯。父亲懦弱，和他争不得。他又有钱有势。当初不曾得他一文，如今哪讨钱来还他？没计奈何，父亲自小教得奴家些小曲儿，来这里酒楼上赶座子，每日但得些钱来，将大半还他，留些少父女们盘缠。这两日酒客稀少，违了他钱限，怕他来讨时，受他羞耻。父女们想起这苦楚来，无处告诉，因此啼哭。"

对比黑旋风李逵遇到同等事情的行径，不难理解李卓吾见识的卓越不凡，真不愧是思想家啊！

（宋江、戴宗、张顺、李逵）四人饮酒中间，各叙胸中之事，正说得入耳，只见一个女娘，年方二八，穿一身纱衣，来到跟前，深深的道了四个万福，顿开喉音便唱。李逵正待要卖弄胸中许多豪杰的事务，却被他唱起来一搅，三个且都听唱，打断了他的话头。李逵怒从心起，跳起身来，把两个指头去那女娘子额上一点，那女子大叫一声，蓦然倒地。（第三十八回“及时雨会神行太保　黑旋风斗浪里白条”）

一个将人唤来耐心询问事情的始末缘由，一个不问青红皂白将人破相；一个明了情况后佛心大发，慷慨解囊，一个闯下祸事后让别人掏腰包来息事宁人。真个是人比人得死，货比货得扔啊！善良真诚、大慈大悲的鲁达听完金氏父女那辛酸的哭诉，仗义出手，当即从身上摸出五两银子，又让史进帮衬了十两，一并给了父女二人，让他们做路费，尽快离开这是非之地。十五两银子，那可不是小数目啊！在《水浒传》的世界里，阎婆花四两银子为自己丈夫办了丧事，武松给郓哥五两银子够他们父子生活半年。无论从哪个视角看，鲁达都是慷慨大方，仗义疏财的典范！他基本将他随身携带的银子和土豪公子史进所带的盘缠倾囊相赠。钱不能代表一切，但离了钱金氏父女就寸步难行，无法上路。

金氏父女一边千恩万谢，一边担心郑屠安排的人阻拦他们。故此第二天曙色微明，鲁达又来到鲁家客店为他们清除拦路虎。店小二果然依照郑屠的安排不让父女俩走，鲁达在讲理讲不通的情况下，只得动粗帮助他们脱离虎口，又恐怕店小二赶去拦截他们，就搬条凳子坐在店里待了两个时辰。“两个时辰”相当于四个小时啊！当年的金圣叹读至此节，曾大发感慨：“鲁达为人处，一片热血直喷出来，令人读之，深愧虚生世上，不曾为人出力。”[①] 约莫金公去得远了，鲁达方才起身。似乎人已救走，鲁达是否可以罢手了？

鲁达的脑子可不简单，他知道郑屠手中握有契约文书，官司打到哪里他在法律上都是稳操胜券，任凭金翠莲跑到天涯海角，也难逃脱他郑屠的魔掌。鲁达起身到状元桥，这名字听起来就是个黄金地段，郑屠在这里摆摊设点，悬秤卖肉，必定生意兴隆，财源滚滚。鲁达到此处作甚？他想救人救彻，教训一下郑屠，断了这暴发户的淫心邪念，以彻底解救金氏父

① 朱一玄、刘毓忱：《水浒传资料汇编》，南开大学出版社 2012 年版，第 229 页。

女。没想到，这一去却打死了镇关西，不仅断送了自己的锦绣前程，而且彻底改变了他原本的人生轨迹，迈上了一条凶险丛生、跌宕起伏的江湖之路。好多人为鲁达扼腕叹息，为了一个素不相识、形同路人的落难女，值吗？还有一些人为郑屠鸣不平，不就是玩了个女人嘛，何况人家这个女的对郑屠还没有多大意见，你鲁达是不是吃饱了撑的，狗拿耗子——多管闲事。更有人认为郑屠罪不至死，一直吵嚷着要为他平反昭雪。是啊，按照现代不少人的思想，这些看法都不足为奇。原因很简单，因为好多人和鲁达不在一个档次。

大家知道，《水浒传》上有多个强取豪夺民女弱女的人和事，比如高衙内意欲谋占林娘子，僧道崔道成、丘小乙挟持弱女子，飞天蜈蚣灭门夺女，贺太守强抢玉娇枝等，有的让人切齿痛恨，有的让人怒发冲冠，都觉得他们罪恶滔天，罪不容诛，总之产生的分歧不大，唯独在镇关西这个人物的品评上颇费笔墨，引发不少口水之战。原因嘛，从文本角度看，作者没有对镇关西的丑恶行径做正面描述，单靠金氏父女一方的哭诉，难以让读者全面了解镇关西的卑劣之处，也难以服众；从人物角度讲，镇关西作为商人，精于谋算，工于心计，见人说人话，见鬼说鬼话，遇硬便软，遇软便硬，行事奸诈诡秘，也蒙骗了不少善良人马虎昏花的双眼。实际上，镇关西是个非常可恶的狡诈之徒。鲁达给他定的罪名是“强骗”，一个“强”，一个“骗”，鲁达不是语言学家和法律专家，但定性却十分准确，“大凡坏人做事情可能就这两个手段。”（鲍鹏山语）

首先，郑屠是个狠毒之人。欺人家外来户，寻亲不着，人生地疏，漂在异乡，母亲又染病故去，留下“父女二人流落在此生受”。此时的金氏父女叫天天不应，叫地地不灵，多么渴望别人能伸出温暖的双手帮扶他们一把啊！而郑屠却趁人之危，伸出了罪恶的黑手，堪称雪中送冰，落井下石，在别人急痛攻心的伤口上再撒一把盐。他要干什么？他要使大难当头、孤弱无依的金翠莲成为他的掌上玩物。

其次，郑屠是个淫毒之人。“因见奴家”，见人家姿色可人，便起了淫心，“要奴作妾”。按说爱美之心人皆有之，古代法律习俗也可以娶妻纳妾，但须你情我愿、明媒正娶，郑屠可不是这么做的，他采取的是“强媒硬保”，这就暴露了人家女方不情愿的意思。“因见奴家，便使强媒硬保”，这“强媒硬保”，就是恃强凌弱，以势压人，实际就是告知女方一声，你必须是我的，同意也得同意，不同意也得同意，否则的话，我那杀猪的刀子可不是吃素的，只认猪不认人。见人漂亮，就“强媒硬保”霸占，试问，这种无耻行径与高衙内、贺太守有何区别？

再次，郑屠是个阴毒之人。郑屠与一般坏蛋不同的是，他不是明目张胆地害人，而是打着关心人家的旗号，行不可告人的勾当，说可以帮你们渡过难关，但必须答应我一个条件。嘴上阿弥陀佛，腹内狠如蛇蝎。而且在程序上，他该找媒人找媒人，该说合就说合（做思想工作），所干的一切在形式上都符合法律和习俗，所谓“父母之命，媒妁之言”，让人对他无可挑剔，无可指责。

最后，郑屠是个奸毒之人。郑屠比高衙内们更为可恨的是他的奸毒。“写了三千贯文书，虚钱实契”，说好给金氏典身钱三千贯，但没有给，没给却写下了已给钱的文书，这样就达到了无本万利的目的。金氏你永远是我的人，让你不敢跑，无法跑，跑不了，你就是我郑屠手中的风筝，我想怎么着就怎么着，就这样他强占了金翠莲。可未及三个月，估计是新鲜劲过去了，（其老婆）又将金翠莲赶打出来净身出户。爽完了就弃，玩完了就扔，完全不守规矩，不讲信义，让人怀疑他卖的猪肉是不是注水肉、黑心肉。抛弃了也就罢了，还要强行索要根本不曾支付过的三千贯典身钱。三千贯哪，那可是巨款啊！金氏父女八辈子当牛做马都偿还不清啊！空手套白狼，人财两得，这买卖做得真是太精明了，太可气了！“郑屠便是高利贷的变相，而且还是最凶恶的高利贷。高利贷的利润乃产生于少借而多还，他们最喜欢的，则为不借出一点本钱，能够由别人那里，取回许多利息。”① 金氏父女真是赔了女儿又折钱。你说金姑娘死吧，还有个老爹；不死吧，还真不好活。欲死不能，欲活不得，只能每天到酒楼强颜欢笑卖歌唱曲以还“欠债”，你说她心里能好受吗？难怪说不上两句话就悲悲切切，眼泪止不住地哗哗往下流！

有人说，这是郑屠的老婆干的，不关郑屠事，冤有头，债有主，这个账不应记在郑屠的头上。试问，那店小二看管金氏父女难道也是店小二自己要干的，也和镇关西无关？看官，你认真读小说会发现，这都是郑屠的授意。萨孟武先生早已指出：“郑屠当然是一个高利贷，他可利用金钱的力量，支配许多流氓，而恐吓很多贫民，金老说他‘有钱有势’，的确不

① 萨孟武：《水浒传与中国社会》，北京出版社 2005 年版，第 28 页。

错。”接着说，“郑屠的横行便是高利贷横行的一例。”[1] 如此，整个事情你敢说不是他们夫妻两个事先谋串好的！男的得色，女的得财，各取所需，其乐无穷啊！这“镇关西”的绰号可不是浪得虚名，轻易就扣他脑袋上的，这样的缺德事估计这两个狗男女没少干。鲁达三拳就打死了镇关西，那身子（本应该非常强壮，因为每天有猪肉吃）早已被过度的酒色淘空。走在黄泉路上的镇关西估计也想开了：“这辈子值了，坏事也干够了！”要不鲁提辖打得他狼狈不堪、屁滚尿流时，他还大叫“打得好”！

明末的李卓吾早就看清了镇关西该死的本质，他在读到鲁达拳打镇关西的文字时，竟然在下面连着批注了十五个字：仁人、智人、勇人、圣人、神人、罗汉、菩萨、佛！绝对的惊世骇俗。要不让人家成为“中国古代十大思想家”之一呢，眼光就是独到！哎！人在江湖混，有些债，总是要还的。镇关西终因自己的狠毒、淫毒、阴毒和奸毒，付出了沉重的代价，成为《水浒传》中第一个撒手人寰的色狼恶棍。为了躲避官府的追捕，鲁达只能丢官跑路了。然终其全书，也未见他对此有过丝毫的后悔和抱怨，反而活得更加洒脱和快活。

侠行之二：不畏强人，见义勇为。

如果说拳打镇关西拉开了鲁智深仗义行侠的序幕，那么大闹桃花村则开始了鲁智深由普通义侠到佛侠的波澜壮阔的传奇生涯。这不，他离了五台山文殊院，径投东京而来，路过山明水秀的桃花村，得知山大王要强娶刘太公的女儿刘小姐，当即表示要管这档闲事，“劝转”那山大王回心转意，让他辞却这如花美眷。哈！好大的口气，是什么赋予鲁智深敢夸下如此海口，他在桃花村又有哪些不俗的表现？借用李卓吾先生的有关评语，我觉得至少有三个字似可概括：勇、智、仁。

首先说“勇”。刚到桃花村的鲁智深，得知刘太公正在烦恼，烦恼他十九岁的小女就要做山大王的压寨夫人。失身为贼那可是顶风臭八百里的事情，刘太公想死的心都有，可又无计可施。因为这山大王可不得了，据刘太公介绍，这桃花山上“有两个大王，扎了寨栅，聚集着五七百人，打家劫舍，此间青州官军捕盗，禁他不得”。你想想，两个大王，手下又有近千号人马，有刀有枪，人多势众，连官军都奈何不得，无论从数量还

[1] 萨孟武：《水浒传与中国社会》，北京出版社2005年版，第28页。

是力量上，这帮山野强盗岂是镇关西能比的！更何况，他们还凶残无比，刘太公说他们是“杀人不眨眼魔君”，鲁智深单枪匹马双拳怎敌得住四手，且是一大群恶狼？这不是吹鼓手赶集——自找麻烦，拨草寻蛇——自找苦吃，飞蛾投火——自取灭亡嘛！岂料鲁智深以正义在胸、谁奈我何的大无畏的英雄气概，抑或说我不入地狱、谁入地狱的菩萨情怀，毅然接下这单只有付出和牺牲却没有收益的“买卖”。这叫什么？这就叫勇敢，这就是孟子所谓的“虽千万人，吾往矣”的精神，即使对方有千军万马，我这边就我一个人，我也敢于和他们叫板。这不仅是一种血性之勇，更是一种正义之勇。小说以比较轻松的笔墨，述写了发生在桃花村的这一惊人事件。在据此改编的戏曲、曲艺等文艺作品中，这一事件更被披上了浓浓的喜剧色彩，似乎以鲁智深的能耐对付这帮山贼那是大力士耍扁担——轻而易举，张飞吃豆芽——小菜一碟，关公耍大刀——稀松平常，岂料在波平如镜的水面下却也暗流涌动，吉凶难卜，若不是鲁智深的“智”，说不定大英雄还真会在阴沟里翻船。

说到鲁智深的“智”，在拳打镇关西时就已露出端倪，比如一向暴躁的鲁达在店门口“坐了两个时辰”，就是为了防止店小二去拦截金氏父女，为父女俩远走高飞赢得时间；他惩治郑屠时，也不是一看到这刁徒就火冒三丈、拳脚相加，而是采取先激后打的策略，让郑屠手持剔骨尖刀先动手，然后将其引至当街，为的是当众言明郑屠的罪恶，让大家知晓“拳打郑屠”行为的正义性。鲁达本意是要教训郑屠一顿，不料失手打死，面对意外，一边骂他诈死，一边大踏步离去，遇事不慌，从容而退，体现了有勇有谋、粗中有细的性格特点。走下五台山的鲁智深似乎更灵光，更睿智。在桃花村他先是使了稳军计，让刘太公依照当地嫁女招婿的做法按部就班地来，该迎亲的迎亲，该招待的招待，大张旗鼓，大酒大肉，祥和热闹的气氛使得山大王没有觉察到丝毫的异样。然后他又顺利地实施了第二个计策——擒贼擒王。光想着好事的小霸王只身摸进黑咕隆咚的闺房，一头叫娘子，一头摸来摸去，他做梦都没想到昼思夜想的美娇娘会神奇地变成一个赤条条的胖大和尚，在毫无防范的情况下，冷不丁被鲁智深掀下床来，报以一顿老拳，被打得哭爹喊娘。迎亲的山寨喽啰面对突发变故，一时间惊慌失措，齐齐逃回山上。若把鲁智深换作李逵，李逵很可能在村口迎击山贼，山贼若施与群殴战、车轮战或放冷箭等阴损招数，鹿死谁手尚未可知，接下来的局面就更难收拾！鲁智深智高一筹，既没有打草惊蛇，又成功地实施了瓮中捉鳖、关门打狗的如意妙计。还好，亏得鲁智深是福将，小霸王搬来的救兵是鲁智深旧时相识打虎将李忠，否则难免一场凶杀恶斗，还不知有多少生灵要惨遭涂炭，即使鲁智深侥幸得胜，恐也落得个两败俱伤。在这个事件中，最让人动容的不是鲁智深的“勇”和“智”，而是他的“仁”。

鲁智深教训了一通小霸王，但他深知此事并未了结，因为他终究是要离开此地的，他走以后小霸王故技重演怎么办？为此，他一边让大头领李忠做周通的思想工作，一边又亲自出马，在肇事方小霸王和打虎将、受害方刘太公、和他作为调停者三方都在场的情况下，鲁智深不厌其烦、掰开揉碎地说道：

> “周家兄弟，你来听俺说，刘太公这头亲事，你却不知他只有这个女儿，养老送终，承祀香火，都在他身上。你若娶了，教他老人家失所，他心里怕不情愿。你依着洒家，把来弃了，别选一个好……”周通道：“并听大哥言语，兄弟再不敢登门。”智深道：“大丈夫作事，却休要翻悔！”周通折箭为誓。（第五回“小霸王醉入销金帐　花和尚大闹桃花村”）

看起来粗鲁莽撞的汉子，玩起绣花针也有模有样，尤其是他的宅心仁厚以及善始善终的行事风格，不知曾让多少读者胸中涌起一股股热流，以致袁无涯本感慨地批道：“为人为彻！”容与斋本更是难抑激情批道：“佛！”是啊，完事之后的刘太公是否把鲁智深当佛供了起来不得而知，但鲁智深确实是他们家乃至桃花村民众心中的活佛。诚如李卓吾所言：“人说鲁智深桃花山上，窃取了李忠、周通的酒器，以为不是大丈夫所为。殊不知智深后来作佛，正是此等去。何也？率性而行，不拘小节，方是成佛作祖根基。”① 这个口不念阿弥陀佛、吃喝不离酒肉的“花和尚”颠覆了常人的传统理念，不持戒修禅，照样能成为人们心中的佛——这大概才是真正的佛！

侠行之三：诛恶怜弱，怒烧淫寺。

真正的佛是否应该在佛寺里？果然，鲁智深离了桃花山，约莫走了五

① 朱一玄、刘毓忱：《水浒传资料汇编》，南开大学出版社 2012 年版，第 173 页。

六十里多路，便见到一处寺院，山门上依稀可见“瓦罐寺”三字。鲁智深对寺院太熟悉了，毕竟在五台山上待过，所以他入得寺来便找“知客寮”——负责接待来往僧众和香客的办公室。

哎！这寺院太破落了，不仅负责接待的人员——知客一个没有，连办公的地方也破烂不堪，荡然无存。再寻方丈，也是同样情况。那就直奔香积厨——厨房吧，肚子太饿了。结果可想而知，人空灶塌，锅碗全无。饥肠辘辘的鲁智深叫了半天，无人应答，最后总算在厨房后面一间小屋见到几个面黄肌瘦的老和尚。几经调查了解，才搞清楚寺庙破败的原因，原来是一僧一道来此住持，狼狈为奸，肆意妄为，吃酒吃肉，霸养女人，杀人放火，把个瓦罐寺折腾得乌烟瘴气。他们赶跑了僧众，只剩下几个走不动的老和尚留了下来。

鲁智深一听不信哪，问你们为什么不到官府告他？老和尚告诉鲁智深，此处山高皇帝远，谁个来管？再加那两人武功在身，心黑手狠，官兵也奈何不得，以致寺庙面目全非。听得鲁智深满心郁闷，想一路走来，在城镇有镇关西那样的坏人在欺男霸女，在乡下有小霸王那样的强人让村民提心吊胆、难以安居乐业，在寺院里竟然也藏污纳垢，恶人横行，这本该是出家人修行和出家人代佛住世、弘法度世之所，清净禅林、一方净土没承想也沦落至此。看来，官府不办和办不了的事只能由他来办了。想到此，鲁智深攥紧了冰冷的禅杖，他要开杀戒了！

《水浒传》上，要说杀人的祖宗当属李逵、武松和孙二娘，鲁智深一般不用刀剑，用的是拳头。想当初，他是攥着拳头去寻的郑屠，他可能认为郑屠罪不至死；他是捏起拳头胖揍的小霸王，他可能认为小霸王是个“儒盗”，又是下聘礼，又是拜岳父，还要“扛一桶好油来与他（岳父）点”（灯），本质不坏。此时他怒从心头起，恶向胆边生，皆因这一僧一道本该念佛行善，修道积德，却拿腔作势，为非作歹，欺负寺内僧众，害死无辜平民，掳占良家女子，干坏事为什么要穿僧服道袍呢？实实是披着羊皮的狼。

那和尚姓崔，法号道成，绰号生铁佛；道人姓丘，排行小乙，绰号飞天夜叉。这两个那里似个出家人，只是绿林中强贼一般，把这出家影占身体！

鲁智深平生对这种心口不一、阳奉阴违、无恶不作的人最为痛恨，似乎上天有眼，让他们撞上了“花和尚”。可叹这一对淫僧恶道，瓦罐寺没能成为他们的洞天福地，却成了他们的葬身之所，“无夫好孤凄”的小娘子再也不用烦劳他们惦记了。分清是非后的鲁智深咬牙切齿，他要为僧众讨公道，替佛陀拂尘埃，诛恶过程中的鲁智深表现出三大特点。

一是诛恶必勇。尽管他听说这两个僧道武功非同一般，尽管他也见到生铁佛崔道成身材胖大，“生得眉如漆刷，脸似墨装，褡的一身横肉，胸脯下露出黑肚皮来”，不是轻而易举就能对付得了，而且还得对付两个恶狼；尽管他长途跋涉，又没得吃喝，饥饿难耐，但鲁智深依然保持着旺盛的斗志，丝毫不怯懦，不退缩，明知虎难斗，偏向虎山行。

二是诛恶求快。鲁智深来回几番实地询问查看，感到一僧一道是骗他的，老和尚的话才是真的，于是立马“倒提了禅杖，再往方丈后来”，没有一刻停留就去找寻二贼，“只见那生铁佛崔道成仗着一条朴刀，从里面赶到槐树下来抢智深。智深见了，大吼一声，抡起手中禅杖，来斗崔道成。两个斗了十四五合，那崔道成斗智深不过，只有架隔遮拦，掣杖躲闪，抵挡不住，却待要走。这丘道人见他当不住，却从背后拿了条朴刀，大踏步搠将来”。有心杀贼，无力再战的鲁智深此时饿得前胸贴后背，估计当时是头晕眼花，腿脚发软，没奈何，平生头一回应该也是最后一次落荒逃走，“卖个破绽，拖了禅杖便走”。哎！狗日的粮食，只能让邪恶之徒在世上再多喘几口气了。

三是诛恶务尽。困境中的鲁智深是幸运的，老天眷顾他让他第二次遇上了知音九纹龙。良心丧于困地、剪径救急的史进没有了盘缠但却有烧饼卷肉，这正是鲁智深此时的最爱。与史进的相见对鲁智深来说不啻于他乡遇故知，久旱逢甘霖，人生之大幸事、乐事啊！吃饱喝足后，二人合力赶回瓦罐寺。肚饱胆壮的鲁智深精神倍增，在史进的帮助下除掉了淫僧恶道，出了胸中的一口恶气。鲁智深对恶可谓疾恶如仇，对弱者则充满深情。瓦罐寺的老和尚是真弱呀，他们不敢让鲁智深大声说话，害怕他的大嗓门影响了淫僧恶道的雅兴，并因此迁怒到他们头上；他们甚至不敢活着，特别是见鲁智深输了去，就集体上吊而死。鲁智深对弱者的态度首先是怜惜。当饿得眼睛发绿的鲁智深跨进破寺，动物的本能让他一进门就找寻食物且与那些瘦骨嶙峋的老和尚抢粥，但当他一听“那老和尚道：‘我等端的三日没饭吃，却才去那里抄化得这些粟米，胡乱熬些粥吃，你又吃我们的。’智深吃五七口，听得了这话，便撇了不吃”。袁无涯本批道：“慈悲肚肠。”容与斋本批道：“佛。”若您觉得此批的评价有些高，那您就绝食两天再读此节，估计看法肯定会有变化！其次是护佑弱者。对弱者最大的保护和庇佑就是铲除恶魔，只有世间无恶，弱者才能像“人”那样生存和生活，才能使人间在真正意义上没有弱者。鲁智深做到了，每当他听说或见到恶人，他都恨不得让恶人马上在人间蒸发，正如他在瓦罐寺的霹雳闪电行动。最后是拯救弱者。鲁智深之所以铲除凶僧恶道，是为了恢复寺庙的本来面目，香客盈门，修禅礼佛，和尚们各得其所，安身立命，岂不快哉！谁料几个老和尚因怕恶徒报复而自裁。悲其软弱，哀其不争啊！鲁智深见此惨剧，愤然放火烧掉了瓦罐寺。既然善已不存，再多的存在也是留给恶的东西生息繁衍，犹如废弃的厕所留着它只会滋生病菌和蚊虫，那没了善只有恶的寺院与废弃的厕所又有何区别？干脆让它在地球上消失吧！

侠行之四：不惧权贵，千里护友。

鲁智深与史进在大闹瓦罐寺不久便各奔西东，史进无奈转回少华山，鲁智深径投东京大相国寺，到达之后被安排做了一名看管菜园的菜头。在此他结识了两类朋友：一类是人家把他当朋友（或师友）但他未必真心把人家当朋友的人，如泼皮们；另一类是他把人家当朋友但人家未必把他当朋友的人，如林冲。鲁智深在结识泼皮们时并未痛下杀手，只用拳脚，未用禅杖，这方面的分寸他把握得非常好。鲁智深力大绝伦，但他不是一味地依靠蛮力，终其一书，也没见他滥杀过一个无辜人，在这方面他不似武松更不像李逵。此前他打过郑屠，打过周通，打杀过崔道成和丘小乙，到了东京汴梁，鲁智深变得斯文多了，工作方法也更多了，他不光把泼皮踢下（粪池）去，而且把他们拉上来，还要和他们谈一谈，通过谈判和这些地头蛇结成统一战线。这一踢、一拉、一谈，以及倒拔垂杨柳、演使浑铁杖等方式使泼皮们对鲁智深的态度由敌对变成惧怕，再变而为敬畏、服帖，最终变为崇拜，他们不光经常陪着鲁智深喝酒吃肉，还能陪着鲁智深上刀山下火海，为鲁智深寂寞单调枯燥的都市生活带来不少快乐。有粉丝、有掌声、有喝彩，想不快乐都难！

如果说结识泼皮使鲁智深活得有滋有味外，那么结识林冲则使他的命运发生了前所未有的质的逆转。打死镇关西前，他在体制内吃着皇粮，无忧无虑，安稳逍遥，衣着光鲜，气宇轩昂，吆五喝六，神采飞扬；打死镇关西后，他依然能在体制的边缘混饭，凭着自己的能耐、禀性和气场，倒也率性洒脱，特立独行，我行我素，甚至风生水起，在都城的一个地盘里（尽管很小）过起了天是王大、他是王二的日子；但菜园子墙缺边的一声喝彩，从此与林冲结缘，也从此让他得罪了高太尉。那高太尉岂与镇关西相提并论，镇关西只是在渭州城的西关抖抖威风，那高俅却能在京都乃至整个大宋王朝搅起万丈狂澜。鲁智深放着地上的祸不惹，却惹天上的，岂不是捅了马蜂窝！捅了马蜂窝的鲁智深日子过得更艰难了，但在人们心目中的形象更高大了。其形象更为高大的原因：

一是初相识慷慨出手。菜头鲁智深与教头林冲一见如故，结拜为兄弟，还没说上几句话，女使锦儿慌慌急急前来报信，说有人对娘子图谋不轨，林冲闻讯立马前往，不一会儿，"只见智深提着铁禅杖，引着那二三十个破落户，大踏步抢入庙来"。此句的"大踏步"体现的是鲁智深为朋友果敢向前、义无反顾、赴汤蹈火、两肋插刀、万死不辞，付出多少都在所不惜的大侠情怀。读至此，谁不为林冲能结识鲁智深而深感幸运呢？要知道，林、鲁二人也只是不期而遇，萍水相逢，林冲一旦有事，鲁智深便能披肝沥胆，患难相随，世上有几人能做到？别说一面之交，就是相交多年的一听说好友遇到流氓恶棍黑社会这方面的麻烦，不是吓得躲到五里之外打哆嗦，就是藏在十里之处冷眼相看、袖手旁观，这样的人还少吗？只因为鲁智深对林冲多看了几眼，多说了几句话，在林冲遇事时便不离不弃，慷慨相帮。鲁智深帮助林冲，是正义之举，因为林冲并没有招惹谁，他是受害者，是被侮辱与损害的对象。鲁智深路见不平，拔刀相助，绝不是现代某些小青年的哥儿们义气。他们逞强好胜，寻衅滋事，聚众斗殴，祸害人间，所作所为与高衙内同属，其流氓行径为世人非议和唾骂，在性质上与鲁智深完全相反！还有个别人出于不可告人的目的抹黑鲁智深，说他出手相助林冲是看上了其娘子，与其说是无知，不如说是小人之心，因为鲁智深是在与林娘子未谋一面的情况下赶到出事地点五岳庙的，此前他刚刚认识林冲，到庙里后才与林娘子得见，难道鲁智深长了千里眼、顺风耳不成？看来无稽之谈，以讹传讹，为害不浅哪！

二是重友情不畏权势。鲁智深见到林冲便嚷着要教训那厮，林冲道："原来是本管高太尉的衙内，不认得荆妇，适才无礼。林冲本待要痛打那厮一顿，太尉面上须不好看。自古道：不怕官，只怕管。林冲不合吃着他的请受，权且让他这一次。"好多人闻听此言，肯定颜色大变，心脏停跳。哎哟，我的妈呀！那高太尉还了得，权倾朝野，一人之下，万人之上，哪个大胆敢把他惹！估计林教头要有麻烦了。与他交好的谁个不怕吃瓜落儿，都赶紧地想法与他撇清关系，割袍断义，一刀两断，分道扬镳，断绝往来，离他越远越好，以免殃及自身。但鲁智深恰恰相反，他不仅完全站在林冲一方，而且还要和朋友的敌人势不两立。在林冲都想息事宁人的情况下，谁想鲁智深道："你却怕他本管太尉，洒家怕他甚鸟！俺若撞见那撮鸟时，且教他吃洒家三百禅杖了去！……"智深道："但有事时，便来唤洒家与你去！"金圣叹读此批道："鲁达语令读者悲感起立。"袁无涯批道："好朋友，弟兄吐心沥胆之语。"鲁智深说这番话时，虽为酒后之言，倒也是肺腑之语，非常贴合他的性格特点。鲁智深是本书中第一个站出来同贪腐高官做斗争的英雄，他不仅喊出了振聋发聩的誓言"且教他吃洒家三百禅杖了去"，更是付诸了实实在在的行动。

三是念友情数疗心伤。从五岳庙回来后，林冲一直非常郁闷。他倾吐肺腑的第一个朋友虽然不是鲁智深，但鲁智深却是真心待他的唯一朋友。朋友是什么？我欣赏在网上看到的一首诗歌：欢乐的时候／他是你嘴边的一弯微笑／悲痛的时候／他是你眼角的一珠泪滴／寂寞的时候／他是你身旁的一丝清风／忧愁的时候／他是你脑海的一缕思绪／啊！朋友。鲁智深就是这样的朋友。鲁智深担心林冲闷闷不乐，郁郁寡欢，"径寻到林冲家相探，……两个同上街来，吃了一日酒，又约明日相会。自此每日与智深上街吃酒"。喝酒本身并不重要，关键是和谁在一起喝酒。愁闷的时候和好朋友觥筹交错，可以互诉衷肠，解忧减压。实际效果也确实如此，没几天，林冲"把这件事都放慢了"。"放慢"即淡忘，内心得到安抚而渐渐平复。是啊，好朋友送来物质上的帮助自然难得，但有时精神上的分担更加弥足珍贵。林冲家境小康，不缺柴米油盐，此时的林冲最需要的是精神上的抚慰和宽解。但已成"恐怖分子"的他，人们躲他还嫌不及，谁还敢往他身边凑。凑他身边的不少是想助纣为虐、为虎作伥的，都是想害他的，如他心目中最好的朋友陆谦，像鲁智深这样的朋友点着灯笼都难找啊！此时的鲁智深是在修行哪，他把有温度的语言传递到林冲的内心深处，为被高衙内们搞得焦头烂额的林冲带了最好的一剂良药。

四是放不下千里护友。再好的良药也阻挡不住权奸的罪恶之手，他们编织了一张让林冲做梦都难以想象的网，钻进去，出不来，就这样林冲身陷囹圄。还好，火到猪头烂，钱到公事办。"林冲家里自来送饭，一面使钱。林冲的丈人张教头亦来买上告下，使用财帛。”各种因素综合到一起，总算使林教头死中得活，“脊杖二十，刺配远恶军州”。高太尉一计未果，又施二计，责令公人在押送途中结束林冲的性命。面对这个未把自己当作挚友的教头，面对这个日子混得越来越惨的兄弟，鲁智深公然要与位高权重的高太尉实际是在与大宋王朝作对了。放着优哉游哉的日子不过，他不辞艰辛，千里跟踪护佑，于生死关头救下林冲。“兄弟，俺自从和你买刀那日相别之后，洒家忧得你苦。自从你受官司，俺又无处去救你。打听的你断配沧州。……以此洒家疑心，放你不下。恐这厮们路上害你，俺特地跟将来。……洒家见这厮们不怀好心，越放你不下。”袁无涯本李贽评语道：“放不下父母便成孝子，放不下兄长便成悌弟，放不下朋友便成信人义士。凡不好的人只是‘放得下’三个字，遂无所不薄。频提‘放不下’三字，真披肝沥胆之语。”俗话说，酒肉兄弟千个有，落难之中无一人。林冲被发配沧州，不论是日常生活还是政治地位都一落千丈，可谓从峰巅掉到谷底，由天堂堕入地狱。落难方显兄弟情啊！当年宋太祖千里送京娘被传为佳话，如今鲁智深千里护林冲，一美女，一男囚，那护送的感觉可大不一样。千年以往，鲁智深也因此一直为人热捧，成为普通人心目中名副其实的“华夏第一侠”！

侠行之五：孤胆硬汉，舍命救友。

鲁智深救下了林教头，也忤怒了高太尉，不得已离开了繁华的东京城，离开了自在逍遥的大相国寺菜园子，从此亡命江湖，成为不容于体制的“罪人”，四处漂泊，难以安身，还差点儿成了孙二娘人肉包子的馅料。后在曹正的协助下，伙同杨志打杀了盘踞二龙山的邓龙，做了山大王。后又与桃花山的李忠、周通，白虎山的孔明、孔亮等三山聚义归附水泊梁山。大约是有了乘凉的大树，大约是想起了“有福同享”这个成语，身心刚刚安稳下来，就想起了交情过命的兄弟九纹龙。套用歌曲《兄弟无数》中的几句歌词似可概括二人的关系。

第一句：兄弟思念，三更梦。

忽一日，花和尚鲁智深来对宋公明说道：“智深有个相识，李忠兄弟也曾认得，唤做九纹龙史进。见在华州华阴县少华山上，和那一个神机军师朱武，又有一个跳涧虎陈达，一个白花蛇杨春，四个在那里聚义。洒家尝思念他。自从瓦罐寺与他别了，无一日不在心上。今洒家要去那里探望他一遭，就取他四个同来入伙，未知尊意如何？（第五十八回“三山聚义打青州　众虎同心归水泊”）

鲁、史今生虽是两家姓，但却胜似亲兄弟。是啊！史进重义，鲁智深尚侠，侠和义难解难分。唐代李德裕在其《豪侠论》中说：“夫侠者，盖非常人也。虽然以诺许人，必以节义为本。义非侠不立，侠非义不成，难兼之矣。”侠义兼备的二人可谓志同道合，是本书中关系最铁的一对。因此，闲暇时二人的交往场景常常一件件、一幕幕浮现在鲁智深的脑海。俩人一起吃过饭，一块捐过款，一样跑过路，一并杀过人，一道放过火，一同上过山，“无一日不在心”道出了鲁智深的心里话，用“日思夜念”形容一点儿也不过分。

第二句：兄弟不逢，意难平。小说第五十八回接着写道，鲁智深等晓行夜住，总算到了少华山，却不料下山迎接的只有神机军师朱武并跳涧虎陈达、白花蛇杨春三个。鲁智深连声发问：“史大官人在哪里？却如何不见他？”当朱武邀请其到山寨中再详细告知时，急不可耐的鲁智深掩饰不住内心的焦躁道：“有话便说。史家兄弟又不见，谁鸟耐烦到你山上去！”当鲁智深得知史进因华州贺太守强占民女、拔刀相救而身陷囹圄、朝不保夕时，道：

“这撮鸟敢如此无礼，倒恁么利害！洒家与你结果了那厮！”朱武道：“且请二位到寨里商议。”鲁智深立意不肯。武松一手挽住禅杖，一手指着道：“哥哥不见日色已到树梢尽头？”鲁智深看一看，吼了一声，愤着气，只得都到山寨里坐下。……三人一面杀牛宰马，管待鲁智深，武松。鲁智深道：“史家兄弟不在这里，酒是一滴不吃！要便睡一夜，明日却去州里打死那厮罢！”

到了山寨，免不了要吃喝招待一顿。人是铁，饭是钢嘛。但鲁智深却滴酒未吃，要知道他可是个嗜酒如命、无酒可能就不能下饭的人，金圣叹所谓“遇酒便吃”便是说的鲁智深。但金圣叹这次却说错了，至少在少华山上面对朱武等人奉上的美酒，智深“一滴不吃”，就是因为没有见到史进而于酒食全然没了兴趣。正是：酒逢知己千杯少，话不投机半句多。

实际上，鲁智深是极有分寸的人，在很多情况下，他往往遇酒不吃。比如在瓦罐寺，面对满桌酒馔和崔道成的邀请，极度饥饿中的他愣是不吃，而是提着禅杖愤怒质问“你这两个如何把寺来废了”；在暗中尾随保护林冲的途中，他怕吃酒误事，也滴酒未沾。现在，鲁智深千里寻友，见面未果，郁闷之情可想而知！

第三句：兄弟相交，生死情。有人说鲁智深只帮女人或与女人有关的人，肯定不对，证据就是他曾帮过的史进就是个纯爷们，而且是豁出命去帮的史进，其情意之真、之切，超过以往他帮过的任何一个人。在第五十八回中，当鲁智深提出第二天赶奔华州府杀死贪官、救出史进的动议后，武松认为势单力薄，当即表示反对。

> 武松道：“哥哥不得造次。我和你星夜回梁山泊去，报宋公明，领大队人马来打华州，方可救得史大官人。”鲁智深叫道：“等我们去山寨里叫得人来，史家兄弟性命不知那里去了！”武松道：“便打杀了太守也怎地救得史大官人？武松却决不肯放哥哥去。”朱武又劝道：“师兄且息怒。武都头实论得是。”鲁智深焦躁起来，便道：“都是你这般性慢，直娘贼送了我史家兄弟！只今性命在他人里，还要饮酒细商！”众人哪里劝得他呷一半盏。当晚和衣歇宿，明早，起个四更，提了禅杖，带了戒刀，径奔华州去了。

“三思而行”历来受到追捧，但“三思”之后常常什么事情也办不成，如见到老人当街摔倒、坏人正在作恶，经过慎重考虑、权衡利弊后再采取行动往往黄瓜菜都会凉的。鲁智深的可敬、可爱之处就在于他的率性而为，舍身取义，不成功，便成仁，也可能正是因为他看似鲁莽的行动，却为史进赢得了更多生还的时间和希望。远道而来的鲁智深的滴酒不沾，一夜未眠，“四更”也就是深夜两点左右就“大踏步”前去营救兄弟，且知其不可而为之，更显出了他的侠肝义胆，读此谁不动容，谁不肃然起敬。李贽批道：“真朋友，真义侠。”金圣叹批道：“句句使人洒出热泪，字字使人增长义气，非鲁达定说不出此语，非此语定写不出鲁达，妙绝妙绝。”大概金圣叹感觉还不足以表达他的崇敬之情，又批道：“使我敬，使我骇，使我哭，使我思。写得便与剑侠诸传相似。”虽难免身陷大牢，但比之少华山三位头领的只会唉声叹气和毫无作为，更反衬出鲁智深冲天的侠气。尤其是他刺杀未成被捉，在大堂上竟然反客为主，盛气凌人，将害民贪色的贺太守骂得狗血淋头，狼狈不堪，直让人不知道谁在审谁，谁是官员谁是强贼？这需要多大的胆力和豪气啊！

鲁智深的侠义之举还有很多，比如对师父智真长老他奉师若父，再次相见时将自己积攒多年的金银彩缎全部奉上；对江湖朋友如打虎将和小霸王他不计前嫌，在朝廷军队兵临桃花山寨、危在旦夕的紧急关头迅速驰援；对梁山领导宋江他顾全大局、淡泊名利，位排李应、朱仝等之后仍潇洒处之，甘居人下，不为功名所累，维护了梁山的团结和统一……

一个人一辈子做一件侠义之事并不太难，难的是做一辈子的侠义之事，还不求回报。鲁智深做到了，但非常难，因此，他的绰号叫“天孤星”。什么意思？孤独；孤单；孤形吊影。并不是说他无父母妻儿，也不是说他没几个要好的朋友，而是说本传中没有人具备他的品性，都赶不上他的境界。日本学者佐竹靖彦称其为“独行侠”很有见地，“如果现在在日本的《水浒传》读者中做一个人气指数的问卷调查，大概名列榜首的是鲁智深。[①]”可以说，鲁智深是水泊梁山唯一具有纯正侠者襟怀的好汉。

孤标独步的鲁智深并不忧伤，相反却很洒脱，据说心中只有他人而没有自己的人才能达到此种境界。反正作者对此类人物是充满敬意的，标志是让鲁智深结局完好——平安圆寂，且成为人们心目中的佛。

当初鲁智深生擒江南贼首方腊，可说是不世之功，宋江为此激动地为这位大功臣勾画了荣华富贵的蓝图：一是还俗为官，荫子封妻，光耀祖宗；二是不还俗可为一僧首，住持一个名山大刹，光显宗风，亦报答得父母。结果鲁智深都不要，只要一个“净了”去处，得个囫囵尸首。当然他实现了这个愿望。

> 且说鲁智深与武松正在僧房里，睡至半夜，忽听得江上潮声雷响。……鲁智深道：“洒家听得战鼓响，待要出去厮杀。”……鲁智深心中忽然大悟，拍掌笑道：“俺师父智真长

① 〔日〕佐竹靖彦：《梁山泊——〈水浒传〉一〇八名豪杰》，中华书局 2005 年版，第 75 页。

> 老，曾嘱付与洒家四句偈言，道是‘逢夏而擒’‘遇腊而执’，今日正应了‘听潮而圆，见信而寂’，俺想既逢潮信，合当圆寂。众和尚，洒家问你，如何唤做圆寂？”……鲁智深笑道：“既然死乃唤做圆寂，洒家今已必当圆寂。烦与俺烧桶汤来，洒家沐浴。”……又问寺内众僧处讨纸笔，写了一篇颂子，……比及宋公明见报，急引众头领来看时，鲁智深已自坐在禅椅上不动了。颂曰：平生不修善果，只爱杀人放火。忽地顿开金绳，这里扯断玉锁。咦！钱塘江上潮信来，今日方知我是我。（第一百一十九回“鲁智深浙江坐化　宋公明衣锦还乡”）

无论活着，还是故去，鲁智深都是梁山好汉中最洒脱、最有尊严的一位。

在鲁智深的火化仪式上，宋江请来了“五山十刹禅师”，即江南所有大寺院的住持方丈，做了一个最大的佛事，主持追悼大会的是径山寺住持大惠禅师——类似于宋朝佛教协会会长。大惠禅师给鲁智深的评价非常之高：“鲁智深，鲁智深！起身自绿林。两只放火眼，一片杀人心。忽地随潮归去，果然无处跟寻。咄！解使满空飞白玉，能令大地作黄金。”几句话就概括了鲁智深一生的行藏出处和精神世界，仗义行侠，疾恶如仇，所作所为常人难以跟寻，特别是最后两句，能使满空飞白玉，大地作黄金，是佛之所为，是佛才能做到的，只有称赞佛、赞美佛才能用到的两句话，是说智深已经达到了修佛的最高境界，功德圆满，修成正果，死后成了佛。

三、结语

鲁智深是第二位隆重出场的梁山好汉。为什么不让他第一个出场？因为那会让王进失却用武之地。又为什么不让他在林冲之后出场？因为那会没有人去拯救林冲。小说让侠义萦怀的史、鲁二人见证了王、林两位武士的悲哀，也让鲁智深成为后来居上的重磅英雄。看来，风流人物是不论出场先后的。

鲁智深之所以后来居上，有人认为是他杀人较多。不信你看，小说第九十回“五台山宋江参禅　双林镇燕青遇故”，写鲁智深征辽得胜后重返五台山参禅，参拜了剃度他出家的智真长老。他的师父都说他：“徒弟一去数年，杀人放火不易！”第一百一十九回“鲁智深浙江坐化　宋公明衣锦还乡”所写的颂也说他：“平生不修善果，只爱杀人放火。”“杀人放火”可是土匪强盗所为，身为和尚却胡作非为，显得非常另类，故成就了他的大名。是吗？大错特错！鲁智深确实“不修善果”，他不按教规打坐修行，甚至他的吃喝拉撒睡等生活习惯和小节与僧众完全相左，与佛规全然违逆，但这并不妨碍他以其他方式如扶危济困、惩恶扬善等来实现佛祖教旨。佛家修行非一途，条条大路通彼岸。相反，那些整天在寺庙里装模作样跟真和尚一样一样的，如裴如海之流，照样成不了佛祖的弟子。还是李贽说得好：“若是那般闭眼合掌的和尚，绝无成佛之理。何也？外面模样尽好看，佛性反无一些。如鲁智深吃酒打人，无所不为，无所不做，佛性反是完全的，所以到底成了正果。”① 是啊，“伸张正义之人，心怀天下人之人，是人亦可以是佛”。李卓吾们不怎么看重形式，他们参透的是佛教的本质。正是“磨瓦不能成镜，打坐未必成佛”，有心栽花花不活，无心插柳柳成荫。至于智真长老说的“杀人放火不易”，许多人更是一头雾水。这是佛家特有的表达方式，是对鲁智深所作所为的褒赞和称扬。杀的什么人，放的什么火，搞清楚这个问题后，雾水便化为乌有。“杀人放火”期间，智深遇到了多少险滩恶浪，闯过了多少激流漩涡，不容易啊！哪一个坏人是省油的灯？智真长老真是智深的前伯乐、今知音啊！任智深憨实男儿，鲁直丈夫，听到师父贴心窝子的暖心话，纵然没有一把辛酸泪，内里也不免汹涌澎湃！

鲁智深疾恶如仇，杀的都是恶人，他从来没有干过像李逵那样挥动着两把板斧砍倒一片看客的“滥杀”之举，也没有做过像武松那样在鸳鸯楼连杀十五人的血腥之事。当鲁智深的佛界领导智真长老说“徒弟一去经年，杀人放火不易”后，他的俗世老大宋江马上说“智深兄弟，虽是杀人放火，忠心不害良善”。宋江的解释在作者看来是多余的，对懵懂的读者则是必须的。在鲁智深“禅杖打开生死路，戒刀杀尽不平人”的行侠历程里，从来没有看见他的禅杖挥向那些底层的无辜弱小。其侠义侠情，不仅仅是对儒家所谓的“亲亲”，更多的是对那些素不相识、哀哀无告的弱势群体的悲悯和防护。在救助弱小的过程中遇恶便打（改金圣叹的“硬”为“恶”），遇弱便扶，恰如明末清初评点家王望如所言：“智

① 朱一玄、刘毓忱：《水浒传资料汇编》，南开大学出版社 2012 年版，第 173 页。

深遇镇关西便打，遇小霸王便打，遇崔道成、丘小乙便打，遇泼皮张三、李四便打，遇解差董超、薛霸便打；遇金老儿便救，遇刘太公便救，遇林冲便救；……生杀予夺，极有分晓，不徒恃拔柳之力。”且“杀人须见血，救人须救彻”。真个是“侠之大者，为国为民”，“为有牺牲多壮志，敢教日月换新天”。他的一生，凭借着一身的侠肝义胆，豁达大度，率性洒脱，敢爱敢恨，毫不含糊，唱响了一曲关西大汉的英雄之歌！

鲁智深之所以能赤条条来去无牵挂，之所以行事那么痛快与决绝，就在于他除了正常的食欲外，其他权欲、物欲、色欲在他身上都看不到。他三拳打得“鲁提辖”这个称呼成了历史，一席与宋江的对话表明他的欲念早已成灰。他死后没有留下任何遗产即说明一切：“所有鲁智深随身多余衣钵，及朝廷赏赐金银，并各官布施，尽都纳入六和寺里，常住公用。浑铁禅杖，并皂布直裰，亦留于寺中供养。”物质上一无所有，可谓是赤条条来赤条条去的“无产阶级”战士，但精神上大公无私，是精神世界的富有者。他给人世间带来的巨大精神财富是难以估量的！他将像一颗闪耀着人性与佛性光辉的恒星一样永远光照人间。

台湾学者乐衡军先生在《梁山泊的缔造与幻灭》一文中对鲁智深的评论可谓语带深情：“鲁智深原来是一百零八人里唯一真正带给我们光明和温暖的人物。……他正义的赫怒，往往狙灭了罪恶（如郑屠之死，瓦罐寺之焚），在他慷慨胸襟中，我们时感一己小利的局促（如李忠之卖药和送行）和丑陋（如小霸王周通的抢亲），在他磊落的行止下，使我们对人性生出真纯的信赖（如对智真长老总坦认过失，如和金翠莲可以相对久处而无避忌，如梁山上见着林冲便动问‘阿嫂信息’，这是如武松者所不肯，如李逵者所不能的）。……这一种救世的怜悯，原本是缔造梁山泊的初始的动机。……水浒其实已经把最珍惜的笔单独保留给鲁智深了，每当他‘大踏步’而来时，就有一种大无畏的信心，人间保姆的呵护，笼罩着我们。”

是的，鲁智深身上带有极强的正能量——侠和义。如果一个人侠肝义胆，则清风透骨，正气盈怀，百毒不侵，人人景仰；如果一个民族侠气浓厚，义气充沛，那么人情味就浓，族人就会像置身春天一样温暖和谐，且凝聚力强，同胞不会像一盘散沙一样任人践踏蹂躏；如果一个朝廷侠义弥满，那朝臣必然先天下之忧而忧，后天下之乐而乐，自觉地为天地立心，为生民立命，为往圣继绝学，为万世开太平。否则，则很可能小人充斥，奸贼横行，为政不仁，法度失常，使江山社稷走向倾颓和崩塌。

鲁智深和史进之所以先行出场，很可能作者认为二人是武士中的杰出代表。他们身上所焕发的侠义精神，是难能可贵的，也是武士应该具备或毕生追求的，当然这种侠义精神也是作者极力推崇的。史进特别是鲁智深义盖云天，侠气冲天，堪称梁山之魂。鲁智深圆寂后，水浒英雄很快风流云散，终以悲剧收场。二人之后出场的武士，就开始了被迫害、被剥夺、被打压的痛苦历程，林冲就是其中最有代表性的人物之一。

第八讲　命犯小人的豹子头

豹子头林冲是第三位隆重出场的梁山好汉。(此处的“隆重”是指小说原著介绍回目较多、作用较大的意思。）如果说史进和鲁智深上梁山是内因较多的话，那么林冲则纯粹是外因使然，这基本已是共识。作为“逼上梁山”特别是被官府逼上梁山的代表性人物，自小说《水浒传》热传之后，有关林冲的故事，就被大量地搬上了艺术舞台，什么戏曲《宝剑记》《灵宝刀》《野猪林》《山神庙》《逼上梁山》，什么话剧《夜奔》《林冲夜奔》以及相关的电影、电视剧等，林冲也因此更成为家喻户晓、知名度很高的人物。不过，关于林冲这个人物形象也存在许多疑团，并非人人清楚，且众说纷纭，莫衷一是。比如：林冲为什么叫“林冲”，为什么绰号“豹子头”，为什么要买宝刀，为什么会误入白虎堂，为什么身为体面的禁军教头却连自己的妻子都罩不住，为什么要休妻，为什么要出卖鲁智深，为什么始终隐忍最后还是上了梁山，为什么被称作“天雄星”……说到底，林冲究竟是个怎样的人，我们究竟应该怎样看待林冲。

要回答这些问题，我们有必要对涉及林冲的主要回目作一简要提示：

第七回“花和尚倒拔垂杨柳　豹子头误入白虎堂”为出场回目，可视为开端：遭陷；

第八回“林教头刺配沧州道　鲁智深大闹野猪林”为发展阶段：暗害；

第十回“林教头风雪山神庙　陆虞候火烧草料场”为高潮阶段：追杀；

第十一回“朱贵水亭施号箭　林冲雪夜上梁山”为结局阶段：落草；

第一百一十九回“鲁智深浙江坐化　宋公明衣锦还乡”为落幕回目：

死亡。

了解了林冲的基本轨迹，不难看出豹子头的一生，可谓坎坷不平，多灾多难。自从美丽的妻子被上司的公子惦记上，他就陷入了无法醒来的噩梦之中。误入白虎堂，刺配沧州道，风雪山神庙，……本来让人羡慕嫉妒恨的人生却让人好生感慨。

水浒林冲豹子头，苟且偷安待长官。
禁军教头职位好，夫唱妇随赛神仙。
还愿巧遇鲁智深，权贵辱妻不敢言。
白虎堂内被暗算，野猪林中险遭害。
沧州忍耻图再起，火烧草料难相安。
走投无路归水泊，被逼无奈上梁山。
英雄平生志未伸，江湖饮恨忆残年。

特别是“林教头风雪山神庙”一节，读之让人好不辛酸。严冬寒夜，林冲如坠冰窖，身心悲凉；漫天风雪，搅得他思绪如麻，愁肠百结。想妻子美丽也有罪，休妻让位给对方但迫害依旧不罢休。俗话说：忍一时风平浪静，退一步海阔天空，怎么这句老话如今不灵验了呢？越忍事越多，越退越没有退路了，身处边远、苦寒、荒凉的沧州，孤孑无依、凄凄惨惨戚戚的林冲，此时的心拔凉拔凉。

天下着雪
好寒，好冷
比天还冷的
是林冲的心

天下着雪
好紧，好密
四野难分
比路还迷茫的
是林冲的心

天下着雪

好猛，好烈
填平了一切坑洼
难以填平的
是林冲的心

冥冥之中，林冲似乎听到了一首歌：“昨日像那东流水／离我远去不可留／今日乱我心／多烦忧／抽刀断水水更流／举杯消愁愁更愁／明朝清风四飘流／由来只有新人笑／有谁听到旧人哭／爱情两个字／好辛苦／是要问一个明白／还是要装作糊涂／知多知少难知足／看似个鸳鸯蝴蝶／不应该的年代／可是谁又能摆脱人世间的悲哀／花花世界／鸳鸯蝴蝶／在人间已是癫／何苦要上青天／不如温柔同眠！如果林冲真能听到这首《新鸳鸯蝴蝶梦》，心境将更加悲凉。此时此刻，我林冲还能与谁温柔同眠呢？如花美眷，华彩仕途，都成梦境！问苍天，男儿隐忍，泪洒何处？问大地，教头末路，路在何方？面对林冲的遭遇，即使铁石冷血心肠，也不免心起波澜，扼腕叹息！

沧州道，草料场，山神庙，风雪夜，是林教头惨遭高俅迫害的见证地和生死地；也是豹子头绝地反击，凤凰涅槃的再生地。活在一个无处讲理、讲不清理，也不敢讲理的世界里的人，要么憋屈苟活，要么动粗雄起！那把火，那把人为纵起、扑也扑不灭、只把人往死里烧的大火，烧死了心存幻想的林教头，也烧出了不世的英雄豹子头！

一、揭秘“豹子头”

上面提到，林冲第一次出场是在第七回“花和尚倒拔垂杨柳　豹子头误入白虎堂”。场景是：鲁智深在大相国寺的菜园子里饶有兴致地舞动着六十二斤的大禅杖，他的泼皮粉丝们在旁边起劲地鼓掌叫好，他们的习惯性呼喊鲁智深似乎听而不闻，但墙外的一声喝彩引起了他的注意。

智深听得，收住了手，看时，只见墙缺边立着一个官人。怎生打扮，但见：头戴一顶青纱抓角儿头巾，脑后两个白玉圈连珠鬓环。身穿一领单绿罗团花战袍，腰系一条双搭尾龟背银带。穿一对磕瓜头朝样皂靴，手中执一把折叠纸西川扇子。

总体感觉这位官人的穿着打扮好似个俊秀儒雅、文质彬彬的书生，但他身穿战袍，又表明身份是位武夫。明明是武夫，手里却又拿着一把折叠纸扇。折叠纸扇多为文人士大夫把玩，显示的可是文人气息啊。你几曾撞见鲁达、武松、李逵手里摇着把小纸扇招摇过市，身为武士的林冲手执折叠纸扇似乎有些不伦不类。

我国的扇子按材质、按形状、按名目可谓种类繁多，不同的扇子还带有不同的身份和地位象征，如贵族男士多用羽扇，“雄姿英发，羽扇纶巾”；皇宫妃嫔、闺阁仕女多青睐纨扇，“银烛秋光冷画屏，轻罗小扇扑流萤”，此中的“小扇”即指纨扇，又称作“绢扇”“宫扇”“团扇”；民间的普通百姓多使用蒲扇，“竹簟移先洒，蒲葵破复摇”，“忙踏槐花犹入梦，老催蒲扇共投闲”，“一径草深人不到，竹床蒲扇养天真”；骚人墨客则喜欢轻摇折扇，“数折聚清风，一捻生秋意”，“引秋生手里，藏月入怀中”，“开合清风纸半张，随即舒卷岂寻常”，自觉风流倜傥，平添不少雅兴和潇洒。“折叠扇始于北宋。……宋时西川纸扇，擅美可知。[①]”此时有人就不理解了，好端端的武士为什么整得像个书生？前文已有介绍，这就是宋朝的阴性文化。武夫要打扮得像文人，文人像女人，男人越有女人味越有范儿，这叫时尚。那时的男人头上都要簪花，武士拿把小纸扇更是不足为怪。林冲手拿折扇，意欲彰显文人风度，因为那时的武夫被人看不起。哎！每个人都生活在特定的社会历史背景下，每个人的思想意识、行为准则乃至穿着打扮无不打上时代的烙印，你不服能行吗？林冲也脱不了“俗”啊！

再往下读，你又会大吃一惊，林冲长得太出乎人的意外了。

> 生的豹头环眼，燕颔虎须，八尺长短身材，三十四五年纪。

这分明是三国时的张飞转世。你说，张飞若手里拿着个折叠小纸扇在大庭广众招摇过市，滑稽不？搞笑不？但小说里没说有人笑林冲，可能历史发展到宋朝满街人认为这才叫正常，才叫酷呆酷毙，拉风无限！你认为滑稽搞笑，这说明你不知道什么叫进化！历史进化论，里面学问大得很呢！三国时的张飞长得什么样？小说《三国演义》上说得很清楚：“身长八尺，豹头环眼，燕颔虎须”，明明与林冲毫无二致，而且两人在马上使

① 朱一玄、刘毓忱：《水浒传资料汇编》，南开大学出版社2012年版，第385页。

用的兵器也一模一样，都是丈八蛇矛。更让人不可思议的是，小说对上了梁山后的林冲的这一特点反复皴染，一再提及，生怕读者不知道他是张飞的兄弟。

一丈青扈三娘追捉宋江到树林边，此时，树林里冲出一队人马，簇拥着一个壮士，这人怎么打扮？书中写道：嵌宝头盔稳戴，磨银铠甲重披。素罗袍上绣花枝，狮蛮带琼瑶密砌。丈八蛇矛紧挺，霜花骏马频嘶。满山都唤小张飞，豹子头林冲便是。（第四十八回“一丈青单捉王矮虎　宋公明两打祝家庄”）

再有：

诗曰：寨名水浒，泊号梁山。周洄港汊数千条。四方周围八百里。东连海岛，西接咸阳，南通大冶金乡，北跨青齐兖郓……声闻宇宙，五千骁骑战争夫。名达天庭，三十六员英勇将。……林冲燕颔虎须，满寨称为翼德。（第七十八回“十节度议取梁山泊　宋公明一败高太尉”）

汴梁城里的林冲我们认定他就是位奶油小生，怎么到了梁山就变成了大伙公认的赳赳武夫。同一个人，怎么会有如此大的反差呢？哎，岂止是反差，简直就是颠覆！难道林冲会川剧的变脸，还是我们的心理在作怪？

是的，是我们的集体无意识在起作用。因为我们觉得林冲安分守己，他长得不应该像张飞，若那样就会觉得他性格冲突，分裂，不协调；林冲的娘子貌美如花，那林冲也得是个小帅哥，玉树临风，风度翩翩，这样才符合人们的审美预期——俊男靓女，天造地设。因此，这也造成很早以来林冲的许多画像以及戏曲中的扮相都是小白脸，有点儿像刘备。大家知道，传统舞台上的林冲一般放在生行，或小生，或武生，但必须都性格儒雅、面相洁净俊美。可戏曲中的张飞属于净行，而且是架子花脸，那性格可猛了，脾气暴躁，粗犷爽直，纯爷们一个！因此，许多人以为，林冲、张飞这两人的性格、风格完全不同，光凭长相和使用的武器相同，就称林冲为“小张飞”，显然不合适。

画像归画像，扮相归扮相，他们都改变不了“历史”的真相。文学史中林冲的真相，即本质上他就是“豹子头林冲”——一个在林莽中横冲直撞的豹子，他本应是冲锋陷阵的英雄，犹如豹子这类猛兽，威风凛凛，杀气腾腾——这应是作者塑造这个人物的本意，林冲在水泊梁山的表现就是表里如一的“豹子头林冲”。此前呢？此前他只是虚有其表。说到此，很多人可能不服气，那就请把他在东京汴梁的英雄之举说出来吧。恐怕真说不出来。那么，为什么在那个崇文抑武的世界里，林冲逆来顺受，忍气吞声，怕这怕那，窝窝囊囊，性格被严重扭曲，虽也有过仗义疏财的举动，（曾帮过一个李小二，落难沧州时得到福报。）但总体上的表现还不如武大郎，特别是妻子遭受凌辱之时。许多人读《水浒传》遇到的一个头疼问题就是读不懂林冲，以致对“豹子头”这个绰号产生困惑，甚至对林冲有许多不同乃至相互矛盾的解读。那么，是什么造成林冲不像“豹子头”的呢？

二、细析“命犯小人”

林冲之所以不像“豹子头”，是因为他在“崇文抑武”的世界里遇到了许多“小人”。俗话说：“龙游浅滩遭虾戏，虎落平阳被犬欺。”龙虎不得其地，遭“小物”戏耍；英雄不逢其时，被“小人”侮弄。说林冲“命犯小人”的不是哪位明眼人的发现，而是林冲的夫子自道：

> 林冲与陆谦出得门来，街上闲走了一回。陆虞候道：“兄长，我两个休家去，只就樊楼内吃两杯。”当时两个上到樊楼内，占个阁儿，唤酒保分付，叫取两瓶上色好酒，希奇果子案酒。两个叙说闲话。林冲叹了一口气，陆虞候道：“兄长何故叹气？”林冲道：“陆兄不知！男子汉空有一身本事，不遇明主，屈沉在小人之下，受这般腌臜的气！”（第七回“花和尚倒拔垂杨柳　豹子头误入白虎堂”）

林冲悲叹自己时运不济，也对，也不对。说不对，是因为他在很多方面老天对他还是很眷顾的。比如他出身不错，拥有京城绿卡，武术世家，父亲林提辖声名赫赫，功夫精湛，虽武官在宋朝低人一头，但毕竟官宦人家，再凭着一技在身，衣食无忧，他家的小康日子还是相当得过的。林冲长大成人，子承父业，更可喜的是青出于蓝胜于蓝，功夫比父辈更胜一筹，当年在大相国寺的菜园子一出场，鲁智深问：“那军官是谁？”众人道："这官人是八十万禁军枪棒教头林武师，名唤林冲。"简直是大名鼎鼎，无人不知。依专业吃饭，靠本事挣钱，心安理得，谁奈我何？再如他婚姻幸福，岳父亦是禁军教头，门当户对，更兼妻子万里挑一，品貌绝伦，他一个"豹头环眼，燕颔虎须"的长相在小白脸吃香的宋朝能娶上这样的媳妇，也算烧了八辈子的高香。家境好，媳妇好，工作按说也不错，专业对口，待遇不菲，特别是林冲的职业正好是自己的兴趣，太幸运，太幸福啦，人生如此，夫复何求！还抱怨，太矫情了，所以我们说他的抱怨不对。为什么又说他对呢？按说工作稳定，收入高薪，领导高看，眼看着年轻有为，事业蒸蒸日上，怎又说工作不好呢，吃错药了！是啊，以前相安无事时，林冲还感觉工作有奔头，经常暗自庆幸。自从娘子被辱后，他渐渐醒悟，自己的一身本事，遇到高衙内这样的主，根本就不敢施展。是龙，你得盘着；是虎，你得卧着。盘着的龙卧着的虎，任由小人骑在脖子上胡作非为，那是很难受的。具有讽刺意味的是，林冲倾诉的对象不是鲁智深式的君子，而是一个表面谦和、实则虚伪恶毒的彻头彻尾的小人——他心目中唯一的朋友陆谦。是林冲的眼光出了问题，还是他周围的小人多如牛毛呢？两者应该都有。下面，我们首先搞清楚什么是"小人"。

"小人"最基本的内涵有三个：一是身材低。东方朔《神异经》："西北荒中有小人，长一寸，朱衣玄冠。"二是政治地位低。古书上说："乘车者君子之位也，负担者小人之事也。"君子当乘车坐轿，小人则当肩挑背扛干体力活儿。此处的小人就是平民百姓。三是道德品质低。子曰："唯女子与小人难养也，近之则不逊，远之则怨。"《三国志·蜀志·诸葛亮传》：亲贤臣，远小人，此先汉所以兴隆也；亲小人，远贤臣，此后汉所以倾颓也。这里的"小人"则指喜欢搬弄是非、挑拨离间、隔岸观火、落井下石之人。《水浒传》所说的"小人"，特指不义不侠之人，即与鲁智深、史进完全相左的人。他们无信无德，无中生有，阴险奸诈，居心叵测，佛口蛇心，出卖他人，擅长搞阴谋诡计，常常以暗箭伤人，设陷阱，使绊子，往往会采用最隐秘、最卑劣的手段以达到个人私欲的满足。那么，林冲遇到了哪些"小人"呢？

其一，生活中的小人。

生活中的林冲估计是比较小资的，喝喝小酒，听听小曲，偶尔上领导家串串门子，当然，有时也得和媳妇遛遛弯逛逛街。这不，这天陪妻子到庙里烧香还愿，听得附近有人使枪弄棒，便弃迷信而就武术，这下后果可严重了，导致如花似玉的媳妇被人盯上。此人非比寻常，他是淫娃荡妇的密友，贞节烈女的克星，除了皇帝老儿、蔡京老儿们的女人他可能不敢下手外，在风月场中，他是要风有风，要雨得雨，只要进入他的法眼的，都得乖乖顺从，畅通无阻，一路绿灯，否则下场很悲惨。此人非是旁人，正是在东京城里跺一脚颤三颤的朝廷大员高太尉的螟蛉义子高衙内——林冲生活中遇到的第一个小人，一个风流更下流，足以让林冲蒙头转向、苦不堪言、小命难保、生不如死的小人。

这个高衙内虽是高俅的养子，却视如己出，胜似亲子，因为高俅老儿没有亲生儿子，所以对这个得来不易的“儿子”视若珍宝，要星星不摘月亮，要龙肝绝对不给凤胆。物质生活的极度满足很容易带来精神生活的极度空虚，而填补精神空虚的良药就是女人。

> 那厮在东京倚势豪强，专一爱淫垢人家妻女。京师人惧怕他权势，谁敢与他争口，叫他做花花太岁。（第七回“花和尚倒拔垂杨柳　豹子头误入白虎堂”）

这个色狼还真下功夫，每天带着一群帮闲爪牙，穿行于市井里巷，寻找心仪的猎物。且“性趣”广泛，不论少妇还是长女通吃。让人目瞪口呆的是，即使在清静肃穆的寺庙道观，他也像打了鸡血似的，性心满满，欲火熊熊。

> 恰才饮得三杯，只见女使锦儿慌慌急急，红了脸，在墙缺边叫道：“官人！休要坐地！娘子在庙中和人合口！”林冲连忙问道：“在哪里？”锦儿道：“正在五岳楼下来，撞见个诈奸不及的，把娘子拦住了不肯放。”……林冲抢到五岳楼看时，见了数个人，拿着弹弓、吹筒、粘竿，都立在栏干边。胡梯上一个年小的后生，独自背立着，把林冲的娘子拦着道：“你且上楼去，和你说话。”林冲娘子红了脸道：“清平世界，是何道理，把良人调戏！”林冲赶到跟前，把那后生肩胛只一扳过来，喝道：“调戏良人妻子，当得何罪！”恰待下拳打时，认的是本管高太尉螟蛉之子高衙内。（第七回“花和尚倒拔垂杨柳　豹子头误入白虎堂”）

此时的高衙内在光天化日下调戏林娘子，意欲霸王硬上弓，是谓坏人；淫欲没有得逞的高衙内背后使坏，则属于小人。

> 数内有一个帮闲的，唤做“干鸟头”富安，理会得高衙内意思。……富安道：“有何难哉！衙内怕林冲是个好汉，不敢欺他。这个无伤。他见在帐下听使唤，大请大受，怎敢恶了太尉。轻则便刺配了他，重则害了他性命。小闲寻思有一计，使衙内能勾得他。”……富安道：“门下知心腹的陆虞候陆谦，他和林冲最好。明日衙内躲在陆虞候楼上深阁，摆下些酒食，却叫陆谦去请林冲出来吃酒——教他直去樊楼上深阁里吃酒。小闲便去他家对林冲娘子说道：‘你丈夫教头和陆谦吃酒，一时重气，闷倒在楼上，叫娘子快去看哩！’赚得他来到楼上，妇人家水性，见衙内这般风流人物，再着些甜话儿调和他，不由他不肯。小闲这一计如何？”高衙内喝采道：“好条计！就今晚着人去唤陆虞候来分付了。”（第七回“花和尚倒拔垂杨柳　豹子头误入白虎堂”）

高衙内对林娘子一见倾心，难以割舍，到了茶不思，饭不想，没着没落得像丢了魂似的无精打采。他苦闷，他无法向林娘子诉说可耻的苟且幽情；他胆怯，他不敢向林教头提出欧洲式的决斗请求。这时帮闲富安（寓丧尽天良、无恶不作的坏人尽享富有和平安）出场了，帮闲总是和权力如影随形。

高衙内和蔡九知府一样，都长了一副猪脑袋，身边要是没有若干坏人出出馊点子，似乎他做坏事都没有创意。帮闲就是陪着高衙内们消遣娱乐、逢迎凑趣、耍乖弄巧的“三陪”们。“那些会念书会下棋会画画的人，陪主人念念书，下下棋，画几笔画，这叫作帮闲，也就是篾片！[①]”帮闲富安非常善于讨主子欢心，他在确诊了主子的病因后，首先宽解主子说这病好治，好治的理由在于人性的弱点。于是他运用他那套帮闲家的理论指出，男人贪功名富贵，女人则易水性杨花。基于这一理论，他献上一个药方，立马得到主子的称赞。照方抓药、吃药，坏人高衙内同时也就成了小人。这个药方是小人们经常使用的，总的特点是暗地使坏，背后插

---

① 鲁迅：《帮忙文学与帮闲文学》，《鲁迅文集》（第十八卷），吉林文史出版社2006年版，第221页。

刀。整体思路是瞒天过海，由陆谦（其名当出自《周易》："谦卦：初六，谦谦君子，用涉大川，吉。"君子能谦虚谨慎地对自己的言行进行反省，严格要求自己，自然不会犯大的过失，所以吉祥。坏蛋起了个好听的名字在《水浒传》里比较普遍，可视作反语讥讽之意。）调虎离山，富安诱鱼上钩（将林娘子骗至陆谦家中），然后高衙内坐享渔人之乐。

这个计划能否付诸实施，关键在陆谦——林冲心目中最好的朋友，他是不是个真正的小人。

其二，朋友中的小人。

陆谦与林冲都是高衙内的红人，不同的是陆谦更红——堪称心腹，因为他的官职是"虞候"。"虞候"充其量就是个小官，或干脆就是高俅的侍从，每天不离高俅的鞍前马后。宰相门前七品官嘛，在高太尉身边工作地位再低也得有个职位。这陆虞候与林冲自幼交好，由他出面约林冲上东京城最好的饭店——樊楼吃饭再好不过。放在平常，这个事情对陆谦简直小菜一碟，易如反掌。问题是此时陆谦已经心怀鬼胎，他能不能将良心揣到胳肢窝里，心安理得地卖友求荣呢？对此，富安毫不怀疑。因为他知道小人和君子在"义利"面前的不同表现是："君子喻于义，小人喻于利。"平时善于察言观色的老狐狸富安对陆谦的为人那是洞若观火，了如指掌。果然，陆谦对富安的谋划言听计从，并毫不犹豫地表示要坚决贯彻落实。

> 陆虞候一时听允，也没奈何，只要小衙内欢喜，却顾不得朋友交情。（第七回"花和尚倒拔垂杨柳　豹子头误入白虎堂"）

可惜林冲没有长就一双慧眼，或说他是个善人，只见人的好，看不到人的坏，没有把陆谦那纷扰的心看个清清楚楚，明明白白，真真切切。

有人说，朋友是用来出卖的，领导是用来巴结的；只要能巴结上手握重权的领导，哪怕得罪总角之交的朋友。不念朋友交情，只投权贵所好，不惜牺牲处于弱势的朋友的利益，只求个人能得到上司的欣赏或奖赏。陆谦就是这样一个不折不扣的小人。

首先是阿附权贵，摇尾邀宠。在权贵面前一副奴才相，阿谀奉承，只看上司的脸色，只讨权势者的欢心，不管上司要他做的事情有多么缺德，也不管这样做对朋友有多大的伤害，他都坚决照办，不讲原则，不讲道德良心，死心塌地，巴结到底。若高衙内看上陆谦的老婆，估计他早就把老婆香汤沐浴一番于第一时间屁颠屁颠给主子送过去了。

其次是表里不一，口蜜腹剑。表面上看他光顾林宅是好心探望，实则是打探消息时刻准备落井下石；嘴里面一口一个阿嫂兄长甜蜜蜜地叫着，肚皮内却盛满一肚子坏水。只可叹林冲饮酒间还和他掏心掏肺，哎！可惜林冲那白白浪费的感情哟。更可恶的是，陆虞候一屁股坐在高太尉的一边，一直在给林冲上麻药，说高太尉对你林冲如何如何的好，高衙内必不认得嫂子才大水冲了龙王庙。但他心里比谁都清楚，在他的家中，一幕现实版的美女与野兽大剧正在上演。一曲《小人》的歌词颇能传神地勾画出陆谦此时的嘴脸："戏里阳奉阴违，戏外无事生非；当面是人，背后是鬼；场上谗言献媚，场下装神弄鬼；满脸谦卑，一肚坏水；挖一口陷阱，再种上黑玫瑰。……"

再次是杀熟毒计，狠如蛇蝎。陆谦的小人嘴脸暴露后，便王八吃秤砣，铁了心地更加卖力要置林冲于死地。

陆谦（富安）二人道："衙内且宽心，只在小人两个身上，好歹要共那妇人完聚。只除他自缢死了，便罢。"（第七回"花和尚倒拔垂杨柳　豹子头误入白虎堂"）

因为小人胆小，他虽不害怕具体操作上的失败，但却非常害怕报复。因此，他决不会放过被伤害者，他会不停地往被害人的伤口上撒盐、下毒，直至一切归于平静，他才会长出一口气。其间，他不会怜悯，更不会去忏悔，只会绞尽脑汁、不遗余力地去想阴招，下狠手。陆谦对林冲太了解了，他为林冲量身定制了一套连环毒计：第一步，使之上当，套住他；第二步，攻击他，使之就范。具体来讲第一计就是"宝刀计"。他深知林冲爱刀如命，有爱好就好办，就怕你没爱好，有爱好他就有机可乘，为此他就在"刀"上做足文章。这样，卖刀人在深知林冲底细的基础上将宝刀成功推销。第二计是"献刀计"。以高太尉要与之比看宝刀为由，让林冲在地理环境不太熟悉的情况下拿着宝刀稀里糊涂地进入军机禁地白虎节堂，以"手执利刃，故入节堂，欲杀本官"为由定罪林冲。第三计是"借刀杀人计"。若当场击杀林冲，万事皆休；若不当场要命，就交给当地政府开封府法办，反正开封府就是高府，正如开封府孔目孙定所言：

> 谁不知高太尉当权倚势豪强。更兼他府里无般不做，但有人小小触犯，便发来开封府，要杀便杀，要剐便剐，却不是他家官府！（第八回“林教头刺配沧州道　鲁智深大闹野猪林”）

所以，在高太尉看来，将此案移交开封府那就是走走过场，借刀杀人，万无一失。

又次是权钱并用，全力诛杀。本来十拿九稳要将林冲结果于牢狱之中，没想到统治集团内部盘根错节的关节和林冲丈人、娘子的上下打点，林冲侥幸死中得活。死罪虽免，活罪难逃，断了二十脊杖，刺配远恶军州沧州，达到了拆散林冲夫妇的目的。但树欲静而风不止，林冲不死，谋害不止。陆谦又露面了，在酒席宴上，他一面向董超、薛霸两位公人传达了高太尉的钧旨，这是权，权大一级压死人；一面又拿出十两金子送给二位，这是钱，有钱能使鬼推磨。恩威并用，哪个胆大敢不听，哪个傻了不愿听。薛霸当即爽快表态，感谢领导的信任，保证完成太尉交给的光荣任务。

> 陆谦大喜道：“还是薛端公真是爽利！明日到地了时，是必揭取林冲脸上金印回来做表证。陆谦再包办二位十两金子相谢。专等好音。切不可相误。”（第八回“林教头刺配沧州道　鲁智深大闹野猪林”）

作为林冲的好朋友，陆谦的所作所为怎不叫人心寒齿冷。为了让好友早上西天，他亲力亲为，竭尽全力，更可恶的是，他还不惜血本，承诺待解差杀死林冲后，再自掏腰包拿出十两金子相谢。哎！最毒莫如陆谦心哪！高衙内要的是林娘子，陆谦要的是林冲的命哪！昔日推杯换盏、无话不谈的哥儿们，今日已不共戴天，势不两立，水火难容了，真是“画虎画皮难画骨，知人知面不知心”，“易涨易退山溪水，易反易覆小人心”呀！

最后是千里追杀，机关算尽。哎！计划赶不上变化。计划在猛恶去处结果了林冲，想来是件非常简单的事情，因为两个如狼似虎的公人想整死一个忍气吞声、低声下气甚至低三下四的病猫，那还不是易如反掌？想想什么洗脸死、洗澡死、喝水死、如厕死、噩梦死、躲猫猫死、睡姿不对死都那么容易，咋到了超哥、霸哥这儿死个人就这么难呢！是二位太厚道了，还是半路上杀出个鲁智深？真让陆爷无语！总之林冲又绝处逢生，竟然开始了“浪漫”的沧州之旅。这下，喜欢踩着林冲鲜血前进的陆谦再次坐不住了，他巴不得林冲快点儿死，否则他就会像热锅上的蚂蚁睡不得一个安稳觉。于是，他又不远千里，来到沧州。这回，陆谦他们想了个绝户计——火烧草料场，目的就是要烧死林冲，斩草除根；即使林冲侥幸得活也得问他个死罪，因为大军草料场是供应战马饲料的战略物资储备处，犹如现代供给坦克动力的石油库一样，草料场被烧，你还想活啊！烧死，还是杀死，在陆谦想来必是前者。可惜上苍开眼，也可惜陆谦机关算尽太聪明，反误了卿卿性命。大风雪救了林冲，也把陆谦等人送到了豹子（头）的嘴边。何以一场大雪救了林冲的生命？何以草料场的火烧不死林冲？这都证明果报思想的流行。“社会愈黑暗，果报思想愈流行。①”如果说白虎节堂事件陆谦是藏于幕后，野猪林是间接操纵，到了火烧草料场时基本就走到了台前，暴露于光天化日之下无法隐遁了，其真实面目傻子也会洞穿。此时的林冲没有了妻子（已休），没有了家庭，没有了官位，眼看性命都不保了，原来的荣华梦已成一枕黄粱，他一无所有了，甚至自己都要没了。此时的陆谦还习惯性地认为林冲是病猫，以为死不承认自己有错，找个替死鬼来背罪，就能唤回懦弱隐忍的昔日林冲，两人一笑泯恩仇，就可再度把酒言欢，躲过此劫。哎！不与时俱进太可怕了。他做梦都没想到，豹子的毛发已根根竖起，豹子的野性已蓄势待发，豹子的内心已怒不可遏。

> 林冲喝声道：“奸贼！你待那里去！”劈胸只一提，丢翻在雪地上，把枪搠在地里，用脚踏住胸脯，身边取出那口刀来，便去陆谦脸上搁着，喝道：“泼贼！我自来又和你无甚么冤仇，你如何这等害我！”陆虞候告道：“不干小人事，太尉差遣，不敢不来。”林冲骂道：“奸贼，我与你自幼相交，今日倒来害我，怎不干你事！且吃我一刀！”把陆谦上身衣扯开，把尖刀向心窝里只一剜，七窍迸出血来，将心肝提在手里。（第十回“林教头风雪山神庙　陆虞候火烧草料场”）

① 萨孟武：《水浒传与中国社会》，北京出版社2005年版，第54页。

脸厚心黑、趋炎附势、为虎作伥的陆谦被剖腹挖心，可谓死有余辜。如果强为陆谦说几句的话，第一次参与调虎离山或许还有些无奈与被动的成分，但后三次的连环毒计、沿途谋杀、千里追杀他都主动献计、积极参与，那就无话可说了。身为朋友，净想着把自己的幸福建立在朋友的痛苦甚至人间蒸发的基础上，在白虎堂、野猪林、草料场布下重重陷阱，必欲陷友于不义，必欲置友于死地而后快，那就是作孽了。林冲交了陆谦这样的小人朋友，不倒霉就怪了。但小人很少独立存在，他往往依附于权势。陆谦依附、攀缘的权贵是谁呢？

其三，工作中的小人。

陆谦所献的迫害林冲的宝刀计、献刀计，涉及两个重要的道具——宝刀和白虎节堂，而这两者，离开高俅是绝对玩儿不转的。高俅掌管八十万禁军，是林冲的顶头上司，是皇帝身边红得发紫的大员，是权势熏天、人见人怕的大官。读者很容易注意到，迫害林冲的关键环节都有高太尉的身影。因为伤害一个人可以靠体力，迫害一个人必须要有权力的介入。对此，富安和陆谦心知肚明。

> 两个邀老都管僻净处说道："若要衙内病好，只除教太尉得知，害了林冲性命，方能够得他老婆和衙内在一处，这病便好了。若不如此，已定送了衙内性命。"（第七回"花和尚倒拔垂杨柳　豹子头误入白虎堂"）

不仅要让高太尉知道这个计策，而且还要让他支持和参与这个计划的全面实施。他俩揣摩不透高太尉的心思，不敢或不够格给高太尉直接说，还要通过老都管方能够。看来，富安和陆谦只是高衙内的心腹，要想升格为高太尉的心腹，还得创造条件，另辟蹊径。这两个小子不知听谁说的："帮领导做一百件好事，不如和领导一起做一件坏事。"帮领导做了许多好事依旧是上下级关系，一块干了一件坏事就成了利益共同体，成了死党。为此，两个人渣暗地里祷告高太尉和他们一样坏。可他们多虑了，真没想到，堂堂的高太尉是一个比他俩包括高衙内在内都还要坏的老恶棍。只不过高太尉玩儿得太高，他们做下人的不了解罢了。

若把高太尉称作"小人"，还真辱没了这个"人"字。首先他把本是叔伯兄弟的高衙内过继做了儿子，本该叫哥却叫作了爹爹，乱了辈分，是为乱伦，乱伦即是禽兽；（高衙内攀附发迹后的高俅不惜赖给高俅当儿子和高俅不分青红皂白胡乱当爹，按中国传统说法都是让人嗤之以鼻的禽兽行径。）再者他放任和纵容“孩儿”高衙内到处“淫垢人家妻女”，还是禽兽；最后他合起伙来弄权施计破坏属下家庭，拆散恩爱夫妻，这些事情禽兽都做不来，是为禽兽不如。禽兽不如的何止高太尉，高府上上下下有名有姓的应该都是，就像《红楼梦》里柳湘莲说的：“东府里除了那两个石头狮子干净，只怕连猫儿狗儿都不干净！”当富、陆二贼将那个下流歹毒的计划告诉老都管时，老都管竟毫不吃惊、毫不犹豫、毫不羞耻、毫无人性地轻松说道：“这个容易，老汉今晚便禀太尉得知。”你想想，干了多少坏事才能练就这样的禽兽心态和禽兽做派！知晓了高府的黑幕，禽兽不如的小人高太尉粉墨登场你就不惊讶了。美籍华裔的夏志清先生认为：“自古以来，中国一直在没有西方法律观念影响的情况下被统治着。没有法律其实也没有关系，只要每个人都能践行儒家的‘克己’原则。但是在小说里，正如在历史上一样，中国人伦关系的培养实际上鼓励那些大权在握的人滥用势力，懈怠责任。如果说君主在没有国会控制的情况下可以为所欲为，那么地方官和一家之长也能各在自己的势力范围内肆无忌惮地横行霸道。”① 高太尉就是在这样的土壤上茁壮成长起来的一位大员。

大人物高太尉有如下主要特征：

一是私心滔天，损人利己。当晚老都管来见高太尉，说衙内迷上了林冲的老婆，害的是相思病。高俅道：“如此，因为他浑家，怎地害他？我寻思起来，若为惜林冲一个人时，须送了我孩儿性命，却怎生得好？”高太尉绝不会因为一个女人而顾惜林冲，绝不会因为一个林冲而断送了自己孩儿的宝贵生命。生命诚可贵，别的都可抛。为了可爱、珍贵的孩儿，他什么事都敢想，都敢干。他顾不得国家的法度，顾不得林冲是朝廷和他高俅用得着的人才，顾不得林冲对他的信赖和感激一口一个“恩相”地叫着，顾不得“己所不欲，勿施于人”的圣训，顾不得“朋友（熟人）妻，不可欺”或“兔子不吃窝边草”的基本良知，顾不得伤害他人时对方的痛不欲生的感受，当即要与卑鄙龌龊的下人商讨如何霸占下属妻子的计划。

① 〔美〕夏志清：《中国古典小说史论》，胡益民等译，江西人民出版社 2001 年版，第 22 页。

> 老都管随即唤陆谦、富安，入到堂里，唱了喏。高俅问道："我这小衙内的事，你两个有甚计较？救得我孩儿好了时，我自抬举你二人。"陆虞候向前禀道："恩相在上，只除如此如此使得。"高俅见说了，喝彩道："好计！你两个明日便与我行。"（第七回"花和尚倒拔垂杨柳　豹子头误入白虎堂"）

为了"爱子"的兽欲，他竟承诺滥用公权力私相授受作为奖赏；当陆谦献上毒计时，他竟然毫不遮掩、寡廉鲜耻地高声喝彩，并当即拍板，真是雷厉风行，"工作"作风过硬。小人上司与小人下属确有某种天然的默契，臭味相投，一拍即合。高太尉不愧是货真价实的真小人，真流氓，真禽兽！这样的上司谁遇到谁不倒霉呢？

二是为非作歹，不择手段。林冲身为安善良民，安分守己，就因为老婆被高衙内看上，就被人苦苦算计，从此官司缠身，麻烦不断。俗话说："明枪易躲，暗箭难防。"高氏流氓集团为陷害林冲布下了天罗地网，先是使出了"宝刀计"，这一招本来最没把握，因为宝刀太贵，林冲不一定中招。一个推销员说过："世上最难的事，就是让人掏钱买你手中的东西。"本来挺难的事，因有了知心朋友陆谦而全无顾虑。因为陆谦深知林冲爱宝刀胜过爱美女。再加上卖刀人反复说"可惜不遇识者，屈沉了我这口宝刀""偌大一个东京，没一个识得军器的"，很可能使林冲把自己不遇明主的坎坷身世与这把宝刀联系在了一起。只能说这推销的广告词太给力了，字字触动林冲的软肋，价格再高他也会慷慨解囊的。宝刀出手，连环计就基本成功。因为如果说在"宝刀计"中林冲还占有主动的话，那么到后面他就完全处于被动挨宰的境地了。紧接着高俅祭出毫无悬念的"献刀计"，太尉要你比看宝刀，"在府里专等"。哎哟！领导召见，有几个不屁颠屁颠一路小跑赶过去的，那可是林冲的"恩相"啊！那高太尉府邸大了去了，岂是咱家独门小院可比！刘姥姥进大观园什么状态，眼花缭乱哪！林冲进了太尉府也照样，虽来过几次也仅仅是局部熟悉，太尉府岂是林冲之辈随意溜达的地方。更何况有两个承局带路，带你到哪儿不是你林冲能选择的。带你到白虎节堂，行！但你到白虎节堂，不行！行与不行高太尉一人说了算。高太尉意欲就地打杀林冲，林冲大叫冤屈。高俅一听这厮不服断遣，眼珠一转，心想不在这儿打杀也好，省得脏了我这块风水宝地，再说这么多军士在场，人多嘴杂，就省得我下手了，那我就“借刀杀人”吧，反正在哪儿杀都一样。在我高府是打杀、诛杀，到了开封府是刑杀。好吧，“解去开封府，分付滕府尹好生推问，勘理明白处决!”表面看是要开封府依法办案，内里却是要他们判处死刑。但这一次的指示见鬼了，不太灵验，一个骰子掷七点——太出乎意料了，一向言出法随的高太尉破天荒没有实现预想目标。不打紧，小人从来不怕麻烦。不达目的，绝不罢手。千万不要低估高氏流氓集团的智商哦，那馊点子就像海滩上的沙子——多的是。随之又抛出了沿路暗杀计划，以胡萝卜加大棒、白道加黑道的高超手段，驱使公职人员董超、薛霸在方便处神不知、鬼不觉地杀掉林冲。没想到，本是天衣无缝的计划，又因为从天而降半路里杀出来个多管闲事的花和尚而流产。呵，小小的林冲命还真大，不信整不死你！最后，最后了啊！最后一计要让林冲必死无疑，死无葬身之地，再整不死你，我就不姓高了，此计定名“必杀计”——火烧草料场，即使林冲不被烧死，也会因战略重地草料场被焚而被处死。好了，这打杀、诛杀、刑杀、暗杀、烧杀……小人虽不厌其烦，乐在其中，但毕竟也煞费苦心，绞尽脑汁，这得需要多少猪头肉才能补上啊。哎！林冲也该歇菜了，大幕也该落地了。

三是冠冕堂皇，狡诈阴险。对于大喊冤屈的林冲，高太尉并没有当场击杀，这可不是他的良心发现，恰是他伪君子的原形毕露。因为此时的林冲已是他的囊中之物，罪名高太尉已经给他定下——“手执利刃，故入节堂。杀害本官”，且人证物证一大堆，已属罪大恶极，板上钉钉，林冲已经百口难辩了。再者，按照当时的制度，高俅是太尉，林冲是教头，两人在身份上是领导与被领导的关系，林冲的行为当属于“刺杀本署府主”，应该归入“十恶”中的“不义”之最，杀死后只需虚构当时的斗杀情节即可。古来本就有“欲加之罪，何患无辞”之说，何况高太尉于情、于理、于法都胜券在握。据说高俅从小就有个高远的理想：做人就要做杀人不偿命的人！现在他的理想实现了，他可以无中生有、栽赃陷害、败法乱纪、肆无忌惮却能逍遥法外了。但他并不想亲自动手，因为他不傻，他深知“高俅杀人”和“以法杀人”哪个更好听，还是“合理化、合法化”好听啊！他要让林冲“心服口服”，让天下人都赞我高俅公开、公正，更何况我高俅“正义”在胸，有何惧哉！他要把“有理事”做足，要依法办事，走司法程序。如此一来，林冲就成了恐怖分子杀人犯而被世人鄙视和唾弃，高太尉则高踞道德高地，成了正身明法的楷模。因此，高太尉要将此案移交开封府审理，以掩人耳目，堂而皇之地让林冲伏法，因他心里明镜似的，开封府就是他高太尉家的。既然两者达到的目的一样，何不掩人耳目，包装自己，沽名钓誉，一箭双雕呢！林冲一定罪，一伏法，我孩儿不就顺心遂意了吗？

四是任性妄为，祸国殃民。既是真小人，又是伪君子的高太尉既有道貌岸然、擅搞阴谋诡计的阴损，又有神挡杀神、佛挡杀佛的猖狂。在迫害林教头的过程中，一切都必须为他的私欲让路，甚至国家利益、民族大义，他都统统抛在脑后，什么事都敢干。宝刀，应该是斩杀异族入侵的利器，当时的民族矛盾多尖锐哪，身为宋朝军事的最高领导，高太尉却用它来屠杀软弱无辜的同胞下属，而且还要同胞下属花费巨资挨宰。一千贯，那可是一大堆白花花的银子啊！当年鲁智深捐给金翠莲十五两银子，金氏父女都感动得涕泪横流，而林冲的一千两银子买到的却是他图谋不轨、行刺大员的罪证——冷冰冰的物证哪！这也大大伤损了林家的元气，加上他入狱后的上下使钱，输得几乎倾家荡产，家徒四壁。这高太尉在迫害他人的同时，还能借机敛财，中饱私囊，真是人财两得，玩法奇绝，实实令人拍案叫绝！再说白虎节堂，那可是商议国家军机大事的重地啊，高太尉却用它来陷害良善的下属。陆虞候的私宅用作高衙内实施罪恶的场所作为局外人咱管不着，但庄严肃穆、堂堂皇皇的朝堂成为坏人横行不法的工具太丢份了。据说几百年后的贾府门口还有一对石狮子是干净的，没想到这高府竟然连一个干净的地方都找不出来。再次说开封府，那可是北宋王朝的第一府，天子脚下，首善之区，可开封府也成了高太尉的“家府”，府官也成了高家的“家臣”，像奴仆和婢女一样呼来喝去，哪有依法独立办案的权力。最后说沧州草料场，北宋的沧州是北疆军事重镇，草料场是重要的战略物资，可在高太尉眼中它们什么都不是，它们只是他们胡作非为的工具。宝刀是英雄报国的利器，白虎节堂是决策军机的重地，开封府及其官员是朝廷赖以正常运转的衙门和精英，草料场是国防后勤的物资保障，林教头更是保家卫国的中流砥柱，但高太尉却想怎么耍弄就怎么耍弄，想怎么利用就怎么利用，想怎么拿捏就怎么拿捏，想怎么处置就怎么处置，什么战争利器、军机重地、朝廷精英、战备物资、军事人才统统都是儿戏。让其死，还是活；是存，还是灭，完全以私利为准则。哎！小人一旦得志，必然呼风唤雨，兴妖作怪，且其为非作歹颇具杀伤力和危害性，绝对可以祸国殃民。这样禽兽不如的小人当军队统帅，能打胜仗吗？恐怕猪都不信！

三、落草后的小人

林冲在发配的沧州火烧草料场（高俅栽赃于他），连杀三名公务人员，其中两位还是最高军事统帅的红人，这还了得！犯了弥天大罪的林冲没有等死，开始跑路。最初他躲藏在柴大官人的庄上，但案发后风声越来越紧，官府高价悬赏，并逐村逐户进行地毯式的搜查。看来，在沧州一带已经非常危险，远走他乡已成唯一选择。重才尚义的柴进将林冲乔装改扮一番，帮助他逃离虎口，并推荐他投奔梁山泊。

梁山，一个陌生、遥远的地方，是否也是一个拔凉拔凉的地方，林冲已顾不得许多，现在只求保命了。哎！林冲的黄金岁月净想着保命了！长途漫漫，风雪迷离，前方等待着林冲的将是什么？

> 朱贵引着林冲来到聚义厅上，中间交椅上坐着一个好汉，正是“白衣秀士”王伦。（第十一回“朱贵水亭施号箭　林冲雪夜上梁山”）

林冲就要和王伦打交道了。王伦虽然名气不大，也未进入天罡地煞序列，但却是梁山根据地的开创者和奠基人，是水泊梁山的第一代首领。王伦不是武士出身，他的绰号及他自己的内心表白“我却是个不及第的秀才”都表明他是个秀才，且是个不及第的秀才。“不及第”即“白衣”，“白衣”不是他喜欢穿白颜色的衣服，而是和“白丁”“布衣”一样，都是平民百姓的意思。“白衣秀士”，是指未曾获得功名的书生，就像《西厢记》中崔老夫人所说：“我如今将莺莺与你为妻，则是俺三辈儿不招白衣女婿，你明日便上朝取应去。我与你养着媳妇，得官呵，来见我；驳落呵，休来见我。”在举国崇文的宋朝，王伦能毅然抛弃“秀才”这个名号，抛弃体制内的仕进功名，来蹚江湖这个浑水，实属罕见，所以，他也是《水浒传》中唯一的一位弃文就武的文人（本书认为进入天罡地煞的都属于“武士”范畴）。

文人，在“崇文抑武”的宋朝，那都是潇洒、多情的代名词，是一个让当时的少妇长女仰慕向往的美好称谓。但在《水浒传》作者的心目中却未必如此，因为小说所涉猎的文人几乎没有一个正面形象，可说全都有污点、缺点和不足。那么，王伦能不能成为个例外呢？因为他虽是个秀才，却和洪太尉、高太尉走的道路完全不同，是不是道不同，志就不合了呢？琢磨“王伦”二字，你会大失所望。“王伦”意思是说这个人和那些位列朝班的王公贵人是一类人，都是小人。那么，王伦有哪些小人表现呢？

一是自私狭隘，一拒林冲。

> 王伦动问了一回，蓦然寻思道：“我却是个不及第的秀才，因鸟气，合着杜迁来这里落草；续后宋万来，聚集这许多人马伴当。我又没十分本事，杜迁、宋万武艺也只平常。如今不争添了这个人，他是京师禁军教头，必然好武艺。倘若被他识破我们手段，他须占强，我们如何迎敌？不若只是一怪，推却事故，发付他下山去便了，免致后患。”（第十一回“朱贵水亭施号箭　林冲雪夜上梁山”）

王伦一事当前，首先考虑自己的得失，而且考虑得很远，“人无远虑，必有近忧”嘛。他不准林冲上山，生怕自己的位子被林冲抢了，因他认为林冲是京师禁军教头，武艺肯定高强，他们几个捆在一起也打不过一个林冲，一旦将来林冲不服他们，闹将起来，他的头领位置还能保住？他含辛茹苦创下的基业岂不要改姓易主！武大郎开店，不敢用高人哪。按说，梁山草创未久，人才匮乏，急需有林冲这样本领高强的人加盟。如果是晁盖当老大，早就出寨几十里去迎接了；若宋江是老大，在夹道热烈欢迎的基础上，还要演一出将老大位子让给林冲的好戏。真的也好假的也罢，那都会让林冲的心里热乎乎的，眼睛里水汪汪的。可王伦的表现真让人心寒！朱贵引着林冲进见，三位头领面无表情稳坐交椅，跟朝廷大员的做派一样，对林冲也不嘘寒，也不问暖，接过介绍信，公事公办的样子，有一搭没一搭地问了几句柴大官人的近况，然后就以山寨缺吃少住为由让林冲走人。“英雄来投，竟然拒绝，只知保全小小地区，过其安乐生活，这种人何能做出大事？[1]”

---

① 萨孟武：《水浒传与中国社会》，北京出版社2005年版，第161页。

可叹王伦在江湖混的时间还短，没搞清东京和梁山讲究的规则是不一样的。东京是“崇文抑武”的世界，讲究权力崇拜；梁山属江湖世界，推崇侠义。行走江湖，并非单纯的以“武”制胜，关键是一个“义”字，以“义”服人才是王道，王伦就吃了迷信武力的亏。他再也不会知道后来的孝义黑三郎宋江以“义”臣服了多少武艺高强的英雄。正是：“未同豪气岂相求，纵遇英雄不肯留。秀士自来多嫉妒，豹头空叹觅封侯。”

二是忘恩负义，二拒林冲。

王伦推故不纳，连久在江湖的小弟朱贵、杜迁、宋万都看不下去了。朱贵说：“柴大官人自来与山上有恩，日后得知不纳此人，须不好看。”杜迁道：“柴大官人知道时见怪，显得我们忘恩背义。”宋万也说：“柴大官人面上，可容他在这里做个头领也好。不然见得我们无义气，使江湖上好汉见笑。”杜迁甚至都说出了“忘恩背义”这样难听的话。这是甚意？因为林冲是拿着柴进的举荐信来投奔的，而王伦当初不得第时与杜迁都受过柴进的周济和恩惠，类似于再造之恩，而今王伦竟说：“只是柴进面上却不好看，忘了日前之恩。如今也顾他不得！”这就触犯了江湖大忌。梁山是王伦的不假，但在进人问题上也不是他一个人说了就算这么简单，毕竟人生在世要受到方方面面的掣肘和制约。王伦弯弯绕不少，却受“崇文抑武”世界的影响太深，智力可以，但做人不行。他坚持“礼送”林冲下山，不仅柴进知道了会很不满意，三位手下对他也很有看法。

三是口是心非，三拒林冲。

三位手下的不同意见，迫使王伦得找个“合理”的理由，但他实在不愿接纳林冲入伙。于是，眼珠一转，计上心来，他嘴上说上山也行，但不知林冲是否真心入伙，若真心必须交纳一个“投名状”（一颗人头）。地球人都知道，林冲已身负命案，是朝廷悬赏捉拿的要犯，王伦再要让他杀人来表明心迹，不是戴斗笠撑伞——多此一举吗？正如林冲对王伦所说：“小人一身犯了死罪，因此来投入伙，何故相疑。”明摆着就是为难人。此时此情有此良策，只有有文化的强盗才能想出来，杜迁、宋万这等老粗干不出来。有人说，这岂能难住林冲，林冲武艺高强，杀个人还不是如探囊取物，手到擒来。这是你不明就里，但王伦心知肚明，这个“投名状”不好办。首先天气不好，冰天雪地，“只怕没人过”，林冲头脑第一反应就是这个问题；其次还是没人可杀的问题，只不过原因不是“天时”，而是“地利”问题。林冲来梁山前，柴进就给他介绍说七八百犯了弥天大罪的人啸聚于此打家劫舍，都是些杀人不眨眼的主。光听“旱地忽律”朱贵说他的酒店就恶贯满盈，“有财帛的来到这里，轻则蒙汗药麻翻，重则登时结果，将精肉片为羓子，肥肉煎油点灯”，和孙二娘开的人肉包子店一样可怕。“忽律”，鳄鱼也；鳄鱼，恶鱼也，随时准备吃人害人；那“摸着天”杜迁，大概认为自己就是天，替天行道，超度亡魂千千；那“云里金刚”宋万，将云遮住自己类似金刚的凶狠面目，送走孤魂万万。这三人应该都杀人如麻，方圆百里谁不知道这梁山是强盗窝？孤身一人谁个敢来？人数众多又哪个敢劫？有人又说了，梁山附近不好办，那就去较远的地方呗。林冲是正在通缉的要犯，去的话不是飞蛾投火，自寻死路吗？再者山下路途较多，什么南山路、东山路，无法搞清哪条路上有行人？本来就难以完成的任务，王伦又给增加了难度，时限三天。初来乍到又没有打劫经验的林冲可谓天时、地利、人和一条也不占。王伦早已料定林冲的结局，必将土豆下山——滚蛋。

四是幸灾乐祸，四拒林冲。

时间在一天天地过去，“投名状”却连影子都看不着。本来就一肚子郁闷的林冲，还要每天面对王伦的冷嘲热讽、奚落挖苦：“投名状何在？”而且每天都要问。第一天王伦说：“你明日若无投名状时，也难在这里了。”第二天又笑道：“想是今日又没了？我说与你三日限，今已两日了。若明日再无，不必相见了，便请挪步下山投别处去。”俗话说：“良言一句三冬暖，恶语伤人六月寒。”语言上的杀伤力往往远远超过行动。被打两个耳光可能过几个月就淡忘了，闲言恶语却能使人冷彻心扉，寒入骨髓，终生难忘。三脚没有将人踹跑，一句话却有可能让人乖乖走掉。这就是语言的魔力！用语言肆意羞辱林冲，赶跑林冲，这是秀才王伦的强项！

五是玩弄权术，玩住自己。

没想到天无绝人之路，在东山路上还真等来一个不长眼的汉子。书中交代他就是青面兽杨志，杨志正要经此赶往东京汴梁打点高太尉希图东山再起。豹子头遇上青面兽，两头野兽见面，不免一场凶杀恶斗。盼着林冲赶紧滚蛋的王伦一直在关注着林冲，见两人棋逢对手，将遇良才，又生出一个小算计，把两个都留下，让他俩互相作对，相互制衡。“一个不敢收，两个却敢留”，既显得人才济济，又能鹬蚌相争，他坐收渔人之利，岂不快哉！

王伦为留杨志，迫不得已接纳了林冲。林冲是沾了杨志的光才留在山上的，所以，林冲应该感谢的不是王伦，而是杨志，对此，林冲不傻。可惜杨志志不在此，吃饱喝足之后，就欲赶往京城寻求功名，却不想得到王伦的苦苦挽留。但王伦在挽留杨志的过程中，对杨志的过分热情，过分赞扬，使林冲感到饱受羞辱。这是人格的羞辱，林冲上山是以牺牲自尊为代价的。遇到合适机缘，他怒从心头起，恶向胆边生那是很自然的事情。手刃王伦只是个时间问题，毕竟他已不是“崇文抑武”世界的人了。王伦想方设法不让林冲上山，那是王伦的自由，但对林冲的后果却是致命的。梁山对当时的林冲来说那是唯一的避风港湾，唯一的救命稻草，他没有退路，也无地可退，离开此地，他将必死无疑。对于一个在危难之际对他百般刁难、见死不救反而乘人之危、雪上加霜的人，林冲会对他感恩戴德吗？火烧草料场后的林冲万念俱灰，只想“安身立命”，苟延残喘，这点儿最后的可怜欲求都要被王伦给毁掉，他能不恨死王伦吗？美国有位社会心理学家叫马斯洛，提出人有五种需求，从低到高依次为生理需求、安全需求、社交（情感和归属）需求、尊重需求和自我实现需求。林冲在体制内生活的时候，这五种需求都是他日后幸福的回忆；但在体制之外，这五种需求，就连最原始、最基本的生理和安全需求，也就是吃穿住行和生命保障都成了林冲的奢望。此时，王伦挑战的是林冲，也是人类的最底线——生存问题。“生存还是毁灭，这是一个值得考虑的问题。”既入绿林道的林冲，已然不是病猫。王伦，叫你一声大哥吧，你死在林冲之手，冤吗？

“一部二十四史，由知识阶级而做皇帝的，恐无一人，梁山泊白衣秀才王伦的失败，就是由于他们的寒酸气。[①]”这股“寒酸气”，不仅造反不成，“即做强盗，也是不成底”[②]，并生生地断送了自家性命，“不准人家革命，结果把自己的命革掉了。”（毛泽东语）手刃王伦，林冲总算痛快了一把。但小人是杀不尽、斩不绝的，之前欺负林冲的小人高太尉、高衙内们依旧逍遥于世。生活于这些小人魔爪下的林冲，不知他是否如我们一般，觉得他的人生是那么的憋屈，人性被扭曲得是那么的不堪，想来是痛心，是愁闷，是五味杂陈，还是别有一番滋味在心头，那只有去问林冲了。

---

① 萨孟武：《水浒传与中国社会》，北京出版社 2005 年版，第 160 页。

② 朱一玄、刘毓忱：《水浒传资料汇编》，南开大学出版社 2012 年版，第 175 页。

四、“命犯小人”的悲哀

在“崇文抑武”的世界，在不讲侠义的主流社会，武士林冲闭门家中坐，祸从天上来。从无端遭陷、朋友出卖、休妻破家到命悬一线，我们在林冲的身上看到的只是压抑、屈辱与无奈，性格被严重扭曲，他也因此成了现实世界（崇文抑武世界）的懦夫，甚至是小人。

说林冲是现实世界的懦夫，主要是指他对上司和解差的欺辱、迫害忍气吞声、低三下四，该出手时不出手。

首先表现在他不敢反抗侮辱自己妻子的上司（或上司的儿子）。林冲一出场，作者就将他放在炉火上炙烤起来。自己的老婆众目睽睽之下遭人调戏，他怒气冲天赶到现场后，发现那流氓是自己顶头上司高太尉的儿子，“先自软了”——从身体到内心都疲软萎缩，无力抗争了。“人一旦迷醉于自己的软弱，便会一味地软弱下去。”（米兰·昆德拉语）顶级“权二代”高衙内一看林冲熊了，反倒“理直气壮”地教训了林冲一顿：“林冲，干你甚事，你来多管！”意思是：是你老婆，可以管管；非亲非故，莫管闲事。这话要让鲁智深听了，估计提起拳头就得揍上这瘪犊子，这小子满嘴喷的什么？路不平有人铲，事不平有人管，天下人管天下事，怎能拿与自己的亲疏远近关系来决定管与不管？但林冲听后竟然一语皆无，噤若寒蝉。你林冲可以不像鲁智深那样提拳便打，但你最起码得问问高衙内：“这是我的老婆，我岂能不管！刚才你调戏我妻，你说怎么办？”最起码你得让他赔理认错吧。结果高衙内连个道歉的话都没有，林冲就放他上马走人了。鲁智深赶到要为他出头，林冲反而赶紧劝鲁智深息事宁人，生怕鲁智深给他惹祸得罪了高太尉。

过分的懦弱必然招致对方的得寸进尺。这不，调戏成功后的高衙内进一步策划了强行占有林娘子的阴谋。林冲冲到犯罪现场后，竟然是“在胡梯上，叫道：‘大嫂！开门！’”是文绉绉地叫开的房门，而不是一脚踹开，留出充足的时间让坏人有尊严地从容离开。林冲表现得异常的淡定，异常的文明，好像屋内的男女正在进行着亲切友好的交谈，好像正在被侮辱的女人跟自己没有半毛钱的关系。与他形成鲜明对比的是武大郎，武大郎是《水浒传》上长相最惨、体能最差、社会地位最低、谁想欺负谁就能欺负的一位可怜人。可就是这位可怜人，在老婆与人通奸而不是强奸的情况下，他不顾武松出门时“遇事不要与人争持，等我回来再做理论”的叮嘱，没有事先声明，也没有强烈抗议，而是直接闯进王婆的家门，“裸起衣裳，大踏步直抢入茶坊里来”。决意将奸夫淫妇捉个现行，而且表现得异常勇敢。“裸起衣裳”那是要准备大打一场；“大踏步直抢入茶坊里来”，那简直就是大汉鲁智深的标志性动作。武大手口并用，手推房门，口里只叫得“做得好事”，真是正气在胸，英雄气概，他的身上应该流着和武松一样的热血，直慌得那潘金莲顶着房门乱作一团，吓得那颇有些功夫的西门庆钻入床下。武大郎是外表窝囊，没办法，天生的，但内里强大，宁肯抗争死，决不跪着生！生得卑微，死得壮烈！林冲当时是骨子里的内在窝囊，是外强中干；武大是形体上的外在无能，是表弱里壮。在武大郎高大形象的映衬下，林冲显得异常卑下、猥琐、颓废。林冲怕上司，越如此，上司就越给他找事。紧接着，高太尉使出连环绝计，整得林教头直翻白眼，只有被动挨打，不敢有还手之心，懦弱到最后换来的依然是花落人亡两不知，形影相吊泣残生。

其次表现在不敢反抗解差的残害。林冲死里得活从开封府出来，落得满身刑伤，还要一步步地挨向两千余里外的沧州。

> 时遇六月天气，炎暑正热。……次后两三日间，天道盛热，棒疮却发；又是个新吃棒的人，路上一步挨一步，走不动。（第八回“林教头刺配沧州道　鲁智深大闹野猪林”）

林冲一面像驴子一样遭受董超、薛霸两个解差的驱使谩骂，一面还得自掏腰包赔着笑脸请他们好吃好喝。可惜，好酒好肉都吃到狗肚子里了。每每吃饱喝足的两个官府恶吏将林冲的讨好当成软弱可欺，一路上丧心病狂、毫无人性地变着法子折磨林冲。

> 薛霸去烧一锅百沸滚汤。……将林冲的脚按在滚汤里。……董超去腰里解下一双新草鞋，耳朵并索儿却是麻编的，叫林冲穿。林冲看时，脚上满面都是燎浆泡。……林冲走不到三二里，脚上泡被新草鞋打破了，鲜血淋漓，正走不动，声唤不止。薛霸骂道：“走便快走！不走便大棍搠将起来！”……薛霸腰里解下索子来，把林冲连手带脚和枷紧紧的绑在树上，同董超两个跳将起来，转过身来，拿起水火棍……（第八回“林教头刺配沧州道　鲁智深大闹野猪林”）

两公人先是用酒灌醉林冲，然后把他的脚按进滚烫的开水里烫伤，林冲忍了，只说句“不消生受”；脚上被烫得满是燎泡，公人又特意给他穿上新草鞋。新草鞋更容易磨破脚上的燎泡，鲜血淋漓，疼痛难忍，还要被两个公人打骂，林冲也忍了，只是哀告道：“上下方便！小人岂敢怠慢，俄延程途？其实是脚疼走不动”；两公人想要结果林冲，骗说要睡觉怕他跑走必须把他绑在树上，林冲也忍了，且发誓说，“小人是好汉，官司既吃了，一世也不走”，让公人安心休息。公人说不相信他的话，林冲道：“上下要缚便缚，小人敢道怎的。”真是一副奴才相，可怜又可气。与同为罪囚而遭发配的武二郎相比，简直一个天上，一个地下。“那两个公人知道武松是个好汉，一路只是小心伏侍他，不敢轻慢他些个。”一个是别人眼中的好汉，一个是自己口中的好汉，所得到的待遇简直是天壤之别：武松在公人那里获得的是尊严，他们后来似乎还成了朋友；林冲在公人那里得到的是迫害和侮辱。可林冲依然从鲁智深的杖下救下他们。他的“忍”，没有原则和底线。如果“忍”没有了底线，尊严尽失，“忍”还有什么意义呢！在专制社会，人们在强权面前，多数都是懦弱的；而懦弱之辈为了保全自己，往往出卖自己的亲人和朋友，堕为可怜的小人。

林冲就是这样的小人。说林冲是现实世界的小人，主要是指他在强权面前，为了一己私利，卖妻坑友，不该出手也出手。

首先表现在“休妻”一节。

> 东京八十万禁军教头林冲，为因身犯重罪，断配沧州，去后存亡不保。有妻氏年少，情愿立此休书，任从改嫁，更无争执；委实自行情愿，并非相逼。恐后无凭，立此文约为照。×年×月×日。（第八回“林教头刺配沧州道　鲁智深大闹野猪林”）

说是“休妻”，实际是“出卖妻子”，好在林冲还没有卑鄙无耻到直接将妻子拱手送与高衙内的地步。你若不信，我们只将这封休书的写作背景说一下你就清楚了。

林教头是拳坛高手，高衙内是权坛魔头，林娘子自从五岳庙事件后也成了超级美女。（久在深闺人未识，抛头露面人方知。）林娘子的合法拥有者：林冲；觊觎者：高衙内。现在合法拥有者要放弃这份权利，请问林娘子下一步归谁所有？写作背景很简单，答案也是唯一的，对此地球人都应知道。最起码汴京人都知道林冲此时写休书的小心眼，因为一段时间以来，林、高之间的那点事已经沸沸扬扬，尽人皆知。“好事不出门，坏事传千里”嘛，更兼二人都不是一般人，名人特别是名人的两性故事往往是坊间茶余饭后的热议话题。群众的眼睛是雪亮的，不要瞧不起群众哟。那你的意思是林冲休妻后林娘子只能嫁给高衙内了？是的！我们知道善良的读者心里不愿接受这样残酷的结论。没办法！因为，汴京人中有两位对此早有预见和预断：一个叫富安，一个叫陆谦。

> 衙内且宽心，只在小人两个身上，好歹要共那人完聚；只除他自缢死了，便罢。（第七回“花和尚倒拔垂杨柳　豹子头误入白虎堂”）

什么意思？林娘子死，是林家的鬼；活，是你高衙内的人。或者死，或者活，只此两途，绝对没有离婚后林娘子回娘家长期安居的可能。年轻力壮的林教头都保护不了自己的老婆，年事已高的张教头就能“防护”得了女儿？门儿都没有，后来的结果已不幸证明了这一切。现在我们分析一下这俩小人说的话有无道理。

先说“活”，为什么被休后只能嫁给高衙内？因为她要嫁给别人，高氏流氓集团坚决不答应！所以这个美人没人敢接，也没人能接！除非他是没长眼睛的二傻子！谁不知道林娘子的旁边有个顶级“权二代”色狼在那虎视眈眈地盯着呢，你敢靠边，立马让你死得比武大郎都难看，七窍流血！不，九窍！身为武林名人的林教头都不得不放手了，旁人几斤几两自己掂量掂量吧。那有没有嫁给皇上或蔡京的可能？告诉你，即使林娘子愿意，这种可能性也无。因为徽宗皇帝的后宫佳丽上万，披星戴月都忙不过来，宫外还有位李师师小姐，实在是无暇旁顾；蔡太师呢，周围也是花团锦簇，美女如云，他虽知家花不如野花香，怎奈老眼昏花，心有余而力不足，无力旁顾！再说他们若知林娘子是高衙内“寤寐思服，求之不得”的尤物，还好意思和小侄争抢吗？林冲休掉妻子等于把林娘子推给了高衙内。林娘子非林即高，毫无疑问！再说一遍，实际上林冲和汴京人都很清楚。

再说“死”，不得不悲愤地说，林娘子只能死，以死明志！因为她不愿意嫁给高衙内，小说写到有多次机会，林娘子要是有一丁点儿贪慕荣华，水性杨花，那高衙内也就不用费那个劲迫害林教头了。而且，林娘子的做人理念就是“从一而终”，就是要与夫君同甘共苦，“万里流徒君善摄，千年寡室妾能居”。可能是“天下英雄唯我夫”，“曾经沧海难为水，除却巫山不是云”吧，她就愿意在林冲这棵树上吊死，尽管这句话她没挂在嘴上，但不论正推还是倒推都可以得出这个结论。

说了这封休书的写作背景后又啰唆了许多，我觉得再对休书作逐字逐句、咬文嚼字的分析反而有失鸡零狗碎，断章取义，但为了满足认真的读者倒也无妨。

应该说，这封休书绝对出自大手笔。第一句“东京八十万禁军教头林冲”就出手不凡，让人不仅体会到大宋朝武士的悲哀，以及林冲对“功名”的狂热贪恋，而且在字里行间隐藏着主人公被强权逼迫成小人的无奈与酸楚。介绍完身份后，紧接着写休妻的原因，似乎是说自己犯罪后朝不保夕，不想耽误和影响对方的幸福。实际情况是，林冲与她是一家人即丈夫在妻子身边的时候，觊觎者就在不断地实施性骚扰，林冲很难或根本不敢采取有力的保护措施；现在丈夫被充军发配了，远在千里之外，更是鞭长莫及，远水解不了近渴。女方是不是林冲的妻子、林冲在不在妻子身边，林冲都难以尽到一个丈夫应有的责任。既然保护不了妻子，那放手是不是唯一明智的选择呢？紧接着，被休的妻子怎么办呢？“任从改嫁。”好多人被林冲的这句话感动得稀里哗啦，哎呀，好男人啊！怜香惜玉，情深义重哪！以为休书中的“任从改嫁”体现了林冲对娘子幸福考虑的善良、关爱之心。差矣！主观上我们不敢说林冲一点儿不爱他的妻子，但客观上说林冲爱自己胜过爱娘子。“夫妻本是同林鸟，大难来时各自飞”，林冲夫妻也被不幸言中。听完“任从改嫁”，汴京人都苦笑了。休书的结尾处，林冲还画蛇添足地写了“委实自行情愿，并非相逼”，汴京人听了又都笑了。那是林冲不敢说高太尉的坏话，还回护人家，生怕引火烧身，影响到自己的光明前程。“唾面自干”的精神，不得不佩服啊！

总体看来，林冲的这封休书对林娘子的安全、幸福没有丝毫意义，只有心理上的沉重打击。“一夜夫妻百日恩，休书一纸忍呈君？”“那妇人见了这封书，一时哭倒，声绝在地。未知五脏如何，先见四肢不动。”因为休妻在古代对女性及其娘家来讲是很没面子的事情，你看看休妻的七种情况即“七出”你就知道了——不顺父母；无子；淫；妒；有恶疾；口多言；窃盗。林娘子见了休书就哭绝于地，是因她知道这封休书对她意味着什么。对高衙内来讲，发配林冲，踢开了林冲这块绊脚石，为以后接近林娘子创造了更加方便的条件，而林冲的这封休妻书，更为他清除了法律上和道义上的障碍。虽然高衙内不怎么在乎什么法律和道义，这些东西在他身上也起不了多大作用，但毕竟好说不好听啊。以后再去找这位心仪的女人，那就是自由恋爱了，谁敢说什么，谁能说什么！林冲是聪明人哪，他在自己的悲惨遭遇中深深懂得了：美人往往与权力和金钱做伴，这是上帝给人间制定的游戏规则。谁不信这个邪，谁就会受折磨。噢，意思跟“红颜薄命”差不多。哎！自己之所以时乖运蹇，皆因“家有美妻”啊！“谁知落雁沉鱼者，竟是招灾贾祸人”，趁发配之前泼出“祸水”，与之撇清关系，到沧州后好好表现，只要高衙内与高太尉高兴，我林冲的霉运就到头了，等刑满释放后回到京城，我林冲又是威风凛凛的教头，难怪才子金圣叹都说他“算得到，熬得住，把得牢，做得彻，都使人怕”。有首《凡人歌》，不知是否活画出林冲当时的心态：你我皆凡人/生在人世间/终日奔波苦/一刻不得闲/你既然不是仙/难免有杂念/道义放两旁/利字摆中间/多少男子汉/一怒为红颜/多少同林鸟/已成分飞燕/人生何其短/何必苦苦恋/爱人不见了/向谁去喊冤/问你何时曾看见/这世界为了人们改变/有了梦寐以求的容颜/是否就算是拥有春天。出卖妻子，终致这位贞节烈女香消玉殒，连个名分也没有，抱憾而亡！还牵连她那善良明理、刚正不阿的老爹爹张教头因女儿惨死、痛恨交加而撒手人寰。若百年后地下相逢，林冲如何面对曾将终生托付于自己的女人？是否“相顾无言，唯有泪千行”？哎！可怜的武士。

其次表现在“坑友”一节。

鲁智深是绝对把林冲看作朋友的人。当鲁智深听到林冲妻子被人调戏的消息，立刻带领泼皮们风风火火赶到五岳庙，要给林冲发飚出气；当林冲妻子被人接二连三侮辱、郁闷难耐、情绪跌入谷底时，鲁智深三天两头跑来宽慰化解；更让人感动的是，林冲充军发配，鲁智深担心朋友安危，千里跟踪，就在两个恶吏就要结果林冲性命的千钧一发之际，如从天降，救下林冲；……鲁智深对林冲可谓情深义重。但林冲就不一定把鲁智深当作朋友，他心里最难受的时候，对面坐着的是他认为最好的朋友——陆虞候。他为什么不愿找鲁智深呢？他可能觉得萍水相逢，刚刚认识两天，没什么深交，不太了解；共同语言不多，他一个和尚，我一个军官，身份地位不搭，亲不亲，阶级分嘛；更要命的是，鲁智深性格暴躁，沾火就着，是个惹祸的祖宗，可得离他远点儿，这是“崇文抑武”的社会，千万别给我招来祸端。所以，尽管鲁智深多次对林冲热情相帮，直至有救命之恩，但实际一直是拿着热脸在贴林冲的冷屁股。这不，鲁智深大闹野猪林救下林冲，可苦了两个公人。二人的既定任务没有完成，回去后如何复命？所以，他们想，首先得搞清楚这个和尚的身份。

两个公人道："不敢拜问师父在那个寺里住持？"智深笑道："你两个撮鸟问俺住处做什么？莫不去教高俅做甚么奈何洒家？别人怕他，俺不怕他。洒家若撞着那厮，教他吃三百禅杖。"两个公人那里敢再开口。（第九回"柴进门招天下客　林冲棒打洪教头"）

公人想知道鲁智深何许人也，但鲁智深粗中有细，警惕性很高，很巧妙地避开了这个话题，而且唬得二人噤若寒蝉。但没有不透风的墙，两个公差是干什么的。他们信息非常灵通，鲁智深毕竟也是新闻人物，他们对鲁智深的身份也能猜个八九不离十。但人家猜是一回事，从自家人口中说出来则是另一回事，性质绝对不一样。看着快到沧州，鲁智深打算离开，但还是放心不下，临走时他恩威并用，一手给了两个公人几两银子，一手抡起禅杖打向一棵松树。

只一下，打得树有二寸深痕，齐齐折了，喝一声："你两个撮鸟，但有歹心，教你头也与这树一般！"摆着手，拖了禅杖，叫声："兄弟，保重！"自回去了。董超、薛霸，都吐出舌头来，半晌缩不入去。林冲道："上下，俺们自去罢。"两个公人道："好个莽和尚，一下打折了一株树。"林冲道："这个直得什么！相国寺一株柳树，连根也拔将出来。"二人只把头来摇，方才得知是实。（第九回"柴进门招天下客　林冲棒打洪教头"）

鲁智深不想让公人知道其身份，以免惹来麻烦，可林冲却在鲁智深走后立刻就将他出卖，从而坐实了鲁智深的身份，导致董超、薛霸回到汴京，不用明察暗访直接就向高俅做了汇报：

正要在野猪林里结果林冲，却被大相国寺鲁智深救了。那和尚直送到沧州，因此害他不得。（第十七回"花和尚单打二龙山青面兽双夺宝珠寺”）

林冲为什么要出卖鲁智深？首先，是为自己打算，打算戴罪立功，赢得高太尉的好感，为早日重回体制内创造条件。其次，他可能担心鲁智深回到东京，会挂念林娘子的安危。若老鲁从中掺和，高衙内的如意算盘可能落空，如此高衙内必会迁怒到林冲头上。哎！人不为己，天诛地灭呀！鲁智深的厄运来了。听了董、薛二人的汇报，高俅立马在第一时间组织实施了缉捕鲁智深的行动。

这直娘贼（高俅）恨杀洒家，分付寺里长老不许俺挂搭；又差人来捉洒家，却得一伙泼皮通报，不曾着了那厮的手；吃俺一把火烧了那菜园里廨宇，逃走在江湖上。（第十七回“花和尚单打二龙山　青面兽双夺宝珠寺”）

为了林冲，鲁智深结束了在菜园子有酒有肉有粉丝的滋润生活。还亏得粉丝们的帮助，才顺利逃离东京，从此与主流社会彻底决裂。

卖妻坑友，是林冲人生的两大污点。

直到“三山聚义打青州”时，鲁智深和林冲才在梁山上相见。为招待呼延灼、鲁智深、杨志、武松等新入伙的好汉，晁盖在聚义厅上大摆筵席。按理说，鲁智深新上梁山，应该先找故友林冲见上一见，毕竟生死之谊，又是他乡谋面，岂能不见？但他没有。而且二人席间寥寥数语，别有意味。

坐间，林冲说起相谢鲁智深相救一事，鲁智深动问道：“洒家自与教头沧州别后，曾知阿嫂信息否？”林冲答道：“小可自火并王伦之后，使人回家搬取老小，已知拙妇被高太尉逆子所逼，随即自缢而死，妻父亦为忧疑，染病而亡。”（第五十八回“三山聚义打青州　众虎同心归水泊”）

看样子，应该是林冲主动找的鲁智深。而且鲁智深自称“洒家”，很不礼貌，又称林冲为“教头”，而不再用“阿哥”“兄弟”这样亲切的称呼。改称官职，意味着生分，因为那个教头身份是林冲数年以前的，现在是哪家的教头？又提起林娘子，特别是林娘子之惨死，彰显了鲁智深的仁义，揭示了“崇文抑武”国策下武士的悲哀，是否也有鲁智深对林冲逆来顺受性格的叹惋也未可知。此后，两人再无情感上的交集。

在“崇文抑武”、不讲侠义的世界里，林冲为了可怜的位子，堕为了懦夫，甚至小人。那么，他上了梁山，会不会有所改变呢？

他变了，而且变得判若两人。“林冲是书中写得较好的一个转变人物。转变以前，他是大宋朝廷的一个顺民，即使在飞来横祸、刺配充军的情况下，仍然忍辱负重、委曲求全。转变以后，他变得精明果敢、凶狠泼辣。所谓‘逼上梁山’的逼字，在他身上体现得最突出、最充分，因而，这个人物也是表达主题的典型形象。①”

五、英雄本色的回归

一般人都有两张面皮。在上司和同事面前温文尔雅，笑容可掬；在老婆和家人面前横眉竖眼，喜怒无常。一般人的性格也有两面性，有时开朗，有时内向；有时热情，有时冷漠；有时坚强，有时脆弱；有时自信，有时自卑……

翻阅俄国作家契诃夫的《变色龙》《小公务员之死》等作品可知，有些人的面皮和性格甚至有很多面。

林冲至少有两面，即上梁山前和上梁山后绝对判若两人。一方面，他是个小心谨慎、委曲求全的人，可依他的本性又不是一个人㞞货软的主，而是“豹子头”，脾性很冲，正如李小二所说，“林教头是个性急的人，摸不着便要杀人放火”。因此，当李小二向林冲报信时，林冲一眼识破了陆虞候的伎俩，意识到“那泼贱贼”是要“来这里害我”，立马就燃起了复仇的怒火，不顾李小二的劝阻，马上“去街上买把解腕尖刀，带在身上”，遍寻陆谦，决心叫仇敌“骨肉为泥”。这样一个“摸不着便要杀人放火”的人在“崇文抑武”的社会其本性却被严重地压抑、扭曲，以致成了懦夫，甚至小人，而在理想世界里则成了英雄，与上梁山前截然不同。而造成这一质的转变的事件就是“火烧草料场”，林冲在大火中凤凰涅槃，浴火重生。手刃陆虞候等人后，作者赋诗一首，赞颂林冲的英雄行为：“天理昭昭不可诬，莫将奸恶作良图。若非风雪沽村酒，定被焚烧化朽枯。自谓冥中施计毒，谁知暗里有神扶。最怜万死逃生地，真是瑰奇伟

① 杨子坚：《新编中国古代小说史》，南京大学出版社 1990 年版，第 122 页。

丈夫。”“真是瑰奇伟丈夫”，是作者在小说中第一次赞扬林冲。此后，作者“写林冲，则是换了一个人。林冲再也没有丝毫怯懦之色，再也不见逆来顺受之态[①]”。

上梁山前，林冲的性格基本上是低调，怯懦，逆来顺受；上梁山后，则逐渐变得高调，残酷，争强斗狠，爱出风头，爱抢功劳，对阵打仗经常都是第一个跃马而出与敌单挑。上梁山后还有一个明显特征：每次首领换代时他都表现得最积极、最兴奋。火并王伦是他动的手；晁盖死后又是他第一个跳出来极力拥护宋江坐第一把交椅。林冲在上梁山前夕于酒后在朱贵的酒店墙壁上写下一首诗：仗义是林冲，为人最朴忠。江湖驰誉望，京国显英雄。身世悲浮梗，功名类转蓬。他年若得志，威镇泰山东。此诗是他与过去彻底决裂的宣言书，过去的对主子高太尉“仗义”“朴忠”的奴才林教头即将一去不返，下一步登上舞台的将是脱胎换骨、改头换面的豹子头。

回归英雄本色的林冲确实表现不俗，令人刮目相看。

一打祝家庄时，梁山共分了两拨人马，第一拨宋江带队，第二拨则由林冲为领军统帅。

> 头一拨宋江、花荣、李俊、穆弘、李逵、杨雄、石秀、黄信、欧鹏、杨林带领三千小喽啰，三百马军，披挂已了，下山前进。第二拨便是林冲、秦明、戴宗、张横、张顺、马麟、邓飞、王矮虎、白胜也带三千小喽啰，三百马军，随后接应。（第四十七回“扑天雕双修生死书　宋公明一打祝家庄”）

二打祝家庄时，林冲生擒巾帼英雄扈三娘。立下大功，并救下了宋江。

> 林冲挺丈八蛇矛迎敌。两个斗不到十合，林冲卖个破绽，放一丈青两口刀砍入来，林冲把蛇矛逼个住，两口刀逼斜了，赶拢去，轻舒猿臂，款扭狼腰，把一丈青只一拽，活挟过马来。（第四十八回“一丈青单捉王矮虎　宋公明两打祝家庄”）

① 吴兴人：《〈水浒传〉作者对我说》，上海人民出版社 2003 年版，第 187 页。

三打祝家庄时，林冲为主力之一，击败祝氏三杰之一的祝龙。

> 早见宋江阵上豹子头林冲高声叫骂。祝龙焦躁，喝叫放下吊桥，绰枪上马，引一二百人马，大喊一声，直奔林冲阵上。庄门下擂起鼓来，两边各把弓弩射住阵。林冲挺起丈八蛇矛，和祝龙交战。连斗到三十余合，不分胜败。两边鸣锣，各回了马。……祝龙斗林冲不住，飞马望庄后而来。（第五十回“吴学究双掌连环计　宋公明三打祝家庄”）

攻打高唐州时，林冲做先锋主帅，刺死官军统制官于直。梁山救下柴进，杀死高唐州知府、高太尉的叔伯兄弟高廉，林冲总算出了一口恶气。

> 吴学究道：“高唐州城池虽小，人物稠穰，军广粮多，不可轻敌。烦请林冲、花荣、秦明、李俊、吕方、郭盛、孙立、欧鹏、杨林、邓飞、马麟、白胜等十二个头领部引马步军兵五千作前队先锋；中军主帅宋公明、吴用并朱仝、雷横、戴宗、李逵、张横、张顺、杨雄、石秀：十个头领部引马步军兵三千策应。”共该二十二位头领，辞了晁盖等众人，离了山寨，望高唐州进发。……头领林冲，横丈八蛇矛，跃马出阵厉声高叫：“姓高的贼，快快出来！”高廉把马一纵，引着三十余个军官，都出到门旗下，勒住马，指着林冲骂道：“你这伙不知死的叛贼！怎敢直犯俺的城池！”林冲喝道：“你这个害民的强盗！我早晚杀到京师，把你那厮欺君贼臣高俅碎尸万段，方是愿足！”……高廉军马神兵被宋江，林冲杀个尽绝。（第五十四回“入云龙斗法破高廉　黑旋风探穴救柴进”）

梁山军马攻陷高唐州，令朝中震惊，朝廷急派呼延灼征剿。林冲为第二阵主将，与呼延灼大战五十回合之上，不分胜败。后合力大破连环马，收降呼延灼。

首战曾头市，林冲跟随晁天王最卖力，第一个出马去战曾家五虎第四子曾魁，战败曾魁，且出谋划策，只可惜晁天王不信林冲信和尚，中计上当，晁盖阵前不幸中箭，多亏林冲拼死拼杀，才救下受伤的晁盖，林冲便接手前线总指挥，稳住残局，救护晁盖回到梁山。

晁盖众将引军夺路而走，才转得两个弯，撞见一彪军马，当头乱箭射将来，扑的一箭，正中晁盖脸上，倒撞下马来；却得三阮、刘唐、白胜五个头领死并将去，救得晁盖上马，杀出村中来。村口林冲等引军接应。刚才敌得个住。两军混战，直杀到天明，各自归寨。林冲回来点军，三阮、宋万、杜迁，水里逃得自家性命；……众头领且来看晁盖时，那枝箭正射在面颊上；……林冲叫取金疮药敷贴上。……林冲叫扶上车子，便差刘唐，三阮，杜迁，宋万，先送回山寨。……林冲听了，一齐上马。三面上山，火把齐明，照见如同白日，四下里呐喊到寨前。林冲领了众头领，不去抵敌，拔寨都起，回马便走。……望梁山泊回来。(第六十回“公孙胜芒砀山降魔　晁天王曾头市中箭”)

攻打大名府时，林冲为主力之一，后军统帅。

后军头领豹子头林冲，副将铁笛仙马麟，火眼狻猊邓飞。……炮响里一片火把，火光里一彪军马拦路，乃是首将豹子头林冲，副将马麟、邓飞，截住归路。……李成、闻达吃了一惊，勒住战马看时，后面旗对刺，战鼓乱鸣。李成、闻达措手不及，左手下撞出小李广花荣，右手撞出豹子头林冲，各引五百军马，两边杀来。(第六十三回“宋江兵打北京城　关胜议取梁山泊”)

蔡京眼见爱婿梁中书危在旦夕，急选关胜等将驰援。林冲作为主力之一，与秦明大战关胜，并率部击败关胜副将郝思文并生擒之。

宋江看见关胜天表亭亭，与吴用指指点点喝彩，回头又高声对众将道：“将军英雄，名不虚传！”只这一句，林冲大怒，叫道：“我等弟兄，自上梁山，大小五七十阵，未尝挫锐气，今日何故灭自己威风！”说罢，挺枪出马来取关胜。……猛可里霹雳火秦明听得，大叫一声，舞狼牙棍，纵马直抢过来；林冲也大叫一声，挺枪出马，飞抢过来。两将双取关胜。……却说林冲，花荣自引一支军马，截住郝思文。月明之下，三马相交，斗无二三十合，郝思文气力不加，回马便走。肋后撞出个女将一丈青扈三娘，撒起红锦索，把郝思文拖下马来。（第六十四回“呼延灼夜月赚关胜 宋公明雪天擒索超”）

二攻大名府时，梁山点拨八路军马，林冲为第二队主将，合力救下卢俊义。

第二队，豹子头林冲引领马麟，邓飞为前部，小李广花荣在后策应，都是马军。……梁中书出不得城去，和李成躲至北门城下，望见火明亮，军马不知其数，却是豹子头林冲，跃马横枪，左有马麟，右有邓飞，花荣在后催动人马，飞奔将来。（第六十六回“时迁火烧翠云楼 吴用智取大名府”）

东昌府收降张清之战，林冲为主力，活捉张清副将龚旺，后引铁骑军兵，将猛将张清连人和马都赶下水去了，由水军活捉。

童贯率朝廷大军征剿梁山泊时，林冲杀死洳州兵马都监马万里。

（童贯）逃命而走。正行之间，刺斜里又飞出一彪军马来，接住了厮杀。那队军马，一半是白旗，一半是黑旗，黑白旗中，也捧着两员虎将。那黑旗队里头领是双鞭呼延灼，白旗队里头领是豹子头林冲。二将在马上大喝道：“奸臣童贯，待走那里去？早来受死！”一冲直杀入军中来。那睢州都监段鹏举接住呼延灼交战，洳州都监马万里接着林冲厮杀。这马万里与林冲战不数合，气力不加，却待要走，被林冲大喝一声，戳于马下。（第七十七回“梁山泊十面埋伏 宋公明两赢童贯”）

征辽时，林冲战杀辽国副统军贺重宝的兄弟贺拆，击杀辽国总兵大将宝密圣。

离城三十里外，与宋江对敌。各自摆开阵势，番将宝密圣横槊出马。宋江在阵前见了，便问道：“斩将夺旗，乃见头功！”说犹未了，只见豹子头林冲，便出阵前来，与番将宝密圣大战。两个斗了三十余合，不分胜败。林冲要见头功，持丈八蛇矛，斗到间深里，暴雷也似大叫一声，拨过长枪，用蛇矛去宝密圣脖项上刺中一矛，搠下马去。（第八十四回“宋公明兵打蓟州城 卢俊义大战玉田县”)

征田虎时，斗败有名女将琼英，搠死大将倪麟，搠翻头领顾恺，戳死镇守壶关的大将伍肃。

> 林冲与张清却待要回寨，猛听的关内一声炮响，关门开处，山士奇同伍肃、史定、吴成、仲良，领兵二万，冲杀下来。林冲对张清道："贼人乘我之疲，我等努力向前。"……林冲斗伍肃。……七骑马在征尘影里，杀气丛中，灯影般捉对儿厮杀。正斗到酣闹处，豹子头林冲大喝一声，只一矛将伍肃戳下马来。(第九十四回"关胜义降三将　李逵莽陷众人")

征王庆时，击杀王庆的舅子、大将翁飞，矛刺头领柳元；征方腊时，刺死宣州统制官杜敬臣，刺伤独松关守将蒋印，戳死太子方天定的部下冷恭。

历数上梁山后的林冲，跟随晁盖和宋江东挡西杀，可谓战功赫赫，英武不凡，实现了他"他年若得志，威震泰山东"的夙愿。尽管打辽国、灭田虎、捉王庆、征方腊都发生在被朝廷招安后，也就是林冲又间接地重新接受高俅的领导，但毕竟是为国家、为民族、为百姓而战，践行了一个军人的人生价值，实现了一个武士一骑绝尘、纵横沙场的宏愿，也算雄起了一把。

那么，林冲为什么在现实世界和理想世界反差如此之大呢?

这很容易让人想起我国一部家喻户晓的名剧《白毛女》。作品中的杨白劳是地主黄世仁的佃农，租种黄家六亩地，年年欠东家的租子；借了黄家的钱，可这高利贷的债永远也还不清。还不完的租子和债款逼得老实巴交、性格懦弱的杨白劳喝卤水自尽，善良、美丽的女儿喜儿则被抢入黄家顶债并经常遭受毒打和侮辱，后被逼逃进深山，过着"鬼"一般的生活，毛发尽白，成为"白毛女"。后在共产党八路军的搭救下，喜儿报仇雪恨、翻身做了主人。《白毛女》深刻揭示出新旧社会两重天，"旧社会把人逼成'鬼'，新社会把'鬼'变成人"这一主题。

林教头和白毛女的性格命运极其相似。在"崇文抑武"的社会，林教头的生活，特别是精神生活，整个罩在阴霾中、陷在地狱里，活得像鬼一样，不见日头阳光，只有官司缠身，每天担惊受怕，愁眉不舒，嘴上说的、心里想的总是“不敢”“岂敢”“怎敢”“哪里敢”“如何敢”，低头哈腰，奴颜婢膝，只求苟且偷安，哪敢奢望有用武之地，大显身手。梁山上的林冲却像换了一个人，一展“豹子头”的雄风，横冲直撞，无人敢惹，在人格、尊严等方面被人高看一眼，也算从“鬼”变成了人，不白活一回。尽管关胜上山后，林冲排名被挤到后面，位列第六；尽管在征方腊的过程中，宋江有意疏远林冲，让他基本上跟着卢俊义打仗。但这都无损于林冲的英雄形象，反而有助于他形象的提升，说明他顾全大局、宽宏大度。

有人可能要说，杀父（岳父）之仇，夺妻之恨，这么大的血海深仇他都不敢去报，何谈英雄？这个问题实际上是小孩子提的问题，过于幼稚和简单化。试想在高太尉大权在握的汴京，人家身边戒备森严，高手如云，是人而不是神的林冲很难有机会下手；高俅被梁山活捉后，林冲更没机会下手了，因为宋江一心想着招安，宋江想招安已到了痴迷的程度，他的心腹李逵为此都差点儿丢掉脑袋，而高俅作为朝廷最高的军事领导人，更被宋江视为实现招安目标的重要经纪人，为此高太尉虽被俘上梁山却被当作神来供着，宋江对高俅采取的安保措施比高俅在东京时有过之而无不及，你说林冲这样理性的人，除了“怒目而视”，他还能干什么？只能打落门牙往肚里吞，这不是一个简单的“忍”字就能概括得了林冲的性格特点的。因为林冲的悲剧不是他个人性格的悲剧，而是那个时代赋予他的。仅从林冲个人性格的角度去解读他的悲剧，就如同观看海面上的冰山，只注意到它浮出水面的那部分。当然，从阅读快感的角度讲，酒后高歌，快意恩仇，让林冲血刃高氏父子，一雪胸中压抑的奇耻大辱，自是畅快淋漓，只可惜《水浒传》的作者觉得那样写太肤浅，缺乏深度，他除了在个别武士的武功和侠义描写方面浪漫了一把外，在武士们大的命运走向上则采取了严肃的现实主义取向。否则的话，北宋就不会那么轻而易举地被异族践踏于铁蹄之下了。

所以，林冲不仅没有除掉高太尉这些奸佞，反而死在了那些小人的前面。

> 半月中间，朝廷天使到来，奉圣旨令先锋宋江等班师回京。……比及起程，不想林冲染患风病瘫了。林冲风瘫，又不能痊，就留在六和寺中，教武松看视，后半载而亡。（第一百一十

九回“鲁智深浙江坐化　宋公明衣锦还乡”）

就在大部队即将凯旋回京之时，林冲病倒了——罹患中风。这种病，多是长期忧郁孤愤，情志不畅，气机郁滞所致。试想功夫绝伦的练家子都倒在此病上，林冲所受的内伤有多么的严重！刚刚半年，这位叱咤风云的武士，在杭州孤寂的六和寺里，在春寒料峭的凄风苦雨之夜，身边没有一位亲人，只有一个断臂后心灰意冷的武松，悄然离开了这个让他留下许多遗憾的世界。更遗憾的是，这位曾跟随宋江南征北战，出生入死，常常在战阵中堪当大任的“天雄星”林冲，在朝廷表彰时，只封了个“忠武郎”，与表现平平的杨志、张横、穆弘、杨雄等一样。跟故去的鲁智深和活着的武松相比，更是天壤之别。很明显，功勋卓著但未受到应有的封赏。林冲啊！你在阳间未曾好过，到地府高太尉也不让你好受！无论生前死后，迫害压抑不止！正是：造化弄人事无常，纵是英雄也悲情。

六、结语

鲁迅先生曾在1925年撰写的《灯下漫笔》中指出，中国人在历史上有两种命运：一是想做奴隶而不得的时代；二是暂时做稳了奴隶的时代。①

林冲曾是一个暂时做稳了奴隶的人。他拥有体面的职业，丰厚的收入，漂亮的太太，幸福的家庭。其实，他也是芸芸众生中的一员，只不过打拼得还不错，小日子比上不足，比下有余，过得比较滋润。林冲非常珍惜已经拥有的一切，也在努力爬坡想使自己和家人的生活更上一层楼。他曾是被陆谦称作被“太尉看承得好”的教头，曾是被高太尉沉吟斟酌“如此因为他浑家，怎地害他”的爱将，曾是“几番”向高太尉“借看”那把“不肯叫人看”的宝刀的身边红人。被上司特别是顶头上司欣赏、看重的“奴隶”，那是多么荣耀的事情！想那时的林冲必定踌躇满志，神采飞扬，雄心万丈，蓄势待发，暗地里不知下过多少次决心，一定要跟着高太尉好好干，把日子过成别人的终极梦想。

林冲更是一个想做奴隶而不得的人。“做稳了奴隶，便是软。”暂时做稳了奴隶的人，要想持续地稳稳地做奴隶，不放弃已经拥有的一切，就

---

① 引自鲁迅：《鲁迅选集》（第二卷），人民文学出版社1983年版，第79页。

要学会夹着尾巴做人，会看别人脸色行事，即使在被人欺辱的时候还继续摇尾乞怜，逢迎巴结。也难怪，身在社会底层的人往往处在最软的层面里，想让他们硬起来，太不容易了。林冲经常挂在嘴边的“某乃东京八十万禁军教头”是小说运用的一种反讽艺术手法，提醒读者不要意淫，要注意到在“崇文抑武”的社会，武士们在高高在上的高太尉面前连根葱都不是。所以，手握权柄的大人物才敢对屁都不是的武士林冲肆意侮辱，乃至变本加厉，令人发指。林冲面对一次次的暗算，试图以乖巧换取平安，甚至以牺牲尊严去换取自己的职位和性命，始终隐忍，心存梦想，直到有一天一场大火彻底焚毁了他原来心仪的一切：功名，富贵，前程……一忍再忍，结果却落得家破人亡，身败名裂！遭迫害前，他安于现状，软弱怕事；遭迫害后，他得过且过，逆来顺受：一个最想活在体制内的人，一个最想和小人们和谐相处的人，一个只要能苟安屈辱地活着就暂不与现存秩序决裂的人，终于走上了一条不归路。连奴隶都做不得了，便只好动粗，不要命了，这也使林冲成为《水浒传》中前后言行有着明显反差的“两截人”。一般来讲，选择“软”，只好被人欺负；选择“不软”，往往会流血甚至丢命。但林冲选择了“软”，不仅依旧被人欺负，甚至还要付出自己乃至家人的性命，就显得那个社会太过分、太可恶了。当代学者孙立平先生曾说，一个人“最大的痛苦是没地方说理，令好人寒心的社会就是最坏的社会”①。这大概也是林冲想说但没说出的话。

小说作者用了如此多的笔墨和精力塑造林冲这个人物，就是为了形象地表达在“崇文抑武”的世界，武士的地位是多么的低下，武士的命运是多么的凄惨。他的悲剧性命运，不仅仅是坏在了权二代高衙内或权臣高太尉身上，更主要的是坏在了“崇文抑武”的国策上。像林冲这样德才兼备、堪称民族脊梁、国家重器的武士不受任用，甚至让他们饱受压抑和迫害，这无异于自毁长城，自取灭亡！

① 孙立平：《中国当务之急是制约权力和资本》，《南方日报》2011 年 4 月18 日。

第九讲　壮志难扬的青面兽

正当林冲穷途末路欲上梁山落草而被王伦刻薄面试的时候，在梁山的东山道上另一位英雄——杨志，正满怀期待地行进在前往东京寻求功名的路途上。

杨志哪里想到，在不远的山坡上一个好汉早已望眼欲穿把他当作“投名状”来等；林冲也没有想到，好不容易等到的猎物却是个不好惹的主。不过，好事和坏事是互相转化的，眼看林冲山穷水尽，不料峰回路转，柳暗花明。因为两位英雄打斗的场景被寨主王伦尽收眼底，他忽生挽留杨志借以节制林冲的想法，林冲因此反而意外地被梁山录用。可杨志对王伦的“好意”相留不感兴趣，正所谓“落花有意随流水，流水无心恋落花”。

杨志志不在此，坚辞不就，最后拜拜而去。那么，被王伦看好的杨志何许人也？“杨志”寓意何在？他为何执意要去东京？到东京后又有哪些传奇故事？他为什么被称作“天暗星”？……

作为第四位隆重出场的英雄，“《水浒传》专述杨志只三回书，共一万五六千字，容量相当于现在的一个短篇①”：

第十二回“梁山泊林冲落草　汴京城杨志卖刀”；

第十六回“杨志押送金银担　吴用智取生辰纲”；

第十七回“花和尚单打二龙山　青面兽双夺宝珠寺”。

相应的故事有失陷花石纲、杨志卖刀、青面兽北京斗武、失陷生辰纲、双夺宝珠寺、丹徒病故等。

---

① 吴士余：《中国小说美学论稿》，复旦大学出版社 2006 年版，第 165 页。

从他的故事中我们看出，杨志的一生恰应了“理想很丰满，现实很骨感”这句话，从黯然出场（指失陷花石纲后神情落寞继而进京活动）、黯然神伤（指被高俅斥骂）、黯然失色（指卖刀杀死牛二）、黯淡无光（指落草为寇）直至最后黯然魂销（指英年早逝），可谓灾星当头，多灾多难。他为什么这么不走运呢？我们先从他的长相说起。

一、诠解“青面兽”

“青面兽”是杨志的绰号，其得名来源于他的容貌特征：

> 林冲打一看时，只见那汉子头戴一顶范阳毡笠，上撒着一托红缨；穿一领白缎子征衫，系一条纵线绦；下面青白间道行缠，抓着裤子口，獐皮袜，带毛牛膀靴；挎口腰刀，提条朴刀；生得七尺五六身材，面皮上老大一搭青记，腮边微露些少赤须；把毡笠子掀在脊梁上，坦开胸脯；带着抓角儿软头巾，挺手中朴刀，高声喝道：“你那泼贼！将俺行李财帛那里去了。”（第十二回“梁山泊林冲落草　汴京城杨志卖刀”）

“面皮上老大一搭青记，腮边微露些少赤须”，脸上一大片青色的胎记，加上腮边的红色胡须，一眼看上就吓人一跳，又丑又凶。这就坏了，这在“外貌协会”著称的宋朝肯定坏了。因为在宋朝，长得丑不受待见，更别说提拔重用了，不管你有多大的本事。虽然不能说倒霉蛋都长得不好，但长得不好的肯定倒霉。梁山好汉不少都相貌平平或说其貌不扬甚至面目可憎，不堪入目。不信，你看：

赤发鬼刘唐生得紫黑阔脸，一身黑肉，黑魆魆的毛腿，鬓边生有朱砂记，上面还生了一片黑黄毛，这种长相在当时往往被官府视为不法分子。

> 晁盖便问看门的庄客：“都头拿的贼吊在那里？”庄客道：“在门房里关着。”晁盖去推开门，打一看时，只见高高吊起那汉子在里面，露出一身黑肉，下面抓起两条黑魆魆毛腿，赤着一双脚。晁盖把灯照那人脸时，紫黑阔脸，鬓边一搭朱砂记，上面生一片黑黄毛。（第十四回“赤发鬼醉卧灵官殿　晁天王认义东溪村”）

梁山第三代领导人宋江，自视有经天纬地之才，“自幼曾攻经史，长成亦有权谋”，可长得又黑又矬，只能“恰如猛虎卧荒邱，潜伏爪牙忍受”，窝在一个小小的县城做个小小的押司。

那人姓宋，名江，表字公明，排行第三。祖居郓城县宋家村人氏。为他面黑身矮，人都唤他做黑宋江。（第十八回“美髯公智稳插翅虎　宋公明私放晁天王”）

矮脚虎王英，个子矮小，相貌猥琐，搞长途贩运，不满苦寒生活，杀人越货，后占山为王。

左边一个，五短身材，一双光眼，祖贯两淮人氏，姓王名英，江湖上人叫他矮脚虎；原是车家出身，为因半路上见财起意，就势劫了客人，事发到官，越狱走了，上清风山，和燕顺占住此山，打家劫舍。（第三十二回“武行者醉打孔亮　锦毛虎义释宋江”）

黑旋风李逵长得更是吓人，见到李逵，让行走在江湖阅人无数、又杀过人又放过火的宋江都张大了嘴。

戴宗便起身下去；不多时，引着一个黑凛凛大汉上楼来。宋江看见，吃了一惊。看那人生得如何？但见：黑熊般一身粗肉，铁牛似遍体顽皮。交加一字赤黄眉，双眼赤丝乱系。怒发浑如铁刷，狰狞好似狻猊。天蓬恶煞下云梯。李逵真勇悍，人号铁牛儿。宋江见了那人，便问戴宗道：“院长，这大哥是谁？”（第三十八回“及时雨会神行太保　黑旋风斗浪里白条”）

丑郡马宣赞生得更是传奇，他虽丑陋，却娶了个出身高贵、貌美如花的皇室宗亲，谁料郡主嫌他丑陋，含恨而亡，留下独自裸奔在主流社会的宣赞好不尴尬，简直生不如死。

此人（宣赞）生得面如锅底，鼻孔朝天，卷发赤须，彪形八尺，使口钢刀，武艺出众；先前在王府曾做郡马，人呼为“丑郡马”；因对连珠箭赢了番将，郡王爱他武艺，招做女婿；

谁想郡主嫌他丑陋，怀恨而亡，因此不得重用，只做得个兵马保护使。（第六十三回“宋江兵打大名城　关胜议取梁山泊”）

此外，操刀鬼曹正、活阎罗阮小七、鬼脸儿杜兴、金钱豹子汤隆、丧门神鲍旭、鼓上蚤时迁、锦毛虎燕顺、金毛犬段景住等人的相貌也不敢恭维。这些人虽都是武士本色，但基本都被排斥在体制之外，或为无业游民，或屈居底层生活艰难，少数侥幸挤进主流圈子的，精神生活却非常痛苦。当然，梁山上的俊男帅哥也自有人在，比如九纹龙史进、美髯公朱仝、行者武松、小李广花荣、玉麒麟卢俊义、浪子燕青、大刀关胜、双枪将董平、白面郎君郑天寿等，只是这类人太少而已。为什么上梁山的很多武士相貌不佳，这与宋朝社会从上到下以貌取人的风气有很大关系。

徽宗皇帝是个艺术大师，对美有特殊的喜好和独到高深的见解，他钦点的大臣个个容貌出众。比如曾任太师的蔡京相貌儒雅，风姿俊美；当过太傅的王黼面如傅粉，目睛如金，容貌不俗，仪表堂堂，是个“花样美男”；当上尚书右丞的李邦彦风流俊爽，时不时模仿倡优表演，有时演到情难自抑处，脱掉衣裳露出一身漂亮的文身，“都人目为浪子宰相”；太尉高俅在小说中没有具体介绍他的长相，但他和李邦彦一样擅长蹴球（蹴鞠），“每日三瓦两舍，风花雪月”，理应也和李宰相一样长相风流、白净帅气，肯定不是电视剧里扮演的尖嘴猴腮的形象。否则，徽宗皇帝不会喜欢。像杨志、刘唐、李逵这样的，他才不会放在身边，他怕有碍国容，怕影响他的艺术灵感。

徽宗皇帝手下的大臣举荐的人才，也都相貌堂堂。比如高太尉得知兄弟高廉在高唐州遭难，急忙保举汝宁都统制呼延灼前去征剿梁山泊，早朝时得以拜见道君皇帝。“天子看见呼延灼一表非俗，喜动天颜，就赐踢雪乌骓一匹。”（第五十四回“入云龙斗法破高廉　黑旋风探穴救柴进”）蔡太师闻听爱婿所在的大名府军情吃紧，危在旦夕，急选良将以退贼兵，枢密使童贯保举蒲东巡检关胜，说他“生的规模与祖上云长相似”，果然，“蔡太师看了关胜，端的好表人材：堂堂八尺五六身躯，细细三柳髭须两眉入鬓，凤眼朝天；面如重枣，唇若涂朱，太师大喜。”（第六十三回“宋江兵打北京城　关胜议取梁山泊”）只不过呼延灼、关胜都是武士，就如一把“秋天的扇子”，夏天过去，扇子便被丢弃一旁。

民间百姓择男选婿，也把容貌放在第一位。生活在市井里巷的王婆在给风流暴发户西门庆介绍偷情男子的条件时说："大官人，你听我说。但凡挨光的两个字最难，要五件事俱全，方才行得。第一件，潘安的貌；……"潘安，就是潘岳，字安仁，西晋人，中国古代四大美男之一，常被作为美男的象征符号。是否宋朝的妇女物质太丰富了，反而看淡了金钱，把它放在了第三位，而把外在的长相看得比什么都重要。这可能也与统治者的喜好有关系，正所谓："上有所好，下必甚焉。"皇帝带了头，百姓有榜样，一个社会的风气风尚是上下相通的，不可割裂来看。

即使像宋江这样上山落草的"贼人"，也把容貌看得比德才都重要。卢俊义战败史文恭后，宋江提出让贤，他说："非宋某多谦，有三件不如员外处：第一件，宋江身材黑矮，员外堂堂一表，凛凛一躯，众人无能得及。"（第六十八回"宋公明夜打曾头市　卢俊义活捉史文恭"）宋江说出自己的三个短板，其中把长相放在首位。风气所尚，多大的英雄都难以免俗啊。

长相问题，不知坑苦了多少有真才实学并渴望成功的宋朝人。杨志来自将门，又是科班出身，是朝廷武举选拔出来的佼佼者，武艺高超，有为朝廷出力的强烈愿望，开始他一直以为只要在奋斗中把握机会就能成功，所以他几乎一直在努力，在拼搏，在争取，但有志无时，机会总是没能降临在他这个有准备的人身上。尽管他曾官殿帅府制使和大名府管军提辖使，但均是昙花一现。不知道在生命的最后一刻杨志是否无奈地叹了一口气，哎！学得好不如长得好啊。青面，是否是杨志永远的痛？杨志的一生，是否因容貌问题而影响了他志向的确立？是否因长相不好而败坏了他练功的积极性？是否因容貌歧视而丧失了许多重用提拔的机会？我们还得做具体的分析。

二、细析"壮志难'扬'"

"杨志"之名，细究起来挺有意思。"杨"是他的姓氏，世代相传，不容更改，是杨志最引为自豪、且常常记在心里、挂在嘴边的一个伟大字眼。杨志在一出场回答王伦的问话时，第一句就是：

> 洒家是三代将门之后，五侯杨令公之孙，姓杨名志。（第十二回"梁山泊林冲落草　汴京城杨志卖刀"）

姓杨是因为他的祖上就是赫赫有名的杨令公。杨令公，即杨业或杨继业，那可是北宋名将。杨家将的故事，谁人不知，哪个不晓。杨家赤心报国，一门忠烈，抗击契丹，战功卓著。无敌杨令公，勇猛杨家枪，佘太君百岁领兵，穆桂英巾帼挂帅，七郎八虎闯幽州，杨门女将逞英豪。杨家将、杨家人，那可是丹心昭日月，华夏美名传哪！杨志出身在万人景仰的将门家庭，是他永远的骄傲，也是他梦想中兴家族的不竭动力。单从门第出身来讲，梁山一百零八人中，小旋风柴进为后周皇裔，当属冠军；大刀关胜为义勇武安王嫡派子孙，且生得规模与祖上云长相似，按照国人先到先得、“贵远贱近”的原则，当属亚军；杨志乃五侯杨令公之孙，当属季军；双鞭呼延灼是开国名将呼延赞的后代，权居第四。

杨志作为名门之后，将门虎子，按照第一代创业，第二代守成，第三代败家的规律，是不是应该躺在先人的功劳簿上睡大觉、吃老本呢？毕竟前人种树，后人乘凉也是可以理解的。那么，杨志有没有沉迷于杨家的盖世功业，沦为纨绔子弟碌碌无为，甚或像高衙内那样的人渣呢？这就有必要说一下“杨志”的“志”字。

> 指望把一身本事，边庭上一枪一刀，博个封妻荫子，也与祖宗争口气。（第十二回“梁山泊林冲落草　汴京城杨志卖刀”）

杨志这位“将二代”，可不是个孬种，他要继承先祖遗志，把勤学苦练所学到的一身本事用在开疆拓土、抵御外侮、保家卫国、斩杀仇敌上，来重振杨家雄风，再造英雄传奇，为杨门锦上添花，光前裕后。

杨志，可谓志向高远，壮怀激烈，令人刮目相看。但非常可惜，小说作者在“杨志”的名字上黑色幽默了一把。杨志不仅未能报效国家，弘扬祖辈之志；相反的，却被那公权私用的朝廷驱使，成为皇族权贵骄奢淫逸的工具，最终忠良之后走投无路，沦为落草的贼寇。浦安迪在研究《水浒传》乃至中国文学时，用到了一个非常显眼的词——“反讽”①。按其在接受《中国社会科学报》访谈时的说法，“反讽不是指讽刺，而是言此意彼”，“比如，宋江在民间故事里是完美的英雄，在《水浒传》中的形象就未必积极”。反讽作为一个转义外来语，其实质意义是“表

① “反讽”一词，可参见浦安迪所著《中国叙事学》《明代小说四大奇书》。

里不一”，意即看似赞扬实则批评、或看似批评实则赞扬。此处我们不想就他运用这一理论对《水浒传》的高见进行评析，因为不同的文化背景对其有不同的认识和定义。正如赵毅衡先生所说：“反讽是西方文论史上一个非常重要的概念，同时也是最令人头痛的概念之一。”[①] 所以在此只想说“反讽”用在《水浒传》某些人名上倒是挺合适的。比如杨志出场之前的林冲，之后的吴用、杨雄、扈三娘、卢俊义等。“杨志”之名，不是名副其实，而是名不副实。值得注意的是，它反讽的并不是杨志这些武士本人，而是北宋“崇文抑武”的国策。“壮志难‘扬’”，可悲可叹！

（一）黯然出场

杨志是顶着一脑门子官司出场的，心情郁闷烦躁，看什么都不顺眼。哎！没办法，给皇上办的差事没干好，这脸往哪儿搁？还将门之后，五侯之孙呢！

> 杨志道：“……道君因盖万岁山，差一般十个制使去太湖边搬运‘花石纲’赴京交纳。不想洒家时乖运蹇，押着那花石纲来到黄河里，遭风打翻了船，失陷了花石纲，不能回京上任，逃去他处避难。”（第十二回“梁山泊林冲落草　汴京城杨志卖刀”）

“道君”是指宋徽宗赵佶。赵佶极端崇信道教，自称是教主道君皇帝，史家又称他为“道君皇帝”。“万岁山”，又名艮岳，徽宗命令“户部侍郎孟揆于上清宝箓宫之东筑山象余杭之凤凰山，号曰万岁山，既成更名艮岳”（明李濂《汴京遗迹志》）。“艮，东北之卦也。”（《易·说卦》）艮岳位于汴京城的东北方向，是一座人工堆砌的巨大的假山园林。因建于开阔平夷之地，堪称“空中花园”。艮岳的修建，前后历时六年，花费钱粮无可计数，可谓量大宋之物力，结皇帝之欢心。徽宗为造艮岳，专门征发“花石纲”。“花石”即奇花异石，“纲”指运输花石船只的编组，往往是十艘船为一“纲”。押送“花石纲”的杨志官职为“制使”，属高俅的殿帅府管辖下的低级武官。

徽宗皇帝以倾城倾国倾天下之力修建艮岳而征发“花石纲”，纯粹是

① 赵毅衡：《新批评——一种独特的形式主义文论》，中国社会科学出版社 1986 年版，第 178 页。

件害国害民、自私自利的缺德之举。想一想，搜罗和运输奇花异石要耗费多少民力财力！为了寻找到让皇帝高兴的花石，各地官吏在专门机构杭州“造作局”、苏州“应奉局”的直接领导下，不避寒暑，不舍昼夜，深入居民家中，采用拉网式、地毯式、网格化等方式，不论深宅大院还是草门棚户，重点明晰，责任到人，详察细看，乐此不疲；不畏艰险，不怕苦难，不论是激流险滩，还是悬崖峭壁，只要发现一石一木稍堪玩味，立刻由官家标上皇家记号，随时奉献给朝廷。胆敢不从、不敬、不献者，如狼似虎的官府立马将你绳之以法，让你死去活来，九死一生。总之，一切都要为建设万岁山让路，该拆的房屋、城门、城墙，拆！该造的大车、大船、大房，造！从江浙到两淮，从苏杭到汴京，一队队的官吏、一群群的民工，一艘艘的巨船，都在紧张地忙碌着，都在为一个人的淫欲而痛苦地呻吟着。史书中记载，“为此倾家荡产者不计其数”。

好不容易搜集到的宝贝，有的是巨石，有的是大树，重量和体积大得惊人，运输又成了老大难。当时陆路不发达，好多要靠河运，在大江大河里运送花石纲，谈何容易！杨志顶恶浪，斗险滩，历尽了多少艰辛才转道黄河，眼看迫近京都，曙光再现了。可自古黄河风高浪险，行船尤需谨慎。不知是杨志求功心切，急于启程，独闯狂风恶浪，还是点就是背，黄河的风浪单单欺负他，别人都没事，就他押的那船宝石全都沉入了滔滔的黄河。对杨志来讲，“生活是一个陷阱，……自己并没有去要求，就被关闭在不是自己选择的注定要死亡的肉体里。然而世界的空间提供着一个永远的逃避的可能[①]”。但大难不死的杨志，似乎活着比死了都难受。因为石头没了，官帽也就没了，且背负了失职、渎职的罪名。杨志是个非常爱名声、爱面子的人，他觉得一旦被处理——革职也好，坐牢也罢，都会给祖上丢脸，这是杨志万万不愿看到的，只好颠沛流离，躲灾避难。再者，他应当不是高太尉的心腹，凭他“将二代”的心气，平时没怎么巴结过高俅，遇到事了，傻眼了。现在刚刚犯事，风头正紧，高太尉也正在气头上，他哪敢回京复命，那不是把脖子送进铡刀下——自己找死吗？哎！时间是医治一切创伤的良药，等着吧，冬天来了，春天还会远吗？处在严冬中的杨志，就像霜打了的茄子，蔫头耷脑的，心情沮丧，情绪低落，出场非常悲催，本来就难看的脸更无法看了。

---

① 〔捷〕米兰·昆德拉：《小说的艺术》，三联书店 1995 年版，第 24 页。

（二）致命打击

俗话说，天无绝人之路。这不，机会来了。杨志对王伦说：

> 如今赦了俺们罪犯。洒家今来收的一担儿钱物，待回东京去枢密院使用，再理会本身的勾当。打从这里经过，雇请庄家挑那担儿，不想被你们夺了。可把来还洒家，如何？（第十二回“梁山泊林冲落草　汴京城杨志卖刀”）

赦免罪犯，对杨志自然是个大好的消息。在古代，大赦天下的事情比较常见，特别在新皇登基、更换年号、册立皇后和太子等重大喜庆时，皇帝一般都会颁布大赦诏书。据说徽宗在位二十五年，大赦就有二十六次。这对“喜好”惹是生非的水浒英雄不能不说是件好事。得遇大赦的杨志成了无罪之人，好似拨云见日，他真诚地感谢皇上原谅了他的“罪行”，感谢上苍给他重新做人、再次上进的机会，深潜于内心的求取功名的欲望再次复燃。这次，他放下身段，摆低姿态，按照官场潜规则，忙不迭地变卖家产，七拼八凑，准备了一担儿钱物，欲要“跑部进京”，好好活动活动，以图官复原职，东山再起。不料，欲留杨志的王伦向他泼起了冷水。

> 却才制使上东京勾当，不是王伦纠合制使：小可兀自弃文就武，来此落草，制使又是有罪的人，虽经赦宥，难复前职；亦且高俅那厮见掌军权，他如何肯容你？不如只就小寨歇马，大秤分金银，大碗吃酒肉，同做好汉。不知制使心下主意若何？（第十二回“梁山泊林冲落草　汴京城杨志卖刀”）

从杨志后来的结果看，王伦那书没有白读，还是有一定见识的，他对高俅的品行、对杨志的未来结局都有自己的见解和预判。要不看透世事，王伦也不舍得落草。无奈，此时的杨志，哪里听得进王伦的劝告。

> 杨志答道：“重蒙众头领如此带携，只是洒家有个亲眷，见在东京居住。前者官事连累了他，不曾酬谢得他，今日欲要投那里走一遭，望众头领还了洒家行李。如不肯还，杨志空手也去了。”王伦笑道：“既是制使不肯在此，如何敢勒逼入伙。且请宽心住一宵，明日早行。”杨志大喜。（第十二回“梁山泊林冲落草　汴京城杨志卖刀”）

明眼人一听，就知杨志的话“表面是清晰明了的谎言，背后却是晦涩难懂的真相”。（米兰·昆德拉语）以杨志的心性，他难以启齿说自己要去东京低三下四打点权贵，那样做他觉得会辱没他的先人，只得撒谎说要感谢曾帮助过他的亲戚。哎！莫奈何，人生在世，“要活在真实中，不欺骗自己也不欺骗别人，除非与世隔绝”。（米兰·昆德拉语）话都说到如此地步了，王伦也未强留。不数日，杨志来到东京，寻个客店住下。

> 过数日，央人来枢密院打点，理会本等的勾当，将出那担儿金银物买上告下，再要补殿司府制使职役。把许多东西都使尽了，方才得申文书，召去见殿帅高太尉，来到厅前。那高俅把从前历事文书都看了，大怒道：“既是你等十个制使去运花石纲，九个回到京师交纳了，偏你这厮把花石纲失陷了！又不来首告，倒又在逃，许多时捉拿不着！今日再要勾当，虽经赦宥，所犯罪名，难以委用！”把文书一笔都批了，将杨志赶出殿帅府来。（第十二回“梁山泊林冲落草　汴京城杨志卖刀”）

哎！衙门太多，多得真烦人！哪个衙门口不得撒点钱。撒来撒去，挑来的银子撒没了。不过，钱是不会白撒的。有道是：有钱能使鬼推磨。最终，撒出去的金银总算把杨志推到了高太尉面前。杨志那个幸福啊，真是难以言表，可算面见到了一言九鼎的上司！有多少热烈的情想对高太尉表，有多少贴心的话要向高太尉说。可杨志正待自作多情表白一番时，没想到，高太尉的脸唰地变了，冲冲大怒，肆意咆哮，上来就是一顿雷烟火炮，把杨志批得顿时像泄了气的皮球。高太尉批他办事不力，批他畏罪潜逃，还说特赦已经是皇恩浩荡，还想得寸进尺，官复原职，门儿也没有。在高太尉的眼中，什么杨家将、柳家军，统统不值一文！他看见这些武夫粗汉就闹心，恨不得把他们踢得越远越好。杨志之所以一步步远离主流社会，纯是高太尉一手造成。对此，李贽看得非常清楚，他说：“杨志是国家有用人。只为高俅不能用他，以致为宋公明用了。可见小人忌贤嫉能，遗祸国家不小。”① 杨志这个懊恼呀，不知道是银子给少了，还是上司嫌自己的长相晦气。总之，鸡飞蛋打，赔了夫人又折兵。懊恼之余，恨上了

① 朱一玄、刘毓忱：《水浒传资料汇编》，南开大学出版社 2012 年版，第 174 页。

高俅。人都说，拿人钱财，与人消灾。这高俅光收钱，不办事，还一脚把自己踢得一干二净，一无所有，“高太尉你忒毒害，恁地刻薄!”杨志在心里恨恨地骂道。他为什么这么骂？因为高俅罢了他的官，求官之路破灭，击碎了他光宗耀祖、封妻荫子的理想，这个打击是致命的。此时的杨志，来京时的冲天豪气早已荡然不存。取而代之的，是青色的脸上挂满了感伤和失望。

（三）落难逢凶

人生最憋气窝火的事情，是钱花了，事没办成！着急上火、心灰意冷的杨志哪里也懒得去，“在客店里又住几日”，坏了，一摸兜，“盘缠使尽了”，几近分文皆无。怎么办？去找昔日的朋友，跟叫花子差不多的他没脸去；上街头卖艺，让别人欣赏指指点点的没脸上；抢钱庄，身为将门贵胄，不干那辱没门风的事。老话说，一文钱难倒英雄汉。落难的英雄犯了愁！

当日将了宝刀插了草标儿，上市去卖。（第十二回“梁山泊林冲落草　汴京城杨志卖刀”）

看来只有祖传的宝刀能救自己了。刀，宝刀，很容易让我们想起林冲。本书至少有两位传主与宝刀产生过纠葛：一个是林冲买刀，一个是杨志卖刀。林冲买刀，是高太尉陷害林冲的开始；杨志卖刀，是高太尉迫害杨志的结果。有人可能要说，杨志犯错在前，高俅开除杨志没错。问题是像杨志这样的人才，他已知错认错，想为朝廷卖力，就不该一棍子打死。可以撤职察看，以观后效，但不应开除公职，永不叙用，戴罪立功有何不可？何况皇上已经赦其无罪。高俅既不看银子，也不看面子（他毕竟认识杨志），如此简单处理，说到底根本就没把武士当回事，尤其是像杨志这样长相难看的武士。高太尉早就看他长得晦气，不顺眼。哪个领导不爱看那英俊、喜庆的小脸？嗨，趁此机会赶紧将这丧门星扫地出门吧。

杨志要卖的宝刀，那可是杨令公传下来的。它曾伴随老将军攻坚克难，斩将夺旗，立下数不清的赫赫战功，搁在现在都是军事博物馆的镇馆之宝，尤其对杨家具有非同寻常的价值。再说了，那宝刀、宝马，都是武士的心肝宝贝命根子，不到穷途末路谁忍心割舍。“曾因国难披金甲，耻为家贫卖宝刀。”唐有秦琼卖马，今有杨志卖刀，都是英雄落难的象征。所不同的是，秦琼卖马遇到了江湖豪杰单雄信，从此开始了他波澜壮阔的人生之旅；杨志卖刀，却遇到一个令开封府尹都头疼的无赖牛二，像块牛皮糖似的黏上杨志难以摆脱，不仅生意被搅黄了，杨志也从自由身变成了杀人犯。杨志遇到的牛二到底是个什么人？

> 杨志立未久，只见两边的人都跑入河下巷内去躲。杨志看时，只见都乱撺，口里说道：“快躲了！大虫来也！”杨志道：“好作怪！这等一片锦城池，却那得大虫来！”当下立住脚看时，只见远远地黑凛凛一条大汉，吃得半醉，一步一颠撞将来。杨志看那人时，却是京师有名的破落户泼皮，叫作没毛大虫牛二，专在街上撒泼、行凶、撞闹，连为几头官司，开封府也治他不下，以此满城人见那厮来都躲了。（第十二回“梁山泊林冲落草　汴京城杨志卖刀”）

没毛大虫，就是不长毛的老虎，意即不好惹的主儿。牛二，高二（即高俅），都是像瘟疫一样人见人怕人躲的玩意儿。宋朝时的“二”可能和时下的意思不一样，多指“浮浪破落户子弟”“破落户泼皮”，跟现在的“地痞无赖混混”差不多；这“牛”和“高”的意思却有惊人的相似之处。这俩“二”货，都是社会的渣滓，只不过一个在朝堂，一个在市井。这样的无赖杨志有必要把他杀死吗？

有无必要暂且不说，但他确实挑战了杨志的底线。杨志和林冲的底线是不一样的，林冲的底线是安全，杨志的底线是尊严。杨志说这把宝刀是祖上留下的，牛二说此刀是“鸟刀”，这不是在辱骂杨志的祖上吗？杨志说他的宝刀有三件独特之处：硬度是削铁如泥（砍铜剁铁，刀口不卷），快度是吹毛断发，干净度是杀人不见血。牛二不信，他笃信科学，非要一一试验。别的不打紧，可第三件是会要命的。但牛二誓死要为“科学”献身，因他坚信自己的多年感悟，比如他坚信“善的怕恶的，恶的怕不要命的”是真的，坚信“实事求是”是最难的，尤其对杨志这样的外乡人，他笃定杨志胆小怕事，不敢“求真务实”，最后必然栽倒在他这个“不要命”的人手中。但他没想到杨志为了证明祖传宝刀并非伪劣假冒，为了维护家族的尊严，在他的死缠烂打下竟敢“求真务实”。实际上，牛二只想要刀，不想付钱，纯粹是在“撩拨”杨志，即消遣、戏耍、欺侮杨志。整个事件从言语冲突到肢体撞击，一步步演变到了不可收拾的地步！谁都知道打人没好手，骂人没好口，那泼皮牛二的嘴里能吐出象牙吗？在街头混混的捉弄下，杨志越发感到颜面扫地，渐渐地无名火起，直把那牛二看成了高二，径自挥刀“扑”地朝其致命处“颡根”上搠，倒地后又“扑”“扑”向胸脯上两刀。这哪里是误杀，分明是怒杀。杨志杀不了高二，但可以杀得了牛二。牛二与其说是被杨志杀死的，不如说是被他自己杀死的。《尚书·太甲》云：“天作孽，犹可违；自作孽，不可活。”《左传》记载郑庄公曾说：“多行不义，必自毙。”经典呀！

不过，杨志落难时又摊上了人命案子，也真够倒霉的。正应了“福无双至，祸不单行”这句话。谁让杨志不会做买卖呢？杨志是个将才，他不会做买卖，正如他也不会当保镖一样。当然，会不会做买卖也不能剃头挑子只怨杨志这一头，要是遇上林冲那样又识货、又有钱、又通情达理的买主，哪会有这么多麻烦事，谁让好不容易才开张的第一个客户是个超级无赖呢！哎！人要是倒霉催的，喝口凉水都塞牙。

（四）走投无路

出了命案，杨志反倒投案自首了，没有跑路。好在杨志此次杀死牛二，被大家公认为是为民除害，为官解忧，官民双方都感激他。因此，轻判为“一时斗殴杀伤，误伤人命”，断了二十脊杖，刺了两行金印，迭配北京大名府留守司充军。只可惜那口宝刀没官入库，杨志赔大发了！没办法，爱国的宝刀变成了违法的凶器，继而又变成了库房里无用的废铁！不知是世道变了，还是人心变了。不管什么变了，最后结局还算不错，被发配到号称“四京”之一的北京大名府，也算不幸之中的万幸。更幸运的是，该府的一把手梁中书，是当朝太师蔡京的女婿，这么牛的人竟然认识杨志！这还了得！杨志的机会来了，什么机会？当官的机会啊。杨志此生的志向不就是加官晋爵，光耀门庭嘛！怎么才能当官？“朝中有人好做官”啊。上天把高太尉那扇窗给杨志关闭了，却为他打开了蔡太师这道门。那梁中书“上马管军，下马管民，最有权势”，他略施小计，就能让杨志这个“配军”平步青云，迅速跻身军官的行列，反正他一人说了算。因为杨志本身有能力，他此生最缺的是机遇。能力加机遇不就是成功吗？

在东京高太尉处，杨志触了霉头，但在北京梁中书处，似乎时来运转。“天汉桥下，写英雄失路，使人如坐冬夜；紧接演武厅前，写英雄得意，使人忽上春台。”[①] 杨志的运势恰如过山车，大起大落，令人心跳。但梁中书为什么要重用杨志，不要以为他是重视人才。他提拔杨志不是让他为国家出力，而是要他为自家卖力——押送生辰纲，孝敬老丈人。这才是梁中书提拔重用杨志的如意算盘，为私，绝不是为公！他的老丈人是蔡京，谐音“财精”，一听就是个老财迷、大贪官。

> 北京大名府梁中书，收买了十万贯庆贺生辰礼物完备，选日差人起程。……梁中书道：“上年费了十万贯收买金珠宝贝送上东京去，只因用人不着，半路被贼人劫将去了，至今未获……”梁中书道：“夫人也有一担礼物，另送与府中宝眷，也要你领。”

十多万贯财物，可不是个小数目。重任在肩，前途光明啊！强烈要求上进的杨志能不尽心竭力吗？为完成这次任务，杨志想了不少办法，什么智藏行踪，少带人马并伪装成客商模样以瞒天过海；智变行时，将早晚赶路改为炎热正午出行以避人耳目；智选路径，不走宽平的官道，专走偏僻崎岖人不愿走的小路以暗度陈仓，可谓“智押生辰纲”！但任何事都有个度，心劲太强了，办事就容易急功近利，急躁暴戾，反而把事情搞砸。哎！怕啥来啥，越怕出事越出事！

生辰纲必失，源于大环境和小气候。大环境是天、地、人三方面都不给力。炎天暑月，酷热难当，给长途押运增加很大难度，此为天不时；世道混乱，盗贼蜂起，“经过的是紫金山，二龙山，桃花山，伞盖山，黄泥冈，白沙坞，野云渡，赤松林，这几处都是强人出没的去处”，可谓步步惊心，险象环生，此为地不利；押运生辰纲，从高官深宅内的私底下策划到押运队伍的化装潜行，当属严格保密状态，但队伍尚未开拔，消息已在江湖上不翼而走，如此诱人的“唐僧肉”，如此糟糕的治安状态，杨志纵有三头六臂，也难以躲避人家在暗处早已布置好的口袋和陷阱，此为人不和。小气候则主要指梁中书用人不专，对杨志这个初来乍到的武夫不放心，又安排老都管等三人监督，使得押运队伍的领导班子从一开始组建就

---

① 朱一玄、刘毓忱：《水浒传资料汇编》，南开大学出版社 2012 年版，第 240 页。

埋下了隐患。当年金圣叹读至此处，就曾感叹："呜呼！为杨志者，不其难哉？……然而官之所以得治万民，与将之所以得制三军者，以其唯此一人故也。今也，一杨志，一都管，又二虞候，且四人矣。以四人而欲押此十一禁军，岂有得乎？……故我谓生辰纲之失，非晁盖八人之罪，亦非十一禁军之罪，亦并非一都管两虞候之罪，而实皆梁中书之罪也。"[①] 且这三人都不讲"政治"，不晓得他们最大的政治是将这笔巨款平平安安地送到蔡太师手里，让老人家好好过个生日！他们不讲政治的表现就是不顾全大局，不团结协作，只是一味地瞧不起"贼配军"，一味地个人意气用事，对杨志简单粗暴的工作作风不仅不化解，不补台，反而火上浇油，激化矛盾，大肆拆台，瓦解军心，从而孤立了杨志，导致杨志指挥不灵。

> 当时一行十五人奔土冈子来，歇下担仗，那十四人都去松林树下睡倒了。……杨志拿起藤条，劈头劈脑打去。打得这个起来，那个睡倒，杨志无可奈何。（第十六回"杨志押送金银担 吴用智取生辰纲"）

整个押运队伍"泥"在黄泥岗上，最终被吴用等人设计麻翻，眼睁睁地看着生辰纲被人劫走。金沙滩，黄泥岗，一个是杨令公兵败罹难的战场，一个是青面兽山穷水尽的地方。哎！老天弄人哪。世道太乱，生辰纲能不出事吗？去年的就丢了，今年的能躲过去吗？

从《水浒传》对杨志的整体描写来看，杨志的人生经历起起伏伏，一波三折。他"那失意、得意、幻灭的命运三部曲，组成了情节的曲笔。……划出了一道道螺旋曲线，掀起了一阵阵情节波澜"[②]。丢了生辰纲的杨志，起先想到了死，"士为知己者死"嘛。他自感辜负了梁中书的信任，准备以死谢罪。"如何回转见得梁中书去，欲要就冈子上自寻死路"。正待跃身一跳时，又觉得这一身武艺就此了结心有不甘。活着回去，无颜得见恩相；死掉，又觉得如此死法愧对先人和自己。"清白传家杨制使，耻将身迹履危机。"当初杀死牛二，他为什么不跑，因为他觉得那是正当防卫，不丢人；目下丢了"生辰纲"，他为什么要跑，因为回转

① 朱一玄、刘毓忱：《水浒传资料汇编》，南开大学出版社 2012 年版，第 243 页。
② 吴士余：《中国小说美学论稿》，复旦大学出版社 2006 年版，第 166 页。

复命和自寻死路都觉丢人，那就只剩跑路一径了。“不如日后等他拿得着时，却再理会。”他相信，等到案情大白，自会还他一个公道。时间，是可以治疗一切的灵丹妙药。如此，就得等；要等，就得继续跑路了。

（五）赍志而殁

皇差办砸了，可以等大赦，一年半载也快，因为徽宗皇帝的高兴事挺多，得遇大赦的机会自然很多；地方官的差事办砸了，永远等不到大赦，只能等案子告破，等到猴年马月就很难说了。侦破这个案子的是济州府观察何涛，何涛的弟弟叫何清，寓意这个案子难以解“套”，永远也“清”不了。

杨志现在肯定也是主犯了，因为老都管他们十四人已将他和强人诬为一伙，是与不是谁又能说清楚呢？哎！杨志一生，是否毁在思索太多、欲念太重呢？因为“人一思索，上帝就发笑”，“为什么上帝看到人思索就会笑呢？因为人一思索，真理就躲开了他。因为人越是思索，这个人与那个人的思想就相距越远。因为人从来不是他想是的那样[①]”。哎，都怪杨志的理想太丰满、现实很骨感。

杨志无奈流落江湖，后遇见鲁智深，二人认了老乡，在操刀鬼曹正的帮助下，除了二龙山寨主的金眼虎邓龙，落草为寇，占山为王。当年李贽读至此节，不由得大发感慨：“鲁智深、杨志，却是两员上将。只为当时无具眼者，使他流落不偶。若庙堂之上，得有一曹正、张青其人者，亦何至此哉？”[②] 三山聚义打青州时与众英雄共归水泊梁山。

杨志上梁山后，在三十六天罡星中排名第十七位，为马军八骠骑兼先锋使，八人中排第三。按说，梁山没有外待他。但他上梁山后，基本属于没嘴的葫芦，话不多说，活也不多干，除了在两赢童贯时斩杀了许州都监李明、征讨田虎时斩杀了伪统制秦英而立下有数的战功外，他在梁山上的总体表现很不起眼：攻打大名府，只是策后马军；攻打东昌府时，杨志和没羽箭张清交手两招，头盔上就挨了一石子，竟吓得“胆丧心寒，伏鞍归阵”，没有了昔日杨家将的威风。他就像他那把在东京城里惹事的宝刀，收归国有后，从此不见经传，从此湮没无闻。那么，是梁山高看了他

① 〔捷〕米兰·昆德拉：《小说的艺术》，孟湄译，三联书店 1995 年版，第 153—154 页。

② 朱一玄、刘毓忱：《水浒传资料汇编》，南开大学出版社 2012 年版，第 174 页。

呢，还是他的武功稀松平常呢？

杨志在梁山和大名府跟王伦和梁中书都说过，他是将门之后，而且是武举人出身，做到殿司制使官。可谓科班出身，武技全面。小说中写他诸般兵器都会使用。首先是朴刀。杨志一出场就表现不弱，和林冲斗了四十合朴刀，战个平手；在二龙山下和鲁智深斗了四五十合朴刀。其次是单刀。在汴梁街头牛二缠着杨志要他示范宝刀的性能，杨志砍那小小的铜钱，一下砍成两半，显示了刀法的熟练。在二龙山上，杨志一下就搠翻了四五个喽啰，可见刀法之快猛。再次为长枪。与大名府副牌军周谨教场演武时，两人打了五十回合，周谨身上的石灰点“恰似打翻了豆腐的，斑斑点点，约有三五十处”，说明几乎每回合都要中招，要不是周身裹得严谨，估计早死过几十回了。特别是与急先锋索超大战五十余合，占了上风。又次是弓箭。与周谨比完枪后又比箭，周谨第一箭他蹬里藏身躲过，第二箭被拨入草丛，第三箭被接住，杨志可说出尽了风头。最后为大刀。在战场上主要使用大刀。如在桃花山下，杨志舞刀出马与呼延灼斗到四五十合，不分胜败。杨志的武艺突出表现在他与林冲、索超、鲁智深和呼延灼的比武上，这说明他的战斗力在梁山好汉中，完全可以进入前十名。武艺高强的杨志上梁山后为何表现平平？

上了梁山，意味着成了山贼草寇，这是杨志心不甘、情不愿的。“看一看当一个人抛弃了所有他一直都以为是使命的东西。生命中还能剩些什么。”（米兰·昆德拉语）当初王伦劝他上山，他死活不上，为什么？“只为洒家清白姓字，不肯将父母遗体来玷污了。”杨志重名声，爱面子，不忘自己清白传家，忠义闻世，不愿做出给先祖丢脸的事，现在失身为贼，他哪里有心劲卖命打仗，何况打的都是政府军。招安后，等于又归高太尉领导了，他对高俅的嘴脸已深恶痛绝。高俅被俘上山，杨志“怒目而视，有欲要发作之色”。在高二领导下，他工作能有积极性吗？再说，刚上梁山时，晁盖是老大，杨志第二次逃难，落魄江湖，是晁盖一手造成的，在他手下打工，杨志肯定五味杂陈，三心二意。好在梁山老大很快易主，不用再看着晁大哥的脸难受了。可宋大哥很快改旗易帜，好多人认为这对杨志不是更好吗？宋江受招安，就可以满足杨志在朝廷为官的愿望了，就可以一刀一枪，大显身手，博个封妻荫子，为祖宗争气了。早也盼，晚也盼，心想的事就要成，招安最应该高兴的莫过于杨志了。差矣，宋江，尤其在招安后，他对于得来不易的招安成果倍加珍惜，对于为招安大业作出贡献的高太尉们也更加恭敬。你想，那杨志包括林冲，都是高太尉的仇人，宋江重用他们，高太尉怎么看，怎么想，这势必会影响他的忠义大业。所以，不论招安前还是招安后，不论晁盖当家还是宋江做主，杨志始终处于尴尬境地。为谁打，为何打，打来打去究竟为个啥？这恐怕是杨志经常考虑的问题。这些问题他都整不清楚，你说他打个什么劲？这些问题还没弄清，死神已在叩门了。征方腊途中，刚刚渡过长江，他便于丹徒县患病不起，最终葬于该县的山园。

“压倒他的不是重，而是不能承受的生命之轻。”（米兰·昆德拉语）“丹徒”：单独；“山园”：善缘。杨志一生怀着效仿先祖立功边庭的雄心壮志和美好理想，奈何终成南柯一梦。可想那凄风苦雨之夜，那孤独多病之身，杨志是要多寂寥有多寂寥，要多愁苦有多愁苦！就这样，武士杨志满怀悲楚、满怀遗憾地离开了这个世界。善缘终究与他无缘！

三、结语

小说一开始就写了三位军官接二连三地受到迫害，先是王进，后是林冲和杨志。老话说：有再一再二，没有再三再四。小说这么写，意欲表明以高太尉为代表的文官集团要迫害的不是一两个武士，而是整个武士集团。文官对武士的敌视空前绝后，武士卑微可怜的地位让人咋舌。

杨志的头顶，可谓头顶光环；杨志的志向，可谓志向高远；而且他为了实现这个志向，可谓矢志不移，心力交瘁，几番跌倒，几番爬起，苦苦挣扎，一心想在官场上混出个模样，以承继祖业，光耀门楣。所以，他对招安应该是举双手赞成的。“排座次后大闹菊花会上，没有他；盗御酒扯诏书，没有他；……可以说上梁山后，既看不到他反对招安的一举一动，又听不到他的一言一行。[①]”阅读杨志，常纳闷王进、林冲那样的教头受人欺辱似可理解，但杨志这样根深叶茂的将门豪族亦无人看重让人奇怪。实际上在“崇文抑武”的宋朝，杨志将门之后的身份不仅不是耀眼的光环和荣身进阶的法宝；相反，还有可能成为被猜忌、受压制的理由。不像有人所说的：“高俅一个新任太尉，暴发户，肯定不会轻易得罪一个名门之后。”[②] 何况，到杨志时，杨家已经势败力颓、日薄西山了，他只能寄

① 沈家仁、沈忱：《趣味水浒》，河南文艺出版社 2014 年版，第 90 页。

② 刘亚洲：《水浒潜规则》，金城出版社 2009 年版，第 87 页。

希望凭借自己的本事，“一刀一枪”，出人头地。可惜，这条路他走错了，大方向错了，整个一个南辕北辙。那年头武艺越高，越要受到压抑。为此，有人称杨志是水泊梁山众多好汉中“最不识时务的一个”[①]。想想只低头拉车，不抬头看路有多么的迂傻和危险。

按现在的观点，他在小事上并不迂腐，或者说他挺识时务的。失陷花石纲后，为东山再起，他东拼西凑了一担财礼，怀着憧憬，到京师四处打点，疏通关节；他也能利用各种关系，抓住机遇，积极表现，卖命地推销自己，为梁中书做马前卒，梦想实现华丽转身。我们不能简单地把这些都归结为个人的人品因素，是那个社会把一个本该专心报国的将军变成了一个不伦不类的小丑。什么贿赂啊、巴结啊、官迷啊，像茅盾先生所说的：“杨志一心想做官，博个封妻荫子，结果是赔尽小心，依然落得一场空。……对于杨志，我们虽可怜其遭遇，却鄙薄其为人。”[②] 像李希凡先生所说的：“杨志并不是一个被压迫者，也缺乏鲁达、武松那种见义勇为的性格特色，甚至连林冲的那种‘大丈夫空有一身本事，不遇明主，屈沉在小人之下’的牢骚也没有。相反的，他一直是一个‘指望把一身本事，边庭上一刀一枪，博得个封妻荫子，也与祖宗争口气’的官迷。”（见《古典小说人物创造漫谈三题》）将杨志定位为“官迷”，而不是想为国为君报效出力，这就有失偏颇了。把这些负面标签统统贴在杨志的身上，是不公平的。你以为他愿意那么干吗？当一个社会的人都怀疑正直、诚实、善良、纯洁、无私等美好品质且不愿做这样的人时，这个社会就显得不可爱了。

宋朝就是这样一个不可爱的朝代。这个朝代的官员不是为国家和全体百姓服务的，而是小官为大官服务、全民为皇帝一人服务。徽宗征发“花石纲”，敲剥天下之骨髓，离散天下之子女，以奉他一人之淫乐，这不是为天下之大害者吗？徽宗征发的一石一木都记载着一段段血泪故事。此为不仁！杨志不仅参与了这起不仁之事，而且干得很起劲，他还要靠这个加官晋爵，光宗耀祖，这不可悲吗？地方大员梁中书贪赃枉法，鱼肉百姓，年年将搜刮来的民脂民膏孝敬给岳父大人供个人挥霍享受，此为不义！而杨志却殚精竭虑，尽职尽责，以图干好“私活”得到和祖上一样

① 沈家仁、沈忱：《趣味水浒》，河南文艺出版社2014年版，第86页。

② 茅盾：《谈〈水浒〉的人物和结构》，《文艺报》1950年4月10日。

的荣光，岂不可叹！正是：“在这个世界上，一切都预先被谅解了，一切也就被卑鄙地许可了。”（米兰·昆德拉语）

宋朝，是一个产生了英雄却不需要英雄的时代。本该驰骋疆场的将军，却让他成了押运私货的保镖。花石纲失陷，应该是天灾，当属偶然；生辰纲被劫取，是人祸，事属必然。不管是偶然还是必然，出事却是迟早和必然要发生的。因为它让英雄学非所用，干非所长，把事情办砸，情有可原。这不是英雄的无能，恰是朝廷无视人才的体现，是国家的耻辱。这不是一个人的悲哀，这是宋朝的悲哀，是一个时代的悲剧。

这也是一个不需要英雄并迫害英雄的时代。杨志与林冲相比，杨志患得，林冲患失。杨志渴望得到功名，为得到功名，他顾不上成家，且不管什么事情，即使不仁不义的事情也要去干，当然有的不干也不行，问题是他都舍生忘死、鞠躬尽瘁地去干。但命运弄人，黄河里的那场风，拉开了他倒霉人生的序幕。若此时高太尉给他一次“重新做人”的机会，他很有可能咸鱼翻身，拥有另一番人生光景，可惜高太尉弄得他倾家荡产，沦落街头。若后来的梁中书让他营务正业，他也不会身陷江湖泥淖，在黄泥岗被蒙汗药麻翻跌入万劫不复的深渊。林冲则太担心失去功名，为保住功名，他什么都能抛弃，包括美丽贤惠的妻子、情深义重的朋友、至高无上的尊严。太想得到却没得到，太怕失去却也失去，两人的遭遇虽有不同，却殊途同归。

换言之，杨志的命运和林冲的在本质上是一样的。但林冲还“英雄”了一把，特别是上梁山后，杨志却始终“黯淡无光”。杨志的一生，曾为皇上和朝臣卖命打工，却成为被通缉的罪犯；在江湖即上梁山特别是招安后，本可以像林冲那样火一把，但因正统观念浓厚，理想过于执着，再加上后来又在高太尉的笼罩下精气神全无，未能大展宏图，显示自己的人生价值。

杨志的一生，一个失意接着一个失意，得意的时间太短，真可谓霉运连连，堪称倒霉蛋，应该是梁山上最倒霉的人。天暗星之“暗”：可能是“暗无天日”，指社会的黑暗；可能是“黯然神伤”，指面色难看、神色伤感；也可能是“黯然魂销”，指心情极端沮丧和哀痛，以致心神无主，失魂落魄。杨志英年早逝，比林冲走得还早，与情绪和心境绝对有关。长期的焦虑、忧闷、悲伤、躁怒、压抑，而又得不到有效的宣泄和转移，必然会严重地损害身体的健康，病魔和短命又怎能不很快降临到他的头上呢？

英雄无奈脸面青，天暗偏欲绍祖风。
花石纲陷高俅怒，生辰礼失太师惊。
抱负徒有岂天灾，用武无地是人祸？
壮志未扬身先死，长使英雄泪满襟。

第十讲　弃而不用的智多星

杨志之后亮相的好汉当属托塔天王晁盖，是一个说起来重要（做过梁山泊的第二代首领），实际上只是作者心中的过场人物和陪衬人物。因此晁盖在小说回目上只出现三次：

第一次是上山前第十四回“赤发鬼醉卧灵官殿　晁天王认义东溪村”；

第二次是上山时第十九回“林冲水寨大并火　晁盖梁山小夺泊”；

第三次是归天时第六十回“公孙胜芒砀山降魔　晁天王曾头市中箭”。

作者安排晁盖中道而逝，就是因为晁盖与宋江等在本质上不是一路人。晁盖是要和大宋皇帝做个对头的，而小说则要宣扬宋江之类武士的“忠”，这也是《水浒传》摒晁盖于天罡地煞之外的原因所在。本书也不为晁盖单独作传，因为他和宋江等武士是截然不同的两类人，无法并列。但晁盖也不能一点儿不说，这一问题只能在述说吴用时予以适当绍介作为补救。

吴用是与晁盖一同走上历史舞台的。说起吴用，他的名号可谓家喻户晓，因为他是梁山领导班子的重要成员，是梁山排名第三、实际作用当属第二的人物，他的影子在小说中又无处不在，并且贯穿始终。但作者没有为他单独作传，似乎没有把他当作主要人物进行描写，读者也容易将他视为晁盖或宋江的附庸，故对他也就难以有一个全面清晰的了解。不信你试试，当问及为什么在文人扬眉吐气的宋朝，吴用身为教师却不安心执教，为什么不皓首穷经，矢志科考，为什么生活无忧却参与打劫生辰纲，为什么身为梁山的军师人称“智多星”却又被一些人说成“无用”之人，为什么被人说成背离晁盖倒向宋江，为什么如此精明却未能扭转梁山风流云散的悲剧命运，为什么最后以殉葬的方式在宋江墓前自杀身亡，等等。这些问题多数人回答起来往往含糊其词甚至一脸茫然。下面我们就一点点走近吴用，试着解开这些疑团。

一、智而不用

《水浒传》上不少人物的名字都有寓意，并非信手拈来。但作者又不直接解释，而是让读者在阅读中从人物的言行中自己感悟，这就产生了一个很有意思的现象，因为如此一来，得出的结论必然五花八门，甚至完全相反。比如“吴用”其名，好多人认为寓意是“无用”。之所以这么说，似乎也有一定道理，比如有人认为吴用施计常有漏洞和失误是“无用”；认为他没能辅佐晁盖改朝换代是“无用”；认为梁山全伙招安的悲剧结局也是因为他“无用”，以致民间出现“梁山泊的军师——无用”这样的歇后语，来说明某人的没有用处。但这些解读也让人陷入困惑，因为吴用毕竟是水泊梁山的军师，毕竟绰号叫“智多星”，是一位智慧达人，怎能说人家“无用”呢？他都没有什么用处了，那梁山上的其他英雄在智力方面不都成笨蛋、白痴、窝囊废了吗？说人家“无用”，似乎吹毛求疵，走入极端，难以服众。

实际上，“在梁山泊一百零八位好汉之中，吴用不是‘无用’而是最‘有用’的。梁山泊一天没有吴用，一天就不能存在①”。因此我以为，“吴用”的谐音不是“无用”，而是“勿用”，即“不为所用”，朝廷弃之不用的意思。实际上，吴用不为朝廷所用，那是光头上的虱子——明摆着的事情，用不着浪费笔墨，倒是这个“智”字让人莫衷一是。那我们就看看吴用到底聪明不。

吴用的出场用“不同凡响”来形容一点儿也不过分，当时插翅虎雷横和赤发鬼刘唐正打得难解难分。吴用大叫一声，上前一铜链子把两人给隔开了。但他的出场，却是典型的秀才打扮。

> 看那人时，似秀才打扮，戴一顶桶子样抹眉梁头巾，穿一领皂沿边麻布宽衫，腰系一条茶褐銮带，下面丝鞋净袜，生得眉目清秀，面白须长。这人乃是智多星吴用，表字学究，道号加亮先

---

① 萨孟武：《水浒传与中国社会》，北京出版社 2005 年版，第 162 页。

生，祖贯本乡人氏。（第十四回“赤发鬼醉卧灵官殿　晁天王认义东溪村”）

文人身份，却以武士做派亮相，概以说明吴用不是纯粹的文人，更不是个腐儒书呆子，而是崇尚武学，文武兼备的武士，这就为接下来的进一步介绍做了铺垫。

> 曾有一首《临江仙》，赞吴用的好处：万卷经书曾读过，平生机巧心灵，六韬三略究来精。胸中藏战将，腹内隐雄兵。谋略敢欺诸葛亮，陈平岂敌才能，略施小计鬼神惊。名称吴学究，人号智多星。（第十四回“赤发鬼醉卧灵官殿　晁天王认义东溪村”）

吴用最擅长的不是口若悬河、夸夸其谈，不是雕文织采、著书立说，而是和诸葛孔明一样，胸中藏战将，腹内隐雄兵。不过话又说回来，吴用似乎没见过什么大场面、大世面，“祖贯本乡人氏”，好像县城都很少去；还有点儿浅薄好笑，“道号加亮先生”，好像他比诸葛亮还牛，这些都表明他是个乡间秀才，似乎不知天高地厚。这也为我们理解他为什么缺乏战略眼光、为什么谋事不够缜密全面等问题提供了帮助。比如吴用不仅受见识等局限难以成为政治家和战略家，就是在一些具体事务中也频出差错，像“智取生辰纲”的好几个环节考虑不周而被何清看出了破绽，致使案子很快告破，（第十八回）伪造蔡京书信出现误用印章等疏漏，以致没救了宋江还搭上个戴宗。（第四十回）在塑造吴用这个形象时，《水浒传》的写法不像《三国演义》，“状诸葛之智而近妖”，把诸葛亮写得太玄乎，而是一改《三国演义》的套路，把吴用视为平民化的军师，既写他高人一筹，又不把他神化，应当说是塑造了一位非常成功的食人间烟火的军师形象。一般人都希望小说中的军师前知五百年，后晓五百载，能掐会算，料事如神，运筹帷幄之中，决胜千里之外，知己知彼，百战百胜，甚至呼风唤雨，无所不能，这只能属于一种意淫。实际在我们的现实生活中，绝大多数人都属于“坐议立谈自以为无人可及者，临危应变而百无一能者”，能做到吴用这样的已属凤毛麟角了。再说了，若吴用像小说中的诸葛亮一样的话，宋朝岂不是要被梁山取而代之或一分为二了，如此也就没有了北宋、南宋之说，没有了金、元、明、清等朝代，中国的历史就要被彻底改写了，这就离史实太远了，《水浒传》岂不成了“胡说传”！正因为吴用有缺点，人们才觉得这个人物真实，转而觉得亲近。尽管吴用也有不足，但他依然是水泊梁山军师的不二人选，依然是水浒世界里智慧的化身，是水浒版的诸葛亮，因为他在军事上的才干、机巧和谋略堪与诸葛亮、陈平一比高下。要知道，“天机星”的星位可不是随便给定的啊！

要说梁山上聪明的人真不少，我们且不说天魁星宋公明，光说绰号和星位之名与聪明有关的就一大串，只不过他们都是各专一门。比如论法术有天闲星入云龙公孙胜，论道行有天寿星混江龙李俊，论心细有天慧星拼命三郎石秀，论机巧有天巧星浪子燕青，论文笔有地文星圣手书生萧让，论医术有地灵星神医安道全，论坚忍有地慧星一丈青扈三娘，论工艺有地巧星玉臂匠金大坚，论机敏有地贼星鼓上蚤时迁。要说整体上能与吴用相提并论的当是地魁星神机军师朱武，两个都以谋略见长，只不过朱武属于“寻常看不见，偶尔露峥嵘”者，表现得不够充分。与朱武等人相比，作者对吴用在谋略方面的描写还是不吝笔墨，颇显功力的。

一是智劫生辰纲。此为吴用初入江湖的处女作，可谓初战告捷。他充分用其所长，用“智”而非“力”成功地劫取了生辰纲。吴用在此次行动中发挥了重要作用：首先是一锤定音。晁盖和吴用自幼结交，遇事往往要和吴用相议计较。劫持生辰纲这么大的事，自然更离不开吴用。吴用听晁盖介绍完情况征询自己的意见时，只说了五个字，“此一事却好”，就把这件即将惊天动地的大事确定下来。其次是组建队伍。先是定下队伍的规模，“人多不得，人少又做不得”；继而利用他人脉资源广泛的优势，亲到百里外的石碣村诱劝来阮氏三雄。这弟兄三个距此路途较远，又是义胆包身的一奶同胞，不仅敢干事、能干事，也有利于保密，这解决了晁盖一时想不到合适人选的难题。再次是吴杨斗智，这是重头戏。押运生辰纲的杨志走南闯北，熟络江湖勾当，且对本次押运事宜煞费苦心，在出行时间、线路等方面做了许多防范工作，谁想劫走这批财宝绝非易事。哪承想道高一尺，魔高一丈，天外有天，人外有人。当晁盖问：“吴先生，我等还是软取，却是硬取？”吴用笑道：“我已安排定了圈套，只看他来的光景。力则力取，智则智取。我有一条计策，不知中你们意否？如此如此。”晁盖听了大喜，颠着脚道：“好妙计！不枉了称你做智多星！果然赛过诸葛亮！好计策！”看来，吴用已胸有成竹，定下了智取为上、次而力夺的妙计。果然，吴用用上了他的上策。首先是智用天时，利用天热口渴，往酒水里添加蒙汗药；其次智用地利，巧借树林作为双方共同的休息之地，并借树林做掩护作案；再次是智借人和，七星精诚团结，分工合作，保证了计划的顺利实施；最后是智用计策，第一个环节是“稳”，乔扮客商，稳住对手，使之初消疑心；第二个环节是“诱”，佯争酒，佯不卖，使对方消尽疑心；第三个环节是“麻”，巧下药，麻翻对手。

> 那七个贩枣子的客人立在松树傍边，指着这一十五人，说道：“倒也！倒也！”只见这十五个人，头重脚轻，一个个面面厮觑，都软倒了。那七个客人从松树林里推出这七辆江州车儿，把车子上枣子都丢在地上，将这十一担金珠宝贝都装在车子内，遮盖好了，叫声“聒噪”，一直望黄泥冈下推去了。杨志口里只是叫苦，软了身体，挣扎不起，十五个人眼睁睁地看着那七个人把这金宝装了去，只是起不来，挣不动，说不得。（第十六回“杨志押送金银担　吴用智取生辰纲”）

没费一刀一枪，没有一人伤亡，采用“和平”的方式，十万贯银两尽收囊中。这件由晁盖牵头、吴用一手策划的事件，堪称梁山聚义的重大事件。首先是政治意义非同小可，成功劫夺了贪官的不义之财，在社会上产生了巨大影响；其次是理论意义，吴用附会、阐说、完善了晁盖提出的“七星聚义”理论，借以凝聚人心，鼓舞斗志，并以此理论为指导，初步形成了义军的核心层和骨干力量；另一个也是很重要的，就是解决了起事的资金问题，为日后梁山的发展准备了一定的物质基础。十万贯是个多大的数字呢？“据史料记载，宋神宗时期，当时偏远的桂林城年收入约六千贯，最富有的杭州城八万两千贯，北宋政府每年的铜钱发放量基本上是三百万贯，神宗时略多，到五百万贯。”① 不比不知道，一比吓一跳，梁山之所以声名鹊起，与这笔巨大的钱财有直接关系。要知道，十万贯能干好多事情呢！

二是智夺梁山泊。生辰纲事发后，官府追捕甚急，此后的一系列表现，至少体现了吴用三方面的“智”：一是谋深虑远。捕快就要兵临村口，晁盖等人苦无躲处，急得团团转，此时吴用告诉晁盖“我已寻思在

① 刘亚洲：《水浒潜规则》，金城出版社 2009 年版，第 162 页。

肚里了”，提出上梁山落草，他对晁盖说：“石碣村那里一步步近去便是梁山泊。如今山寨里好生兴旺，官军捕盗，不敢正眼儿看他。若是赶得紧，我们一发入了伙！”正是这句话，成为梁山事业的发端。其实吴用在邀请阮氏兄弟入伙之时听他们介绍梁山泊就已考虑退身之地了。二是未雨绸缪。事先做好准备工作，调查了解清楚情况，一旦有需，便于有条不紊地按计行事。此时，七人已跑到石碣村，商议要去投梁山泊一事。吴用道：“见今李家道口有那旱地忽律朱贵在那里开酒店，招接四方好汉。但要入伙的，须是先投奔他。我们如今安排了船只，把一应的物件装在船里，将些人情送与他引进。”提出与朱贵联系并安排好了相关事宜。话刚说完，官军五百人马已经飞奔村里。试想，情急之下，若无吴用的提前备课，投奔梁山时，晁盖等人难免像无头苍蝇一样四处乱撞，找不到上梁山的路径，那可就麻烦了。三是借刀杀人。上山后，吴用察言观色，料定王伦不肯收留。怎么办？由他们杀王伦，必然两败俱伤，且武功高强的林冲如何选边站队还不明朗，贸然下手，风险太大，且在江湖上属夺人地盘，鸠占鹊巢，名声不佳，属于下策。那上策是什么呢？让堡垒从内部自破。从初见林冲及林冲造访中吴用注意到，林冲非常不愿他们走，这是林冲的软肋，也是林冲与王伦不可调和的矛盾之处。为此，吴用、晁盖当着林冲的面说了不少于五次要投往别处去的话。最后当王伦手捧银子要礼送晁盖，晁盖要离开梁山的时候，林冲“把桌子只一脚踢在一边；抢起身来，衣襟底下掣出一把明晃晃刀来”，随后，“林冲即时拿住王伦，又骂了一顿，去心窝里只一刀，察地搠倒在亭上”。那么，林冲为什么不愿晁盖等七人离开，这从林冲和吴用等人的对话中一听就可明了。首先林冲对晁盖七人的到来非常高兴：“林冲道：‘今日山寨幸得众多豪杰到此相扶相助，似锦上添花，如旱苗得雨。’”为什么高兴？因为他认为晁盖七人是豪杰之士，敢劫生辰纲，能拒杀官军，非常钦佩，所谓“惺惺惜惺惺，好汉惜好汉”。他为什么钦佩豪杰？因为他们能壮大和发展梁山力量，“拒敌官军，剪除君侧元凶首恶”，有朝一日替他报仇出气，“若说高俅这贼陷害一节，但提起，毛发植立！又不能报得此仇！”高俅老贼害得他如此之惨，他焉能有仇不报？但屈沉于王伦这个小人之下，势单力薄的林冲自身都难保，更遑论其他。如今晁盖七位英雄上山，千载难逢，早对王伦心怀不满的林冲此时还不下手，更待何时！林冲联手晁盖除掉了王伦，晁盖也因此成为梁山泊第二代领导人。这其中吴用的作用自然不可小觑，但也并非完全是他智激林冲的结果，林冲的智力和城府岂是谁“激”一下就奏效的？晁盖占据水泊梁山意义重大，因他“杀死官军，生擒济州府团练使黄安”，变王伦时代的小打小闹（破坏社会治安和一般刑事犯罪）为反抗朝廷，同时逐步改变王伦时代的“打家劫舍”为“劫富济贫”的价值观，初步建立了一个与地主官僚作对、吸纳各界、各类人才的根据地，为梁山事业的兴旺发达奠定了坚实基础，开辟了梁山的新时代。

三是智打祝家庄。随着梁山根据地的不断巩固和壮大，一些大的地主庄园逐渐进入其法眼，首当其冲的便是祝家庄。也是机缘巧合，杨雄、石秀、时迁打着梁山的旗号与祝家庄发生了摩擦，因时迁被捉，杨、石二人不得已跑到梁山求助。三打祝家庄，表面诱因是时迁偷鸡，深层原因却是“祝家庄那厮要给俺山寨敌对”以及“若打得此庄，倒有三五年粮食”。宋江说服晁盖，继而带兵攻打祝家庄，水泊梁山历史上第一次大规模的对外军事行动就此开始。结果因地形不熟，宋江领军冒进，陷于盘陀路中，差点冲不出来被人包了饺子，杨林、黄信被擒，宋江一打祝家庄以损兵折将而告终。二打祝家庄，活捉了祝家庄的同盟军扈家庄的女将扈三娘，剪去了祝家一翼，但王英、秦明、邓飞被俘，欧鹏被栾廷玉打伤，连宋江也差点儿被擒，梁山又一次失利。正当宋江骑虎难下、一筹莫展时，智多星前来助战。这表明，吴用的天平开始向宋江倾斜，同时更为作战提供了强有力的智力保证。从宏观来讲，吴用对三个庄园分策施治，对扈家庄，采取了化敌为友的策略，利用手中掌握的扈三娘为人质，要求扈成“今后早晚祝家庄上但有些响亮，你的庄上切不可令人来救护；倘或祝家庄上有人投奔你处，你可就缚在彼。若是捉下得人时，那时送还令妹到贵庄”；对已取中立之势的李家庄，则采用连环计，一方面令萧让等人乔装打扮成官府模样，兴师问罪于李应；另一方面却于半路“救下”李应上了梁山；对祝家庄则坚决予以打击。分别谋划了两大计策：一是瞒天过海之计。巧妙利用新投梁山的孙立与祝家庄教师栾廷玉是师兄弟的这层关系，打入祝家庄内部做卧底和内应。孙立原是登州兵马提辖，因解救弟妹的两个表弟解珍、解宝越狱，被迫落草，与弟弟孙新等人一起投奔了梁山。此计能顺利实施，得益于吴用设计的老辣周密，毫无使人生疑之处：首先孙立原为登州兵马提辖，现称对调来郓州，在当时属于正常；其次，调防途经独龙岗，顺道拜访老同学栾廷玉，亦在情理之中；最后，孙立一行随带家属，妻室老小车仗行李，确实是换防的样子。祝朝奉并三子虽是聪明绝顶，见此情景也放松了警惕。再加上吴用巧施苦肉计，让孙立阵前活捉了石秀，更是强化了祝家和栾廷玉对孙立的信任。二是里应外合之计。紧接着，宋江、吴用按照杜兴指出的祝家庄的弱点，兵分四路，从四个方向攻打祝家庄，祝氏兄弟分四路迎战，倾巢出动。庄里空虚，打进敌人心脏的孙立一伙趁机下手，杀死把守监门的庄兵，放出被俘的秦明等七人，成功地实施了特洛伊木马之计。然后内外夹攻，急转直下的局面立马把祝家三虎整蒙了。失去了盘陀路的优势，失去了李、扈联盟的祝家庄，在地利、人和都化为乌有的情况下很快土崩瓦解。打下祝家庄，梁山的势力在战略上迅速向周边延伸，在战术上则取得了战胜“李、扈、祝（谐音“理应互相帮助”）庄园联盟的经验，为梁山集团在农村范围的扩大再发展提供了值得借鉴的范本。

四是智赚玉麒麟。晁盖死后，谁当接班人成了问题。晁盖的临终遗言不利于宋江继任寨主，但宋江又不愿意让林冲那样的与朝廷大员势不两立、有碍招安大业的人执掌梁山。正在烦恼之际，偶然间听到了卢俊义的名字。宋江考虑此人出身好，名气大，武艺精，且清白传家，根红苗正，没有犯罪记录，这样的人肯定不愿上山，上山后肯定愿意招安。兼他初来乍到，无根无蒂，也掀不起什么风浪，确实是一个可以派上用场的不二人选。当然后者当属于他的内心活动，是否如此我们也不得而知。但他觉得让一个亿万富翁放着烈火烹油、鲜花着锦的日子不过，乖乖地来做什么山大王，太不容易了。谁知吴用当即表示这有何难哉，略施小计，便达目的，似乎手到擒来，小菜一碟。还别说，吴用出马，一个赛俩。他出人意料地改头换面，巧舌如簧还真的忽悠了“河北三绝”的玉麒麟。首先他智扮卦师。采取来回走唱、卦银奇高、令李逵装聋作哑举止古怪等不同寻常的行为方法，引起了卢俊义的注意。然后，利用卦师的特殊身份，故弄玄虚，说“员外这命，目下不出百日之内必有血光之灾；家私不能保守，死於刀剑之下”，卢员外不信，他又欲擒故纵，急取原银付还，起身便走，并说出世人都喜阿谀谄妄，分明指与平川路，却把忠言当恶言等警语，反而把卢员外镇住了。卢俊义赶紧赔礼道歉，愿听如何才能消灾免祸。这就为吴用又一方案的顺利实施铺就了道路：智诱远行。如何躲避血光之灾，吴用说“只除非去东南方巽地一千里之外，可以免此大难。虽有些惊恐，却不伤大体”。可要去此地，必须路过水泊梁山，正如卢员外的家人燕青所言，“主人在上，须听小乙愚言：这一条路，去山东泰安州，正打梁山泊边过。近年泊内是宋江一伙强人在那里打家劫舍，官兵捕盗，近他不得。主人要去烧香，等太平了去”。此话自然是好意，却冲了卢员外的肺管子，他自恃武功高强，艺高人胆大嘛，把别人都看作草芥，还想借此机会擒贼捉寇，名扬天下。岂知这正中了智多星的圈套。吴用还用了一着，彻底坐实了卢俊义的罪名，这在古代很厉害、很管用，这就是智题反诗。

> 吴用道：“命中有四句卦歌，小生说与员外写于壁上，日后应验，方知小生灵处。”卢俊义道：“叫取笔砚来。”便去白粉壁上写。吴用口歌四句：“芦花滩上有扁舟，俊杰黄昏独自游。义到尽头原是命，反躬逃难必无忧。”当时卢俊义写罢，吴用收拾起算子，作揖便行。（第六十一回“吴用智赚玉麒麟　张顺夜闹金沙渡”）

卢俊义成天舞刀弄枪，哪里提防了吴用那防不胜防的花花肠子（吴用毕竟文化程度较高），且是他自己亲手书写。原来这是首藏头诗，暗藏“卢俊义反”四字。结果，这成了卢俊义谋反的有力罪证之一。就这样，卢俊义在吴用的引导下一步步走上了梁山。如何吸引人才尤其是高端人才，对梁山是个大难题。因为人才往往能力非凡，干啥啥行，那些要啥有啥，过着幸福生活的“人才”哪个愿意进“贼窝子”？水往低处流，人往高处走嘛。有人说，吴用太狠毒，生生地把一个大富翁搞得锒铛入狱。但我们认为，与其说是吴用狠毒，毋宁说是大名府的梁中书们狠毒。梁中书单凭李固、贾氏的几句证言和一首所谓的反诗，就能断定卢员外勾结梁山造反，这是否有点儿搞笑？梁中书为什么这么急于整死卢员外？因为他能从这位河北首富的身上获得巨额财富。还有人说，是吴用毁掉了卢员外的幸福生活。这一说法若站在个体角度似乎有些道理，站在国家、民族的角度就没有道理。因为卢俊义作为盖世英雄，他岂能满足于做一个庸庸碌碌的富商。上梁山后，卢俊义在拒官军、征番邦、平内乱等战役中大显身手，功勋卓著，实现了一个英雄的人生价值。当人们说起“卢俊义”的大名时，又有几个不竖起大拇指表示钦佩呢？

五是智取大名府。吴用略施小计，卢俊义便深陷官府大牢。为救卢员外，梁山不惜代价，只留下副军师公孙胜并刘唐、朱仝、穆弘四个头领统领马步军兵守把山寨，李俊把守三关水寨，其余全都兵发大名府，基本是倾巢出动。作者如此写的用意在于区分梁山和朝廷不同的人才观，梁山为得到德才兼备的武士如饥似渴，不遗余力，而朝廷则对武士不屑一顾，甚至怀璧为罪，大肆迫害。要说攻打大名府，可是个重大决策。因为大名府是北宋“四京”之一，这四京是东京开封府、西京河南府（洛阳）、北京大名府和南京应天府（商丘），现在看起来不起眼的河北大名县城，当时可是相当于直辖市一样的特大城市。攻打大城市和夺取小地方，不仅打法大不一样，意义也是非同寻常。尽管之前打下了祝家庄，但那毕竟是庄园；打下过高唐州和青州，但那毕竟是中型城市。这次打大名府这样的大城市，对于水泊梁山来说还是头一次。为此，小说从吴用智赚玉麒麟开始，到时迁火烧翠云楼，直至救出卢俊义，足足用了六回的篇幅。但有趣的是，大名府似乎是个纸老虎，攻打的难度似乎还没有祝家庄大。这又是为什么呢？要说起来，祝家庄的庄丁的军事素质、武器装备和大名府的正规军队比起来何止霄壤，但祝家庄确实是块难啃的硬骨头。这就是人的因素，似乎决定战争胜利的并不是一两件武器，关键在人，尤其在冷兵器时代。你想想，祝家庄是上下同欲，他们要保卫家园，保全家小的性命和财产不受侵害，能不卖命吗？大名府的官军则是军官贪污腐化、贪生怕死，士兵吃粮挣饷，得过且过，这样的军队是攒鸡毛凑掸子，毫无战斗力，基本上一击即溃。虽说如此，北京大名府毕竟是军事重地，城高墙厚，也是最有可能得到朝廷大力支持和援助的地方。当年高唐州失陷，高俅痛失叔伯弟弟高廉，当即大兴三路兵马，派出精兵强将呼延灼上阵。如今大名府有危，老岳丈蔡京岂能袖手旁观！所以，梁山上下特别是吴用对攻打大名府从主观上是非常重视的。首先，大搞宣传，稳住局势。吴用打听得卢俊义、石秀被擒，为保住二人性命，叫人在城内外到处发放没头帖子。

> 梁山泊义士宋江，仰示大名府，布告天下：今为大宋朝滥官当道，污吏专权，殴死良民，涂炭万姓。北京卢俊义乃豪杰之士，今者启请上山，一同替天行道。如何妄徇奸贿，杀害善良！特令石秀先来报知，不期俱被擒捉。如是存得二人性命，献出淫妇奸夫，吾无侵扰。倘若故伤羽翼，屈坏股肱，便当拔寨兴师，同心雪恨。大兵到处，玉石俱焚。剿除奸诈，殄灭愚顽。天地咸扶，鬼神共佑。谈笑入城，并无轻恕。义夫节妇，孝子顺孙，好义良民，清慎官吏，切勿惊惶，各安职业。谕众知悉。（第六十

三回“宋江兵打北京城　关胜议取梁山泊”）

当时梁中书看毕，惊得面如土色，哪里还敢伤害二位。其次，乘胜追击，打怕官军。大名府派李成、索超率一万五千人马迎战梁山，后又派闻达增援，结果都被打得“尸横遍野，血流成河，大败亏输”，此时，吴用对准备见好就收的宋江说道：

“军兵败走，心中必怯；若不乘势追赶，诚恐养成勇气，急忙难得。”宋江道：“军师之言极当。”随即传令：当晚就将精锐得胜军马，分作四路，连夜进发，杀奔将来。（第六十三回“宋江兵打北京城　关胜议取梁山泊”）

直杀得官军乱作一团，各自逃生。到了天明，方至城下。“梁中书听的这个消息，惊的三魂荡荡，七魄幽幽，连忙点军出城，接应败残人马，紧闭城门，坚守不出”。再次，料事如神，进退自如。宋江与众将每日攻打城池不下，吴用找到宋江，认为“杳无救军来到，城中又不出战”，思忖朝廷要用围魏救赵之计。得到证实后，一面布置有计划的撤退，一面安排伏兵伏击了大名官军。回转梁山后，又智收意欲围魏救赵的朝廷将领关胜、宣赞和郝思文，继而又杀了个回马枪，包围大名城。最后是放火为号，内外夹攻。梁中书们在兵临城下的情况下，死到临头也不忘娱乐，照例在元宵佳节大张灯火，正好让吴用派上用场。“我欲趁此机会，先令城中埋伏，外面驱兵大进，里应外合，可以破之。”他让梁山好汉扮作猎户、商贩、游客、僧道、乞丐、赏灯人等，潜进城里，城外点拨八路人马准备攻城。时迁在城里翠云楼上点火为号，立时城内外杀声四起，官军左冲右突，首尾难顾。“可惜千年歌舞地，翻成一片战争场”，就这样，偌大的北京城竟被梁山拿下。

吴用的一生，干过诸葛亮也类似干过的，如智打祝家庄、智取大名府、智布四斗五方棋、智取文安县等；更干过许多诸葛亮可能能干但没干过的，如智劫生辰纲、智夺梁山泊、智赚玉麒麟、智盗皮甲赚徐宁、智赚金铃吊挂救出史进和鲁智深等等。可谓大计小计得心应手，阴谋阳谋智压群雄。在小说的第六十一回“吴用智赚玉麒麟　张顺夜闹金沙渡”又写了一首《满庭芳》词夸赞吴用的不同凡响。

> 通天彻地，能文会武，广交四海豪英。胸藏锦绣，义气更高明。潇洒纶巾野服，笑谈将白羽麾兵。聚义处，人人瞻仰，四海久驰名。韵度同诸葛，运筹帷幄，殚竭忠诚。有才能冠世，玉柱高擎。遂使玉麟归伏，命风雷驱使天丁。梁山泊军师吴用，天上智多星。

吴用见证了梁山从小到大、从弱到强、从星星之火到寂然而灭的全过程。没有吴用的智慧和才能，就没有固若金汤的梁山根据地，就没有声势浩大的梁山义军，就没有梁山打庄夺县、攻城破府、两赢童贯、三败高俅、直令道君皇帝“梦着也怕”的骄人业绩。

应该说，在中国小说所塑造的军师形象中，吴用在受众中的影响程度当仅次于诸葛亮。其他如《封神演义》中的姜子牙、《吴越春秋》中的范蠡、《前汉演义》中的张良、《英烈传》中的刘基、《隋唐演义》中的徐茂公，《三侠五义》中的沈仲元等，都不如吴用的形象影响广泛。这说明，吴用不仅在梁山上有用，而且有“大用”，他为梁山事业的发展、壮大立下了汗马功劳。

当然，这并不是否定晁盖、宋江以及众多梁山好汉的能耐和功绩，而是提醒大家不要忘记吴用的知识、智力在其中发挥的重大作用。但就是这样一位在历次战阵中屡出奇谋，屡建战功，可以说是具有经天纬地之才、定国安邦之志的天才军事家，却沦落民间寂寂无闻。更奇怪的是，在名声大噪后朝廷依然无人问津。难道朝廷不需要这样出色的军事家吗？

二、忠而被弃

是的，不需要这样的军事家。因为朝廷根本就不认为这样的人是人才，不仅不会被任用，更不会被重用。相反地，视他们为洪水猛兽，予以严格防范、严厉打压乃至迫害。那朝廷认为哪些人是人才呢？《水浒传》第一百一十回“燕青秋林渡射雁　宋江东京城献俘”写得很清楚：

> 皇上乃曰（对宋江、卢俊义所说）：“卿等数内，有个能镌玉石印信金大坚，又有个能识良马皇甫端，留此二人，驾前听用。”……只见蔡太师差府干到营，索取“圣手书生”萧让，要他代笔。次日，王都尉自来问宋江求要“铁叫子”乐和——闻

此人善能歌唱，要他府里使令。

又，第一百一十四回“宁海军宋江吊孝　涌金门张顺归神”：

> 再说宋江分调兵将已了，回到秀州，计议进兵，攻取杭州，忽听得东京有使命赍捧御酒赏赐到州。宋江引大小将校，迎接入城，谢恩已罢，作御酒供宴，管待天使。饮酒中间，天使又将出太医院奏准，为上皇乍感小疾，索取神医安道全回京，驾前委用，降下圣旨，就令来取。宋江不敢阻当。次日，管待天使已了，就行起送安道全赴京。宋江等送出十里长亭饯行，安道全自同天使回京。

这五个被朝廷要走的人，一个人医，一个兽医，一个刻印的，一个写字的，一个唱歌的，他们才是朝廷心目中真正的人才。朝廷需要的是什么？琴棋书画，诗词歌舞，斗鸡走马，健身娱心，这些东西看起来情志高雅，高蹈脱俗，借以装点盛世，彰显文治，何乐而不为呢？那些打打杀杀、你死我活、仇恨野蛮、暴力血腥的事情岂是君子和文明人所为。为此，凡是擅长武学的，像吴用这样的被永久地打入冷宫，也就丝毫不值得奇怪了。

这不，吴用出场时，只是郓城县东溪村一位名不见经传的乡村私塾老师。在乡村做私塾先生，一般也是要有秀才身份的。像清代的蒲松龄、曾国藩的父亲曾麟书都是由秀才做的塾师。当然，在广大的农村，秀才也是非常紧缺的。因为秀才资格的取得也很不容易，需要经过县试、府试、院试等大大小小的考试 N 多次，像过五关斩六将似的。有的地方方圆百里也找不到一个秀才，那就请没有考中秀才但有一定文化水平的人来为孩子们做启蒙教师，如《儒林外史》中的周进，就是童生当塾师的，但也正因如此被人看不起，加上官方也不承认，后来被炒了鱿鱼。鲁迅小说中的孔乙己也是由于没有考中秀才，连周进都不如，想在鲁镇做个塾师而不得，只能替人抄抄写写挣俩零花钱喝酒度日，生活过得很惨。可费尽心力考个秀才在乡村做个塾师，小日子是不是就过得顺风顺水呢？“家有三斗粮，不当孩子王。”这句话也不知是从什么时候开始流传的，反正吴用的心思没用在教学上。在“学而优则仕”的中国古代，好好学习的最好结局是要做官的。“学成文武艺，货与帝王家”嘛。可秀才是不能做官的，要考到举人才有做官的资格。估计吴用也考过举人，可能是科场腐败，也可能他对考试的内容形式不怎么感兴趣，反正吴用到秀才就止步不前了。

吴用没有田产，没有妻室子嗣，似乎也没有吃喝嫖赌等不良嗜好，他有大把的闲暇时间可供支配，且几乎把所有的精力都投在了阅读兵书战策、研究斗引埋伏上。加上他过人的天分，没过几年在军事方面的造诣就达到登峰造极的地步。都说机会只会垂青有准备的人，吴用就是一个有准备的人。除了已涉猎的军事才能准备，最值得一提的是思想准备。作为具有真才实学、雄才大略的知识分子，吴用每天拿着教鞭与咿呀学语的童子为伴，真如龙蟠凤逸，珠沉沧海，其抑郁悲愤、怀才不遇之情可想而知。他对社会的黑暗和权贵的罪恶早有不满，对民众日益高涨的反抗斗争极为关切。当晁盖同他商议劫取十万贯“不义之财”时，他当即表示赞同和支持，并迅速提出“力则力取，智则智取”的具体方案，积极投身并组织了这场打击最高统治集团的斗争，颠覆了“秀才造反，三年不成”的普遍规律。

按说吴用吃穿不愁，他劫取生辰纲目的何在？小说作者说得清楚：“学究知书岂爱财，阮郎渔乐亦悠哉。只因不义金珠去，至使群雄聚义来。”他不贪图钱财，不贪享个人生活的安逸悠闲，为了一个“义”字，甘冒“弥天大罪”。作为知识分子中的明白人和先行者，他个人并没有受到直接迫害，但他不满于官僚阶层穷凶极恶的剥削和压迫，不满于贪官酷吏对民众肆无忌惮的疯狂掠夺和压榨。他岂能不知，“在中国，生财之道不依靠于经济手段，而依靠于政治手段，贪官污吏用政治手段，剥削民膏[①]”。对梁中书取之于民众、用之于私门的每年十万贯、十万贯的送礼行贿行为，是依法举报，还是沉默不语，吴用肯定思考过。依法举报，举报谁，到哪里举报，谁来受理举报，在专制社会这样的举报行为无异于飞蛾投火自取灭亡，因为状告梁中书们，最后受理的是蔡京们，举报人很可能上午刚出衙门，中午不到就从人间蒸发了。直到今天世界范围内都没搞好的事情，想让近千年以前的智慧达人吴用超前运作，显然是痴人说梦。沉默不语，那非洞若观火、是非分明者所愿，更不是吴用这等英雄豪杰所为。吴用他们所能干的，就是以暴力形式“剥夺剥夺者”。这不是造反吗？

这不是造反。梁中书的生辰纲虽是从百姓身上搜刮而来，但属于个人

---

① 萨孟武：《水浒传与中国社会》，北京出版社 2005 年版，第 29 页。

财产。小偷偷窃个人财产不是造反，强盗劫夺个人财产也不能叫造反，都属于破坏社会治安罪。尽管小偷和晁盖等人的行为不可同日而语，除了震慑作用大不一样外，小偷偷来的东西是用来自己享受的，晁盖等人劫取的财物主要是用于发展梁山事业的，其目的是根本不同的。什么是造反？词典上说是发动叛乱，采取反抗行动就是造反。我觉得这个解释得不够解渴，是否应加上目的，即以夺取政权，以图改朝换代为目的才叫造反。如此理解的话，劫取生辰纲不仅不是什么造反行动，而是替皇帝打击了朝臣的贪腐行为，相反却是维护了赵宋王朝的统治。不是反，恰恰是忠。正如小说作者所说的“忠义”就是“忠为君王恨贼臣，义连兄弟且藏身”。其中所谓的“忠”，就是替被奸臣蒙蔽的赵宋天子来惩治贪官污吏，稳定和巩固大宋王朝的社会秩序。

吴用一开始就没有产生过李逵那样“杀去东京，夺了鸟位”的想法。夺取生辰纲后，阮氏兄弟在石碣村伏击济州官军时所唱的歌应该是吴用心声的最好表露：“打鱼一生蓼儿洼，不种青苗不种麻。酷吏赃官都杀尽，忠心报答赵官家。”“老爷生长石碣村，秉性生来要杀人。先斩何涛巡检首，京师献于赵王君。”尤其是两首诗的后两句，肯定是吴用给阮氏兄弟灌输的思想。这种思想就是“只反贪官，不反皇帝”（毛泽东语），说到底就是一个字——忠。

劫取不义之财生辰纲后，吴用跟着晁盖上了梁山，此时，吴用心中的大哥是晁盖。晁盖此人有两大突出优点，用两个字可以概括：一是“义”；二是“仁”。

晁盖的“义”主要体现在四个方面：一是仗义疏财。晁盖一出场就提到这一特点：“祖上是本县本乡富户，平生仗义疏财，专爱结识天下好汉，但有人来投奔他的，不论好歹，便留在庄上住；若要去时，又将银两赍助他起身。”取代王伦成为梁山寨主后，“便教取出打劫得的生辰纲金珠宝贝并自家庄上过活的金银财帛，就当厅赏赐众小头目并众多小喽啰”，对打劫到的众多财物，他处理的办法是一半充公，另一半分做两份，由十一位头领和众人平分，这种方式有效地增强了梁山的凝聚力和战斗力。二是尚义好交。他广交天下豪杰，名声远播，“江湖都闻他名字”，如刘唐和公孙胜得知生辰纲之事都不约而同来给他报信就是明证。且交友纯乎天然，没有私心杂念，比如他解救刘唐时二人还素不相识；任梁山寨主期间，更是抛弃王伦的“关门主义”，广收人才，尊重人才，从江州救了宋江后，梁山队伍迅速壮大，由原来的十二条好汉一下子就增到了四十人。三是义胆雄心。敢劫蔡京的生辰纲，简直是吃了熊心豹子胆，谁人不畏蔡京的权势！晁盖就敢，胆子大到令人惊骇，且以他为核心，七星聚义，劫取“不义之财”，给了腐败官僚沉重一击。四是慷慨赴义。为营救救命恩人宋江，晁盖亲率人马前往江州劫法场。晁盖上山后只领兵下山三次，其中两次是为了解救宋江：一次是江州劫法场，一次是宋江下山接父遇险。真是为朋友两肋插刀、在所不惜。

晁盖的“仁”主要体现在三方面：一是仁恕为怀。智取生辰纲后，面对已被麻翻、毫无反抗能力的杨志等人，晁盖他们并没有杀人灭口。非不能杀，不忍伤也。整个过程兵不血刃，未伤一人。二是宅心仁厚。生辰纲案发后，白胜被济州官府抓捕，熬不过酷刑，供出了晁盖等人。但宽宏大量的晁盖并没有忘记白胜这个正在受苦的兄弟，后来，他让吴用施计帮助白胜成功越狱上了梁山。三是居仁由义。内心存仁，行事循义。晁盖严整梁山军纪，“只可善取金帛财物，切不可伤害客商性命”；即使在你死我活的战场上，晁盖也注意约束部下不要滥伤无辜，如在江州法场他对正在胡乱杀人的李逵大叫道：“不干百姓事，休只管伤人！”

作为一个普通人，有仁有义，值得点赞；但作为一个领导人，仅有这些是远远不够的，还必须有“智”，有大智，当然这个“智”字的内涵太深了，而晁盖最缺乏的就是这个字。

生辰纲事发后，面对官府的追捕，晁盖大惊失色，束手无策，往哪里退，怎么退，没有事先谋划和预案；上梁山后，不善察言观色，盲目乐观，对吴用提出的措施只是随声附和，没有建设性的意见；主掌梁山后，只是整顿山寨事务，准备迎敌官军，所想所干都是一般山大王所为，提不出深谋远虑的发展目标和战略规划；江州救宋江，连个详细的撤退路线和方案都没有，要不是机缘巧合，半道里杀出李逵、张顺等人相助，估计连梁山都回不去了。所以，随着宋江的加盟，晁盖的声音渐渐被淹没，实际领导权被一点点儿剥夺。与其说是被剥夺，毋宁说是能力不济而丧失。

虽然晁盖也有过半真半假地把老大的交椅让位于宋江的举动，但他本质上是个耿直爽快、心胸豁达、恩怨分明、刚正不阿的汉子，缺乏权谋和心机。如杨雄和石秀投奔梁山，当晁盖听到时迁偷鸡有损梁山名声时，他一改以前结识好汉“不论好歹”的做法，冲冲大怒要将二人推出斩首。

这么做有利于梁山队伍的纯洁，却也有些不分青红皂白之嫌，因鸡是时迁自己偷的，与杨、石二人关系不大。可晁盖的这一举动，不仅无形中让杨、石、时疏远了他，而且也让举荐杨雄的戴宗等人难免心生不悦。宋朝王禹戎曾说：“乃知国家事，成败固人心。”凡干大事者，必先赢得人心。人心向背是事业成败的关键，是最大的政治。正所谓：凝聚产生力量，团结诞生希望。人心尽失，还侈谈什么力量和希望，还能干得成什么大事！抬轿子的人都没了，还坐个什么劲。

以上从微观角度简要叙述了晁盖“智”力方面的不足，就宏观来说，晁盖没有远大的政治抱负，只是满足于“论秤分金银，异样穿绸锦；成瓮吃酒，大块吃肉”的快活生活，指不出有号召力和可行性的道路；缺乏高人一筹的政治才能，比如其“七星聚义”的理论与宋江的“天罡地煞”理论相比格局太小，其不立旗号、不打州县、局促于水泊之内的做法无法与方腊相比，其不争权位却暗积祸患增加了被逐渐架空的危险，其任侠好勇、胆气豪壮却无深谋远虑，仗义好交却孤高自傲、驭人乏术都使他难有老大的魅力；更兼他缺乏干成大事的性格，刚愎自用，性情暴躁，粗心大意，终致战场失利，中箭身亡。

晁盖之死，小说上说是史文恭杀死的，有毒箭上刻的字为证，但晁盖临死前的遗言却是“若那个捉得射死我的，便教他做梁山泊主”，晁盖并未将仇人指名道姓，显然晁盖并不认为史文恭是凶手。于是，人们又根据小说上隐约现出的蛛丝马迹推论宋江是杀害晁盖的幕后黑手，有宋江指使花荣说、孙立说等，但小说上又没这么写。实际上，晁盖是《水浒传》的作者杀死的，为什么这么说呢？

晁盖之名的寓意就是“改朝换代”，人皆称他“托塔天王”“晁天王”，“天王”之意不言自明，就是要与当今天子分庭抗礼，其后的洪秀全创建太平天国不是也自称“天王”吗。晁盖虽未明确提出推翻宋室江山的口号，但也从未讲过“权且暂居水泊，待日后招安”的话，倒是他手下的朱贵说出了“要和大宋皇帝做个对头”，李逵也多次喊出了“杀去东京，夺了鸟位”的言论，这在一定程度上体现了晁盖的思想情绪，特别是晁盖劫富济贫、打杀官军的一系列行动以及他与官府不合作乃至是势不两立的态度，“不受贪官污吏的鸟气，甚得自在”，使作者感到晁盖身上有叛逆的苗头，发展下去有聚众造反的危险，这位大哥级的武士与作者心目中的武士形象不符。为了避免梁山泊一伙走到方腊式的造反道路上去，作者只好安排他早早死去，第七十一回说："在晁盖恐托胆称王，归天及早；唯宋江肯呼群保义，把寨为头。"并把晁盖排除在一百零八条好汉之外。但砍的不如旋的圆，作者不敢把杀死晁盖的凶手安在宋江的身上，因为宋江是他极力歌颂的对象，那样的话宋江就显得太阴险了，可宋江却偏偏有作案的动机和条件，作者在没有办法的情况下只好把凶手定在史文恭身上，(谐音"死闻弓"，似乎晁盖是被弓箭射死的，仅有一支刻有"史文恭"字眼的毒箭做证）可如此又让读者疑窦丛生，以致现代不少人还在干着福尔摩斯的工作，费尽心思在那里研究、推测，这就上了作者的当。哎，都是作者惹的祸呀！史文恭射向晁盖的毒箭，正是《水浒传》作者手中的笔啊。

随着晁盖的离世，梁山以"义"为主的时代宣告结束，随后拉开了宋江以"忠"为主的序幕。"忠"只对一人即皇帝效忠，而"义"则可对个体，但更多的时候是考虑群体的利益。梁山好汉在宋江的领导下的浴血奋战，一个个战死沙场，都是为了"忠"。

晁盖曾是吴用心目中的一位英雄，但随着相交日久，知识分子出身的吴用对晁盖"不读书史""甚是粗鲁"的草莽英雄形象由渐渐看不惯发展到格格不入，晁盖最后命丧曾头市，吴用就没有跟随，表明二人早已同床异梦，甚至分道扬镳。但这些原因都是浅层次的，最根本的原因在于晁盖只讲江湖义气，不讲忠君护国，一心想和大宋朝做个对头。饱读诗书的吴用清楚，历代的义军出路无非有三：一是像刘邦一样推翻前朝统治，自己开国称帝；二是像陈胜、吴广、张角、黄巢一样被朝廷镇压；三是像朱温等一样被招安，归顺朝廷。第一条路吴用认为晁盖没那个本事，走不通；第二条路谁也不愿走；第三条路晁盖又不愿走。而且，吴用也知道，历史上夺得帝位的一般是三种人，一是豪族，如杨坚、李渊等；一是军阀，如刘裕、赵匡胤等；三是流氓，如刘邦、郭威等。晁盖这三者都不是，所以吴用觉得跟着晁盖走没有出路。更重要的是，作为封建时代的读书人，吴用从小就被反复灌输的儒家思想如"忠孝节义"等无疑会成为其行为背后的一种巨大制约力。所以，当宋江杀惜遭刺配被梁山好汉劫上山特别是宋江自明本志后，吴用自然产生相见恨晚的感觉，很快就拜倒在宋江的忠君思想之下，从此开始了奇特的晁盖为大，宋、吴密切合作的梁山过渡时代。

梁山过渡时代的吴用，基本上跟着宋江为梁山打粮筹款、扩充队伍，如三打祝家庄、攻陷高唐州、聚义打青州、智取大名府等。这些大大小小的战役都由宋江挂帅，每次晁盖要挂帅出征，宋江都以“哥哥是山寨之主，未可轻动”为由，劝阻晁盖下山。这使得宋江在南征北战中名声鹊起，众望所归，而晁盖却逐渐退至幕后，成为可有可无的符号象征。在吴用和宋江共同努力下，山寨顺利进入后梁山时代。

后梁山时代即招安前后。晁盖阵亡，宋江后来如愿上位，便迫不及待向朝廷抛媚眼。此时，吴用是比较清醒的，他知道“上赶的买卖不好做”，因此，他考虑得比宋江更周详，眼光更长远，他帮助宋江多打胜仗，如两赢童贯、三败高俅，为加大朝廷招安的筹码做了大量工作，以便有尊严、有条件地体面招安。尽管招安并不怎么体面，梁山好汉受了很多窝囊气，但还是马不停蹄，为大宋朝保境安民赤胆忠心，竭忠尽智，做出了巨大牺牲，流尽了最后一滴血。

可即使如此忠心，朝廷依然对他们横加迫害，他们在前线为朝廷卖命厮杀，而朝廷却在后面给他们偷偷地、狠狠地捅上了一刀。就这样，他们的功劳与日俱增，他们的实力在一次次战争中消耗殆尽，但受到的待遇却让人齿冷心寒。聪明如吴用者对这种“愚忠”也曾犹疑不定，如征辽时辽主使臣欧阳侍郎的一番劝告，吴用则感觉“端的是有理”。

俺大辽国，久闻将军大名，争奈山遥水远，无由拜见威颜。又闻将军在梁山大寨，替天行道，众弟兄同心协力。今日宋朝奸臣们闭塞贤路，有金帛投于门下者，便得高官重用；无贿赂投于门下者，再有大功于国，空被沉埋，不得升赏。如此奸党弄权，谗佞侥幸，嫉贤妒能，赏罚不明，以致天下大乱。江南、两浙、山东、河北，盗贼并起，草寇猖狂，良民受其涂炭，不得聊生。今将军统十万精兵，赤心归顺，止得先锋之职，又无升受品爵；众弟兄劬劳报国，俱各白身之士，遂命引兵直抵沙漠，受此劳苦，与国建功，朝廷又无恩赐。此皆奸臣之计。若沿途掳掠金珠宝贝，令人馈送浸润，与蔡京、童贯、高俅、杨戬四个贼臣，可保官爵，恩命立至。若还不肯如此行事，将军纵使赤心报国，建大功勋，回到朝廷，反坐罪犯。欧某今奉大辽国主特遣，小官赍敕命一道，封将军为辽邦镇国大将军，总领兵马大元帅。赠金一提，银一秤，彩段一百零八匹，名马一百零八骑。便要抄录一百零八位头领姓名，赴国照名钦授官爵。非来诱说将军，此是国主久闻将军盛德，特遣欧某前来，预请将军众将，同意协心，辅助本国。（第八十五回“宋公明夜度益津关　吴学究智取文安县”）

犹疑之间，并未停止他们征辽、征田虎、征王庆的步伐。特别是取得了一系列胜利后，朝廷对凯旋归来的梁山好汉，一不让其入城，二不予以升迁重用，如此不信任、不公正的待遇，首先惹来的是李逵的抱怨：

哥哥，好没寻思！当初在梁山泊里，不受一个的气，却今日也要招安，明日也要招安，讨得招安了，却惹烦恼。放着兄弟们都在这里，再上梁山泊去，却不快活！（第一百一十回“燕青秋林渡射雁　宋江东京城献俘”）

紧接着，水军头领李俊、张横、张顺、阮家三昆仲也找到吴用商量准备再回梁山：

（六人）俱对军师说道：“朝廷失信，奸臣弄权，闭塞贤路。俺哥哥破了大辽，灭田虎，如今又平了王庆，只得个‘皇城使’做，又未曾升赏我等众人。如今倒出榜文，来禁约我等，不许入城。我想那伙奸臣，渐渐的待要拆散我们弟兄，各调开去。今请军师自做个主张；若和哥哥商量，断然不肯。就这里杀将起来，把东京劫掠一空，再回梁山泊去，只是落草倒好。”

随后吴用说的一番话，让这六人悻悻而走。

宋公明兄长，断然不肯。你众人枉费了力气。自古道蛇无头不行，我如何敢自主张？这话须是哥哥肯时，方行得；他若不肯做主张，你们要反，也反不出去！

此时的吴用，虽为了自身和梁山兄弟的命运对所谓的“忠”一度摇摆，但终脱却不了读书人先天的软弱性和依附性，不敢独挑大梁。因他不具备当老大的素养，只具有狐狸的特性，而没有狮子的霸气。“君主既然必须懂得善于运用野兽的方法，他就应当同时效法狐狸与狮子。由于狮子不能够防止自己落入陷阱，而狐狸则不能够抵御豺狼。因此，君主必须是一头狐狸以便认识陷阱，同时又必须是一头狮子，以便使豺狼惊骇。[1]”不敢当老大的吴用只能被宋江裹挟着在忠君道路上听天由命，一路狂奔。

吴用乃至李逵、李俊等人对朝廷的不义行为所做出的反应是很正常的，但他们依然忠心耿耿，并无二心，可这又有什么用呢？实际上，朝廷一直在把他们当作工具来利用，而不是重用。利用和重用有何区别？重用是干完活后给你足够的荣誉和地位，利用是干完活后卸磨杀驴，即飞鸟尽，良弓藏；狡兔死，走狗烹；敌国破，谋臣亡。“利用”的实质就是“不用”，吴用的智力岂能看不到这一点。为了让兔死狗烹的悲剧晚些发生，吴用在征辽之后就不怎么再参与军机、出谋划策了。他深知，战事越早结束，就意味着梁山越早覆灭。吴用不想战争那么快就结束，不想自己被朝廷利用的最后一点价值迅速完结后那可怕一幕的上演。

但该来的终究躲不过，吴用闻知宋江被朝廷害死的消息后，径往楚州来到宋江坟茔前，“大哭一场”，与花荣一起双双自缢身亡。吴用为什么在宋江墓前自杀？一是报答宋江救护知遇之恩和结义之情。“红蓼洼中托梦长，花荣吴用各悲伤。一腔义血元同有，岂忍田横独丧亡？”二是宋江是忠义之人，与宋江魂聚一处，以表忠义之心。三是身为梁山二、三号人物，宋、卢均已宾天，他自知死期不远，与其刑戮而死，不如自裁了事，这也彰显了武士的人格风范，士可杀，而不可辱。最重要的，吴用自杀，是“崇文抑武”世界对武士惨烈迫害的结果，是吴用对这个朝廷彻底绝望的表征。

三、结语

仅就吴用之名的寓意来说，是“无用”“有用”，还是其他，解读起来就有许多答案。究其原因，是因为吴用这个人物形象比较驳杂，其身上混合着多种元素，比如他的身份到底是文人还是武士，谋略是阴谋还是阳谋，思想是忠君还是谋逆，这些都是很有争议的。当然，有争议的人物欣赏起来才有意思，才有嚼头。这也说明《水浒传》的人物描写确实高出了它之前的《三国演义》。

文人与武士。吴用表面上是文人，骨子里却是武士。他姓吴名用，表字学究，未上山前还人称“秀才”“教授”，平时一介儒生打扮，职业是

---

① 〔意〕尼可洛·马基雅维里：《君主论》，潘汉典译，商务印书馆 1986 年版，第 83 页。

教书先生，这些都表明他是个读书人，但他决不是“一个纯粹的吟诗作赋、说经论道的文人[①]”。他也确实羞与读书人为伍，手里经常拿着两条铜链，行事果断决绝乃至手段残忍，少有拖泥带水，更有那一肚皮的军机战策，都昭显了他的血管里流淌的是武士的血液。但终究难以脱却出场时的文人身份，当血战归来的武士们遭到朝廷不公正的待遇而欲再次上山时，他退却了，回归到“崇文抑武”世界里的吴用似乎又成了一个文人，他承认自己只能当个配角，他没有把握乾坤的气度，没有独当一面的魄力。“这也正表明封建时代的知识分子的人生依附”[②]，但作者应该是将他划入武士系列的，只不过我们多数人依然执着地把他视作文人。

阴谋与阳谋。吴用是智慧的化身，他对世事和人心的洞察比如朝廷的昏庸腐败、晁盖宋江等人性格的认识和把握都超出常人，对排兵布阵、攻杀战守更不在话下。不少人对他的阳谋津津乐道，也有不少人对他的阴谋，比如为赚朱仝而让李逵斧劈年仅四岁天真烂漫人见人爱的小衙内（第五十一回）等痛加诟病，明人张岱就称吴用是“诸葛曹瞒，合而为一”[③]。为此，不少人认为吴用的谋略品位不及诸葛亮，形象不似诸葛亮高大全。其实，吴用性格上的“不可爱”正反映了真实的人性。不知你注意到没有？他行事的不择手段都是在义薄云天的晁盖被架空之后，也就是说，他的这些阴损招数都是为了宋江，都是为了宋江的忠君大业。当然，也为了他自己。连《水浒传》的作者对这类行为都颇有微词：“只为一人归水浒，致令百姓受兵戈。”是作者为吴用赚取卢俊义而引发兵打大名府之战，致令城中百姓伤损将及一半的惨剧而发。当一个人为“忠”而干，也就是为一个人或少数人而干的时候，就必然要做出些损阴丧德的事出来。吴用是人而不是神，他是个性格复杂、有美有丑的矛盾统一体。唯其如此，吴用的形象才真实可感，才有人赞，有人骂，这至少在文学中才正常。

忠君与谋逆。吴用是没有反心的，智取生辰纲是出于义愤，上梁山是

① 曾大兴：《封建中国的军事人才悲剧——〈水浒传〉主题新探》，《中南民族学院学报》1989 年第 2 期，第 99 页。

② 郭瑞林、史晓玲、郭修敏：《四大古典名著新解读》，国家行政学院出版社 2013 年版，第 303 页。

③ 转引自陈松柏：《〈水浒传〉源流考论》，人民文学出版社 2006 年版，第 445 页。

为了躲灾避祸，打击官军是反对贪官污吏，当然也是保卫自己，他从来没有过推翻赵宋政权取而代之的想法，至少吴用和作者是这样认为的。他为什么读书赶考，为什么弃晁盖而就宋江，都是为了“修身齐家治国平天下”。说白了，就是为了当官，这也是中国古代知识分子的共同心愿。因为只有做了官，才有可能实现自己的人生价值和理想抱负。如果说对他招安前的不少行为还有异议的话，招安后的奉命率兵马征辽国、打田虎、剿王庆、讨方腊，谁还能说他不是大大的忠臣呢？

忠臣人人景仰，可惜吴用站错了队，站到了武士的行列，这在“崇文抑武”的宋朝绝对是个大忌。这也就基本注定了吴用一生的怀才不遇，美梦难圆。按说，北宋军事卑弱不堪的状况急需吴用这样文武兼备的人才，他本人也渴望用他的文韬武略去拯救那肥大而不强大的祖国，可那该死的“崇文抑武”国策终使他忠君无门，报国无路。且不论他们怎样的“忠”，热脸总也焐不热那冷屁股，残酷的现实使这位在武士当中出类拔萃的特殊人才似乎最后一刻才猛然醒悟，他之所以如此痛苦，就在于一生追求了错误的东西。到了该放弃的时候了，不放弃又有什么意义呢？佛法千言万语，总归一句是：看破放下。看破是智慧，放下是功夫。可真正的放下是个剔骨剜心的艰苦过程，功名利禄有几个舍得放下？不到万念俱灰、走投无路，聪明绝顶的吴用岂能走这条绝路。

吴用，是勿用，是无用，还是有大用，您说呢？哎，如此文武合一、忠智双全、德才兼备的人才，却无处施展，无法存世，伤哉，痛哉，呜呼哀哉！此正是：

王朝柔靡几欲沉，书生如何拯苍穹。
忍将经卷换兵符，怒向江湖觅知音。
计穷难掩智多星，行乖方显有孤忠。
千年史册虽无名，一腔义烈化鬼雄。

第十一讲　宋室江山的呼保义

宋江是在晁盖和吴用智取生辰纲（第十六回）之后，才渐渐浮出水面的（第十八回“美髯公智稳插翅虎　宋公明私放晁天王”），颇有些“千呼万唤始出来”的味道。自宋江进入读者的视野，特别是讲述完武松的故事后，便愈来愈成为戏份儿最多的角色，直让人觉得离了宋江，小说《水浒传》便难以成文。确实，宋江是《水浒传》的男一号，也是这部小说的书胆。男一号和书胆的意思差不多，都是戏份儿最多、作者倾力描写的那一个，只不过书胆一般都是正面人物罢了。不信你看看百二回本的《水浒传》回目，仅标有宋江的回目就有五十六回之多，几乎占到一半。既然是核心人物，难免会成为大家争议最多的一个焦点。

就其形象而言，有人说他是农民起义的领袖、农民革命的英雄，“他反对强暴，反对贪官污吏，同情人民的疾苦”①，“是一个重义气、轻法度、有谋略、有胆识的农民起义的革命领袖”②，并引史据典，如《宋史》《癸辛杂识》《东都事略》《七修类稿》等，说宋江是一个真实的历史人物，小说中的宋江就是作者在历史原型的基础上创作出来的；也有人说他是钻进农民起义阵营中的异己分子，说他出身于地主家庭，供职于官僚体制之内，“有浓厚的正统观念和忠君思想，一开始加入革命队伍就存在着严重的动摇性、妥协性”③，他一方面促成了农民起义事业的发展兴盛，另一方面又导致农民起义事业的变质和崩溃；还有人说他是投降派，上梁

---

① 游国恩等：《中国文学史》（第四册），人民文学出版社 1984 年版，第 39 页。

② 马蹄疾：《金圣叹继承李卓吾反封建斗争的传统吗?》，《光明日报》1964 年 7 月 26 日。

③ 游国恩等：《中国文学史》（第四册），人民文学出版社 1984 年版，第 39 页。

山只是“暂在山寨安身”，“等候日后招安”，然后“为朝廷出力”，是葬送农民起义的叛徒，镇压其他农民起义的刽子手。

就其思想性格而言，有人说他“于家大孝”，孝字当头，但也有人说他与父亲脱离关系、不娶妻生子、违背父亲意愿落草为寇让老人担惊受怕，是谓不孝；有人说他仗义疏财，是位肝胆照人的大义士，但也有人说受他资助的大都是些杀人不眨眼的亡命之徒，且这些受他感召上了梁山的人在他的带领下非死即残，大都结局悲惨，是谓不义；有人说他“忠义之烈①”（李贽语），对朝廷忠心耿耿，之死靡他，但也有人说他是“犬彘不食”的“渠魁②”（金圣叹语），认为：“自吾观之，宋江之罪之浮于群盗也，吟反诗为小，而放晁盖为大。何则？放晁盖而倡聚群丑，祸连朝廷，自此始矣。宋江而诚忠义，是必不放晁盖者也。宋江而放晁盖，是必不能忠义者也。……世人读《水浒传》而不能通，而遽便以忠义目之，真不知马之几足者也。”③ 他认为宋江为“劫匪”晁盖通风报信、题写反诗等都是不忠的表现。

就其在受众中的人气而言，也是喜之恨之的都大有人在。喜欢他的，说他乐善好施，重义好交，是一位受人敬重的好大哥，且为一百零八人中“第一流人物”④，晚清的燕南尚生在其《水浒传新或问》中即持此种观点；讨厌他的，说他脸厚心黑，自私虚伪，最典型的当属金圣叹和俞万春。金圣叹贬之为“狭人”“假人”“歹人”“厌人”，是“下下人物”，认为“宋江百无一长，只是一片权诈”。（第五十七回“徐宁教使钩镰枪　宋江大破连环马”夹批）并认定他罪大恶极，罪不容诛，“夫宋江之罪，擢发无穷，论其大者，则有十条⑤”。列举了他“十大不可”，如“出于强盗”“私放晁盖”等；俞万春则斥之为“大奸大恶”，是“口里忠义，心里强盗，愈形出大奸大恶也⑥”。并因此而结撰为《荡寇志》借以表达对宋江等水浒英雄的刻骨仇恨，最终让官军把梁山好汉一举荡平，斩尽杀绝。如此，清初的金圣叹和晚清的俞万春首尾呼应，在对一百零八

① 朱一玄、刘毓忱：《水浒传资料汇编》，南开大学出版社 2012 年版，第 172 页。
② 朱一玄、刘毓忱：《水浒传资料汇编》，南开大学出版社 2012 年版，第 219 页。
③ 朱一玄、刘毓忱：《水浒传资料汇编》，南开大学出版社 2012 年版，第 247 页。
④ 朱一玄、刘毓忱：《水浒传资料汇编》，南开大学出版社 2012 年版，第 345 页。
⑤ 朱一玄、刘毓忱：《水浒传资料汇编》，南开大学出版社 2012 年版，第 289 页。
⑥ 朱一玄、刘毓忱：《水浒传资料汇编》，南开大学出版社 2012 年版，第 510 页。

人特别是宋江的态度上达成高度一致，可谓气味相投。

作为文学形象，上述情况本无可厚非，仁者见仁，智者见智嘛。可像宋江这样让读者大褒大贬、誉之毁之两极极端分化的小说人物还真不多见，这说明宋江这个人物欣赏起来难度很大。金圣叹——这位号称“天下第一”的才子都曾大发感慨：“一部书中，写一百七人最易，写宋江最难。故读此一部书者，亦读一百七人传最易，读宋江传最难也。盖此书写一百七人处，皆直笔也，好即真好，劣即真劣。若写宋江则不然，骤读之而全好，再读之而好劣参半，又读之而好不胜劣，又卒读之而全劣无好矣。”① 中国社科院的杨义先生则认为：“宋江虽然不算《水浒传》描写中最有光彩性格，却是最见心理深度的人物。”② 美籍华裔的学者夏志清也喟叹：“宋江的性格一直使中国人感到迷惑不解。”③ 这都说明，宋江这个人物塑造得很成功，他的复杂性、多面性可以说是前无古人，是我国古代小说人物画廊中不可多得、富有艺术魅力的一个典型形象。

这个人物之所以难读，主要应怪作者。一怪作者的艺术塑造手法，即“特征化性格”的塑造手法④。此种手法，是将主要人物的主要特征过分夸大，这是一种具有中国特色的写法，自有它的优点，但也往往给人以失真之感，就像《三国演义》中的刘备，“欲显刘备之长厚而似伪”（鲁迅先生的评语）。宋江的主要特征是“忠”，作者是想把他塑造成忠君的典范，故将他的“忠”无限放大，可写得过火了，好多读者反觉得他虚伪诡诈，面目可憎。二怪作者对其某些行为的描写让人认识不一。比如给劫取生辰纲的晁盖等人通风报信，有人认为是对皇帝的不忠，有人则认为既是大义之举，又是对皇帝的“忠”。三怪作者所呈现的宋江某些言论隐晦费解。比如其诗作“他年若遂凌云志，敢笑黄巢不丈夫”，很多人认为是反诗，也有人认为是忠君诗。四怪作者笔下的宋江过于完美，无美不归宋江，即金圣叹所谓的“无恶不归朝廷，无美不归绿林”⑤。作为“绿林”

---

① 朱一玄、刘毓忱：《水浒传资料汇编》，南开大学出版社 2012 年版，第 263 页。

② 杨义：《中国古典小说史论》，中国社会科学出版社 1995 年版，第 274 页。

③ 〔美〕夏志清：《中国古典小说史论》，胡益民等译，江西人民出版社 2001 年版，第 105 页。

④ 参见袁行霈主编：《中国文学史》（第四卷），高等教育出版社 2005 年版，第 29 页。

⑤ 朱一玄、刘毓忱：《水浒传资料汇编》，南开大学出版社 2012 年版，第 212 页。

的领袖人物，别人的绰号只有一个，而他却有四个——黑宋江、孝义黑三郎、及时雨、呼保义，这在《水浒传》中是绝无仅有的。除了“黑宋江”侧重外貌可能有些贬义外，几乎都是褒义，既孝又义且忠，各方面都完美的人物极易造成性格的冲突和矛盾，其形象容易让人丈二和尚——摸不着头脑，捉摸不透他究竟是个怎样的人。

其实，我想在作者看来，宋江就是武士中的一员，是武士中视“忠”为天，忠君思想压倒一切的一个典型人物。他虽然忠孝节义多位一体，但在“忠”的面前，“孝”和“义”都必须让路，甚至都可以放弃。宋江是作者用来否定“崇文抑武”国策的利器，是体现作者思想、寄寓作者社会理想的最重要人物。如此理解，可以降低理解宋江这个人物的难度，并进而把握其性格特点，洞悉整部小说的思想内涵。毕竟宋江又不是武士中的普通一员，他是个牵一发而动全身的人物，李悔吾先生认为：“正确评价《水浒传》中的宋江，关系到正确评价《水浒传》，因为宋江是梁山起义军的领袖，他的活动贯穿《水浒传》全书。”①

宋江是《水浒传》里最重要的角色，同时又是个最具悲剧性的人物，也就是说他的所有优点都必须遭到或遭受致命的打击，他的孝、义、忠都不得施展。即孝却难尽，义却难为，忠而被毁，终使宋江成为一个非常复杂、矛盾重重的艺术形象。

一、孝却难尽

没仔细读过《水浒传》的人认为，被人唤作“黑宋江”的宋江，肯定长得又黑又矮又丑，其实不然。小说通过济州府缉捕使臣何涛之眼，展现了宋江出场时不同凡俗的风采：

> 眼如丹凤，眉似卧蚕。滴溜溜两耳悬珠，明皎皎双睛点漆。唇方口正，髭须地阁轻盈；额阔顶平，皮肉天仓饱满。坐定时浑如虎相，走动时有若狼形。年及三旬，有养济万人之度量；身躯六尺，怀扫除四海之心机。上应魁星，感乾坤之秀气；下临凡世，聚山岳之降灵。志气轩昂，胸襟秀丽。刀笔敢欺萧相国，声名不让孟尝君。（第十八回“美髯公智稳插翅虎　宋公明私放晁

① 李悔吾：《中国小说史漫稿》，湖北教育出版社 1992 年版，第 267 页。

天王”）

乍读下来，不觉一惊，宋江的相貌跟关羽何其相似！不信你看《三国演义》，在刘备眼中，关羽何等相貌？

身长九尺，髯长二尺；面如重枣，唇若涂脂；丹凤眼，卧蚕眉，相貌堂堂，威风凛凛。（第一回“宴桃园豪杰三结义　斩黄巾英雄首立功”）

两个人都是丹凤眼，卧蚕眉，嘴唇、气度等宛若一个模子刻出来的，只不过一个红脸，一个黑脸；一个下巴胡须飘洒，一个上唇略有髭须；一个身材高些，一个矮些。仅从长相上判断，宋江浑如关云长转世；再从内里上分析，二人在忠孝仁义等价值观念上更是神似。看来，宋江应该是一个关羽式的人物，忠义在身，英雄气度，至少在作者看来。

忠臣必出自孝子之门，这是中国文化自古以来的传统观念。《论语·学而》就有：“其为人也孝弟，而好犯上者鲜矣。不好犯上而好作乱者，未之有也。君子务本，本立而道生，孝弟也者，其为人之本欤！”宋人韩元吉亦有诗：“材业光华蔼荐绅，由来孝子出忠臣。”小说让宋江出场亮相，写他有着与关云长相似的外貌，就是想表明宋江首先在家是个孝子。

宋江的“孝”可谓名声在外，尽人皆知。小说第十八回写道：

那押司姓宋名江，表字公明，排行第三，祖居郓城县宋家村人氏。为他面黑身矮，人都唤他做黑宋江；又且于家大孝，为人仗义疏财，人皆称他做孝义黑三郎。上有父亲在堂，母亲丧早。……曾有一首《临江仙》赞宋江好处：起自花村刀笔吏，英灵上应天星。疏财仗义更多能。事亲行孝敬，待士有声名。……

这“孝义黑三郎”的绰号可不是宋江自封的，最能体现宋江“孝”的文字就是第三十五回“石将军村店寄书　小李广梁山射雁”一回中“宋江奔丧”一节。说宋江有一个粉丝名叫石勇（绰号“石将军”），因身负命案特去郓城县投奔宋江，不料宋江也因杀阎婆惜跑路多时。当石勇找到宋江，告诉他兄弟宋清让他赶紧回家时，心中惦记着老父的宋江充满疑忌地问石勇："你到我庄上住了几日，曾见我父亲吗?"当石勇说不曾见太公，且递与宋江的家书封皮上也无"平安"二字时，越是疑惑，连忙扯开封皮，当读至父亲"因病身故，见今停丧在家"时，"叫声苦，不知高低，自把胸脯捶将起来"，在大骂自己的同时，"自把头去壁上磕撞，大哭起来"。"燕顺、石勇抱住。宋江哭得昏迷，半晌方才苏醒。"

在孝顺父母方面，宋江的表现是一般人做不到的。首先他做到了"父母之年，不可不知也。一则以喜，一则以惧"（《论语·里仁》），心中记挂着年事已高的父亲，生怕老人身体有恙，"父母唯其疾之忧"（《论语·为政》），担心老父出现不测。当他得知石勇带着家书前来寻他，"大喜，向前拖住"石勇，打听近日家中可有甚事，"曾见我父亲吗?"得知石勇在庄上不曾得见太公，心中便疑惑、惶惧。宋江此时官司缠身，背井离乡，自身难保，依然对千里之外的父亲念念不忘，谁能说他不孝呢?其次是扯开家书，得知父亲的"死讯"悲伤至极，以头撞墙，哭得死去活来，"恨不得自也寻死"。在中国人的传统里，得知先人的凶信，作为孝子，应该号啕大哭、捶胸顿足，而且男孝子在服丧期间，必须披麻戴孝，坐草守灵，不能剃须理发，更不能梳妆打扮，衣着鲜亮，哪怕是威威赫赫的名人，也要如此装扮，以示诚心，以志哀思，所谓"丑孝子"是也。若闻凶信后镇定自如，无动于衷，甚或笑逐颜开，喜眉展颜，必将成为乡里乡亲的笑谈。若有人认为这大哭大悲是宋江虚伪的表演，那接下来的星夜赶归去奔丧，"巴不得飞到家里"，那可来不得半点虚假。为什么?因为宋江当时正官司在身，奔丧回家无异于自投罗网，那必将面临深陷大牢、饱受折磨乃至命悬一线、丢掉性命的危险。尽管我们知道，待宋江昼夜兼程赶到家里，才发现父亲依然健在，但从中足可以看出宋江的孝子本色。特别是宋江大闹江州上了梁山后，更是担心"江州行移到济州，追捉家属"，"恐老父受惊，性命存亡不保"，常念"哀哀父母，生我劬劳。欲报深恩，昊天罔极"，不听晁盖让他带些人马前往的劝告，抱定"若为父亲，死而无怨"的决心，只身冒死下山，搬取父亲。但就是这样一位难得的孝子，在"崇文抑武"的社会里却难以尽到为人之子的孝道。

——孝却不能昏定晨省。

《礼记·曲礼》云："凡为人子之礼，冬温而夏凊，昏定而晨省。"讲的是中国古代作为子女侍奉父母的日常礼节，冬天应使父母温暖，夏天应使父母凉爽，早上要省视问安，晚上要侍候睡定，表示侍奉父母无微不至，但宋江是不可能做到这些的。因为他平时工作在县城，而父亲却居住在乡下，两地分居使他很难做到《弟子规》里面说的“孝”，什么“父母呼，应勿缓。……出必告，反必面”。更糟糕的是，他还与父亲脱离了父子关系。这是宋江杀了阎婆惜后公差搜捕到家中宋太公亲口对实施抓捕的公人说的：

> 上下请坐，容老汉告禀。老汉祖代务农，守此田园过活。不孝之子宋江，自小忤逆，不肯本分生理，要去做吏，百般说他不从。因此，老汉数年前，本县官长处告了他忤逆，出了他籍，不在老汉户内人数。他自在县里住居，老汉自和孩儿宋清在此荒村守些田亩过活。他与老汉水米无交，并无干涉。老汉也怕他做出事来，连累不便，因此，在前官手里告了。执凭文帖在此存照。老汉取来教上下看。（第二十二回“阎婆大闹郓城县　朱仝义释宋公明”）

宋太公出示的这个执凭文帖是宋太公与宋江脱离父子关系的凭证。但这个东西一般人都知道是假的。这不，连阎婆这个所谓“头发长、见识短”的女人都没被糊弄过去，她给知县说：“相公，谁不知道他叫孝义黑三郎，这执凭是个假的。”此中原因书里自有交代，小说第二十二回接着写道：

> 原来故宋时，为官容易，做吏最难。为甚的为官容易？皆因那时朝廷奸臣当道，谗佞专权，非亲不用，非财不取。为甚做吏最难？那时做押司的，但犯罪责，轻则刺配远恶军州，重则抄扎家产，结果了残生性命。……又恐连累父母，教爹娘告了忤逆，出了籍，各户另居，官给执凭公文存照，不相来往，却做家私在屋里。宋时多有这般算的。

这自然是深知吏道艰难的宋江怕连累家庭而采取的无奈之举。尽管世人皆知实际上是个假文书，但毕竟在法律上是生效的。如此一来，朝夕相处、早晚服侍、嘘寒问暖就成了理想，昏定晨省式的孝道就做不到了。宋江除了用钱财弥补感情上的亏欠，让弟弟宋清替他尽些孝道外，他还能做些什么呢？可当宋江杀了阎婆惜后，他又把宋清带走一起逃亡，抛下了年迈的父亲无人照管，还把宋清也给扯到案子中了，于情于理都被人视为不孝。是宋江真的不孝呢，还是他脑子出了问题？实际情况是，像宋江这样的人命关天的案件，在任何朝代都是要限期破案的，且要抓到案犯绳之以法。若一时抓不到，官府就要想其他办法，比如把嫌犯的家人乃至邻居抓进监牢，然后刑讯逼供，只要招供，就算结案。尽管宋江出籍，官差也要将宋清带走，要不如何向上司交差？因此，宋清只能跟着哥哥走。否则你看看那个李达，他因为弟弟李逵吃了多少苦头；晁盖抢劫生辰纲逃走后，他的邻居们就都被抓了起来，然后他们供出了庄客，庄客打熬不过供出了晁盖。如果宋清不逃走，免不了要进衙门，苦头肯定是要吃一些的。宋代其他小说如《错斩崔宁》等中也有类似情节。所以，三十六计，走为上策。宋江此着，实乃无奈之举，也是明智之举，这样做也有利于规避官司，因为和凶手有直接关系的人也不知去向，官司就易不了了之。兄弟俩一块出逃，带有那个时代的特点。

——孝却没有娶妻生子。

“不孝有三，无后为大。”相信这句话每个国人都听过。长期以来，人们都把没有传宗接代视为最大的不孝。虽说传宗接代对于一个家族来说非常重要，但仔细想来，把子嗣繁衍和孝敬父母连在一起确实有点儿扯。翻看此语的出处《孟子·离娄上》，原句是：“不孝有三，无后为大。舜不告而娶，为无后也。”孟子的原意，并不是说不娶妻生子，断绝后代就是最大的不孝，他以舜为例来说明，说最不孝的其实是没有对长辈尽到后代的责任，“不告而娶”，没有处理好“情”与“理”的关系。因为按照古代礼仪，儿女婚事应当由父母操持，小辈自己无权决定。（注：舜与其父和后母关系不睦。）其本义与我们现代人的解读大相径庭。看看断章取义、以讹传讹有多么可怕！

我们阅读小说发现，宋江虽然年及三旬，还未娶妻，但他的亲朋好友尤其是他的父亲宋太公并不着急，并未催促他赶紧成家，似乎大家对此都见怪不怪。再看那最早出场的八十万禁军教头王进，外逃时竟然只有六十多岁的老母而无发妻子嗣，虽然小说中没有说王进年龄有多大，但按常理推算，王进至少也是三十岁左右的人了。可见在当时人们的婚育观可能相当开放自由，晚婚乃至不婚的现象司空见惯。如此想来，这“不孝有三，无后为大”成为主流意识似乎是在宋朝之后，也就是说在程颢、程颐、朱熹这些理学家大力宣扬并经后来的统治者认可后方深入人心。如此，现代不少人拿水浒英雄不娶妻生子来说事，在宋江那个时代可能是个伪命题。

不娶妻子不是宋江身体有疾或心理有病，小说交代：“原来宋江是个好汉，只爱学使枪棒，于女色上不十分要紧。”《水浒传》里的好汉也就是那些武士不少都未娶妻，不近女色，像鲁智深、晁盖、吴用、公孙胜、武松、李逵等人。这或许与武士的观念有关。他们认为近女色有损体力和武功，所谓“二八佳人体如酥，腰间仗剑斩愚夫。虽然不见人头落，暗里叫君骨髓枯”。于是在梁山好汉眼中，英雄耽于女色，便不是好汉的勾当。看到矮脚虎王英有好色的苗头，宋江便教育他说，“但凡好汉，犯了‘溜骨髓’三个字的，好生惹人耻笑”。说好汉们对好色之徒嗤之以鼻，这种观念在梁山上应该是占主流的，因之梁山集团在某种程度上也成了个光棍集团。而且武士的行为，什么仗义疏财，打抱不平，也不利于结婚成家，现实生活中有几个女人喜欢男人乱撒银子、打打杀杀、惹是生非的？不成家便一无牵挂，无拘无束，干什么都可以不计后果。再者，武士的政治、经济和文化地位在宋朝都很低下，能娶上老婆的梁山好汉，往往是担任过武官或拥有钱财的那些人，如朝廷降将、富豪和靠技术吃饭的人，多数好汉原属于无产者，像刘唐、李逵、石勇、时迁等，又穷又丑，有哪个女人会爱上他们？即使结婚，那离婚率、婚内背叛率也很高，水浒好汉有女人的又有几个没有红杏出墙或出卖他们的？

宋江呢，算是有过女人的，但并未经过父母之命，媒妁之言，甚至也不是他主动追求或者说心甘情愿接纳的，颇有点儿被撮合在一起的意思。说起来，也是他仗义疏财的产物，是他资助沦落到郓城的阎婆安葬其死去的丈夫，阎婆感恩图报，当然也是为了抓牢宋江这棵摇钱树，硬将女儿塞到宋江怀里的。你想啊，孤儿寡母，身处两眼一抹黑的他乡异地，靠什么来维持生活？现在可算是抓着个救命稻草，此时不抓，更待何时？何况那女儿阎婆惜“年方十八岁，颇有些颜色”，又兼“会唱诸般耍令”，能歌善舞，阎婆将女儿愣往宋江的怀里推，正值盛年的男子有几个能扛得住？不过宋江不好女色，婆惜也不中意宋江，一来二去婆惜就勾搭上了宋江的同事张文远。这短暂的露水姻缘自然也未给宋江留下一男半女。

——孝却让老父担惊受怕。

俗话说：“世上只有妈妈好。”可宋太公对宋江一点儿也不差，老伴早逝让他既当爹又当妈，平日里为宋江可是担了不少心，吃了不少苦。特别是宋江杀阎婆惜犯事后，老爹更是把心提到了嗓子眼上。

一怕宋江被抓吃官司，掉脑袋。宋江杀人闯下塌天大祸，首先想到的还是往家这个避风的港湾躲，藏在了家里的地窖里。紧接着，抓差办案的衙役就风风火火拿着海捕文书追到了宋家村。宋太公一边拿出与宋江脱离关系的执凭，说明宋江不可能在家，一边好酒好菜管待公人，奉上银子好打发公人快些离开。看着公人远走，赶紧和宋江商量，让他带着兄弟逃离险境，脱离虎口。哥俩走后，宋太公自己上县城，央浼苦主，上下打点，左右回护，以图达到各方不再穷追猛打的目的，然后眼巴巴只待朝廷宽恩大赦，求得"父子相见，安家乐业"。

二怕宋江在外面被别人怂恿"落草去了，做个不忠不孝的人"。宋太公虽身在家中，心里却挂念着逃亡在外的儿子。他知道儿子江湖朋友甚多，深怕他被裹挟着误入歧途，那可是败坏门风、辱没祖宗的大事，故让人传送假信，骗取宋江回家奔丧，以早晚劝诫，得见心安。嗨，您还别说，还真的让宋江悬崖勒马了，要不这次就上梁山了。哎，可怜天下父母心哪！但人算不如天算，命里有，躲不过啊。宋太公此招没让宋江落草，却让他掉入了官府的天罗地网。随后被"脊杖二十，刺配江州牢城"。

三怕宋江落草了，全家可怎么办。宋江发配江州，倒也有惊无险，优哉游哉。因为朋友甚多，到哪里都有人罩着。但乐极生悲，闲极生事，拿惯了笔杆子的宋江手上发痒，酒后题诗，抒写壮怀，因文惹灾，被问成死罪。此后宋江的命运发展，不仅宋太公掌控不住了，连宋江都身不由己了。因为想害宋江的人有，想救宋江的更是大有人在，想救宋江的都是些"十恶不赦"的江洋大盗。以前三番五次拒绝梁山兄弟的劝说挽留，除了父亲的原因外，还有就是他认为他犯的罪罪不至死，还有活下来的可能。此次从江州法场的屠刀下被解救出来，傻子都知道只能是死路一条了，于是他表示"今日不由宋江不上梁山泊投托哥哥去"，什么"天理""父教""忠孝"，统统顾不得了，保命要紧。这是宋太公最不愿意看到的，可又有什么办法呢？真是怕什么，来什么。

一人落草，殃及全家，宋太公和宋江岂能不知！为了保全家小，只能举家上山，这是火烧眉毛顾眼前的急就章，也是当时万般无奈的唯一选择。实际上，上山落草在宋江看来是权宜之计，"权借水泊里避难，只待朝廷赦罪招安"，招安后方能上不逆天理，下不违父教，做个忠孝两全之人。“如得朝廷招安，……久后青史上留一个好名，也不枉了为人一世。”宋江认为，凭着他的威信、能力和努力，迟早他会带着梁山弟兄们替天行道，全仗忠义，辅国安民，去邪归正，不会让父亲一直为他担心的，最终会使父亲心安理得，扬眉吐气的。但宋江一路走来，从身犯命案到逃亡江湖，从大闹江州到落草为寇，从一人犯法到举家上山乃至到招安归正，作为父亲的宋太公心里何尝安宁过。你想想，宋江可不是个省油的灯，身为宋江的父亲，容易吗？

二、义却难为

宋江一出场，作者就对其外在形象进行了称扬，继而对其内在品行大加夸赞，由忠及孝，又由孝及义，小说第十八回写道：

> 平生只好结识江湖上好汉，但有人来投奔他的，若高若低，无有不纳，便留在庄上馆谷，终日追陪，并无厌倦。若要起身，尽力资助，端的是挥霍，视金似土。人问他求钱物，亦不推托。且好做方便，每每排难解纷，只是周全人性命。时常散施棺材药饵，济人贫困，赒人之急，扶人之困。因此山东、河北闻名，都称他做及时雨，却把他比做天上下的及时雨一般，能救万物。

在《临江仙》一词中，更是赞他“济弱扶倾心慷慨，高名冰月双清。及时甘雨四方称。山东呼保义，豪杰宋公明”。小说的作者对“义”应该是非常欣赏的，“义”也是宋江赢得江湖美誉的一个重要原因。何谓“义”？明代的天海藏在《题水浒传叙》中说，先儒认为“心制事宜之谓义”，他则认为“事宜在济民之谓义”[①]。可现实生活中到处行“义”的宋江却未必因果不爽，顺风顺水。给予良善，得到的不一定是笑脸；种下玫瑰，有时收获的却是蒺藜。义气萦怀的宋江虽然初心不改，矢志不移，但身心所经历的各种体验也让他五味杂陈。

——仗义疏财却引来烦恼。

对贫苦百姓和弱势群体，他热心相助，见难就帮。郓城县卖糟腌的唐牛儿，“在街上只是帮闲，常常得宋江赍助”；阎公客死异乡，宋江送了

① 朱一玄、刘毓忱：《水浒传资料汇编》，南开大学出版社 2012 年版，第 192 页。

一口棺材，还给其家人——一对孤儿寡母十两银子安身；县前卖汤药的王老汉孤苦无依，宋江也欲帮扶，答应给他买副棺材和养老送终钱，后因自己官司缠身而未果；在江州酒楼李逵一怒之下打晕歌女宋玉莲，宋江送二十两银子供人家疗伤养息……宋江仗义疏财、不图回报的侠义心肠，赢得了全县上下的一片赞誉，乃至声名远播，名震江湖。

也正因为他不惜财，才使得阎婆看上了他，看上了他这个摇钱树，愣将十八九岁如花似玉的女儿塞到他怀里。宋江在“县西巷内，讨了一所楼房，置办些家伙什物，安顿了阎婆惜娘俩在那里居住。没半月之间，打扮得阎婆惜满头珠翠，遍体金玉”。“又过几日，连那婆子也有若干头面衣服，端的养的婆惜丰衣足食。初时，宋江夜夜与婆惜一处歇卧，向后渐渐来得慢了。”却是为何？小说写道：“原来宋江是个好汉，只爱学使枪棒，于女色上不十分要紧。这阎婆惜水也似后生，况兼十八九岁，正在妙龄之际，因此，宋江不中那婆娘意。”这也正应了王婆“潘、驴、邓、小、闲”的理论。王婆曾对西门庆说：“但凡挨光的，两个字最难，要五件事俱全，方才行得。第一件，潘安的貌；第二件，驴儿大的行货；第三件，要似邓通有钱；第四件，小，就要棉里针忍耐；第五件，要闲工夫：——这五件，唤作潘、驴、邓、小、闲。五件俱全，此事便获着。”按照这一理论，宋江根本就不及格。他除了有几个小钱，别的都很不合婆惜之意，从外貌长相到温柔体贴，直到打情骂俏等风流手段，在婆惜的眼里，大黑脸的宋江和风流俊俏的小白脸大帅哥“小张三”相比，简直一个地上，一个天上，真是人比人得死，货比货得扔啊。于是，她毫不犹豫地给宋江送上一顶绿帽，夜去明来，和张三如胶似漆，打得火块一般热。尽管宋江似乎没把阎婆惜当回事，“又不是我父母匹配妻室。他若无心恋我，我没来由惹气做甚么？我只不上门便了”，采取了冷处理的方法，但那毕竟是与自己同床共枕、朝夕相处一段时间的女人，蓦然间身心均属他人，与别人耳鬓厮磨，温柔缱绻，宋江又不是一块石头，他也是个肉身凡胎的人哪！他内心怎能不起波澜，不生出些许的烦恼呢？

——舍生取义却惹火烧身。

对朋友兄弟，他义字当头，舍命相护。最为典型的当属“宋公明私放晁天王”一节。宋江一出场，就遇到晁盖等人因为劫取生辰纲而遭官府缉拿一事。尽管宋江也认为晁盖等人犯的是弥天大罪，是“灭九族的勾当”，“于法度上却饶不得”，尽管他身为官府中的一员，清楚其中利害，深知他私放晁盖罪莫大焉，也是掉头之罪，可他认为“晁盖是我心腹弟兄，他如今犯了弥天之罪，我不救他时，捕获将去，性命便休了”，把朋友的性命看得与自己的一样重要，于是“担着血海也似干系”，不顾自身安危，借机偷偷跑去给晁盖通风报信，救了晁盖等人的性命。

在古代社会，宋江把朋友的性命看得比个人前途更重要，甚至为之不惜冒生命危险，这就是义气。这种朋友义气、江湖义气在不少人特别是下层劳动大众那里是非常看重的，甚至视之为豪行壮举，宋江因此也赢得了在江湖上的巨大声望，可谓一呼百应，众望所归。

这“义”在别人眼中值金值银，非常珍贵，但在阎婆惜眼里一钱不值。在她看来，宋江在外是一个猥琐、懦弱的小吏，在家是个毫无趣味、近乎无用的男人。这不，她无意间发现了招文袋里宋江与梁山强贼的来往书信，如获至宝。便欲以此作为要挟，达到自己物质与精神的双丰收。她趁宋江索讨招文袋之机，急不可耐与宋江摊牌了。按她认为的先难后易的顺序，她要宋江答应三个条件：第一，任她改嫁张三；第二，宋江净身出户；第三，将晁盖送与宋江的一百两金子给她。让她万万没想到的是，平日视金子如粪土的宋江居然拒绝了第三条。这是因为宋江手上没有百两黄金，晁盖派刘唐前来谢恩，宋江见百而收一，可婆惜见一而思百。相比之下，阎婆惜的欲望太强了，色欲、物欲、钱欲……什么都想要，而且都往死里要，真是欲壑难填，结果造成交易难成，两人随之争夺的焦点便集中在了招文袋上。婆惜视之为杀手宝锏，宋江视之为夺命利器，两人口脚并用，互不相让，撕扯间宋江携带的护身刀掉落在席子上，婆惜大声叫“黑三郎杀人也”，估计是她想用这声喊吓住她心目中唯唯诺诺、窝窝囊囊的丑宋江。谁知不叫还好，一喊倒让宋江陡起杀人念头。可能是平日里阎婆惜对他的不理不睬、同床异梦乃至戴绿帽子的羞辱也一同涌上心头，刹那间，“手到处青春丧命，刀落时红粉亡身”。宋江救得晁盖等人，本来有惊无险，谁知祸起萧墙，舍生取义却最终引来杀人罪名。

哎，女人不能惹，招惹有风险！网络上有人撰文“有 N 种不能招惹的女人”，阎婆惜就占了一多半，什么翻脸不认人的女人、水性杨花的女人、拜金主义的女人、歇斯底里的女人、糊涂至极的女人等，阎婆惜似乎都能对号入座。想当年，秦始皇惹了孟姜女，刚修的长城被哭倒了；曹孟德惹了乔姑娘，赤壁大船被火烧光了；李世民惹了武媚娘，大唐江山被夺走了；咸丰帝惹了西太后，大清王朝灭亡了。现如今，与这些帝王将相比，身为武士的小人物宋江惹了阎婆惜，小命就要难保了。

——尚义好交却饱受非议。

对江湖好汉，他不分贵贱高低，一视同仁，甚至人人讨厌的武士，他照例伸出温暖的双手，如对武松就是这样。

当初武松酒后与人打斗，以为将人打死，躲灾避难，流落在柴进庄上。因他吃酒好醉，性气刚烈，满庄人都讨厌他。特别是患上疟疾后，人们对他更是敬而远之。为何？疟疾在当时是一种非常可怕的传染性疾病，俗称“打摆子”，如此危险的传染病人谁敢近身？身患重病、备受冷落的武松就是在这种情况下得遇的宋江。及时雨宋江以兄长般的宽广慈爱胸怀，不仅对武松不嫌弃，而且对武松的不礼貌甚至差点儿动手打他也丝毫不介意，且“大喜，携住武松的手”，嘘寒问暖，尊重有加，又是给武松银两做衣服，临别时又将武松送出十里之外。宋江给予武松的不仅仅是金钱，更重要的是情感，亲兄弟般的暖暖情意啊！俗话说：难中相帮见真情，雪中送炭最难忘。宋江在武松心目中也因此魁梧高大，占据了无人能比的地位。

对人见人惧，人见人烦的武士，宋江表现出不同凡俗的亲近，比如对李逵。李逵当时是江州监狱戴宗手下监管宋江的一名狱卒，不说他贪酒好赌、惹是生非的行为举止，单是那看一眼就让人三天做噩梦的尊容，就让“外貌公司”的宋朝人心生厌意，避之三舍。但惺惺惜惺惺，英雄爱好汉，当李逵得知面前的黑汉子是及时雨宋江后，欢喜得“扑翻身躯便拜”，宋江呢，他对李逵初次见面的无礼更是毫不在意，左一句“壮士”，右一口“大哥”，叫得李逵好不惬意。李逵何时受过这样的礼遇？而且，宋江可不光是嘴上功夫，那实实在在的慷慨之举更让李逵感佩不已，过意不去。“难得宋江哥哥，又不曾和我深交，……果然仗义疏财，名不虚传！如今来到这里，却恨我这几日赌输了，没一文做好汉请他。”宋江初见李逵，就觉得他是个“忠直汉子”，喜欢得不得了。一听说李逵因钱与人发生不睦，宋江二话没说给了他十两银子；李逵讨鱼与人厮打，宋江主动赔酒化干戈为玉帛；席间李逵将在酒楼卖唱的姑娘打伤，宋江又不假思索拿出二十两银子替其私了……从此，宋江在李逵心目中，比其在武松心目中的，可说是更崇高、更伟大。李逵这个“忠直汉子”成了宋江的铁杆粉丝，为之赴汤蹈火，为之肝脑涂地，都在所不惜。

对人们毫不赏识的武士，宋江另眼相看，怜爱有加，如对病大虫薛永。薛永似乎名不见经传，他是宋江在发配江州途中相识的。当时薛永是个使棒卖膏药的，游走在江湖之上。那天，薛永在揭阳镇的街头“卖弄了一些拳脚棍棒功夫”，待讨要赏钱时，“众人都白着眼看，又没一个出钱赏他”，“宋江见他惶恐，掠了两遭，没人出钱，便叫公人取出五两银子来”。要知道，宋江此时可是个囚犯，心情和境遇可想而知。但他怜惜武士，理解武士的苦衷，不顾自己的囚徒身份，为有一身本领却无人赏识的好汉争得脸面，也帮他解决了吃饭住宿等生计问题……

可就是这么一位侠肝义胆的宋江，却受到不少人的白眼。有人说他是刘备摔孩子——收买人心；有人说他是唐僧招亲——虚情假意；……特别是他当了梁山首领后，带领众英雄归顺朝廷，导致结局悲惨，更是骂得他体无完肤，一无是处。骂他结义是假，蓄意为他日后所用是真；骂他将梁山好汉当作谋取私利的筹码，帮他实现招安，完成他升官发财、光宗耀祖的梦想，用众人的鲜血染红他的顶子；……许多人把梁山英雄悲剧命运的这个账，全都记到了宋江的头上。但平心而论，宋江在主观上是想让弟兄们弃邪归正，有一个光明的前途，他绝对不想兔死狗烹，难道他自己也想找死不成？大家大骂宋江，就如骂一个被歹徒强暴的贞洁善良女子一样，好多人不去谴责歹徒，却反而可劲地往弱女子身上泼脏水，这种做法是不正确的。宋江的身上有问题，但最主要的问题不在他，而在“崇文抑武”的国策，在于这一国策的执行者宋徽宗和蔡京、高俅们，这应该也是作者的用意所在。宋江的问题是太“忠”了，像岳鹏举一样的忠。但他再忠也是被打压的对象，热脸总也焐不热那冷屁股，“我本将心托明月，谁知明月照沟渠”。哎，都是太“忠”惹的祸啊！

三、忠而被毁

宋江孝、义兼备，但他更具核心的特点是“忠”。“宋江作为小说中的第一主角，就是忠义的化身。[①]”什么叫“忠”？对其理解古今是有区别的。古人所谓的“忠”主要指对君主一心不二，之死靡它，即明代天海藏在《题水浒传叙》中所言“尽心于为国之谓忠”[②]。

作为大孝子的宋江为什么迟迟不肯上山，为什么上山后念念不忘招

① 袁行霈主编：《中国文学史》（第四卷），高等教育出版社 2005 年版，第40 页。
② 朱一玄、刘毓忱：《水浒传资料汇编》，南开大学出版社 2012 年版，第 192 页。

安，为什么招安后听凭朝廷摆布，都是因为他誓死效忠赵宋王朝的缘故，“呼保义”这一绰号就因此而来。

王利器先生认为，“保义郎”在宋代是低级武官的名号（宋朝武官有五十二阶，保义郎是第四十九阶），它品阶虽低，却是皇帝的贴身侍从，即“右班殿直”，因而其政治意义比他的实际地位更为重要。[①] 宋江自呼为“保义”，“希望成为赵官家的保护人，被皇帝使唤[②]”，意即对皇帝忠心耿耿。

——身为小吏，却志在报国。

宋江出场时在郓城县做押司，应该是负责案卷整理或文秘工作的小吏。这小吏一职虽在县里有些权力，有一定影响，但毕竟没什么级别，在封建官场中是上不了台面的，是不被官僚士大夫看得起的。尽管他工作能力不在话下，“刀笔精通，吏道纯熟”，但这对他的功名仕途又能起到什么作用呢？可也正是他能力非凡，再加上他好兵喜武，矜贫救厄，因此在社会上结交甚广。

俗话说：“多个朋友多条路”“朋友多了路好走”，但朋友多了事情也多。这不，当宋江听说朋友晁盖犯了弥天大罪后，“吃了一惊”，头脑中肯定翻江倒海，救与不救这道选择题必定思量了一番。对于不义之徒，自然明哲保身，置之不管；可对宋江这样的义士，他只能为朋友两肋插刀，冒死通风报信了。有人认为这是就义弃忠，实乃大谬不然。

要弄清这一问题，首先要弄清晁盖他们劫持的“生辰纲”的性质。小说借故事当事人晁盖等六人之口，认为“梁中书在北京害民，诈得钱物，却把去东京与蔡太师庆生辰。此一等正是不义之财”。“不义之财”，即来路不正的钱物。梁中书作为北京大名府的一把手，“上马管军，下马管民”，权力甚大。宋代“崇文”国策使得文官几乎没有监督，没有监督的权力必然导致腐败。梁中书几乎每年都要给岳父大人蔡京孝敬偌大数量的“生辰纲”，光靠他的正常收入是万万难以成行的。晁盖等人站在下里巴人的立场，将“生辰纲”视为不义之财，自是顺理成章的事情。

“生辰纲”的性质是一回事，抢劫“生辰纲”是另一回事。那么，紧

① 转引自王齐洲：《卢俊义的上梁山》，《荆州师专学报》1983 年第 3 期，第 56 页。

② 吴兴人：《〈水浒传〉作者对我说》，上海人民出版社 2003 年版，第 131 页。

接着第二个问题又来了，抢劫“生辰纲”的性质到底是什么？有人认为“生辰纲”是“义”还是“不义”，也就是合法还是不合法，得政府官员说了算，得国家机构定夺，如此，“生辰纲”自然是国家财产，那么晁盖等人私自抢夺“生辰纲”就是不义行为、违法行为甚至是造反行为；另有人则以为“生辰纲”是依仗权势贪赃枉法、卖官鬻爵的非法所得，中饱私囊后不是用来发展国家、造福天下苍生的，而是用于自己吃喝玩乐、穷奢极欲的，“生辰纲”绝对是私人财产，不要以为梁中书派遣公人押运就是国家的财物，这恰是“腐败之中的腐败”的又一罪证。抢劫私人财产乃至公家财产，可以视之为违法，但绝对上升不到造反层面，即并不像金圣叹所说的：“宋江之反，始于私放晁盖也。[①]”要知道，造反是要和皇帝抢宝座的，是想改朝换代的，造反才是“不忠”。劫取“生辰纲”属于抢劫罪，难道偷、抢贪官污吏的财物就是造反吗？何况还是赃物！不知哪朝哪代有此法律？充其量就是个治安刑事案件，没必要小题大做。而且，劫取“生辰纲”不仅不是不忠的行为，恰是忠君的壮举。为何？因为梁中书巧取豪夺的行径，按现代词说就是腐败行为。官场腐败必然导致民不聊生，政权垮台，历代明君为了巩固自己的政权，都十分重视反腐倡廉，劫取“生辰纲”是替君王清理门户，减弱两极分化，打击腐败丑行，是利国利君乃至利民的善事。试想，剥夺“生辰纲”的办法只有两个：一靠国家依法剥夺；二靠底层民众“非法”剥夺。第一种方法绝无可行之理，因为权柄从上到下都掌握在蔡京和梁中书之类的人手中，他们舍得自己对自己下刀吗？所以靠国家依法剥夺，简直是痴人说梦！说了等于白说！那剩下的只有第二种方法了。应当说，这是没有办法的办法，平头百姓谁会、谁敢冒着诛家灭族的风险以身试法呢？但路有不平有人铲，事见不平有人管，晁盖等人就是这样的义士强人。“草创梁山泊的是晁盖、吴用等七人，而晁盖、吴用等七人所以必须落草，则由于劫持生辰纲。这个事实指示什么呢？乃所以证明强迫人民做土匪、做强盗的，是由于官吏的贪污。[②]”他们劫取这套财富，小部分用于自己快活，大部分用于发展梁山事业，这也是“劫富济贫”的一种方法，是“剥夺剥夺者”，这在古代就算英雄行为、正义之举了！有人总拿圣人的思想对普通的古人说事，让

① 朱一玄、刘毓忱：《水浒传资料汇编》，南开大学出版社 2012 年版，第 297 页。
② 萨孟武：《水浒传与中国社会》，北京出版社 2005 年版，第 64 页。

人家全部奉献出来救济穷苦百姓，就强人所难，要求太高了！如此看来，宋江为晁盖通风报信的行为不仅不是“欺君”①，而是义举，更是忠君报国之举，正所谓“只反贪官，不反皇帝”是也（毛泽东语）。对此，鲁迅先生在《三闲集·流氓的变迁》亦有言，说水浒中人“他们的旗帜是‘替天行道’。他们所反对的是奸臣，不是天子②”。

还有一件事情，让人们对宋江说三道四，说他有反心，证据就是他登上浔阳楼题写“反诗”。浔阳楼似乎是世人生不逢时、落拓不偶之地，特别是唐朝的白居易在此偶遇一弹琵琶的中年歌女，感世伤怀，同悲天涯沦落，援笔写下千古绝唱《琵琶行》后，更使此地成为悲秋生愁之所。宋江押司出身，熟通诗文，登临送目，自然也要抒发壮怀，更兼他发配之身，酒醉之后，不挥毫泼墨就不正常了。谁料宋江所书文字，引发笔墨官司。有人认为是“反诗”，以黄文炳为代表；有人认为不仅不是反诗，反而是忠君诗。各执一词，莫衷一是。众所周知，古诗词是中华文化瑰宝，是炎黄子孙的骄傲，但因它文字简约，也易引起歧义误解，为此古往今来不知多少文化人因为几个小字身败名裂，甚至饮恨黄泉，这就是所谓的文字狱。像清朝年间的“清风不识字，何事乱翻书”“夺朱非正色，异种也称王”等诗文都曾惹恼当局，引来塌天大患。无为军通判黄文炳认为宋江所写为反诗，尤其是“他时若遂凌云志，敢笑黄巢不丈夫”更是“无礼”，他理解为“他（宋江）要赛过黄巢，不谋反待怎地”，为此举报到官府。可这段文字也完全可以有另一番的解读。“心在山东身在吴，飘蓬江海谩嗟吁”是说他不幸身犯法律；“刺文双颊，配在江州”，想自己“自幼曾攻经史，长成亦有权谋”，可“目今三旬之上，名又不成，利又不就”，不觉志气难伸，“恰如猛虎卧荒丘，潜伏爪牙忍受”，“感恨伤怀”；“他时若遂凌云志，敢笑黄巢不丈夫”是说将来若得朝廷任用，有我宋江在，像黄巢那样造反的人，一定会把他剿灭，哪容他闹那么大的动静，因为他觉得黄巢不够大丈夫，大丈夫怎能揭竿而起，犯上作乱呢？宋江自觉自己赛过黄巢，但不是黄文炳理解的赛过黄巢就要去造反，而是要镇压像黄巢一样造反的人；“他年若得报冤仇，血染浔阳江口”，是说有

① 〔美〕夏志清：《中国古典小说史论》，胡益民等译，江西人民出版社 2001 年版，第 87 页。

② 鲁迅：《鲁迅选集》（第二卷），人民文学出版社 1983 年版，第 488 页。

朝一日消灾灭祸，重见天日，遂了凌云之志，出将入相，必将自己的一腔热血报效朝廷，建功树业，与天子分忧，为社稷增福！这豪言和雄心在后来的打田虎、诛王庆、征方腊的战役中不是得到了验证吗？有人说，宋江此诗是酒后所写，属酒后狂言，认为宋江有可能醉酒后发泄自己的不满从而暴露自己的野心；但也有“酒后吐真言”一说，认为是宋江抑郁愤懑抒发忠君报国之理想。是“狂言”还是“真言”，不能孤立地、片面地单拿一两首诗词即“酒后题诗”这一件事情说事，要看宋江一生的所作所为。“江州事件”之前，宋江死活不肯上山，那是为什么？原因谁都清楚，就是不想站在朝廷的对立面，不愿与“造反”二字沾边；上山后，一心想招安，千方百计寻找机会归顺朝廷；招安后，朝廷削弱其力量，把他们当炮灰，但宋江毫无怨言，宁可朝廷负他，他忠心不负朝廷，朝廷让他干什么他就干什么，让喝了毒酒后依然毫无怨言，这还不叫“忠”，什么叫“忠”？后人还有人说他“愚忠”，就是说宋江的“忠”已经登峰造极，无以复加了！若还有人死活认定他写的就是“反诗”，未免割裂了宋江这一人物性格，因为仅有谋反的动机，但却都是忠贞不贰的行为，所谓“反诗”就显得荒诞无稽了。

但也正是黄文炳、蔡九知府的曲解误读，逼迫宋江走上了类似黄巢那样的“造反”之路。从小吏到强盗，从强盗到忠臣，宋江走了一段很累、很漫长的弯路。

——无奈上山，却心存魏阙。

宋江被梁山好汉从江州法场解救后，不得不忍痛离开了他无限眷恋的主流社会，开始了前途未卜、风雨飘摇的落草生涯。

上梁山后，晁盖主动让位宋江，但宋江可不是那不开眼的。有自知之明、能审时度势的他再三推却，最终坐上了第二把交椅。

二把手的位置实际不是宋江所愿，因为梁山举什么旗，走什么路，主要取决于一把手。晁盖终是要“改朝换代”的，虽然他在这方面能力不济，也就是政治上他头脑简单，提不出什么明确的路线、方针和政策，但他跟官府的不合作乃至对抗、仇视的立场是路人皆知的，这与宋江的“三观”格格不入，甚至背道而驰。胳膊拧不过大腿的二把手宋江如何实现他的招安梦呢？应该说，宋江的路数是步步为营，稳扎稳打，方法高明，措施得力，成效显著，最终目的达到。这值得有雄心壮志、想大展身手、不想甘居人下的二把手、三把手们揣摩借鉴。

首先，打造招安的个人基础。宋江在上山前，凭着“孝”这个做人的本分、“义”这个聚人的前提积累了一定的人脉资源，闻名江湖，可这只能说人缘不错；上山后，身份变了，地位变了，大家是否愿意跟你走，拥戴你当领袖，达到“抬头望见北斗星，心中想念宋公明”的程度，那可不是仅靠说几句暖心话、送几块黄白之物就能解决的问题，你得让人家看到你的领导能力，领略到你的领袖风采，“迷路时想您有方向，黑夜里想您照路程”；“困难时想您有力量，胜利时想您心里明”，让大家感觉跟着你有希望、有奔头。为此，宋江每逢大小战役都是主动请缨，亲自带队，以“哥哥是山寨之主，不可轻动”为由，逐渐握牢了梁山的统兵权。须知：枪杆子里面出政权。他上山后的第一个大仗是三打祝家庄，继而又通过攻陷高唐州、聚义打青州、乔扮闹华州等一系列战役，很快打出了威信，也打出了自己的班底。应该说，宋江的军事指挥能力也不是天生而就的，也是在征战中经历挫折乃至失败历练而成。在上山前，他就小试牛刀，清风山巧计捉秦明，江州城智取无为军；上山后，更是龙归沧海，虎入深山，指挥了一场又一场的战役。在血与火的战场上，在生与死的较量中，那些一起下过山，一起扛过枪，一起流过血，一起分过赃的好汉，就成了他的老铁。他们无论本领如何，无论人品如何，都唯宋江马首是瞻，为增强宋江的话语权、保证宋江顺利晋级一把手发挥了重要作用。

其次，壮大招安的阶级基础。美不美，乡中水；亲不亲，阶级分。这句话也不知是什么时候开始说的，就中还是有一定道理的，特别是后一句。因为不同阶级、阶层的人看法往往不同，而同一阶级、阶层的人往往有很多一致或相似的观点，反正宋江对此应该是心知肚明的。为此，宋江上山后多措并举使梁山的队伍结构和阶级基础发生了质的变化。宋江深知，不变不行，他必须要寻求和发展同声相应、同气相求者，因为他所坚持的招安路线势必遭到一些梁山好汉的反对，因为招安的主张是违背许多上山者的初心的，若与大家背道而驰而自己却势单力薄，那是非常危险的。历史上的农民起义，因道不同、不相为谋而发生的内讧还少吗？为此，宋江不遗余力招降纳叛，特别是将许多庄主、社会名流、政府官员和朝廷武官等上层武士，如扑天雕李应、毛头星孔明、独火星孔亮、小旋风柴进、玉麒麟卢俊义、神行太保戴宗、美髯公朱仝、插翅虎雷横、小李广花荣、霹雳火秦明、镇三山黄信、急先锋索超、病尉迟孙立、金枪将徐宁、双鞭呼延灼、丑郡马宣赞、井木犴郝思文、大刀关胜、没羽箭张清、百胜将军韩滔、天目将军彭玘、圣水将军单廷珪、神火将军魏定国、双枪将董平纷纷纳入麾下，这使宋江一派的力量明显增强。这些人原都在政府体制之内，只因时不可解、走投无路，权且栖身梁山，其实他们压根儿就不想上山，渴望有朝一日改弦更张，重做新人。原江州两院押牢节级，相当于现在监狱长的戴宗在动员石秀上山入伙时是这么说的："小可一个薄识，因一口气，去投奔了梁山泊宋公明入伙。如今论秤分金银，换套穿衣服。只等招安了，早晚都做个官人。"这就一语道破了这些原朝廷官吏的内心世界。为此宋江对这些人格外倾斜，军事上重用，地位上拔高，这从梁山英雄排座次上就可明显看出，这为他实现招安打下了坚实的群众基础。历史上造反的，个人或少数人归顺朝廷的案例很多，但像梁山好汉这样全伙接受招安的并不多，这与宋江韬光养晦、精于谋划不无关系。

再次，筑牢招安的思想基础。从以上分析可以看出，宋江卓有成效的工作使得梁山上的主要领导（将领）都来自官僚地主阶级，招安思想早已暗流涌动，只要有人振臂一呼他们就会云集响应。而且，即使是来自社会下层、出身于无业游民、小手工业者或占山为王类似于黑社会的许多下层武士，他们也没有反对招安的强烈意愿，如小说第十九回写渔夫出身的阮小五曾唱了这样一首歌：打鱼一世蓼儿洼，不种青苗不种麻。酷吏赃官都杀尽，忠心报答赵官家。他们认为大宋皇帝和贪官污吏不是一回事，为此只反贪官，不反皇帝，只要天子下诏，指哪儿打哪儿，甘愿为赵宋王朝肝脑涂地。甚至为了招安，连贪官也不反了。当然，偶尔也会有人发出一声"打到东京去，夺了鸟位"的大喊，但也就是喊一声，泄一下怨愤之气而已。呼喊者往往是四肢发达、头脑简单的李逵之流，基本上只满足于大块吃肉、大碗喝酒、大秤分金银的生活，没有远大的政治理想和目标。这些人，准确地讲是没有思想、没有头脑的人，对宋江的招安大业根本就构不成威胁，宋江对此等人只需大喝一声便解决问题，他似乎也未挂怀。即便这样，宋江还是做了大量的招安宣传工作。比如在第三十二回"武行者醉打孔亮　锦毛虎义释宋江"武松投奔二龙山鲁智深前，宋江对武松推心置腹地说了一段心里话："兄弟，你只顾自己前程万里，早早的到了彼处。入伙之后，少戒酒性。入得朝廷招安，你便可撺掇鲁智深、杨志投降了，日后但是去边上，博得个封妻荫子，久后青史上留得一个好名，也不枉了为人一世。我自百无一能，虽有忠心，不能得进步。兄弟，你如此英雄，决心得做大官。可以记心，听愚兄之言，图个日后相见。”临别又叮嘱武松：“兄弟，休忘愚兄之言。”对归降的朝廷军官更是把“招安”二字挂在嘴上，第五十六回“吴用使时迁盗甲　汤隆赚徐宁上山”宋江对金枪手徐宁说：“现今宋江暂居水泊，专待朝廷招安，尽忠竭力报国。”第五十八回“三山聚义打青州　众虎同心归水泊”宋江对双鞭呼延灼说：“小可宋江怎敢背负朝廷？盖为官吏污滥，威逼得紧，误犯大罪，因此权借水泊里随时避难，只待朝廷赦罪招安。”“等朝廷见用，受了招安，那时尽忠报国，未为晚矣。”第七十一回“忠义堂石碣受天文　梁山泊英雄排座次”宋江在梁山好汉大聚义时说：“我心中欲建一罗天大醮，报答天地神明眷佑之恩。一则祈保众弟兄身心安乐；二则唯愿朝廷早降恩光，赦免逆天大罪，众当竭力捐躯，尽忠报国，死而后已。”通过宋江方方面面的说教，使全山上下提高了对招安问题的认识，进一步统一了思想，为实现集体招安打下了良好的思想基础。

又次，夯实招安的组织基础。从组织上特别是领导班子建设上保证招安的贯彻落实，是宋江铺好路、搭好桥之后下大力气做的一项工作。有什么样的政治路线，就有什么样的组织路线。宋江在政治上要推行“替天行道”的路线，在组织上必然要动很多心思，比如他把费力赚取的玉麒麟卢俊义安排为二把手，目的就是要稳住他一把手的地位。因为卢俊义能为高强，大名首富，智商超群，且枪、棒、拳为“河北三绝”，能压服住林冲等人；尤其是他在梁山根基浅，对宋江根本构不成威胁，更重要的是，他是招安的坚挺派，“生为大宋人，死为大宋鬼”是他的不二信条。他注重招降纳叛，并对之高看一眼，委以重任，就是要壮大自己的同盟军。如关胜虽然后来，但却位排第五，居于梁山元老级人物林冲之前，成为梁山“五虎将”之首，就是因为他是宋江引进的人才，在政治上肯定与宋江保持高度一致，再加上他是武圣关云长的后人，“世本忠臣”，在招安问题上可谓双保险，能让宋江绝对放心。其他位居梁山领导核心的几乎都是宋江的嫡系和心腹，“五虎将”中除了林冲以外，关胜、秦明、呼延灼、董平，都是宋江招收的降将；“八骠骑”中的花荣、徐宁、杨志、索超、张清、朱仝、史进、穆弘，不是原来的朝廷命官和庄主，就是宋江的知交故旧。排在前十位的卢俊义、吴用、关胜、秦明、呼延灼、花荣、柴进都是招安的铁杆拥护者，排在第四位的公孙胜、第六位的林冲就显得无足轻重了，他们被绝对的多数所压倒，即使发声也会被湮没，何况公孙胜常常四方云游，三天打鱼，两天晒网，给他机会也不表态，是可以忽略不计的，这就为接受招安做好了组织上的一切准备。如此，梁山政治局的成员大多业绩上突出、政治上放心，特别是在招安这个大是大非问题上让宋江信任。接下来宋江的小喇叭一吹，梁山上就会响起震耳欲聋的和谐之曲。

最后，是一个具有中国特色的，不得不单独拿出来说说的问题，那就是营造招安的舆论基础。所谓舆论基础，就是充分宣扬和论证招安行为的合法性。宋江那个时代（包括他此前之后的很长时间）的合法性只能由上天授予，比如秦末农民起义有“大楚兴，陈胜王”的狐狸鸣叫，汉末黄巾起义有“苍天已死，黄天当立，岁在甲子，天下大吉”的谶语，元末农民起义有“莫道石人一只眼，挑动黄河天下反”的谣谚，宋江呢，第四十一回“宋江智取无为军　张顺活捉黄文炳”他把江州蔡九知府捏造的谣言说与众头领，“耗国因家木，刀兵点水工。纵横三十六，播乱在山东。”宋江旧事重提，绝非酒后闲话，这四句话与上面历朝历代的谶语谣谚实为异曲同工。这不，心直口快的李逵一听此言就跳将起来道：“好！哥哥正应着天上的言语！……放着我们有许多军马，便造反怕怎地！晁盖哥哥便做了大皇帝，宋江哥哥便做了小皇帝。……杀去东京，夺了鸟位，在那里快活，却不好！不强似这个鸟水泊里！”在此后的一回里，宋江更被九天玄女称作“星主”，（宋江是《水浒传》中唯一受到神灵庇护的人，这反映了作者对他的态度：正面一号人物）他也将视为上天象征的九天玄女所谓“汝可替天行道，为主全忠仗义，为臣辅国安民”的法旨当作金科玉律来贯彻执行。所做的一切无非表明，他宋江并非等闲之辈，他下关民谣，上应天象，秉上天之气而来，奉神灵之命而为，可谓应天顺人，这种罩着神灵光环的神秘东西在古代极具合法性，这就在舆论上奠定了宋江神圣不可动摇的地位。因此，晁天王死后，宋江更是成了梁山的实际领袖，于是放胆公开了他的招安旗帜，将“聚义厅”改为“忠义堂”，立起了“替天行道”的杏黄旗（此“天”指“天子”，效忠赵宋皇权，替代了众好汉眼中的“天”——“公平正义”），唱起了“望天王降诏早招安，心方足”的曲子。只待朝廷一点头儿，立马就匍匐在皇帝脚下。鲁迅先生在《三闲集·流氓的变迁》中指出：“一部《水浒传》，说得很分明：因为不反对天子，所以大军一到，便受招安，替国家打别的强盗——不‘替天行道’的强盗去了。终于是奴才。”① 只不过鲁迅先生说的“大军一到，便受招安”是有误的，因为宋江的招安思想早在“大军”压境前就形成了。“大军”压境时他积极抗拒以增加招安筹码，大败官军后又四处活动主动争取朝廷招安，没有被动招安一说，都是他积极踊跃、想方设法主动投怀送抱的。真是身为梁山人，一心向朝廷！一些人不了解宋江的初心，所以屡屡提出疑问“为什么施耐庵要为梁山义军选择受招安的结局”，并将之归为“首要的原因是史实与以往平话奠定的故事框架起了很大的限制作用”②，这都是对作家笔下的人物缺乏细致观照的缘故。

——屡遭打压，却忠君死国。

宋江向朝廷发出了愿意归顺的信号，但这只是剃头挑子——一头热，朝廷根本就不以为意。早在第五十九回“吴用赚金铃吊挂　宋江闹西岳华山”宋江跪倒在宿太尉面前告复道：“宋江原是郓城县小吏，为被官司所逼，不得已啃聚山林，权借梁山泊避难，专等朝廷招安，与国家出力。”可迟迟没有回音。直到辽兵犯境，官军抵敌不住，才想起“以毒攻毒”之计，让“造反”的宋江去打入侵的辽兵。但朝廷这次招安根本就无诚意，依然把宋江一伙看作“啸聚山林，劫掳郡邑”的草寇，要他们缴械投降，否则就杀个鸡犬不留，这岂能不惹恼众好汉？但宋江仍数次拜伏在地，称“若以数句善言抚恤，我等尽忠报国，万死无怨”。哎！让朝廷说几句好话哄哄我们，我们就会做朝廷忠实的鹰犬，肝脑涂地，在所不惜，这样的无本买卖朝廷怎么就不肯做呢？聪明的宋江吃了三斤二毛烧鸡也没想明白！后经过两赢童贯，三败高俅，特别是让帅哥浪子燕青得见徽宗皇帝的相好——妓女李师师款为交通，朝廷最终才同意接受招安。哎！原来是欠揍。宋江喜笑颜开地率领梁山好汉，打着“顺天”“护国”的旗帜，投向京师的怀抱。

谁知等待他们的却是兜头一瓢一瓢的冷水，浇得他们从头凉到了脚。初次见面，也不给他们封官加爵，而是要先把他们拆散，“原是京师有被陷之将，仍还本处，外路军兵，各归原所。其余人众，分作五路，山东、河北，分调开去”。好汉们面带不悦，朝中大臣就建议“赚入京城，将此

① 鲁迅：《鲁迅选集》（第二卷），人民文学出版社 1983 年版，第 488 页。
② 陈大康：《明代小说史》，人民文学出版社 2007 年版，第 46 页。

一百零八人，尽数剿除，然后分散他的军马，以绝国家之患”，要不是殿前都太尉宿元景以辽国犯境、边庭吃紧为由救下宋江等人，估计招安之日就是宋江们的忌日。热脸蛋贴人家的冷屁股，滋味不好受啊！

尽管朝廷对他们不善，但宋江毫无芥蒂，当听到朝廷欲派遣他们前往征辽时，高兴得无可无不可，“宋江等拜谢宿太尉道：‘某等众人，正欲如此，与国家出力，建功立业，以为忠臣。今得太尉恩相，力赐保奏，恩同父母。’”多么忠实的臣子啊！可接下来朝廷又给他们送上了一份“大礼”。出征前夕，天子传旨教中书省院官二员犒劳三军，每名军士酒一瓶，肉一斤。谁想这伙官员贪滥无厌，将御赐的官酒每瓶克减只有半瓶，肉一斤克减六两，以致发生冲突。将士骂官员“佛面上去刮金”，官员骂将士：“你这大胆！剐不尽杀不绝的贼！梁山泊反性尚不改！”“腌臢草寇，拔刀敢杀谁?”梁山士卒岂是容你物质、精神双损伤的！结果可想而知。就这样，宋江在出征前夕滴泪斩小卒，天子还对宋江治军不严之过记录在案，让他戴罪立功，量功理会，但对克扣军饷的贪腐分子却听之任之。别有深意的是，这个故事发生在陈桥驿。这陈桥驿可不是寻常之地，这可是赵宋王朝的龙兴之地。想当年，世受后周皇恩的赵匡胤在此发动兵变，黄袍加身，而饱受屈辱的宋江却在此含泪出征，为赵宋王朝驰骋疆场，御寇靖边。两相对比，宋江之忠岂非昭然若揭。当然，道君皇帝让梁山好汉驻扎陈桥驿，是否把他们当作了当年的赵匡胤？他是否在提醒自己，要时时提防这帮武士，可不能重用他们。否则，就会社稷倾覆，江山易主，那可不是闹着玩儿的！有这种思想在作祟，宋江这些武士还有个好吗？

紧接着，第三次打压又接踵而至。宋江奉诏北进征辽，一路上披荆斩棘，历尽艰险，攻下檀州，夺回蓟州，智取霸州，占领幽州，兵围燕京，眼看辽国唾手可得。无奈之下，辽主派使臣到汴京重重贿赂蔡京等文臣，请罪乞降。宋江功败垂成，被勒令收兵罢战，班师回京。并将应有被擒之人，释放还国；原夺城池，仍旧给辽管领；府库器具，交割辽邦归管。这可都是武士们出生入死、流血牺牲好不容易换来的，被那些贪图私利的文官和那聪明过头的徽宗皇帝上下嘴唇一碰，顷刻间化为乌有。当然，这也符合赵宋王朝“守内虚外”的国策，他宁可将钱赠予“友邦”买得和平，也不能将政权旁落到“家贼”手里。所以，宋江他们让逆虏投降，边庭宁息，甚至差点儿让欺负赵宋王朝百年之久的大辽国从地球上消失，如此不世之功，徽宗皇帝仅仅在光禄寺赏了他们一顿饭，给了宋江一领锦袍、一副金甲和一匹名马，卢俊义以下给了些金帛，仅此而已，加官晋爵这一关键事宜则避而不谈。

宋江等并未怨怅，反而觉得“闲居在此，甚是不宜”，于是，主动赶到宿太尉府求他帮忙：“上告恩相，宋某听得河北田虎造反，占据州郡，擅改年号，……宋江等人马久闲，某等情愿部领兵马，前去征讨，尽忠报国。望恩相保奏则个。”随即提兵平定了田虎，后又剿灭了淮西王庆，得胜还朝，像上次一样，大队人马仍旧驻扎在离京城较远的陈桥驿，仍旧是赏了他们一顿饭，给了宋江一领锦袍、一副金甲和一匹名马，卢俊义以下给了些不等的金帛，这不是逗人玩吗？明摆着就是只利用，却不信任，不重用，你想想梁山好汉心里会好受吗？李俊、张横、张顺、阮家三昆仲找到军师吴用：“俺哥哥破了大辽，灭田虎，如今又平了王庆，只得个‘皇城使’做，又未曾升赏我等众人。如今倒出榜文，来禁约我等，不许入城。我想那伙奸臣，渐渐的待要拆散我们弟兄，各调开去。……”这是宋江所受的第四次打压。

这四次打压都不是致命的，致命的是第五次，也是最后一次。宋江听说江南方腊造反，又去求宿太尉：“近因省院出榜，但凡出征官军，非奉呼唤，不敢擅自入城。今日小将私步至此，上告恩相。听的江南方腊造反，占据州郡，擅改年号，侵至润州，早晚渡江，来打扬州。宋江等人马久闲，在此屯扎不宜。某等情愿部领兵马，前去征剿。尽忠报国，望恩相于天子前提奏则个！”天子闻奏自然大喜，宋江承旨谢恩，随即开赴前线。可这次就没有以前那么幸运了，以前征大辽、平田虎、诛王庆几乎所向披靡，百战百胜，“去时三十六，回来十八双。纵横千万里，谈笑却还乡”。那是作者为了表现梁山好汉的英雄本色，表明他们的确是保家卫国的栋梁之材。但此次讨伐方腊，梁山好汉死伤殆尽，108 位只剩下 27 个参加了朝觐。作者如此写，是为了表明以方腊为代表的南方民众的反抗之烈，反抗之烈的根源在于道君皇帝的统治之非，“贪婪，霸占臣民的财产及其妇女，特别使君主被人衔恨[①]”。为此，作者对方腊起义的看法是复杂的，一方面站在封建正统立场上认为他僭号称王大逆不道，另一方面认

① 〔意〕尼可洛·马基雅维里：《君主论》，潘汉典译，商务印书馆 1986 年版，第 87 页。

为他起事事出有因，只不过作者采用为尊者讳的春秋笔法，表面上不容易看出而已。消灭了方腊，梁山好汉只剩下四分之一，朝廷心目中的“四大寇”——柴进混进皇宫在“睿思殿”的素白屏风上曾看到徽宗御笔亲书的四大寇的姓名，即山东宋江，淮西王庆，河北田虎，江南方腊，这“四大寇”现在只剩下四分之一了，那就是宋江自己了。这个让徽宗皇帝操了不少心、费了不少神、头疼了不少次、做梦都想剿杀的宋江，到了兔死狗烹的时候了。此时朝廷倒真的加封了宋江等人的官职——宋江为楚州安抚使兼兵马都总管，这实际上离死期更近了，因为武士有职有权更让万岁爷睡不踏实。这不，朝廷先用水银毒死了他们眼中的“猛兽”卢俊义，后又用类似的手法药死了宋江，宋江临终前又药死了唯恐其造反的李逵。生离死别之际，宋江对李逵说了他在人世间的最后一句话：“兄弟，你休怪我！前日朝廷差天使，赐药酒与我服了，死在旦夕。我为人一世，只主张‘忠义’二字，不肯半点欺心。今日朝廷赐死无辜，宁可朝廷负我，我忠心不负朝廷。……”如此迫害，宋江依然对朝廷忠贞不贰，真不愧绰号“呼保义”——据说元代有部水浒戏《梁山七虎闹铜台》中宋江有段道白：“安邦护国称保义，替天行道显忠良。一朝圣主招安去，永保华夷万载昌。”这可能是宋江形象的真实写照。宋江应当是这样认识的，人无论活着还是死去，都应该为朝廷所有（用），即使为朝廷所冤死，那也是死得其所，“生当庙食死封侯，男子平生志已酬”；死且不朽，名垂青史才是正道，“万年香火享无穷，千载功勋标史记”。显然，宋江不是刘邦，他从来没有产生过“大丈夫当如是也”的念头，其“内心深处从来未曾与朝廷真正对立过”①，忠君的理念已经完全浸透了他的骨髓和灵魂。以致李贽在《忠义水浒传序》中叹服道：“则谓水浒之众，皆大力大贤有忠有义之人可也。然未有忠义如宋公明者也。今观一百单八人者，同功同过，同死同生，其忠义之心，犹之乎宋公明也。独宋公明者，身居水浒之中，心在朝廷之上；一意招安，专图报国；卒至于犯大难，成大功，服毒自缢，同死而不辞，则忠义之烈也！真足以服一百单八人者之心，故能结义梁山，为一百单八人之主。”②

为了“忠”，宋江冒死为劫取贪官“生辰纲”的义士通风报信；为了

① 丁夏：《咫尺千里——明清小说导读》，清华大学出版社2002年版，第37页。

② 朱一玄、刘毓忱：《水浒传资料汇编》，南开大学出版社2012年版，第172页。

“忠”，宋江几次三番拒不上梁山；为了“忠”，宋江费尽心机掌握了梁山的话语权，不失时机地宣传忠君报国的思想，坚定不移地同反招安的各种言论进行了坚决的斗争；为了“忠”，宋江拼命地巴结朝廷命官，甚至不惜卑躬屈节与朝廷的实权派人物高俅等握手言欢；为了“忠”，宋江在受招安后，虽屡次遭受打压，依旧“忠心不负朝廷”，不折不扣按照朝廷的指示办事，拼死维护赵宋皇帝和朝廷的权威，不为不忠的言语所动和所惑，甚至不惜弃义就忠，“滴泪斩小卒”，“毒酒赐李逵”，实现其“为主全忠仗义，为臣辅国安民”“一心不事二主”的做人信条；为了“忠”，竟在喝了御赐毒酒后喊出了“宁可朝廷负我，我忠心不负朝廷”这样令人心酸的话语。行文至此，小说作者也止不住发出感慨：“受命为臣赐锦袍，南征北战有功劳。可怜忠义难容世，鸩酒奸谗竟莫逃。”

为了“忠”，宋江跪伏在殿前太尉宿元景的脚下诉说衷肠，可招安的“夙愿”迟迟来不到“近”前；为了“忠”，宋江多次匍匐在第一次前来招安、对梁山极尽侮辱的朝廷大员脚下，反复申述他对招安的憧憬渴望，这还是在辽国进犯、朝廷有求于梁山、不得不“催”着好汉们去“靖”边的背景下（此次是御史大夫崔靖劝说宋徽宗招安梁山）；为了“忠”，宋江竟对一个妓女极尽阿谀下作之能事，还大把大把地给李师师行贿，并用上了性贿赂（只是因浪子燕青的定力和智慧，故事未能展开）。为了效忠朝廷，宋江可谓无所不用其极！

宋江，这个赵宋王朝“崇文抑武”国策下的一个武士，他肯定千万次地问：千万里我追寻着你/可是你却并不在意/你不像是在我梦里/在梦里你是我的唯一……热情已被你耗尽/我已经变得不再是我/可是你却依然是你/问我到底恨不恨你/问自己你到底好在哪里/好在哪里？宋江的热切追寻和挚恋，却像一场无望的单相思，真的好难，好苦！终致他忠君报国的理想和愿望无法完全实现。悲哉，宋江！哀哉，呼保义！宋江的悲剧是《水浒传》里最大的悲剧，是一百零八人悲剧的集中凝聚和体现。其悲剧与其悲剧性格密不可分，而其“悲剧性格必定在悲剧环境中形成”[①]，这一悲剧环境就是实行“崇文抑武”国策的北宋王朝。哎！宋江与朝廷迟早是要分手的，世上哪有不散的筵席呢？毕竟“‘一治

① 俞汝捷：《小说二十四美》，中国青年出版社1987年版，第46页。

一乱’是中国的社会史，‘合久必分，分久必合’是中国的政治史”[1]。在中国古代，天下大势如此，个人或集体与国家之间的关系何尝不是这样呢？

当然，宋江为达到自己的目的，也曾做过一些为人诟病的事情。比如为了赚取秦明入伙，他不择手段，让人乔装扮作秦明的模样，在青州城外杀人放火，将原有数百人家之地化作一片瓦砾场。为此青州知府杀了秦明一家老小，害得秦明无家可归，有国难投。此事需要啰唆几句，即秦明满门抄斩不能全怪宋江，宋江之罪在于杀戮无辜百姓而栽赃到秦明身上，但这并不必然导致青州知府杀死秦明全家。因为青州知府与秦明合作共事，应对秦明有一定了解；再说秦明一家老小都在知府手中，知府的脑袋岂是猪头，秦明怎么会自断后路、不顾家小呢？对其家小，完全可以先关押起来，待调查核实后再作处理。知府不问三七二十一就杀其全家，这不是将他逼上绝路吗？此事的大背景说到底还是“崇文抑武”的国策在作怪，文官看不起武士，文武大都不和。为此，文官只要抓住武夫一着之错，就要毫不留情，残酷迫害。若秦明是个文官，可能结局就大不一样，那青州知府一定得好好调查研究一番，然后开上几次研讨会，再上报请示、审批……对此，李卓吾看得也很清楚，他认为秦明等武士最终走上梁山，也是文官相逼的结果。在第三十四回他批道：“国有贼臣，家有贼妇，都贻祸不浅。只如青州府失了秦明、黄信、花荣三个良将，皆刘高一人误事，而刘高又妻子误之也。”[2] 好了，放下此事，再说宋江。宋江此举，道德上的谴责就不赘述了，此处想说的是作者的用意，作者意在表明宋江是个武士。武士的行事特点一般都干脆利落，决不拖泥带水，尤其在两军对垒、战事纷扰之时，心狠手辣在所难免。武士的行事风格和儒生文士是不同的，武士做事和说话似乎有点儿“无厘头”；文士嘛，大都师出有名，且名正言顺，顺天应人，就像青州知府把“造反”的罪名扣在秦明的头上，然后杀其全家，结果是全国上下人人点头，赞许青州知府：“杀得好！”“做得对！”现在还有不少人把秦明全家被害完全栽在宋江头上，你说宋江冤不冤？

---

① 萨孟武：《水浒传与中国社会》，北京出版社 2005 年版，第 94 页。

② 朱一玄、刘毓忱：《水浒传资料汇编》，南开大学出版社 2012 年版，第 176 页。

四、结语

宋江，宋室江山的呼保义，他靠他的孝、义和忠，将武士们紧紧团结和凝聚在他的周围，虽为情势所困，走了一段盘陀路，但心向朝廷，矢志不渝，招安后即刻率众开赴前线，冲锋陷阵，赴汤蹈火，成为宋室江山的守护神。特别是在他的影响和带领下，个别存在缺陷的武士，如嗜杀的李逵、贪色的王英，都能够较好地约束自己，成为国家和社会有用的人才，就像曾是青面獠牙、狰狞可怖的人物皈依佛祖后就成了慈悲为怀、普度众生的五百罗汉一样。

值得一说的是，作者虽然在孝、义、忠方面对宋江做了十全十美的描写，但客观地讲，作者并未对宋江这一形象做脸谱化的处理。许多人只注意到“黑宋江”是“脸黑”，是否“厚黑”之“黑”没有细想。这或许是《水浒传》与《三国演义》在人物塑造上的区别所在，也是《水浒传》高于《三国演义》的一个地方。虽说“写一百零八人性格，真是一百零八样”有些夸张，可人物的复杂多义性即圆形人物的特质确已呈现，比如金圣叹既“独恶宋江”，又慨叹“真好宋江，令人心死”“何物小吏，使人变化气质”。杨义先生认为，宋江“面对来自社会各阶层的众兄弟，他不能不玩弄调和忠义的权术加以统驭，一方面以‘义’字牵合江湖好汉的野性，一方面以‘忠’字补偿朝廷降将的心理倾斜[①]”。仅有道德，没有权术，很难成为带头人，那样的人仅存在于乌托邦的世界，不是现实主义的写法。黑、孝、义、忠构成一个完整的、活生生、让人想爱又爱不起来、想恨又恨不起来的爱恨交织于一体的宋江。

“时来天地皆同力，运去英雄不自由。”宋江，是作者倾力打造的一个人物，也是一个让现代受众在情感上非常纠结的一个人物。在这个似乎自作自受、有着浓重悲剧色彩的人物身上，寄寓了作者对“崇文抑武”国策的彻底否定，而并非简单的“从最后义军的结局看，作品对受招安的道路似乎又有所批判”[②]。随着宋江——这个被作者当作梁山之魂来写的人物的终结，吴用、花荣等“爪牙”六神无主，身心俱死。若现实它总叫人更加悲伤，还不如死去痛快！水泊梁山，终成人们记忆中的南柯一

① 杨义：《中国古典小说史论》，中国社会科学出版社 1995 年版，第 276 页。
② 杨子坚：《新编中国古代小说史》，南京大学出版社 1990 年版，第 121 页。

梦，象征着赵宋王朝武魂尽失，武库一空。

行文至此，欲以宋江所作《念奴娇》作结，以期让读者对宋江这个人物形象有个更清楚、更客观的了解。这首词是宋江见到徽宗皇帝的宠妓师师小姐时所作，惊艳之余，情不自禁也做了一回酸文人。词中极力赞美李师师的仙姿佚貌，应该不是宋公明觊觎这个女人，他那么忠心哪能有那非分之心，他是想通过高抬李师师让她心花怒放，让这个手眼通天的女人猛吹枕边风，将六六三十六位天罡、八九七十二位地煞即梁山好汉急迫盼望朝廷降旨招安的心情传达给道君皇帝。全词委曲婉转，道尽胸中郁结；情真意切，一吐满腔忠义之气。尤其是“义胆包天，忠肝盖地，四海无人识”之句，不仅将宋江的思想和内心情感和盘托出，而且在语意表达上堪称是神来之笔，似有先见之明，将宋江当时乃至现今的尴尬处境一笔写尽，堪称千古名作，可叹知音甚稀！因此，放在结尾，以飨读者。

天南地北，问乾坤，何处可容狂客？借得山东烟水寨，来买凤城春色。翠袖围香，绛绡笼雪，一笑千金值。神仙体态，薄幸如何消得？想芦叶滩头，蓼花汀畔，皓月空凝碧。六六雁行连八九，只待金鸡消息。义胆包天，忠肝盖地，四海无人识。离愁万种，醉乡一夜头白。

第十二讲　屡遭伤害的武行者

宋江杀了阎婆惜后逃至沧州，受到柴大官人的热烈欢迎和热情接待。酒至半酣，宋江躲酒转至东廊之下，醉眼蒙眬之际，一脚踏在一根锨把上，把那锨里的炭火都掀在正在烤火的汉子脸上。这下可不得了，小说“有分教：山中猛虎，见时魄散魂离；林下强人，撞着心惊胆裂”，就此惊出一个日后惊天动地的英雄——武松武二郎。

武松在小说中的戏份儿虽无法跟书胆宋江相提并论，但就集中描写的程度而言，是一位仅次于宋江的重量级人物，整部书他就独占十回篇幅（被称作“武十回”），篇幅长度几乎是前面出场的两个重量级人物鲁智深（六回）、林冲（五回）的篇幅总和。且“武十回”为读者熟悉的程度应该远在宋江之上，譬如打虎景阳冈、手刃潘金莲、斗杀西门庆、醉打蒋门神、义夺快活林、大闹飞云浦、血溅鸳鸯楼、除恶蜈蚣岭……哪一个不是让讲者讲得津津有味，让听者听得如痴如醉。因此，武松在喜爱故事的国人眼里那可是家传户诵、无人不知的人物。与“马上林冲”相比，“马下武松”似乎更接地气。他来自市井平民家庭，身上有浓厚的生活气息，特别是其勇猛过人、快意恩仇的强者形象，寄托着底层民众的人生理想和审美需求。因此，三岁的小孩将武松崇拜得五体投地，八十岁的老太太对武松的事迹如数家珍。尤其在民间，武松的知名度相当高，可谓如雷贯耳，成为《水浒传》中最具名气、“粉丝”最多的武士之一。

武松巨大的魅力使得小说《水浒传》问世后，专门演绎、改编武松的文艺作品更如雨后春笋般大量涌现（元杂剧已出现若干武松戏，傅惜华《元杂剧全目》著录武松的戏有三种：红字李二《折担儿武松打虎》和《窄袖儿武松》、高文秀《双献头武松大报仇》）。在戏曲方面，明代万历年间沈璟的传奇《义侠记》、清代以后活跃于梨园的《武松打虎》（又名《景阳冈》）、《武松杀嫂》（《挑帘裁衣》）、《武松打店》（《十字坡》）等，如朵朵鲜花，竞开梨园。这些戏曲的搬演，也成就了不少舞台艺术名家，如戏曲表演大师盖叫天，就是由于他在武松戏方面的突出创造，被世人誉为“活武松”。说唱曲艺方面，明末清初的著名评话艺术家柳敬亭就以擅说《景阳冈武松打虎》而名称江南，“中国古代十大思想家”之一的黄宗羲还专门为其挥毫作传；有“看戏要看梅兰芳，听书要听王少堂”之誉的扬州评话大师王少堂将八万字的“武十回”敷演到八十多万字，堪为大观；武松老家的山东更以山东快书的形式将《东岳庙》等十二个武松故事组成系列，并将此系列曲目另立曲种——《武老二》，此名竟成了山东快书的别名；此外，尚有杭州评话《武松》以及二人转等艺术形式。在二人转等剧目中，甚至将小说中的“鲁智深生擒方腊”虚构成《武松单臂擒方腊》，都可看出武松在民间的巨大影响。能够反映民间这种声音的有两个代表性的文化人：一个是古代的金圣叹；一个是现代的张恨水。明末清初的著名文学评论家金圣叹曾给三十个梁山人物划分五个等级（上上、上中、中上、中下和下下），将武松放在第一流的“上上人物”中，称“一百零八人中，定考武松上上”[①]，他由衷地赞赏“若武松直是天神”，甚至赛过了“人中绝顶”[②] 的鲁达，堪称古人中“武铁粉”；被尊为中国现代文学史上“通俗文学第一人”的张恨水则评武松：“有超人之志，无过人之才；有过人之才，无惊人之事，皆不足以有成。何以言之？无其才而不足以展其志，无其事又不足以应其才用之也。若武松者则于此三点，庶几乎无遗憾矣。真能读武松传者，决不止惊其事，亦决不止惊其才，只觉是一片血诚，一片天真，一片大义……天下有此等人，不仅在家能为孝子，在国能为良民，使读书必为真儒，使学佛必为高僧，使做官必为纯吏。嗟夫，奈之何，世不容此人，而驱得于水泊为盗也？故我之于武松，始则爱之，继则敬之，终则昂首问天，浩然长叹以惜之。我非英雄，然惜英雄谁不如我耶？”[③] 他们都视武松为传奇式的英雄豪杰，推崇有加。

---

① 朱一玄、刘毓忱：《水浒传资料汇编》，南开大学出版社 2012 年版，第 220 页。
② 朱一玄、刘毓忱：《水浒传资料汇编》，南开大学出版社 2012 年版，第 221 页。
③ 张恨水：《水浒人物论赞》，万象周刊社 1947 年版，第 20 页。

有赞的，就有贬的。将“武松故事”借树开花，从而成就了另一部“奇书”的《金瓶梅》实际上已经开始了“贬”武松的历史。此间的武松见到老虎也会“惊恐”“大惊”；为兄复仇时却懵懵懂懂误杀他人并因此窝窝囊囊地扛上锁枷；因沦为囚徒，所以直到真凶生于安乐、死于极乐后方才了却杀潘祭兄的夙愿，且杀人后，不忘拿走银子逃生，对亲侄女却不管不顾，《金瓶梅》中的武松在很多时候已与常人无二甚至有些世俗乃至猥琐了。“五四”以后，特别是改革开放后，贬低武松的声音渐次喧嚣起来，像欧阳予倩的话剧、魏明伦的所谓“荒诞川剧”，以及许许多多与武松有关的影视剧，大都视武松为莽汉，不懂风情，是旧道德的维护者，藐视女性的生命，以及不分青红皂白地黑吃黑如所谓的“义夺快活林”、滥杀无辜如“怒平都监府”等。

如此一来，就产生了两个武松：一个在尽力渲染他神的一面，一个在努力还原他的人乃至俗人的一面。但二者共同的特点都是在关注人物表面的热闹，即武松的能为展示和道德表现，忽视了热闹背后隐藏的悲愁与落寞。而恰是这背后东西的呈现，成就了《水浒传》之所以入选“四大奇书”“四大名著”的辉煌，这应该是多数人朦胧感觉到但不一定认真思考过的问题，比如：“武松”的命名有没有寓意，绰号“行者”放在武松身上是不是不够合适，“天伤星”与武松为伴常常让人一头雾水……这正是作者在小说中极力表现的内容，而我们看得更多的，是武松的英武伟岸和光鲜亮丽，对他的伤悲永远不懂，就像白天不懂夜的黑。

一、揭秘“武行者”

“行者”是武松的绰号，但却是迟来的绰号。直到小说第三十一回“张都监血溅鸳鸯楼　武行者夜走蜈蚣岭”，也就是“武十回”的第五回，武松的主要故事已经讲到一半时，此绰号才与武松联系在一起。

此绰号的来由，当发生在武松“怒平都监府”之后。这一回，武松可闯下了塌天大祸，连夜逃亡，误打误撞被张青、孙二娘夫妻救下。没过几天，由于官府“排门挨户”，搜捕甚紧，张青夫妇只得推荐武松投奔二龙山落草。起身之际，细心的母夜叉孙二娘提议武松乔装改扮，否则官府到处画影图形出门便有被捉的危险。于是，二人一起动手，将被害的一个头陀的行头穿戴在武松身上，并为武松实施了易容术。张青夫妻应该是化妆方面的天才，看了自己的杰作都忍不住喝彩道：“果然好个行者！”

何谓“行者”？就是出家而未经剃度的佛教徒。武松是水泊梁山上独一无二的一位“行者”，因此这一迟来的称呼也就阴错阳差成了他的绰号。从此，主流社会少了一位都头，江湖上多了一位“行”者（实际上早就是“行”者了）。也就是说，武松并不是一位真正的“行者”，他不仅未在哪家寺院注册出家（尽管最终落脚在了寺院），也未见他信过佛法，只是改换了一下装束而已，是个伪“行者”，真“行”者，与鲁智深是“真和尚”的身份不同，作者只是想借用这个名头来表现武松的悲剧命运罢了。

武松终于有了绰号，他可是梁山好汉中唯一的出场时没有绰号的英雄。这是什么原因呢？难道他的绰号真就这么难起吗？是的，鲁迅先生就曾说过起绰号不易的话，武松似乎更难。

前面写史进时说过，《水浒传》上给人物起绰号大体分为外在型和内在型两大类。外在型方面武松几乎没有特点，比如形貌，他高大魁梧，梁山上自然不乏其人，且长相也无独特之处，没有林冲的豹子头、杨志的青胎记、朱仝的美须髯；兵器方面，先使哨棒，后用戒刀，若用刀棒命名很难传达出武松的风神，而且武松由于拳脚厉害，有时干脆不用兵器，此路显然不好走；身份一途也走不通，因为武松的身份含糊朦胧，飘忽不定，是打工仔，还是无业游民，抑或县衙胥吏……似乎是，又似乎不是，太多太模糊的身份实在难以和绰号挂钩；才能方面，应该是最有戏的，武松的招牌动作大家再熟悉不过了——武松打虎，绰号“打虎将”再合适不过了，可悲催的是人家李忠在江湖上先行注册。甭管李忠是打过真老虎还是纸老虎，打过公老虎还是“母老虎”，反正人家先到先得，在坊间已尽人皆知。那年头，哪管伪劣假冒，哪管货真价实，谁让李忠这方面运气好，市场意识强呢！哎！点背不能怨社会，命苦不能怪官府啊。通过外在的不好起，那就看内在的性情吧。这一途似乎更行不通，因为武松的性格比宋江更丰富、更复杂。金圣叹曾评武松，说：“武松天人者，固具有鲁达之阔，林冲之毒，杨志之正，柴进之良，阮七之快，李逵之真，吴用之捷，花荣之雅，卢俊义之大，石秀之警者也。断曰第一人，不亦宜乎？[①]”武松具有鲁达的阔达，当年还靠人救济的他居然将知县赏给他的一千贯钱散与众猎户；具有林冲的怨毒，在手刃潘金莲、大闹飞云浦、血溅鸳鸯楼等

① 朱一玄、刘毓忱：《水浒传资料汇编》，南开大学出版社 2012 年版，第 254 页。

事件中都使人感觉他和林冲一样，“算得到，熬得住，把得牢，做得彻，都使人怕”；具有杨志的守正，恪守正道，落草前为官府和官人所用时，感激涕零，热爱主流社会，是《水浒传》上最早提出招安的人，热切希望为朝廷出力，青史留名；具有柴进的良知，尤其对弱势之人，他劝阻孙二娘放走了两名公差，在快活林对手下败将蒋门神没有赶尽杀绝；具有阮小七的快人快语，“菊花大会”上武松第一个跳出来反对招安……这个在金圣叹眼里的“天人”、水泊梁山的“第一人”，集众多优点于一身，起多少绰号才能概括了武松此人的形象呢？宋江有四个绰号，成了水浒上绰号最多的人，武松要按宋江这么起，还不知要起多少绰号。

嗨，干脆出场就别起了。真是债多了不愁，虱子多了不咬。可这么做又容易让武松脱离群众。

说到此处，不得不感谢孙二娘，是机缘巧合，还是孙二娘的灵口慧心，解决了武松的绰号难问题。正是：“打虎从来有李忠，武松绰号尚悬空。幸有夜叉能说法，顿教行者显神通。”当然，作者的高明之处远不在此，他是要借“行者”二字，来表达笔下的武松一生不得不“行”的可悲可叹的命运。

——从清河到沧州

清河究竟在哪儿，沧州是否实指？我们暂且不论，只先知道武松是清河县人氏，沧州距离清河较远就行了。（“沧州”在《水浒传》中和其在古典诗词中“沧洲”的意象应该是不一样的。古典诗词中的是“沧洲”，如陆游《诉衷情·当年万里觅封侯》：“此生谁料，心在天山，身老沧洲。”意为“闲居之地”；《水浒传》中的“沧州”，意为“滨水之地”，已与“水浒”不远，意即被主流社会所厌弃的人，只不过“沧州”和“水浒”的程度不同罢了。）武松从老家到沧州“一年有余”，时间很长。按说农耕社会的人，习惯于安土重迁，不喜欢背井离乡，漂泊在外。武松为何孤独异乡，这期间又有哪些表现和特点呢？

首先是少不更事。正值青春期，年轻气盛，脾性暴烈，“因酒后醉了，与本处机密相争，一时间怒起，只一拳打得那厮昏沉”，可谓力大拳猛。但因阅历浅薄，经验缺乏，打人后只有害怕也顾不上仔细辨识，“小弟只道他死了，因此，一径地逃来投奔大官人处来躲灾避难”。闯下祸端，便仓皇跑路，这不是武松的一贯风格，但这恰是武松刚刚出道的稚嫩体现。此时的武松，活脱脱一个缺乏家教、只知酗酒打架的社会小青年形象。

其次是出场落魄。落魄之一是寄人篱下；之二是身患疟疾，不得医治；之三是身体畏寒，廊下烤火；之四是遭人白眼，倍感冷遇，主人家宴客热火朝天，他却无有相请。正如他幼年失去双亲成为孤儿一样，武松的出场亦像一个弃儿，苦楚凄凉，好不可怜！这程度简直比秦叔宝当锏卖马还惨。之前出场的哪一个好汉不是英雄气概？史进出场是在“空地当中把一条棒使得风车儿似转，向王进道：‘你来！你来！怕你不算好汉’”；鲁达出场是在茶坊，与史进相认后弃茶就酒，尽显阔达与豪爽；林冲出场是观鲁智深演武叫好，是英雄惜英雄之意；杨志出场是在梁山脚下的山道上，青面兽大战豹子头，朴刀对举，神出鬼没；就连人们心目中的书生吴用出场时竟然也是手掣两条铜链，横插在刘唐和雷横两个手拿朴刀、正在使气斗狠的凶汉之间；宋江就更甭提了，他出场时，在济州观察何涛的眼里气度非凡，貌相俨然关云长，刀笔敢欺萧相国，声名不让孟尝君，怎一个英雄了得！孤零零显出武松一副落魄的形象。武松的出场虽不光彩照人，但武松并未低眉顺眼，摇尾乞怜，依然是一身傲骨不自屈，不信东风不再吹，不失英雄骨气。

最后是喜遇贵人。贵人就是给人带来好运的人，武松此时的贵人就是宋江。表现之一是宋江跐了锨柄惊出一身冷汗却意外医好了武松的疟疾；之二是宋江唤宋清与武松相见，柴进让武松坐地，宋江却让武松一同在上面坐，同桌共饮，武松第一次感受到来自社会的尊重；之三是宋江喜欢武松溢于言表，与之一处安歇，一处饮酒，又是聊家常，又给做新衣，使武松这个孤儿体会到从未体验过的家庭般的温暖；之四是武松辞行之日，宋江推掉所有的应酬，来了个十八相送，真个是：宋氏弟兄来相送，欲行不行各尽觞。武松平生第一次感受到来自异姓兄弟的真诚，大英雄心内炽热，提出要与宋江结拜为兄弟。在整个梁山上，宋江只跟一人单独结拜过，那就是武松。临别之际，宋江又赠十两纹银，武松非常清楚同在难中的宋江最缺少的也正是此物。他只能眼中噙泪，接过结义哥哥的见面礼，依依惜别。应该说，武松遇见宋江，整个人发生了焕然一新的变化，使他由一个登不上台面的混混、一个人人讨厌的痞子和浑人，变成了一个自尊自重的上进青年，变成了一个人们心目中崇拜的英雄。这就叫贵人，是贵人宋江改变了他，提升了他，成就了他。

——从沧州到阳谷

辞别贵人的武松自然是归心似箭，此前听说被打之人没死早想回家却因患病无法成行。此时的他，一身轻松，没有了杀人犯罪的忧虑，没有了疾病缠身的折磨，只有与一奶同胞的哥哥重逢团聚的热切期盼。他连行几日，这天来到阳谷县地面。真没想到，在这里，他实现了华丽转身，见识了锦上添花，又幸逢了喜上加喜，尽管最终难免乐极生愁。

所谓华丽转身，指武松景阳冈打虎，这一壮举使得武松立马名声大噪，由一个名不见经传的毛头小子一下蹿升为江湖大腕，这也成为武松一生中最为华彩的一章。“武松的威名，是与他打虎连在一起的。[①]”按说《水浒传》上打虎的不止武松一人，但都没有“武松打虎”出名，为什么？因为解氏兄弟猎虎也好，李逵杀虎也好，都是借助某些器械而成，唯独武松是赤手空拳，且在病愈不久的醉酒之后，这就更显出了武松“神”或曰传奇的一面。可就是这么一位大英雄，却屈沉民间无人问津，相对于那位在山上见了老虎就吓得昏死过去，却高居军界高位、尸位素餐的洪太尉而言，小说不知寄寓了多少发人深省的感慨？

所谓锦上添花，是说武松打虎的威名，特别是武松将赏给他的银子一千贯散发给与自己毫无利益关系的众猎户，这是整部书当中谁都没玩过的大手笔，这样的豪行义举让所有的人都目瞪口呆，肃然起敬。本事大，德行高，太难得了！这简直是神话传说中的人物啊！“知县见他忠厚仁德”，立马录用武松为本县都头。都头是县捕快的头目，约等于现在县公安局刑侦大队的大队长。此时的武松刚刚二十五岁，放在当下这个年纪的孩子还正在上学，啥也不是，而武松不仅步入职场，且握有了一定的权力，这对曾是待业青年、还做过逃犯的武松来讲，绝对是一件天大的好事。虽然当时这个职位只是个不入流的小吏，可对武松来说，就像做梦一样。以致武松一听知县所言，当即跪地称谢：“若蒙恩相抬举，小人终身受赐。”

所谓喜上加喜，是指正在兴头上的武松又喜出望外得遇嫡亲哥哥武大郎。原来武大自从武松打人闯祸逃跑后，县衙拿他顶缸吃了很多苦，又兼娶了个花容月貌的老婆时常被人骚扰欺负，只得从清河举家搬迁到了阳谷。惹不起，躲得起嘛。这倒好，不仅了却了武松异地悬望之苦，家庭团圆，而且能安心工作，真是事业、家庭和生活一顺百顺，事事顺心。此时的武松感到阳谷的天是明朗的天，阳谷的武松好喜欢！可惜物极必反，造化弄人，天道不测，好景不长！

---

① 李悔吾：《中国小说史漫稿》，湖北教育出版社 1992 年版，第 280 页。

所谓乐极生愁，是说武松跟着武大来到紫石街的家中，对着嫂子“推金山，倒玉柱，纳头便拜”，拜得何其隆重，何其庄重，何其真诚！只可惜这个嫂子却是个“为头的爱偷汉子”的主，武松之拜并未像燕青那样“拜住那妇人一点邪心”。虽说潘金莲嫁给武大后未有红杏出墙的描写，但武松的出现却惹动了她的春情，“私心便欲成欢会，暗把邪言钓武松”，可“武松正大元难犯，耿耿清名抵万金”，尽管“武松仪表甚温柔”，“苦口良言劝谏多”，无奈“阿嫂淫心不可收”，正如老房子着火——没救了。欲念未达，由爱生恨，“雨意云情不遂谋，心中谁信起戈矛。生将武二搬离去，骨肉翻令作寇仇”。这使生性敏感的武松感到，家中有一躁动不安的女人，早晚要出大事，于是隐隐有了一种莫名的不安和惆怅。可恰此时，知县安排他上东京出差：“小人得蒙恩相抬举，安敢推故？”临行之际，他只能反复叮嘱哥哥迟出早归，看好门户。可不管武松如何操心，无奈“溪云初起日沉阁，山雨欲来风满楼”，天要下雨，娘要嫁人，预感和戒备岂能阻挡得住命运之神的捉弄。

——从阳谷到东京

人常说：“当差不自在，自在不当差。”这不，武松此次被知县一竿子支到了远在千山万水之外的都城东京。去干啥？知县说：“我有一个亲戚在东京城里住，欲要送一担礼物去，就捎封书问安则个。只恐途中不好行，须是得你这等英雄好汉方去得。”一听这话就知此官是个文人出身，话里打了埋伏，实际情况书中已有交代：“却说本县知县自到任以来，却得二年半多了。赚得好些金银，欲待要使人送上东京去与亲眷处收贮，恐到京师转除他处时要使用。”“除”即“任命官职”之意，意思已很清楚，就是知县为了提拔升迁，将在任上搜刮来的金银财宝送到东京去行贿送礼，估计是嫌这里荒村野僻，兽多人少，油水不大，故到阳谷还不到三年，县太爷的椅子还没坐热，就想跑“部”“钱”进，谋求升转。如何将搜刮来的金银财宝安全送达目的地，这是他和梁中书运送“生辰纲”时思考的共同问题。他第一个想到的当然是孔武有力的武松，所以，武松此次名为公差，实为私事。实际上，武松所干的差事与当年杨志为梁中书所干之事的性质是一样的，可见贪官不管大小，手段完全相同，而且武、杨二人都竭力讨好上司，争当上司的心腹，尽心竭力干好“本职工作”，这里面有知恩图报的义气，更体现了他们对主流社会的热爱。二者唯一的不同是结果不一样，杨志把事办砸了，押运的生辰纲被劫走，万般无奈上山落草，事后还被梁府的老都管等污为与劫匪串通一气，狼狈为奸，再难回归主流社会；武松押运的行贿款则一路顺风，不辱使命，谁知归家后见到的却是哥哥武大的灵牌。

武松此去东京，“前后往回，恰好将及两个月”，缺位两月时间，家里出了如此大的变故。去东京的武松平安无恙，待在家里的武大却遭不测，这不是“闭门家中坐，祸从天上来”嘛。哎！该来的总是要来的。正是：因果相报终须报，只争来早与来迟啊。可话又说回来，武松此次若不出差，武大此次就难有性命之忧，那这次武家家难的直接原因就是知县派遣武松出的这趟差。归根结底一句话：都是腐败惹的祸！就这一点来说，杨志和武松命运悲剧的根源又是一致的，这就是北宋武士的悲哀之处。他们没有倒在保家卫国的战场上，却都倒在了为贪官污吏的骄奢淫逸、升官发财而充当爪牙和鹰犬的角色上。更可悲的是，这些武士本人并不觉悟，反而认为这就是他们的分内职责，并为之而感恩戴德、沾沾自喜、乐此不疲、舍生忘死……可身在“崇文抑武”的体制之内，位卑职低的武士不如此又能如何呢？他们也得生存哪！为此，他们巴不得有个主子，有个好主子（或称“牛”主子），巴不得能被主子赏识，巴不得……杨志和武松还有一个相同的地方，就是所送的贿赂财物终点站是一样的，都是东京——很有意味的“东京意象”。这说明首都东京是腐败分子或曰老虎级别的腐败分子聚集的渊薮，在这个意义上，“乱自上作”确有一定道理。散在各地的苍蝇都得给老虎们进贡，可途中强人出没，很不好行，武松这样的武士就派上了用场。世上的事情很有意思，有笑的，就有哭的，腐败公行可说是被崇上天的文官们的饕餮盛宴，却是武士们的梦魇，杨志、武松这样的武士乃至其家庭的命运就因此而发生了逆转。

——从东京到阳谷

也可能是放不下情同手足的哥哥，也可能是冥冥之中的心灵感应，在从东京回阳谷的路上，武松就“神思不安，身心恍惚”，所以一到县里，几乎没有一刻耽搁，一交割完手上的“公务”就往家赶。一进家门，最不愿看到的一幕“亡夫武大郎之位”却赫然在目，武松真好比万丈高楼一脚蹬空，扬子江心断缆崩舟，他真不敢、更不愿相信这是真的，以为是自己眼花了，可现实就是这般冷酷。哥哥真的死了，他怎么会突然死去呢？带着本能的疑问，他询问嫂子哥哥的死因、死期、丧事的办理等基本情况，理清了调查的方向和线索。有心的读者肯定注意到，现在的武松已经不是以前的毛头小子，不能等闲视之了，他的冷静、理性、缜密，尤其是接下来的有条不紊、有板有眼的一步步行动，让人甚至让身为小说评点家的大才子金圣叹都深感诧异和害怕。

那么，武松在侦办武大死因、为哥哥报仇的过程中做了哪些事情呢？这可称之为“武松私家办案五部曲”：

首先是调查取证。武松比林冲高明的地方，是出门前不仅带了解腕尖刀，而且带了银两，不动声色，请了两次客，恩威并用，掌握了物证、人证。先请负责殡葬的团头何九叔，知道了哥哥被毒杀的事实；后请卖梨的小孩郓哥，让他说出了奸夫是谁。由此基本清楚了可怜的哥哥是被自己视为“嫂娘”的人伙同奸夫淫媒无情害死的。

其次是依法办事。很多人以为四肢发达的武松在得知哥哥死得如此之惨后，肯定会气得三尸神暴跳，五灵豪气腾空，要解心头恨，拔剑斩仇人，可这一幕并未马上出现，一切似乎都风平浪静，这就和女诸葛王婆事先预料的一模一样。可能不少人有个疑问，潘金莲这些人敢杀武大，难道忘了他有个挺“二”的弟弟吗？这不是在虎口里拔牙、太岁头上动土吗？是他们吃了熊心豹子胆，还是哪根神经搭错了，难道他们就不怕能打死老虎的好汉跟他们秋后算账吗？是的，他们不怕。潘金莲可能是欲火烧身，忘了害怕；西门庆开始不知武大与武松的关系，是不知者不怕，得知后有些心慌意乱，但待王婆给他撑腰打气后胆子也壮了起来；最胆大的当属王婆，天良丧尽的王婆主谋：先毒死武大，然后焚尸灭迹。她坚信：“便是武二回来，待敢怎地？”呵！这王婆简直就是女中豪杰，绝对胜过须眉男子。哪里是有人说的是王婆恐惧武大把她做的坏事告诉武松而让武大永远闭嘴，因为被打伤躺在床上的武大早已向金莲保证：“你若肯可怜我，早早扶侍我好了，他归来时，我都不提！”而且不止保证一次，第二次说：“你救得我活，无事了，一笔都勾，并不记怀，武二家来亦不提起你。快去赎药来救我则个。”提与不提都要让武大死，因为已陷入肉欲烈焰中不能自拔的奸夫淫妇要做长久夫妻，不做露水鸳鸯，“欲求生快活，须下死功夫”。终于，在被西门庆捧为“智赛隋何，机强陆贾”的王婆的鼓动下，三人统一了思想认识。一致认为不就是一个武夫嘛，有什么了不得的，他可以打死自然界的老虎，却很难把人世间的“禽兽”怎么着，因为人世间有自然界没有的明规则和潜规则，这些规则能让黑白颠倒，是非混淆，美丑错乱，善恶不分，这些规则能让多少呼风唤雨的高人都服服帖帖，更何况人人都看不上眼的武夫，一介武夫怎能玩得过有钱有势、手眼通天的西门大官人，于是放心大胆地实施了既有分工又有协作的罪恶勾当。我们杀人了，看你能怎么样！告官，好啊，老娘我等奉陪到底！果然，当武松带着人证、物证到县衙告状，收受了西门庆贿赂的知县哪里还肯受理。你给他讲冤情，他给你要证据；你给他看证据，他给你讲法治；你给他讲法治，他给你讲道理；你和他讲道理，他和你要流氓。而且人家讲得头头是道，句句在理，整得武松一点儿脾气都没了。原来看得还挺不错的知县怎么现在竟成了个无赖？是什么让他变得如此之快?！知法、懂法、守法的武松挨了一记闷棍，看来想通过合法途径是行不通了，公力救济的大门已经关闭。英雄武松就此转身，对标榜公平正义、握有生杀大权的父母官说了一句掷地有声却意味深长的话："既然相公不准所告，且却又理会。"看来这世道已没有什么救世主，要想活得有个人样子，全靠武松自己了。

再次是私设公堂。知县不作为，都头把家当。武松自己立案，自己开堂审讯，并第三次请客，请来四家邻居，并王婆和嫂嫂共六人，威逼已经魂飞魄散的潘金莲和王婆说出了犯罪经过，众邻里签字画押做了证见。这样定罪的三要素：人证、物证和口供俱全，整个案情大白。可武松深知，他拿再多的证据到知县那里也是白搭。罢！罢！罢！法律不做主，自有天理在！就这样，一个懂法的知县把一个也懂法但更讲天理的青年变成了"野兽"和"魔鬼"。接下来的一幕让智者王婆始料不及，瞠目结舌。

又次是手刃元凶。武二居然公然违法，那么暴力、那么血腥地杀死了"眉似初春柳叶，常含着雨恨云愁；脸如三月桃花，暗藏着风情月意。纤腰袅娜，拘束的燕懒莺慵；檀口轻盈，勾引得蜂狂蝶乱。玉貌妖娆花解语，芳容窈窕玉生香"的潘金莲，这是相当自负、身为家庭妇女的王婆没有想到的，她始终不理解，武二为何面对金莲这样的美人也能下得了手，也不理解武二为何不像武大那样忍气吞声，含恨而活，同一个娘肚子爬出来的哥俩，做人的差距咋就这么大呢？故李悔吾先生认为："最能突出武松性格的场面，莫过于打虎和杀嫂。"[①] 不过，王婆庆幸武二没有让她与潘金莲一同上路，不知是不是远亲不如近邻的原因。她更没想到的

① 李悔吾：《中国小说史漫稿》，湖北教育出版社 1992 年版，第 279 页。

是，杀了一个潘金莲的武松还不罢手，他还要给潘金莲找来她朝思暮想的相好双双上路，径奔到狮子桥下斗杀了西门庆，然后将两颗人头放在武大的灵前祭奠。武松此举，为世人寡淡的生活平添了说不尽的话题，有人赞他是刚猛不屈的铮铮铁汉，有人贬他是简单无知的法盲莽汉……单单“武松杀潘”的动机就有 N 多无厘头的猜测，什么武松杀潘是因为潘氏移情别恋，是因为他得不到潘金莲，是因为他性变态，……可能让王婆匪夷所思的事还有一件，那就是武松接下来的一步。

最后是投案自首。武松这次真的杀人了，而且是连杀两人，但他却并未像上次一样选择逃亡，而是选择了自投罗网，接受政府官员的审判。他自首前曾对邻舍道：“小人因与哥哥报仇雪恨，犯罪正当其理，虽死而不怨。”说明他自首的原因一在于道义在身，武松的行为是对杀兄仇人进行报复，“杀人偿命，欠债还钱”是自古以来民间的一种信条，武松为兄报仇，天经地义，还为人间除害，在道义上无可厚非。二在于正气在胸，他惩办的是邪恶，“万恶淫为首”，清理的是社会毒瘤和垃圾，弘扬的是正能量，受到社会各阶层的尊重，“上户之家都资助武松银两，也有送酒食钱米与武松的”，“节级牢子都不要他一文钱，倒把酒食与他吃”，连东平府尹陈文昭都“哀怜武松是个有义的烈汉，如常差人看觑他”，并为他开脱罪责。当年李卓吾读到此处，也大发感慨：“义气事不可不做。你看武松杀了奸夫、淫妇，知府、知县并一切上上下下的人，那一个不为他?”[①] 三在于武松此举是在替官府行使公平正义，武松杀人是官府所逼，其罪在官。是官府的腐败造成了案中案，当官的自然心虚，也怕此案上报后拔出萝卜带出泥，再加上行贿的西门庆已死，他们自觉也无履行义务之必要，官府乐得为武松开脱，既得了钱又能卖个人情，这是再惬意不过的事情，这样对上级、对百姓、对武松、对官人自己都有交代。都有好处的事情傻子才不干呢？因此武松心里有数，自己罪不至死。当然，武松自首，也说明他幻想有一天再回主流社会，过一个正常人的生活。

噢，对了，王婆还有一个问题在做淫媒时肯定没料到，那就是她的结局。这个自负“虽然入不得武成王庙，端的强似孙武子教女兵，十捉九着”的老油条只料到了胜，没料到败，亏负了她“女诸葛”的名号。胜了，她发个小财，大家相安无事；败了，那可能会死得很惨，但多数人都

① 朱一玄、刘毓忱：《水浒传资料汇编》，南开大学出版社 2012 年版，第 176 页。

觉得触霉头不去想它。关于死法，这对每个人来说都是个谜，是病死、气死、摔死、吊死、淹死、噎死、撞死、打死、咬死、毒死、烧死、砸死、笑死……碌碌凡人事先一般都不知道。王婆可不是凡人，她事先知道了她要被凌迟处死，估计吓也要吓死了。哎！早知今日，何必当初？关于政府对此案的判决，王婆似乎有十万个问题要发问，比如她应该很不服气判决结果，武松杀了两人只被判处流放，她未亲手杀死一人却被凌迟处死，内心极不平衡，她要呐喊：知县为什么只考虑什么天理和民意，什么狗屁"天理难容""民愤极大""不杀不足以平民愤"，天理怎么能大于法律呢？这不是在公然枉法判案，践踏法律吗？她要上诉，法律何在？公平何在？她不明白，武松是刑事犯罪，刑事犯罪危害的只是个别人；她是伦理犯罪，伦理犯罪危害的则是成千上万人。古往今来对伦理犯罪的处罚都要重于刑事犯罪。临刑之前，她是否还在昏昏沉沉地思考另一个问题：同样是说媒拉纤，咋《西厢记》中的红娘人人夸赞，她怎么就被绳之以法，遭人切齿痛恨，落了个千刀万剐的下场呢？嗨，到阴间有的是时间，慢慢想吧，没人搭理你这老咬虫、马泊六、老猪狗（郓哥骂王婆的话）了。

——从阳谷到孟州

武松身扛长枷，站在阳谷的街头，在心里挥一挥手：再见了，阳谷！一个让他大起大落的地方，一个让他爱恨交织的地方。在此他创造了人生的辉煌，也痛失了唯一的亲人，为此他无奈复仇沦为阶下之囚，饱尝了从巅峰跌入谷底的痛楚。（阳：由"凸出""凸起"引申为"巅峰"；谷：谷底。）从阳谷县被解到东平府，不久便被判决迭配孟州牢城。孟州，不知是武松的福地还是险地，是好梦抑或噩梦开始的地方，还是美梦难成抑或大梦初醒之所在？

初到牢城营（安平寨），武松见识和听闻了这里的黑暗、残忍和恐怖，感到这里一点儿也不安全公平，但他自己却受到了特殊的礼遇，好酒好肉相待，服侍周到，过上了哪里是囚犯分明是人上人的美好生活。纳闷之余，精细的武松自然要摸清始末缘由，当他听了金眼彪施恩的一番言语后，当即决定出手相助，就此卷入了孟州官场错综复杂的利益纠葛争斗之中，由此上演了一幕幕惊心动魄的活话剧。

其一，力为他人用。新到囚犯武松的基本情况，估计管营也就是劳改队的施大队长肯定了如指掌。此时的他也是一脑门子官司，正为一事焦头烂额，不知如何应对。哎！为人在世百事哀，各有各的烦心事。他想到了借力打力，利用武松的打虎神威为他排忧解难。为此先安排武松参观监牢给他个下马威，什么一百杀威棒，什么盆吊死、土布袋压死……结果都没吓倒这个硬汉，继而采用软办法，施与恩情，好吃好喝好招待，他施恩是想图报，结果吃软不吃硬的武松还真中了招。而后，小管营施恩出面，采用欲擒故纵法、激将法、实地考察法、欲说还休法，确认了武松的神力并非虚传，进而利用人们喜听好话的共同心理，赞美武松的非凡功夫，使武松心甘情愿为其所用："你要教人干事，不要这等儿女相！颠倒恁地，不是干事的人了！便是一刀一割的勾当，武松也替你去干。若是有些谗佞的，非为人也！"心地单纯直爽的武松毫不犹豫决定为新结拜的兄弟两肋插刀。性格决定命运，此言不虚。

其二，义捅马蜂窝。施恩要武松去干什么？去打他的仇人蒋门神，因为蒋忠夺了他的快活林，断了他的财路。快活林"是山东、河北客商们，都来那里做买卖，有百十处大客店，三二十处赌坊、兑坊。往常时，小弟一者倚仗随身本事，二者捉着营里有八九十个弃命囚徒，去那里开着一个酒肉店，都分与众店家和赌坊、兑坊里。但有过路妓女之人，到那里来时，先要来参见小弟，然后许他去趁食。那许多去处每朝每日都有闲钱，月终也有三二百两银子寻觅"。这个快活林位于几方交界地带，流动人口大，蕴含着巨大商机，业已形成吃喝嫖赌一条龙的繁荣市场，这里有醉生梦死的快活，有赚得钵满盆满的快活，但快活往往与烦恼相生相伴。这不，施恩就被新上任的张团练的手下蒋门神打得遍体鳞伤，"两个月起不得床"，最重要的是痛失快活林这块肥肉，物质精神双损失，实在是咽不下这口气。读至此，有人便认为，施、蒋双方都不是什么好东西，是典型的狗咬狗，黑吃黑，那作者为什么又称此回为"义夺快活林"，激赏武松之行是仗义之举呢？大概原因主要可能有三：一是盗亦有道。即使盗贼也有讲究，先来后到应是其中之一，刚从外地调到孟州的张团练看人家赚钱眼红横刀夺爱，强行洗牌，坏了江湖规矩。多说一句的是，欺行霸市，明里暗里收取保护费，历史悠久，非常普遍，施恩不干，自有赵恩、钱恩，但不管谁干，也都是有规矩的。庙堂也好，江湖也好，都不能乱来。二是倚势欺人。金眼彪这么干靠的是他老爹的势力，蒋门神这么干是张团练指使的。小说中张团练与施恩的父亲施管营同在一个单位——牢城营，职位应只高不低，关键他手握"正军"，腰杆子比较硬，施家父子只能瞪眼看着被他白白地夺了快活林的酒肉店以及黑老大的地位，不敢明目张胆和人家当面锣对面鼓地干。干垄断经营的，多数都有官府背景，谁势大谁赢。三是恃强凌弱。蒋门神比施恩厉害，蒋门神 PK 施恩他都能如愿以偿，如此一来，弱肉强食，胜者为王，大鱼吃小鱼，小鱼吃虾米，这样的社会是否就公平合理呢？答案肯定是否定的。后来蒋门神们谋害武松的事实也说明，蒋门神们要比施恩阴险、歹毒、凶悍得多，也就是说坏得多。反观武松醉打蒋门神的行为，就不难与作者“心有戚戚焉”。武松帮助施恩痛打蒋门神，夺回快活林，并不能简单地认为是“黑吃黑”，它实际也是由于“金眼彪”在官场上斗不过张团练而不得不采取的私力救济的行为。按中国人的传统观点，武松帮助施恩夺回快活林，总的来说是见义勇为，是英雄之举。当然，作者的用意并不全然在此，而在于进一步揭示武士的悲剧命运，武士们不仅充当了文官们腐化骄奢的保镖，而且成了他们谋取私利的工具。武松替朋友赶走了蒋门神，潇洒了一回，施恩也出了口恶气重霸了快活林，且快活林商家的保护费比往常又加重了不少，“黑吃黑”的成本总是要由弱势群体来承担的。施恩这下可高兴了，但哪知这让武松可捅了马蜂窝。不久，施老管营的上司张都监将武松调到都监府作他的亲随，看似好事，谁知武松的命运就此发生重大转折，这是武松发生在孟州的最后一个故事。

其三，怒平都监府。原来蒋门神是张团练的人，张团练和张都监是结拜兄弟，张都监为了给兄弟出气，故处心积虑要将武松作为官场斗争的牺牲品。他先是将武松安排为他的“亲随梯己人”，让武松成为保护自己和看家护院的保镖及打手，这是武士的又一悲哀之处。然后对其吃穿住用乃至个人婚姻大事多方关照，特别是对武松求办的事，张都监“无有不依”，武松也因此受了外人不少好处（实为张都监有意安排）。正是：挖下深坑等虎豹，撒下香饵钓金鳌。正当武松感恩戴德、毫不设防之时，张都监却出其不意，设下毒计，栽赃陷害，诬良为盗，以致武松身陷囹圄。张都监想在狱中谋他性命，或让知府判他死罪，这些阴谋都未达成，只判得武松“脊杖二十，刺配恩州牢城”。从发配孟州到发配恩州，武松成了梁山上被发配次数最多的人，也成了脸上被刺字最多的人。如此可怜之人，张都监仍不依不饶。倘若张都监一伙就此罢手，放武松一条生路，哪有后来的血流飞云浦，血溅鸳鸯楼，可世间没有什么“假如”。心机险恶、毒如蛇蝎、坚意斩草除根、免留后患的张都监“又使人买嘱两个防送公人，却叫蒋门神两个徒弟相帮公人，同去路上结果他性命”，可他们万万没想到，武松可不似武大那样有心无力，任人侮弄，更不似林冲那样逆来顺受，做那待宰的羔羊，在荒无人烟、野港阔河的飞云浦，武松面对四个穷凶极恶的杀手，奋起反击，先用金刚铁腿，果断将两个公人踢下水里，继而发力拗断七斤半铁叶盘头枷，挥动降龙伏虎拳，将两个手执朴刀的男女结果。试想，若不是武松的快意恩仇，神勇无敌，恐怕有十个武松也做了张都监刀下的无头之鬼，只能衔冤负屈，死不瞑目。此时的武松，差不多已经杀红了眼，他“怨恨冲天”，誓杀奸狡凶顽之人，黄昏后进得孟州城里，从都监府的后花园踅入，一路走来，真是见人杀人，见魔杀魔，顷刻间，十五个游魂径赴森罗殿。然后，他蘸血在墙上写下八个大字：“杀人者，打虎武松也！”好汉做事，干脆利落，敢作敢当，光明磊落，与林冲、宋江在粉墙上留下的含蓄朦胧的诗词大相径庭。此节和景阳冈打虎一样，都有一种似真传神的叙事谋略在里面。正如杨义先生所言：“作者文心和情感的投入，必然使描写对象的主要特征受到选择、渲染、集中，甚至夸张，形成一种主客观相结合的有生命的意象。这种意象既然融合了主体意趣，也就不全然是客体的原样复制，而出现程度不同的变形。”——“微变形”。[1]“《水浒传》是精于此道的。[2]”在鲁达、李逵等人物的描写上，都有程度不同的体现。这样的写法当然优点很多，比如笔力传神，叙事淋漓尽致，但也容易让人骇然失色，胆战心寒。这不，出了“这口鸟气”“心满意足”的武松在孟州已不能再作片刻停留。再见了，孟州！武松在心里挥手作别这好梦难成之地，大梦初醒之地。从此，武松不得不改头换面，不得不浪迹江湖以求苟活于世。一个假“行者”，一个真“行”者即将诞生。

——从孟州到二龙山

本来要被发配到恩州的武松，行至飞云浦发生了重大变故，致使他又转回孟州城，制造了轰动王朝的惊天血案。这次闯下的大祸肯定罪不容赦，纵有窦娥之冤也无人为他请命了。落到官人手里必是死路一条。恩州不用去了，即使恩州有十个恩相也与武松无缘了，这可能就是命吧。哎！命中有时终须有，命中无时莫强求。得放手时须放手，眼前无路早回头。

---

① 杨义：《中国古典小说史论》，中国社会科学出版社 1995 年版，第 284 页。

② 杨义：《中国古典小说史论》，中国社会科学出版社 1995 年版，第 285 页。

不去恩州，又能去哪里呢？宋朝之大，哪里是武松的容身之所？情势危急，武松立刻上路，“逃生潜越孟州城，虎穴狼坡暮夜行”，可以说是漫无目的，亡命天涯。这一阶段应是武松心灵上饱受煎熬、精神上极度颓废的时期，发生的故事主要有三件。

一是迷茫十字坡。武松与十字坡曾两次结缘，第一次是武松被公人押解着赶赴孟州途中经过十字坡，第二次是武松从孟州城孑然一身跑出来被四个男女捆绑着拖到了十字坡。如果说第一次在十字坡张青给武松提议落草二龙山，武松似乎并未觉得他站在十字路口，他还一门心思想接受官府改造再做新人，故委婉而又果断地拒绝了张青建议的话，那么，第二次是被人拖到十字坡，马上他想到了生与死的问题；意外得遇张青夫妇后，又让他想到如何生存的问题，这些重大问题使他感到站在了人生的十字路口，非常困惑。他困惑迷茫的第一个标志就是轻而易举被人缚住，这是个很有意思的现象。每当武松感到前途渺茫时，他就会六神无主，心力俱疲，似乎万念俱灰，好像被人抽去了筋骨，立马从神人变成了凡夫俗子，就像后来在孔家庄被一条黄狗欺负，哪有当年打虎时的豪气和英姿。第二个标志是迷茫中的武松在官府地毯式的搜捕下，自己没有任何办法，好像只能任人摆布，只能接受孙二娘的计策，改装易容，扮作行者模样，离开危险地带，赶奔二龙山落草。此时的他已别无选择，只能摸着石头过河，走一步算一步了。

二是荼毒蜈蚣岭。武松的身份变得真快，一会儿是在逃嫌犯，一会儿是打虎英雄，一会儿是踌躇满志的都头，一会儿是卑下低贱的罪囚，一会儿又是上司身边的红人，混到现在却成了到处被通缉的重犯，正往山贼的路上疾奔。武松此时已解决了走什么路的问题，但这条路似乎也是死路一条，看不到光明，前面漆黑一团，其心中的郁闷可想而知。此时月升东方，寂静的山林中却传来男女调笑的声音。一边满腔郁怒，欲哭无泪；另一边却追欢取乐，风流快活。巨大的反差，使一肚皮腌臜之气无处发泄的武松理智全无。正是：怒从心头起，恶向胆边生。恰赶上开门的道童情绪也不好，说话也挺冲，刹那间，道童和后来闻声赶到、颇有些武功的恶道人飞天蜈蚣成了郁怒者的刀下之鬼。还好，武松无意中杀死的先生是个杀人劫色恶贯满盈的伪道人恶道人，搂草打兔子——捎带脚还救下一位被劫掠来的妇人，也算给武松粗莽的行为增添了些许亮色。就此回眸武松的人生轨迹，他真似一位“复仇的使者。杀死潘金莲、西门庆是为哥哥报仇；

醉打蒋门神、夺回快活林，是为施恩报仇；血溅鸳鸯楼，是为自己报仇，'武十回'几乎是武松的复仇故事"[1]。那么，荼毒蜈蚣岭又是为谁报仇呢？离了蜈蚣岭继续前行，已是三九严冬天气，急需找一酒店充食御寒，好不容易见一饭店，可山中小店物资匮乏，有钱也没得酒肉可买。但店内的确有人在大鱼大肉地享用，眼饱肚饥的武松怒火万丈，在店中与人争斗起来，把人打跑后吃个醉饱，与一只赶着他狂吠的黄狗打斗跌入溪里，被前来寻仇的孔氏兄弟捉住绑在大柳树上。

三是遇圣孔家庄。正当武松危在旦夕之际，武松心目中的贵人宋江又出现了。小说作者让宋江在孔家庄现身，应该是有用意的。宋江是作者倾力塑造的一个理想"完人"，最起码可以说是江湖世界的圣人，至少在此前此时武松的眼里宋江绝对是位圣人。初见宋江，武松简直不敢相信，"你不是我哥哥？"确认真的是宋江后还不敢相信："兄弟莫不是和哥哥梦中相会吗？"欣喜，准确地讲应该是狂喜之情溢于言表。因为见到宋江，他的迷惘、郁闷、愁苦乃至狂躁和不安就会烟消云散，一扫而光，宋江就是他的主心骨，就是他的精神导师。果然，通过促膝谈心，同榻而卧，武松眼前似乎出现了一孔之明，一孔之亮，明确了先上山、再招安的路数，"天可怜见，异日不死，受了招安，那时却来寻访哥哥未迟。"心里敞亮舒坦多了。武松也因此成为梁山好汉中第一个明确说出"招安"二字的人。好了，心中有灯，方向已明，那就上路吧！

——从二龙山到梁山

武松和宋江一同离开孔家庄，在瑞龙镇分手，宋江投了清风寨，武松上了二龙山。二龙山上已有两条龙：鲁智深和杨志，武松的加盟则成了三龙聚首，再加上金眼彪施恩、操刀鬼曹正、菜园子张青、母夜叉孙二娘的陆续加入，真个是龙腾虎跃，力量倍增。武松上了二龙山后，主要参与了两件事：一是救援桃花山。起因是呼延灼围剿梁山大败，只剩一人一骑逃至一村中酒店歇宿，不想胯下坐骑——皇上赐予他的踢雪乌骓马被桃花山的强人盗走。灰头土脸的呼延灼逃至青州府借兵报仇，青州知府提出让他先清剿本州境内的三股势力——桃花山、二龙山、白虎山，呼延灼首先选中的自然是偷了御马的桃花山。桃花山的李忠和周通武艺低微，赶紧向实力强大的二龙山求救。本来两山之间各自为营，互无往来，但为了江湖义

---

① 杨子坚：《新编中国古代小说史》，南京大学出版社 1990 年版，第 123 页。

气，也为了面子，鲁智深、杨志决定救援，武松在会上没发表任何意见，交战时也是鲁、杨二人出马大战呼延灼，武松只是站脚助威，并未出手。双方棋逢对手，战事陷入胶着状态。恰在此时，白虎山孔明、孔亮为救叔叔孔宾攻打青州府，客观上起到了围魏救赵的作用，但呼延灼回兵却将孔明捉去，孔亮败走途中向武松求援。二是聚义打青州。对于曾经帮过自己的孔氏兄弟，武松自然不能坐视不管。在会上，他首先提出建议："今日俺们可以义气为重，聚集三山人马，攻打青州，杀了慕容知府，擒获呼延灼，各取府库钱粮，以供山寨之用，如何？"鲁智深当即赞同，杨志则建议在三山联合的基础上再联络梁山，于是四山同心，智获呼延灼，赚开青州城，救出了孔明叔侄。在二龙山上，武松没有仇人只有弟兄，没有欲望只有义气。如此，他不会和任何人争权夺利，甚至说话都很少。在同官府的征战中，他也没有出色的表现，因为他还想日后招安，不想把后路断了。平了青州后，三山尽数收拾人马钱粮归属水泊梁山。上了梁山的武松是不是距离招安理想的实现更近了呢？

——从梁山到六和寺

武松上了梁山后，可分为两阶段：招安前和招安后。招安前他反对招安。在大聚义后的菊花会上，和阮小七一样心直口快的武松第一个跳出来，指责宋江"今日也要招安，明日也要招安，冷了弟兄们的心"。应该说，上二龙山前和上梁山后的武松的思想有了根本的不同，是什么原因造成的，小说没有具体交代，但我们可以推想，上二龙山和梁山后，武松接触和了解到许多与自身命运相似的好汉，很容易使他思考为什么这么多的人都走上了这条道路呢？见闻的增多，视野的扩大，他认清了朝廷的昏庸和官吏的贪婪，意识到无条件招安的严重后果。特别是襟怀坦荡的鲁智深对他影响更大，两人身份一样，都是佛教中人，性情相似，有许多共同语言，他们的交流帮助武松认清了朝廷奸邪文臣专权的本质，认识到即使做个武官，充其量也是统治阶级手中的工具和牺牲品，为此他完全放弃了招安做官的幻想。鲁智深对宋江说的一番话颇能代表武松的心声，鲁智深说："只今满朝文武，多是奸邪，蒙蔽圣聪，就比俺的直裰染皂了，洗杀怎得干净？招安不济事，便拜辞了，明日一个个各去寻趁罢。"如此，不想招安的武松在招安后的数次战阵中当然不想包打前敌，冲锋在前，不过，身为武艺超群的主将顺手也要立些战功的，比如征辽时在大破混天象阵中斩杀辽国皇帝的兄弟、十一曜星将之一的耶律得重，征田虎时一刀砍死其麾下头领沈安，征方腊时一个照面徒步砍杀了方腊三弟号称三大王的方貌，刀杀方腊阵中马军大将贝应夔，后被方腊麾下头领包道乙砍去右臂。平定方腊后，宋江看视已成废人的武松，此时的武松，心似已灰之木，对红尘没有了半点留恋，表示不愿赴京朝觐。可能是宋江觉得武松在身心等方面已不能再为朝廷效犬马之劳，也没有多说什么。自此，武松在杭州六和寺出家，后至八十善终。

武松的绰号来之不易，武松的绰号名副其实。《水浒传》的作者独独在武松绰号的来历上用了如此大的气力，使出了浑身解数，凸显了武松跌宕起伏、命途多舛的传奇人生，同时，也成就了“武十回”的得意之笔。毕竟，一分耕耘，一分收获，付出总会有回报的。

二、细析“屡遭伤害”

从以上分析我们可以看出，武松一生的命运可以用一个字来概括，那就是“行”字。他的“行”，可不是游山逛水放松身心的旅行，而是一种不得不“行”的被行，独行、苦行，最终落脚到了修行。武松的命运为何呈现出这样的特点，单从作者给武松的命名中可以看出一些端倪。武松，是武士中的一棵劲松，挺拔英俊，卓异不凡，但不知曲直，城府不深，这也是多数武士不同于文士的特点，可这么优秀的人物并未为执政者所赏识。相反，却要它（他）饱经霜欺雪压，遭受一般植物（人）所体会不到的戕害和摧残。这是小说欲要重点表达的一面，也是和“天伤星”互为表里的一面。那么，武松一生究竟经历了哪些伤害呢？

其一，父母早故之伤。

武松自幼失去父母，由哥哥武大抚养成人。没有父母的童年，对任何人来说都是不幸的。没有父母的孩子，活得像根草，离开父母的怀抱，幸福哪里找？可这样的不幸就让武松摊上了。缺少父母关爱的武松，渴望爱的滋养和呵护。据说，像武松这样类似孤儿的人，往往对情感有极强的需求，也很敏感，特别对于来自他人的关爱，哪怕是一丁点儿，他都会心存感激，知恩图报，甚至为人两肋插刀，万死不辞。

第一个带给他关爱的外人叫宋江，他出现在武松第一次落难之时，是引导武松由非主流社会的临界点回归主流社会的一位兄长。当时武松打人后出逃沧州寄人篱下备受冷落，更糟糕的是屋漏偏逢连阴雨，身体又患上重病，而且是传染病，人们都像躲瘟神一样躲着他，这时他多么渴望父兄般的温暖体贴降临自己的身上！此时“及时雨”宋江出现了，他带给武松最重要的并不是所谓的物质东西，而是精神层面的，比如尊重、平等、关心、温情，是真挚的情，浓浓的意，这似乎是武松在社会上从小到大从未感受过的。这种感受让武松心里热乎乎的，发自内心地主动提出要与宋江桃园结义，然后纳头就拜了四拜。这之后宋江才送与武松十两银子，意思是结拜哥哥第一次给弟弟的见面礼。并不是有些人认为的，武松心仪宋江胜过柴进，是因为宋江给武松的银子比柴进多。“因为用金钱而不是依靠伟大与崇高的精神取得的友谊，是买来的，但不是牢靠的。[①]”

第二个带给他关爱的外人叫施恩，他出现在武松第二次落难之时，是促成武松从主流社会转向非主流社会的一个小弟。当时武松杀潘祭兄沦为罪囚被发配到孟州牢城营，此时的他真想好好接受政府的改造，重新做人。可理想是丰满的，现实却是骨感的，身为囚犯，是龙你得盘着，是虎你得卧着，只准你老老实实，不许你乱说乱动，就像差拨说的：“说你是景阳冈打虎的好汉，阳谷县做都头，……你敢来我这里！猫儿也不吃你打了！”再大的英雄到这里连一只小猫都奈何不得。此时的武松是否想起一句老话：人心似铁假似铁，官法如炉真如炉。就算是铁汉，也要把你弄炉子里给熔了，再横的人，那是没收拾你，收拾你，你也老实。可武松真是条硬汉，初见差拨还以礼相待自称“小人”，当差拨傲慢骄横地指责武松不懂潜规则、不通事理时，武松却转而对贪婪无耻的差拨自称“老爷”。在《水浒传》里，武松的骨头是最硬的，他没有丝毫的奴颜和媚骨，这是黑暗社会里的人最为宝贵的性格。自称“老爷”的武松果然得到了“老爷”般的待遇，尽管施恩是为了图报，但世上哪有免费的午餐呢？几顿丰盛的酒食，一番仰慕的话语，加之结拜兄弟的情义，武松就此成了施恩的马前卒，一路赶往快活林去寻那施恩的仇人蒋门神算账。武松头脑简单、容易冲动吗？是，也不是。试想，为给哥哥武大报仇雪恨，从搜集证词到物证，从寻求公力救济到无奈私力救济，幼稚迟钝的人能办到吗？武松被人“利用”，原因也与他从小缺乏父母之爱有关，他非常在意别人对自己的认可和尊重，施恩做到了，所以武松就为施恩撑腰出气。这就叫受人点水之恩，当以涌泉相报。李卓吾有言：“士为知己者死。设令今日有

① 〔意〕尼可洛·马基雅维里：《君主论》，潘汉典译，商务印书馆 1986 年版，第 80 页。

施恩者，一如待武二郎者待卓吾老子，卓吾老子即手无缚鸡之力，亦当为之夺快活林、打蒋门神也。不知者以为为口腹也！不知者以为为口腹也！"① 好多人对施恩颇有微词，可李卓吾却对施恩另眼相看。他说："武松固难得，而施恩尤不易得。盖有伯乐，自然有千里马也。故曰：赏鉴有时有，英雄无日无。"② 认为施恩是武松的伯乐和知音。征方腊时，施恩跟着阮氏三雄攻打常熟，落水后因不识水性而溺死。武松念起旧日恩义，号啕大哭一场，也可见出"被利用"之说的不靠谱。当然，武松之所以哭施恩，可能与他心目中的朋友都死伤殆尽有关。他不仅在哭施恩，也是在哭张青和孙二娘。

第三个带给他关爱的外人是张青夫妇，他们出现在武松第三次落难之时，是把武松从阎罗地府引向水浒世界的被武松称为兄嫂的一对夫妻。此时的武松，血洗都监府，从孟州城跑出来，第二次在十字坡与张青、孙二娘相见。如果说他们的第一次是不打不相识，那么第二次则见证了他们的生死之交。张青夫妇冒着生命危险容留犯了弥天大罪的武松，不是亲人胜似亲人，特别是孙二娘精细入微的关怀，对于一个从小跟着哥哥长大，从未得到过慈母般温存的孩子来说，真是获得了一种前所未有的温暖。在金圣叹的改评本中，写武松与张青夫妻初交就生出两次"忽然感激"，第一次是武松要行之时（行往孟州牢城营），张青哪里肯放，一连留住管待了三日；第二次是临行之时，张青和孙二娘送出门前。此时，武松刚刚失去一奶同胞的兄长，又得一亲如骨肉的兄长，怎能不"忽然感激"？须知，武松不是随便喊人兄长的，那施恩在武松眼里只是个小弟。中国传统文化有个讲究，兄长得有兄长的样子！第二次见面，张青两口子更给了武松亲如一家的温情，武松也再无"忽然感激"，这是因为他已把他们视为自己的亲兄亲嫂了。而且，张青夫妇还引荐武松加盟二龙山，给没有立锥之地、眼前一片漆黑的武松送来了光亮和希望，可以说是武松能继续活下去的引路人。后来，张青、孙二娘也上了二龙山，他们与武松并肩战斗，相互扶持，应该说结下了深厚的情义。

第四个带给他关爱的外人应该叫鲁智深，他是影响武松抛却滚滚红尘、断除世俗欲念和黄粱大梦的一位兄长。二人相识在二龙山上，作为二

---

① 朱一玄、刘毓忱：《水浒传资料汇编》，南开大学出版社 2012 年版，第 176 页。

② 朱一玄、刘毓忱：《水浒传资料汇编》，南开大学出版社 2012 年版，第 176 页。

龙山的领袖，鲁智深对初入此道、思想极不稳定的武松给了兄长般的关爱和抚慰，使武松体会到在主流社会从未有过的纯厚与真诚，并进而使自己的“三观”产生了质的变化。当武松在梁山上仗义执言提出反对招安被宋江数落得尴尬之时，是鲁智深站出来打圆场；当武松在战场上面临生死危险时，是鲁智深挺身而出舍命相救；当武松身体残废万念俱灰时，是鲁智深始终陪伴好言宽慰。从二人在二龙山同为头领，上了梁山同为步军首领，并肩杀富济贫，惩处邪恶，并肩参加征辽、平方腊等重大战役，到在历次战役中，他们相互配合，彼此帮助扶持，直至大军惨烈凯旋之日的峥嵘岁月、南征北战的经历中，都可看出二人性情相近，义气相投，真是惺惺相惜。他俩生则风雨共舟，死则死在同一个地方——杭州六和寺内，真可谓携手江湖，不离不弃，患难相扶，生死与共。二人虽未结拜，但亲如兄弟；虽然一个经常救护女人，一个曾经是“摧花辣手”，但却殊途同归。

同时，缺少父母呵护的武松，从小只能自己靠自己，自己救自己，身边虽有个哥哥，但有还不如没有，因为哥哥是个可怜的残疾人，他自己都泥菩萨过河难保自身，哪来的力量护佑弟弟？心酸的童年、残酷的现实逼迫武松自强自立，自力更生，在幼小的内心渐渐生成人敬一尺，我敬一丈，人若犯我，我必犯人的理念。可当别人犯你的时候，你靠什么犯人呢？武松认为，只能靠拳头，靠武力。拳头是用来讲真理的，铁拳里面出真理，真理大多掌握在拥有铁拳的人手里；铁拳头才是硬道理，强者讲道理是一种宽容，弱者讲道理是一种期望，只有成为强者，真理和道理才能为我所有，这应该是武松生活实践的体会。小说并未描写武松如何冬练三九、夏练三伏，只是呈现了他的铁拳的神勇威武。他说他“平生只要打天下硬汉”，那么他主要打了哪几个硬汉呢？

一打机密。这个机密是清河县衙里的吏人，武松曾将他打昏。难道这个机密也是“硬汉”？你可别不把豆包当干粮，不把村长当干部，从事机密这一工作的人大都是知县身边的红人，弄不好那也是小县城里跺一脚颤三颤的主。当年县衙编制有限，能在县府里混的那都是“精英”，何况机密乎？哪个没长眼睛的敢来招惹！宋江做押司的时候那也是如鱼得水、风光无限，武松做都头时都有护卫伺候，由此可知，此人在县里那也是威风八面、令人望而生畏的角色。武松打昏机密是因了何事，小说上没有交代，只说“与本处机密相争，一时怒起，只一拳打得那厮昏沉”。按现代有些人的理解，武松当时可能是街头混混，好酒喜斗，寻衅滋事，无视法律法规，平白无故将国家公务人员打着来玩。如此说来，武松就不单单是个街头混混了，那简直就和汴京城里的牛二一样，纯粹一个泼皮无赖，专在街上打滚撞闹、行凶撒野。这把武松说得太不堪了，关键是和武松一生的整体风格不搭。当年人家牛二为此还得了个“没毛大虫”的恶名，武松若屡屡为之为何没有得到类似的名号？可见，武松绝非牛二，此类行为纯属偶然为之。既然是偶然事件，那就要注意到“怒起”二字，武松“怒起”的原因究竟是什么？首先经过以上简析，我们可以排除武松酒后无缘无故撒酒疯、发神经，没事找事打县吏消遣这一解读。另外，还要注意到武松并不是和所有的“硬汉”过不去，他打的是那些“不明道德”的硬汉，后来舞台上有一部“武松戏”就将之敷衍为武松行侠仗义，打死了恶霸，不得不离家避难，应该挺符合逻辑的。你想想，在古代中国，凡是头上有乌纱翅的，甚至在衙门里做公的小人物，有几个不是横眉瞪眼、颐指气使、横行霸道、气焰嚣张的，就像蒲松龄老人家在《聊斋志异·梦狼》中说的一样：“窃叹天下之官虎而吏狼者，比比也。”

二打老虎。老虎也是“硬汉”？老虎在山林中号称“兽中之王”，当然是自然界的“硬汉”。武松打虎可能有千般万般的特点，但有一个特点多数人没有注意到，那就是纯靠自己，纯粹靠自己的铁拳。当吊睛白额大虫从乱树背后跳出的一刹那，武松并没有大喊“来人哪，救命啊”，他若真喊，还真能喊来埋伏在附近伺机捕捉老虎的猎户们。武松自小：没有爹来没有娘，大风路上自己闯，顶天立地逞坚强，再苦再累自己扛，所以他从不指望别人，指望也指望不上，养就了单打独斗，自己的问题自己解决的性格。就是他使用的武器——哨棒也没派上用场，他“双手轮起哨棒，尽平生气力，只一棒，从半空劈将下来”，却不料“正打在枯树上，把那条哨棒折做两截，只拿得一半在手里”，此时他身无余物，只能靠自己的双手和拳头了，“武松将半截棒丢在一边，两只手就势把大虫顶花皮肐地揪住，一按按将下来。那只大虫急要挣扎，被武松尽力气捺定，那里肯放半点儿松宽”，而后，“武松把左手紧紧地揪住顶花皮，偷出右手来，提起铁锤般大小拳头，尽平生之力，只顾打。打到五七十拳，那大虫眼里、口里、鼻子里、耳朵里都迸出鲜血来”。

三打金莲。打完了山上的老虎，又来打山下的“母老虎”。潘金莲是老虎、是“硬汉”吗？绝对是！这是潘氏自己对自己的评价：“我是一个不带头巾的男子汉，叮叮当当响的婆娘，拳头上立得人，胳膊上走得马，人面上行的人！不是那等搠不出的鳖老婆！”潘金莲不仅能说得出，更能做得到。如果说她三番五次勾引小叔子还属于女流层面的话，（只不过是胆大脸皮厚而已）那么接下来的三个动作绝对让身为男人的人都自愧弗如。一是武大捉奸时，西门庆都吓得躲到床底下，真是邪不压正啊！那金莲却不然，她不仅用她那柔美的身子用力顶住门板，而且埋怨西门庆关键时刻掉链子，“闲常时只如鸟嘴，卖弄杀好拳棒！急上场时便没些用！见个纸虎，也吓一交”！激将得西门庆钻出床底，开门后飞起一脚踢倒武大。二人相较，谁说女子不如男！二是毒杀武大时，身为主凶的潘金莲不慌不忙，有条不紊，“先把毒药倾在盏子里，却舀一碗白汤，把到楼上，叫声‘大哥，药在那里？’”然后将那席子底下的药拿出，“抖在盏子里，把那药贴安了，将白汤冲在盏内，把头上银牌儿只一搅，调得匀了；左手扶起武大，右手把药便灌。武大呷了一口，说道：‘大嫂，这药好难吃！’那妇人道：‘只要他医治得病，管甚么难吃。’武大再呷第二口时，被这婆娘就势只一灌，一盏药都灌下喉咙去了。那妇人便放倒武大，慌忙跳下床来。武大哎了一声，说道：‘大嫂，吃下这药去，肚里倒疼起来！苦呀！苦呀！倒当不得了！’这妇人便去脚后扯过两床被来，劈脸只顾盖。武大叫道：‘我也气闷！’那妇人道：‘太医分付，教我与你发些汗，便好得快。’武大再要说时，这妇人怕他挣扎，便跳上床来，骑在武大身上，把手紧紧地按住被角，那里肯放些松。那武大哎了两声，喘息了一回，肠胃迸断，呜呼哀哉，身体动不得了！那妇人揭起被来，见了武大咬牙切齿，七窍流血。”怎么样，金莲有没有武松打虎的“英雄”气概！她不是个“柔弱女子”吧？三是毒死武大后，在楼下照例“设个‘亡夫武大郎之位’的灵牌，灵床子前点一盏玻璃灯，里面贴些经幡、钱垛、金银锭、采缯之属”。可以说楼下灵堂高设，死寂肃杀，武大亡魂未散，阴森可怖，但楼上却是另一番景象，蜂狂蝶乱，云雨巫山，波翻浪滚，春意盎然，潘金莲“每日却自和西门庆在楼上任意取乐，却不比先前在王婆房里只是偷鸡盗狗之欢，如今家中又没人碍眼，任意停眠整宿”，真是色胆包天，丧心病狂！这样的母老虎自然不会被武松饶过。现在一些人肆无忌惮地谴责武松，哭着喊着要为潘金莲翻案昭雪，或许是他希望别的女人都是潘金莲，而他自己是西门庆；或许是他没读出潘金莲的淫毒之性。若知晓了，他还会爱上婀娜多姿却心如蛇蝎、杀了他却和自己的情人在亡灵上边追欢取乐的潘美人吗？

四打蒋忠。蒋忠是“硬汉”吗？应该是。原因之一：长得壮硕威猛，形似“金刚来大汉”。书上说他“形容丑恶，相貌粗疏。一身紫肉横生，几道青筋暴起。黄髯斜起，唇边扑地蝉蛾；怪眼圆睁，眉目对悬星象。坐下狰狞如猛虎，行时仿佛似门神”。“门神”相貌狰狞可怖，膀圆体阔，蒋门神得名就是因为“有九尺来长身材”，和《三国演义》上的关云长一样身高。人常说“七尺男儿”，站在蒋门神身边绝对低人一头。不说别的，光蒋门神的身板，就让人望而生畏，无人敢惹。原因之二：武功超人，技艺不凡。据“使得好拳棒”、被蒋门神“一顿拳脚打了，两个月起不得床。前日兄长来时，兀自包着头，兜着手，直到如今，疮痕未消”的金眼彪施恩介绍：“那厮不说长大，原来有一身好本事，使得好枪棒，拽拳飞脚，相扑为最。自夸大言道：‘三年上泰岳争跤，不曾有对；普天之下，没我一般的了！’”在甘拜下风的施恩眼里，蒋门神就是长有三头六臂的哪吒，真给打怕了。即使武松，也是运用平生所学、非同小可的独门特技“玉环步”“鸳鸯脚”才一举拿下蒋门神的，看似轻松，实则奇崛。原因之三：蒋忠更硬的地方是后台硬，张团练以及张都监是他的坚强后盾，均为孟州城里一手遮天的人物。蒋忠身为练家子，为什么没有其他武士嵚崎坎坷的命运，成为《水浒传》中独特的“这一个”，可能就是他对主子异常“讲忠”。不像林冲，他对主子也异常忠诚，但主子却看上了他貌美如花的媳妇，尤其是把他往死里整，没奈何分道扬镳；蒋忠的主人对他无所觊觎，只需他施展一身功夫，为主子左冲右突，排忧解纷，谋官牟利，招财进宝。可惜“门神”也未挡住“恶魔附体”的武松，连同他的主子一同被那复仇的怒火所吞噬。

当然，武松还打过母夜叉孙二娘，打过独火星孔亮，这是梁山英雄中真正和武松交过手的，也算是不打不相识。这一女一男当时也都是“硬汉”，女的惯使蒙汗药，杀人越货，做了人肉包子来卖；男的经常惹是生非，后与本乡一个财主发生争执，就将其满门良贱全部杀死，不得已上了白虎山，聚集五七百人，打家劫舍，知府就将其居住在青州城内的叔父捉下监在牢中，胆大如斗的孔氏兄弟竟敢率领乌合之众攻打兵多将广的青州城。武松打过的“硬汉”，自机密始，引出“武松打虎”；到孔亮终，引出“武松打狗”。赤手空拳打虎成就了武松的英名，手持戒刀打狗却被一条狗奚落变成落汤鸡，终使“武十回”落寞收场。这并不是昭示着武松武功尽废，而是武松心情沮丧、意志消沉到不能自拔的表现。哀莫大于心死，是对武松打狗最好的诠释。这里面蕴含了作者对武士命运深深的悲悯和哀叹。

再者，从小失去父母的武松，基本上是独立成长，逐渐养成了个性独立、心思敏感、虑事缜密的特点，这就是我们经常说的“穷人的孩子早当家”。这一特点主要体现在侦办哥哥惨死的案件中，表现得淋漓尽致。一见到潘金莲，他并未焦炙烦躁，而是异常冷静、不露声色地多方询问，从中寻找蛛丝马迹。须知这一无头案千头万绪，一般人真是无从下手。细心的读者应该注意到，武松询问潘金莲一共两次，第一次问了四个问题，诸如死的时间、征候、吃谁的药和埋在哪里；第二次发问，有意味的是中间两个问题又问到了，且将第四个问题细化为棺材谁买的、谁扛抬的这两个具体问题上，这就引出了两个重要人物线索——王婆、何九叔。从当事人何九叔入手，得到物证，又引出另一个证人郓哥，得知了犯罪团伙的主要对象。破案后去报案，符合法律程序，结果这一证据确凿的命案却被知县轻而易举地和谐掉了。武松只好自己判案，然后自己执行，整个过程思路清晰，关键明确，恩怨分明，干脆利落，绝对完胜福尔摩斯，堪称私力救济史上的典型成功案例。当然，怒平都监府也体现了这一特点，他冲上鸳鸯楼，就兵贵神速，以迅雷不及掩耳之势首先解决了武功颇高但还没回过神来的蒋门神，然后才去收拾两位养尊处优的都监和团练大人。此间最为人诟病的实际也是武松虑事周密的特点，所谓他不分青红皂白，滥杀无辜。这个问题怎么看，要看站在谁的角度看。站在夫人、小姐的角度看，冤不冤的问题就不好说了，她们难保不和大人们穿一条裤子；站在马夫、侍女的角度看，确实冤，他们与武松前日无怨，近日无仇，但他们被武松放过后是否敢担保一定不通风报信呢？谁也不敢担保；站在武松的角度看，他的行为就是顺理成章的。试想情急之下，他是否、能否辨识得清谁是他的朋友，谁是他的敌人，这个革命的首要问题要想在瞬间搞清楚那是谁都无法做到的。生死关头，一旦有人喊将起来，不仅冤仇难报，就连武松的小命也不保。尽管武行者武艺不凡，但他毕竟不是长着铜头铁额、会七十二般变化的孙行者。若他身陷重围、力竭被擒时，从旁观者的角度，你定会嗟叹一声：“哎！这人太傻了，怎么没读过书的人也像宋襄公一样迂腐呢？”

其二，兄长横死之伤。

好在武松有个嫡亲哥哥，但这个哥哥却是个残疾人，生得高不满五尺，面目狰狞，头脑可笑，被人叫作“三寸丁穀树皮”，是个难看的小侏儒。在那个弱肉强食的社会，谁见了都敢踹两脚，受尽别人的冷眼和欺凌。但在幼小的武二眼里，哥哥就是家里的顶梁柱，为他撑起了一片蓝天。父母死后，两个都还不大的孤儿孤苦无依，没有什么外界帮助，也没有什么经济来源，在吃完了父母留下的家底后，兄弟俩靠什么活过来的连武大都说不清了，反正他们经常衣不暖身，食不果腹。面丑心善的武大宁可自己忍饥挨饿，也要把仅有的一点儿吃食留给弟弟。长期的营养不良，加上先天不足，可怜的哥哥终于没能发育起来。但值得欣慰的是，弟弟武二长成了一条好汉：

> 身躯凛凛，相貌堂堂。一双眼光射寒星，两弯眉浑如刷漆。胸脯横阔，有万夫难敌之威风；语话轩昂，吐千丈凌云之志气，心雄胆大，似撼天狮子下云端；骨健筋强，如摇地貔貅临座上。如同天上降魔王，真是人间太岁神。

“武松身长八尺，相貌堂堂，浑身上下有千百斤力气。”可又有谁知道，这里面浸含着武大多少心血汗水，付出了多大的代价啊！武松小的时候，武大是他物质上的依靠；长大后，武大又为武松招惹的是非顶缸埋单。武大曾抱怨过武松：“当初你在清河县里，要便吃酒醉了，和人相打，如常吃官司，教我要便随衙听候。不曾有一个月净办，常叫我受苦。”打人，特别是打的还是衙门里的官人，这样的官司让一个形容猥琐、靠卖炊饼为生的小商贩去摆平，武大受了多大的委屈多大的罪，怎么想象都不过分。一跑了之的武松难道就心安理得吗？远在千里之外，他一定惦记着为他擦屁股而受苦受难的哥哥，他是否也产生了“露从今夜白，月是故乡明。有兄皆分散，无家问死生”的情怀，反正他一听说他打的人没死就急着要回家，足见兄弟情深。

因兄拒嫂。从沧州往家赶的武松见兄心切，行色匆匆，再高的山也阻不住他归家的心，再凶的猛兽也挡不住他归家的路。打杀老虎的武松不期与哥哥在阳谷县街头相遇，真是天遂人愿，喜不自胜。原来，武二离家后，武大经常受人欺负，“你在家时，谁敢来放个屁”，结果武二不在家后，谁都敢到他家放屁。武大惹不起，躲得起，万般无奈从清河搬到了阳谷，谁知歪打正着。武大领着武松回家，进得门来，介绍新嫂子后，武松都未及细看，纳头就行跪拜大礼。此时的武松，内心对这个女人是充满感激的，感激她给了哥哥一个家，让哥哥体会到人世间的温情，从此哥哥有人照顾，有人疼惜，你说做弟弟的能不畅快吗？可武松万没想到这个女人长相漂亮，与哥哥反差太大，心内不觉五味杂陈，这样的女人哥哥能 hold 得住吗？金莲不愧是钓鱼高手，从不露声色的春心荡漾淫心暗许，到人之常情的嘘寒问暖；从看似寻常实则调情的问话，到一贬一褒的情感取向；从满心欢喜秋波频送一往情深的相待“伏侍”，到暧昧场景中的言语、肢体的大胆勾引，不见怪、不搭茬、不上心的武松再也绷不住了，因为潘氏已将窗户纸捅破，无法再揣着明白装糊涂了。武松摊牌了，是那样的义正词严，那样的虎虎生威，可这吓不倒“女汉子”潘金莲，她心里只想实实在在的感官刺激，哪管那虚头巴脑的伦理道德；只恨武松的绝情，哪惧武二的铁拳！面对潘金莲的屡屡撩拨，武松意志坚定，不为所动，难道他不懂风情？绝对不是！武松是整部《水浒传》中接触女人最多的一条好汉，特别是他与孙二娘、蒋门神小妾的纠葛中均可看出他不是榆木疙瘩，而是个很懂“浪漫”的人。既懂风情，为什么能坐怀不乱呢？这势必谈到武大弟兄的关系。武松自小失去父母，和哥哥相依为命，武大是个很善良、很讲义气的人，不顾自己身小力微，含辛茹苦把武松拉扯成人，可说对武松恩重如山，武松也视兄如父，当然也视潘金莲为“嫂娘”。试想，武松这等“顶天立地噙齿戴发男子汉”，岂是“那败坏风俗没人伦的猪狗”，他断断做不出那偷偷摸摸、偷鸡摸狗的事情，更别说伤天害理、近亲乱伦的丑恶勾当。有人说，武松在这方面比不上燕青，是的，他俩分属性格不同的好汉，武松是红脸汉子，燕青是浪子，燕青比武松善于与女人虚与委蛇。可我们也要注意到，潘金莲和李师师也不一样，燕青一拜，就拜住了李师师的“邪心”吗？也能，也不能。他拜住了李师师对燕青的“邪心”，拜不住她对别人的，因李师师的帅哥多的是，缺了张屠户，自有无毛猪；潘金莲则是“良家妇女”，无法艳帜高张，好不容易发现一位“意中郎君”，而且还是“窝边草”，自然要“咬定青山不放松”了。面对这样一个甩都甩不掉的滚刀肉，你有什么高招吗？

为兄鸣冤。妾有意，郎无情，小潘算是体会到了“易求无价宝，难得有情郎”的真正含义，她也因此恼羞成怒，由爱转恨，“生将武二搬离去，骨肉翻令作寇仇。”武松搬到县衙，然后被派到东京出差，紧接着小潘的一根叉竿引发了一段千年传扬的风流冤孽，所谓“风日清和漫出游，偶从帘下识娇羞。只因临去秋波转，惹起春心不肯休”，就这样，西门庆和潘金莲借助淫媒王婆的牵线搭桥，勾搭成奸。有人把潘金莲红杏出墙的责任归咎于武松，说是不解风情、不会怜香惜玉的武松的决绝把潘金莲推到了西门庆的怀抱。说“潘金莲之所以出轨、堕落，是要报复武松，是抱着破罐子破摔的心理，原因是虚伪、懦弱的武松没有乱伦”。意思即坏蛋之所以办坏事，原因都在无辜的好人身上，恰如说“男人之所以要强奸，是因为女孩太性感，太漂亮”。这是什么狗屁逻辑！老话讲：“奸出人命赌出贼。”不幸也应验在金莲身上。正是：“色胆如天不自由，情深意密两绸缪。只思当日同欢庆，岂想萧墙有祸忧。”出差归来，本性敏感的武松面对哥哥的突然亡故怎能不心生疑窦，于是即刻不事声张地进行了一系列的深查细访。这本来也是他身为都头的分内工作，更何况是他哥哥蒙难。俗话说：“好事不出门，坏事传千里。”实际上，紫石街的人对此事都心知肚明，但都碍于西门大官人的淫威缄口不言，衙门里的官人也没有生活在真空里，这种茶余饭后都会谈论的事保不齐也有风闻，但大家都习惯了多一事不如少一事。事不关己，高高挂起；民不举，官不究，何况西门庆钱多势大，谁惹得起！什么叫英雄？英雄就是在别人都哆嗦发抖、匍匐下跪、沉默如僵尸状时，他呐喊着站了起来。若武大没有武松这样英雄的弟弟，只能冤沉海底，永世不见天日。武松查清案情后，能不替哥哥鸣冤告状，讨回公道吗？

为兄复仇。诉状递到县衙。此处请注意，阅读原著可知，武松是懂法的，也是在第一时间依照法律程序办事的，不是有人所说的，“根据英雄信条，一位好汉如果感到自己或他的亲友蒙冤受屈，必须亲手伸张正义，而不依靠那拖沓多变的法律。武松便是这类好汉有代表性的例子。[①]”可诉状在官人眼中就是一张废纸，当堂就被文化水平甚高的知县引经据典、运用圣人言论驳回请求，不予受理，不予立案。武松接下来怎么办，一般人不外乎三种表现：一是紧紧依靠官府，投门子找窗户，疏通各种关节，然后砸锅卖铁、倾家荡产贿赂官府，以期火到猪头烂，钱到公事办；二是一方面找官府官了，一方面找凶手私了，以期东方不亮西方亮，寻求自身

---

① ［美］夏志清：《中国古典小说史论》，胡益民等译，江西人民出版社 2001 年版，第 95 页。

利益最大化；三是懒老婆卖豆腐——人孬货软，听天由命，既然官府不为民做主，百姓只能窝囊死、憋屈死。但武松可不是一般人，他不想被动地乞求别人，那样也只能使为兄报仇的愿望成为镜花水月。英雄的血液里奔涌的是血性和不屈！岂能让恶人随心所欲，逍遥自在，让善人负屈含冤，饮恨黄泉！听之任之，善罢甘休那不是武二的风格，为了安抚哥哥的亡魂，他何惧丢掉工作，何惧违法坐牢甚至丢掉自己的性命。就这样，武松铤而走险，杀死了潘金莲和西门庆。本来，潘金莲若早些提出离婚，这个悲剧就可能避免。宋代的女子是可以提出离婚的，大名鼎鼎的李清照不就是女方主动提出而成功离婚的案例吗？何况还有成功人士西门庆的帮助，离婚简直易如反掌！潘金莲为什么不离婚，应该是经济问题，连西门庆都知道武大是有些家底的，“小人只认得大郎是个养家经纪人，且是在街上做些买卖，大大小小不曾恶了一个人。又会赚钱，又且好性格，真个难得这等人。”从中可以看出，武大在当地是小有名气的个体户，生意做得不错，从租住的两层楼房即可见一斑。但潘金莲若先提出离婚，难免会净身出户，难道她就不想带着丰厚的嫁妆以争得在西门家的话语权吗？如何人财两得？只能孤注一掷，杀死武大，然后焚尸灭迹，冀侥幸于万一。武大也是可以不死的，特别是他发现妻子的奸情后，完全可以一纸休书解除婚约，可他宁愿保持有名无实的婚姻，而且是顶着绿帽子的婚姻，也要与潘金莲捆绑在一起，“你若肯可怜我，早早扶侍我好了，他归来时，我都不提”。两人一个为利，一个为名。哎，名利思想真是害死人啊！

其三，上司谋陷之伤。

武松的仇是报了，但也受到了法律的惩罚。此时的武松，真正是家破人亡，成了“孤家寡人”，且扛枷带锁，身陷牢狱之苦。他的命运就像浮萍一样无依，像飘蓬一样变化不定，四海流荡，无所归宿。“幸运”的是，他遇到了正在寻找利用工具的官人施恩，总算不用像其他犯人一样过那生不如死的生活。被他人利用，自己也活得潇洒，也算是一种互利双赢吧。不幸的是，他也因此惹恼了孟州官场的另一派势力——张团练和张蒙方。身为上司的张蒙方差人去请武松到他手下当差，这不是天上掉馅饼、打着灯笼都难找的好事吗？刚到孟州才两天的武松哪知二张的关系，似乎施恩也不知就里，都被蒙在鼓里。这叫什么？叫“上调”。水往低处流，人往高处走，一个低贱的“贼配军”为什么要拒绝呢？

《水浒传》中反面人物的命名方式，有的有姓没名，如郑屠、牛二、高衙内、蔡九知府、张团练，似乎就是个身份符号；有的有名有姓，如高俅、蔡京、梁世杰、潘金莲、西门庆，除了历史上真实有过的人物外，虚构的名字大都高大上，有的可能还别有意味，比如张蒙方，“蒙方”可能有“蒙蔽、蒙骗方正君子”的意思，当然他父母为他取名时，肯定无此意，当时就想取个文绉绉的名字，希望他将来成为文人，过上人上人的生活。能说明张都监文人身份的还有一个地方，就是武松血溅鸳鸯楼时他的表现。当时张蒙方应该位居中间，因他官职最高，两边相陪的张团练和蒋门神都是练武的出身，书上专门有交代，“这张团练终是个武官出身，虽然酒醉，还有些气力。见剁翻了两个，料道走不迭，便提起一把交椅轮将来”，武松先杀了武功最强的蒋门神，就近顺手解决的是张都监，“那张都监方才伸得脚动，被武松当时一刀，齐耳根连脖子砍着，扑地倒在楼板上”，估计当时张都监早已吓得骨软筋麻，无法动弹，任人宰割、轻而易举被人杀死，再综合宋朝选任官员等各种因素，张都监的文人身份必定无疑。

在武松替施恩出头夺了快活林后，武夫出身、头脑简单的张团练一筹莫展，他只会动动拳脚，可拳脚又比不过对方。硬打不行，智取只能找读书破万卷、弯弯绕特多的结拜哥哥张都监了。您甭说，张都监还真的是计胜张良，智赛诸葛，尤其是把“三十六计”运用得炉火纯青，出神入化。

欲擒故纵计。他先是将身为罪囚的武松一下子提拔到自己身边做亲随，直让武松都产生了平步青云的幻觉。而且将武松“把做亲人一般看待”，经常“唤武松进后堂与酒与食，放他穿房入户”，“又叫裁缝与武松彻里彻外做秋衣”，对其吃穿住用日常生活照顾得无微不至，比及时雨宋江有过之无不及，把武松整得诚惶诚恐，感动得心里直叨咕：“难得这个都监相公，一力要抬举我！”

暗度陈仓计。特别是别人央浼武松的公事，武松只要一给张都监说，张都监“无有不依”，武松就此似乎成了张都监身边说一不二的红人。接着，来巴结武松的人日渐增多，武松因此买了平生第一件家具——柳藤箱子，将外人送的“金银、财帛、缎匹等件”，“都锁在里面”。这一箱子的东西到后来为张都监立下了不赏之功，达到了出奇制胜的效果。

笑里藏刀计。八月十五日，在宋时已是一个仅次于春节的重要节日。“明月几时有，把酒问青天”，这一天，万家团圆，张都监特地将武松请到后堂深处的鸳鸯楼下，与其夫人宅眷一同喜庆中秋佳节。武松可是个有自知之明的人，一口一个“小人”“囚徒”地要回避，可张都监却一口一个“义士”“心腹”地叫着盛情挽留。这怎能不让早失双亲、更兼近日兄长横死的武松暖意萦怀，感激涕零，以致武松心情松快，“吃的半醉，却都忘了礼数，只顾痛饮”。张都监给予武松的物质和精神的关怀，是武松有生以来在官场中遇到的第一人。张大人的外在表现绝对是豪爽不羁，性情中人。谁知他外表和气，内里却阴险毒辣。

美人计。写到此处，总觉得张都监的计策用得有点儿多，就一个武松，未免小题大做了，可能不如此体现不出都监大人的心细如发，足智多谋。张都监在中秋家宴上又将“心爱的养娘”玉兰唤出，这女子生得“脸如莲萼，唇似樱桃。两弯眉画远山青，一对眼明秋水润。纤腰袅娜，绿罗裙掩映金莲；素体馨香，绛纱袖轻笼玉笋。凤钗斜插笼云髻，象板高擎立玳筵”，绝对是美女一个。这个美女后来真的派上了用场，“都监相公如此爱我，又把花枝也似个女儿许我。他后堂内里有贼，我如何不去救护？”出于感激，武松挺身而出，刚冲进后堂，他就顺着玉兰那“极能针指”的纤纤素手所指的方向奔去，就此跌入人家事先布置好的陷阱。

连环计。先用调虎离山计，将“却待脱衣去睡”的武松引出“捉贼”，使其落入圈套，然后再用无中生有计，将武松积攒的那一箱子“金银、财帛、缎匹”污为偷窃的赃物，实际就是以假充真，栽赃陷害。但这个事情又百口莫辩，你说是别人送你的礼物，你说是谁送给你的，双方对证人家肯定不承认，因为这都是张都监他们事先谋划串通好的，就是让你钻进去，出不来。连环计的高妙之处就是使对方防不胜防。将武松诬陷为小偷，实在是对大英雄精神上的极度羞辱和沉重打击，他可是要脸不要命的人哪，英雄可以蒙冤不可以蒙羞。是可忍，孰不可忍！

瞒天过海计。这是“三十六计”的第一计，放在后面说带有小结的性质，张都监运用此计可谓登峰造极。他故意一而再，再而三地用谎言和伪装的手段欺骗、迷惑武松，使武松全然放松了戒备，然后突然行动，从而达到了自己不可告人的目的。最有名的是张都监将“心爱的养娘”玉兰许婚武松一节，“武松起身再拜，道：‘量小人何者之人，怎敢望恩相宅眷为妻。枉自折武松的草料！’张都监笑道：‘我既出了此言，必要与你。你休推故阻我，必不负约。’”信誓旦旦，礼贤下士，实在让人感佩！整个过程，密不透风，讳莫如深，做得是滴水不漏，无懈可击。可惜，这样的“才”没有用在抗击外侮的战阵上，却用在了牟利害人的勾当上。

借刀杀人计。武松又一次身陷囹圄，成了《水浒传》中唯一一位两次进大牢的人。上一次是“故意”杀人，这一次是被诬陷至此，这一次得“感谢”神机妙算的张都监；上一次是重罪轻罚被发配孟州，这一次是屈打成招、“轻罪”却被判为死罪。真是说你无罪就无罪，有罪也无罪；说你有罪就有罪，无罪也有罪。令张都监始料未及的是，认为自己没有得到什么好处的知府大人不想被得了不少好处的张都监当枪使，只判武松刺配恩州了事。众所周知，官场的手段是法律，但是当法律不能完全达成目标时，不守规则的官员们就要动用其他手段。第二次借的刀是不是施恩呢？蒋门神二打施恩，又打得他“包着头，络着手”，不知是施恩被打怕了要表对张都监们的忠心，还是被张都监们逼迫的，施恩送给即将上路的武松两只熟鹅。民间说熟鹅是发物，有外伤和内热不能吃此物，后来的李时珍在《本草纲目》中就称其“气味俱浓，发风发疮，莫此为甚”。据说明朝开国功臣徐达背部长疽吃了朱元璋赐给他的蒸鹅毒发而死，武松吃了此鹅，在血溅鸳鸯楼后，也“棒疮发了又疼，那里熬得过”，结果被十字坡的四个男女捉住，差点被做了人肉馅包子，幸亏重见了亲人张青夫妇，才安全无恙。当然，张都监可借的刀多的是，真的是矢志不渝不灰心，坚持不懈不回头！第三次那就是赤裸裸的黑社会的下三烂的手段了——暗杀或刺杀，即买通两个放送公人，外加蒋门神的两个徒弟，在流放路上神不知、鬼不觉地结果了武松的性命。可能是人算不如天算吧，张都监没想到武松居然敢反抗杀死公差，更没想到四个手握利器、心狠手辣的职业杀手居然被一个束住双手、身无寸铁的囚犯打得一败涂地。老话说：害人终害己，害来害去害自己。不是不报，时候没到；时候一到，一切全报。饱受主人谋陷伤害、业已“恶神”附体的武松踅进都监府，冲上鸳鸯楼，将“蒙蔽、蒙骗方正君子”的张蒙方等铲除干净。正是：暗室从来不可欺，古今奸恶尽诛夷。金风未动蝉先噪，暗送无常死不知。

作者对张都监的罪恶说得很清楚，用了几句诗：“都监贪污重可嗟，得人金帛售奸邪。假将歌女为婚配，却把忠良作贼拿。”以及“都监贪婪甚可羞，漫施奸计结深仇”，后两句说得太含蓄，力度似乎不够，没能将张都监们无法无天、任性妄为的丑恶人性暴露无遗。试想，披肝沥胆、一腔赤诚的下属到头来换得的却是上司阴险毒辣的迫害，武松受的伤能轻吗？

其四，女人情骗之伤。

武松是《水浒传》上与女性打交道最多的英雄，至少有五位女性与他有过纠葛。有的让他刻骨难忘，有的只是一面之缘，这五位女性在武松眼里可能分属于以下四种类型。

一是淫毒型。武松遇到的第一个女人叫潘金莲，武松曾骂她“不识羞耻”“不识廉耻”，杀之前，两次骂她“淫妇”。如果仅是“淫妇”，武松也不好将人家杀死，毕竟罪不至死；武松之所以出手，是因奸情出了人命，是因了她的“毒”，潘金莲作为主凶残忍地毒杀了哥哥武大。一个人，可以追求自己的性权利，前提当然应当符合法律人伦的基本要求；可以享有自己的性权利，但你没有剥夺别人生存权的权利！要说起来，潘金莲也曾是个苦命的女人，但命苦不能成为你杀人的理由，不能靠杀人特别是无辜的人来得到你所谓的幸福。潘金莲这一虚构的小说人物，以“淫毒”的形象存在于不少当下人的认知中。

二是无良型。武松对视为“嫂娘”的人一本正经，从未有过非分之想，但对他认为的无良之人则极尽戏要调弄之能事，比如对王婆、孙二娘和蒋门神的小妾。武松曾对孙二娘说：“我是斩头沥血的人，何肯戏弄良人。我见嫂嫂瞧得我包裹紧，先疑忌了，因此，特地说些风话，漏你下手。那碗酒，我已泼了，假做中毒。你果然来提我。一时拿住，甚是冲撞了，嫂嫂休怪。”孙二娘是开黑店的老板娘，杀人越货，凶狠残暴，自然不是良善之辈（上梁山后变成“良人”）；王婆虽是市井家庭妇女，却是武大惨死事件的罪魁祸首，从撮合促成男女双方的奸情，到毒死武大方案的提出，再到具体毒杀方法的指导，到最后毁尸灭迹的超前谋划，充分显示了王婆凶悍残忍的本性；蒋门神的小妾，书上只介绍她“原是西瓦子里唱说诸般宫调的顶老”，也没写她的什么恶行，倒是先写了她的美艳，继而用了卓文君买酒、崔护谒浆两个典故来凸显她迷人的气质，但在武松看来，“不是一家人，不进一家门”，恨屋及乌，也把她视为与蒋门神同类之人，先戏弄了人家一番，然后将已怒火中烧的蒋小妾“轻轻地只一提，擷入怀里来，两手揪住”，丢入酒缸中。当然，对后来成为毒杀兄长凶手的潘金莲，武松哪里还会有尊重，杀潘时的言行表明他已将潘金莲归入了比“无良型”女人更坏的“淫毒”女人的系列。

三是欺骗型。玉兰是张都监的养娘，“玉兰”的谐音可能是“欲婪”，小说上有诗曰："都监贪婪甚可羞，漫施奸计结深仇。"是说张都监们欲望太多太贪婪，玉兰和张都监二人应是互为表里的。至少在武松事后看来，玉兰和张都监他们是一伙的，是合起伙来布好圈套坑陷他的人。特别在关键时刻，玉兰姑娘"慌慌张张走出来指道：'一个贼奔入后花园里去了'"，实际上连个人影子都没有，她心中的"贼"早有了，那就是武松。结果，武松在"未婚妻"的"正确"指引下，在充分信任、毫无提防的情况下，"大踏步，直赶入后花园"，就此掉进了人家早已布置好的天罗地网，稀里糊涂地被捉个"现行"。

四是懦弱型。武松遇到的最后一个女人是在蜈蚣岭上，这个女人有姓无名——张太公家女儿。按她自己说的，她爹娘哥嫂都被道人飞天蜈蚣害了性命，然后她又被强行霸占，这道人谋财害命又得美人，一举数得。本来，未见其人，先闻其声的武松当时就冲冲大怒，因为他看见一个道人搂着一个妇人在"看月戏笑"，"这是山间林下出家人，却做这等勾当!"一望便知是不守规矩的，不是什么好人。但他听了这个女人的介绍后，并未痛下杀手，且让她"收拾得金银财帛"放她下山去了。若按这个女人的说法，她的命运也是够惨的，她与飞天蜈蚣的风流快活，想必是强颜欢笑，苦中作乐。但愿是强占而不是通奸，否则的话，武松一生遇到的女人几乎没有良善之辈。武松放她一马，谁还能说武松是摧花辣手呢？

实际上，武松并非对所有的女人都心怀仇视，更不是杀人狂魔。他一生遇到的四类女人中，他只对其中的两种人开了杀戒：一种是杀死他亲人的女人，一种是蓄意陷害置他于死地的女人。这些还是在法律不为民做主的情况下发生的。即使是像王婆那样和他有冤有仇的无良女人他都网开一面，更别说别的女人了。至于在鸳鸯楼上杀死的丫鬟侍女，那是特殊地点特殊情况，应该特殊对待。须知，在战场上是不分男女性别的，面对的只有一种人——敌人，对敌人的态度那肯定不能像请客吃饭那样客客气气。若在战场上男女区别对待、讲宋襄公式的仁义道德，那等待你的，可能就是阎王爷的亲切接见了。写下这些文字，我也心有不忍，但这可能就是残酷的现实，现实的残酷和美好的梦境毕竟画不了等号。他杀死潘金莲大家似能理解，但杀死张玉兰不少人为之抱屈，下面，我们试着分析一下二人的关系。

二人相识在都监府的鸳鸯楼上。鸳鸯楼，多么温情浪漫的美妙场所。在此，张都监当众做主，要将玉兰许配给武松，这样，就形成了事实婚约，二人从此就是未婚夫妻的关系。当然，张都监是假意许婚，但武松却信以为真。两个年轻人听后是什么心情呢？

武松肯定是称心如意，乐不可支的，因为他听了张都监的庄重承诺后，“当时一连又饮了十数杯酒”，这叫“酒逢知己千杯少，人逢喜事精神爽”。回到宿舍后，兴奋得难以成眠，“去房里脱了衣裳，除了巾帻，拿条哨棒，来庭心里月明下使几回棒，打了几个轮头。仰面看天时，约莫三更时分。”这是小说中唯一的一次描写武松舞枪弄棒，这是典型的一见钟情的表现。试想，玉兰姑娘亭亭玉立，且“颇有些聪明，不唯善知音律，亦且极能针指”，这么漂亮能干、多才多艺的美女哪个男子不怦然心动？若真能喜结姻缘，还攀上了孟州城的头面人物，对武松来说那是一步登天的好事啊。玉兰姑娘是什么态度呢？小说没写，姑娘家家的，含蓄矜持，深藏不露，也是人之常情。但那坑陷“未婚夫”的一个动作、一句话，明白无误地告诉读者，她对武松谈不上爱，不管她的言行是主动的还是被动的。客观地讲，一面之缘就说爱谁爱到什么程度，那也不现实。老鼠爱上大米很有可能，但让大米爱上老鼠很难！难道武松不帅吗？帅，但男人仅有帅是很不够的；难道武松打虎的魅力还不够吗？不够，那只能证明他是个合格的武夫，但在当时武夫没人看得起！充其量只能给文官当个奴才，没什么了不得的！从小在张都监身边长大的玉兰姑娘，眼界应该较高，未来的丈夫最起码在政治前途、经济实力、文化品位上都要说得过去，武松似乎难入玉兰的法眼。男人是视觉动物，武松具备爱上玉兰的可能；女人特别是心智成熟的女人是务实动物，玉兰不具备爱上武松的理由。

本来，感情这种事情讲究的是你情我愿，无所谓对或错。两情相悦那是造化，一方不愿意另一方也不应该含冤带恨。但问题是张都监的指天誓日，尤其是这婚约还是女方主动提出的，让武松认为女方必然属意于己。可局外人都知道，这是假的，张都监们已构成事实上的欺骗。这并不打紧，要紧的是下一步的谋害。剃头挑子一头热的武松一听有人喊恩相家中“有贼”，知恩图报的他立马“献勤，提了一条哨棒，径抢入后堂里来”，赶到事发地点。此时，心爱的姑娘出现了。她的“慌慌张张”，表明她的心虚；她的“走出来指道”，表明了她的黑心，因为她手指的方向根本就无人。这个细节很重要，说明玉兰知道这本身就是一场骗局，一个陷人于不义的圈套，更知道伏击“盗贼”的具体地点，因此她的“指引”为顺利擒获"盗贼"武松称得上是首功一件。在这个事情上，不管玉兰是主动的还是被动的，她都在为虎作伥，助桀为恶，都属于"从犯"，最起码是"胁从犯"。情骗罪不至死，但谋命那就另当别论了。你谋害的是普通人，你可能万事大吉；你冒犯的是英雄好汉，那就要自作自受、在劫难逃了。武松一刀捌入玉兰的心窝而不是腹部，这是武松对"黑心人"的报复方式，毫不犹豫，毫不留情。

武松接触过的四类女人，从原嫂子潘金莲到邻居王婆，从江湖上的孙二娘到蒋家小妾，从让他情窦初开的玉兰到在蜈蚣岭上遇到的张家女儿，可以看出武松对女人的态度发生了很大变化，从敬重有礼到兴趣盎然，从情有所钟到兴味索然，这一变化说明，女人对他的伤害可能太重了。武松见过的最后一个女人张家女儿应该也是颇有姿色的，但年轻的武松连一眼都没看她，他对女人已不再敬重，不再信任，甚至不再感兴趣，只是对弱者的怜悯之心并未丧失殆尽而已。

其五，朝廷招安之伤。

在《水浒传》中，第一个提出"招安"思想的人是武松，第一个跳出来反对"招安"路线的也是武松。这倒不是说他是个反复无常的人，而是他的世界观、人生观、价值观由不成熟到成熟的客观反映。招安对梁山集团总的来说伤害是很大的，武松作为其中一员，自然在所难免。

首先是梁山冷遇之伤。在梁山泊的重阳菊花大会上，宋江乘着酒性，踌躇满志地作《满江红》一首，令乐和单唱这首词，唱到结尾处"望天王降诏早招安"，"只见武松叫道：'今日也要招安，明日也要招安，冷了弟兄们的心！'"其实，宋江在上梁山之前，最看好最亲近最能说得来的人，并不是一片杀心的黑旋风李逵，而是行者武松。如今武松在众人面前与他对着干让他下不来台，肯定先冷了宋江的心，二人就此彻底决裂。酒醒后，宋江对武松说："兄弟，你也是个晓事的人，我主张招安，要改邪归正，为国家臣子，如何便冷了众人的心？"宋江哪里知道，武松这句话很有预见性，招安后果然应验，牺牲了众兄弟的义。第一次冷了梁山好汉之心的是，招安后朝廷并未像当时流行的说法那样"若要官，杀人放火受招安"，不仅不给他们加官晋爵，还要将他们弟兄拆散，其险恶用心，路人皆知。众头领听得心中不悦，回道："我等投降朝廷，都不曾见些官爵，便要将俺弟兄等分遣调开。俺等众头领，生死相随，誓不相舍！端的要如此，我们只得再回梁山泊去。"第二次是出征大辽前夕，梁山将士因朝廷官员克扣劳军物资发生命案，宋江知后大惊失色，道：

> 他是朝廷命官，我兀自惧他，你如何便把他来杀了！须是要连累我等众人！俺如今方始奉诏去破大辽，未曾见尺寸之功，倒做了这等的勾当，如之奈何？（第八十三回“宋公明奉诏破大辽　陈桥驿滴泪斩小卒”）

然后杀死手下士卒。朝廷的皂白不分、赏罚不明，宋江的奴颜婢膝怎能不让梁山好汉心寒齿冷！第三次是大败辽国后。

> 天子特命省院官计议封爵。太师蔡京、枢密童贯商议奏道：“宋江等官爵，容臣等酌议奏闻。”天子准奏，仍敕光禄寺大设御宴；钦赏宋江锦袍一领，金甲一副，名马一匹，卢俊义以下给赏金帛，尽于内府关支。宋江与众将谢恩已罢，尽出宫禁，都到西华门外，上马回营安歇，听候圣旨。不觉的过了数日，那蔡京、童贯等那里去议甚么封爵，只顾延挨。（第九十回“五台山宋江参禅　双林镇燕青遇故”）

小说并未写好汉们的反应，但此时无声胜有声，他们的心肯定是拔凉拔凉的。第四次是平定田虎、王庆得胜还朝后，太师蔡京、枢密童贯商议奏道：“方今四边未宁，不可升迁。”不仅无甚升赏，而且张挂榜文，不许他们擅自进入都城。“众将得知，亦皆焦躁，尽有反心。只碍宋江一个。”李俊、张横、阮氏三雄对军师吴用说：

> “朝廷失信，奸臣弄权，闭塞贤路。俺哥哥破了大辽，剿灭田虎，如今又平了王庆，止得个‘皇城使’做，又未曾升赏我等众人。如今倒出榜文来，禁约我等不许入城。我想那伙奸臣，渐渐的待要拆散我们弟兄，各调开去。今请军师自做个主张；若和哥哥商量，断然不肯。就这里杀将起来，把东京劫掠一空，再回梁山泊去，只是落草倒好。”（第一百一十回“燕青秋林渡射雁　宋江东京城献俘”）

第五次是南征方腊，损失惨重，实在是“一将功成万骨枯”啊。回到京都的少数人倒是封了官职，但很快朝廷也举起了屠刀，卢俊义、宋公明……相继走上了兔死狗烹的老路。不知端起毒酒的一刹那，宋江是否会想起武松曾经说过的话，他是否会佩服武松的远见卓识。实际上，与其说是冷遇，不如说是迫害。

其次是弟兄亡故之伤。覆巢之下，岂有完卵！尤其是征讨方腊之役，一百单八人将及四分之三阵亡或病死，真是凄凄惨惨戚戚。其中战死的约六十位，如史进、刘唐、阮小二、阮小五等；病死的约有十位，如林冲、杨志、杨雄、时迁等。特别是与武松私交甚深的张青、孙二娘、施恩相继惨死在战场上，怎能不令武松痛彻心扉。须知，男儿有泪不轻弹，只因未到伤心处。施恩死后，武松大哭一场，算是对死难弟兄伤悼的总宣泄。当然，与武松神交的鲁智深无疾而终，武松更是失却了一位朝夕相处、形影不离的好兄长、好朋友，内心的凄怆、孤寂可想而知！看着情同手足的弟兄一个个先他而去，武松万念俱灰，拒绝回开封受封，情愿在六和寺出家，每天看月品茗，听潮而眠，倒不失为一种明智的选择。不久，噩耗传来，宋江被朝廷毒杀。作为自己最早的领路大哥，作为指引武松走上精神振作、不同凡响的人生路的梁山老大，忠君不贰，一条道走到黑的呼保义竟落得如此下场，怎能不让武松唏嘘感叹，“可怜一场梦，令人泪两行。”另外，让武松更伤心的是梁山弟兄们为之奋斗、为之牺牲的，恰恰是他所反对的。武松上梁山之后对朝廷的认识和之前发生了质的改变，他再也不愿为那些奸官污吏充当鹰犬，再也不愿被腐败不义的朝廷利用。他之所以招安后跟随宋江东征西讨，一是因了江湖情义，二是他找不到新的出路，只能随大溜。尤其是南征方腊，武松深知这是在为骄奢淫逸的利益集团埋单，他们出生入死纯粹是充当炮灰，做冤大头，可能正因为他的这种想法，所以才造成了对自己无可挽回的伤害。

再次是武松断臂之伤。武松的功夫在《水浒传》中是名列前茅的，他心劲十足、精神饱满时，那真是生龙活虎，具有万夫不当之勇，赤手对付山中猛虎都不在话下；但当他失却心劲、意志消沉时，他就像泄了气的皮球，连几个普通人甚至一条狗都打斗不过。武松坚决反对招安，势必体现在行动上，在整个南征战役中，不能排除武松精神萎顿因素的存在。结果，在与高手包道乙包天师的对决中，不幸失去左臂，多亏好友鲁智深拼死相救，方免去一劫。武松一生，靠拳脚蜚声江湖，名满天下，如今失去胳膊，也就成了无用的废人。这是武松为招安做出的牺牲，也是梁山好汉为招安大业付出惨重代价的一个缩影。已成废人的武松在六和寺与鲁智深和瘫痪的林冲相依相伴，此时他的俗心早已死去，只是伴着青灯古佛，度过余生。朝廷封赏有功之人时，武松被封赠清忠祖师，赐钱十万贯，活至八十善终。与林冲相比，武松的结局已是相当不错了，堪称一个天上，一个地下，原因是他和高层统治集团没有什么纠葛。六和宝塔无声耸立，钱塘江水呜咽东流，它们在不断见证和述说着英雄豪杰的悲壮故事。随着鲁智深、林冲、武松——“鲁林武”（谐音“绿林无”）相继落寞退场，绿林好汉在北宋历史上似乎就此销声匿迹、荡然无存了。

三、结语

武松，武林中的劲松。武艺高强，出类拔萃，堪称武林中的佼佼者，却因生在“崇文抑武”的时代，湮没无闻，碌碌无为，很难被当朝“肉食者”所识所用。

一株参天入云的劲松，却被视为一棵可有可无的小草；一颗熠熠闪光的珍珠，却被埋于土中被当作一粒普通的砂石。武松虽来自市井寻常巷陌，没受过良好的家庭教育，却具备难能可贵的“孝悌”观念，对哥哥情深义重，恪守人伦道德；没读过多少圣贤之书，却有着强烈的入世情怀，积极跻身主流社会，努力为执政者做好分内分外的工作；虽未受过朝廷什么恩惠，但忠君不贰、甘当顺民的思想很长时间不愿放弃；虽没听他喊过大公无私、急公好义的漂亮口号，但却能以出世的精神做人，将上户给他的打死老虎的一千贯赏钱散与受过知县责罚的众猎户，心无旁骛地出家念佛而不理会朝廷赐予他的十万贯巨额奖励，“英雄未有俗胸中，出没岂随人眼底。”武松身上，有着与他的低微出身很不相称的优秀品质。但这么一位盖世英豪，却被当朝执政者所冷落，终至沦落在社会最底层。想到那见到大虫就吓死过去却位极人臣领导着大宋朝万千军队的洪太尉、那指挥着千军万马作战时都不忘带着众多美女寻欢作乐的高太尉，真应该为武松写一篇《悲士不遇赋》：“悲夫！士生之不辰，……虽有形而不彰，徒有能而不陈。……时悠悠而荡荡，将遂屈而不伸。……”

武松虽德才兼备，但他并没有什么高远的理想和人生追求。可能在宋朝，武夫有这种心态才是正常的，所谓“三亩地、一头牛、老婆孩子热炕头”，就是过最普通人的生活。特别是随着生活的诸多变故，武松变得越来越实际，对当下的要求也越来越低，从他与张都监的中秋对话中可以得出这样的结论。可就是如此低微的要求，生活都没能满足他。哥哥被人谋害，武松有冤不得伸，有仇无法报，是横行不法的贪官污吏将他逼上绝路，使他成为杀人罪犯，无法过上正常人的生活；自己被人谋陷，扣的罪名无非就是个偷盗行为，但人家却要想尽办法置他于死地，张都监们运用了明的、暗的各种手段，动用了政府的力量、权势的力量、金钱的力量、黑恶势力等各方面的力量，可以说是无所不用其极。如果武松是那被动挨宰的林冲，早就死过一千次了。不少人以为，《水浒传》上真正被“逼上梁山”的只有林冲，其实不然，至少在“武十回”结束的三十二回前，除了林冲，还有杨志，另外就是武松。是腐败的社会、胡作非为的官吏，将一个个相信法律、依靠官府的良民逼得走投无路。只不过林冲的恩怨偏重在官府中个别位高权重的“老虎”身上，而武松的恩怨偏重在官府中大量存在的“苍蝇”身上。再加上武松的有恩必酬，有仇必讨，爱憎分明，敢作敢为，极富血性的传奇色彩，在一定程度上模糊了他被“逼”的性质。

被“逼”的武松或东躲西藏，或接受国法的惩处，这成就了他“行者”的名号。从清河到沧州，从沧州到阳谷，从阳谷到东京，……他几乎踏遍了宋室管辖的国土，所走之路，何止二万五千里。因其英雄本性，每到一处，他都会“路见不平一声吼，该出手时就出手”。手是出了，祸也惹了，接下来就该“风风火火闯九州”了。每到一地，他都会受伤若干，不“行”不行，“行”又每每受伤，二者轮回好像陷入难于打破的魔咒。武松是孤独的，他是一个孤独的“行”者，一直都在孤独地行走。他从小没了父母，长大没了哥哥，他几乎没有家庭，没有亲情，没有政府的关爱只有官府的打压（晚年朝廷给的十万贯对武松而言缺乏精神层面的关爱，对出家之人谈钱反而伤感情），仅有的一点儿温情却来自江湖上所谓的“江洋大盗”，一生都在路上疲于奔命。武松的一生，是悲苦的一生，是悲凉的一生，也是悲壮的一生。他有用的时候，即能为国家出力的时候，始终居无定所，心灵漂泊无依；无用的时候，即成为废人的时候，在方外之地的六和寺里，他的肉体和灵魂才得以安顿。这是很具讽刺意味的。

武松是作者煞费笔墨、苦心经营的一个人物，也是《水浒传》中最脍炙人口的人物。武松这个人物塑造的成功、经典之处，在于不管是七十回的版本，还是百回的版本，抑或是百二十回的版本，都无法撼动他的完整一体性，即其他人的故事可以削减，可以压缩，但“武十回”一点儿也不能少。在中国文学史上，像武松这样的勇士也不乏其人，如《东周列国志》里的要离、荆轲、朱亥、孟贲、夏育，《东西汉演义》中的巨无霸，《三国演义》里的典韦、许褚，《世说新语》里的周处，《隋唐演义》里的李元霸，等等，但他们都没能像武松一样活在读者的心中。究其原因，是因为武松形象有着比众勇士更丰富、更深刻的内涵。

时隔千年，无情的岁月不知风干了多少东西，但武松的故事依然飘荡和徘徊在神州大地，这里面究竟蕴藏着哪些深刻、丰富的内涵，还需要我们继续探求、寻索。

武林有劲松，郁郁生涧底。
涧深寂无人，老死无相知。
悲风屡摧折，霜剑严相逼。
宁当凌云霄，万世未可期。

第十三讲　童心烂漫的黑旋风

在武松景阳冈打虎、威震江湖的时候，人们恐怕还不知道这世上有个叫李逵的人。李逵虽出场较晚，但在民间的知名度却并不比武松差多少。他之所以声名鹊起，与一个人关系密切，那就是宋江。宋江杀了阎婆惜后东躲西藏，但最终还是未能逃脱朝廷法律的制裁，被刺配到江州牢城，在此他结识了身为小牢子也就是狱卒的李逵，李逵从此跟着宋大哥名气越来越大。李逵的一生，可谓成也宋江，亡也宋江，特别是他为救宋江劫法场时那从天而降的惊人一跳，奠定了他在江湖上卓异而又难以撼动的地位。

李逵的故事虽不及武松那样集中，“作品没有单独集中篇幅描写他，他的‘事迹’多散见于着重描写其他人物的事件里面”①，但其出现的回目却比武松还多一回，它们是：

第三十八回“及时雨会神行太保　黑旋风斗浪里白条”；

第四十三回“假李逵剪径劫单人　黑旋风沂岭杀四虎”；

第五十二回“李逵打死殷天锡　柴进失陷高唐州”；

第五十三回“戴宗智取公孙胜　李逵独劈罗真人”；

第五十四回“入云龙斗法破高廉　黑旋风探穴救柴进”；

第七十二回“柴进簪花入禁院　李逵元夜闹东京”；

第七十三回“黑旋风乔捉鬼　梁山泊双献头”；

第七十四回“燕青智扑擎天柱　李逵寿张乔坐衙”；

第七十五回“活阎罗倒船偷御酒　黑旋风扯诏骂钦差”；

---

① 李悔吾：《中国小说史漫稿》，湖北教育出版社 1992 年版，第 264 页。

第九十三回“李逵梦闹天池　宋江兵分两路”；

第九十四回“关胜义降三将　李逵莽陷众人”。

其中有些故事如江州劫法场、接母遇李鬼、沂岭杀四虎、怒打殷天锡、斧劈罗真人等流传较广。

早在南宋时期水浒故事开始流传以来，李逵的形象就出现在《宣和遗事》《宋江三十六人赞》等笔记文献里；到了元代，杂剧渐渐火遍大江南北，李逵这个人物又活跃在戏曲舞台。从元代水浒戏的现存剧目看，出现次数最多，性格较鲜明的，李逵当首屈一指。元曲中的李逵戏，据统计可达十种之多，如《黑旋风负荆》《黑旋风双献功》《黑旋风乔断案》等，而且元代还出现了写李逵戏的专家，此人叫高文秀，山东人，仅他一人就编写了八种有关李逵的杂剧。尽管元杂剧中所描写的李逵形象与小说的主旨相去甚远，但其搬演的故事以及人物性格的刻画，都为小说中李逵这一人物形象的定型提供了有益的借鉴和帮助。

与水浒戏中李逵的形象喜剧色彩浓厚、广受观众喜爱不同的是，读者对小说中的李逵则褒贬不一。赞赏与钟爱者较早的有明代容与堂本《李卓吾先生批评忠义水浒传》所收《梁山泊一百单八人优劣》称：“李逵者，梁山泊第一尊活佛也，为善为恶，彼俱无意。宋江用之便知有宋江而已，无成心也，无执念也。藉使道君皇帝能用之，我知其不为蔡京、高俅、童贯、杨戬矣。”[①] 对李逵的喜爱可以说达到了无以复加的地步；继之者有大才子金圣叹，他在《读第五才子书法》中赞李逵为“上上人物”，说他“一片天真烂漫到底”，“看他意思，便是山泊中一百七人，无一个入得他眼。”盛赞他是“富贵不能淫，贫贱不能移，威武不能屈”的大丈夫。[②] 对李逵厌恶甚至恨之入骨者亦大有人在，如鲁迅先生在《流氓的变迁》一文中说：“李逵劫法场时，抡起板斧来排头砍去，而所砍的是看客。”[③] 在《集外集·序言》中他又说：“我佩服会用拖刀计的老将黄汉升，但我爱莽撞的不顾利害而终于被部下偷了头去的张翼德；我却又憎恶张翼德型的不问青红皂白，抡板斧‘排头砍去’的李逵，我因此

① 朱一玄、刘毓忱：《水浒传资料汇编》，南开大学出版社 2012 年版，第 185 页。

② 朱一玄、刘毓忱：《水浒传资料汇编》，南开大学出版社 2012 年版，第 185 页。

③ 鲁迅：《鲁迅选集》（第二卷），人民文学出版社 1983 年版，第 488 页。

喜欢张顺的将他诱进水里去，淹得他两眼翻白。”① 美籍学者夏志清说：“官府的不义不公，激发了个人英雄主义的反抗；而众好汉结成的群体却又损害了这种英雄主义，它制造了比腐败官府更为可怕的邪恶与恐怖统治。”② 沿着这些思路，中国学者陈洪、孙勇进在历数了武松血溅鸳鸯楼、李逵劈杀小衙内等野蛮暴戾的行为后说：“水浒世界里的很多血腥气冲鼻的行为，连追求正义的幌子都没有，完全是为蛮荒的嗜血心理所驱使。”③ 这类议论都将李逵等梁山好汉视为“反人类、反人性”的凶徒，归入了“不知善恶、不辨是非、没有头脑、不知文野的屠夫莽汉、流氓恶棍”之属。喜爱者和憎恶者的观点简直是针锋相对，势不两立，让人丈二和尚——摸不着脑袋。到底是李贽、金圣叹这样的大思想家、大才子神经出了问题，还是后来的大学者、大教授所处的时世相异以致观点完全相左，到底哪方的意见更接近作者的本意呢？

要回答这个问题，我们就得搞清楚作者为李逵设置的姓名、绰号、星号等到底是什么意思。比如，“李逵”二字有没有寓意（平常百姓家起了这么个生僻的“逵”字，让人不好理解），“黑旋风”这个绰号究竟是什么意思，星号“天杀星”意为杀人魔王，为什么还有那么多人喜爱……清楚了这些问题，才有可能对您选边站队，即到底“挺逵”还是“反逵”或客观认识李逵这个人物形象有所启发和帮助。

一、解读“黑旋风”

“黑旋风”是李逵的绰号。第三十八回“及时雨会神行太保　黑旋风斗浪里白条”戴宗向宋江介绍道：“这厮是小弟身边牢里一个小牢子，姓李名逵。祖贯是沂州沂水县百丈村人氏。本身一个异名，唤做黑旋风李逵。”

“黑旋风”，若引经据典解释起来还挺麻烦，比如南宋龚圣与《宋江三十六人赞》曰：“风有大小，不辨雌雄；山谷之中，遇尔亦凶。”意思说旋风（打转的风）刮起来难辨东南西北，在深山峡谷中遇到也是有凶

① 鲁迅：《鲁迅文集》（第十八卷），吉林文史出版社 2006 年版，第 3 页。

② 〔美〕夏志清：《中国古典小说史论》，胡益民等译，江西人民出版社 2001 年版，第 95 页。

③ 陈洪、孙勇进：《漫说水浒》，人民文学出版社 2000 年版，第 54 页。

险的。元代孙继曾《梨园落英集》卷二“黑旋风”条解读得更为详细：“旋风者，非可借可随之东风南风也；飙然而起，扶摇羊角，塞手天地，其势可骇也。此状李逵顶天立地之丈夫概，赫赫然，巍巍然也。”这两种解释的所谓“旋风”都指自然界的一种现象。还有的学者将“旋风”解读为人类制作的一种威力巨大的炮，如当代学者王利器在其《耐雪堂集》中引南宋徐梦莘《三朝北盟会编》卷六十六：“金人攻东水门，矢石飞注如雨，或以磨盘计礡碌绊之，为旋风炮。”当然，他还引了其他文献以证明“旋风”就是一种大炮。

综合以上观点，结合小说文本，实际上“黑旋风”一词很好理解。所谓“黑”，主要指李逵皮肤外相黝黑，“黑凛凛大汉”，“不搽煤墨浑身黑，似着朱砂两眼红”。正如元杂剧《黑旋风负荆》中李逵自己所说：“人见我生得黑，起个绰号，叫作‘黑旋风李逵’便是。”所谓“旋风”，不管是自然界的怪风还是人工制作的大炮，都有行动迅速、威力不凡的特点，借以形容李逵的脾气火暴、性格粗犷及气势夺人和与众不同。这“黑旋风”三字放在一起，就是一团黑乎乎的东西，再以“飙然而起，扶摇羊角，塞手天地”的迅疾勇猛状态呈现出来，“其势”必然“可骇也”。

若读者觉得理解还费劲，我们可以用一个字来解读“黑旋风”，那就是“快”字。因为“鲁莽、耿直是他的性格的最为突出的特征。这个黑大汉感情胜于理智，行动胜于思想”①。

其一，快言快语。

表现之一：初识宋江，李逵便直言不讳、接二连三道出人家长相的短板。

> 李逵看着宋江，问戴宗道：“哥哥，这黑汉子是谁？”戴宗对宋江笑道：“押司，你看这厮恁么粗鲁！全不识些体面！”李逵便道：“我问大哥，怎地是粗鲁？”戴宗道：“兄弟，你便请问‘这位官人是谁’便好。你倒却说‘这黑汉子是谁，’这不是粗鲁，却是甚么？”（第三十八回“及时雨会神行太保　黑旋风斗浪里白条”）

① 杨子坚：《新编中国古代小说史》，南京大学出版社1990年版，第125页。

宋江长得黑是事实，人称“黑宋江”就得之于他的面色。但第一次见面就如此毫不客气地直面道来，这在水浒英雄中应当也是蝎子拉屎——独（毒）一份的。这犹如现实生活中当面说人“胖”或“丑”，肯定会招来对方的白眼和不满。好在宋江对此并不介意；相反，他对李逵的直来直去还很欣赏。这真是英雄爱好汉，惺惺惜惺惺，似乎冥冥之中注定了二人的缘分。

表现之二：宋江犯事，李逵坚决站在宋江一边，为宋江鸣不平。

> 吟了反诗打甚么鸟紧，万千谋反的倒做了大官！你（戴宗）自放心东京去，牢里谁敢奈何他！好便好！不好，我使老大斧头砍他娘！（第三十九回“浔阳楼宋江吟反诗　梁山泊戴宗传假信”）

宋江犯了什么事？他在浔阳楼上醉酒后题写的诗词，恰被无为军一个已经卸任、赋闲在家的通判黄文炳看见。黄通判在家闲得发慌，正愁没缝下蛆，看到宋江在粉壁墙上的大作，不由眼前一亮，可算逮住机会接近蔡知府了，因为他当时的身份和处境很难见到人家，他想攀着蔡九知府这个梯子进而巴结上蔡太师，抱着蔡家这条粗腿，以图东山再起，飞黄腾达。哎！有为皇家的文治操持法柄能力的人，却被朝廷晾在一边不受重用，也实在是可惜了这块材料！不甘心资源浪费的黄文炳带着“重大案情”的举报线索，终于走进了知府衙门，凭着自己对文字的高度敏感和悟性，帮助蔡九知府将街市小儿歌谣“耗国因家木，刀兵点水工；纵横三十六，播乱在山东”应在宋江身上，这就更加坐实了宋江所题诗词的“造反”性质，于是蔡九叫唤两院押牢节级戴宗将宋江下在牢里。尽管戴宗反逮捕经验丰富，要宋江装疯以逃过劫难，谁料道高一尺，魔高一丈，终被大才黄文炳识破。蔡九将宋江押入死囚牢，又差神行太保戴宗把此间情况报与家尊蔡太师。戴宗临行前，“唤过李逵当面分付道：‘你哥哥误题了反诗，在这里官司，未知如何。我如今又吃差往东京去，早晚便回。哥哥饭食，朝暮全靠着你看觑他则个。’”李逵根本就不以为然，于是说了上述一番话，且坚意守看宋江，“李逵真个不吃酒，早晚只在牢里伏侍宋江，寸步不离。”

表现之三：宋江提议上梁山，李逵第一个热烈响应。

> “都去！都去！但有不去的，吃我一鸟斧，砍做两截便罢！”（第四十一回“宋江智取无为军　张顺活捉黄文炳”）

李逵说此话的背景，是宋江被众英雄从刑场救下，宋江和除梁山以外的众英雄都面临着何去何从这个重大问题，是上山落草暂避风头还是做顺民甘冒坐牢杀头的风险。为此，他采取商量、征询的口吻，建议大家投奔梁山。“感谢众位豪杰不避凶险，来虎穴龙潭，力救残生；又蒙协助报了冤仇。如此犯下大罪，闹了两座州城，必然申奏去了。今日不由宋江不上梁山泊投托哥哥去，未知众位意下若何？如是相从者，只今收拾便行；如不愿去的，一听尊命。只恐事发，反遭——”宋江说言未绝，李逵先跳起来，大声喊叫，表明他追随、支持宋江的坚定性和彻底性。

表现之四：上了梁山，李逵力挺宋江做头领、做皇帝，是宋江的铁杆粉丝。

> “好！哥哥正应着天上的言语！虽然受了他些苦，黄文炳那贼也被我割得快活！放着我们有许多军马，便造反，怕怎地！晁盖哥哥便做大皇帝，宋江哥哥便做小皇帝，吴先生做个丞相，公孙道士便做个国师，我们都做将军，杀去东京，夺了鸟位，在那里快活，却不好！——不强似这个鸟水泊里！”（第四十一回“宋江智取无为军　张顺活捉黄文炳”）

这样的话他至少还说了三次。首先是晁盖死后，林冲与公孙胜、吴用并众头领商议，欲立宋江为梁山泊主，宋江推辞再三，最后说：“今日小可权当此位，待日后报仇雪恨已了，拿住史文恭的，不拘何人，须当此位。”黑旋风李逵在侧边叫道：“哥哥休说做梁山泊主，便做了大宋皇帝却不好！”宋江喝道：“这黑厮又来胡说！再休如此乱言，先割了你这厮舌头！”李逵道：“我又不教哥哥做社长，请哥哥做皇帝，倒要割了我舌头！”（第六十回“公孙胜芒砀山降魔　晁天王曾头市中箭”）其次是玉麒麟卢俊义上山，宋江想把第一把交椅让出来，两人互相谦让。这时李逵叫道：“哥哥偏不直性！前日肯坐坐了，今日又让别人，这把鸟交椅便真个是金子做的？只管让来让去，不要讨我杀将起来！”随后又叫道：“若是哥哥做皇帝，卢员外做个丞相，我们今日都住在金殿里，也值得这般鸟乱；无过只是水泊子里做个强盗，不如仍旧了罢!”（第六十七回“宋江赏马步三军　关胜降水火二将”）第三次是卢俊义杀了史文恭，祭祀了晁盖之后，宋江又与众弟兄商议立梁山泊主之事，议来议去，推来推去，吴用以目视人，只见黑旋风李逵大叫道：“我在江州，舍身拼命，跟将你来，众人都饶让你一步。我自天也不怕！你只管让来让去做甚鸟！我便杀将起来，各自散伙!”（第六十八回“宋公明夜打曾头市　卢俊义活捉史文恭”）

表现之五：宋江想招安，李逵率先反对，一反以往紧跟宋江的做法。

> “招安，招安，招甚鸟安!”只一脚，把桌子踢起，攧做粉碎。

宋江在梁山菊花大会上第一次公开亮出招安的旗帜，不想遭到麾下嫡系将领的抵制。李逵“睁圆怪眼”，大声叫喊，惹得宋江只得“拿李逵撒气”。（第七十一回“忠义堂石碣受天文　梁山泊英雄排座次”）招安过程中，李逵不失时机阻挠招安，比如太尉陈宗善奉旨到梁山泊招安，李逵对诏书的内容极不满意，听说诏书乃是皇帝的圣旨，怒道：“你那皇帝，正不知我这里众好汉，来招安老爷们，倒要做大！你的皇帝姓宋，我的哥哥也姓宋，你做得皇帝，偏我哥哥做不得皇帝！你莫要来恼犯着黑爹爹，好歹把你那写诏的官员，尽都杀了!”（第七十五回“活阎罗倒船偷御酒　黑旋风扯诏骂钦差”）招安以后，李逵依然反对招安，多次提出再上梁山。特别是破辽平寇，东征西讨之后，义军不仅无功反而受到朝廷的打压，宋江心中愁闷，李逵便说：“哥哥好没寻思！当初在梁山泊里，不受一个的气，却今日也要招安，明日也要招安，讨得招安了，却惹烦恼。放着兄弟们都在这里，再上梁山泊去，却不快活!”（第一百一十回“燕青秋林渡射雁　宋江东京城献俘”）

李逵的快言快语往往能博得人们的笑声甚至喝彩，但接下来的快手快脚就让人们评价不一了。

其二，快手快脚。

表现之一：有钱就要赌一把。李逵的出场实际上是在赌场里，说明赌钱是他主要的业余生活。李逵的职业是狱卒，应该是有固定收入的。他没有家庭，在江州举目无亲，也没有家庭观念，一人吃饱，全家不饥，拿到工资就往赌场跑。和多数赌徒一样，输光了还想赌，只是因为他胆大性粗，往往因没有了赌本想借钱再赌而厮闹。这倒不是说他赌品不好，总的说来，李逵的赌品还是说得过去的，开赌坊的小张乙就说李逵“从来赌直”，意思是愿赌服输，输了便是输了，不是赢要输赖的主，赌坊的人还是敬重他的。认识宋江后，可算遇上个豪爽的“东家”，这不，刚接过宋江给的十两银子还没攥热，扭头就上了赌桌。不过，这次他赌的目的还是可圈可点的，他想把赌赢的钱用来尽地主之谊，请请宋江。可惜天不遂人愿，转眼间手里的银子被他赌了个灰飞烟灭，化为乌有。沮丧的李逵“没得些钱来相请哥哥，喉急了”，又在赌场里和人厮闹起来。

表现之二：有酒就要大碗筛。李逵好赌，有个钱就急不可耐地拿着去赌他个地覆天翻；李逵还好酒，喝起酒来那也是成瓮成碗地喝他个昏天黑地。他在赌场的纠纷刚被宋江和戴宗摆平，三人就在宋江的提议下一起上了琵琶亭酒馆。酒保取过两樽江州有名的成色好酒“玉楼春”，刚开了泥头，李逵便叫嚷起来：“酒便大碗来筛，不耐烦小盏价吃!”李逵可不喜欢举着仅盛一钱的小酒盅儿一小口儿一小口儿地抿，他喜欢的是那种“咕咚”“咕咚”的牛饮。他的酒量无人知道，反正没有醉倒过。李逵嗜酒如命，小说却又写了他的两次戒酒：第一次是宋江题了“反诗”被押在大牢，戴宗因此事要到东京出差，临行时嘱咐李逵不要吃酒，好生照料宋江；第二次是从梁山泊回乡接老娘，这次，宋江对他约法三章，第一件就是不可吃酒。这两次李逵端的滴酒不沾，让人们看到了他的另一面。

表现之三：有肉就用大手吃。李逵出身贫寒，从小吃了上顿没下顿，饱尝过饥饿的滋味，养就了阔大的食肠，因此他的食量如牛。在琵琶亭酒馆，李逵“捻指间，把这三斤羊肉都吃了”，引得宋江直赞：“壮哉！真好汉也”；在沂岭，他让李鬼的老婆一顿给他做三升米饭，宋朝的一升约等于今天的一市斤，这还不算从李鬼腿上割下的两块肉；在蓟州的面馆，戴宗吃一个壮面，李逵则要了六个。特别能吃的人，吃相往往难看，不是吃得快，就是嘴巴发出吧唧吧唧的声响，李逵的吃相还不止这些，特别是见到肉食，往往连筷子都不用，嫌那玩意儿一点儿一点儿夹得太慢吃得不过瘾，在琵琶亭酒馆，李逵“也不使箸，便把手去碗里捞起鱼来，和骨头都嚼吃了”，真似一头饿狼，居然连鱼骨头都咀嚼得了，实在让人佩服他的铁齿钢牙。而且，他见宋江和戴宗二人的都没吃，“便伸手去宋江碗里捞将过来，又去戴宗碗里也捞过来吃了，滴滴点点，淋一桌子汁水。”李逵不仅用手抓着鱼虾吃，更令人骇然大惊的居然还吃人肉，用手拿着刀子割下来烤着吃。他吃过李鬼的，还吃过黄文炳的，虽然他们都是恶人，但毕竟同类相残，难免让人接受不了。

表现之四：有气就要撒出来。虽说“赌品见人品”“酒品见人品”，但那是通过赌钱和饮酒间接地看出人的内在性格，不像“气”那样表现得直接和淋漓尽致。因此，如果说李逵对钱、对酒、对吃的态度和做法能见出他的三分性格，那么在使“气”斗狠上则能活画出他七分的个性。李逵的脾气真是雷烟火炮，一点就着，一触即发，仅在琵琶亭酒馆周围，就惹出三宗事来：一是鱼汁泼酒保。就因为他们要吃牛肉但酒馆没有，酒保道：“小人这只卖羊肉，却没牛肉。要肥羊尽有。”李逵便瞬间大怒，“把鱼汁劈脸泼将去，淋那酒保一身”，他还觉得自己挺有理，“叵耐这厮无礼，欺负我只吃牛肉，不卖羊肉与我!”李逵之所以火冒三丈，是怪罪酒保看不起人，认为他不是属于能吃羊肉的“贵人”。羊肉特别是肥羊肉在宋朝已雄踞肉食之首，牛肉、猪肉都位居其后，所谓“挂羊头卖狗肉”的说法在当时已不是什么新鲜事。二是夺鱼闹渔市。宋江醒酒想吃鲜鱼，李逵立马赶往江边渔市，他不懂渔市的行规和营生，只顾弄两尾鲜鱼来报答宋江，但渔人就是不肯拿鱼给他，结果李逵手快，将渔人辛苦一天打的一舱活鱼都给放走了。渔人岂肯甘休，“那七八十渔人都奔上船，把竹篙来打李逵”，惹得“李逵愤怒，赤条条地，拿了截折竹篙，上岸来赶打，行贩都乱纷纷地挑了担走”，最后引动渔市的主人——浪里白条张顺与他打斗。张顺用其所长，攻其所短，将李逵淹个半死，直翻白眼。二人不打不相识，和宋江、戴宗四人又上了琵琶亭酒馆，由此又引发一事。三是蛮指打歌女。“四人饮酒中间，各叙胸中之事。正说得入耳，只见一个女娘，年方二八，穿一身纱衣，来到跟前，深深的道了四个万福，顿开喉音便唱。李逵正待要卖弄胸中许多豪杰事务，却被他唱起来一搅，三个且都听唱，打断了他的话头。李逵怒从心起，跳起身来，把两个指头去那女娘额上一点。那女娘大叫一声，蓦然倒地。众人近前看时，只见那女娘桃腮似土，檀口无言。”就因为卖唱女孩“打断了他的话头”，他便无名火陡起，伸手将人家打晕在地。

李逵在使用拳脚方面很少置人于死地，但也有个例，那就是打死殷天锡一事。话说朱仝因小衙内惨死与李逵结下不共戴天之仇，吴用只得暂时安排李逵待在柴进庄上。忽一日，柴进接到书信，说高唐州知府高廉的小舅子殷天锡，要强夺其叔叔柴皇城的庄园，柴进只得携李逵赶往高唐州，只见了已气成重病的叔叔一面，叔叔很快便气绝而亡。这天柴氏一门穿了重孝，大小举哀。

> 只见这殷天锡，骑着一匹撺行的马，将引闲汉三二十人，手执弹弓川弩，吹筒气球，拈竿乐器；城外游玩了一遭，带五七分酒，佯醉假颠，径来到柴皇城宅前，勒住马，叫里面管家的人出来说话。柴进听得说，挂着一身孝服，慌忙出来答应。那殷天锡在马上问道："你是他家甚么人？"柴进答道："小可是柴皇城亲侄柴进。"殷天锡道："我前日分付道，教他家搬出屋去，如何不依我言语？"柴进道："便是叔叔卧病，不敢移动。夜来已是身故，待断七了搬出去。"殷天锡道："放屁！我只限你三日，便要出屋！三日外不搬，先把你这厮枷号起，先吃我一百讯棍！"柴进道："直阁休恁相欺；我家也是龙子龙孙，放着先朝丹书铁券，谁敢不敬？"殷天锡喝道："你将出来我看！"柴进道："现在沧州家里，已使人去取来。"殷天锡大怒道："这厮正是胡说！便有誓书铁券，我也不怕！——左右，与我打这厮！"众人就待动手。原来黑旋风李逵在门缝里张看，听得喝打柴进，便拽开房门，大吼一声，直抢到马边，早把殷天锡揪下马来，一拳打翻。那二三十闲汉待抢他，被李逵手起，早打倒五六个，一哄都走了，却再拿殷天锡提起来，拳头脚尖一发上。柴进那里劝得住，看那殷天锡时，早已打死在地。（第五十二回"李逵打死殷天锡　柴进失陷高唐州"）

如此大段的引用，用意在于让读者明了作者的愤怒情绪。作者都怒了，他能让李逵的怒气小吗？李逵为何怒气冲天？表面上看是殷天锡的仗势欺人、欺人太甚，实则作者是要揭示赵宋皇家的不义，太不仗义了。他们谋夺了柴家的大周江山，还要强占柴家的私宅，把人迫害得无有立锥之地。表面看写的是地方豪强势力的凶暴，实则这"殷天锡"的名字是大有寓意的，"因天袭"，是指赵宋王朝自赵匡胤夺了大周天下传至徽宗，对柴氏后裔越来越不够意思。是可忍，孰不可忍？以致李逵喊出了"条例！条例！若还依得，天下不乱了！我只是前打后商量！”李逵的言行，与宋太祖登基前后何其相似！赵匡胤不也是凭借武力“前打后商量”吗？李逵的怒气，气冲霄汉，直指最高统治者。不知是李逵的蛮力太大，还是殷天锡的身子骨像镇关西一样弱不禁揍，李逵几拳头将人打死，连“商量”的余地都没了。

李逵敢打酒保、渔霸和歌女，也敢打地方豪强的七姑八姨，甚至敢在东京大闹元宵夜，打了皇帝身边的大臣杨太尉。是夜，宋江拜访李师师，要“暗里取事”，他怕李逵“生性不善，面貌丑恶”，“只恐因而惹祸”，惊吓了师师姑娘，便教戴宗同李逵只在门前等着，自己和柴进、燕青入内。哪知徽宗皇帝与民同乐，深夜驾幸青楼，他走的还不是正门，而是“从地道中来至后门”，因而在门前等候的李逵并不知晓，他正在为宋江把他晾在门外而运气，“却说李逵见了宋江，柴进和那美色妇人吃酒，却教他和戴宗看门，头上毛发倒竖起来，一肚子怒气正没发付处，只见杨太尉揭起帘幕，推开扇门，径走入来，见了李逵，喝问道：‘你这厮是谁？敢在这里？’李逵也不回应，提起把交椅，望杨太尉脸打来。杨太尉倒吃了一惊，措手不及，两交椅打翻地下。戴宗便来救时，那里拦挡得住。李逵扯下幅画来，就蜡烛上点着，东指西打，一面放火，香桌椅凳，打得粉碎。宋江等三个听得，赶出来看时，见黑旋风褪下半截衣裳，正在那里行凶。四个扯出门外去时，李逵就街上夺条棒，直打出小御街来。宋江见他性起，只得和柴进、戴宗先赶出城，恐关了禁门，脱身不得，只留燕青看守着他。李师师家火起，惊得赵官家一道烟走了。邻居人等一面救火，一面救起杨太尉，这话都不必说。”不仅在东京打了杨太尉，而且在梁山又打了前来招安的陈太尉。此次是朝廷第一次派太尉陈宗善到梁山泊招安，当陈太尉让人宣读了有辱梁山的诏书后，“宋江以下皆有怒色”，李逵更是从梁上跳将下来，“扯诏谤徽宗”，不仅将诏书扯得粉碎，而且“揪住陈太尉，拽拳便打”，亏得“众人都来解劝，把黑旋风推下堂去”。

其三，快斧快刀。

如果说李逵的快手快脚杀伤力有限，还不至于使人瞠目结舌的话，那么，他的快斧快刀则足以让人毛发悚然，心惊肉跳。

表现之一：斧惊江州城。

李逵起初打死过人，就因身负命案流落异乡，但其大开杀戒则始于江州劫法场救宋江。李逵的标志性动作就此诞生：

> 却见十字路口茶坊楼上一个彪形黑大汉，脱得赤条条的，两只手握两把板斧，大吼一声，却似半天起个霹雳，从半空中跳将下来，手起斧落，早砍翻了两个行刑的刽子，便望监斩官马前砍将来。众士兵急待把去搠时，那里拦得住。众人且簇拥蔡九知府逃命去了。（第四十回“梁山泊好汉劫法场　白龙庙英雄小聚义”）

李逵的标志性动作就是脱得赤条条的，两只手握两把板斧，从半空中跳将下来。他不仅杀官人，而且杀平民，“只见那人丛里那个黑大汉，抡两把板斧，一味地砍将来”，连晁盖喊他，他都顾不上应答，“火杂杂地抡着大斧只顾砍人”，“当下去十字街口，不问军官百姓，杀得横尸遍地，血流成渠”，“这黑大汉直杀到江边来，身上血溅满身，兀自在江边杀人。晁盖便挺朴刀，叫道：‘不干百姓事，休只管伤人！’那汉那里来听叫唤，一斧一个，排头儿砍将去”。估计当时和过后，江州人提及李逵这个黑大汉和那寒光闪闪的大板斧，无不惊慌失措，噩梦连连。

表现之二：刀割黄文炳。

众好汉舍生忘死劫了法场救出宋江，可宋江并不想按晁盖的意见就此回转梁山，而是要攻打无为军，杀掉黄文炳，“消了这口无穷之恨”。于是，众好汉又一鼓作气，终擒黄文炳。“宋江把黄文炳剥了湿衣服，绑在柳树上，请众头领团团坐定。”大骂黄文炳后问道：“那个兄弟替我下手？”只见黑旋风李逵跳起身来，说道：“我与哥哥动手割这厮！我看他肥胖了，倒好烧吃！”“李逵拿起尖刀，看着黄文炳，笑道：‘你这厮在蔡九知府后堂且会说黄道黑，拨置害人，无中生有，撺撺他！今日你要快死，老爷却要你慢死！’便把尖刀先从腿上割起。拣好的，就当面炭火上炙来下酒。割一块，炙一块。无片时，割了黄文炳，李逵方把刀割开胸膛，取出心肝，把来与众好汉做醒酒汤。”

表现之三：接母杀李鬼。

李逵随着宋江等人上了梁山，眼见“这个也取爷，那个也望娘”，不由得想起自己的老母，便大哭着要取来“快活几时”。宋江担心他下山有危险，又是对他约法三章，又是安排人暗中保护他。不料，在归乡途中遇到一桩怪事，竟然有人冒充他的名字剪径抢劫，此人叫李鬼，这怎能不让李逵恼火，“叵耐你这厮无礼，在这里夺人的包裹行李，坏我的名目，学我使两把板斧！且教吃我一斧！”劈手夺过李鬼的一把斧来便砍。可他听了李鬼的一番话又住了手，“孩儿本不敢剪径，家中因有个九十岁的老母，无人养赡，因此孩儿单题爷爷大名唬吓人，夺些单身的包裹，养赡老母；其实并不曾害了一个人。如今爷爷杀了孩儿，家中老母必是饿杀！”李逵不仅没杀他，而且给了他十两银子做本钱去改业另谋生路。可后来李鬼的再次出现使李逵知道自己上了当受了骗，而且得知李鬼夫妻恩将仇报，还要谋他的财害他的命。李逵觉得这样做“天地不容”。于是，便“捉住李鬼，按翻在地，身边掣出腰刀，早割下头来”。还不解气，吃米饭的时候没有菜蔬下饭，遂“拔出腰刀，便去李鬼腿上割下两块肉来，把些水洗净了，灶里抓些炭火来便烧，一面烧一面吃，吃得饱了，把李鬼的尸首拖放屋下，放了把火，提了朴刀，自投山路里去了”。

表现之四：沂岭杀四虎。

李逵赶到家中，得知大哥李达为人做长工，勉强度日，母亲想他哭瞎双眼。李逵为把娘接走，骗说自己做官了，撇下跟他已成冤家的大哥，背上老娘上了路。途经沂岭，母子二人口渴难当，李逵寻水回来，不见了母亲，只发现“草地上团团血迹”。他“一身肉发抖”，寻至虎洞，发现娘的尸骨。身为武士的李逵，没有像多愁善感的普通人那样悲悲切切哭上一阵，那只会让自己也成为老虎的美食。他“心头火起，赤黄须早竖起来，将手中朴刀挺起”。暴怒之下，先搠死两只小虎，又伺机在老虎窝里杀死归来的母虎。还没来得及喘口气，又“忽地跳出一只吊睛白额虎来。那大虫望李逵猛一扑。那李逵不慌不忙，趁着那大虫势力，手起一刀，正中那大虫颔下”。李逵“一时间杀了母子四虎”，真是手疾刀快，干脆利落。次日将母亲的骨殖埋葬。之后的经历与武松打完虎后大同小异，也是遇上了埋伏在附近的猎户们，猎户们也邀他同去请赏；可他与武松又有不同，那就是他是朝廷通缉的要犯，可不能显摆自己。李逵当时有些得意忘形了，他忘了宋江叮嘱他的第二条“你只自悄悄地取了娘便来”，还“鼓响笛鸣”“把盏作庆”，以为说了个假名就无有认识他的，没承想自己长得太有特点了，独一无二，即使李鬼的老婆不出告他，别人迟早也会认得出来。更何况，宋江告诫他的另两件他也忘得一干二净，第一不可贪酒；第二小心在意，早去早回。除了两把板斧没带，紧要关键的他一个也没做到，这样的人不出事才怪。“不两个时辰，把李逵灌得酩酊大醉，立脚不住。众人扶到后堂空屋下，放翻在一条板凳上，就取两条绳子，连板凳绑住了，便叫里正带人飞也似去县里报知。”若不是宋江派来暗中保护他的朱贵及其兄弟朱富拼力救护，李逵的传奇估计就此打住了。

表现之五：血洗扈家庄。

李逵在朱贵等人的营救下，不仅自己死里逃生，而且带回两条好汉：“青眼虎”李云和“笑面虎”朱富。所以“晁宋（对李逵）大笑道：‘被你杀了四猛虎，今日山寨里添得两个活虎，正直作庆。’”以致吴用说道：“近来山寨十分兴旺，感得四方豪杰望风而来，皆是晁、宋二兄之德，亦众弟兄之福也。”但梁山组织的壮大，也带来了消耗巨大、财物紧张等问题，正巧此时，石秀、杨雄和时迁三人投奔梁山，途经祝家庄时，把酒店里的一只报晓公鸡给偷吃了，因假冒了梁山泊好汉的名目，从而加剧了梁山和祝家庄的矛盾。借此之机，梁山开始攻打祝家庄。但这仗并不好打，因为祝家庄和李家庄、扈家庄三庄联盟，形成犄角互助之势，一方有难，三方响应，所以梁山头两次都打了败仗，后来通过熟悉情况、瓦解对方、里应外合等策略，第三次才打了胜仗。在这次战役中，李逵大显身手，他先是将祝龙“只一斧，把头劈翻在地”，后又将扈成绑缚、要送去梁山换回自己妹妹的祝彪也是一斧子劈死，然后抡起双斧，要对扈成下手。扈成见势不妙，弃家而逃，去到西北延安投军了。“李逵正杀得手顺，直抢入扈家庄里，把扈太公一门老幼尽数杀了，不留一个。”

表现之六：斧杀小衙内。

打下祝家庄回转梁山，宋江主张一丈青与王英配为夫妇，众人都称赞宋公明仁德，当日又设席庆贺。正饮宴间，只见朱贵酒店里使人上山来，报称雷横公干经过梁山，宋江欲留但雷横不愿入伙，不久雷横打死了知县的二奶白秀英被下在牢里，后被当牢节级朱仝在解送途中开枷私放，而朱仝自己却因此获罪被刺配沧州。知府见朱仝一表非俗，便留在本府听候使唤，做些看管小衙内类似于男保姆一类的活计。雷横逃跑后上了梁山，宋江派雷横、吴用、李逵去邀朱仝入伙，朱仝坚意不从。吴用使计教李逵杀了小衙内，“朱仝乘着月色明朗，径抢入林子里寻时，只见小衙内倒在地上。朱仝便把手去扶时，只见头劈成两半个，已死在那里。”当时朱仝心下大怒，追赶李逵到柴进庄上，柴进说明底里，可朱仝誓不与黑旋风同在山上。吴用只好让李逵暂住柴进处。没想到柴进的叔叔被人欺负，李逵怒而出手，打死殷天锡，柴进因此失陷高唐州。宋江发兵相救，没想到知府高廉颇懂妖法，梁山难以取胜。“要除起雾兴云法，须请通天彻地人。”宋江只好听从吴学究的建议，派神行太保戴宗和李逵前往蓟州寻取入云龙公孙胜。

表现之七：斧劈罗真人。

戴宗用神行术，带着李逵迤逦来到蓟州地面，好容易打听到公孙胜、当地人唤作清道人的住处，可人家的老娘一听他们来自山东，便说“孩儿出外云游，不曾还家”，一句话把文质彬彬的戴宗弄得没咒念了，要不是李逵出马，戴宗还真向宋江交不了差。李逵身插双斧，大瞪双眼，先是喊着要放火烧宅，继而又拔出大斧砍翻一堵墙，甚至拿起斧头要砍老太太，眼见老娘吓得半死，公孙胜才不得不现身。可公孙胜还是不肯出山，并说出母亲年老需要侍奉和要在师父座前听教两点理由，戴宗只得以山寨大义相哀求，公孙胜又搬出师父来搪塞。李逵为了扫除这个障碍，自作主张，要连夜除掉罗真人。“李逵当时摸了两把板斧，轻轻地开了房门，乘着星月明朗，一步步摸上山来：到得紫虚观前，只见两扇大门关了，旁边篱墙喜不甚高。李逵腾地跳将过去。李逵道：“这贼道！却不是当死！”一踅踅过门边来，把手只一推，扑的两扇门齐开。李逵开了大门，一步步摸入里面去，直至松鹤轩前，只听隔窗有人念诵什么经号之声。李逵爬上来，搠破纸窗张时，见罗真人独自一个坐在日间这件东西上；面前桌儿上咽猥猥地两支蜡烛点得通亮。抢将入去，提起斧头，便望罗真人脑门上只一劈，早斫倒在云床上。”可幸罗真人神仙转世，毫发无损，但罗真人也要让李逵知道自己的厉害，给了他点儿教训，他骗李逵踏在白手帕上，将他吹落在蓟州府衙内，让他吃了自己的同行——牢子狱卒不少折磨。戴宗再三央求，罗真人才派黄巾力士从蓟州牢中救出李逵。有感于戴宗、李逵的大义，罗真人同意入云龙前往高唐州，大破了高廉的法术，救下柴进，胜利返回梁山。

表现之八：骗杀韩伯龙。

打下高唐州后，宋江又率领梁山好汉大破连环马、聚义打青州、智取大名府。打下大名府后，蔡太师可就坐不住了，毕竟事关自己宝贝女儿的身家性命，赶紧调凌州团练使圣水将军单廷珪、神火将军魏定国前往征剿，以解大名府之危。宋江他们探听到消息，即派关胜等率五千兵马主动出击，先发制人。因未派李逵，没有仗打闲得快要生病的他不听将令，独自一人悄悄下山赶奔凌州。行了半日，走得肚饥，便进了路旁一个酒店，可走时匆忙，忘带盘缠，李逵胡吃海塞一顿抹嘴就想走，被酒店老板韩伯龙拦住讨钱。韩伯龙自称是梁山好汉，且酒店的后台老板就是宋江。可惜韩伯龙孤陋寡闻，他不仅不知道李逵的大名，更不知道李逵与宋江的关系，明摆着在李逵看来，这韩伯龙就是李鬼第二，因为他在梁山没见过韩伯龙，也没听宋江说起过此人，李逵肯定认为韩伯龙是骗子。估计当时李逵很气恼，骗人你也不扫听扫听，居然骗到我李逵这儿，你以为我傻大黑粗心眼少啊！不用点儿妙计你也不知逵爷爷智赛诸葛，"当时李逵在腰间拔出一把斧，看着韩伯龙道："把斧头为当。"韩伯龙不知是计，舒手来接，被李逵手起，望面门上只一斧。可怜韩伯龙不曾上得梁山，死在李逵之手！两三个火家，只恨爷娘少生了两只脚，望深村里走了。李逵就地下掳掠盘缠，放火烧了草屋，望凌州便走。"

表现之九：斧剁野鸳鸯。

李逵杀了已投梁山的韩伯龙，沿路却收了将他摔得服服帖帖的没面目焦挺，又收了枯树山的大王丧门神鲍旭，并同焦挺、鲍旭，带领枯树山人马，救下了被水火二将捉得的宣赞和郝思文，并趁官军出城迎战关胜城内空虚，打破北门，攻陷凌州城。李逵也是憨人有憨福，违了军令却立了一功，也算将功补过。之后，宋江又率众夜打曾头市、一打东平府、二打东昌府，简直是攻无不取，战无不胜。在此大好形势下，宋江提出招安动议，并于元宵之夜潜入京城，想先期了解情况，相应采取措施，不料随行的李逵性发行凶，打了杨太尉，烧了师师家，惹得全城好场热闹。宋江等人虽安全脱险，但李逵并未出城。宋江令相扑高手、李逵都怕的燕青"相守李逵"，二人离开京师后不走大路走小路，走到一个地名唤作四柳村，不觉天晚，便投一个大庄院来。庄主狄太公见李逵生得凶恶，忽然倒地拜求李逵替他家捉鬼，原来他二十余岁的嫡亲独女着了邪祟，独处一室，谁去打扰都要被她用砖石打伤。李逵好酒好肉狼吞虎咽饱餐一顿后，"拔两把板斧在手，叫人将火把远远照着。李逵大踏步直抢到房边，只见房内隐隐的有灯。李逵把眼看时，见一个后生搂着一个妇人在那里说话。"哪里有什么鬼，分明就是一对偷情的男女。李逵一脚踢开了房门，斧到处，火光爆散，霹雳交加。他先杀了奸夫王小二，又杀了那"腌脏婆娘"，然后将两颗头颅砍下，又"拿起双斧，看着两个死尸，一上一下，恰似发擂的乱剁了一阵"。本是一场闹剧，最终变成了悲剧。李逵之罪，还是狄太公之过？

表现之十：斧砍杏黄旗。

李逵、燕青离了四柳村，继续赶路，当日天晚，投宿在大户刘太公宅上。李逵当夜没喝酒失眠了，只听得主人家老两口在屋里“哽哽咽咽的哭”。李逵是个急性子，天一亮就跳将起来去问，刘太公说他十八岁的女儿被梁山泊头领宋江夺了去。“李逵听了，一口应承为刘太公讨还女儿。”李逵、燕青径望梁山泊来，直到忠义堂上。宋江见了李逵、燕青回来，便问道：‘兄弟，你两个那里来？错了许多路，如今方到？’李逵那里答应，睁圆怪眼，拔出大斧，先砍倒了杏黄旗，把‘替天行道’四个字扯作粉碎，众人都吃一惊。宋江喝道：‘黑厮又做甚么？’李逵拿了双斧，抢上堂来，径奔宋江。”后经受害人亲自辨认，否认了宋江的作案嫌疑。李逵知错能改，脱得赤条条地，负荆请罪，当下宋江要求李逵捉拿真凶，为民除害。李逵得令后和燕青一起，访得实情，赶往牛头山，将两个抢男霸女、祸害地方的草贼就地正法，将刘太公女儿送还庄上。

其四，快意快活。

在凡人看来，《水浒传》里活得最快活的是蔡太师、洪太尉、高太尉们，但活得最滋润的人似乎很少把这两个字挂在嘴上。反倒是那些在别人眼里活得不怎么快活的，经常提到这二字。大概是人越是缺乏什么，越是追求什么吧。

最先说这两个字的人是活得最不滋润的人——阮氏兄弟。阮氏兄弟是武士中出身最低、生活最贫苦的。七星聚义前，兄弟三人和吴用有一段关于梁山泊的对话，涉及他们对现实生活的不满和对快乐生活的向往，特别是阮小五的一番话道出了他们对“快活”的理解：“不怕天，不怕地，不怕官司。论秤分金银，异样穿绸锦。成瓮吃酒，大块吃肉。”这里面包含着他们对精神与物质的美好憧憬。

说“快活”一词最多、活得也似乎最快活的则要数李逵了。在赌场上，李逵挥金如土，大呼小叫，他觉得那就是快活；在酒场上，他拿碗喝酒，用手吃肉，他觉得那就是快活；在战场或其他场合，他脱得赤条条的，抡着大斧，冲锋在前，逢人便砍，遇人便杀，甚至将人割了炙着吃，他觉得那就是快活。在他的认知中，他觉得生活在梁山很快活，看到其他兄弟们纷纷回家去接父母同来山寨，便也请示回家乡把老娘也接来，还劝哥哥李达也“同上山去快活”；他觉得当官很快活，接母亲时不敢说自己落了草而说谎做了官，后随燕青下山打擂，二人失散，李逵独自来到寿张县衙，装作知县断案，过了一回县官瘾；他虽觉得当官快活，但却认为招安不快活，认为宋江所谓的“招安”是在那些鸟人掌控下过活，那会很不舒服，为此他从心底对招安很是抵触；但他也觉得在东京比在梁山快活，但前提是“杀去东京，夺了鸟位”，必须让晁盖、宋江做皇帝，众家兄弟都做将军，“在那里快活，却不好？不强似这个鸟水泊？”

二、细析“童心烂漫”

在解读“黑旋风”的过程中，梳理了李逵一生的主要言行。通过他的言行，又确证了李逵又急又猛、快如旋风的特点。那么作者为什么要塑造这样一个人物，这个人物的性格特征又有什么样的文化意蕴呢？

作者塑造的李逵首先是一个武士，武士的一般特点除了尚义好交外，就是四肢发达，头脑简单，性格直爽，有一说一，直来直去，晁盖当是这个群体中的典型代表。当然，梁山第三代领导集体中的宋江、吴用等人心眼很多，但这要看跟谁比，他们比起朝廷内的文官们如蔡京、高俅之流特别是使用阴招方面可就不能同日而语了，宋江领导的招安事业惨遭失败就是明证。

李逵更是武士中的武士，即武士集团中最单纯、最憨直、最胆大、最勇敢、最血性的极端个例，他就像个没长大的大孩子。宋江带数人元夜上东京时，曾对李师师戏称李逵是“家生的孩儿小李”。关于这一点，独具慧眼的李贽、金圣叹早有论断。李贽对李逵的性情最为赞赏且着墨甚多，在容与堂本《水浒传》的评点中，特别强调了一个“真”字，说“只有假李逵，再无李逵假”[①]，“李大哥才是真人，罗真人反未必真”（容眉批第五十三回），“我家阿逵只是直性，别无回头转脑心肠，也无口是心非说话”[②]，无“成心”和“执念”，纯然出于“童心”。金圣叹在《读第五才子书法》中说“李逵是上上人物，写得真是一片天真烂漫到底”[③]。在这里，借用李贽的“童心”和金圣叹的“烂漫”，将“童心烂漫”组合在一起，作为解读李逵“任天而行，率性而动”的内在成因。

李逵的“童心烂漫”表现是多方面的，比如童言无忌、童顽胡为、

---

① 朱一玄、刘毓忱：《水浒传资料汇编》，南开大学出版社 2012 年版，第 178 页。
② 朱一玄、刘毓忱：《水浒传资料汇编》，南开大学出版社 2012 年版，第 179 页。
③ 朱一玄、刘毓忱：《水浒传资料汇编》，南开大学出版社 2012 年版，第 221 页。

童心无邪、童真童趣、童痴至情等，下面逐一解析。

其一，童言无忌。

李逵的名字很怪，他出生在沂水县百丈村一个贫苦的农民家庭，竟然起了这么一个有学问的名字，其用意应主要取其谐音——礼亏。即作者也认为他所塑造的这个人物在礼貌、礼仪、礼节、礼数等方面均有欠缺，因为他心目中的李逵就是个大孩子。

李逵早年丧父，哥哥李达也无力管顾他，没有了父兄的调教，母亲呢，从她对老大李达的不如意和坐床念佛、思量李逵哭瞎双眼来看，她就是一个绵软良善的妇道人家，对孩子不甚管教，且对小儿子还很溺爱，正应了“皇帝爱长子，百姓爱幺儿”这句俗语，再加上一贫如洗的家庭境况也没能使李逵受到正统的礼教熏陶和教育。就这样，农村的山野环境和家庭的“散养”放纵，使李逵野生野长，自由疯长，由着性子长成了一个野孩子。他不习惯于理性思维，不考虑别人的感受，更不拘于任何礼法，只知道我行我素，口无遮拦。

李逵的话，往往表里如一，直言不讳，口是心非、心口不一的话，他不会说。与宋江初次见面，李逵便问戴宗“这黑汉子是谁”，搞得身为李逵领导的戴宗都很没面子。对李逵来讲，他只不过实话实说道出了宋江面目黧黑的真相，尽管他自己比宋江还要黑，但他并未觉得自己说得有什么不对，因他根本不知道人际交往的礼数，所以他还反问戴宗，什么叫“粗鲁”。他不知道与人交流中该说什么，不该说什么，更不知道琢磨对方的心理，即考虑别人爱听什么说什么，投其所好赞美对方，取悦对方，只知道有一说一，有二说二。他口无遮拦，欲言则言的特点，恰与李贽鼓吹的“童心说”相吻合：“夫童心者，真心也。若以童心为不可，是以真心为不可也。夫童心者，绝假纯真，最初一念之本心也。若失却童心，便失却真心；失却真心，便失却真人。人而非真，全不复有初矣。”“童心说”最大的特点就是“求真”，“童心”之“童”，就是儿童，李逵初见宋江所言，与儿童所言无二。试想，几岁的孩童，礼节方面的忌语他哪里懂？

李逵的话，往往直斥政弊，一针见血，一些能做不能说的石破天惊之语，他都敢说。比如宋江因文字被捕入狱，李逵就说“吟了反诗打什么鸟紧，万千谋反的倒做了大官”，金圣叹读后就批道：“骇人语！快绝，快绝！”金圣叹应该读出了这句话的不凡之处。这句话一语道破了中国古代专制统治的残酷性和改朝换代的历史真相，是许多“三思而说”“三思而行”的人不愿说、不敢说甚至说不出来的一句话，可偏偏让李逵这个不会“三思”的人说了出来。这样的“性情之语”往往能成为名言警句，因为它往往符合事实真相。想一想，历史上坐上金銮宝殿的，有几个不是通过造反途径夺得的政权？掌握权柄后，就钳制人的言语，禁锢人的思想，大兴文字之狱，意欲使天下万民成为任他摆布的木偶傀儡。本来嘛，“让人说话，天塌不下来。”在李逵这个大孩子眼中，说几句话即使是错话，难道老天会为之风云变色吗？问题似乎没有那么严重。在他看来，语言的力量是有限的，就因了几个字就把人家的脑袋砍下来，甚至诛人几族，血流成河，未免太荒唐怪诞了。李逵的这种思想，在他之前和之后都有人表述过，只不过都比李逵有名罢了。如唐朝诗人章碣写过一首《焚书坑》的诗，后两句“坑灰未冷山东乱，刘项原来不读书”流传甚广，是说刘邦、项羽不识几个字却起事反抗暴秦，那被焚被坑的儒生倒没几个站出来的；鲁迅先生也说过一句很有名的话：“一首诗吓不走孙传芳，一炮就把孙传芳轰走了。”都是说文字和文学作品的社会作用是很有限的。由文字、文学我们可以延展到书，“书”未必是祸乱的根源，“焚书”也未必能巩固“子孙帝王万世之业”。书，大多是书生把玩的东西，真正的读书人即使读了《水浒传》以后，未必就血贯瞳仁，气冲斗牛，干出惊天地、泣鬼神的事来。历史上的陈胜吴广没读过《水浒传》，不是照样揭竿而起；水浒里的李逵、孙二娘也没读过，不是照样伸手五支令，蜷手就要命——瞪眼就宰活人。有人只看见一个“鸟”字，就说李逵粗野，甚至说他思想简单，却没有读出此话的高妙之处。作者是借李逵这个“孩子”之口，说出了宋江、吴用等人心里有但不会说出的一句大实话。应该说，这个“大孩子”说的这句话，是《水浒传》中最经典也是很有价值的一句话，堪称浓缩的中国古代专制史。

李逵的话，往往直来直去，冷冰冰，硬邦邦，像那左右逢源、八面玲珑、人人都爱听的话他不会说。宋江在江州被好汉们救下后，担心张顺、张横等惹上官司，劝说大家跟他一起上梁山，话犹未完，李逵就嚷起来：“都去！都去！但有不去的，吃我一鸟斧，砍做两截便罢！”这话放在现在生活中是很招人烦的，杀伤力很强，因为这话带有很强的命令性和威胁性，对人没有起码的尊重，可能仅让宋江等少数人高兴，却容易惹倒周围一大片。这在职场和某个集体当中是个大忌，这样的人难得有几个朋友。

有人认为李逵朋友很多，什么戴宗、宋江、燕青、汤隆、鲍旭、樊瑞、项充和李衮，实际上他们不少都是工作关系，真正与他志同道合、意气相投，称得上朋友关系的，像鲁智深与史进、武松那样的其实不多。之所以有人还愿意与李逵交往，是因为都知道他说话难听，但本人没有什么坏心眼；举止粗鲁，但为人很豪爽，再加上梁山好汉都不是爱计较的人，所以从大面上看，大家都还和平共处，其乐融融。

李逵的话，往往在那个时代是不能做，也不能说的。比如他劝宋江带领众好汉杀去东京，夺了鸟位，然后做皇帝，大家都做将军，这话正常人乃至普通人都是不会去说、不敢去说，有时也是说不上来的，因为普通人根本就想不了那么高。就像当年的陈胜对干活时的穷哥儿们说“苟富贵，勿相忘”，意思是将来我富贵了，不会忘记大家的，结果却引来一片哂笑。穷哥儿们都说，咱们就是受雇给别人种地的穷光蛋，哪来的什么富贵？被认为是痴人做梦，癞蛤蟆想吃天鹅肉。陈胜长长叹息道：“嗟乎！燕雀安知鸿鹄之志哉！”陈胜眼里的穷哥儿们就是燕雀，就是普通人，普通人没有那么高远的志向。当然，造反是被视为大逆不道的，是为当朝深恶痛绝、坚决禁止的，不仅不能做，也不能说或写，只要你有这个想法，立马会遭到残酷无情的镇压。尽管造反者史不绝书，但造反的成本是很高的，轻者自己丧命，重者株连九族。不过，造反要成功了，那可是位极人臣甚至位登九五的好事，所以历朝历代都有不少人为利所诱或为命所逼铤而走险，无非成者为王败者为寇，这是历史的铁律。在古代，造反这种事，宁可做，不要说，因为光说不做下场也很惨。李逵既想做，又要说，应该说，实在不是等闲之辈。比如李贽就大赞李逵：“你的皇帝姓宋，我的哥哥也姓宋。(你做得皇帝，偏我哥哥做不得皇帝?) 实是不经人道语。李大哥一派天机，妙人趣人，真不食烟火人也。”[①] 当然，在普通人甚至水浒好汉的眼中，李逵这样的人，不被视为疯子，也会被看成傻子。李逵就往往被人看成傻小子，他的话说完后，往往会引起一阵哄堂大笑，是被当作笑料听的。

李逵的话，往往不分对象，即使是他的领导、他的偶像说的话，他也敢反对。比如招安的思想，是宋江的既定思想，在宋江没有掌握话语权之前，他没有轻易表露过，直到他成了梁山的老大，在重阳菊花大会上，才

① 朱一玄、刘毓忱：《水浒传资料汇编》，南开大学出版社 2012 年版，第 182 页。

公开了自己的想法，“望天王降诏早招安”，没承想却捅了李逵的肺管子。李逵当时的表现简直就是暴怒，不仅动了粗口，大骂招安之举，而且动了手，一脚把桌子踢得粉碎，绝对就是无法无天，这在梁山是独一无二的。其言行在被人认为帮派林立的梁山是不可思议的，因为李逵绝对是宋江一派的人，他不是宋江的铁杆粉丝吗？宋江让他死他都不活着，他为什么要反对宋江？有人说这是宋江事先安排的局，是宋、李二人演绎的一曲双簧，是要告诉大家，谁反对招安，即使是李逵这样的嫡系也要被杀，是杀鸡给猴看（当然不是真杀），目的是要统一思想和行动。这似乎有点儿过度阐释了。因为李逵反对招安，不止这一次，他是接二连三的，反招安是他的本能反应，难道这都是宋、李二人事先编排好的，那你也太高抬李逵的表演能力了！李逵反对招安，理由再简单不过，就是不招安活得快活，有酒有肉有仗打，从口到脚，无拘无束。招安后，那可就憋屈了，除非宋江哥哥做皇帝，可能在他想来这是很难做到的。这就是一个孩童的想法，怎么能快活活着，就怎么来。因此，只要一听到“招安”二字，不管是谁说的，都要火冒三丈，气得一蹦三丈高，在高声叫骂的同时，还要做出与人拼命的样子。所以，有人说李逵反招安是忠于梁山，忠于革命事业，那就高抬了他的思想觉悟和理论水平，包括他上梁山，纯粹出于对宋江的义气。救了宋江，犯了大宋律条，不上梁山还能去哪里呢？

其二，童顽胡为。

李逵之名，可能还有一个寓意，那就是“理亏”，是理智、理性、伦理道德乃至天理的亏欠和缺失。在一个“散养”、放纵家庭环境中长大的孩子，很容易任性、无理、蛮横胡闹。这样的孩子，而且还拥有武功的孩子，若生活在政通人和、风清气正的社会，可能蓬生麻中，不扶自直；若生活在昏邪无道、奸佞满地的社会，那就极易暴戾恣睢，任意胡为。那么，李逵生活的社会是什么样的？小说借通天彻地、道行极高的罗真人之口非常权威地说：“这人是上界天杀星之数，为是下土众生，作业太重，故罚他下来杀戮。”（第五十三回）原来李逵是上界天杀星降临，他杀人是秉承天意。作者借罗真人之口，不仅揭示了当时社会的黑暗，而且回答了李逵好杀的原因。类似的话，佛法无边的如来佛祖也曾说过，“但那南赡部洲者，贪淫乐祸，多杀多争，正所谓口舌凶场，是非恶海”（《西游记》第八回）“南赡部洲……多贪多杀，多淫多诳，多欺多诈……不敬三光，不重五谷；不忠不孝，不义不仁，瞒心昧己，大斗小秤，害命杀牲。

造下无边之孽，罪盈恶满”（《西游记》第九十八回）。大概唐时之人作业尚轻，还可教化，所以如来佛祖弄出个“四人一骑”远赴万里求取真经、用“传经布道”的方式来普度众生于“是非恶海”；但到宋时，仅靠口舌似乎已很难奏效，故干脆派个天杀星下界，杀戮征伐，大开杀戒，用以警示世人。其实，《水浒传》上滥杀乃至吃人者岂止李逵，那母夜叉孙二娘、催命判官李立、船火儿张横、锦毛虎燕顺、矮脚虎王英又何尝不“心狠手辣”？

作者对以李逵为代表的这些武士是有否定的，认为他们是“理亏”的，特别对他们滥杀无辜的行径是不赞成的。但另一方面，他给李逵取的这个“逵”字又很怪异，有“通向各方的道路”的意思，意即在那个鬼魅丛生、魍魉横行的社会，武士——也只有像李逵这样的武士才能吃得开，走得通，像林冲那样逆来顺受的武士就不知要死多少次了。所以，从“李逵”二字的谐音看，作者对李逵是有批判的，但从“逵”字的字义看，又似乎有同情、理解乃至支持的成分，以致金圣叹认为《水浒传》是“怨毒骂世”之作，是不得势的文人表达对世人的不满之作。实际上，这种矛盾心态、纠结心理也是当代不少读者在阅读中共同拥有的一种心境。

如此，李逵身为一名武士，一名武士中的熊孩子、野孩子、浑小子。应该说，他胆大包天，不惧生死，目无王法，也不知晓、不信王法，对社会特别是上流社会怀有很深的敌意，看什么都不顺眼，这样的人要是横冲直撞起来，杀伤力能小吗？

大开杀戒。李逵早年闹出人命，流落江州，阴差阳错，居然因祸得福，从杀人犯华丽转身一变而为堂堂的执法狱卒，可谓大千世界，幻化莫测。自此以后，李逵似乎金盆洗手，立地成佛了，充其量只是在职场上、赌场上、酒场上和牢子、赌友等推推打打，吵吵闹闹，倒没惹出什么大乱子，可这实际上也憋坏了好勇斗狠的天杀星。机会终于来了，这个机会就是自己的偶像、自己的好兄长就要被明正典刑了。如此铁的哥儿们在一起才不过几天，转眼间就要阴阳相隔，那李逵可舍不得。李逵凭自己的直觉认为，从来就没有什么救世主，也不靠神仙皇帝，要解救宋、戴两位哥哥，只有靠他自己。不把那法场打个落花流水，搅个天翻地覆，哥哥就不会冲破牢笼！因此，在宋、戴两位就要身首异处的紧要关头，黑旋风从天而降，挥动如轮板斧，就同着了魔的疯子，不管是官是民，“抡着大斧只顾砍人”，直杀得“横尸遍地，血流成渠”。对于这种不分青红皂白见人杀人、一直杀到江边的行为，连晁盖都忍不住大喊叫停。对生命的不敬是孩童的特点。君不见马路上飙车玩命的往往是些孩子，他们对自己的生命不在乎，对别人的生命也不敬。这些孩子身上能没问题吗？李逵亦然。但若斥责李逵，他肯定摇晃着大黑脑袋不以为然。俗话说：“屁股决定脑袋。”局内人李逵的坐位和局外人读者的坐位不一样是不言自明的。局外人可以非常超脱地指指点点，可局内人李逵并不一定服气，特别是身为大孩子的他。可能在李逵看来，所谓看客是和官人一样可恨的，看客们像过节一样蜂拥而来，睁大惊奇或惊喜的眼睛，张大生怕别人不知道他长着的嘴巴，抱着欣赏、猎奇、幸灾乐祸等各种心理和想法，强势地挤着要抢占有利的地形观看别人的倒霉惨状，就像观看一场精彩、热闹的大戏。他们的脸上似乎很少冷漠，很少麻木，很少悲伤，甚至很少同情，多数情绪激动，表情生动丰富，或充满期待，或眉飞色舞。李逵眼里的看客，只有无良，没有无辜。特别是在李逵保护着宋江向外突围的时候，这些所谓的看客，更是烦人，因为他们都成了李逵救人脱险的巨大障碍。人山人海、人头攒动的热闹场面，突然出现了变故，混乱局面可想而知，在场的官民，有的想阻挠，要打；有的想逃命，要跑，简直乱成了一锅粥，无形中让李逵破裤子缠腿，迈不开双脚，寸步难行，这个场合任谁喊破嗓子，估计都是对牛弹琴。举步维艰的李逵，此时更是气急败坏，在他看来，谁阻挡他突围，谁就是敌人，谁就是他要杀戮的对象。在不是你死就是我活的战场上，他不知道哪个会冷不防绊他一跤，哪个会突然给他一记闷棍，然后到官府领取奖赏，他不可能，也没时间去辨识哪个官人于他不利，哪个百姓对他无妨，哪个是穿着便衣的官，哪个是身着官服的民。此时的李逵，已经杀红了眼，他最本能、最直接的杀人动机，就是要杀出一条血路，突出重围，救出两位哥哥。至于说他以杀人为乐，那还是把他当成了一个孩子，一个在生死关头还要取乐的孩子。正常的成年人在敌众我寡的危急关头，只想消灭敌人，保存自己，哪有闲心取乐？是啊，李逵在作者眼里，就是一个童子，他在营救宋江的同时，也没忘说“快活”二字，正如飙车闯祸的熊孩子烂摊子由父母收拾自己内心却大喊“爽，爽，爽”一样。李逵横空出世，也暴露了他喜欢用拳头、用暴力解决问题的天性。

我行我素。从法场救了宋江，上了梁山，李逵的名气越来越大。他横空出世所彰显的气场，让许多自诩“义气”的好汉相形见绌；他连杀四虎的超人胆力，也使不少自觉功夫不差的好汉不得不心服口服外带佩服，尤其是随着宋江在梁山地位的逐渐稳固和节节攀升，李逵这个大小孩似乎更加有恃无恐。所以，到三打祝家庄时，李逵嗜杀如命的本性又一次得以爆发和宣泄。如果说，江州一役激活了李逵的嗜杀本性，那么，血洗扈家庄，则是他好杀天性的变本加厉。攻打祝家庄，梁山使用了“特洛伊木马”之计，使固若金汤的大庄园转瞬间土崩瓦解，李逵斩杀了望风而逃的大公子祝龙，又砍杀了被扈成绑缚着的三公子祝彪，继而又抡斧扑向业已归顺梁山的扈成，扈成见势不好，投马落荒而走，捡了一条命。可李逵并未罢手，他“正杀得手顺，直抢入扈家庄里，把扈太公一门老幼，尽数杀了，不留一个”。李逵不分青红皂白，滥杀一气，还要在宋江面前请功，宋江得知情况后很是恼火，连声呵斥，但李逵并不服气，他并未认识到自己的错误。大概李逵的孩童脑子似乎理解不了梁山与三庄之间时而为敌、时而为友的复杂关系，特别是他对与扈家庄的关系是存有疑惑的。疑惑之一是前日扈三娘还追赶宋江差点儿要了他的命，怎么今天就成了自己人？李逵对宋江说：“你便忘记了，我须不忘记！那前日叫那个鸟婆赶着哥哥要杀，你今又做人情！”疑惑之二是三庄联盟共同构成梁山的敌人，怎么过了一段日子扈家庄又和梁山握手言欢，成了一个战壕里的战友？宋江呵斥李逵道：“你这厮！谁叫你去来？你也须知扈成前日牵羊担酒前来投降了！如何不听得我的言语，擅自去杀他一家，故违了我的将令？”这种变来变去的关系，特别是化敌为友结成统一战线这些高深莫测的伎俩，长着孩童脑袋的李逵几乎一窍不通。他的思维还一直停留在起点阶段，仇敌似乎永远是仇敌，“你又不曾和他妹子成亲”，昔日剑拔弩张的冤家怎么现在就成了同伙了？对于这些难解的疑惑，他也想不明白，也懒得想。如此，有时领导的指令对他来说就成了耳旁风，他依然以自我为中心，你说你的，我干我的，我行我素，随心所欲，特别是战端一开，双斧举起，李逵就如恶魔附体，像那制动装置失灵的跑车，疯狂向前，横冲直撞，逢佛杀佛，逢祖杀祖，直杀得天翻地覆，昏天黑地。别人倒霉了，而李逵呢，则觉得畅快淋漓，直呼过瘾，“虽然没了功劳，也吃我杀得快活！”违了军令、犯了大错的李逵，人们都觉得应当斩首示众，以儆效尤，但宋江只是骂他几句一笑而过。李逵此举，看似不按常理出牌，实则一石三鸟。一是彻底清除了扈家庄的势力；二是扈家庄的财物尽数归了梁山，当时便“叫小喽啰牵了有的马匹，把庄里一应有的财赋，捎搭有四五十驮，将庄院门一把火烧了，回来献纳”；三是绝了扈三娘的退路，为梁山添了一员女将。若按梁山与扈家庄的协议，扈家庄的势力仍将得到保留，扈家庄的钱粮也无法劫掠，扈三娘也将被放回与父兄一家团聚，那梁山的战果就要大打折扣了。

唯命是听。孩童一般的李逵，有时固执任性，但大多时候对领导尤其是宋江还是乖乖服从的。宋江就像他的父兄，有几个孩子不听父兄的话呢？李逵从小没了父亲，认识宋江后，宋江在物质和精神上都给了他父兄般的温暖和关照：没了赌资和酒钱，宋江给；惹了乱子打了人，宋江给摆平；甚至违背了梁山的大政方针闯下塌天大祸，宋江都要护犊子似的大事化小小事化了。这样一来，在李逵的内心深处，难免产生“爹亲娘亲，不如宋大哥亲”的感觉。为此，对于宋江做出的决策，除了招安一事，他都坚决维护；凡是宋江的指示，只要不关乎女人，他都始终不渝地遵循。这不，李逵奉宋江之命，跟吴用、雷横一起来到沧州，执行一项秘密任务，邀请朱仝上山入伙。朱仝不仅有着关羽般的外表，“貌如重枣，美髯过腹”，人见人爱，而且内里也和关云长一样，轻生重义，侠肝义胆，他救过晁盖，救过宋江，救过雷横，现在因私放雷横被刺配沧州，被知府四岁的儿子喜欢，心甘情愿做了一名奶爸，打算隐忍一年半载后重返主流社会。岂料树欲静而风不止，吴用见好言相劝无用，便使出李逵这把撒手锏，趁朱仝夜带小衙内观灯之机，让雷横把朱仝稳住，让李逵趁机抱走小衙内，将其嘴上抹上蒙汗药，寻到城外僻静无人处，一板斧把孩子的头劈成两半。原来这狠毒之计，出自宋江。小旋风柴进说：“近间有个爱友，和足下亦是旧友，目今在梁山泊做头领，名唤及时雨宋公明，写一封密书，令吴学究、雷横、黑旋风俱在敝庄安歇，礼请足下上山，同聚大义。因见足下推阻不从，故意教李逵杀害了小衙内，先绝了足下归路，只得上山坐把交椅。”吴用、雷横亦说：“兄长，望乞恕罪！皆是宋公明哥哥将令分付如此。若到山寨，自有分晓。”朱仝说上山也可，但必须答应一个条件，就是杀掉李逵，誓不与之为伍。惹得李逵听了也大怒：“教你咬我鸟！晁、宋二位哥哥将令，干我屁事！”好像小孩按照大人的指示办事，若有什么责任的话，应该找大人，给孩子说不着，这是典型的儿童式思维。三方言语都表明，李逵所为是奉命行事。李逵所为的善恶自有公论，那为什么宋江独派李逵来干这种事？原因在于他嗜杀，更主要还在于他听话。在梁山，嗜杀的不止李逵一个，但最听话的还数李逵，这就是宋江为什么派李逵而不派武松、张横、鲍旭或孙二娘等人的原因。当然，他听话也在于派给他的活是他爱干的，即去杀人。杀人并非都是非正义的，关键是为什么杀人，杀的是什么人。李逵此次杀的小衙内就基本受到世人的齐声责骂，原因是梁山为了达到逼迫朱仝上山的目的，就向一个无辜的、可爱的小生命伸出罪恶的双手，这显得也忒心毒了。可朱仝要找李逵算账时，李逵倒勃然大怒，他还觉得自己很冤，觉得自己是奉命行事，服从是他的天职，你要算账也算不到我头上，你去找宋江乃至晁盖算去吧，你敢吗？正如我李逵奉命杀的是个小孩子，让我去杀沧州知府我能杀得了吗？怎么都找软柿子捏呢？是啊，屠刀怎么都砍向弱者的脑袋呢？人类现在不是依然没有摆脱这个魔圈吗？战争也好，战乱也罢，哪个不是围着弱小的国家、民族和人群在转？而且，在李逵的内心深处，他并不认为他干了错事。小衙内也好，大衙内也好，都是衙内，官府中人，没有什么好鸟，现在的小衙内，未必将来不是高衙内。这种认识可能与李逵的出身和经历有关。他出身贫苦，从小就拿着斧头以砍柴为生，练就了“铁牛”般的体魄，同时，他也饱尝了身为下层百姓饥寒交迫的煎熬，目睹和领教了上层官僚的冷酷和无情，形成了自己独特的爱憎观和是非观。在他“幼稚”的认知中，他认定为富不仁，为官不义，天下乌鸦一般黑，为此他接受任务后毫不留情地砍杀了小衙内。包括他劫法场时的“排头砍去”，打祝家庄时的刹不住车，都与他认知简单而导致行事鲁莽不无关系。

其三，童心无邪。

在说话、打仗方面，李逵表现了许多童子的特点，在情欲方面，自然也不例外。

战国时的《荀子·礼论》中就说：“人生而有欲。”这里的“欲”，当然包括情欲。但梁山泊的众多好汉不少都是独身主义者，如曾经是保正的晁盖、教师的吴用、军官的鲁达、狱吏的戴宗等；就是有家有室的成婚也很晚，如林冲、卢俊义等，似乎禁欲思想在武士中非常流行。卢俊义、杨雄的老婆之所以红杏出墙，就与他们不亲女色有很大关系。

比这些人走得更远的是李逵。李逵不仅没有老婆，而且对女性——除他老娘外，有着天生的反感，对与男人眉来眼去、勾肩搭背甚或私通往来的女性更是必欲除之而后快。第九十三回“李逵梦闹天池　宋江兵分两路”最能说明他对女性的排斥态度。此回说梁山征田虎打下盖城，在宜春圃大摆庆功宴，李逵于酒醉酣睡中忽得一梦，梦中来到一个叫天池岭的地方，在此他打抱不平，杀死几个抢夺民女的歹徒，女子的父母自然感激不尽，情愿把小女许配与他，谁知李逵一听此话，不仅恶狠狠地断然拒绝，而且跳将起来一脚把桌子踢翻，跑出门来，好像人家许配女儿给他会吃了他或玷污了他。常言道：日有所思，夜有所梦，看来黑旋风真的与女人绝缘。

在性观念相当封闭的古代，"性"或"色"是个神秘而又让人谈之色变的话题，尽管老祖先早有人说过"食色，性也"，但国人对此依然遮遮掩掩，羞羞答答。尤其是儿童，处于童年之时的儿童，就像一张白纸，天真无瑕，毫无邪念，这个时期的孩子一般对性方面的动作和行为是看不惯的，是反感讨厌的，甚至是要起而抵制的。可能在儿童幼小、纯洁的心灵里，情欲有罪的观念是与生俱来的，就像早期人类把淫——性欲的满足视为恶是一样的，只不过随着青春期的到来，原欲逐渐生发乃至膨胀，反而将情欲有罪的思想逼迫得渐渐退潮，甚或无影无踪。可李逵是个长不大的孩子，这一观念根深蒂固地活在他的潜意识中。

怒点卖唱女。李逵为了给宋江找鲜鱼做醒酒汤，鲁莽之下和渔人打斗起来，惹恼了渔牙的主人浪里白条张顺。张顺在陆上不是李逵的对手，却想法子把李逵骗到江中。李逵水性不高，被张顺制服。幸好宋江说有张顺兄长张横的信，张顺这才放过李逵。真是不打不相识，戴宗等四人一起上了琵琶亭酒馆，说得正在热闹之时，被一名歌女所打断，结果三人都被歌女吸引，谁也不理李逵了。李逵大怒，伸出两个指头将歌女打倒。表面看，似是歌女打断了李逵卖弄胸中豪杰事务的话头，抢了李逵的风头，实则是李逵不近女色，对女人特别是漂亮女人持敌视态度。这歌女长得："冰肌玉骨，粉面酥胸。杏脸桃腮，佳酿出十分春色；柳眉星眼，妆点就一段精神。花月仪容，蕙兰情性。心地里百伶百俐，身材儿不短不长。声如莺啭乔林，体似燕穿新柳。正是：春睡海棠晞晓露，一枝芍药醉春芳。"本来长得就让人五迷三道，不料又"顿开喉音便唱"，那歌喉清婉让人心旷神怡，莺声燕语让人如痴如醉。美女加美声，极具吸引力和杀伤力，谁还搭理他这黑炭头！这些男人盯着看那女子的异样眼神和专注神态，让李逵觉得心里很别扭，很不舒服，这怎能不让李逵视同寇仇？

斧剁狄家女。一个清清纯纯的歌女站在眼前，就让黑旋风大动肝火；若一个女子和一个男人搂搂抱抱，调情耍笑，进入李逵的视野，他会怎样呢？答案不言自明。在童稚的眼中，这种男女私情是丑陋的，是见不得亮光的，属于偷偷摸摸、不可告人的行为，在李逵看来就是不可饶恕的。再加上狄小姐装神弄鬼，装疯卖傻，用砖头石块乱打乱砸家人，不让家人管束她以防干扰了她的好事，打爹骂娘，搅得全家鸡飞狗跳，没有宁日，以致李逵在杀了她的奸夫后，又怒不可遏地直喊："这等腌臜婆娘，要你何用！""腌臜"二字，是不干不净、肮脏龌龊之意，正是狄家女儿在李逵心中的丑恶形象。李逵打杀了他心中的两个"恶鬼"，自觉替狄家乃至社会除了大害，所以第二天一大早就要狄太公准备好酒好食感谢他。本来，狄太公是央求李逵来捉鬼驱邪的，没承想，这鬼居然是自己的宝贝女儿。鬼是没了，女儿也没了，狄太公的家里彻底安宁了，可狄太公老两口的心就像被谁掏了一把，再也难以平复。这究竟是女儿的过错，还是李逵的罪过呢？哎，没有内鬼，哪能引来"外贼"呀？

纵火烧李宅。晁盖死后，宋江如愿坐上头把交椅，便急不可耐着手实施招安计划。元宵之夜，探访东京，拜会与皇上打得火热的"歌舞神仙女，风流花月魁"——李师师，想通过枕头风这个捷径打通关节使招安进入快车道。起初，宋江教戴宗同李逵只在门前等，怕李逵的尊容惊着那爱美的师师小姐，但李逵那不俗的长相和小声的怨骂还是引起了丫鬟的注意，不得已宋江把李逵唤到阁子里。李逵眼里看到的一幕使他非常生气，原来宋江、柴进正和美妇人李师师对坐吃酒，李逵看不得自己非常尊重的宋大哥和浓妆艳抹的妓女眉来眼去，觉得这很不正经，特别是宋江这个"不近女色"的头领，见了李师师，也把持不住，先是"口滑，揎拳裸袖，点点指指，把出梁山泊手段来"，很是失礼；继而又说"大丈夫饮酒，何用小杯"，就"取过赏钟，连饮数钟"，很是失态。俗话说："花是春信使，酒是色媒人。"宋江也不例外，在酒精持续发酵的作用下，开始情迷意乱，他索得纸笔，献词一首。宋江第一次写词是在浔阳楼，被人认为是反诗，李逵为了救他而横空出世；第二次写词是在梁山，表达他的招安理想，结果引得李逵大爆粗口；这第三次写词是在东京李师师的家中，写完后不久，后果更严重，李逵可不管这是什么地方，不仅打了杨太尉，而且将帝妓家砸了个稀巴烂，还放起火来燃着了师师的宅院，"惊得赵官家一道烟走了"。好家伙，李逵这最后一把火，让师师小姐花容失色，让想与民同乐、又与民争乐的大宋皇帝狼狈逃窜（师师小姐成了道君皇帝的专用，按说普天之下谁还敢来招惹！偏有一个和皇上一样也爱吟诗作赋的不长记性，叫周邦彦，此人性喜风流，竟然与帝王拈酸吃醋，惹出一段风月官司)。也让宋江没了脾气。李逵这把火，是对自己在李宅备受冷落的怒火和对宋江在女人面前把持不定的怨火的总爆发。

祸起刘村姑。李逵这一把火搅得东京城好不热闹，实际上这把火主要还是因宋江而起。烧完这把火的他火气消了吗？似乎没有。因为紧接着他在荆门镇一听刘太公说宋江强抢民女就信以为真，内心还是将宋江在师师处的表现联系在一起，没有释怀。谁说李逵傻，他也是晓得普遍联系的观点的，几件事联系在一起考虑，他对宋江有了新的看法。不由得怒从心头起，恶向胆边生，一到梁山就抡起板斧，将写有“替天行道”——水泊梁山核心价值观的杏黄旗砍扯个稀巴烂，接着又冲向宋江，五虎大将全数出动才算保住宋江的性命。然后又当着众人的面，大骂宋江“畜生”，历数了他养阎婆惜、养李师师的勾当，得出了宋江不贪色欲是假、酒色之徒是真的结论。且警告宋江“早早把女儿送还老刘”，否则，“早做早杀了你，晚做晚杀了你”。尽管此事最后真相大白，以李逵负荆请罪而收尾，但却充分表现了李逵对弱者的无限同情，对强暴者的切齿痛恨，彰显了他崇尚正义、疾邪憎假、疾恶如仇、打抱不平的无私品性。如果说李逵对东京之行的宋江“寻花问柳、贪色嫖妓”“暗气”暗憋，并没有对宋哥哥怎么样的话，那么这一次，宋江就遭到了李逵的粗暴干预。行文至此，问题就来了，很多人认为李逵是宋江的马仔，对宋江忠心耿耿，死心塌地，唯宋江马首是瞻，为了宋江，李逵可以牺牲自己的一切，因此对李逵的“忤逆”行为很不理解；还有些人把李逵说成明辨是非、爱憎分明的达人。实际上，持这些观点的人都是把李逵当作成人了，但作者一直是把李逵视作孩子来写的。李逵看问题，常常对事不对人，幼稚，单纯，他不唯上，不唯权，也不唯人，只唯自己的心。他的内心世界是稚嫩的，纯净的，对事涉男女特别是偷鸡摸狗、宿妓嫖娼、欺男霸女之事，他认为是肮脏的，是伤风败俗的，甚至是十恶不赦的。所以，他认为宋江有这方面的问题，就毫不客气地要造他的反，甚至要砍了他的脑袋。对此，作者都不无赞叹地写道：“梁山泊里无奸佞，忠义堂前有诤臣。留得李逵双斧在，世间直气尚能伸。”虽然作者此时也把李逵看作成人，即比附成君臣关系来说明李逵的耿直品性，却从另一方面彻底否定了李逵对宋江“愚忠”的说法。

其四，童真童趣。

李逵的“礼亏”，恰好说明了他的“童真”。因为童真就是没有受到礼俗拘束的一种品性。李逵都老大不小了，他还有“童真”吗？应当说，“童真”并非儿童的专利，它是一种品行，不受年龄的限制，就像李逵外形已不是小孩儿了，但他的心灵还没有受到世俗见解的污染，仍然保有着一颗童心。诚如明末清初的陈忱在《水浒后传论略》中所言：“李逵不顾性命，不贪名节，杀人以爽快为主，吃酒以大醉为主，纯是赤子之心。”①好些人喜欢李逵，并非喜欢他那黑乎乎的大脑袋，以及手举板斧随意砍杀的野蛮行径，而是喜欢他心念的天真、个性的质朴、待人的赤诚。这些品性从他的心底里自然流出，没有丝毫伪装的成分，更没有包装炒作的嫌疑。那一抹可贵的本色，在虚假欺诈喧嚣的尘世显得非同凡响。

关于李逵的童真童趣，自然包括言语和行为两大方面。言语在“童言无忌”一节已有所表述，这一部分主要谈他行为的“三大喜好”。

首先是喜偶像。在孩子的成长过程中，不同历史时期、不同年龄阶段由于受客观环境的影响，都会有自己崇拜的偶像，比如自己的父母老师、娱乐体育明星、历史或现实中的英雄豪杰等。有关调查表明，偶像崇拜在青少年时期达到高峰，后随着年龄的不断增长，偶像崇拜的欲望会不断下降。李逵虽早已是成年人，但他在心理上依然是个孩子，他心目中的偶像就是宋江。有人说，李逵是宋江用银子收买到手的，此言差矣！“男儿重意气，何用钱刀为！”在义气男儿眼中，钱不仅是钱，也是一种胸襟、一种品质，更是尊重、理解和信任。李逵与宋江初交，当然与银子有关，而在《水浒传》中因银子与宋江结缘的还有很多，像金圣叹所云“然宋江以区区猾吏，而徒以银子一物买遍天下”。但金圣叹说错了，因为金钱能买到社交，却买不到友谊；能买到仆人，却买不到忠诚。在《水浒传》中，给了对方很多钱，对方不买账的不是有很多吗？王伦占据梁山却违忤柴进，柴进给他的资助少吗？李瑞兰出卖史进，史进给她的银子少吗？李师师三心二意，赵佶给她的投入少吗？蔡京、高俅养尊处优却不忠王事，赵宋王朝给他们的待遇低吗？实际情况是，李逵未见宋江前，名满江湖的宋江就早已是李逵的偶像了。所以，当面前的宋江亲口说自己是山东黑宋江时，“李逵拍手叫道：‘我那爷！你何不早说些个，也教铁牛欢喜！’扑翻身躯便拜。”试看这动作，这语言，这心态，活脱脱就是一个孩子！之前戴宗说这就是宋江，李逵还不敢相信这是真的，他不相信大名鼎鼎、如

① 朱一玄、刘毓忱：《水浒传资料汇编》，南开大学出版社2012年版，第491页。

雷贯耳的宋公明能站在他的跟前，所以他对戴宗说：“若真个是宋公明，我便下拜；若是闲人，我却拜甚鸟！节级哥哥，不要赚我拜了，你却笑我！”他为什么喜欢宋江这个偶像呢？一是宋江名气大，闻名遐迩，人尤其是青少年时期，从众心理较重，别人喜欢，自己也爱凑个热闹；二是闻名不如见面，见面胜似闻名，见面后的宋江出手大方，绝对是仗义疏财，人都说财聚人散，财散人聚，确有一定道理；三是宋江对李逵的高度欣赏、赞许，使李逵很是受用，打心眼里喜欢和宋江在一起。要说对李逵有恩的人，宋江绝对不是第一个，第一个要数戴宗了，当年李逵身负命案流落江州，是戴宗收留了他，戴宗绝对是他生命中的第一个贵人。同时，戴宗也是他的顶头上司，但他对戴宗只是怕而不是敬。李逵这一生，怕的人有好几个，除了戴宗，至少还有四位：张顺、罗真人、焦挺和燕青，他们都有特殊的技艺能制服李逵，使李逵甘拜下风，心服口服。他为什么对戴宗敬不起来，就是因为戴宗在李逵惹事闯祸后，只是一味地斥责、埋怨，不给李逵个好脸好气，叫你你也不喜欢，何况孩子性格的李逵。宋江则大不一样，不管李逵捅多大的娄子，宋江似乎都不以为意，不仅不加以责备，还帮他平事，而且很多时候还表现出赏识、称道的态度，你说这样的人谁不喜欢，何况孩子更喜欢表扬，更喜欢有成就感。这是人性的弱点之一，尤其在童年时代，喜欢受夸奖，不愿挨批评的特点表现更突出。这样一路走来，宋江在李逵心目中的地位越来越高，铁定了追随宋江的决心。如此就产生了一种很奇怪的现象，宋江对李逵的称呼由尊重到不尊重，但李逵对宋江的态度似乎并未发生变化。这称呼由一见面的“壮士大哥”，后变为“贤弟”，再后来“贤”字去掉，变为了“兄弟”，后又质变为“黑厮”“黑杀才”，乃至“黑禽兽”，直至最后聚首才又变回“兄弟”。这在别人看起来是侮辱性、听起来会恼羞成怒的字眼，在李逵却认为“打是亲，骂是爱，不打不骂没有爱”，这大概就是偶像产生魅力的缘故吧。

其次是喜模仿。不少人认为李逵想把老娘接到梁山一块过快活日子是孝子行为，对李逵称赞不已，可真实情况并非如此。孝子一般是指成人，最起码在经济上和生活上有赡养、服侍父母长辈的能力和经历，且要敬以养之，哀以葬之。按照这个标准，李逵差得太远了。一是李逵自小凶顽，这是对他知根知底的同乡朱贵说的，好勇斗狠，惹是生非，常让家长担惊受怕，终至杀人外逃，留下一屁股官司让老娘和哥哥收拾；二是逃至江州，运气还算不错，遇到戴宗，做了一名监狱的看守，有了稳定的收入，但他在异乡只顾自己狂赌滥饮，多少年过去了，也未与家里联系过，更没有给还在水深火热中的家人寄送些钱物；三是“虽遇赦宥”，成了无罪之人，依然不曾还乡，不曾看望老娘一眼，如此忽视亲情，没有一点儿家庭责任，说来让人寒心，何谈孝子？可要说李逵不是孝子，按他那杀人不眨眼的个性，本该将那冒自己之名剪径打劫、坏自己名声的李鬼一杀了之，但他听李鬼家中还有九十岁的老母需要养赡，不但放还了他的性命，而且与他十两银子做本钱去改业以弃恶从善。李逵如此做，全然是因为李鬼说自己是个孝子。李逵敬爱孝子，他自己当然也应该有孝心了。可这一会儿说人家不是孝子，一会儿又说有孝心，难免让人糊涂。实际上，作者写李逵这个人物，不是从孝子角度，而是从童心角度写的。当年的金圣叹就看到了这点，他说：“见人取娘，方解想到娘，是写李逵天真烂漫也。”① 从童心角度出发去解读李逵的行为，就很容易讲通，否则，就难以自圆其说。小说写李逵看到宋江也取爷，公孙胜也望娘，这时他才想起自己也不是“土掘坑里钻出来的”，他也要像别人一样探母接母，接母亲来山上快活。这种现象叫什么？模仿。模仿是儿童的天性，他们往往看见别人吃什么，自己也想吃什么；别人玩什么，自己也想玩什么；别人有什么，自己也想有什么。儿童独立性差，但模仿性很强。如此理解就可知道，李逵既非传统意义上世俗所谓的孝子，更不是丧尽天良、虐待残害父母的人，他就是他，一个在“孝亲”问题上让人爱也不是、恨也不是的人。

最后是喜游戏。最能体现李逵童真童趣特点的莫过于玩游戏，玩游戏最逗者莫过于他在寿张县衙冒充了一回县令断案。话说这一天李逵手持双斧，直到寿张县。县中人听说李逵光临，都吓得手足麻木，动弹不得。“原来这寿张县贴着梁山泊最近，若听得‘黑旋风’李逵五个字，端的医得小儿夜啼惊哭，今日亲身到来，如何不怕！”好在他这一次不是来杀人的，而是雅兴大发，要扮一回知县过把官瘾。此时知县早已吓得无影无踪，李逵就找了公服穿上，在厅前聚集衙内公人，着两个牢子装做厮打的来告状，他简单“审问”后，就判“这个打了人的是好汉，先放了他去。这个不长进的，怎地吃人打了，与我枷号在衙门前示众”。以此留下了“李逵断案——强者有理”的歇后语。这场闹剧就是一场儿童游戏，用李

① 朱一玄、刘毓忱：《水浒传资料汇编》，南开大学出版社2012年版，第270页。

逵的话说是“我不来打搅你县里人，因往这里经过，闲要一遭”。“闲要”就是闹着玩，不当真，李逵导演的整个过程也都符合儿童游戏的特点。比如这是一种假装的行为，具有虚构性，“你这里自着两个装做告状的来告。我又不伤他”；是一种自发的、无拘无束的行为，李逵想说什么说什么，想做什么做什么，具有自由性；是一种快乐的行为，具有愉悦性，“只是取一回笑要”，不仅李逵“呵呵大笑”，而且“县门前看的百姓，哪里忍得住笑”；是一种有角色、动作、语言、活动、情节等构成的有规则的行为，具有有序性，尽管时间很短，但整个过程内容紧凑，有头有尾。孩子的天性就是玩，李逵玩的这个判案游戏完全就是一个孩子的思维方式，他不仅从中得到了快乐，而且满足了他参与社会生活的愿望。这种“闲要”与其说是游戏，还不如直接说是儿戏。持相似观点的李贽就说：“燕青相扑，已属趣事，然犹有所为而为也。何如李大哥做知县、闹学堂，都是逢场作戏。真个神通自在，未至不迎，既去不恋。活佛，活佛！”① 有人说李逵断案肆意武断，随心所欲，充分彰显了一个浑人、粗人的可笑、无知和恶搞，但话又说回来，那些冠冕堂皇、威威赫赫的权贵们难道不是也这样吗？他们长于引经据典，惯于之乎者也，善于指鹿为马，颠倒黑白，常干那既当妓女又立牌坊的勾当，将那卑鄙龌龊掩盖在华丽的外表之下，他们难道比李逵更称职、更可爱、更值得尊重吗？李逵所做的儿戏，只不过拿官府衙门的老爷们取乐打哈哈，只不过演了一场昏庸腐败的官老爷们经常上演的徇私枉法、葫芦提判葫芦案的“戏”给老百姓瞅瞅自己也过把瘾，只不过是把那人生无价值的东西撕破给人看。李逵玩的游戏的结果是大家都哈哈一乐，一笑而过，谁也不伤害谁，那官老爷们玩的结果可大不一样，那是有笑的，有哭的，笑的是做梦都能笑醒，哭的那简直觉得自己生不如死。像李逵这样好玩的莽将在中国古代小说中还真不少，比如张飞、程咬金、牛皋、孟良、焦赞等，他们外表威猛，性格粗豪，言语举动憨直天真，既给人们带来许多喜剧般的享受，也广受读者的喜爱，成为文艺作品中不可或缺的异常活跃的角色。

其五，童痴至情。

李逵的“理亏”，也可指“理学的亏缺”，意即对“存天理，灭人欲”的“理学”的背反，恰好说明他痴情至性的一面。我们知道，儿童

① 朱一玄、刘毓忱：《水浒传资料汇编》，南开大学出版社2012年版，第182页。

的情感往往是真挚的，他喜欢谁，恨不得把心掏给他；讨厌谁，恨不得拒之于千里之外，李逵就是这样的人。读《水浒传》，不少人会觉得“铁牛”只有铁石心肠，只会杀伐征战，残暴嗜杀，殊不知他“并不完全是一个杀人不眨眼的魔王，他还有感情真挚、富于同情心的一面”①。即他也有至情至性的一面，比如他为朋友不惜赴汤蹈火，为朋友和老娘至少五次泪流满面，等等。

拼死救友。李逵出场时，绝对像个淘气的、不安分的孩子，寻衅滋事，无事生非，仅在琵琶亭酒馆附近，转瞬间就惹出四个事来，不是闹赌场，就是拿汤汁泼酒保；不是斗张顺，就是用指头捺倒了歌女。若不是及时雨灭火功夫高超，真不知李逵要有多少麻烦缠身。可自打他心目中形同父兄的宋江惹下官司，下在大牢，李逵似乎立马长大了好几岁，懂事多了，赌也戒了，酒也断了，且寸步不离宋江左右。特别是得知宋江和戴宗要被官府押赴市曹斩首示众的消息后，他在并不晓得梁山好汉也来营救宋江的情况下，果断做出孤身救友的决定，根本不考虑个人的生死。这就是孩童的特点。我们稍一留心，就会发现孩童往往不知道什么叫害怕。他们参加演出甚至大型演出不怎么紧张；在城市的马路上许多半大不小的孩子驾驶着电动车或摩托车风驰电掣，不要命地狂奔。李逵的这一决定固然暴露出他鲁莽、简单、轻率、冲动等诸多不足，但也正是这些不足，成就了一位情真意实、视死如归、生死可托的好汉形象。这一英雄壮举，正是那些“三思而行”的人不屑做、不愿做、更不敢做的事情。英雄李逵抱定必死之心，在刽子手即将挥起法刀之际，从十字路口的茶坊楼上腾空而下，犹如疾风闪电，转瞬间“手起斧落，早砍翻了两个行刑的刽子，便望监斩官马前砍将来”。他的这一举动，肯定吓傻了所有在场的官民，谁能想到光天化日之下竟有人如此胆大妄为，这可是犯上作乱、户灭九族的勾当，简直是吃了熊心吞了豹子胆。这一惊人之举，自然成就了黑旋风李逵的大名，而且这位英雄竟然“脱得赤条条的”，以“赤条条来”“赤条条去”的胆气和勇力，创下了梁山好汉中独有的“这一个”。拼命三郎石秀也曾“从楼上跳将下来”救过卢俊义，却未有“脱得赤条条的”，石秀当时有强大的梁山做后盾，李逵却只有靠两把板斧闯世界了。这样的侠肝义胆无人能及，即使鼎鼎大名的鲁智深也自愧弗如。毕竟鲁智深救林冲是

① 杨子坚：《新编中国古代小说史》，南京大学出版社 1990 年版，第 127 页。

在荒山野林，就是杀了官人也能神不知、鬼不觉地全身而退；可李逵的劫法场就大不相同了，光天化日，敌强我弱，独自一人要和国家机器相抗衡，这无异于以卵击石，必然面临粉身碎骨的悲惨结局。李卓吾还将李逵与晁盖等人比较，说："晁盖也须十七人才来干事，张顺亦是九人方来劫牢，那里如李大哥独自一个，两把板斧，便自救人？是如何胆略？如何忠义？"① 像很多头脑简单、负气任性的孩子一样，李逵做事从不考虑那么多，率性而为，不计后果，他一门心思想的就是不让自己最敬爱的朋友惨遭毒手。当好朋友宋江、戴宗的生命进入倒计时的瞬间，天杀星最至情至性的一面彻底爆发，他裹挟着人间难得的侠肝义胆，弥散着血脉贲张的勇力，旋风般扑向敌群。这是一个让当年的金圣叹读之"身毛都竖"的场景，是一个让当下人贬多褒少的行为。你可以说他少理性，理性的人不会拼死救友；你可以说他无算计，会算计的人多为自己考虑，哪还会拼死救友；你可以说他鲁莽冒失，没有脑袋，可能只有这样不怕掉脑袋的人才能成为万人景仰的英雄。是啊，李逵的这一壮举曾让李贽大发感慨，"凡言辞修饰、礼数闲（娴）熟的心肝，倒是强盗。如李大哥，虽是卤莽，不知礼数，却是情真意实，生死可托。所以孔夫子曰：'巧言令色，鲜矣仁。'君子不可小知而大受也。"② 在李卓吾看来，李逵反倒是一位君子，"于细事未必可观，而材德足以任重。"（语见朱熹《四书集注》）

情系老娘。上面已说过，李逵不是世俗所说的孝子，但并不意味着他忘记了自己的娘亲。他虽然是个粗汉，但母亲永远住在他内心最柔软的地方。提到母亲，李逵至少大哭过三次。第一次是上得梁山，他见这个也去取爷，那个也去望娘，他突然也想起了自己的老娘。长期的异乡漂泊，就像一个已经断奶的孩子，疏忽和淡忘了母亲的存在，如今见别人回家探父接母，不由得也想起自己那从春到冬霜染了鬓发一直厮守在故园的老娘。当时，李逵也随着众头领在关下与回乡探母的公孙胜饯行送别，"众头领席散，却待上山，只见黑旋风李逵就关下放声大哭起来"。这是李逵第一次放声大哭，是触景生情，由别人看娘想到了自己在乡下受苦的老娘，情不能已，悲从中来。这种情出自天真，绝无做作，毫无机心。尽管宋江对他下山很不放心，左挡右拦，但李逵执意要将母亲接上山来"享福"。宋

① 朱一玄、刘毓忱：《水浒传资料汇编》，南开大学出版社 2012 年版，第 177 页。
② 朱一玄、刘毓忱：《水浒传资料汇编》，南开大学出版社 2012 年版，第 177 页。

江只好对他约法三章，而且也像送别公孙胜那样，将李逵送下山去。第二次是母亲被老虎吃掉后，他“大哭了一场”。“次日早晨，李逵却来收拾亲娘的两腿及剩的骨殖，把布衫包裹了，直到泗州大圣庙后掘土坑葬了。李逵大哭了一场。”之前李逵背着母亲跋山涉水，星夜兼程，就是想让母亲早点到达梁山过上快活日子。谁想母亲口渴难耐，李逵也是“喉咙里也烟发火出”，这都是李逵仓促出行、虑事不周所导致。李逵遍山寻水，就此惨剧酿成。已经困倦不堪的李逵怒不可遏，化悲痛为无上的神勇，一连杀死四只老虎。此时的他，已经浑身乏力，累得四肢瘫软，轰然倒地“睡到天明”。体力恢复后，他才收殓母亲遗骨，入土为安。在空荡荡的山林间，李逵放声大哭。他的哭，是撕心裂肺的哭，是痛断肝肠的哭，是只有童心的人才能有的哭。他的哭，不是表演给别人看的，因为万山之中只有他自己；他的哭，绝对没有虚伪，没有矫情。而且，武士的哭，不同于其他人。其他人是先痛哭一场，哇哇的哭声引来了老虎，在泪眼迷离中也被老虎吃掉。当然，多数人，特别是文人，只会哭，哭完后逃之夭夭。报仇的事嘛，“君子报仇，十年不晚”，是这些人的口头禅；武士是先找老虎拼命，血债要用血来偿，杀死仇敌后再哭。第三次是李逵回到梁山，向众头领“诉说取娘至沂岭，被虎吃了，因此杀了四虎。说罢，流下泪来”。作者写李逵一生五次落泪，其中三次是因了母亲，可见母亲在李逵心中占有多么重要的位置。哎，有儿若此，夫复何求？

生死不离。李逵另两次落泪，都是为了朋友，一次是鲍旭，另一次是宋江。鲍旭是李逵的副手，二人经常和项充、李衮搭档，结成四人组合，他们各持板斧、板刀和盾牌，战斗力极强，为此结下了深厚情谊。可惜鲍旭在杭州之战中被方腊麾下四大元帅之一的石宝杀死，难怪李逵要“哭奔回寨里来”。不过，随着外忧内患的解决，大宋王朝海晏河清，修文偃武，战斗小组再也派不上用场了。紧接着，鸟尽弓藏，兔死狗烹的序幕已然拉开。这正是：“正叹他人命不长，谁知自己归来丧。”此时，蔡京、童贯、高俅、杨戬四大奸贼已经开始有计划、有目标、有重点地实施“除忠义、灭仇人”行动了，他们奏请徽宗同意，以皇王圣旨的名义，名正言顺，光明正大，采取酒中下慢药的万全之计，神不知、鬼不觉，就将其视为猛兽洪水的卢俊义、宋江送入阎罗地府。那日，宋江饮了朝廷降赐的御酒，肚腹疼痛，已知中计，自觉时日不多。这时他想得更多的不是对朝廷的怨毒，更不是插旗造反，而是为皇上消除不安定因素，排忧解难，他觉得最大的隐患就是李逵。他分秒必争，“连夜使人往润州唤取李逵星夜到楚州”，生怕李逵来晚了他驾鹤西游赶不上毒死李逵。好在李逵正思兄长，随叫随到，宋江如法炮制，骗李逵也喝下御赐的毒酒。李逵知道真相后，并没有跳将起来大骂，更没有挥起板斧劈向宋江，而是掉下了眼泪，这是李逵最后一次流泪。有人说李逵对宋江是愚忠，此说并不准确，因为宋江事先隐瞒，李逵并不知道那是毒酒。假如李逵知道了那是毒酒，他还会心甘情愿喝下去吗？这个答案只有两个，且没有多大意义，所以“愚忠”的结论也有些武断。我们知道的只是李逵眼含热泪所说的“罢，罢，罢！生时伏侍哥哥，死了也只是哥哥部下一个小鬼”！并嘱咐从人：“我死了，可千万将我灵柩，去楚州南门外蓼儿洼，和哥哥一处埋葬。”这似乎又印证了他的愚忠。你若不离不弃，我必生死相依。实际上，“忠”或“愚忠”李逵都谈不上，他就是个大孩子，他只知道和宋江在一起活得“快活”，离开宋江，即使做了润州都统制，他也高兴不起来，“只是心中闷倦，与众终日饮酒”。如今，宋江就要离开人间，丢下他一人活在这个他自认为并不可爱的世上，还有什么快活可言？既然如此，还不如追随宋江到阴间快活呢！不知此时，李逵是否会哼起一首歌《生死不离》：想着生活继续，天空失去了美丽，你却等待梦在明天站起，你的呼喊刻在我的血液里。……无论你在哪里，我都要找到你，手拉着手，生死不离。……

三、结语

宋江和李逵一起走了，二人相伴行走在黄泉路上应该并不寂寞。可宋江就此也给世人留下了一桩公案，那就是宋江毒死李逵的是是非非。有人大骂宋江自私，骂他为了自己或梁山的所谓一世清名和忠义虚名，出卖了日后可能毁他清誉的兄弟；还有人大骂宋江虚伪和厚黑，说他经常“义”不离口，竟然一面叫着兄弟，一面狠心地毒死了对他忠心耿耿的李逵。所骂之语，肯定有合情合理的成分，比如宋江站在自身和梁山的角度，认为李逵留不得。“他若闻知朝廷行此奸弊，必然再去啸聚山林，把我等一世清名忠义之事坏了。”实际情况确如宋江所料，李逵一听宋江被吃毒酒，“大叫一声：‘哥哥，反了罢！’”并说：“我镇江有三千军马，哥哥这里楚州军马，尽点起来，并这百姓，都尽数起去，并气力招军买马杀将去！只是再上梁山泊倒快活！强似在这奸臣们手下受气！”可不知大家想过没有，仅靠李逵的能量去造反，那真是螳臂当车，后果可想而知。不仅李逵要五马分尸，不得好死，就连他的嫡亲哥哥李达，都得满门抄斩，户灭九族。宋江毒杀李逵，是以最小的牺牲换取了最大的保全。李逵如此身故，是朝廷官员死在工作岗位上，属于因公殉职，大不了没有功劳，也无罪过；但若造反，那成本就太高了，不仅本人死得很难看，李氏家族乃至相关家族都要断子绝孙，无人承继香火。相信李逵就此死后，李达全家当都以李逵为荣，（李逵当年接母上梁山时，给他留下五十两大银，有了银子，什么人间奇迹不能创造出来呢？当年单身的李达如今可能儿孙绕膝。）设龛摹像，烧香礼拜，让他保佑李氏一门家宅平安，子孙满堂。李逵若泉下有知，定然非常快活。

李逵是宋江毒死的吗？表面看是，实则不然，李逵也是朝廷的文官集团害死的，是崇文抑武的国策害死的。试想，若宋江不被害死，李逵岂不活得好好的！宋江都死了，宋江的羽翼焉能独存，正所谓“覆巢之下，岂有完卵”。正是慑于朝廷奸邪的巨大淫威，宋江作为李逵感情最好的兄长，他才不能扔下李逵不管不顾。可怎么管呢？他只能痛下杀心，让李逵落个全尸。当他对李逵说“昨日酒中，已与了你慢药服了，回至润州必死”后，不禁“堕泪如雨”，哀痛欲绝。李逵呢，对宋江非常理解，临死之际他再三叮嘱从人将他的灵柩和宋江一处埋葬，实现了“不求同年同月生，但愿同年同月死”的誓言。同葬蓼儿洼，是二人心心相印的最好见证；同葬蓼儿洼，与自己最敬佩、最信赖的人的魂魄朝夕相处，是李逵做出的最后一个决定，也是他认为在另一个世界最快活的事情。

李逵活着的时候，经常将“快活”二字挂在嘴边，他也是《水浒传》中说这二字说得最多的一位英雄。他这一生真的快活吗？李逵是一位武士，一位真正的极品武士，他曾咆哮赌场，买醉酒场，但他更应该“驾长车，踏破贺兰山阙”，呼啸战场，醉卧沙场；他曾出手极黑，不论男女老幼尽数杀了，但他更应该立功边塞，“军歌应唱大刀环，誓灭胡奴出玉关”；他曾喜吃人肉，尽管都是恶人的，但他更应该“壮志饥餐胡虏肉，笑谈渴饮匈奴血”。像他这样不知道什么叫背叛的武士，不知道什么叫害怕的武士，不知道什么叫情面和仁慈的武士，在战场上尤其是抗击外来侵略者的战场上绝对是把好手，是位难得的将才。但在“崇文抑武”的宋朝，李逵只能大材小用，落得个报国无门、壮志难酬的可悲下场。如此生不逢时、难以施展，必然要在胸中积郁下不平怨怒之气。在文士，可能要宣泄于诗酒书画；在武士，那就要借助于刀枪剑戟、斧钺钩叉，演绎出一段段动魄惊心、回肠荡气的桥段来。

李逵身为武士中的武士，没有马革裹尸，拼死疆场，却死在了“自己人”的手里，成了蝇营狗苟、争权夺利者的牺牲品，怎能不叫亲者痛、仇者快呢！难怪作者在写到宋江、李逵被奸贼迫害一节时大发感慨：“奸邪误国太无情，火烈擎天白玉茎。他日三边如有警，更凭何将统雄兵。”死了宋江，谁来统兵？没了李逵，哪来雄兵？果然，当“人如虎，马如龙，上山如猿，入水如獭，其势如泰山”的金国大军卷地而来之时，武魂尽销的北宋王朝只能危如累卵，不堪一击，只能背负永世难雪的靖康之耻，灭国辱家，难免让人为之一叹，为之唏嘘不已。

李逵是一名武士，武士是国家的鹰犬，朝廷的爪牙，武士的天职要求他必须有血性，虽然血性不等于血腥，但武士最起码得是血性男儿，不怕流血，勇于亮剑，敢于刺刀见红，尤其在冷兵器时代，李逵就是这样的标准的、合格的武士。我们都不希望武士在敌人的刀剑面前脸如死灰，体如筛糠；六神无主，不敢反抗；毫无担当，狼狈逃窜。李逵身上，绝对没有这样的奴颜和媚骨，而且他是武士中的极品——天杀星。在和平年代，人们会觉得他粗暴野蛮可恨至极；在外敌入侵时，又有哪个不希望有大量的李逵式的硬汉抵御外侮。要求武士既要武艺高强，又是谦谦君子，成为“对待同志像春天般的温暖，对待敌人像秋风扫落叶一样”的圣人、天使、完人或者所谓的好人，似乎是求全责备的超现实的想法。当然，我们也要看到李逵身上是有很多优点的，李逵曾经的领导、好朋友戴宗就对着罗真人一口气说了李逵的三大好处：耿直，分毫不肯苟取于人；不会阿谄于人，虽死，其忠不改；并无淫欲邪心，贪财背义，敢勇当先。真人面前，不说假话。这些品质对于一名武士已经难能可贵了。这些品质固然体现了李逵的率直、朴拙、单纯、忠勇，可谓“童心未泯”，但童心并非全然呈现出美好的一面，即儿童做的事未必都对，这也被弗洛伊德精神分析学说所证实。尽管他杀人常常出于冲动和义愤，少有邪恶的目的，有时也有一定的原则，比如在江州牢中，他专打的不是犯人，而是敲诈虐待犯人的其他牢子；他在法场“排头砍去”，是一门心思要救下生死与共的朋友；他灭门扈家，是不想让大哥宋江亲近女色；他杀死狄家的偷情男女，那是因为通奸行为及其装神弄鬼、打爹骂娘的不孝恶行在当时为世人所不耻；……可用现代的眼光看待李逵的言行，或许就觉得他不可思议。武士自有武士的不足，没有不足的武士也不是合格的武士，正如没有缺点的人不是人，而是神一样。

童心烂漫却又天性嗜杀，做了很多让人争讼不休的事情，却让不少人恨不起来，有时甚至觉得他还很可爱，如李卓吾、金圣叹对李逵的大加赞美。从而产生了一种奇特的现象，就是《水浒传》中并未大篇幅地集中对李逵进行描写，只是散点透视，但李逵却出尽了风头，“从出场到结局，一直是《水浒传》中最活跃的人物”①，而且他的对立统一的性格特点影响又如此深远，这在中国文学史上是罕见的，在世界文学长廊中也是屈指可数的。

这是一个谜，一个很有意思的谜。读至《水浒传》结尾之处，才觉恍然大悟，茅塞顿开。小说写徽宗在宫中索然无味，不觉想起师师小姐，就径从地道钻到心上人的卧房。酒阑灯灺之际，上皇做了个梦，梦中由戴宗引领，见到以宋江为首的百余人。宋江言天帝哀怜其忠义，特符牒敕命封为梁山泊都土地，并向上皇细诉平生衷曲枉死之冤。可怜的宋江活着要保这昏庸的皇帝，死后依然忠贞不贰。徽宗正要离开，“忽见宋江背后转过李逵，手搦双斧，厉声高叫道：‘皇帝老儿！你怎地听信四个贼臣挑拨，屈坏我们性命？今日厮见，正好报仇！’黑旋风说罢，抡起双斧，径奔上皇。”李逵听宋江给徽宗老儿说那么多话，应该早憋坏了，在他看来就是东郭先生对狼说好话，纯粹是看错了对象，对牛弹琴——白费劲，瞎子点灯——白搭蜡。这皇帝就是一个满嘴仁义道德、一肚子男盗女娼的货，卸磨杀驴，背恩负义，是一个根本就不值得交、更不值得保的主，所以他挥动板斧，要杀掉徽宗。李逵劈向徽宗的板斧，说明他对统治阶级的虚伪、奸诈的本质心知肚明，这倒不是说他有多高的水平，多毒的眼力，而是通过他那颗没有被世俗欲望所遮蔽的赤子之心，独具只眼地看到皇帝和奸臣都是一丘之貉，所以他是奸臣和皇帝一块反，充分反映了他敢爱敢恨，敢打敢拼，舍得一身剐敢把皇上拉下马的大无畏精神和英雄气概。也许正是因为李逵身上的这些可贵品质，使得他成为许多人特别是民间百姓喜欢，甚至觉得他可爱的重要原因吧。

---

① 李悔吾：《中国小说史漫稿》，湖北教育出版社1992年版，第264页。

第十四讲　雄风难扬的病关索

正当梁山上的李逵挥动着寒光闪闪的板斧杀气腾腾、声震寰宇之时，在宋室管辖下的蓟州府里却生活着一个与众不同的另类武士——病关索杨雄。说他另类和与众不同，是因为在人们的心目中，水泊梁山的好汉都是敢作敢为，行侠仗义，该出手时就出手，风风火火闯九州的血性男儿，但杨雄的出场乃至他一生的表现却让人大跌眼镜。他似乎没有什么英雄气概可言，将之列入水浒一百单八将里面似乎显得很不协调，更别说排他到天罡星第三十二位了。因为他缺乏撼天动地的豪杰事迹，所以他的知名度，说句不客气的话，颇有些草鸡——没名（鸣）的味道。他甚至都没他老婆潘巧云的影响大，好多人是先知道潘巧云而后才晓得杨雄的。按说杨雄的出场回目也不少，仅主要回目就有三回，而且是三回连写，它们是：

第四十四回“锦豹子小径逢戴宗　病关索长街遇石秀”；

第四十五回“杨雄醉骂潘巧云　石秀智杀裴如海”；

第四十六回“病关索大闹翠屏山　拼命三火烧祝家店”。

三回连写，特别是传主大名出现在回目之上的情况在《水浒传》里是罕见的。这样的待遇只有鲁智深、林冲、宋江和武松等少数几个重量级的人物享受过，就连后来成了梁山泊二当家的卢俊义都自愧弗如。其他进入天罡序列的英雄，如阮氏三雄、小李广花荣、双鞭呼延灼、急先锋索超、混江龙李俊、双枪将徐宁、美髯公朱仝、插翅虎雷横、没羽箭张清、霹雳火秦明、没遮拦穆弘、赤发鬼刘唐、扑天雕李应、双枪将董平等更是无地自容，他们了不起散见于三两个回目中，甚至只出现过一次。相比而言，杨雄可谓出尽了风头。但要谈论他为什么风头挺盛，杨雄的脑袋恐怕就要低下去了，因为小说精雕细刻的不是他，而是他的老婆，他是借老婆的光才闪闪发光的，只不过颜色有点儿绿罢了。

绿也好，黄也罢，反正杨雄火了一把。但杨雄身上依然有很多的谜让人困惑，比如他的名字“杨雄”有无寓意，他的绰号为何叫“病关索”，为什么说他的武功堪比关索却被几个破落户欺负，为什么他要不知疲倦地工作，为什么天罡地煞好多人都没妻子但作者偏给他安了个性感、性趣都十足的老婆，为什么他习武学艺、血气方刚可老婆却要红杏出墙，为什么写他性格犹疑甚至显得有些稀里糊涂，为什么要他残忍地杀死自己罪不至死的老婆，为什么看似一个打酱油的人物却让他排入了天罡序列，为什么位列天罡却有备位充数之嫌……要了解如此多的“为什么”，我们先从他的绰号说起。

一、探秘“病关索”

“病关索”是杨雄的绰号，关于这个绰号的来历，小说有专门介绍：

> 因为他一身好武艺，面貌微黄，以此人都称他做病关索杨雄。

就此我们得知，杨雄有一身好武艺，因而人们把他比作关索；又因他面色微黄，好像生了病似的，所以称他“病关索”。

值得一提的是，在南宋龚开的《宋江三十六人赞》（见《癸辛杂识》）里，杨雄的绰号叫“赛关索”，其赞曰：“关索之雄，超之亦贤。能持义勇，自命何全?”这里并未解释关索是什么意思，但却点明了关索是一员勇悍的武将。到了《水浒传》中，杨雄的绰号变成了“病关索”。可别忽视这一字之变，其中应该大有讲究，最先给人的直觉是“病”与“赛”肯定难以画等号。说“病”之前，先说说关索的一些信息。

关索相传是三国时期关羽之子，不见载于正史，但至迟在宋朝已广为人知。余嘉锡先生《宋江三十六人考实》考出宋代许多人以“关索”为绰号，其中多为绿林好汉，也有角抵艺人。故余先生指出：“此必宋时民间盛传关索之武勇，为武夫健儿所忻慕，故纷纷取之以为号。”南宋范公偁《过庭录》、周密《武林旧事》、薛季宣《浪语集》、秦湛《林泉野记》、岳珂《金陀粹编》、徐梦莘《三朝北盟会编》以及《金史·突合速传》等笔记史书中则有“小关索”“赛关索”“朱关索”“张关索”“严关索”等记载，都说明在宋朝关索是人们崇拜的英雄人物，故民间的勇士健儿多喜用“关索”作别号。传说中的关索骁勇善战，且长得面似桃花，“胭脂捏就粉妆成”。(《花关索传》)从外表看，杨雄与关索就产生了关联，相同处都是功夫不错的武夫，不同处是一个面容姣好，一个脸色发黄，像生了病似的，但并不是身子骨不好。

当然，关于这个“病”字，还有人提出其他的见解，说“病”就是“赛”，就是“超过”的意思，可七十二地煞星中有个郭盛，绰号叫“赛仁贵”，能喊“病仁贵”吗？前面已经说过，《水浒传》一改袭开“赛关索”的做法，用意就是要与“赛”区别开来，可见“病”与“赛”不能混为一谈；还有人说“病”是“让……病”“让……头疼”的意思，与“赛”意思差不多；也有人说“病”是“仅次于”的意思，可此字有这一义项吗？这一解释似乎不符合宋代的语境；还有人说“病”为“并”的假借，“并”的意思是“完全一样”。这些说法让人脑洞大开，但多是无稽之谈，都是抛开文本的凭空臆想，不足为信。

这些争论自然是有意义的，但似乎还是浅层次的，也就是说，杨雄的绰号为什么叫“病关索”，而不叫“病马超”“病许褚”“病张辽”呢？作者应该另有用意。原来，“关索”谐音“贯索”。“贯索”是什么？是星座名，主天牢，象征牢狱，这就和杨雄的职业——蓟州两院押狱相一致，同时又和其星号——天牢星相吻合。如此一来，杨雄的职业、身份、绰号和星号就都统一了。

但作者的用意似乎并未就此止住。说到“贯索”，人们很容易想到清代有名的小说《儒林外史》。该书第一回有一个很有意味的情节，“王冕左手持杯，右手指着天上的星，向秦老道：‘看贯索犯文昌，一代文人有厄！’”说的是王冕夜观星象，望见象征牢狱的贯索九星凌犯了主持文运的文昌星，深通天文地理的他观天象知人事，预见到下界朝廷将对文人不利。由此整部《儒林外史》写尽了一代儒林的百态人生，堪称一把辛酸泪，几度哽咽情。行文至此，想到一个问题，即作为“四大奇书”之一的《水浒传》吴敬梓肯定是看过的，而且从两书的出场人物的名字均带有“进”字等方面来看，思想深邃的他应该对《水浒传》还颇有心得。就拿“贯索”来讲，两书都用到了这一星座星象，只不过《儒林外史》是“贯索犯文昌”，而《水浒传》则是贯索犯武曲，武曲即主武的武曲星。“病关索”杨雄这一人物形象，就是贯索犯武曲的典型代表。

由此，“病关索”的深层含义应当是一代武士为“崇文抑武”这一“贯索”所囚禁、困耗、侵害和荼毒。这些武士所受的摧折比后来的儒林中人一点儿也不逊色，这种摧折以其身份暴力、精神暴力、肉体暴力等形式最大限度地销损、戕害和毁灭着武士的生命与灵魂。

首先说身份暴力。意指整个北宋王朝以畸形的身份评价体系对武士的鄙视和伤害，使他们饱受白眼和冷遇。如生活在社会底层的史进弃文从武，且酷爱武术，就遭到父母的坚决反对，不知道经历了多少责打和辱骂，无奈兴趣使然，天性难移，望子成龙、恨铁不成钢的母亲最后被活活气死；阮氏三雄长无所用，没有施为之地，困守渔村，饥寒交迫；赤发鬼刘唐、入云龙公孙胜、母夜叉孙二娘、菜园子张青、鼓上蚤时迁、矮脚虎王英等，或就业无门，或不满现状，或以正当营生为掩护，或干脆撕掉遮羞布，铤而走险，干起了杀人越货、伤天害理的勾当；再如生活在社会中下层的武士，像青州指挥司统制秦明，虽表面上看风风光光，但一遇风吹草动，文官集团就会不问青红皂白，毫不留情地举起屠刀，在他们眼里，这些武士就是看门狗，根本就没拿这些粗野的汉子当人看；清风寨的知寨花荣，能力超群，刚正不阿，却被身为一把手的文知寨刘高视为眼中钉、肉中刺，二人彼此心怀不满，水火难容，诡计多端的刘高借宋江这个有问题之人抓住了花荣的把柄，挟私报复，在慕容知府的帮助下，将花荣硬生生地推出了主流社会；官拜东平府兵马都监的双枪将董平，不仅有万夫不当之勇，而且相貌俊朗，仪表堂堂，又兼心灵机巧，“三教九流，无所不通，品竹调弦，无有不会”，有“英勇双枪将，风流万户侯”之称，各方面都很优秀，还是单身的他一心想娶程太守的女儿为妻，可程太守死活不肯，就是因为在当时“万般皆下品，唯有读书高”，武夫的身份阻断了他与程小姐的美好姻缘，董平不知受了程家人多少白眼多少腌臜气，才使得他后来怒杀其全家。其他武将如关胜、索超、宣赞、呼延灼等，都是朝廷手中的一枚棋子，用的时候拿捏一番，不用的时候被远远地抛在一边，尽管他们身在公门，但那种不被人尊重、永远屈居人下、难有施展才能机会的苦楚是常人体会不到的，所以他们的内心都有许多心酸和怨怒，包括一百零八人好多都是单身，就是因为他们很难赢得女子的芳心，即使有妻子的，不是自己保护不了，就是妻子看不起他们而红杏出墙，这些都是他们的武士身份惹的祸。

其次说肉体暴力。如果说身份暴力是隐性的话，那么，肉体暴力相对来讲则是显性的。尽管朝廷采取的伎俩是不可告人的，但读者对此还是比较清楚的，不像身份暴力写法隐晦、看法分歧较多。《水浒传》中对武士的肉体暴力比起《儒林外史》中对文人的要残酷得多。朝廷采取的方法主要是两种：一是借刀杀人；二是杀人不见血。借刀杀人是指让招安后的梁山好汉去征辽，去打田虎、王庆，去讨方腊，让他们虎狼相争，两相消耗，这招挺奏效，成效很大，特别在南征战役中，梁山好汉死掉 70 位，约占总数的 65%，其中战死 61 人，病死 9 人。需要指出的是，病死的大多与南征关系重大，如时迁、白胜等皆因水土不服或瘟疫横行而死，林冲、杨志等则是气郁伤身而亡。阵亡将士死得更惨，被射死、刺死、砍死、砸死、毒蛇咬死的，简直惨不忍说，这还不包括因战致残的武松等人；杀人不见血是指朝廷几个贼臣密谋，施与阴损招数，并以皇王圣旨的名义，逼迫忠义之士饮下毒酒，神不知鬼不觉地达到了自己的罪恶目的。大树倒了，难免要压死几棵小树。宋江死后，吴用等人也奔了阎罗地府。“崇文抑武”的朝廷采取这种阴险毒辣的计策，毒死、逼死了宋江、卢俊义、吴用、花荣和李逵。他们的最终目的，就是要将这些武士从肉体上斩尽诛绝，彻底免除“后患”。

最后说说精神暴力。精神暴力比身份暴力更隐蔽，更不容易被人看破。不过精神暴力针对的对象比较特殊，主要是那些有想法的武士，即被主流社会所豢养和驱使的中下级官吏共约三十人。朝廷不怕你没武功，就怕你没想法。有想法，就“入吾彀中矣”，就好办了。在以文官集团为主导的主流社会影响和制约下，这些武士耳濡目染，思想和行为因各自小环境的不同难免要有情态各异的表现。有的随波逐流，如两院押狱节级戴宗、孟州牢城小管营施恩等，对配军囚徒或吃拿卡要，或心黑手辣；有的极力迎合官僚集团，如殿帅府制使、大名府管军提辖使杨志、阳谷县都头武松、蓟州府两院押狱杨雄等，对上司从不言“不”，只要领导要求、高兴的事情，不管什么事，都鞠躬尽瘁、舍生忘死坚决办好；有的尽管尽力迎合上司，但上司却因看上他的妻子、房产等依然对其实施身心打击，如禁军教头林冲、后周皇裔柴进（高俅的堂弟、高唐州知府高廉的小舅子看上柴进叔父柴皇城的花园）等，使其最终游离于体制之外；有的生生死死忠于君王，如宋江，包括卢俊义，他们替天行道，宁可朝廷负他，他忠心不负朝廷，不仅不反皇帝，甚至不反奸贼，被不少人认为愚忠、迂腐，但最终也不容于“崇文抑武”的社会，被他所心仪的体制所抛弃。

“崇文抑武”国策下所产生的这三种暴力往往相伴共生，汇合成一个无处不在的牢笼，对武士从肉体到精神进行全方位的折磨和戕害，从根本上消解了武士集团的全部独立性和生命力。这是有宋一代武士的最大厄运！也是宋王朝的巨大悲剧！一个社会的精英群体，既包括文士精英，也包括武士精英，（当下则细分为政治精英、经济精英、知识精英、军事精英等。）任何一个精英群体的崩溃，都有可能导致整个社会的孱弱和垮塌。

分析下来，“病关索”的“病”，应是“被牢笼”的意思。“病关索”即是“被牢笼着的关索”，让你是英雄也不敢施展，是豪杰也成为狗熊。这种精神上、思想上的牢笼是很残酷可怕的，它造成了以杨雄为代表的一批武士的生存哲学呈现出一种病态的、让人难以理解的状态。所以，有读者就将“杨雄”解读成“佯雄”或“杨熊”，挺有意思的。无独有偶，《水浒传》上还有两位以“病”命名的好汉，一位是“病尉迟”孙立，一位是“病大虫”薛永。

“病尉迟”孙立原是登州兵马提辖，他绰号“病尉迟”的原因，一是其外形颇似民间传说中的唐代名将尉迟恭，“落腮胡须”，“八尺以上身材”，“端的好条大汉”，且使用的兵器也相似，“使一管长枪，腕上悬一条虎眼竹节钢鞭”，更重要的是他和尉迟恭一样勇猛善战，“射得硬弓，骑得劣马”，诗赞曰：“鞭枪最熟惯，弓箭常温习。”“海边人见了，望风而降”。其弟弟小尉迟孙新就曾向出林龙邹渊、独角龙邹润介绍道：“我的亲哥哥现做本州军马提辖，如今登州只有他一个了得。几番草寇临城，都是他杀散了，到处闻名。”二是面色不同于尉迟恭，传说尉迟恭面如黑炭，孙立却是“淡黄面皮”，像是生了病似的，故冠之以“病”字。

当然，这些都是表面性的。“病尉迟”的“病”，也有“被牢笼”的意思。与杨雄不同的是，孙立的“被牢笼”，是他当着好好的提辖官，却与牢狱发生了关系。这倒不是他犯了什么王法，而是他八竿子才打得着的一个亲戚、以打猎为生的解珍、解宝兄弟被里正、财主毛氏父子诬陷入狱。本来孙立与解氏兄弟之间平时没有什么往来，但当孙立的弟媳妇——母大虫顾大嫂知道了自己的姑表兄弟人命危浅、朝不虑夕时，虽为女流却胜过须眉的顾大嫂古道热肠，“发猛向前”，舍命也要相救有难的亲人。如此，见义勇为的孙立也被裹挟在其中。至此，要多说两句，就是有人认为孙立他们完全没有必要劫牢反狱，他完全可以凭借自己的官职，上下打点，左右疏通。问题是有“病尉迟”美誉的孙立刚正不阿，不向任何恶势力屈服，他做不出有辱自己人格的烂事，宁可玉碎，不为瓦全，尉迟恭的大名不是谁都可以享用的；再者，孙立的提辖官职，与鲁达一样，在“崇文抑武”的宋朝，许多文官根本就不买武官的账，劫牢时的一个情节便是明证：当时小牢子向包节级（姓名“包吉”，脾气又暴又急）报道：“孙提辖敲门，要走入来。”包节级道：“他自是营管，来我牢里，有何事干！休要开门！”一会儿，“外面又叫道：‘孙提辖焦躁了打门。’包节级忿怒，便下亭心来。”连包节级这样的狱吏都不买孙提辖的账，其他级别更高的政府官员就更不把孙立放在眼里了，更何况孙立他们要博弈的是当地深根蟠结、财大气粗、阴险狡诈的一方土地爷。孙立是海南琼州人，是外来户，拿什么跟事先已经做足了功课的地头蛇毛氏父子较量呢？恐怕关节好不容易打通了，解氏兄弟的尸首在监狱也生蛆了。正如孙新对顾大嫂所说：“毛太公那有钱有势；他防你两个兄弟出来，须不肯干休，定要做翻了他两个，似此必然死在他手。若不去劫牢，别样也救他不得。”毛太公，和那长毛的老虎一样凶猛，他和儿子不仅把解氏兄弟送进了监牢，而且业已吩咐在司法口工作的女婿——六案孔目王正“与我一发斩草除根，萌芽不发”，为此他们还买通了牢中的节级包吉，要在牢里神不知、鬼不觉把这哥儿俩灭掉。在这一点上，读者不要过低估计孙立、孙新、顾大嫂等人的智商，不到万不得已他们也不可能孤注一掷。毕竟，劫牢反狱是大事，这种事情不好玩儿！

关于孙立，还有一件事，就是孙立武功出色，也帮助梁山攻下了祝家庄，可上了梁山后，不仅没有进入到前三十六名的天罡序列，地煞序列居然排到第三十九位。好多人纳闷，生出许多猜测，什么梁山的派系斗争了，打祝家庄时做内应欺骗同门师兄栾廷玉违反了梁山人做事最基本的道德底线——义气了，似乎都有一定道理，但这都是脱离文本的妄生猜测。试问，梁山打完方腊后生还的、跟随宋江觐见大宋皇帝的只有二十七人，仅来自登州的就占了四位——孙立、孙新、顾大嫂、邹润，还不包括征方腊前离队留在京师任职的铁叫子乐和。（登州派只牺牲了三位：解珍、解宝、邹渊。）作者如此安排，可能与所谓登州派的领头人孙立关系甚大。这还得说说与孙立绰号有关的人物尉迟恭。尉迟恭是唐朝凌烟阁二十四功臣中位列第七的重量级人物，在事业上可谓达到了人生的巅峰。他也曾一度居功自恃，不知收敛，受到皇帝的警告后，聪明的他再也不敢鼻孔撩天、不可一世了。特别到晚年，虽居官位，但闭门谢客，低调做人，甘于寂寞，“不与外人交通，凡十六年”，享年七十四岁。你看看，孙立他们的结局与尉迟恭何其相似！小说最后一回写道：“孙立带同兄弟孙新、顾大嫂，并妻小，自依旧登州任用。”而且，梁山上三位绰号带“病”字的好汉，数孙立的运气好。

孙立的不错结局，应该是他韬光养晦的性格使然。而这一性格，正是在“崇文抑武”的大环境下养成的。其绰号“病尉迟”起得太神了！他有尉迟恭的本事，却没有尉迟恭的际遇，但宋朝的大环境让他早早地染上了尉迟恭晚年才有的性格。可这样的性格，又偏偏让他遇上了头疼难缠的官司。当弟媳母大虫在解氏兄弟的问题上逼他抉择表态时，不知孙立是否产生过如此的情愫：“是令人日渐消瘦的心事，是举箸前莫名的伤悲，是记忆里一场不散的筵席，是不能饮不可饮也要拼却的一醉。”（席慕容《无题》）他也不想抛却体制，不想离开自己拼却半生才得到的一切。但造化弄人，他只能像重情重义的尉迟恭那样，心无旁骛，赴汤蹈火了，就像乐和所说：“一者占亲，二乃义气为重。”他不下地狱，谁下地狱呢？被官司“牢笼”的孙立拼却一搏，在母大虫等人的裹挟下雄起了一把。但他毕竟是“病尉迟”，不论是在梁山上，还是在招安后，他习惯了“被牢笼”的状态，隐介藏形，不喜欢巴结任何人，也不喜欢当出头的椽子，最终全身而退。

另一位“病大虫”薛永，其绰号不像孙立那样复杂。“大虫”不是什么昆虫和虫类小动物，而是指的老虎。古人把所有的动物都叫“虫”，如《大戴礼记》有所谓的“五虫”之说：禽为羽虫，兽为毛虫，龟为甲虫，鱼为鳞虫，人为倮虫。大虫即老虎，百兽之王，自然凶猛异常。《水浒传》中说，薛永的“祖父是老种经略相公帐前军官”，以武传家的他也练就了一身好功夫。从薛永的出场看，当与其同行打虎将李忠有着明显的不同，那就是他确实具有“大虫”的虎气。“祖贯河南洛阳人氏”的他，挑着一副担子，从大西北来到人生地不熟的江州，也不先探探当地的规矩，也不到地头蛇那里拜拜码头交点儿保护费，兀自设摊卖艺，尽管耍了半天拳棒也没一个人出钱赏他，原因就在于他不懂人情世故，却恰好彰显了他的铮铮骨气；从“小遮拦”穆春要打赏了薛永五两银子的宋江，薛永出手相助的身手看，又可让人感受到他的虎力。“只见那个使棒的教头，从人背后赶将来，一只手揪这那大汉头巾，一只手提住腰胯，望那大汉肋骨上只一兜，踉跄一交，颠翻在地。那大汉却待挣扎起来，又被这教头只一脚踢翻了。”如此虎气虎力的人，却不能申祖宗之遗志，从军报国，立功边塞，最终沦落为“使棒卖膏药的”闯荡江湖的游民，这就是“病”字的内涵。是蛟龙，把你搁置浅滩；是老虎，让你虎落平阳。靠打把式卖艺谋生的薛永，人前赔笑脸，人后一把泪，挣扎在社会的最底层，四海飘蓬，风餐露宿，吃不饱穿不暖，还要看别人的脸色过活，生存很是艰难。薛永的星号是“地幽星”，就是很难绽放光芒，让人看不到它的亮光的意思。有意味的是，薛永的外貌特征，作者并未明确交代，却也给他绰号上加了个“病”字。这个“病”字，用意很明显，也是“被牢笼”的意思。薛永为何成了“病大虫”，根子在其祖父。薛老爷子脾性耿正，恶了同僚，得罪了权大势强的恶人，导致官运不佳，也连累到了他的后人。薛家从此中落，子孙虽然武艺高强却无法在体制内混碗饭吃，只能“靠使枪棒卖药度日”，流落江湖，犹如猛虎发不了威。

有意思的是，梁山好汉中还有一位以“大虫”命名的英雄，且是个女英雄，就是前面提到的母大虫顾大嫂。此处说顾大嫂，是让大家感受一下“大虫”的厉害。这个“母大虫”，可不是个“病”大虫。首先是义气过人，虎气冲天。当听说自己的表弟解珍和解宝被人陷害下了大牢，先是“置酒相待”前来通风报信的人——乐和，又“将出一包碎银”，烦请乐和“将去牢里，散与众人并小牢子们，好生周全他弟兄两个”。继而和丈夫商量，决定武力劫狱。为了表弟，她毅然放弃酒店和赌坊，放弃舒适、安定的生活，甘愿冒杀头的危险，她的义气和胆志让七尺男儿都脸红低头，甘拜下风。其次是性如猛虎，火辣爽利。听了乐和的口信，立马叫伙计找寻丈夫回家商量对策；有了劫牢反狱的想法，立马提出当夜就要行动，丈夫孙新都笑她鲁莽；孙新提出要登云山的邹渊、邹润叔侄相帮，她就要孙新连夜去请邹氏叔侄；邹氏叔侄说出劫牢之后，这里是安身不得，只有去投奔梁山水泊入伙，问顾大嫂意见如何。顾大嫂快人快语：“最好！有一个不去的，我便乱戳死他！”活脱脱一个黑旋风李逵；夫妻俩设计请来哥哥孙立孙提辖，向孙立一一说明劫牢的原因、之后的打算和事发后对孙立的不利影响等，见孙立稍有犹豫，母大虫“身边便掣出两把刀来”，要和孙立拼个死活。可见“有时怒起，提井栏便打老公头；忽地心焦，拿石碓敲翻庄客腿”的暴脾气可不是虚传。再次是虎虎生威，敢作敢为。劫狱的人马准备停当，他们计划里外夹攻。母大虫打入牢房内部，她“贴肉藏了尖刀，扮做个送饭的妇人”，见到忿怒的包节级，她大叫一声“我的兄弟在那里”为号，“便掣出两把明晃晃尖分来”，“当时顾大嫂手起，早戳翻了三五个小牢子”，与解氏兄弟“一齐发喊，从牢里打将出来”。与牢外的孙立等会合，星夜奔上梁山泊去。

母大虫的虎性、虎力、虎气，实际上也是薛永具备的，只不过薛永被“牢笼着”得不到施展。这三个绰号带“病”字的好汉中，“病大虫”和“病尉迟”被“崇文抑武”的国策牢笼的程度都没有“病关索”严重，杨雄从外到里，特别是内在精神和灵魂都被毒害得一塌糊涂。

还需要再说一点的是，“病关索”的关索与关羽的关系是比较特殊的。在民间传说或戏文中，关索是关羽的私生子，长大后费了许多周折才认祖归宗。《水浒传》中的杨雄，身为武士中的代表人物，也是被“崇文抑武”社会所抛弃的弃子，被主流社会认为是异类。比关索更悲催的是，他们始终也未“认祖归宗”，一直生活在被人歧视乃至被人唾弃的可怜境地。此等之人，精神面貌可想而知。

二、说说“雄风难扬”

“杨雄”之名，应该和“杨志”如出一辙。杨志是“壮志难扬”，杨雄是“雄风难扬”，都属于反话正说。这虽是笔者的一番推测，但自有其合理的成分。不信我们可以看看杨雄从出场到落幕，其全部表现的总体特征是，精神几乎雌化，血性基本消失，不论在社会上、工作上，还是在家庭里，都缺乏武士的霸气和豪情，骨气衰萎，雄风不振。

其一，该出手时，不敢出手。

杨雄是在第四十四回出场的，正值他行刑归来，披红挂彩，前呼后拥，看上去相当威风体面。却不料如此一位人见人怕的职业杀手，居然被人当街拦住欺负。欺负他的人有七八个，多是“城里城外时常讨闲钱使的破落户汉子”，为首的是把守蓟州城池的军汉“踢杀羊”张保。一个仅能“踢杀”绵羊的人，竟也来欺负杨雄。他们与杨雄素不相识，却要向杨雄“借百十贯钱”，不借便辱骂杨雄，并动手哄抢了众相识与杨雄挂红贺喜的花红缎子。杨雄只是无奈地叫道：“这厮们无礼!”“待向前打那抢物事的人，却被张保劈胸带住，背后又是两个来拖住了手。那几个都动起手来，小牢子们各自回避了。杨雄被张保并两个军汉逼住了，施展不得，只得忍气，解拆不开。”

杨雄的出场可不是一般的窝囊。要知道，他身边也带了三个牢卒，“前面两个小牢子，一个拿着许多礼物花红，一个捧着若干缎子采绘之物”，“背后一个小牢子擎着鬼头靶法刀”。他们四五个衙门中的人，虽然没有对方人多势众，却毕竟都是身带刀剑之人，总得打斗挣扎一番，别说他们都是武林中人，即使普通百姓面对如此羞辱也不会轻易善罢甘休的。可杨雄却摆出了一副可怜的熊样，使得他手下的小牢子都躲得没了踪影，毕竟鸟无头不飞，人无头不走。他自己则被众泼皮逼得施展不得，“只得忍气，解拆不开”，实在是要多窝囊有多窝囊！

面对这种情况，杨雄该不该出手呢？当然应该。一是肇事者张保在光天化日之下，惹是生非，寻衅滋事，对杨雄实施勒索、侮辱和抢劫，欺人不可谓不甚；二是杨雄作为受害者，若手无缚鸡之力也就罢了，偏偏他又具备关索之勇，他不出手实在让人不可思议，但杨雄却表现得相当隐忍。当张保不怀好意前来挑衅时，杨雄赶紧示好：“大哥，来杯酒？”想以此化干戈为玉帛；当张保回绝杨雄的示好并要“借”百十贯钱时，杨雄只是委婉相拒而没有断然拒绝；当张保毁谤杨雄所得财物是讹诈所得时，杨雄只是无力的简单否认；当张保指使同伙哄抢杨雄的财物时，杨雄只是无助地叫喊“这厮们无礼”，等他“向前打那抢物事的人”，却被张保三人逼住，动弹不得。如此三人就能将杨雄围困死吗？显然不能！证据之一是杨雄的上半身被拘牵着，但下半身是自由的，作为练家子，不可能只会打拳，不会踢腿，他没有用腿，是他不敢用；证据之二是杨雄在得到石秀的帮助下，似乎才想到自己也身有武功，这才显示出他的真实本领，“一对拳头撺梭相似，那几个破落户，都打翻在地”。“撺梭相似”，是说拳头招法奇妙，速度很快，威力自然不可小觑。我们并不是主张遇事不讲宽容，而是要有节有度，不能无原则妥协和退缩，真正的男人应当没事不找事，有事不怕事。杨雄在事来的时候，像一个软柿子一样任人揉捏，像一个受气的小媳妇一样任人摆布，显然失去了应有的英雄风范。

杨雄为什么不敢出手？书上说他是外乡人，不敢招惹是非，即使遭到本地人的欺负也不敢还手。杨雄确实是外乡人，祖贯河南人氏，早年跟着到蓟州做知府的叔伯哥哥来到这座北方边城，后来叔伯哥哥也不知漂向何处，故独自流落此地。身为外乡人，又没有了当官的哥哥做后台，是否必然导致强龙难压地头蛇的情况呢？答案应该是否定的。因为紧接着出现的一个人物也是外乡人，此人的表现与杨雄大相径庭，他就是石秀。那石秀听张保骂他“打脊饿不死冻不杀的乞丐”，便“大怒，性发起来，将张保劈头只一提，一交颠翻在地。那几个破落户见了，待要来劝手，早被那大汉一拳一个，都打得东倒西歪”。石秀的出场何其豪壮！作者之所以如此安排，就是要否定外乡人必然夹着尾巴做人这样的论断。石秀祖贯金陵建康府，属于南方人，比起杨雄更是外乡人，“因随叔父来此地贩卖羊马，不期叔父半途亡故，消折了本钱，流落在此蓟州，卖柴度日”，他的身份也比杨雄要差十万八千里。但就是这样落魄的一个人，在别人而不是自己遇到危难时，都能路见不平，舍命相护，为此他得了个绰号“拼命三郎”。“拼命三郎”恰是和“病关索”相对比而设立的。杨雄不敢出手的原因，绝非他是外地人这么简单，真正的原因是他忘记了自己的武士身份，精神业已雌化，惯于委曲求全、忍气吞声的名声早已满城皆知，要不这些兵痞子和无赖明知杨雄武艺高强，却敢来太岁头上动土，他们摸清了杨雄的脾气，认为杨雄不敢造次，因此才敢对杨雄下手。自古道：马善有人骑，人善有人欺。该出手时不敢出手的杨雄，本想息事宁人，与世无争，忍一时风平浪静，退一步海阔天空，可忍来退去反而招致了更大的侮辱和损失。

此时的“病关索”与当教头时的林冲非常相似。首先是外表相似。杨雄行刑归来威风凛凛，气势吓人，林冲则豹头环眼，面目凶狠；其次是忍垢含辱的目的相似。都想保住他们好不容易在体制内获得的一切。所不同的是，林教头的雄风并未丧失，只不过暂时压抑着不敢爆发而已；而杨雄的雄风则潜藏得很深，几乎无迹可寻，若不是有人给他刺激，在恶势力面前，他会模糊自己的武士身份，淡忘自己还有一身好功夫，其表现几乎与常人无二，有时甚至让人觉得他很窝囊。

其二，该休息时，不敢休息。

杨雄出场时，基本亮明了身份，他首先是个刽子手，当然还有个更体面、更响亮的官职——两院押狱。押狱是个什么官？张保、石秀又称杨雄为“节级”。说到“节级”，戴宗也被称为“节级”和“院长”，似乎押狱、节级和院长是同一个职务的不同叫法。《水浒传》中的解释是：“古宋时金陵一路节级，都称呼‘家长’；湖南一路节级，都称呼‘院长’。”结合小说中戴宗、杨雄的行事和职权，我们暂且将这些都理解为“监狱长”吧。杨雄的工作每天干些啥，小说也没具体写，给人们的感觉是特别忙。忙到什么程度？他老婆潘巧云说的，“我的老公，一个月倒有二十来日当牢上宿”。杨雄基本上一直都在工作，而且住宿也在单位，几乎不着家。偶尔回趟家，往往是半夜才回来，经常醉醺醺的，且五更就去画卯，即考勤报到，五更天就是寅时凌晨四点左右。顶着星星走，顶着星星回，披星戴月，住家就像住旅馆一样。家里的事他自然也是甩手掌柜，自从石秀到他家后，家里的三件大事：开了个肉铺；做了一场法事；媳妇到山里进香。他都秉持了“三不”原则：不参与，不插手，不过问。那他为什么该休息时不休息呢？

从客观上讲，原因应该主要有三：一是身兼数职。两院押狱兼充市曹行刑刽子，里里外外一把手。监狱里的事要布置，要落实，监狱外的事要亲自下手，亲自动刀。监狱的里里外外无小事，都牵挂着千家百户的心，毕竟监狱涉及人身自由和人的生命，谁也不是大风刮来的！《水浒传》中在监狱工作的，戴宗只是个节级，没有杨雄的职数多，大名府的铁臂膊蔡福也和杨雄一样兼职，只是没有杨雄那么忙。二是能者多劳。杨雄武功好，脾气好，在单位肯定是个让上司放心的部下，让属下满意的领导，苦脏累险冲在前，工作业绩争一流。哪个犯人头难剃，他去剃；哪个犯人不服管，他去管；哪个下属家中临时有事值不了班，他来值。就这样，早来晚走，日复一日；舍假弃休，年复一年。三是来往应酬多。杨雄虽是外地人，但由于司法工作的特殊性，认识的人日渐增多，行刑归来“众相识与他挂红贺喜”就是明证。那个年代与司法打交道的，哪个不是吃了原告吃被告，每天迎张送李，觥筹交错，三分公干，七分私交，那真是今也喝，明也喝，喝得小两口都难见面。

从主观上讲，原因大致亦有三：一是知恩图报。想当年叔伯哥哥离开蓟州，留下了孤弱无依的杨雄，人生地不熟可也难倒了英雄汉，但上天还比较眷顾杨雄，新上任的知府恰好认识杨雄。人常说：“官场有人好赚钱，朝中有人好做官。”知府大人对杨雄信任有加，委以重任。虽说让杨雄干的也不是什么官，当时“倡优隶卒”，隶是很被人瞧不起的，而且刽子手更是被人轻贱，可杨雄在当时身为武夫还能干什么呢？能混到杨雄的位置已经算是很被抬举了。做人嘛，要知足常乐，更要知道感恩，杨雄做到了！关于杨雄知恩图报的特点，在杨雄对待石秀的问题上也能得到证明。杨雄出场时受到兵痞们的围攻抢劫，得到了石秀的帮助，事态平息后他到处寻找石秀，并当场结为兄弟，然后将潦倒不堪、混得跟叫花子差不多的石秀带回家中去住，都足见杨雄不拘小节、为人热情、尚义好交。二是士为知己者用，为用之者死。这可能是杨雄做人的准则。知府对杨雄是很欣赏的，其中包括他的武功，并不时叫他表演一番，每次看了都是大喜，继而赏酒以示赞许。杨雄虽然不是所谓的“士”，但既为大人所用，就要尽心尽力为大人着想，凡事想在前面，走在前面，干在前面，哪管急难险重，也不论苦脏累险冲，尽力做一个让大人放心的人、满意的人、赏识的人。三是天道酬勤的认知。杨雄是流落蓟州的外地人，不像本地人有那么多的资源，也没有什么后台，只能靠个人的打拼。他深知多一分耕耘，多一分收获，只有付出了足够的努力，才有可能得到相应的回报。要想在体制内混出个人样子，只能拼了！再说，他家里还有两三个闲人需要供养，经济上就显得不是特别宽裕，出场时他撇下石秀去追张保，目的是夺回被抢去的包袱。因此，他该休息时不休息，甚至是不敢休息。

为什么不敢休息呢？推究起来，杨雄可能有三怕：一怕出差错。杨雄所在的蓟州属于宋朝的边疆地带，经济落后，民风彪悍，酗酒闹事、打架斗殴、拦路抢劫、挖坟盗墓、行凶杀人等案件常有发生，搞得监狱人满为患。杨雄的主要职责是管理监狱，这么多的犯人，他得通宵达旦地审理、行刑、监管……这里关的犯人可都不是省油的灯，不服管教和狱内伤害事件时有发生，特别是罪犯脱逃乃至劫牢反狱等重大事故，那是必须要坚决避免的，这就需要时时刻刻都瞪大眼睛，提高警惕，特别在夜间，是越狱、劫牢最可能发生的时间，更得加强防范，所以晚上必须有武功高强、责任心也强的人坐镇，再加上杨雄是个谨小慎微的人，更是不敢来得半点儿疏忽，所以他白天需要上班，夜里更需要值班，而且特多。二怕丢位子。杨雄混到现在这个地步，那也是机遇加努力的结果，来之不易。虽然这个职位社会地位并不算高，但权力不小，油水很大，由此家里有了漂亮的老婆，开了屠宰铺子，还能养石秀这样的闲汉，饮水思源，幸福生活离不开自己监狱长这个位置，这样的位子他不怕丢掉吗？三怕知府嗔怪。知府大人在杨雄眼里，那就是衣食父母，是幸福的源泉，不怕能行吗？所以，杨雄工作的初心和使命就是：一切为了知府，为了知府的一切，为了一切知府。当杨雄听了石秀说他老婆的淫妇之行后，难免大怒，可此时知府大人召唤他去演武，他又不得不强打精神，强颜欢笑，事后又与众人去吃酒，吃得大醉，他能不大醉吗？那真是，人前欢笑人后愁，举杯消愁愁更愁。拟将同心结永好，谁料无情添新愁。只能借酒买醉，醉以忘忧。此时的杨雄，颇似武松。武松在阳谷县当都头时，对知县的话也是言听计从，毫不含糊，读者对他步兵都头的本职工作倒没多少了解，但都知道他在任上干了一件“大事”，那就是去东京出了一趟差——帮知县送豪礼，搞腐败。武松和杨雄所做的一切，有一个共同的目的，都是为了让领导满意和高兴。领导是满意和高兴了，但杨雄的家里却有一个人很不满意、很不高兴了，那就是他的老婆——潘巧云。

其三，该劝诫时，不敢劝诫。

潘巧云原是一屠夫之女，嫁给杨雄时，是个寡妇之身。以过来人的眼光，她之所以嫁给杨雄，按照《水浒传》上皮条大师或曰性学专家王婆“潘驴邓小闲”的理论推理，主要原因应该有三：一是杨雄的长相非常符合当时社会的审美标准。“那人生得好表人物，露出蓝靛般一身花绣，两眉入鬓，凤眼朝天，淡黄面皮，细细有几根髭髯。”以致小说第四十四回专用一首《临江仙》词称赞杨雄的英雄风采：

> 两臂雕青镌嫩玉，头巾环眼嵌玲珑。鬓边爱插翠芙蓉。背心书剑字，衫串染腥红。问事厅前逞手段，行刑处刀利如风。微黄面色细眉浓。人称病关索，好汉是杨雄。

“病关索”穿着打扮极为讲究，他极力装扮自己，让自己融入体制之内。要知道，“一身花绣”兼“鬓边爱插翠芙蓉”，这是九纹龙史进与一枝花蔡庆的合身。谁能想到，被无数人看轻的杨雄，简直堪称水浒中的潘安，差可比拟的，似乎只有天巧星浪子燕青了。试想，如此一位出色的小伙子，孔武有力，浓眉大眼，相貌堂堂，那真是肌肉爆表，颜值爆棚，且打扮时尚的帅哥，熟女潘巧云能不倾心吗？二是杨雄的经济条件也差强人意。杨雄有正式的工作，稳定的收入，更兼衙门公人有一定的灰色收入，什么抽烟基本靠供，喝酒基本靠送，工资基本不动……这对已经人事、开始讲求实际的潘巧云来说是再合适不过了。她再嫁后幸福的物质生活也验证了这一点：不用买菜，不用下厨，进门有丫鬟，出门有轿夫……当然，潘巧云再嫁杨雄是否带着丰厚的房产和嫁妆也未可知。三是杨雄的性格也是潘巧云心仪的一大因素。宋朝是文人的天下，武士的地位很低，刽子手的职业更不被人待见，干他这行的，给人的印象那就是凶神恶煞，野蛮粗暴，但潘巧云打听得职场内外的杨雄却迥然相异，判若两人，在公堂上、家庭里脾气出奇地好，从不和人吵架，更别提打架了，你看张保等人光天化日之下欺负杨押狱，杨雄基本打不还手，骂不还口，脾气好那可是尽人皆知，远近闻名。至于杨雄的忙，潘巧云也略知一二，但她对此并没在意，她坚信凭着自己的魅力，能让工作狂变成婚恋狂，让工作能手变为床上高手，她有这样的魅力吗?

> 黑鬒鬒鬓儿，细弯弯眉儿，光溜溜眼儿，香喷喷口儿，直隆隆鼻儿，红乳乳腮儿，粉莹莹脸儿，轻袅袅身儿，玉纤纤手儿，一捻捻腰儿，软脓脓肚儿，翘尖尖脚儿，花簇簇鞋儿，肉奶奶胸儿，白生生腿儿。更有一件窄湫湫、紧搊搊、红鲜鲜、黑稠稠，正不知是甚么东西。(第四十四回“锦豹子小径逢戴宗　病关索长街遇石秀”)

这是潘巧云出场时的一段描写，而且是拼命三郎石秀眼中的潘巧云。要知道，石秀那可是后来的梁山好汉，是一个对女色相当淡漠的豪杰，何况那是结义朋友的妻子！毕竟“朋友妻，不可欺”嘛！但潘巧云的美依然给拼命三郎带来巨大的视觉冲击！那冲击势不可当，直叫常人变疯狂，性冷也喷血。潘巧云的美，美在柔弱无骨，千娇百媚；美在身姿曼妙，性感火辣；美在转照动人，勾魂摄魄。她身体的每一部分，那乌亮柔密的秀发，“似语更销魂”的柳眉，巧目流盼的媚眼，呵出芝兰般香气的樱唇，玉琢粉堆的秀鼻，绯色撮人曲连波的桃腮，娇靥泛红恍若凝脂的面颊，柔嫩细腻的玉手，迎风摇曳的柳腰，丰艳撩人的凹凸曲线……五官、皮肤和身材都可以入诗入画入梦，全身上下弥漫散发着柔糜的气息和令人沉醉的风情。这是一种唤醒原始本能的性感美，是一种让人血脉贲张也能让人精尽而亡的美。为此，小说第四十四回写道：

> 二八佳人体似酥，腰间仗剑斩愚夫。
> 虽然不见人头落，暗里教君骨髓枯。

第一个骨髓枯竭的是王押司，他是潘巧云的第一个男人。王押司和宋江、张文远职务一般，相必他和张文远一样，舞文弄墨，风流倜傥，可惜好景不长，无福消受此等尤物的王押司就魂归那世去了。哎！老婆太漂亮，丈夫常命短。往往是艳福没有享受够，反误了卿卿性命！杨雄是潘巧云的第二个男人，石秀认识他们二人的时候，是“未及一年夫妻”。帐中枕畔有如此艳光四射、魅力十足的女人，再大的英雄也不得不俯首称臣。值得一提的是，潘巧云是《水浒传》中最性感的女人，也是性欲最旺盛的女人。令潘巧云绝对没想到的是，高大、威猛的杨雄一点儿也不雄，而且她的魔力也未能让丈夫留恋床笫，这可憋坏了饱暖而又有闲的闷骚女。可巧的是，她生命中的第三个男人——裴如海身穿僧袍适时登场了。如果身为丈夫的杨雄及时当头棒喝，也不至于让老婆由“红杏靠墙”迅速发展到“红杏出墙”。也就是说，潘巧云在淫欲面前本来是可以畏而却步，至少是可以收敛些许而不至于被欲火焚身的。可惜，杨雄没有做到。

第一次该劝诫时，是潘巧云公开在家里做“功德”法事悼念前夫。潘巧云此举说明她对前夫王押司念念不忘，不忘他的什么？身为丈夫的杨雄应该很清楚。应当承认，杨雄准许妻子在家里为前夫搞去世两周年纪念活动，而且大张旗鼓地搞，搞得尽人皆知，一个说明他心胸开阔，一个则说明他心存内疚，而且后一点应该占主要成分。此时的杨雄，正确的做法，除了“三省吾身”，采取必要的补救措施外，那就要及时规劝妻子平时注意检点自己的言行，消除或减少邪念，以防微杜渐。因为此次悼念活动可不是个小事情，号称“民国第一写手”的张恨水先生对此有专门评说：“娶寡妇而许其惦念前夫，今社交开明之日，犹所少见。在赵宋之年，杨竟能许潘巧云斋戒素服，招少年僧人超荐其前亡夫于家，揆之人情，实所罕见。况其少年僧人，又乃岳潘老丈之干儿乎！”① 别说过去，即使在现代社会也会成为新闻。此举非常清楚地表明潘巧云是要借此活动，表达对现夫的怨怅，对当下生活的不满。忘记过去，意味着对过去的背叛；不忘过去，则可能意味着对现在的背叛。可生性隐忍的杨雄竟然听之任之，放任自流，以致潘巧云在欲海中愈陷愈深。

第二次该劝诫时，是潘巧云与和尚勾搭成奸，东窗事发。“招少年僧人超荐其前亡夫于家”是很容易招蜂引蝶的，《水浒传》的作者对此颇有认识，他说“潘驴邓小闲”，唯有和尚家是最闲的，闲则生事。“这一堂和尚见了杨雄老婆这等模样，都七颠八倒起来。”“自不觉都手之舞之，足之蹈之，一时间愚迷了佛性禅心，拴不定心猿意马。”有闲，又有点儿小情调，是少妇们尤其是闲得发慌又不怎么缺钱的少妇们的最爱。小说为说这和尚们真个利害，专门引证苏东坡所言：“不秃不毒，不毒不秃；转

① 张恨水：《水浒人物论赞》，万象周刊社 1947 年版，第 30 页。

秃转毒，转毒转秃。”并有四句妙语戏谑：“一个字便是僧，两个字是和尚，三个字鬼乐官，四字色中饿鬼。”作者进一步认为：“从古及今，先人留下两句言语，单道这和尚家是铁里蛀虫，凡俗人家岂可惹他。自古说这秃子道：色中饿鬼兽中狨，弄假成真说祖风。此物只宜林下看，岂堪引入画堂中。”此中为首的和尚叫裴如海，“如海”谐音当为“欲海”，“裴”字当出自唐传奇《裴航》，裴如海和潘巧云二人在寺庙私会后，有一首小诗：“古来佛殿有奇逢，偷约欢期情倍浓。也学裴航勤玉杵，巧云移处鹊桥通。”此处“裴航勤玉杵”暗讽“高僧”的卑劣品行，正如《裴航》结尾处卢颢所言：“心多妄想，腹漏精溢，即虚实可知矣。”裴如海出家前本是绒线铺里小官人，意即他是个容易被情丝纠缠的人，难于割断尘缘。再者，裴如海在寺庙中不是一般的僧人，他担任“阇黎”一职。“阇黎”是梵语阿阇黎的译音，意谓高僧和轨范师，职责是教授弟子，使之行为端正合乎礼仪规范，而自身又堪为弟子的导师或楷模之师。谁知，这导师不研究佛法，却研究起了情场宝典！“阇”字亦可引申为“阇婆隶”，作“饿鬼”解释；亦另引申为“阇里”，作“街巷”解释。如此“色中饿鬼”的导师，能教导出什么样的宗教徒，能引导出什么样的俗世界？岂不是个大大的讽刺！行文至此，不得不佩服作者高超的留白艺术水平，委实“不着一字，而形神俱备”，“无声胜有声”啊！可惜，裴、潘二人上演的这场好戏都被石秀所窥，并在第一时间告知了杨雄。杨雄听了当时大怒，随即被知府唤去演武然后吃酒，晚上大醉后归家骂了潘巧云。请注意，“醉骂”二字，并不是“劝诫”之意。什么叫“酒壮㞞人胆”，不醉的状态下他不敢骂，更不敢警告她纠正错误以防越陷越深。尽管挨骂时潘巧云也很乖巧，可能自觉驴毛短，不便与人论深浅。但杨雄黎明酒醒后又对潘巧云嘘寒问暖，潘巧云乘机倒打一耙，诬陷石秀，说石秀动手动脚，且问“你有孕也无”。须知，这句话很恶毒，不仅抹黑了石秀，而且直揭杨雄私生活的短处，猛戳杨雄的肺管子，一下子就把情同手足的哥俩立马整成势不两立。哎！真是好言不及枕边风啊。再说了，醉酒状态下骂两句能解决什么问题呢？如果此时杨雄能晓之以理，动之以情，软硬兼施，恩威并用，也有可能浇灭或减弱潘巧云的欲火，中断与和尚的苟且之行。如此，就不会有后来石秀智杀裴如海乃至病关索大闹翠屏山的事情了。正因为杨雄在此事上的暧昧态度，导致潘巧云对形势的误判，一方面她认为只要杨雄将狗拿耗子多管闲事的石秀扫地出门天下就会太平，另一方面丈夫忙于工作疏于生活稀里糊涂便于她浑水摸鱼。就这样，走火入魔的她执迷不悟，不知悔改，同和尚的偷情不仅没有悬崖勒马，而且变本加厉，明铺夜盖，“巧施云雨”，竟然夜夜做新娘，天天给杨雄戴绿帽。一个有夫少妇，一个佛界高僧，两个爱得死去活来，搅得杨宅昏天黑地。岂料螳螂捕蝉，黄雀在后，石秀不忍哥哥杨雄受蒙骗，也为了求证自己的清白，他端出了拼命三郎的架势，一不做，二不休，刹那间闹出两条人命，立马使潘巧云浮出了水面，街巷里传出的小曲和诗词即是明证。追根溯源，都是杨雄该劝不劝惹的祸！

那杨雄为什么该劝诫时，不敢劝诫呢？

一是恐失心理。杨雄得到这段婚姻是很不容易的，因为他是外来户，没有父母，一开始还有当知府的叔伯哥哥罩着，后来剩下孤身一人，人生地疏，举目无亲，没有能力明媒正娶。虽说进了公门，但与犯人和杀人打交道的工作，在别人眼里只是一介武夫。应当说明的是，武夫在宋朝是人下人，是没人看得起的。《水浒传》里的武士有几个能娶得上媳妇的，像小霸王周通那样的人，连村姑都死活不愿嫁给他！即使好不容易娶上的，不少也是母大虫顾大嫂一类的，少数几个有模有样的，大都不安于室。杨雄好不容易到了二十八岁才娶上媳妇，对于这段迟来的婚姻，他能不珍惜吗？世界上的事情就这么怪，越是容易到手的越不在乎，越是折腾了数年才得到的越怕失去。杨雄不敢劝诫潘巧云，是怕潘巧云翻脸。武夫组成个家庭不易啊！杨雄深知这一点！

二是自卑心理。潘巧云是死了前夫后又嫁给杨雄的，杨雄好像是潘家的上门女婿，他的老丈人一直跟着女儿住。倒插门在古代是掉面子的事，在家里也没什么地位。潘巧云在家依旧可以祭拜前夫，出了闲言碎语杨雄在外面吹胡子瞪眼当面却不敢说三道四，最后潘巧云与和尚明铺夜盖打得火热杨雄依然能含垢忍辱，虽然杨雄也有不菲的收入，但入赘的身份就让他矮人一头。张保敢欺负他，估计也与他是吃软饭的外地人有关。

三是敬畏心理。杨雄好不容易娶到的媳妇还是个寡妇。嗨，你别说，像他这样的能娶个寡妇就不错了，黄花大姑娘有几个愿意嫁给武夫的呀？可这寡妇不是个寻常女，长得十娇白媚，风情万种。杨雄也是有血有肉的人，他有什么理由不为潘巧云的美貌和韵致所折服呢？仅就外表论，杨雄能娶到这样的女人那是一种艳福，也算是烧了八辈子的高香！潘巧云不仅长得女人味十足，而且非常精明，从她名字的来历、她自己不说却让她父亲对杨雄说去报恩寺还愿一事以及反诬石秀成功等事情上，都说明这个女人善耍心眼，很有心计。更厉害的是，此女主意很正，家里的事实际由她做主，只不过她心术多多，表面上征求一下父亲和丈夫的意见，实质都得按她的想法来，走走过场而已。比如提出去报恩寺为母亲还愿即她去风流快活的主意，就是她的主张，她与海和尚事先都定好了，再与潘公说知，再让潘公告知杨雄，好像密约私会不是她的意思，而是别人让她去似的。不仅家中的事大包大揽，而且定下的事就要干，干就干他个船撵浪，干就干他个龙摆尾，干就干他个云升霞，干就干他个地增辉，干就干他个拼命三郎才有滋味。实际上，石秀是“男”拼命三郎，潘巧云则是个“女”拼命三郎。本来，杨雄“醉骂”，业已告知私情已经暴露，照常理潘巧云应该有所收敛，可她死了都要爱，不淋漓尽致不痛快，不极度浪漫不痛快，不哭到微笑不痛快，不天荒地老不痛快。她要把每天当成是末日来相爱，穷途末路都要爱，到绝路都要爱，一分一秒都美到泪水掉下来！她不理会别人是看好或看坏，坚信宇宙毁灭心还在，凭感觉去亲吻相拥就会很愉快！别一开怀就怕受伤害，只要勇敢享受现在，不怕热爱变火海，爱到沸腾才精彩！她相信，只有这样，许多奇迹，才会存在！这首火爆的歌曲《死了都要爱》似乎是专为潘巧云、裴如海量身制作的，果真如此，二人在九泉之下亦应知足瞑目了。杨雄摊上这么个性感、聪明又很有性格的老婆，不存敬畏也难！

四是歉疚心理。通读小说可知，潘巧云的第一任丈夫是纵欲过度而亡的，去世刚刚一年，她就急不可耐地改嫁了；第二任丈夫“病关索”的“病”，有多种含义，但面色萎黄确是不争的事实，面色之黄是先天而生，还是与后天有关，明眼人一看便知；第三个男人裴如海则是在杨雄难以满足她生理欲求的情况下闪亮登场的。这些情况表明，潘巧云不是个传统意义上的女人，她是个性欲相当强烈的女人。如此女人嫁给血气方刚的寻常男子可能美满和谐，但嫁给武夫就难以顺心遂意了。因为过去行武的人是要打熬筋骨的，而近女色、行房事则是要损精伤身的，这就是那时候人们的认识，所以杨雄要尽可能减少夫妻生活。如此的心理，再加上一天到晚的上班加班，一个月在家待不了几天，怎能让近似花痴的潘娘子满意呢！身为丈夫的杨雄与潘巧云耳鬓厮磨近一年，对这个女人的超级欲求岂能不知？但他越是知道，越是害怕，就像罗德曼害怕卡门一样。过来人都知道，健康正常的性心理对保证性生活的质量至关重要，杨雄对性的忧虑和恐惧，怎能让夫妻生活酣畅淋漓，尽享二人世界的鱼水之欢？可越是得不到的东西，潘巧云越是向往，这如狼似虎的女人只要逮住机会就缠着杨雄共赴巫山，拼命地往死里折腾。俗话说，没有吃不了的苦，只有享不了的福。没有耕坏的田，只有累死的牛。刚成婚时，杨雄还游刃有余，但过了一段时间，他就觉得力不从心了，毕竟日常工作非常繁重，“酒精”考验太多，这些都消耗体力，影响寻欢作乐的情绪。一个连老婆都满足不了的男人，再高贵的头也难以抬得起来。嫁汉嫁汉，绝不仅仅是穿衣吃饭这么简单！床上满足不了，床下自然就要百依百顺了。心存愧疚的杨雄，对潘巧云别的方面一般就不敢说“不”字。如此一来，就出现了下面的情况。

其四，该雄起时，不敢雄起。

“雄起”一词是四川方言，现在大江南北都在说，就像川菜在全国各地都火得一塌糊涂一样。这个源自四川的词，意思是男人要说得起话，办事有气魄。试想，杨雄还能“雄起”吗？

第一次该雄起时，是听石秀说他老婆与人私通。石秀与杨雄尽管是结义兄弟，但此类事情可不是什么光彩事，石秀说的时候还是很谨慎的，别看他号称“拚命三郎”，命不当拚的时候他非常精细：“哥哥每日出来，只顾承当官府，不知背后之事。这嫂嫂不是良人，兄弟已看在眼里多遍了，且未敢说。今日见得仔细，忍不住来寻哥哥，直言休怪。”果然，杨雄一听这事，心中自不痛快，自古“捉贼要拿赃，捉奸要成双”，你说奸夫是谁吧。“我自无背后眼。你且说是谁？”石秀只得将他三次掌握的情况一一道来：“前者，家里做道场，请那个贼秃海黎来，嫂嫂便和他眉来眼去，兄弟都看见；第三日又去寺里还血盆忏愿心，两个都带酒归来。我近日只听得一个头陀直来巷内敲木鱼叫佛，那厮敲得作怪。今日五更被我起来张时，看见果然是个贼秃，戴顶头巾，从家里出去。似这等淫妇，要他何用！”第一次显现苗头，第二次似有情况，第三次绝对既成事实。开端、发展、高潮，石秀观察入微，讲得令人信服。结局呢？结局就该丈夫杨雄登堂入室唱主角了，可杨雄只是醉酒后骂了潘巧云几句就没了下文。按说，醉后杀妻或者醉后家暴才符合杨雄的“好汉”身份，这个潘巧云口里“不好惹”的杨雄，居然没有一丝一毫的非常举动，酒醒后还客客气气地和潘巧云聊起了天。比起之前的武大郎，杨雄的表现实在不敢让人恭维。

与武大郎相比，杨雄不够精明。当郓哥给武大郎讲了潘金莲的故事后，武大郎便想寄了担儿前去捉奸，郓哥教他不要冲动，回家后装作什么事都没发生一样，武大郎依计而行。潘金莲让他吃酒，他说在外已经吃过，避免了酒后失言行为，结果第二天给潘金莲来了个出其不意，攻其不备，非常顺利、漂亮地达到了“捉奸捉双”的目的。杨雄听石秀讲了潘巧云的故事后，也和武大郎一样冲冲大怒，石秀也劝他息怒，并将自己想好的第二天的捉奸计划说与杨雄，且吩咐杨雄“今晚且不可胡发说话”，杨雄答应得挺好，“我明日约你便是”。但当晚大醉后，不仅未按原计划行事，而且听信了潘巧云的一面之词，将好哥儿们石秀炒了鱿鱼，从家中赶跑，实在是猴吃麻花——满拧，把事情整个办砸！按说，杨雄作为公职人员，见多识广，整体素质在理论上肯定要超过武大郎，但办事能力却让人大失所望。这是怎么回事？这是因为杨雄失却了血性，没有了胆气霸气，虎狼之气，即使拥有再高的武功，都无济于事，成就不了雄起的男人。武大郎虽然又矮又弱，是个人就能欺负他两下，但他却比杨雄多了一股气。这是不怕被人伤害的勇气，是不蒸馒头也要争口气的志气，是捍卫自身尊严的正气。总之，是一股英雄气。武大郎是没有武功，他要有的话，肯定《水浒传》中就有了一百零九将。雄起不了的杨雄，在真相大白后再见到石秀，自然也说不起话，自觉心中有愧，矮人三分，“兄弟，你休怪我。是我一时之愚蠢，酒后失言，反被那婆娘猜破了，说兄弟许多不是。我今特来寻贤弟，负荆请罪。”哎！此时的杨雄，老婆背叛，又得罪了兄弟，众叛亲离，只落得孤家寡人，形影相吊，也够可怜的。哎！可怜之人，必有可恨之处啊！

第二次该雄起时，是妻子肆无忌惮照旧与人吊膀子。杨雄醉酒后的言语，明白无误地告诉潘巧云奸情已经败露。但潘氏依旧我行我素，视杨雄为空气。她不想不死不活，她要激情燃烧，为此她坚定不移地按照既定方案办事。其既定方案是在报恩寺里与和尚快活之后说好的，即每月趁丈夫值班不在家的二十来日，买通丫鬟迎儿，教她每日在后门里伺候，只要丈夫一不在家时，便掇一个香桌儿出来，烧夜香为号，和尚便入来不妨。而且，为防止体力透支睡过了头，教和尚寻得一个报晓的头陀，买他五更时节来后门头大敲木鱼作为叫醒闹钟，高声叫佛，便好出去。潘巧云认为此举一箭双雕，“若买得这等一个时，一者得他外面策望，二乃不叫你失了晓”。潘巧云，真聪明！其名字大概寓意“盼巧云”，期盼巧妙的云雨之欢。哎！可惜了这块材料，上了梁山肯定是个“女吴用”啊！在潘巧云的巧妙布局下，熟妇与和尚就此“如胶似漆，如糖似蜜，如酥似髓，如鱼似水”，竟然在杨雄的家里双宿双飞，“快活往来戏耍，将近一月有余”。要说《水浒传》上所谓的“四大淫妇”，出轨的原因各自不同，但都与“性”密不可分。阎婆惜不满宋江的寡欲和无趣，潘金莲烦恼武大的又矮又丑，贾氏抱怨卢俊义的不亲女色，潘巧云讨厌杨雄的不管不顾，不理不睬。这“四大淫妇”的四个男人，最丑的莫过于武大郎，最帅的就数杨雄了。所以，“四大淫妇”虽然都因“性”而密约偷期，但她们对“性”的追求和取向却大不相同。以“二潘”而论，潘金莲更倾向于帅哥，若她与杨雄成就一对，她未必出轨。当初她死活不和主人张大户滚床单，是因为张大户不是她心目中理想的那盘菜，而不是什么很有骨气，坚贞不屈。张大户怀恨在心，报复性地将她配给武大郎，这是潘金莲无法自主的，这是当时的蓄奴制度和婚姻制度的罪恶。潘金莲为一朵鲜花插在牛粪上而闹心，只要遇到入她法眼的帅哥，她都可能飞蛾扑火般地扑上去。在清河县她没有遇见喜爱的男子，在阳谷县她遇上了心仪的武二郎、西门庆，她积极主动，不失战机。潘金莲可归入“外貌协会”，潘巧云似可放进“欲女协会”。潘巧云不怎么看重相貌，也不太注重地位身份，只要床功精湛，别的都可以忽略不计。所以，关于裴如海，小说除了写他“光溜溜一双贼眼”“美甘甘满口甜言”以及性感迷人的声音外，别的只有淫情色胆的描写了，其整体的身高、长相和气质都没介绍，这都是为了表明潘巧云的关注点。只注重下半身的潘巧云与情郎如胶如漆，夜夜激战，极尽男欢女爱，不亦乐乎！鸠占鹊巢的情况延续了一个多月，杨雄居然无动于衷。相比武大郎，杨雄这绿帽子戴得，心甘情愿，这不能怨别人！武大郎听说老婆糗事后的第二天，既没有强烈抗议，也没有跟踪盯梢，而是直奔作案现场，“裸起衣裳，大踏步直抢入茶房里来”，一时间吓得屋外的王婆和屋里的奸夫淫妇手足无措，乱作一团。小小的武大郎，弱弱的武大郎，武大郎用卑微而有尊严的生命给男人标出了做人的底线：宁肯抗争死，不做乌龟王八蛋！刹那间他就像一位顶天立地的巨人，一位天不怕、地不怕的英雄，一改其在人们心目中的窝囊形象。俗话说，人比人得死，货比货得扔。在这方面，杨雄不知要矮武大郎有多少！他任其老婆与别人逍遥快活，尽情地给他戴绿帽，在中国古代小说中，很难找出第二人，杨雄堪为当之无愧的“绿帽男”。

第三次该雄起时，是老婆的风流韵事业已满城风雨。石秀是被赶走了，但他阴魂不散，在一个情意深深、夜色蒙蒙的五更时分，他机智地先杀了闹钟头陀，又杀了欲男裴如海，还把他们的衣服剥光，制造了和尚与头陀“干甚不公不法的事，互相杀死”的现场，使蓄意谋杀变成了一桩无头公案。石秀不愧是“天慧星”，处处显出精明干练！结果，官府果然中招。实际上官府是揣着明白装糊涂，他们就坡下驴、稀里糊涂，那是为了开脱自己的责任，给民众一个“交代”；可坊间的百姓却不管那么多，他们实事求是，心里怎么想，嘴上就怎么说，认定这是个桃色事件，就编成词曲大肆渲染。杨雄是在上班的时候被人告知的，对于这个发生在他家后门头巷内的案子，身为“公安干警”的他能不敏感吗？他将此前发生的一系列事情串联起来一想，自然如梦初醒，“此一事准是石秀做出来的。我前日一时间错怪了他。我今日闲些，且去寻他，问他个真实。”当石秀拿出和尚头陀的衣裳作为表记教杨雄看时，杨雄又心头火起，口口声声道“我今夜碎割了这贱人，出这口恶气”。不料对他非常了解的石秀笑道：“你又来了！”这一笑里面蕴含很多，是轻蔑、讥讽，还是嘲弄？可能都有，因为诸如此类的话，杨雄说得太多了，什么“这贱人怎敢如此！”“你这贱人！贼妮子！好歹是我结果了你”！别看骂得起劲，过后全不是那么回事。杨雄在奸夫被兄弟石秀杀死后，依然不敢直面现实，不敢直面潘巧云，也就是说不敢向潘巧云当面弄清事实真相。他就像一只鸵鸟，将头深深地埋在草堆或沙子里，极力回避现实，不敢面对问题。换言之，他不想知道真相，就像当初要赶走的不是石秀，而是事情的真相！只要日子过得去，管他头上红和绿！在这点上，杨雄真的不如武大郎，杨雄是一个极想保存颜面、享有尊严，却是将最基本的尊严建立在自欺欺人基础上的男人，而武大郎在成功捉奸却被邪恶势力打成重伤、堪堪待死、无力自保的情况下，勇敢地面对潘金莲，“你救得我活，无事了，一笔都勾，并不记怀，武二家来亦不提起。快去赎药来救我则个！”硬中有软，软硬有度，此时他是否坚信：大丈夫报仇，十年不晚；留得青山在，不愁没柴烧。尽管我力量弱小制服不了你们，但我要让你们只要想到我、想到武二，就会心惊胆战，魂灵不安！只要顽强活下去，大仇总有得报时！他在生命就要走到尽头时，都没有软下来，没有卑弱地祈求他们无原则地放他一马。他虽然被残忍地杀害了，但他那变成厉鬼的模样，也会让潘金莲、西门庆时常觉得夜半三更鬼叫门，噩梦连连冒冷汗。身为平民英雄，所能做的大概也就这样了；但作为天罡地煞的石秀，自然要闹出一番不寻常的动静来。

好多人不理解石秀为什么要多管闲事，那是因为你不懂石秀对哥儿们的义气。石秀被杨雄赶走后，并没有怨恨杨雄，反而为杨雄担忧："杨雄与我结义，我若不明白得此事，枉送了他的性命。他虽一时听信了这妇人说，心中恨我，我也分别不得，务要与他明白了此一事。"好多读者对这段话并没怎么留意，即使注意到的也认为是石秀神经过敏，杞人忧天，但现实中的情况并非如此。我们知道，"四大淫妇"皆因"性"最终都闹出了人命案，这就应了"万恶淫为首""奸出人命赌出贼"这些老话。很多罪恶是以邪淫为开端的，淫乱和灾祸总是如影随形。阎婆惜为与张三过上幸福的生活，狮子大开口，以晁盖之事要挟宋江，把宋江直往死里逼；潘金莲为与帅哥做长久夫妻，偕老同欢，狠命地将老公用砒霜毒死；卢夫人贾氏更是带着丈夫的万贯家财伙同姘夫到官府出首丈夫，使卢俊义面临诛灭九族的厄运。"三大淫妇"为了过上"性福"生活都要将自己不满意的男人给整死，难道潘巧云能例外吗？我们知道，潘巧云除了非常聪明外，还色胆包天，聪明加胆大，那应该比她的老一家潘金莲更厉害，她为什么没像潘金莲那样毒死武大郎，是因为"病关索"对她的偷人行为听之任之，"病关索"若像武大郎那样横加阻拦，那结局不是杨死就是潘死，很难逸出"奸出人命"的魔咒。当然，若男方比较理智，选择休掉了事，那就万事大吉了。可潘巧云落单后能嫁给和尚吗？名不正，言不顺，即使嫁给，社会舆论他们能受得了吗？潘巧云大概不愿被休掉，吃在东家，睡在西家很新鲜、很刺激，何乐而不为呢？可辛弃疾有词："叹人生，不如意事，十常八九。"潘巧云也被不幸言中。毕竟"色字头上一把刀"，几乎人人都难逃"情色"之劫。有着福尔摩斯情结的拼命三郎非要来个"当头对面"，弄个水落石出。结果，当潘巧云将整个通奸经过"从头备细原由"讲述一遍后，当着石秀的面，杨雄难免无地自容，毕竟他也是个有头有面的男人，加上拼命三郎的怂恿，再加上石秀所选的乱坟荒冢遍布的翠屏山的阴森可怖的环境，使得石秀起先提出的"哥哥那时写与一纸休书，弃了这妇人"的建议被抛到了九霄云外。杨雄盛怒之下，先一刀斩了侍女迎儿，决意要与潘巧云一刀两断，继而割了潘巧云"坏了我兄弟情分"的舌头，最后剖出"久后必然被你害了性命"的心肝五脏。若拼命三郎不在场，没有他的激将，可能打死杨雄也不会如此雄起。

三、结语

“病关索”杨雄，空有一身本事，却不敢施展才华，成了“佯雄”，“真层”，成了真正的“雄风难扬”。作者意在表明，长期的“崇文抑武”国策，不仅造就了大批意气风发的文士，也大大异化了以杨雄为代表的不少武士。这些武士的精神被严重污染，他们以武士为耻，不认同自己的武士身份，甚至忘了自己还有武功，在社会上、工作上、江湖上和婚姻生活上，胆小怯懦，意志颓废，遇事优柔寡断，毫无决断，所以，在“四大淫妇”的男人中，杨雄是最层的一个，因为潘巧云根本就看不起他，所以给他戴的绿帽也最亮。他缺少宋江的果敢，武松的义烈，卢俊义的刚狠，所以人们对他为什么戴绿帽产生的疑问也最多，是工作狂，性无能，性冷淡，还是……到底是什么原因造成的，着实让人费了不少脑细胞。可想来想去，也未找准症结，原因是路径错了。大家都是仅仅在他个人身上找原因，就是没有往国家的政策层面去考虑分析。是朝廷制定的国策使他尚武精神萎顿，血性丧失，在各方面尤其是在家庭夫妻关系的处理上，忍气吞声，窝窝囊囊，要不是他的“男子汉导师”石秀拼了命地援手，真不知杨雄的绿帽要戴多久！杨雄是“崇文抑武”国策下武士中的怪胎，是被这一国策毒害得最深的典型人物。

《水浒传》上的女人如潘巧云者，为何水性杨花，招蜂引蝶，不守妇道，是要表达侮辱女性、歧视女性、放低女性的“反女性”思想吗？[①] 那小说中的公孙胜返乡探母、李逵返乡探母、朱仝对雷横母亲的同情与尊重，特别是对虚构的神仙九天玄女，宋江对其的崇拜和信仰又该如何解释？那美丽、善良、贞洁的林娘子不惧权贵、不慕荣华，誓死忠于自己丈夫的“富贵不能淫，贫贱不能移，威武不能屈”的可圈可点的行为又该如何理解呢？《水浒传》中的美女并非都是坏人哪！那金翠莲、刘太公之女、玉娇枝等弱女子被英雄好汉舍命相救，特别是李逵为了一个村姑

---

① 持这样观点的论著很多。如说《水浒传》的“作者轻视乃至蔑视女性”，见丁夏《咫尺千里——明清小说导读》，清华大学出版社 2002 年版，第 38 页；说“《水浒传》中的妇女并不仅仅是因为心毒和不贞而遭严惩，归根到底，她们受难受罚就因为她们是女人，是供人泄欲的冤屈无告的生灵。”以及“这些英雄下意识地仇视女性，视女性为大敌”等，见夏志清《中国古典小说史论》，江西人民出版社 2001 年版，第 103 页。

“怒砍杏黄旗”，闹到要和敬爱的宋大哥翻脸，这也是在肆意践踏女性、羞辱女性吗？而且，那些见异思迁、二三其德、另结新欢的女性为何都是武士的女人，而没有蔡京、高俅们的妻妾呢？难道权贵们众多的妻妾都能得到性的满足，都忠贞不渝、之死靡它，没有出轨的行为吗？作者之所以塑造这些淫妇，是为了凸显武士卑微的社会地位。“崇文抑武”的国家视武士如洪水猛兽，政府和官员视武士如敝屣，大多数武士的老婆视自己的丈夫或男人或与之相关的男人如空气。小说塑造这些淫妇、恶妇，目的很单纯，就是为了彰显北宋时期武士的悲哀。哦，潘金莲有点儿特殊，塑造这一人物的指向不是武大郎，而是武士武二郎。

最被女人看不起的武士莫过于杨雄。他在山下的表现那是一塌糊涂，上了梁山后，情况又如何呢？俗话说：江山易改，本性难移。但杨雄的周围都是英雄好汉，他再不济事也得被裹挟着雄起一把。比如，攻打祝家庄，杨雄作为首拨头领，随军下山，并与李逵一同担任先锋；智取大名府时，杨雄扮作公人，混入城中做内应，与刘唐一同击杀王太守；三败高俅时，杨雄与石秀埋伏在济州城外纵火，合擒江夏零陵节度使杨温；破辽时，杨雄与石秀、宋万一同将副统军贺重宝乱枪戳死；征讨田虎时，与石秀、焦挺等人攻入晋王宫，使得伪太子田定闻变自刎。从中可以看出，作战时他多与别人合作，单独出马很少，与他长期养成的性格关系很大。平定方腊后，杨雄随军班师，屯驻杭州时发背疮而死。哎！就要还朝封官了，他却死了，活着时终究也未雄起。朝廷后来追封了个忠武郎，又有什么意思呢？杨雄这辈子最露脸的事，是出人意料进入了天罡系列。这可能与他的义弟石秀有关。石秀是相当优秀的，如成功探明祝家庄盘陀路的机关，帮助陷入迷宫的宋江突围，甘愿被卧底的孙立俘虏到祝家庄当内应，为打破祝家庄立下大功；在梁山大队人马未到，而卢俊义就要身首异处的紧要关头，石秀当机立断，孤身一人劫法场，勇救梁山未来的二把手。石秀对宋江也好，对卢俊义也好，都有重塑和再造之功。如此，石秀的排名注定不会太低。而且，梁山以义气为重，义兄杨雄自然排在石秀的前面，顺理成章荣列天罡系列。

杨雄的一生，与他的杨志相比，最大的不同有两点：就外形而言，杨志丑，杨雄帅；就内在精气神而言，杨志向上冲的劲头较大，特别是上山前，杨雄则始终萎靡不振，像“被牢笼”的囚犯一样，他该休息时不敢休息不是为了得到什么，而是怕失去得到的。两人相同的地方可能很多，最大的相同点是结局一样，都是病死在征南途中，且病因似乎也一样——背疮，可怕的背疮。是水土不服诱发的湿毒痈疽，还是长期情志不舒、忧闷郁积的腌臜之气无法发泄所致？可能，大概两者都有，一个外因，一个内因。

杨雄走了，带着一身没有充分展示过的武功，带着一生没有尽情释放过的豪情，匆匆走了！他是否心怀羞愧，是否深感遗憾，是否满腹憋屈？悠悠的往事聚在尘封的记忆里发酵，逝去的生命再难理会是否完美的墓志铭！但愿曾经的懦弱，曾经的郁闷，曾经的包羞忍耻，与冥冥中的风烟雨雾一起飘逝，一道解脱！

蓟州刽子病关索，金玉其外败絮中。
常把衙署作家舍，直教独行悟色空。
兵痞劫道效韩信，和尚淫妻出墙红。
若与石秀擦肩过，江湖谁人道杨雄？

第十五讲　身家难护的一丈青

杨雄、石秀在翠屏山杀了潘巧云，被盗坟掘墓的鼓上蚤时迁发现，三人结伴欲投水泊梁山。行至郓州地面，住进祝家客店，时迁见店中有酒无肉，竟偷宰店家报晓公鸡，被发现后发生冲突，时迁被擒往祝家庄。杨雄和石秀逃奔途中，巧遇曾被杨雄救过命的鬼脸儿杜兴。杨雄向杜兴介绍完既往遭遇，杜兴说“恩人不要慌，我叫放时迁还你”。他为什么如此有把握？原因是李家庄与祝家庄、扈家庄“三村结下生死誓愿，同心共意；但有吉凶，递相救应”，这三庄“铁三角”的联盟关系，使他对要回时迁一事，感觉就像张飞吃豆芽——小菜一碟。其间，杜兴谈到了三庄的豪杰人物，祝龙、祝虎、祝彪、栾廷玉、李应等，特别是提到扈三娘时，着意多说了几句：“西边那个扈家庄，庄主扈太公”，“唯有一个女儿最英雄，名唤一丈青扈三娘，使两口日月双刀，马上刀法了得。”

扈三娘还未出场，便有人为她做了铺垫。铺垫一次还嫌不够，还有第二次、第三次，可谓不厌其烦。第二次为她做铺垫的是祝家庄一家酒店的钟离老人，他向乔装成卖柴人的石秀说：“西村唤扈太公庄，有个女儿，唤做扈三娘，绰号一丈青，十分了得。”第三次为她做铺垫的又是杜兴，只不过这次说的对象换成了宋江。此时宋江带兵二打祝家庄，杜兴说：“他庄上（扈家庄）别的不打紧，只有一个女将，唤做一丈青扈三娘，使两口日月刀，好生了得。却是祝家庄第三子祝彪定为妻室，早晚要娶。若是将军要打祝家庄时，不须提备东边，只要紧防西路。”三次都渲染了扈三娘本人的功夫，最后一次则着意点明了祝、扈两家的特殊关系。

未见其人，先闻其声。这种出场方式在《水浒传》之前的《琵琶行》和后来的《红楼梦》中都有显例，给人印象深刻的是琵琶女的琴声产生了“先声夺人”的艺术效果；王熙凤的笑声则彰显了她泼辣放浪的性格。扈三娘的“声”则与众不同，其“声”并不是由她本人发出，而是她的声名和人望。其“声”出自他人之口，揭示的既非人物的命运遭际，也非人物的性格特征，而是人物不同寻常的能为，这在古代小说中是不多见的。为其发“声”的杜主管和钟离老人，分别来自三庄的上层和下层，他们都是站在旁观者的角度，因为二人都不是扈家庄的人，不带任何感情色彩，他们的话具有很强的可信度和真实性。通过这多次铺垫，扈三娘给人留下了非同凡响的印象：绰号“一丈青”，手持日月双刀，擅长马战，武艺不凡。

如此铺垫，不由得使人对扈三娘这位巾帼英雄充满好奇和期待。为什么她绰号“一丈青”？“一丈青”到底是什么意思？为什么她武艺如此之高却未能打败梁山，保住家园？为什么被后人看好的绝配夫妻却在女方战败被俘后男方竟置之不理，连大舅哥扈成都不敢到祝家庄提走马换将这档事？为什么她全家被李逵所杀却依然上了梁山？为什么她对灭门惨祸无动于衷甚至到死都未想报血海深仇？为什么卿本佳人却嫁给了又矮又丑的王英？为什么好多人都不看好的婚姻她却要为死去的丈夫报仇并不惜牺牲自己的生命？扈三娘身上有许多吊诡难解的谜，有待人们去探索。

一、探究“一丈青”

关于扈三娘的绰号“一丈青”，有不少学者进行过研究，但“一丈青”究竟何意，学界意见不一。我们先将有关文献胪列一二：

《水浒传》成书之前，“一丈青”在有关“水浒”的故事中至少出现过两次。

1.《大宋宣和遗事》有“一丈青”张横，后来又有“呼延绰却带领着李横”。（按：张横、李横必有一误。）

2. 龚开《宋江三十六人赞》题浪子燕青的赞语曰：“平康巷陌，岂知汝名。太行春色，有一丈青。”

两者所提供的信息最起码有一个是非常确切的，那就是燕青也好，张横或李横也好，都是啸聚山林、血性十足的江湖好汉。

那么，“一丈青”这一绰号其他女性有没有用过呢？有！南宋时有位流民义军的头领叫马皋，后被力主抗金的东京留守宗泽招募，并在其帐前听命。马皋的妻子就“自号一丈青”，“带甲上马”，据说“可以力敌千人”。《三朝北盟会编》卷一百三十八：“（闾勍）循蔡河而下，至濠州，遇张用，勍说用归朝廷，以马皋之妻一丈青嫁用为妻。初，皋为郭仲荀所诛，勍周恤之，以为义女。既嫁用，遂为中军统领。有二认旗在马前，题曰：‘关西贞烈女，护国马夫人。’”

这两男一女，也有一个共同的特点，他们都是驰骋沙场的赳赳武士。

有意思的是，这位南宋时的女英雄一丈青和《水浒传》中的扈三娘有许多相似之处，比如上阵时都擎举着写有自己身份的旗帜，扈三娘引军红旗上金书大字“女将一丈青”；特别是其婚姻情况，与扈三娘几乎如出一辙：一丈青嫁给了间接导致她前夫马皋被杀的武将张用，而扈三娘的丈夫王英则来自杀害了她一门老幼的梁山义军。更令人惊讶的是，扈三娘的哥哥扈成在历史上竟实有其人，且与一丈青的丈夫马皋均为领兵的统制。一丈青与马皋和扈成并肩作战，还是不错的同事关系。只不过到《水浒传》中，同事关系变成了兄妹关系。

为了搞清这段史实，有必要多说几句，因为这段史实可能与扈三娘的绰号有着一种难以说清的神秘关系。

话说靖康之变后，马皋成为东京留守宗泽手下一员将官。宗泽老元帅力主抗金，形势也一度大好，但他矢志抗金、希图恢复的主张不被宋高宗赵构所采纳，终因壮志难酬，含恨而逝。继任人杜充（谐音可以理解为“蠹虫”“毒虫”）开始了睁着眼睛瞎指挥的历史，他不但停止了如火如荼的北伐，而且切断了与河北民间抗金武装之间的联系，同时在官军内部开展了排除异己的政治运动。这个“外战外行，内战内行”的杜充，严命马皋夫妇率军攻打不怎么听话的张用等部，闹起了同室操戈。结果发起不义之战的一方士气低迷，被对方击溃，马皋夫妻二人也被冲散。杜充见到战败而回的马皋，气不打一处来，大施“毒虫”淫威，二话不说，命令副留守郭仲荀将马皋拉出帐外斩首示众。“一丈青”得知噩耗后，投奔了驻扎在西京河南府、原宗泽元帅非常器重的大将闾勍。后西京洛阳失守，闾勍只得带领一丈青等人突出重围，向淮河以南撤退，途中巧遇被杜充逼上反叛之路的张用。张用在老同事、老前辈闾勍的苦心劝说下，重又回到宋廷旗帜之下。为了表示对张用此举的认可，闾勍主婚将寡居的义女一丈青嫁与张用为妻。

小说中的李逵向扈三娘的家人举起屠刀时，只有她的哥哥扈成侥幸逃脱，“投延安府去了。后来中兴内，也做了个军官武将”。这个扈成在历史上和闾勍、马皋一样，都是宗泽的部将。宗泽去世后，扈成就和马皋、岳飞一起成了杜充手下的统制官。在浑蛋杜充的领导下，除了岳飞的军队外，东京留守司的另外几支军队如戚方、刘经等人所率之部都是抗金无方，扰民有术，尤其在搞内耗方面非常擅长。当金兵攻陷建康城掳掠一空撤出后，戚方等人又来了个二次搜刮，“乘势为乱，劫掠州郡”，并向兄弟部队伸出了血腥的黑手，伏兵于建康东南金坛一带的竹林之中，将毫无防范的扈成用长枪刺杀。

一个是丈夫被不义的上司杀害，一个是本人被不义的同僚谋害，他们都是为国家和民族的独立和自由卖过命、立过功的人，是《水浒传》作者心目中可爱的人。因此，作者把他们写进了小说，使他们在虚构的世界里获得了重生。小说中的扈成尽管也遇到一个莽撞粗鲁、以杀人为乐的黑旋风，但作者让他安然逃脱，到边疆为国效力去了（扈成谐音“护成”，成功地保护了自己）；至于扈三娘，作者则让她出尽了风头，使她在正史或其他文献资料中未及展现的飒爽英姿和英雄本色得以大放异彩。

从文献记载和三位“一丈青”的身份行为来看，“一丈青”的主要内涵当为“强悍勇猛”。当然，这么讲，并不是要排斥其他解读，比如有人说“一丈青”是一种凶猛的大蛇，行动迅捷，毒性极强，令人望之色变；也有人说“一丈青”是古代妇人的一种首饰，首端呈钺斧或蛇矛的形状，尾部锋利尖锐，除了用于装饰美观之外，还能用来防身，让人很容易联想到毒蛇“一丈青”。这两种解读都与“强悍勇猛说”基本一致。至于说“一丈青”是高挑的身材，是乌黑的头发，是通体的花绣，是美丽的容颜，难免有望文生义或臆想推测的嫌疑，且这些解读不一定适合所有的“一丈青”。如“身材高挑”说，《水浒传》中的燕青身高只有六尺，张横只有七尺，且《水浒传》并未提到扈三娘是高个子；再如“美丽容颜”说，扈三娘、燕青、马皋之妻应该都没问题，可张横很难符合此说，《水浒传》中写他“七尺身躯三角眼，黄髯赤发红睛”；“通体花绣”说更是无稽之谈，一个庄园主的千金小姐，人家自己没说过，更没有展示过，说人家遍体雕青，想象有些过头儿了！再说小说上也未介绍张横浑身刺青。有人说：“一个正确的释义必须能合理地解释文献中出现的各种‘一丈青’，否则这个解释就是不全面的。”很有道理。更何况这些解读也与“英雄”关系不大，扯在一起又有多大意义呢？

当然，还有人注意到与《水浒传》有姻亲关系的、即其后诞生的

《金瓶梅》里也有一位“一丈青”。这位“一丈青”是西门庆的家人来昭的妻子，叫惠庆。惠庆的个子不一定高，因为小说对此丝毫未有交代；惠庆也不一定漂亮，因为西门庆没有与她发生过关系，漂亮一些的女人其色魔主子岂能放过她？漂亮一些的男仆的媳妇，如来旺媳妇惠莲、来爵媳妇惠元不是都与之有染吗？她不一定高，也不一定漂亮，但她有一个显著的特点，就是相当的大胆泼辣。她敢救上吊自杀的宋惠莲；敢在宋惠莲和孙雪娥扭打在一处时冲上去劝架；敢一连好几天“海骂”打她儿子小铁棍的西门庆（明骂潘金莲，暗骂西门庆）；敢为孙雪娥和来旺约会提供机会并从中牟利。兰陵笑笑生之所以用“一丈青”来形容惠庆，按他的理解，当与《水浒传》中“一丈青”的意思是类似的，只不过扈三娘身为武林中人，应比市井中人惠庆大胆泼辣的性格更进一层，这就是前面提到的“强悍勇猛”。不信，且看扈三娘的出场秀：

> 蝉鬓金钗双压，凤鞋宝镫斜踏。连环铠甲衬红纱，绣带柳腰端跨。霜刀把雄兵乱砍，玉纤将猛将生拿。天然美貌海棠花，一丈青当先出马。（第四十八回“一丈青单捉王矮虎　宋公明两打祝家庄”）

美则美矣，但决不是闺门少女若林黛玉之类一风就吹倒的柔弱之美，而是横刀立马、飒爽英姿、既爱红妆更爱武装的阳刚之美。

扈三娘的“强悍勇猛”在小说中是反复皴染的，如上了梁山后的扈三娘，出兵迎战前来征剿的呼延灼。扈三娘生擒呼延灼手下副将彭玘，有诗为证：

> 英风凛凛扈三娘，套索双刀不可当。
> 活捉先锋彭玘至，梁山水泊愈增光。

随后又与呼延灼大战多个回合，引得呼延灼直赞扈三娘武艺“恁地了得”。

后又随军攻打北京城。在大名府都监李成眼中，那扈三娘堪称：万绿丛中一点红，女中豪杰大丈夫。

> 玉雪肌肤，芙蓉模样，有天然标格。金铠辉煌鳞甲动，银渗红罗抹额。玉手纤纤，双持宝刃。恁英雄烜赫，眼溜秋波，万种

妖娆堪摘。谩驰宝马当前，霜刃如风，要把官兵斩馘。粉面尘飞，征袍汗湿，杀气腾胸腋。战士消魂，敌人丧胆，女将中间奇特。得胜归来，隐隐笑生双颊。（第六十三回“宋江兵打北京城　关胜议取梁山泊”）

朝廷招安后，南征方腊，在攻打睦州时，王矮虎、一丈青夫妻二人带领三千马军迎战清溪救军，夫妻二人被郑彪（会妖术的郑魔君）双双打死。“可怜能战佳人，到此一场春梦！”有诗哀挽为证：

花朵容颜妙更新，捐躯报国竟亡身。
老夫借得春秋笔，女辈忠良传此人。
戈戟森严十里周，单枪独马雪夫仇。
噫嗟食禄忘君者，展卷闻风岂不羞。

书中四次挥毫泼墨，以诗词的形式歌咏扈三娘的英雄之气，巾帼之风，特别是最后这首挽诗，以无限哀婉的神情，盛赞这位女辈忠良，悲悼她的捐躯报国，这在《水浒传》中是独一无二的。这也是对作者仇视、侮辱女性说的有力回击。

需要一提的是，四首诗词中的三首都是为上了梁山和招安后的扈三娘写的。如何看待这一问题？作者似乎认为在扈家庄时的扈三娘，由于种种原因，并未展现出她应有的风采。但此论，可能很多人不以为然，认为上梁山前的扈三娘风流俊爽，恰是上了梁山后如同进了地狱，成了苦脸美女、哑巴将军。是否如此，我们接着分析。

二、解析“身家难护”

在众多读者的心目中，“一丈青”扈三娘如同花木兰、樊梨花等女英雄一样，武艺出众，指哪儿打哪儿。不信你看，她不仅擅使日月双刀，而且有用红锦套索捉人的绝技。因此，在两军交战中，她那神出鬼没、让人眼花缭乱的功夫和兵器都让她立下赫赫战功。她先后与欧鹏、马麟等人交战，未有败绩；仅生擒的战将就有矮脚虎王英、井木犴郝思文、天目将彭玘，还联手孙二娘拿下了双枪将董平，在梁山英雄中可谓出类拔萃；与林冲、呼延灼都交过手，虽然不敌，但勇气可嘉。单凭战绩而言，她无愧于“梁山第一女将”的称号，并完全可以进入梁山二流高手行列。更厉害的是，她不仅是一员冲锋陷阵的猛将，还能领兵打仗。当年呼延灼攻打梁山，敢打敢拼的李逵首先主动请缨，宋江都没同意，而是让霹雳火秦明打头阵，豹子头林冲打第二阵，小李广花荣打第三阵，一丈青扈三娘打第四阵，病尉迟孙立打第五阵。后来梁山攻打北京城，除中军外，共派出四拨人马，其中第三拨的头领就是扈三娘，手下有副将“母夜叉”孙二娘、“母大虫”顾大嫂以及部领小喽啰一千；后来梁山攻打东平府，宋江安排扈三娘等三员将佐率领一百余人，捉拿都监双枪将董平；及在征辽、征方腊等战役中，也经常被任命为统兵带队的头领。

如此能征惯战、有勇有谋的巾帼英雄，理所当然是所向无敌，百战百胜，可实际情况，尤其是在上梁山之前是我们想象的那样吗？

其一，三庄难护。

说起扈三娘的出身，那可是让《水浒传》里的婢女丫鬟锦儿、迎儿们做梦都想拥有的——庄园主家庭。身为大家闺秀，应该干些什么呢？古人认为“女子无才便是德”，像《牡丹亭》中的杜丽娘，虽然家庭也对她进行教育，但一般都是“三从四德”一类的封建伦理道德教育，其他时间则做些针黹、刺绣等女红之类的活计或诗书字画一类的文娱消遣，培养出的自然是低眉顺眼、温文尔雅、知书达礼、相夫教子的大家淑女。可扈三娘并未按传统闺阁女子的路子走，而是自幼便爱上了舞刀弄枪、骑马射箭，且禀赋超群，令她的哥哥扈成都甘拜下风。要是搁在花木兰的时代，绝对是个幸事，因为花木兰替父从军立下战功后，“归来见天子，天子坐明堂。策勋十二转，赏赐百千强。”最高统治者对木兰的欲求无有不允。可对扈三娘来说，绝对是个不幸！因为她生在了“崇文抑武”的宋朝，连男武士都活得如此悲催，女武士更是被视为异类！“女孩子干点儿什么不好，非要干连男人都觉得下三烂的事。”这应该是当时人们普遍的看法。“翅膀是鸟的悲剧，它把生命带入永恒的异乡。”（俄罗斯诗人伊万·日丹诺夫）扈三娘超群的武艺就像鸟的翅膀，这副翅膀在宋朝铁定是个悲剧，但命运已然如此，注定要它永不停留地飞翔。可能上帝就是如此的公平，或曰残酷，他在让人享受某种优势的同时，也让人必须承受这种优势所带来的痛苦、孤独和忧伤。正是因了这副翅膀，强大的祝家庄才与扈家庄等结成互助联盟；若没有这副翅膀，没有这个联盟，梁山还会攻打扈家庄吗？扈三娘的命运可能就是另一番情形。也就是说，一个人只有软弱，只有臣服，对手还会把你当成对手吗？祝家庄进入梁山的视野，首先是它向梁山提出了挑战。

应该说，时迁等偷吃祝家庄的鸡，肯定是他们不对在先。可石秀提出赔偿，祝家庄人根本就不答应，说那鸡是报晓鸡，不要银子，只要活鸡。庄人不允许别人犯错，更不能容忍别人侵犯自己，否则都要一棍子打死！这不，还不了活鸡，就要把人家拿到庄上，当成梁山泊的贼寇处理。怎么处理？杀头呗！好家伙！吃了一只公鸡，就把人诬成贼寇，搭上三条性命！死也要让人死得合理合法，死有余辜！这庄人为什么如此强横，还不是仗凭着庄主祝朝奉吗？这祝朝奉绝对赛过现代版的南霸天！他霸占田产，囤积粮食；勾连官府，拥兵上万（杜兴说“三村里算来总有一二万军马人等”）；私设刑狱，草菅人命；鱼肉百姓，横行乡里；仇视梁山，公开与梁山为敌，是当地货真价实的大地主、民团总指挥和土皇帝。这从宋江提议攻打祝家庄的四大理由、钟离老人（谐音“中立”）出卖祝家庄的军事机密给石秀、顾大嫂“掣出两把刀，直奔入房里，把应有妇人，一刀一个尽都杀了”“打破祝家庄，得粮米五千万石”“所有（祝家庄）各家，赐粮米一担”“当有村坊乡民，扶老挈幼，香花灯烛，于路拜谢”等处清晰或隐约可见。

宋江说服晁盖，领兵攻打祝家庄，没想到第一仗就被祝家庄打得落花流水。要不是探清盘陀路的石秀及时赶回，手下的将领得力能干，梁山大军恐怕就死无葬身之地了。一仗失利，再打第二仗，尤其是宋江看到祝家庄的门前立着一对白旗，上写“填平水泊擒晁盖，踏破梁山捉宋江”后，“心中大怒，设誓道：‘我若打不得祝家庄，永不回梁山泊’。”盛怒之下对祝家庄前后两门展开了进攻。

也可能第一次祝家庄仗恃自己力量强大，未让扈家庄参战。但在梁山第二次攻打祝家庄时，扈家庄信守协约，主动出击。扈三娘在战斗中勇猛向前，不让须眉，她擒王英，敌欧鹏，会马麟，战绩骄人，但终究还是在首次出场就被梁山俘虏。扈三娘雄心勃勃，却出师未捷，护佑三庄的宏愿成了泡影。为什么会是这样的结局呢？

从她自身来讲，艺高胆大，心高气盛，在性野力猛的男人堆里横刀跃马，斩将夺旗，自然勇气可嘉，但她求胜心切，心急气躁，光想擒住主将宋江，一战成功。谁想梁山好汉过于义气，只要她一奔向宋江，邓飞、穆弘等众就拼力来护，打到后来，眼看就“赶上宋江，待要下手”，却先被李逵冲阻，后又撞上梁山五虎将林冲。试想，久战必疲，何况身为女性，力量上不占优势，如今又遇上劲敌，难免功败垂成，顿使命运改写。哎！好强本不是什么坏事，但太好强往往收场不妙。

从盟军祝家庄来讲，不够义气。相对于梁山好汉的负气仗义，祝家庄的表现就逊色多了。当扈三娘拍马舞刀、酣战祝家庄前时，该庄的老少爷们如“祝家三杰”、教师栾廷玉等都站在墙头，“已看多时”，作壁上观，后来可能觉得一直这样看下去心里也不落忍，才“诚恐一丈青有失，慌忙放下吊桥，开了庄门”，先是祝龙，后是栾廷玉杀将出来。眼看敌我力量发生变化，宋江也有些慌神，恰此时花荣等三路增援人马赶到。“宋江心下大喜，一发并力来战栾廷玉、祝龙。”有意味的一句话又出现了，“庄上望见，恐怕两个吃亏，且教祝虎守把住庄门，小郎君祝彪骑一匹劣马，使一条长枪，自引五百余人马，从庄后杀将出来。”他们为什么只怕栾廷玉、祝龙吃亏，而不怕扈三娘吃亏呢？按说，打仗亲兄弟，上阵父子兵。祝彪可是扈三娘的未婚夫啊，可当扈三娘孤军深入、力竭被擒之时，小郎君在哪里呢？若说战场混战，祝彪力不从心，可再往下分析，就会坐实祝家庄“不仁不义”的看法了。

其二，家园难护。

扈三娘被捉，这可是一件惊天动地的大事，因为这意味着三庄联盟名存实亡，而且这个女人的生死荣辱可是牵扯着两个庄子的利益——她是扈家庄的宝贝女儿，祝家庄未过门的儿媳妇。但令人不解的是，祝家庄从准公公祝朝奉到准女婿三公子祝彪好像什么事都没发生一样，似乎扈三娘的命运跟他们没有半毛钱关系。按说于情，两家互为邻里，守望相助，且有通家之好，更何况扈三娘还是祝彪的未婚妻；于理，两庄“誓愿结生死之交，有事互相救应”。现在扈三娘出事了，祝家庄怎能做缩头乌龟不出头呢？祝家庄手上可打的牌多的是——时迁、杨林、黄信、王英、秦明、邓飞都在他们手上，可他们就是不打，似乎哪一个都比扈三娘重要。

更令人不解的是，扈成“牵牛担酒”，请求宋江放还扈三娘。宋江提出走马换将，“你把王矮虎回放还我，我便把令妹还你”。宋江的要求合情合理，无可厚非。可没承想，“扈成答道：‘不期已被祝家庄拿了这个好汉去。’吴学究便道：‘我这王矮虎今在何处？’扈成道：‘如今擒锁在祝家庄上，小人怎敢去取？’”本来王英是扈三娘抓的，扈三娘被俘也是为了解祝家庄之困，扈家庄要求用王英换回扈三娘天经地义，可身为大舅哥的扈成都不敢去找祝家庄要人，这说明什么？

至少说明三点：一是三庄的江湖地位不对等。祝家庄根本就看不起扈、李两庄，因为它自觉财大业大、势力强大，首战单打梁山告捷也证明了它确实不含糊，所以当初李应三番五次跑去讨要时迁就是不允，还被打伤，祝家庄不惜因非原则问题和盟友闹僵。本来“理应”（“李应”的谐音）“互助”（“扈、祝”的谐音）的李家庄，因为祝家庄的骄横自大，第一个采取了坐山观虎斗的态度。李应讨要时迁不成就是前车之鉴，扈成再去讨要王英，岂不是自讨无趣！扈成武艺一般，但心眼够用。扈、李二庄相对弱小，为了自保，不得不鞋底打掌——硬往上贴。祝家庄虽不稀罕，但他也不傻，人多力量大嘛，何况有两个小弟跟班，感觉也挺爽，何乐不为呢？二是扈三娘是扈家为了巴结祝家而送上门的一件礼物，至少在祝家庄应是这么认为的。扈三娘被俘后祝家庄的毫不作为还不能证明扈三娘在他们心中的位置吗？祝家人根本就没拿扈三娘当回事，甚至为了自己的利益不惜将之送上梁山的祭坛。三是扈、祝两庄的联姻，是一种政治联姻，甚至只有利益，没有爱情。从祝彪来讲，他应该不喜欢扈三娘此类打打杀杀的女汉子型，这也符合当时的审美思潮，宋朝人普遍欣赏阴柔之美，对阳刚之气颇为反感。至于说扈三娘漂亮，漂亮对祝彪不是个问题，比扈三娘漂亮的姑娘多的是，关键是漂亮的类型很多，扈三娘不是祝彪心仪的那一款。就扈三娘来讲，她肯定要考虑父母的意愿、家族的利益，她出马相助，更多的应该是出于“义”——三庄之间有协约在先。如果愣说二人有爱情，那可能是扈三娘的一厢情愿，“哪个少女不怀春”哪！身为女武士，她对从武的祝彪应该是比较满意的，当然还包括经济条件等，但自己出战时和被俘后祝彪的冷傲、冷漠，难道还未让单纯幼稚的青春少女猛醒吗？难道还未让一腔热血的扈三娘心寒齿冷吗？经历过生死的人对爱情肯定会有自己的独特见解，此时她的心是否已经破碎得千疮百孔，是否已经发现多少情深义重醒来却是场梦。洞穿三庄联盟表层的虚象，扈三娘终于感到，泡沫散尽，收获的是一地鸡毛。

更可悲的事情还在后头。由于扈三娘的被俘，祝家庄的袖手旁观，使得水泊梁山在三打祝家庄时，由于不意之中杀出个莽张飞李逵，可能他以为宋江将来要把扈三娘娶作压寨夫人，于是从中破坏，不能让“好事”成真，为此他将扈三娘一家老小除她哥哥逃脱之外全部屠戮。这就是为什么李逵没有杀奔李家庄，而单单杀奔扈家庄的原因。人们在愤怒谴责黑旋风的同时，是否想到，假如扈三娘被祝家庄走马换将回转扈家庄，李逵还有灭门扈家庄的主观动因吗？即使他有这种想法，有“一丈青”扈三娘在家，他能轻易得手吗？弄不好两个李逵也让扈三娘的红锦套索给绑缚成粽子了。

扈家庄的惨剧，表面看是黑旋风做的孽，深层看则是祝家庄的不仁不义造成的。

其三，自身难护。

扈三娘满门被杀，紧接着发生的一切更让所有人如堕五里雾中。扈三娘竟然忘却了血海深仇，归顺梁山，“认贼作父”；竟然“听任摆布”“忍辱偷生”嫁给了内外兼丑的矮脚虎；竟然死心塌地跟随仇人东征西讨，最后为丑夫报仇慷慨赴死。所以有人说，强悍如扈三娘者，在那个社会下，亦不免家破人亡，亦不免自身难保，亦不免麻木不仁，这都是封建制度蔑视女性和社会对妇女毒害的形象写照。

但所谓“自身难护”之说，在作者看来可能是个伪命题。如此说，有何理由？

此说法有个大的背景，就是“扈家灭门”事件。我们作为第三者都知道这事是李逵干的，所以产生“自身难护说”也很正常。可身为局内人的扈三娘却一头雾水，这就是所谓的旁观者清，当事者迷。如果扈三娘知道全家人是祝家庄杀的，不是梁山杀的，大家还会认为她上梁山有什么别扭甚至完全不能接受吗？没了。这是大家心里的一道坎！问题是，扈三娘不可能眼见，只能耳听，为什么这么说？

因为扈三娘当时被俘押在梁山，不在现场，绝对不可能亲眼得见。她只能听别人说。听谁说呢？能给她说的人只有三种：自家人、祝家人、梁山人。自家人都死了，哥哥扈成活不见人，死不见尸，虽然我们知道扈成在李逵杀他全家之前已然逃走，但扈三娘并不知晓这个情况，即使活着的扈成推测或得知李逵是元凶，他远在边陲也很难将信息传达给妹妹；祝家人呢，应当都死绝了。这就是说，她家人也好，祝家人也罢，都给她说不了。唯一能给她说的，只有梁山人了。可梁山人知道内情的人也很少。当李逵向宋江请功时，“宋江喝道：‘祝龙曾有人见你杀了，别的怎地是你杀了？’”说明李逵杀祝彪和扈家的情形，知晓的人并不多。宋江听了李逵汇报之后，气得训斥了李逵一顿，并未给他记功，意即灭掉扈家一门这件事没有记在李逵头上。这都说明，梁山知道这件事的除了李逵、宋江外，很少有人知道真相。这些人，能跟扈三娘见上面的，几乎只有宋江了。如此一来，掌握话语权的也就只有宋江了。凭宋江的智力，他能告诉扈三娘什么呢？

他完全有可能把此事栽在祝家庄身上，让祝彪背上这个黑锅，然后说李逵杀死了祝彪。如此一来，李逵不仅不是扈三娘的仇人，反而成了恩人。历史，尤其是兵荒马乱时期的历史，有时很难说得清！

当宋江告诉扈三娘凶手是祝家时，她完全有可能相信他们会下此毒手。因为祝家的不仗义扈三娘已经充分领教，祝家也完全有可能在扈三娘已投靠梁山的消息满天飞的情况下（梁山的反间计），将战事的失利迁怒于扈家庄，干出诛灭扈家满门的事来。

事已至此，扈三娘还能怎样呢？恨祝家吧，祝家业已家破人亡；怨梁山吧，谁让你和祝家绑在一个战车上与梁山为敌呢？哎！这都是命啊！认命吧！和所有国人一样，扈三娘到此时估计也是这么想的。

值得注意的是，作者对此事采取了模糊处理的方式，似乎扈家被灭与扈三娘无关，扈三娘不知道真凶是谁，也不想知道。这种极其反常的写法，作者的葫芦里究竟卖的什么药？

很简单，他要彰显的是梁山的“义”。梁山的“义”能化干戈为玉帛，能化腐朽为神奇，能融化坚冰，能化敌为友，这样的事还少吗？

当扈三娘被押解到梁山后，本想慷慨赴死的她，怎么也没想到，她不仅没有被杀，没有受到侮辱，而且享受到了贵宾级的待遇，得到宋江父亲宋太公的热情接待。膝下只有儿子、没有女儿的老头慈祥和蔼，见到这么漂亮可爱的姑娘自然格外亲热，嘘寒问暖，关怀备至，真把她当成了亲闺女看待。耐心细致、春风化雨的思想工作，使扈三娘逐渐消除了仇视和敌对。此时的她，哪里知道家里正在遭受大难？对比祝家父子的无情无义，她义无反顾地投向了梁山的怀抱。

这哪里是“自身难护”？分明是心甘情愿。而且，她投向梁山，家人的保险系数不是更高了吗？扈三娘当时肯定这么想。

下面再说她嫁给王英之事。这是宋江打下三庄，回转梁山之后的事情。此时，扈三娘是否已经知道家里出了事，小说依然没有说，仍然采取了模糊写法，目的依然是为了凸显梁山的“义”。不信请看：

> 次日又作席面，会请众头领作主张。宋江唤王矮虎来说道：“我当初在清风寨时许下你一头亲事，悬悬挂在心中，不曾完得

> 此愿。今日我父亲有个女儿，招你为婿。”宋江自去请出宋太公来，引着一丈青扈三娘到筵前。宋江亲自与他陪话，说道：“我这兄弟王英，虽有武艺，不及贤妹。是我当初曾许下他一头亲事，一向未曾成得。今日贤妹认义我父亲了。众头领都是媒人，今朝是个良辰吉日，贤妹与王英结为夫妇。”一丈青见宋江义气深重，推却不得。两口儿只得拜谢了。晁盖等众人皆喜，都称领宋公明真乃有德有义之士。当日尽皆筵宴，饮酒庆贺。（第五十一回“插翅虎枷打白秀英　美髯公误失小衙内”）

没有逼迫，更没有暴力，而是感于梁山人的义气。梁山人在扈三娘的婚事上做了哪些事，使她心悦诚服，心服口服呢？

一是符合伦理纲常。宋江请父亲宋太公认义扈三娘为女儿，然后由宋太公出面，让梁山众头领做媒人，让扈三娘嫁给王英，这完全符合“父母之命，媒妁之言”的社会习俗。此时，扈三娘应该得知家庭的变故，因为她的婚姻大事怎能不让父母知道呢？但在她的心目中，这又不是梁山干的，而且梁山帮她杀了凶手报了大仇还是她的恩人。现在她孤苦无依，又有了新的父兄为她做主，让她感受到了家庭的温暖。梁山所做的一切符合社会的公俗良序，且由宋太公出面为扈三娘选亲也是件很体面的事情，这都让这个十几岁的姑娘觉得，虽然父母尸骨未寒，但自己身有所属，亦可告慰父母的在天之灵了。

二是契合江湖义气。当初擒住扈三娘，人们都以为宋江有所企图，可谁都没想到，宋江心中只有兄弟，唯独没有自己。而且还是好几年前对那个兄弟说过的一句话，到现在依然没忘，说话算数，说到做到。这世上竟然还有这样的大哥！这不能不让扈三娘倍感惊讶，这梁山上和梁山下绝对就是两个世界呀！“我当初在清风山时，许下你一头亲事，悬悬挂在心中，不曾完得此愿。今日我父亲有个女儿，招你为婿。”这是宋江对王英说的一番话，“悬悬”二字可见宋江是多么的讲求信用！宋江这一举动，有几个英雄能不佩服？“一丈青见宋江义气深重，推却不得”；晁盖等众人“都称领宋公明真乃有德有义之士”。王英呢？小说上没写他的反应。但可以想见，王英肯定把宋江视为自己的贵人和恩公，为之赴汤蹈火，在所不惜。

嗨，问题就出在王英身上。若王英玉树临风，那世人对宋江的怨愤就会减少许多。可王英偏偏“五短身材，车家出身，半路见财起意，就劫客人，随后落草为寇，跟随燕顺等人占山为王，打家劫舍”，还有一段评语是“驼褐衲袄锦绣补，形貌峥嵘性粗鲁。贪财好色最强梁，放火杀人王矮虎”。由此看出，王英的相貌和人品都非常糟糕，凭出身，论身高，讲气质，谈为人，简直是一无是处。两人站在一块一比，一个天上，一个地下。论出身，一个生于豪门，大家闺秀，一个来自车家，门窄户小；论长相，一个号称“一丈青”，“天然美貌海棠花”，一个绰号“矮脚虎”，形貌峥嵘两光眼；论武功，王英曾被扈三娘生擒活拿，是手下败将。把两个人拉一起，自然让人想到潘金莲和武大郎的婚姻。所以，在王、扈二人的问题上，人们对宋江很是气不过，大骂宋江以兑现承诺为名，树立自己的威信，搞政治婚姻来收买人心；大骂他乱点鸳鸯谱，将一朵鲜花插在牛粪上，搞包办婚姻牺牲了一个女人的美好幸福。有道理吗？

应该肯定的是，宋江见美色而不起贪念，这是一种美德。见了美女，有条件得到而不据为己有，有几个有这样的高风亮节？自己没有这样的美德，却反而往有美德的人身上泼脏水，就显得不厚道了。有美德的人，自然有威信和威望，就像《论语》中所说：“为政以德，譬如北辰，居其所而众星共之。”许多人都愿意团结在有道德的人周围，就像群星围绕着北极星一样。当然，那些骂宋江的人，说到底还是怨宋江制造了不般配的一对夫妻。那么怎样才能般配呢？

将扈三娘嫁给晁盖、林冲、武松、花荣、燕青、石秀等人就般配了吗？是的。但他们走不到一起。因为这些人虽然相貌堂堂，与扈三娘外形般配，但不一定能成就美满姻缘。因为他们整天打熬气力，与女色上不十分打紧，就像宋江、杨雄、卢俊义一样，扈三娘嫁给他们能幸福吗？婚姻是个非常复杂的系统工程，能否幸福可不单单取决于长相如何。虽然人们认为各方面都般配是理想的姻缘，可郎才女貌、两情相悦的婚姻毕竟凤毛麟角。正如《水浒传》的作者借王婆之口说：“自古道：‘骏马却驮痴汉走，美妻常伴拙夫眠。’月下老偏生要是这般配合！”这世界往往就这么乖谬。王婆可谓“世事通明，人情练达”，所说之言尤其在说媒拉纤方面还是相当有“权威”性的。

实际上，让宋江当“媒婆”在梁山上给扈三娘找男人，很难！梁山上除了少数有家室的，多数都是打光棍的，不想婚娶，都是比较纯粹的武士，像王英这样贪恋女色的还真不多见。“梁山泊好汉，尽不近色，而唯王矮虎好色。”[①] 不过，王英与扈三娘也算有缘分的人，不仅宋江对王英许媒在先，而且两军一交战二人就打在一起，属于不打不相交的人。种种机缘，使两人终成鸳侣。世人多认为宋江撮合了一段孽缘，实际他成就了一对相对美满的婚配。

首先，王英（大概谐音“旺淫”）好色。不少人一提到王英好色，就为扈三娘嫁给这样龌龊、猥琐的人而痛心，而鸣不平，这是因为大家都记得王英占山为王时要强占官人——清风寨刘知寨的老婆，并为了这个女人拔出刀子和兄弟锦毛虎燕顺拼命。他为朋友两肋插刀，为女人插朋友两刀的两种精神同时具备，这在《水浒传》中是仅见的。见利忘义，见色忘友，是人们对王英人品的概括。但由此王英对“色”的喜好程度也给人留下了深刻印象。俗话说：男人不色，女人不爱。色，性也，是人皆生而有之，属于正常；好色，不好说，因为每个人的标准和尺度不一样。从心理上讲属于正常，并不可怕，因为爱美之心、性欲之求人皆有之，不正常和可怕的是出现了沉迷和纵欲的倾向。好色应该说还属于对对方欣赏的范畴，带来的往往是两相欢悦，与贪恋一时一己之欢的占有行为——好淫不可同日而语。王英好色，尤其在上梁山之前。说那时的他好色，是高抬了他，实际就是好淫，且是触犯了道德法律底线的暴力丑行。上梁山后，晁盖也好，宋江也好，包括多数英雄好汉对“溜骨髓”这等事情是耻笑和不齿的，在这种大环境和氛围中，王英应该自觉不自觉地收敛了许多。但他的本性是好色的，好色之人对妻子来说，不仅不是一件坏事，倒是一种性福。好色之人应有一种吸引异性的特殊气质，这是梁山其他众多好汉所不具备的。

其次，好色之人往往会讨好异性。讨好女性，对女人好，那可不是随便哪个男人都能做到的，正如讨好同性领导一样，可不是一件容易的事情！要不然讨得乾隆满意的男性，出名的只有和珅一人呢。让女人满意，尤其让身为大家小姐的扈三娘满意，更难！大家小姐的脾气，特别是武功高强的大小姐脾气，要想让她满意，更是难上加难。估计王英做到了。王英得到扈三娘，妻子的美貌使他心理上得到极大的满足；妻子的武功使他不得不有所忌惮；妻子的地位（宋江的义妹）也不得不让他高看一眼……王英把扈三娘当成手心里的宝，平日里小心伺候，让他上东不敢往

① 朱一玄、刘毓忱：《水浒传资料汇编》，南开大学出版社2012年版，第494页。

西，叫他打狗不敢撵鸡，处处围着扈三娘转，昔日的“五毒”男人变成了“五好”丈夫。

最后，王英好色而又不遮不掩，明人不做暗事，这种行事风格应该很投武士扈三娘的脾气。故此，李贽从其“童心说”的立场出发，对王英盛赞一番：“王矮虎还是个性之的圣人，实是好色，却不遮掩，即在性命相并之地，只是率其性耳。若是道学先生，便有无数藏头盖尾的所在，口夷行跖的光景。呜呼！毕竟何益哉！不若王矮虎实在，得这一丈青做过妻子，到底还是至诚之报。”① 直来直去，无有心计，没有那么多的弯弯绕，扈三娘与王英这样的人生活，应该是轻松舒心的，不怎么累。总之，王英不是没有优点，而是他的优点局外人感受不到，只有扈三娘感受得到。

何以见得？

一是扈三娘上梁山后骄人的出色表现。她曾活捉天目将，生擒郝思文，勇斗呼延灼。在梁山三女将中，排居首位，经常带领母大虫顾大嫂和母夜叉孙二娘攻城略地，在大破连环马、攻陷大名府、夺取东平府等战阵中，都是光鲜出场，战绩辉煌，这都能说明她婚姻幸福。否则，夫妻二人三天两头怄气打架，整日闹得鸡飞狗跳，悲悲戚戚，哪还有这样的精气神！别说上马打仗了，恐怕早就成了贾府里的林黛玉，整天捧着药罐子在调养娇躯呢。

二是丈夫花心时的拈酸吃醋。征田虎之时，王英见到漂亮女子琼英出阵，又被美色所吸引，“骤马出阵”，斗到十数余合，“王矮虎拴不住意马心猿，枪法都乱了。琼英想道：‘这厮可恶！’觑个破绽，只一戟，刺中王英左腿。王英两脚蹬空，头盔倒卓，撞下马来。扈三娘看见伤了丈夫，大骂：‘贼泼贱小淫妇儿，焉敢无礼！’飞马抢出，来救王英。”扈三娘“飞马抢出”，意即急忙出阵，并为丈夫帮腔。表面上看扈三娘骂的是琼英，实则在埋怨丈夫的花心。这是在乎丈夫的一种表现，所谓“男人不吃醋，老婆不上路；女人不吃醋，老公没风度”。

三是王英战死，为夫报仇。每次出战，夫妻都是双双上阵，可谓志同道合，最后在征方腊时，王矮虎被敌将郑彪所杀，扈三娘见状，奋不顾身为夫报仇雪恨，结果也头中金砖，壮烈牺牲。如果说武大郎被毒

① 朱一玄、刘毓忱：《水浒传资料汇编》，南开大学出版社 2012 年版，第 178 页。

死，是潘金莲恨武大，恨武大挡住了她的幸福之路，那扈三娘恨王英吗？恨一个人居然为之献出了生命，世上有如此恨人的方式吗？且是让二人死在睦州，是否表征着夫妻和睦相处、比翼双飞的和谐关系。同样是美妻嫁丑夫，为什么一个出轨杀夫，一个忠贞不贰最后为夫君报仇而殒命沙场呢？

若还有人为扈三娘嫁给王英而深感憋屈，特别为扈三娘竟为矮脚虎王英而死而难受得要死，所谓"倾城容貌，空对了似水流年，徒剩下无尽的落寞"，你知道你的问题出在哪儿吗？

观念和格局！自古以来，美女的婚姻模式大致有四种：功利型、浪漫型、憋屈性、传奇型。

所谓功利型，可指金钱美女式，即婚姻的基础不是出于双方的感情，而是男女感情之外的各取所需，祝彪和扈三娘即是此种。祝家财大势大，扈家相对弱小，祝家和扈家联姻的结果当是如虎添翼，可此种模式由于目的性和功利性太强，实则双方感情相当脆弱，导致幸福指数并不高。且不说扈三娘是不是祝彪心仪的那盘菜，单说扈三娘，她并非宅女和居家过日子的普通女子，让她老老实实做个地主婆度过此生，其心定有不甘。

所谓浪漫型，可指才子佳人式，诸如司马相如与卓文君，梁山伯与祝英台之类。这类故事有个共同特点，或芳心暗许，或私定终身，或未婚私奔，就是男女双方得先"浪"起来。可扈三娘是个良家女子，喜好的是舞刀弄剑，不是卿卿我我、唧唧歪歪的那种人，让她"浪"起来不容易。再说，让她跟谁"浪"呢？若权把秀才当才子的话，是智多星吴用，圣手书生萧让，还是神算子蒋敬呢？哎！能"浪"起来的才子在梁山上太少了，"浪才"难得呀！唯一的"浪子"燕青却未与扈三娘产生过交集，真是"恨不相逢未嫁时"啊！

所谓憋屈型，可指鲜花牛粪式，即女的貌美如花，风姿绰约，男的貌丑无颜，形象猥琐，典型代表就是武大郎和潘金莲了。王英和扈三娘不是，因王英虽然外表不足但有武功和胆气，是梁山好汉，不是贴不上墙的"牛粪"。判断"鲜花牛粪式"，不能单看男子的外表，还要看他是否内秀——权力、金钱、本领或才华，更主要看"鲜花"是否憋屈，是否憋屈得出了墙。

所谓传奇型，可指美女英雄式。历史上这种类型的说起来似乎不多，以致让文人学子发出“遥想公瑾当年，小乔初嫁了，雄姿英发”的感慨，实则并不少，哪一个英雄如曹操、孙权、刘备之流不是怀抱美人呢？这类婚姻听起来光鲜诱人，可美女能享受到的英雄的温情甜蜜却非常难得，因为英雄要将大把的时间和精力用在国家、民族和公众事业上，《水浒传》中的则用在“打熬气力”上，阎婆惜、潘巧云、贾氏都是受不了英雄的冷落，耐不住孤独和寂寞而别寻他情的。相比来讲，扈三娘嫁给好色的英雄王英算是幸运的。尽管扈三娘肯定对王英也有不如意处，人生嘛，不如意事常八九，凡事都想百举百全，顺心遂意，难哪！再说了，婚姻如鞋，合不合适，幸不幸福，也只有穿鞋的人最有发言权。

传奇的婚姻，促成了扈三娘传奇的人生。上梁山后的扈三娘有了用武之地，充分地发挥了自己的专长，她哪里是“自身难护”，她还护佑了自己的国家、民族和人民，为那个不怎么爱他们（武士）的国家、为那个喜好和平但很懦弱的民族南征北战，建功立业，“金戈铁马去，马革裹尸还”，实现了英雄的人生价值，活出了英雄的自己，活出了英雄的精彩！

三、结语

《水浒传》是一部以男性形象为主的小说。“在出场的七百二十五人中，男人有六百六十五个，妇女有六十个。[①]”男性占比近 92%，女性占比约 8%。女性形象虽少，却也性格各异，色彩斑斓。从社会伦理道德的角度看，《水浒传》女性大致可分为四大类型：一为英雄型，如顾大嫂、孙二娘、扈三娘、琼英等；二为淫恶型，如阎婆惜、潘金莲、潘巧云、李瑞兰、王婆、刘高妻等；三为弱者型，如林娘子、金翠莲、玉娇枝等；四为复杂型，如李师师、李巧奴等。这四种女子虽数量比例不等，但描写均非常出色，都有栩栩如生的典型人物活跃在人们的记忆里。

仅从西方国家将《水浒传》翻译成《105 个男人和 3 个女人的故事》即可看出，小说中女武士的形象所占比例更小，所费笔墨也不多。但这已经够了，毕竟作者没有将女性遗忘，在少得可怜的水浒英雄群体中居然写了好几位巾帼豪杰，且是在“重男轻女”的封建社会，已经相当难能可贵了！我们在盛赞名著《水浒传》时，更要感谢其作者的伟大与不凡。

---

① 沈家仁、沈忱：《趣味水浒》，河南文艺出版社 2014 年版，第 1 页。

这个伟大与不凡，在比较中则更能见得，相比于其前的《三国演义》将女性只作为政治斗争的工具或者男性的附属品，之后的《西游记》将众多女性塑造成反面的女妖形象，《金瓶梅》将大多女性写成贪淫好欲的典型，《水浒传》则将之列入一百零八将，纵马疆场，领兵统队，被人高看一眼，真正走出了家庭，走上了社会，且参与到男性的政治活动中来，这哪里是“《水浒传》全部都是轻视妇女”①，哪里是“中国古往今来对妇女的蔑视、鄙薄、排斥、诋毁，在《水浒传》中走到了极端”②，哪里是“《水浒传》的主旨是‘女人是祸水’，且都是以淫乱、庸俗、粗野为突出特点的丑化女性形象”③，哪里是“一个反女性的文本”④。一部伟大的作品是不能武断地、简单地下结论的。而且，有比较才有鉴别，在与其他古代小说做对比后，《水浒传》就显得卓荦不群、超然独立了。

这三位女英雄是因不同原因走上梁山的。顾大嫂原为酒店老板娘，迫于亲戚被庄上不义的富户陷害入狱、官府黑暗而劫牢反狱；孙二娘生活于社会底层，为了生计开起黑店，宰杀过往的贪官污吏和黑心商人，并将之做成人肉馒头出售，过着时常杀人也时常提防被人所杀的刀尖上舔血的日子，后个中因缘，经由二龙山上了梁山；扈三娘身家最好，大户小姐，衣来伸手饭来张口，可不料小小年纪就被那不讲信义、黑得直如鲁智深的直裰一样的社会逼上了梁山。

上梁山前的扈三娘，侠肝义胆，认真履行三庄互助协定，主动出马援助祝家庄。可当自己身遭不测后，完全有能力，也有义务出手相救的祝家庄却坐视不管，任由幼弱的姑娘成为他人的案上鱼肉。朝廷更是不义，本该派兵协助三庄打击梁山的地方政府，却按兵不动，坐山观虎斗，隔岸望水流，瞪眼失去了难得的战机。颇具讽刺意味的是，以官军身份出现的登州兵马提辖孙立，打着要调到郓城驻防的旗号进入祝家庄，却是假援助，真内应，惹得祝家人狗咬尿泡——空欢喜一场，到头来，“官军”反帮着

① 聂绀弩：《中国古典小说论集》，上海古籍出版社 1981 年版，第 3 页。

② 刘再复：《双典批判：对〈水浒传〉和〈三国演义〉的文化批判》，北京：三联书店 2010 年版，第 63 页。

③ 马瑞芳：《女性意识在三国水浒中的空前失落》，《东方论坛》1994 年第 4 期，第 22 页。

④ 魏崇新：《〈水浒传〉：一个反女性的文本》，《明清小说研究》1997 年第 4 期，第 143 页。

梁山“贼寇”破了固若金汤的祝家庄。祝家失火，殃及扈家，可惜缺位的扈三娘被蒙在鼓里，全家成了不仁不义社会的牺牲品。“崇文抑武”的大环境造就了扈三娘的性格悲剧和命运悲剧，自然也酿成了女武士特有的一种悲哀。

上梁山后的扈三娘，成了真正的“一丈青”和“地慧星”，斩将夺旗，攻城拔寨，能征善战，屡立战功，度过了一段激情燃烧的岁月。哪里是什么“与狼共舞的傻大姐”“一言不发的木头人”“没心没肺的憨女人”“《水浒传》中最不幸的女人”。有人认为《水浒传》中最不幸的女人不是潘金莲、潘巧云、阎婆惜，更不是“孙二娘之流”，而是扈三娘。“她的一生，是没有自我的一生，战场上，她是宋江的两口单刀；婚床上，她是王矮虎的泄欲的工具。①”为自己而活就叫活出了自我，那是俗人的看法；为国家和民族而活那才叫活出自我，这应是扈三娘的见解。在战场上，她是国家和民族的两口单刀；婚姻上，她与王英是两情相悦的夫妻。扈三娘不是一个“小女人”，而是作者塑造的一个“大女人”。假使后来她知道了灭门的真相，作者也不会按常人所想的那样进行处理，而要让扈三娘抛却一己之私，以国家和团体公利为重，书写一个大写的大格局、大智大慧的扈三娘，就像历史上的女中豪杰“一丈青”一样。若当年的中国共产党人斤斤纠结于个人的家仇私恨，就没有多次的国共合作，也就必然影响到中华民族伟大复兴的进程。包括扈三娘在梁山的排名第五十九位，就排在她的四位手下败将郝思文、彭玘、欧鹏、王英的后面，她似乎也没怨言。她是否想，人家顾大嫂、孙二娘不是都排在丈夫后面吗？谁让自己的丈夫排名靠后呢！实际情况也确如此，排名靠后并未影响扈三娘的工作情绪和热情。梁山上的扈三娘，为国家而战，为民族而战，活出了英雄的模样，实现了武士的价值。司马迁曾云：“人固有一死，或重于泰山，或轻于鸿毛，用之所趋异也。”人的价值不在于生命的长度，而在于生命的硬度。生命的硬度就在于面对厄运和艰难，坚强、乐观、勇敢、执着，不向苦难低头，不向命运屈服，扈三娘做到了。上梁山特别是接受朝廷招安后，扈三娘跟随大军参加了征辽、征田虎、征王庆、征方腊等所有战事，特别是征辽，为国家和民族建功立业，做了大量有益的事情。扈三娘虽死，但死得英勇，死得壮烈，她用青春和热血谱写了一曲巾帼英雄

① 张望朝：《天下无贼——说不尽的水浒人物》，中华书局2009年版，第93页。

的战地热歌。

大户闺秀一丈青，不爱红妆爱武装。
率义出手履盟约，志气高昂护三庄。
可怜天朝小儿辈，翻教海棠照稗说。
英雄已死复何嗟，留与闲人道短长。

第十六讲　难如君意的玉麒麟

宋江领兵大破祝家庄，不仅使梁山的日子走向红火，而且也使自己的硬实力和软实力水涨船高。特别是通过妥善处理扈三娘一事，宋江的声望更是如日中天，不仅彻底巩固了他在梁山的二把手地位，甚至为他问鼎梁山最高权力铺就了道路，成为晁盖时代向宋江时代过渡的转折点。

梁山自从有了宋江，就热闹起来。今天打祝家庄，明天打高唐州，打来打去就戳痛了朝中的实权派人物。庄主在朝里可能没人，可州官大多在中央有背景和靠山。这不，高太尉第一个跳了起来。梁山打十个祝家庄他可以装聋作哑，打一个高唐州他就坐不住了。事若关己，他还能高高挂起吗？闻报兄弟高廉遇难，次日五更高俅就早早起来赶到待漏院，等着向徽宗汇报，组织实施复仇行动。他想做的事情天子岂有不准？这不，当日高俅就宣调人马，然后迅速集结军队，发动了对梁山的围剿。扈三娘刚上梁山，就赶上了朝廷的“中央军”对梁山的第一次围剿，她大显身手，表现出色。

宋江上山前，晁盖、吴用曾领导粉碎过地方军的一次围剿；宋江上山后，朝廷组织“中央军”发动了五次围剿：第一次由呼延灼统领，是高俅要报兄弟高廉被杀之仇；第二次由关胜统领，是蔡京要保大名府的女儿和女婿；第三次由单廷珪、魏定国统领，是蔡京要报大名府被洗劫之仇；第四次由枢密使童贯统领，由头是梁山泊扯诏毁谤，惹恼了蔡太师，为此召集东京管下的八路军州及京师御林军共计十万兵马杀奔梁山；第五次由太尉高俅统领，为找回童贯折兵败阵之羞丑，调集用来对抗外敌的十路节度使十万精兵、金陵建康府水军一万五千人及御营精兵一万五千人共计一十三万人，声势浩大，来势汹汹。不承想，五剿五败，朝廷的颜面丢尽。

宋江领导的第一次“反围剿”胜利，收降了双鞭呼延灼等五位朝廷将领，接着又攻打曾头市，谁料就此发生一件惊天大事——晁天王中箭身亡。梁山掌舵的一把手被人杀死，接下来应该干什么谁都清楚——寻凶复仇呗。可让人一头雾水的是，宋江放下这头等大事不做，却去干了另一件似乎可做可不做的“闲事”——强拉卢俊义入伙。

卢俊义住在大城市北京城，要赚他上山，势必要与大名府发生关系。扈三娘作为统兵头领之一，参加了攻打北京城的战役，目的就是要拯救宋江心目中的重要人物——卢俊义。

卢俊义何许人也？难道此人比晁天王还重要？是的，因为小说用了整整八回篇幅来集中描写他上山的经过，这样的待遇晁天王何曾享受过？

说起卢俊义，他身上的故事还真不少，围绕着他的疑云也很多。比如，他为何绰号“玉麒麟”？为何命名“卢俊义”？他有多大的本事能让宋江不惜血本邀他加盟梁山？他到底是能人还是呆子？说他是能人为何被吴用轻易所骗？说他是呆子为何能混到北京首富？说他是首富为何北京城一把手梁中书都不保他？说他武艺一流是“河北三绝”为什么朝廷对他不理不睬？说他仁义为何妻子和管家都双双背叛并对他落井下石？他对梁山的创建和发展没什么贡献为什么下车伊始就能坐上第二把交椅？他为何热衷红尘不听燕青劝告及时功成身退？他是梁山的二把手为何朝廷却要先拿他开刀？疑问多多，容慢慢解开。

一、解读“玉麒麟”

先说“玉”。玉就其本质而言，无非石头。《说文解字》说：“玉，石之美者。”凡是美丽的石头皆可视为玉。美石为玉，玉是石头的精华，是大自然对于人类的美好馈赠，可以说它集山川之精，凝日月之华，汇万物之灵。国人爱玉，应该有着鲜明的中国特色，不同层次的人有着不同的爱法：有钱人将它来佩戴把玩，没钱人对它也心驰神往；爱嘚瑟的拿它来炫耀显摆，喜深沉的以它来砥砺品格。国人为什么爱玉，可能与玉的内外品性有关。玉本属石头，存在于乡野山间，朴实无华，落寞无闻，可一经雕琢，便让人刮目相看，身价倍增，所谓“玉不琢，不成器”。玉的外表不事张扬，内里却蕴含无限，不像金银那么冰冷缺乏温润，也不像水晶、玻璃那样一览无余，与国人的做人理念和理想不谋而合，以致玉文化和玉崇拜在中国非常流行。

也因此，国人对玉的认识和研究自然很是独到。如上面提到的《说文解字》，许慎不仅指出了玉与石的关系，而且谈到玉有“五德”，即玉的五个特性：“润泽以温，仁之方也；鰓理自外，可以知中，义之方也；其声舒扬，专以远闻，智之方也；不挠而折，勇之方也；锐廉而不忮，洁之方也。”道出了玉的色泽、纹理、质地、硬度、韧性五个方面的特性，并认为“玉有五德，以比君子”，这“五德”即“仁、义、智、勇、洁”和儒家的“五常”即“仁、义、礼、智、信”非常接近，君子的品行和玉的五个属性无缝连接。这就是中国儒家文化中的“比德”思想，即审美主体把自然物的某些特性和人的道德品质联系起来①，“玉比德”是其中的应有之义。当然，玉除了“五德”说，还有“十德”“九德”“七德”“六德”等种种说法，体现了玉的丰富的天然物理属性和强大的社会伦理道德功用。

那么，卢俊义和玉之“德”有关系吗？

首先，卢俊义是金相玉质，玉树临风。“目炯双瞳，眉分八字，身躯九尺如银。威风凛凛，仪表似天神。”比身高八尺的武松、林冲、鲁智深还要高出一头，且“眼珠如点漆，面部似镌银”，面如冠玉，相貌堂堂，风姿挺秀，气宇轩昂。《宋江三十六人赞》前两句赞卢俊义：“白玉麒麟，见之可爱。”

其次，卢俊义是金声玉色，白璧无瑕。“京城内家传清白，积祖富豪门。”他自己就说过：“卢某生于北京，长在豪富之家；祖宗无犯法之男，亲族无再婚之女；更兼俊义做事谨慎，非理不为，非财不取。”（第六十一回“吴用智赚玉麒麟　张顺夜闹金沙渡”）

再次，卢俊义是擎天玉柱，架海金梁。“马步军中推第一，天罡数内为尊，上天降下恶星辰。”“丈二钢枪无敌手，身骑快马腾云，人才武艺两超群。”“惯使一条棍棒，护身龙绝技无伦。”“杀场临敌处，冲开万马，扫退千军。”

最后，卢俊义是冰心玉壶，晶莹剔透。“生是大宋人，死为大宋鬼。”“更忠肝贯日，壮气凌云。”可也因内里没有那么多弯弯绕，没有防人心术，终被别人牵着鼻子走，玩得团团转，以致被金圣叹在《读第五才子书法》中称之为“呆骆驼”：“卢俊义传，也算极力将英雄员外写出来了，然终不

① 意引叶朗：《中国美学史大纲》，上海人民出版社1985年版，第58页。

免带些呆气。譬如画骆驼，虽是庞然大物，却到底看来觉道不俊。[①]”

凡物千般好，总有软肋处，玉的软肋就是坚硬但却脆弱。卢俊义本领高强，但峣峣者易折，皎皎者易污。在综合实力大到没边的北京城的梁中书集团、东京城蔡太师集团面前，他轻而易举便被击碎。

再说“麒麟”。这是一种传说中的神兽，集龙头、鹿角、狮眼、虎背、熊腰、蛇鳞、马足、牛尾于一身（说法不一，总之是合成动物）。众所周知，梁山好汉都有绰号，其中与动物有关的就有三十多位。除了不多的几位是以神兽命名的以外，如入云龙公孙胜、九纹龙史进、混江龙李俊、出林龙邹渊、独角龙邹润、火眼狻猊邓飞、出洞蛟童威、翻江蜃童猛等，其他多数则与虎豹雕蛇等猛兽猛禽和毒虫有关，如插翅虎雷横、豹子头林冲、扑天雕李应、两头蛇解珍、旱地忽律朱贵等。

麒麟与其他神兽或普通禽兽相比，有一个很大的不同，就是它性情温良，是有德行的仁兽。“含仁怀义，音中钟吕，行步中规，折旋中矩，游必择土，翔必有处，不履生虫，不折生草。”（《广雅》）俨然一仁厚贤德的谦谦君子形象，并说其出没处必有祥瑞，被人称作仁兽、德兽和瑞兽而受到崇拜。

麒麟后经牵合附会，被演绎成某种社会理想的化身。说王道兴盛，则麒麟现。《毛诗义疏》曰：“王者至仁则出。”故《尚书》里说：“黄帝时，麒麟在囿，鸾凤来仪。”《诗经》中的“麟之趾”大抵因诸侯公子的仁厚有德，热烈礼赞“麟之趾”“麟之定”“麟之角”。《荀子》亦云：“古之王者，其政好生恶杀，麟在郊野。”《礼记》亦记述王者能“修礼以达义，体信以达顺”，“故天不爱其道，地不爱其宝，人不爱其情。故天降膏露，地出醴泉，山出器车，河出马图，凤凰麒麟皆在郊棷。”古人认为，麒麟是一种兆示“天下太平”的仁义之兽。

故王者不行仁道，则麒麟不现或不该出现。《春秋·哀公十四年》记载：“春，西狩获麟。”到西晋杜预《左传经传集解》补充道，“麟者仁兽，圣王之嘉瑞也。时无明王，出而遇获。仲尼伤周道之不兴，感嘉瑞之无应，故因《鲁春秋》而修中兴之教，绝笔于获麟之一句，所感而作，固所以为终也。”讲麒麟乃祥瑞“仁兽”，太平盛世才应现身，现在不是太平盛世，出非其时而被捕获，很是感伤，写了“西狩获麟”这件事后，

① 朱一玄、刘毓忱：《水浒传资料汇编》，南开大学出版社 2012 年版，第 222 页。

就此停止了鲁国史书《春秋》的编写，世称“获麟绝笔”。这就是传说中的孔子写《春秋》“绝笔于获麟”的故事，故《春秋》亦别称“麟经”“麟史”，唐代李白《古风诗》中有“希圣如有立，绝笔于获麟”的诗句。有些文献如《公羊传·哀公十四年》，特别是《孔子家语·辩物》对孔子的言语行为进行了生动细致的描绘，说孔子闻得“获麟”消息后去看，面对已被杀死（一说受伤“折其前左足”）的麒麟，痛哭道：“‘麟也！胡为来哉！胡为来哉！’反袂拭面，涕泣沾衿。”孔子痛感自己生活的时代礼崩乐坏，瓦釜雷鸣，谗人高张，贤士无名，为仁兽麒麟“出非其时”而惨遭横祸痛惜不已，“你为何要来这里啊？为何要来这里啊！”

“麒麟”和“玉”有一个共同的特点，就是善施恩泽，富有仁爱之心。最典型的事例就是卢俊义曾收留孤儿燕青，救下冻倒的李固。

“玉”的诸多美德和“麒麟”的象征意义，从理论上讲，在推崇王道的北宋，“玉麒麟”没有理由不显现于世。但“崇文抑武”的国策，竟导致满身武艺的卢俊义湮没无闻，志不得伸。颇具讽刺意味的是，将卢俊义视为出众人才和难得大才的竟是个方外之人。

> 一日，请到一僧，法名大圆，乃是北京大名府在城龙华寺僧人，只为游方来到济宁，经过梁山泊，就请在寨内做道场。因吃斋之次，闲话间，宋江问起北京风土人物，那大圆和尚说道：“头领如何不闻河北玉麒麟之名？”（第六十回“公孙胜芒砀山降魔　晁天王曾头市中箭”）

构成第二重讽刺意味的是，方外之人竟将如此人才举荐给被朝廷视为草寇的水泊梁山，而“草寇”却将朝廷弃之如敝屣的人视若珍宝——“北京大名府第一等长者”。

> 宋江听了，猛然省起，说道：“你看我们未老，却恁地忘事！北京城里是有个卢大员外，双名俊义，绰号玉麒麟，是河北三绝，祖居北京人氏，一身好武艺，棍棒天下无对。梁山泊寨中若得此人时，何怕官军缉捕，岂愁兵马来临？”（第六十回“公孙胜芒砀山降魔　晁天王曾头市中箭”）

梁山贼人对玉麒麟如此了解和器重，可执政者却视其为空气，根本不把他当回事！执政者为什么会这样呢？首先，玉麒麟刚硬，他是武士，在当时被视为洪水猛兽，不仅不会被重用，还要被作为危险分子予以防范和打压；其次，玉麒麟朴直，直来直去，正道直行，说话办事让人很不舒服；再次，玉麒麟质洁，污秽者不喜欢与其为伍，所谓“君子和而不同，小人同而不和”，和干净者在一起会显得他们更肮脏；此外，玉麒麟透明，干事光明正大，自私者、厚黑者凡事先为自己着想，喜欢下阴招，干那见不得亮光的勾当。

《宋江三十六人赞》后两句赞辞：“风尘太行，皮毛终坏。”说的就是贤才不为朝廷所用，终致国家窳败，最后必将走向没落消亡。不为庙堂所用的“玉麒麟”，最终走上了水泊梁山，“河北玉麒麟”的绣字红旗高高飘扬在山寨的“忠义堂”前。小说如此写，一方面是对当时主流社会的绝妙讽刺和强烈不满，另一方面则表明梁山义军“替天行道”“忠心报答赵官家”的忠义性质，只要朝廷信任并发挥其作用，定能成为保家卫国的重要力量。

可惜的是，在“崇文抑武”的宋室管辖之下，不论是在政治上，还是在生活上，“玉麒麟”都很难如意。他的不如意，源于他不能如别人的意。

二、细析“难如‘君’意”

“卢俊义”其名，应该不是随手拈来的。“卢”姓，在唐代与崔、李、郑、王是最具代表性的高门士族。经过唐末五代十国的丧乱，“衣冠旧族多流落闾阎，没而不振”①。至宋朝时，俨然就是普通庶族百姓，比如小说中的卢俊义。但瘦死的骆驼比马大，卢家不敢说富可敌国，但财大气粗是没问题的。但富这种物质层面的东西不是卢俊义的特质，贵这种精神层面的东西即士族乃至贵族身上特有的高贵——干净、优雅、有责任、有尊严地活着才是他区别于芸芸众生之所在。高贵的精神、高贵的品行，应该是作者赋予本传主“卢”姓的原因之一。

原因之二是“卢”与“俊义”合在一起，谐音近似于“如君意”。此名的命名与杨志、杨雄一样，都是反话正说，作者似乎要表达的意思是“难如君意”。这里的“君”可指卢俊义的家人、父母官乃至徽宗皇帝，

① 祖无择：《龙学文集》（卷九）《宋故赠尚书工部侍郎清河张君神道碑铭》，文渊阁四库全书本，第 1098 册，第 831 页。

应具有反讽之意。卢俊义尽管十分完美，或者说从表面看尽善尽美，但依然难以让这些人称心满意。

其一，难如家人意。

这里的家人，指卢俊义的妻子贾氏和总管李固。

贾氏“年方二十五岁”，“嫁与卢俊义才方五载”，年小卢俊义七岁；李固“原是东京人，因来北京投奔相识不着，冻倒在卢员外门前。卢俊义救了他性命，养他家中。因见他勤谨，写的算的，教他管顾家间事务。五年之内，直抬举他做了都管，一应里外家私都在他身上，手下管着四五十个行财管干，一家内都称他做李都管”。

这二人与卢俊义的关系那可都非同寻常。一个是不分你我的夫妻关系，所谓“你侬我侬，忒煞情多，情多处，热如火。把一块泥，捻一个你，塑一个我。将咱两个，一齐打破，用水调和。再捻一个你，再塑一个我。我泥中有你，你泥中有我。与你生同一个衾，死同一个椁”。小说中写卢、贾二人“琴瑟谐和”，何谓也？琴与瑟是两种弦乐器，古代常合奏，说明夫妻感情融洽，谁也离不了谁。唐代诗人李郢《为妻作生日寄意》：“鸳鸯交颈期千岁，琴瑟谐和愿百年。应恨客程归未得，绿窗红泪冷涓涓。”（《唐语林卷二·文学》）很能用在卢氏夫妻身上，特别是卢俊义，被宋江“留住”梁山期间，简直是度日如年，每日“思归苦切”，一旦放归，“卢俊义大喜”。“有诗为证：一别家山岁月赊，寸心无日不思家。此身恨不生双翼，欲借天风过水涯。”并“拽开脚步，星夜奔波”往家赶。另一个表面看是主仆关系，实则如恩同再造的父子关系。被救下性命的李固因祸得福被卢府收留，过上了吃穿不愁的日子。从小说的描写看，李固在卢府混得相当不错：从出场时的站位看，李固和燕青分立在卢俊义的左边和右边，按照左高右低的说法，李固的地位要高于燕青；从掌握的权力看，短短五年，李固就坐到了卢府总管的位置，相当于卢氏集团的总经理，“手下管着四五十个行财管干”，一人之下，众人之上；从在主人心中的重要程度看，卢俊义要出远门躲避所谓的“血光之灾”，第一个要带走的人便是李固。卢俊义对穷途末路的李固有救命之恩、养育之恩、知遇之恩、提携之恩与重用之恩，堪称恩重如山！卢俊义视二人为心肝和腹心，他二人视卢俊义为什么呢？眼中钉，肉中刺！有何表现呢？

首先，是肉体出轨。

贾氏与其他“淫妇”如阎婆惜、潘金莲、潘巧云这些情人型、典卖奴婢型、寡妇再醮型的不一样，她应该是与卢家门当户对的大户小姐。可让人没想到的是，如此明媒正娶、用八抬大轿风风光光抬进卢府的堂堂夫人，居然也干起了偷鸡摸狗的勾当。深宅大院中的贾氏所偷的男人与上面三位市井女性不一样，她属于内敛型，偷的是家人李固，那三位则相对外向，所偷之人对受害者而言都是外人。贾氏偷情于李固，对于卢俊义而言属于家丑，这种偷情方式比较隐秘，知情者有限。再加上“家丑不可外扬”的古训，使得即便个别人发现些蛛丝马迹，在缺乏真凭实据的情况下谁敢告诉主人？所以，卢俊义直到在公堂上见到妻子并李固双双诬告于他，始方如梦初醒。那么，此二人是何时勾搭成奸的？乖觉伶俐的家人燕青心知肚明，他告诉卢俊义：“娘子旧日和李固原有私情，今日推门相就，做了夫妻。”说二人早就穿一条裤子了，只不过一直以来处于地下状态，李固从梁山回来后，才敢将此事公开。按说当时燕青已被李固迫害成叫花子模样，卢俊义应该相信此话，但他听后都“大怒，喝骂燕青道：‘我家五代在北京住，谁不识得！量李固有几颗头，敢做恁般勾当！莫不是你做出歹事来，今日倒来反说！我到家中问出虚实，必不和你干休！’”燕青欲拖住主人衣服，被“一脚踢倒”。是啊！卢俊义的长相、财富、名望绝对是“高富帅”，应该是很多女人倾慕和向往的，冰雪聪明的贾氏除非脑袋被驴踢了，和下人苟且这样的蠢事打死卢俊义也不相信。哎！卢俊义就是拧啊，不到黄河心不死，不撞南墙不回头，到了官衙，信了！正因为自己的丈夫如此优秀，所以贾氏在“四大淫妇”中坚忍的时间最久。潘金莲估计是一嫁给武大郎心就出轨了，只不过苦苦找寻的郎情妾意迟迟未现，以致和武大郎艰难地过了一年左右，才与西门庆终成露水鸳鸯；潘巧云二婚“未及一年”，她忍受不了杨雄的三天打鱼、两天晒网，主动出击与和尚眉目传情，“一个色胆歪斜，管甚丈夫利害；一个淫心荡漾，从他长老埋冤”，“阇黎房里，翻为快活道场；报恩寺中，反作极乐世界”；阎婆惜傍上及时雨还未过蜜月期，就“和那张三两个勾搭识上了，打得火块一般热”，堪称变脸大师，移情高手，是《水浒传》上喜新厌旧速度最快的一位；贾氏是在过门后的五年之内与李固滚在一起的，他们两个是前后脚进的卢府，具体二人发生关系是三年前还是四年前小说未写，但贾氏应该比那三位隐忍的时间长，仅此一点，亦可见出大家闺秀的素质之高！为什么在丈夫之外去与人偷欢？小说借燕青之口说：“主人平昔只顾打熬气力，不亲女色。”原因与宋江、杨雄等武士大体一样，都是因专心习武，对方觉得被冷落而甚感孤寂和空虚，就投向别人的怀抱。那贾氏为什么不和卢俊义先离婚后再嫁呢？因为她不傻，那样做名声不好听不说，还要净身出户，从精神到物质都极不划算。况且，从男性视角有一句话叫“妻不如妾，妾不如偷”，女性是否也和男性心理一样呢？人性应该都是一样的，都有一种猎奇心理，喜欢追逐和尝试新鲜事物，偷情恰能满足这种心理，偷情时那种既不想为人知道又害怕被人所知所产生的独特刺激和快感使一些人乐此不疲。

然后，是首告诬陷。

精神彻底出轨！本来，贾氏与李固就这样偷下去可能也能保持很长时间不被卢俊义知道，可事情往往会出现变化——卢俊义出事了。原来，宋江让军师吴用带着李逵到大名府以卖卦算命为掩护，诱骗卢俊义躲避“血光之灾”来到千里之外的梁山脚下，然后设计把他劫持上山。

作者如此写，是为了写卢俊义的迷信、白痴、呆傻、草包吗？是为了写卢俊义的鬼迷心窍、思维简单、刚愎自用、狂妄自负吗？显然不是。作者想要彰显的是卢俊义超人的武艺和大无畏的英雄气概，“梁山泊那伙贼男女打甚么紧，我观他如同草芥，兀自要去特地捉他，把日前学成武艺显扬于天下。”“这等燕雀，安敢和鸿鹄厮并！我思量平生学的一身本事，不曾逢着买主。今日幸然逢此机会，不就这里发卖，更待何时！我那车子上叉袋里，已准备下一袋熟麻索。倘或这贼们当死合亡，撞在我手里，一朴刀一个砍翻，你们众人与我便缚在车子上。撇了货物不打紧，且收拾车子捉人。把这贼首解上京师，请功受赏，方表我平生之愿！”他哪里把梁山这帮山猫野兽、乌合之众放在心上，正想借机施展平生所学，为国出力，扬名立万。

可世上之事，往往大意失荆州。势单力孤的卢俊义一行被“请”上梁山，失却了人身自由。梁山“留住”卢俊义，几日后却放还了李固等人。并告诉李固，“你的主人已和我们商议定了，今坐第二把交椅”，并明示了写在家里壁上的是“藏头反诗”。之后，全山“三十余个上厅头领”轮流坐庄宴请卢俊义，卢俊义“不觉在梁山泊早过了四个月有余”。

李固连滚带爬离了梁山，心里却乐坏了。因为他马上就要实现华丽转身，将卢俊义的巨额家产据为己有，成为北京首富，也可以和贾氏长相厮守，再也不用在地下提心吊胆、偷偷摸摸了。李固，谐音当是“里蛊”，乃是长在人腹中因精心培养而成的一种毒虫，特擅长蛊惑人心，以怨报德。这个“毒虫”的毒计是什么呢？借力打力。

李固回到北京，马上跑到官府首告，即出面举报卢俊义谋反。若是个普通的家人，他应该实事求是，既不添油，也不加醋，把基本情况告诉主家，尽到做人的本分；若是个义仆，他应到官府报案，报告他们途经梁山，遭到强人打劫，卢俊义力战群贼、力竭被擒的情况，请求官府做主搭救主人；李固是个喂不熟的白眼狼，他千不该，万不该，到府衙将主人诬陷，以白为黑，詈夷为跖，他要靠官府的力量实现自己不可告人的目的。

一是他把主人的“被动”上山说成是主动上山。卢俊义路过梁山时，曾先后与李逵、鲁智深、武松、刘唐、穆弘、李应、朱仝、雷横、花荣等打斗较量，最后因他不识水性，被阮氏兄弟、李俊和张顺掀落水中劫上梁山。但梁中书端坐公堂审问卢俊义时却说：“你这厮是北京本处百姓良民，如何却去投降梁山泊落草。”将一个死活都不肯落草的人污为积极主动上梁山的贼。这个信息的始作俑者，岂非李固？

二是他把主人的被囚软禁说成是在梁山入伙任职。卢俊义在梁山与李固见最后一面时说：“我的苦，你都知了。”前三个字将自己当时在梁山的处境与心情和盘托出，后四个字则将李固视为知己，蕴含着对李固的无比信任。可当卢俊义从梁山归来在北京城外遇到燕青，燕青对他说：“自从主人去后，不过数日，李固回来对娘子说道：‘主人归顺了梁山泊宋江，坐了第二把交椅。’”李固到处言说卢俊义在梁山入伙任职，与卢俊义被捕后梁中书喝问卢俊义的话如出一辙：“（你在梁山泊）坐了第二把交椅！如今到来，里勾外连，要打北京。今被擒来，有何理说？”

三是他把吴用吟唱的四句卦歌说成是主人素有反心的证据。这四句卦歌由吴用口说，卢俊义书写：“芦花丛里一扁舟，俊杰俄从此地游。义士若能知此理，反躬逃难可无忧。”歌中包藏“卢俊义反”四字。李固撇开卢俊义被赚上梁山前视梁山为“贼”“强盗”的事实，撇开被赚上梁山后“宁就死亡，实难从命”“生为大宋人，死为大宋鬼”誓死不从梁山的真相，死咬住这句话来坐实卢俊义的造反之名。在堂上，李固和贾氏一唱一和、一硬一软，直把那卢员外送到了地狱门口。李固道：“主人既到这里，招伏了罢。家中壁上现写下藏头反诗，便是老大的证见，不必多说。”贾氏道：“不是我们要害你，只怕你连累我。常言道：一人造反，九族全诛。”卢俊义跪在厅下，叫起屈来。李固道：“主人不必叫屈。是真难灭，是假易除。早早招了，免致吃苦。”贾氏道：“丈夫，虚事难入公门，实事难以抵对。你若做出事来，送了我的性命。自古丈夫造反，妻子不首，不奈有情皮肉，无情杖子。你便招了，也只吃得有数的官司。”估计直到此时，卢俊义方才认清了贾氏的嘴脸，原来她是假情假意，惯作表面文章，真会装啊！作者之所以称其为“贾氏”，而不称其为“卢夫人”，用意即在此。在“四大淫妇”中，相比而言，小阎和二潘算是性情中人，嬉笑怒骂，不甚隐藏，贾氏则技高一筹，色而不宣，淫而不露，表面看是关爱丈夫，实则心里装着另外一个人。只不过《水浒传》没有明写，不容易看出来，比如，卢俊义听信吴用之言要到千里之外的泰安州消灾躲祸，李固等人劝阻不了，引得贾氏出来“好言相劝”，贾氏是关心丈夫吗？听起来是，实则是卢俊义要带走李固，贾氏舍不得！不信，请接着看。卢俊义令李固等赶着车辆先走，“李固去了。娘子看了车仗，流泪而去。”次日卢俊义自己要出发了，贾氏只轻描淡写地说道：“丈夫路上小心，频寄书信回来，家中知道。”小说没有写卢夫人“看李固”含泪，而是写“看了车仗”流泪；没有写送别丈夫流泪，只写她不痛不痒说了几句例行公事的话。乍看贾氏对卢俊义非常在意，小两口很恩爱，但事情就怕比较，不比不知道，一比吓一跳：一个“哭”，一个“说”，贾氏对李固的爱恋和深情立马昭然若揭，大白于天下。《水浒传》这种暗写的功夫，很是厉害啊！

最后，是赶尽杀绝。

李固将卢俊义以“通匪谋反”的罪名关进监狱不是最终目的，其最终目的是要斩草除根，让卢俊义在地球上永远消失，这才能达到他既占人家私，又谋人老婆的“瞒心昧己勾当”。为此，他马不停蹄，拿着卢俊义的钱，去买卢俊义的命，即蔡福所说的“割猫儿尾拌猫儿饭”的勾当，实施了一个接一个的夺命毒计。

一是狱中谋命。《水浒传》上，有过牢狱之灾的好汉有十多位，比如林冲、杨志、白胜、宋江、武松、解珍、解宝、柴进、史进以及李逵等，这些人中，除解氏兄弟有过殒命大牢，即不明不白被人谋害在牢里的风险外，另一个可能就是卢俊义了。卢俊义刚进大牢，李固就急不可耐地在茶楼约见大名府两院押狱兼行刑刽子手“铁臂膊”蔡福，要求“今夜晚间，只要光前绝后”。“今夜晚间”，何其急切！“光前绝后”，意即做事干净利落，不留痕迹。不料魔高一尺，道高一丈，蔡福回到家里，就有人找上门来，这人扔下话来，说留得卢员外性命还则罢了，若有半点儿差错，城池破日，无论贤愚老幼，尽皆斩首。临走丢下一千两黄金，比李固多出一倍。这人正是小旋风柴进，代表的可是水泊梁山，软硬兼施，恩威并用，这势大财大的梁山蔡福、蔡庆哪里敢惹，只得“暗地里把金子买上告下，关节已定”。李固不见动静又找上门来“催并”，蔡庆推说梁中书不让杀，李固又找梁中书使钱，梁中书又推到蔡庆处。双方吃了原告吃被告，推来推去不办事，若问症结在哪里，谁给钱多谁是爷。最终，此轮博弈李固出局，梁山取胜。卢俊义被判充军发配，“决了四十脊杖，换一具二十斤铁叶盘头枷，就厅前钉了”，“直配沙门岛”。李固就地解决的如意算盘落了空。

二是途中杀人。一计不成，再生一计，能当上总管和擅长偷人的人那可是诡计多端，最会相机行事。监牢里杀不了，就在押送的路上解决吧。李固坚信“有钱能使鬼推磨”，这不，他又在酒店宴请两个防送公人——董超、薛霸吃肉喝酒，要借两个刑事警察的罪恶之手送他的主人上西天。董超、薛霸怎么这么耳熟，他们不是在东京吗，怎么跑到大名府了？原来二人当初没有完成高太尉赋予的“使命”，被一脚踢到了北京城——“寻事刺配”，从小吏变成了罪犯，亏得梁中书“见他两个能干”，让他们重操旧业，“重做新人”。当代诗人聂绀弩曾有诗专门写过这两个披着官人外衣的强盗：“解罢林冲又解卢，英雄天下尽归吾。谁家旅店无开水，何处山林不野猪？鲁达慈悲齐幸免，燕青义愤乃骈诛。佶京俅贯江山里，超霸二公可少乎！”此诗首联正像金圣叹批语所说的，最先上梁山的林冲和最后上梁山的卢俊义均为董、薛二人所押，“林武师，是董超、薛霸之所押解也；卢员外，又是董超、薛霸之所押解也。①”说明董、薛二人在小说中有着特殊的意义，纵使天大的英雄，一旦落入二贼的魔爪，就会生不如死，不死也得脱层皮，或九死一生，死无葬身之地。此话怎讲？颔联则介绍了二凶徒用开水烫脚、谋财害命等阴狠、残暴的伎俩。颈联写鲁达慈悲，实际是鲁达要给林冲留条后路，让恶人多活了几多时日，不料他们继续为恶人间，可“善恶到头终有报，只争来早与来迟”，又欲作孽的狗使奴才被暗中护主的燕青的弩箭射死。燕青心生杀机，是他觉得主人已走投无路，再也难回主流社会。尾联深刻揭示了董、薛二人之所以能兴风作浪，如鱼得水，活得滋润惬意，就在于北宋王朝在最大的腐败头子赵佶的

① 朱一玄、刘毓忱：《水浒传资料汇编》，南开大学出版社2012年版，第295页。

领导下，朝廷中有蔡京、高俅、童贯、杨戬等推波助澜，地方上有江州的蔡九知府、青州的慕容知府、高唐州的高廉知府和北京大名府的梁中书等雪上加霜，如此恶劣糟糕的政治生态必然滋生丧失人性的兽性。当时的社会是帝王专制，董、薛手中的水火棍就是他们的“摇钱树”，更是专制国家的权力象征。服，就搞权钱交易，水能灭火，相安无事；不服，不懂潜规则，火能烧水，水火煎熬。谁说“人心似铁”，谁不信“官法如炉”！马克思说过：“专制制度必然具有兽性，与人性是不相容的。兽性的关系只能靠兽性来维持。”① 两个恶棍狗仗人势，为虎作伥，一边向主子献媚邀宠，一边对弱者肆意侮辱、摧残。大概是作者太恨这类坏人了，像高俅那样的狗官杀不了，总可以拿狗奴才撒撒气吧。就这样，董、薛魂归那世，李固许诺的每人“五十两蒜条金”两位也拿不到了。哎！太可惜了。

暂时的脱身，并不意味着危险的消失。两个解差的尸体很快被人发现，随即“远近村房道店，市镇人家”都行动起来，满身疮伤的卢俊义束手被擒，手无寸铁的燕青发现后又有什么办法呢？卢俊义再次被抓的消息，李固听说后肯定乐坏了，又听说“昨夜拿来，今日午时三刻解来这里市曹上斩他”后更是乐不可支，估计他中间又使了银子也未可知。但不幸的是梁山出手了，梁山派来的先遣人员石秀已经进到城里，当刽子手蔡福、蔡庆高举法刀就要动手时，拼命三郎就像当年李逵法场救宋江一样，“应声大叫：‘梁山泊好汉全伙在此！’”“从楼上跳将下来，手举钢刀，杀人似砍瓜切菜。”毕竟石秀地理不熟，人单势孤，两人“尽被捉了”。卢俊义现在真的和梁山有了关系，可谓“证据确凿”，梁中书反而六神无主，吓得不敢下手了。

后面的事情大家都知道，梁山打破大名府，救下卢俊义，捉得李固和贾氏，两人的结局可想而知。可惜李大都管和贾氏夫人机关算尽太聪明，反误了卿卿性命；可喜的是，两人没有同年同月同日生，却得同年同月同日死，也算有缘之人。

其二，难如中书意。

中书此指梁中书，“原来北京大名府留守司，上马管军，下马管民，最有权势。那留守唤做梁中书，讳世杰，他是东京当朝太师蔡京的女

① 马克思、恩格斯：《马克思恩格斯全集》（第一卷），人民出版社 1965 年版，第 414 页。

婿。”若按梁世杰目下的官职，应称梁留守，或梁府尹，作者却执意称其为梁中书，用意何在？首先是想让人知道此人在朝里中书省做过中书侍郎，应该是通过科举上位的正儿八经的文官，再加上他是蔡太师的乘龙快婿，由京官外派“直辖市”北京大名府担任党政军一把手，大权在握，着实让人羡慕嫉妒恨！梁中书这么一位背景（“北京”的谐音）雄厚，根壮苗旺，自身又大名鼎鼎（“大名”府的谐音）、条件非常完备的地方实权派，堪称北宋王朝当权者心目中理想的、正牌的、非常有潜力的高级后备干部。那他在地方的实绩，特别是透过卢俊义反观梁中书的所作所为，能看出哪些特点呢？

一是对人才视而不见，充耳不闻。

梁中书是卢俊义的“父母官”，卢俊义是梁中书治下的百姓。按说卢俊义可不是无名小辈，论长相，在吴用的眼里，那可是“目炯双瞳，眉分八字，身躯九尺如银。威风凛凛，仪表似天神”；论门第，“京城内、家传清白，积祖富豪门”；论思想，“义胆忠肝贯日，吐虹蜺志气凌云”；论武功，“惯使一条棍棒，护身龙、绝技无伦”，“杀场临敌处，冲开万马，扫退千军。殚赤心报国，建立功勋”；论综合影响度，“慷慨名扬宇宙，论英雄播满乾坤”，号称“河北三绝”“河北玉麒麟”。堪称“五高”：身材高，出身高，人品高，武艺高，知名度高。不论从哪方面说都绝对是超级人才，连方外之人和山间草寇都直竖大拇指，但梁中书却对身边的大英雄视如空气，置之不理，难道他不需要人才辅佐他吗？他需要，但他不需要卢俊义这样的人才，“道不同，不相为谋”嘛，他需要能为他带来私利的人才。

比如董超、薛霸这两个被刺配到北京的人间垃圾，却被梁中书视为宝贝，重新起用。梁大人看中了他们的什么？不是武功，也不是因为关系，而是他们的恶德——为主子什么缺德事都敢干的恶德。梁中书是个“有理想、有抱负”的青年干部，他要继续“进步”，就得连跑带送。当然，他不用跑，只需要送，送给老丈人就行。嗨，老丈人还用送吗？当然需要，蔡京可是只认金子不认人。梁中书与蔡夫人（小说中不叫“梁夫人”，而称“蔡夫人”，招财进宝的夫人）“庆赏端阳”的家宴对话就是绝妙写照。

当日梁中书正在后堂与蔡夫人家宴，庆赏端阳。酒至数杯，食供两套，只见蔡夫人道："相公自从出身，今日为一统帅，掌握国家重任。这功名富贵从何而来？"梁中书道："世杰自幼读书，颇知经史。人非草木，岂不知泰山之恩，提携之力，感激不尽。"蔡夫人道："丈夫既知我父亲之恩德，如何忘了他生辰？"梁中书道："下官如何不记得泰山是六月十五日生辰。已使人将十万贯收买金珠宝贝，送上京师庆寿。一月之前，干人都关领去了，见今九分齐备。数日之间，也待打点停当，差人起程。（第十三回"急先锋东郭争功　青面兽北京斗武"）

梁中书这个《水浒传》中的"第一姑爷"也不容易。按照二位的理论，能够坐上"封疆大吏"的宝座，"掌握国家重任"，必须"饮水思源"；"自幼读书，颇知经史"，岂能不懂感恩；既懂感恩，就得搜刮民财，须知天文数字"十万贯"绝对是不义得来，而且堂堂留守大人对老婆还一直以"下官"自称。哎，吃软饭，苦啊！十万贯，不是孝敬一次就万事大吉了，每年都得来一回。梁中书可是个有知识、有"涵养"的官员，让他亲自出面索拿卡要，未免有辱斯文儒雅，此时惯于、长于鱼肉百姓、欺压良善的"能干"恶人就派上了用场。而且，恶人越恶，恶人越多，梁中书捞得越多。（其手下不仅有董超、薛霸，还有蔡庆、蔡福等等，只不过后者比较义气，柴进为救卢俊义而给蔡庆的一千两黄金估计大都孝敬了梁中书。）恶人就是梁中书搂钱的好耙子，梁中书需要恶人哪！

光有搂钱的好耙子还不够，还要有能护钱、送钱的得力保镖，这样才能保证权钱之间的良性循环和互动。这不，青面兽杨志落魄登场，当梁中书听他讲述"高太尉不容复职，使尽钱财，将宝刀货卖，因而杀死牛二的实情，通前一一告禀了"却"大喜"，并"当厅就开了枷，留在厅前听用"，委实让人大惑不解。人家混得如此不堪，您却心花怒放；那可是个杀人罪犯，您却敢留在身边任用！有人以为这是梁中书"不拘一格降人才"，打破常规，胸怀宽广，慧眼识珠，知人善任，殊不知梁中书心里的小九九。他需要能干的恶奴，也需要能干的义奴。像杨志这样的人更容易对他感恩戴德，甘心情愿供他随意驱使，后来杨志为他押送生辰纲殚精竭虑就是明证。

当然，梁中书也用了不少本地人。小说描写初到北京的杨志斗武教场，其中与副牌军周谨的交锋用了不少文字。周谨谐音当是"周围近处”，因为他的名字当与“两个都监：一个唤做李天王李成，一个唤做闻大刀闻达”相呼应，“李成”谐音“里城”，“闻达”谐音还是“闻达”，合起来意思是“声名不出城郭”，都是“耗子扛枪——窝里横”的主，后来他们与水泊梁山交战，被打得丢盔弃甲，一败涂地都印证了作者命名的深意。梁中书用的这些当地人，应该都不是当地简单的人物，这些人为了谋个好差事，有个好前程，应该没少打点梁中书，要不然，大名府押牢节级蔡庆也不会说梁中书是个“好利之徒”。

知道了梁中书为什么用这些人，也就基本知道了不用玉麒麟卢俊义的缘故。梁中书用的都是能为他自己谋私利的人，卢俊义与他们格格不入，水火难容。首先，卢俊义人格介洁，不攀附豪强，不巴结权贵，不去送礼，不去请安。正如防送公人董超骂卢俊义道：“你这财主们，闲常一毛不拔，今日天开眼，报应得快!”如此“悭吝”，梁中书岂能满意？其次，卢俊义孤高自许，目无下尘，哪里把蝇营狗苟的梁中书放在眼里？如此“清高”，梁中书岂能满意？再次，卢俊义是武士，而当政者喜文不喜武，特别是像卢俊义这样不怎么“听话”的武士，各级政府和官员对其是不放心的，不唯不用，还要提防。所以，卢俊义每天“打熬力气”，连女色也不亲，以致“平生学的一身本事”，却“不曾逢着买主”，只能空抱一身武艺，空怀一腔报国热忱，在北京城做个富翁和寓公，庸庸碌碌，了此一生。

二是沆瀣一气，对人才肆意诬陷。

若卢俊义老老实实窝在大名府安享清福，可能人生轨迹也不会发生太大的变化。可他虽不在官籍，一个在野的“员外”，偏要不在其位，也要谋其政。

> 思量平生学的一身本事，不曾逢着买主。今日幸然逢此机会，不就这里发卖，更待何时！我那车子上叉袋里，已准备下一袋熟麻索。倘或这贼们当死合亡，撞在我手里，一朴刀一个砍翻，你们众人与我便缚在车子上。撇了货物不打紧，且收拾车子捉人。把这贼首解上京师，请功受赏，方表我平生之愿！（第六十一回“吴用智赚玉麒麟　张顺夜闹金沙渡”）

岂料水泊梁山“铺排打凤牢龙计，坑陷惊天动地人”，卢俊义不仅未了“平生之愿”，还身陷梁山，失却了人身自由。俗话说：“不怕没好事，就怕没好人!"这恩将仇报、卖主求荣的李固回去就到官府把卢俊义诬告了。

《增广贤文》云:"闭眼难见三春景,出水才看两腿泥。"世上好多事情,必须发展到了一定阶段才能看到真相。此时,李固的狼子野心就要昭然若揭了。风平浪静时,卢俊义和官府似乎还能彼此相安;可稍有一点儿风吹草动,官府就会借势扬波,搅得卢俊义不得好过,这就是平时不烧香,临时也不抱佛脚的结果。这不,小人物李固略施小计,官府就和李固上下联手,同流合污,轻而易举地让玉麒麟迈向了不人不鬼的绝路。

那么,李固举报卢俊义的罪状,无非两条:一是说他归顺了梁山泊,还坐了第二把交椅;二是写了藏头反诗。这两条罪名成立吗?

说卢俊义归顺了梁山,出自李固之口。仅凭一人的口供就能定罪吗?肯定不能!按照现代法律,任何案件的判处,都要坚持重证据、重调查研究,不轻信口供的原则,口供经过查证属实,才能作为一种证据。李固的口供有两大问题:一是它属孤证,而且未经查证,这样的口供怎具证据效力?二是他与案件当事人卢俊义以及案件处理结果均有利害关系,那么,他是否有做证能力,他的证言能否采信都是问题;更何况,李固说卢俊义归顺了梁山,他是怎么知道的?他是听梁山的军师吴用说的,"你的主人已和我们商议定了,今坐第二把交椅。"如此追究起来,官府办案居然采信了"诡计多端"的反贼之言,岂不滑天下之大稽!

再说藏头反诗。让人费解的是,这首"藏头反诗"在小说中先后出现三次:第一次是在卢宅,由"算命先生"吴用口述,卢俊义亲笔书写在墙壁上;第二次是在梁山脚下,卢俊义在水上为众好汉围堵,阮氏三雄每人唱了一首诗,阮小二最后唱的这首诗;第三次是在梁山上,卢俊义被"留"无法回家,吴用告诉李固家里壁上有首"藏头反诗"。需要注意的是,这首诗的出现,前后并不一致,前两次一样,最后一次变了样:

> 芦花丛里一扁舟,俊杰俄从此地游。义士若能知此理,反躬逃难可无忧。
>
> 芦花荡里一扁舟,俊杰那能此地游。义士手提三尺剑,反时须斩逆臣头。

变化最大的是后两句。为何出现变化?主要是听众发生了变化。第一首诗最初的听众是卢俊义，当时他也是记录者，若是让他把后一首诗写在自家壁上，估计立马就会出现剑拔弩张、反目成仇的局面；第二首诗的听众是李固，反意更明显，吴用故意说与他，是“提醒”李固将之作为卢俊义的造反罪证之一。实际上，吴用有点儿多虑了。李固也好，官府也好，有个杆就会顺着往上爬，特别是梁中书不会研究卢俊义的“反心”有多严重，只要有“卢俊义反”这个字眼就足够了，无缝都想下蛆，何况现在有机可乘。果然，在堂上，只有李固提了一下这首“反诗”，梁中书根本就没有问。何况，那头一个字是个“芦花”的“芦”，又不是卢俊义的“卢”，梁中书可是科班出身，岂能不知其中猫腻？所以，他也懒得问那“反诗”如何。因为只要有个由头，官府就可以用那“无情杖子”打那“有情皮肉”。重刑之下，什么样的口供得不到呢？所以，与其说是吴用栽赃、陷害的卢俊义，不如说是梁中书借机与李固狼狈为奸，合伙坑陷卢俊义。

巧合的是，梁山上的一把手宋江和二把手卢俊义都与“反诗”有缘。不同的是，宋江是酒后所为，卢俊义是被吴用灌了“迷魂汤”后所为。宋江写“反诗”时已身陷囹圄，潦倒苦闷，还能找出点儿“合理”的理由；卢俊义作“反诗”时是钱多、房多、买卖大，过着烈火烹油、鲜花着锦般的日子，找不出丁点儿写作的动机和目的，难道梁中书那猴脑子就没想想？

梁中书确实是猴脑子，他也确实想了，可他想的是如何为自己谋福利，而不是为国家做贡献，在这点上，他与身为平民百姓的卢俊义相比实乃一猪一龙。

坐在公厅的梁中书审问卢俊义，只说了三句话，用了三个“喝”字：第一句是“大喝”：“你这厮是北京本处百姓良民，如何却去投降梁山泊落草，坐了第二把交椅！如今到来，里勾外连，要打北京。今被擒来，有何理说？”第二句是“喝道”：“如何说得过！你在梁山泊中，若不通情，如何住了许多时？见放着你的妻子并李固出首，怎地是虚？”第三句是“喝叫”：只一个字“打”。这三句话几乎就是李固的翻版，而且只用了一个“罪证”：私通梁山。以此为主干，梁中书又加了三个证据进一步证明卢俊义已经造反：一是回到北京，是要里勾外连做内应；二是在梁山住了很长时间；三是老婆和家人出首。这三个都是梁中书的主观臆测、凭空想象和自以为是，但人家嘴大，人家说了算。这三句话前两句看似问句，实际都是判断句，他既不想问，更不想听，因为他和李固内心一样肮脏。

就这样，卢俊义实际是以“莫须有”的罪名被抓进官衙，然后屈打成招。在《水浒传》中，有过牢狱之灾的也不少，比如林冲、杨志、白胜、宋江、武松、解珍、解宝、柴进、史进等，但他们大都有命案在身，如杨志之于牛二、宋江之于阎婆惜、武松之于潘金莲等、柴进之于殷天锡(李逵杀人后逃走)，即使没有命案，官府也会给编排一个罪名，如开封府给林冲定的是“不合腰悬利刃，误入节堂”，登州府衙给解氏兄弟定的是“混赖大虫，各执钢叉，因而抢掳财物”，后一种情况往往是被告与上司或大户之间发生了各种利益纠葛，因而惹祸上身。可卢俊义既与官府没什么来往，也无触恼大户，本人还广结善缘，却招来无妄之灾，其负屈衔冤的程度，堪称《水浒传》第一。

三是对人才无情打击，横加迫害。

卢俊义离开梁山，奔到家中，早饭还没吃上一口，抓捕他的官差就打上门来。“方才举箸，只听得前门后门喊声齐起，二三百个做公的抢将入来。卢俊义惊得呆了，就被做公的绑了，一步一棍，直打到留守司来。”卢俊义不仅被绑了，而且被“一步一棍，直打到留守司来”。他们之间有什么深仇大恨，竟然恨到“一步一棍”，从卢府“直打到留守司来”。而且，到了公堂，梁中书问了仅仅两句话，就大施淫威，“左右公人把卢俊义捆翻在地，不由分说，打的皮开肉绽，鲜血迸流，昏晕去了三四次。”直打得顶天立地的硬汉子卢俊义都“打熬不过，仰天叹曰：‘是我命中合当横死，我今屈招了罢’”。

这哪里是什么打击和迫害，简直就是灭之心方安，除之而后快。梁中书为何如此丧心病狂，草菅人命？最直接的原因是他觊觎卢俊义的巨额资产，这是他迅速立案、抓捕、刑讯逼供、判斩立决的内在动力，什么侦查、取证，统统的不要，让卢俊义尽快在他的视线中消失才是他最关注的。何况他的外在动力还有李固等人给他奉上的重礼，只不过这些在他眼里都是毛毛雨，难以满足他的贪欲。若扳倒卢俊义，卢府财产便会转到李固名下，到那时李固就成了他的提款机，其财产也便成了梁中书的囊中之物。

梁中书的贪腐水平，堪称地方官中的佼佼者。如此高的水平，得感谢他的老岳丈蔡太师，要不是每年得给蔡太师上供，梁中书的贪腐水平也不可能进步这么快！人都是被逼出来的啊！

蔡太师大权在握，忙不迭地把自己的亲信都安插到最有油水的岗位，以便就地取材，方便孝敬。宝贝儿子蔡得章做了江州知府，江州那可是鱼米之乡、富饶之地，蔡京生日，蔡九知府（“九”乃数之极也，意谓蔡京子嗣甚多，且多为显官厚禄）“安排两个信笼，打点了金珠宝贝玩好之物，上面都贴了封皮”，孝敬亲爱的太师老爸；乘龙快婿梁中书任北京大名府留守司，北京城“是河北头一个大郡”，“却有诸路买卖，云屯雾集”，便于搜刮民脂民膏，使梁大人得以连续两年给岳丈送去十万贯金珠宝贝玩器的厚礼；蔡京的门人、那位只知姓贺不知其名的人也被委任为华州太守，“为官贪滥，非理害民”，强夺画匠王义的女儿为妾，还将自己的“老岳父”王义刺配，这样的坏官，能少给蔡京烧香吗？何况华州号称“关中小江南”，物产能少吗！太师带了头，群僚自然积极仿效。高太尉让叔伯兄弟高廉做了高唐州知府，童贯安排其门馆先生也就是吴用的同行程万里做了东平府太守……当然，作者在考虑“为尊者讳”的同时，也不得不点出腐败的总后台是徽宗皇帝，他也没忘记将他那得宠的慕容贵妃的没多大本事的兄长慕容彦达派到青州做知府。《水浒传》第二十二回“阎婆大闹郓城县　朱仝义释宋公明”就写道：“那时朝廷奸臣当道，谗佞专权，非亲不用，非财不取。”实际上，即使是亲缘关系，也离不开金钱这个媒介。难怪历史学家吴晗先生曾在《论贪污》一文中写道：“一部二十四史充满了贪污的故事。”① 王亚南先生在《中国官僚政治研究》一书中说：“中国一部二十四史……从另一个视野去看，则又实是一部贪污史。”又说：“官僚的政治生活就一般地体现为贪污生活。”② 小说《水浒传》虽然不是史书，但它比史书更生动、更形象地讲述了北宋王朝政治生态的污浊。卢俊义就是这一生态环境——官场腐败的牺牲品。

其三，难如君王意。

梁山归来的卢俊义很快就被梁中书抓进监牢，受尽折磨，九死一生。由于梁山实施“糖衣炮弹”，“若非柴进行金谍，俊义安能配出来”，终被“脊杖四十，刺配三千里”。李固贼心不死，又想买凶谋杀主人，不料被

① 吴晗：《历史的镜子》，生活书店1946年版，第9页。

② 王亚南：《中国官僚政治研究》，中国社会科学出版社1981年版，第117—118页。

燕青所救；所杀两个公人的尸体很快被人发现，卢俊义又被抓进牢狱；估计是李固又使了钱，梁中书迅疾变卦决定立即处死卢俊义，被梁山派来的石秀给冲散；石秀寡不敌众，道路也不熟，石、卢二人双双被捉，解到梁中书面前。石秀可不像卢俊义那么“守法”，在公堂上肆意咆哮，“石秀押在厅下，睁圆怪眼，高声大骂：‘你这败坏国家，害百姓的贼！我听着哥哥将令，早晚便引军来打你城子，踏为平地。把人砍做三截。先教老爷来和你们说知。’”石秀的凛然正气和义正词严，反而吓得梁中书不敢妄动，加上“蔡福要结识梁山泊好汉”，故“每日好酒好肉与他两个吃。因此不曾吃苦。倒将养得好了。”梁山的弟兄和朋友被抓，宋江岂能袖手旁观，他即刻带兵下山，攻打北京，几经周折，打进城里，救出卢俊义和石秀，捉了李固与贾氏。

上得梁山的卢俊义如猛虎入林，蛟龙入海，很快便在攻打曾头市的战役中大显身手，“腿股上只一朴刀，搠下马来，便把绳索绑了”，活捉了有勇有谋的史文恭。这史文恭曾箭射晁天王，二十余合击败猛将秦明，其武功在《水浒传》中应该是属于前排的人，但这样的人却被卢俊义轻松所擒，足见卢俊义的超人武功；两赢童贯时，活捉御前飞龙大将酆美。特别是招安后，更是心情舒畅，大展神威，在征辽、征田虎、征王庆、征方腊等战役中立下了赫赫战功。但他的出色表现和拳拳报国之心是否能赢得君王的青睐呢？答案肯定是否定的。此处的“君王”指徽宗天子及他身边的王公大臣，如蔡京、高俅、童贯、杨戬等，具体表现在：

政治上被猜忌。招安之事堪称一波三折，好事多磨，第三次招安才使宋江众人“朝京面圣”的夙愿（招安成功得到殿前都太尉宿元景的帮助，其名谐音当是“夙愿近”。）得以实现，但招安后所发生的一系列事情却使梁山好汉们的心里像堵了个大疙瘩。首先是徽宗皇帝发挥他好大喜功的特长，不搞亲切接见，而是要搞一场盛大的阅兵式。徽宗曰：

> 寡人久闻梁山泊宋江等，有一百零八人，上应天星，更兼英雄勇猛，人不可及。今已归降，作为良臣，到于京师。寡人来日引百官登宣德楼。可教宋江等众，俱以临敌披挂，本身戎装服色，休带大队人马，只将三五百步军马军进城。自东过西，寡人亲要观看。也教在城黎庶军民官僚知此英雄豪杰，为国良臣。然后却令卸其衣甲，除去军器，都穿所赐锦袍，从东华门而入，就

> 文德殿朝见。(第八十二回“梁山泊分金大买市　宋公明全伙受招安”)

此段话不知有人注意过没有，至少有两个地方透出天子对梁山的高度不信任。一是严格限定受阅部队人数，“休带大队人马，只将三五百步军马军进城”，这就使好多能征惯战的将士“享受”不到此种政治待遇；二是不能穿甲带械，接受朝见的人员均要“卸其衣甲，除去军器，都穿所赐锦袍”。对此，梁山好汉不知有无察觉，但徽宗皇帝的恐惧心理肯定是很强烈的。他惧怕的，就是以卢俊义为代表的舞枪弄棒、如狼似虎的武士。这是卢俊义等梁山将士政治上被猜忌的第一个体现。在宣德楼上观看了阅兵式的宋徽宗“喜动龙颜，心中大悦”，便“欲加官爵，敕令宋江等来日受职”。枢密院（类似于国防部）的领导一看皇帝要触碰“崇文抑武”的底线，连忙提醒切勿封官加爵，以免尾大不掉。

> 新降之人，未效功劳，不可辄便加爵。可待日后征讨，建立功勋，量加官赏。见今数万之众，逼城下寨，甚为不宜。陛下可将宋江等所部军马，原是京师有被陷之将，仍还本处。外路军兵，各归原所。其余之众，分作五路。山东、河北，分调开去。此为上策。(第八十二回“梁山泊分金大买市　宋公明全伙受招安”)

徽宗发热的脑袋瞬间“清醒”，立即虚心纳谏，可这一分化瓦解梁山力量的圣旨却在好汉们中间炸开了锅。枢密院官便谏言让陛下传旨，将一百零八人赚入京城尽数剿除，然后分散他的军马，以绝国家之患。可见朝廷对卢俊义等梁山好汉猜忌到了何等程度！这是卢俊义等梁山将士政治上被猜忌的第二个体现。刚检阅完人家，就欲采取阴招把人家害死，难免有损“圣明之君”的名声。天子沉吟未决之际，宿元景挺身而出，献一良计，举荐梁山军马“收伏辽国之贼”。宿太尉出招数可能是想让梁山建功立业，也可能是无奈之举，但这一让天子和百官都“俱言有理”的计策，能是好招吗？此招在徽宗和百官看来，实属“以毒攻毒”，故“龙颜大喜”，尽皆满意。继而“天子亲书诏敕”，“敕加宋江为破辽兵马都先锋使，卢俊义为副先锋”，看似重用，实则是卢俊义等梁山将士政治上被猜忌的第三个体现。由此开始了宋江、卢俊义被宋徽宗用来充当炮灰的历史。

军事上被利用。梁山的被利用和充当炮灰最显性的标志是从一名军校被斩开始的。梁山军马奉旨开赴征辽前线，天子传旨“就陈桥驿与宋江先锋犒劳三军”，中书省差官二员经办此事，“谁想这伙官员，贪滥无厌，徇私作弊，克减酒肉”，被梁山一名军校发现，为此发生冲突，直至将朝廷一名官员杀死。徽宗明知手下贪腐，却不加惩戒，而对梁山军校则恨之入骨，初称其为“军士”，又赞之为“壮士”，最后斥之为“正犯”，简直就是个反复无常的小人嘴脸！在已知“宋江已自将本犯斩首号令示众”情况下，仍然咬牙切齿地传旨：“所杀军校，就于陈桥驿枭首示众。”这等于是梁山出征前，让宋江将自己的弟兄杀死来祭旗。想当年，赵匡胤在世受皇恩的情况下在陈桥驿扯旗造反，宋江、卢俊义却在陈桥驿自杀骨肉的情况下忠君报主，两相比较，尚复何言？疾恶如仇、豪气干云的军校汉子做了炮灰，下一个炮灰是谁呢？当然是卢俊义这些冲锋陷阵的武士了。卢俊义和宋江不一样的地方有很多，其中一个是他经常亲自上阵，包打前敌，可以说他是一个好将士，并不是一个好统帅，因此，他的战绩辉煌，罕有匹敌。征辽大战时，他独自跃马挺枪与辽国四员猛将酣战一个时辰，最后战胜耶律宗霖，吓跑耶律宗雷、耶律宗电和耶律宗云。紧接着，又将一千多人的辽兵杀得四散奔逃。此战在整部《水浒传》中独一无二，这是他武力发挥的巅峰，也是他最辉煌的战绩；征讨田虎、王庆、方腊时，生擒卞祥、斩杀杜壆、秒杀方翰、击杀厉天闰、大破司行方、秒杀方垕、活捉贺从龙，展示了其超强的能力。特别是击杀厉天闰，使他足称梁山第一武王。厉天闰为方腊的“四大元帅”之一，官拜镇国大将军，镇守杭州，在和宋军交战中一刀斩了周通，接着砍伤李忠，在另一场恶战中，先杀“没羽箭”张清，再伤“双枪将”董平，继而和部将张韬一起砍杀董平。如此一员骁将，与卢俊义大战三十回合，就被卢俊义挑于马下。民间历来有“马上林冲，马下武松”的说法，但卢俊义却是马上马下均出色当行。如此出色的武士却只被利用，不被重用。利用和重用有很多区别，本质的区别是：重用是培养、赏识，最终委以重任；利用是完事后卸磨杀驴，兔死狗烹。

肉体上被毁灭。有人说，西方复仇文学主题偏重写精神摧残，而古代中国偏重于肉体毁灭。[①] 此话用在梁山好汉身上不无是处，因为这些武士

① 引自王立：《精神摧残与肉体毁灭——中西方复仇文学中手段方式及目的比较》，《沈阳师范学院学报》1999 年第 5 期，第 10 页。

做事明刀明枪，不干背后下家伙的勾当，但用在蔡京这些文官身上就未必尽然。因为很少有人提及《水浒传》中以蔡京为代表的文官在这方面的特点，实际上，他们不仅喜欢在精神上摧折人，也喜欢将人从肉体上毁灭，且采用的往往是阴招。

> 且说宋朝原来自太宗传太祖帝位之时，说了誓愿，以致朝代奸佞不清……当有殿帅府太尉高俅、杨戬，因见天子重礼厚赐宋江等这伙将校，心内好生不然。两个自来商议道："这宋江、卢俊义皆是我等仇人，今日倒吃他做了有功之臣，受朝廷这等恩赐，却教他上马管军，下马管民。我等省院官僚，如何不惹人耻笑？自古道：'恨小非君子，无毒不丈夫！'"……高俅道："愿闻你的妙计如何。"杨戬道："排出几个庐州军汉，来省院首告卢安抚，招军买马，积草屯粮，意在造反，便与他申呈去太师府启奏，和这蔡太师都瞒了。等太师奏过天子，请旨定夺，却令人赚他来京师。待上皇赐御食与他，于内下了些水银，却坠了那人腰肾，做用不得，便成不得大事。再差天使，却赐御酒与宋江吃，酒里也与他下了慢药，只消半月之间，一定没救。"高俅道："此计大妙！"（第一百二十回"宋公明神聚蓼儿洼　徽宗帝梦游梁山泊"）

为什么先拿卢俊义开刀？小说最后一回杨戬说得好：

> 我有一计，先对付了卢俊义，便是绝了宋江一只臂膊。这人十分英勇，若先对付了宋江，他若得知，必变了事，倒惹出一场不好。

这是杨戬与高俅的密谋，随后即伙同蔡京、童贯，四贼臭味相投，向上皇奏道：

> 卢俊义是一猛兽，未保其心。倘若惊动了他，必致走透，深为未便，今后难以收捕。只可赚来京师，陛下亲赐御膳御酒，将圣言抚谕之，窥其虚实动静。若无，不必究问。亦显陛下不负功臣之念。

他们最怕的是像卢俊义之类力猛刀沉、骁勇善战的武士。有意思的是，笔杆子往往害怕枪杆子，但枪杆子很多时候却斗不过笔杆子，特别是枪杆子受制于笔杆子时。

> 卢俊义是夜便回庐州来，觉道腰肾疼痛，动举不得，不能乘马，坐船回来。行至泗州淮河，天数将尽，自然生出事来。其夜因醉，要立在船头上消遣，不想水银坠下腰胯并骨髓里去，册立不牢，亦且酒后失脚，落于淮河深处而死。可怜河北玉麒麟，屈作水中冤抑鬼。从人打捞起首，具棺椁殡于泗州高原深处。（第一百二十回“宋公明神聚蓼儿洼　徽宗帝梦游梁山泊”）

卢俊义为什么不是上当受骗，就是被人害死？难道他真的弱智是个呆子吗？答案肯定是否定的。他之所以成为北京首富，那是靠正大光明在市场竞争中凭着勤劳和智慧挣来的；他之所以被吴用轻而易举所骗，那是英雄主义精神在他身上的闪现，并不是他真的信了算命先生的鬼话。卢俊义身上的英雄主义，表面上看似过分自信，张扬自我，实则是不愿平庸无闻地活着，希望对赵宋王朝做出令人瞩目的贡献；他之所以被人害死，是因为他不仅没有害人之心，连防人之心都没有，毫无机心，做人坦荡，白天永远不懂夜的黑。

有人说，卢俊义热衷红尘，没有及时功成身退，被人害死纯粹是自找的。这话对吗？不同的人有不同的认识，因为人的三观是不同的。有人喜欢人生得意须尽欢，莫使金樽空对月；有人信奉荣华原是三更梦，富贵还同九月霜；有人则执着于人生自古谁无死，留取丹心照汗青。卢俊义属于后者，他视道义和气节比生命还重要，像许多有伟大志向的中国人信仰“三不朽”——立德、立功、立言一样，他就想在世时能在这三方面做出不同凡响的事业，身死而名不朽灭。为此，他选择报效朝廷，想用自己的满腔热血上报国家，下安黎庶，所以他没有听从燕青的劝告，为此而走上了一条危机四伏的道路。

卢俊义之所以没有听从燕青的劝告及时归隐身退，因为二人的三观不同，按老百姓的说法不是一路人。燕青绰号“浪子”，不仅文武双全，多才多艺，而且诸事皆通，社会经验丰富，星号“天巧星”，更兼俊俏风流，机敏灵活。所以燕青此人，仅据其名字的谐音就有两大特点：一是

“言情”；二是“言轻”。“言情”是说他善于与女性虚与委蛇，巧于周旋，成功地拿下了帝王兼艺术大师宋徽宗的情人，堪称徽宗朝第一美女兼第一才女的李师师。有人可能提出疑问，问为什么他没有“拿下”卢俊义的老婆贾氏，那是因为燕青不是忘恩负义的畜生，他是位义仆、义士。正因为燕青在“言情”方面的卓越表现，所以他的思想和行为可能被身为正统的卢俊义看不惯，表现是燕青的话在卢俊义处就是“言轻”，卢俊义至少有三次不听燕青之言：第一次是不听燕青劝他勿听算命先生之言的劝说，非要离家躲灾；再一次是不听燕青劝他勿要入城回家的劝告，非要执意入城；第三次是征方腊后燕青劝他“隐迹埋名，寻个僻净去处，以终天年”，他非要入朝为官。结果，第一次不听有梁山泊被擒之辱；第二次不听由富翁变为囚犯，再变而为强盗，人生轨迹发生重大变化；第三次不听则由所谓的官员变为阴间之鬼，直接导致生命停摆的重大悲剧。

三、结语

卢俊义是《水浒传》中的典型人物形象，原来是河北大名府的富商，上得梁山后，坐上了第二把交椅，成为总督兵马第一副元帅。忠义堂前亦竖起了“山东呼保义”“河北玉麒麟”两面大旗。

纵观卢的一生，借用宋江的评价，应是《水浒传》中“第一长老”，通俗点儿说就是“第一好人”，而且武艺绝伦，堪称德才兼备。如此栋梁之材，却在家，不如家人之意；在郡，不如郡长之意；在国，不如国主之意。安分守己却是非缠身，清白为人却遭诬陷迫害。网友天堂GG在《谁是水浒中最悲情的人物》一文中指出：“法国存在主义文学大师萨特曾说过一句经典的名言：‘世界是荒谬的，人生是痛苦的。’用这句话来看水浒故事发生的社会，看水浒一百单八将，却发现居然相当贴切传神，简直让人怀疑萨特在说这句话时是不是刚看过《水浒传》，所以有感而发。”

荒谬之处更在于，卢俊义不想上梁山却鬼使神差地上了梁山，身为良民的时候热切希望报效朝廷却报国无门，做了反贼却反而为国家出了许多力；痛苦之处更在于，卢俊义与他的领导兼战友宋江，好不容易招了安，归了正，坚决听从朝廷指令，南征北战，东征西讨，渴饮刀头血，睡卧马鞍心，赤忱奉献，真爱满腔，可换来的却是一壶毒酒，典型的“我本将心向明月，奈何明月照沟渠”。这也是水浒英雄们的普遍命运，而卢俊义无疑是最具悲情色彩的人物。他的命运，与宋江堪称难兄难弟，简直是集梁山所有悲情人物不幸之大成！

晚明的李卓吾恼火“吴用智赚玉麒麟”一节，说：“宋江、吴用也是多事，如何平白地要好人做强盗！最可恨是赚玉麒麟上山也。”[①] 明末清初的王望如批《水浒传》，也指责卢俊义不该有福不享，“无端好使枪棒，名震京师”，结果被逼上梁山做了“强盗”。清中叶的蔡元放在《〈水浒后传〉读法》以及后来的胡适在《〈水浒传〉考证》、宋云彬在《谈〈水浒传〉》、聂绀弩在《中国古典小说论集》中的观点大体一致，如出一辙，意思均为“梁山何以非他（指卢俊义）不可，地位又何以这样高，均不可解。至于被诱上山的过程，完全儿戏，毫无现实意义”。殊不知，施耐庵塑造卢俊义的深意，正是对北宋“崇文抑武”国策的极为辛辣的嘲讽与讥刺，是对北宋王朝不重武士、不修武备而惨遭灭国的历史教训的沉痛总结。

之所以说李卓吾、王望如等人在这点上不是作者施耐庵的知音，在于卢俊义在北京城做“好人”的时候，从家人到“父母官”都无人认为他是好人，更没人认为他是能臣。他虽胸怀大志，志在报国，却“无人会，登临意”，梁中书们容不得他的正直与孤傲，不给他丝毫机会，他只能湮没乡梓，等闲白头，空余悲切，结局必然是赍志以殁。明末清初的小说家陈忱可谓施公的知音，他在其《水浒后传论略》中说：“卢俊义不上梁山，只一北京守钱汉耳。”[②] 相应地，卢俊义身为一等一的富商，也没看出他有多么的幸福。倒是被宋江、吴用设计赚上梁山后，特别是招安后，卢俊义当初并不屑与之为伍的梁山组织却阴差阳错地让他为国效了一把力，这也是颇具讽刺意味的。一个人挣了很多钱，他不一定有价值，关键是看他把钱花在了什么地方；一个人活了很大岁数，他不一定有价值，关键是看他在有生之年为国家、民族和人民做了些什么事情。卢俊义在世上的时间并不长，享受的荣华富贵也不多，但他舍生取义，比那富豪和长寿之人都要有价值得多，因为他“生当鼎食死封侯，男子生平志已酬”，死得其所，快哉快哉！

卢俊义的悲剧是性格悲剧，更是时代悲剧和社会悲剧，是那个“崇文抑武”的时代和社会对人才特别是习武之人的漠视、迫害和荼毒，导

① 朱一玄、刘毓忱：《水浒传资料汇编》，南开大学出版社 2012 年版，第 180 页。

② 朱一玄、刘毓忱：《水浒传资料汇编》，南开大学出版社 2012 年版，第 490 页。

致人中龙凤的玉麒麟，从出场开始就处处受制于人。可惜，棍棒无双的一身本事却用来行商坐贾；可叹，河北三绝的玉麒麟不能容纳于主流社会竟被梁山贼寇视为不二人才；可悲，赫赫军功换来的却是水银坠腹，屈做水中冤鬼。这固然是英雄的不幸，也是国家和民族的不幸。

卢俊义是《水浒传》最后上梁山的一位英雄。金圣叹说得好："最先上梁山者，林武师也；最后上梁山者，卢员外也。……其押解之文，乃至于不换一字者，非耐庵有江郎才尽之日，盖特特为此，以锁一书之两头也。[①]"卢俊义亦是本书最后出场的一位人物，如此安排，亦有效法先贤的意思。王齐洲先生曾撰文提到，鲁哀公获麟，孔子"伤周道之不兴，感嘉瑞无以应，故因鲁春秋而修中兴之教，绝笔于获麟一句"（杜预《春秋左传集解》第三十）；汉武帝获麟，司马迁"以为述事之端，上包黄帝，下止麟止，犹《春秋》止于获麟也"（《史记》裴骃集解引张晏语）；等等，衍成了我国古代文化界特别是史学界的思想传统与写作笔法。接着他指出："我国小说向来有野史、外史之称，《水浒传》在安定好卢俊义之后，就停止了对水泊义军力量发展的描写，说它也有'下止麟止'的意思，大概不会是捕风捉影吧。"[②]

深以为然，就此打住。

① 朱一玄、刘毓忱：《水浒传资料汇编》，南开大学出版社2012年版，第295页。

② 王齐洲：《谈卢俊义的上梁山》，《荆州师专学报》1983年第3期，第56页。

后　记

两年前，我面向全校师生开了一门公选课《水浒英雄赞》，本书即是在课堂讲授的基础上衍生而成，只不过由六讲扩展为现在的样子。当时自我感觉良好，继而兴趣渐增。2016 年底又赴廊坊师范学院参加元明清文学暨明清小说学术研讨会，会上得见我的导师霍现俊先生及纪德君、苗怀明、罗书华、胡胜、乔福锦、许振东等大方之家，或许是沾了些许慧灵之气的缘故，回来后生出了写点儿东西的念头。

写点儿东西于我并不十分惧怯，二十来岁起我就在大型国企的政工部门从事文字工作，十几年下来在圈内也算个“小笔杆”。现在想来，所写的那些材料只是奠定了若干写作基础，其性质与所说的学术研究有着根本的不同。如今真要为自己做身衣裳，在学术领域著书立论，岂是件容易的事。如此说来，就不得不涉及我的学习经历。

我的少年时代是在河北磁县的一个偏僻山村度过的，教育资源的匮乏自然使我没能读过几本书。是命运的垂青让我侥幸考上了中师学校，这在 20 世纪 80 年代初期的农家是件可喜可贺的事情。走出山区、迈向平原的我视界渐宽，朦胧中觉出知识或曰学历的重要性，工作后随即参加了河北省组织的自学考试，专科、本科证书，倒是拿得比较顺，可死记硬背几本教科书对学术的意义又有多大呢？何况，企业紧张的工作，家庭繁杂的俗务，哪有“闲心”读“天书”呢？回首过往，自己的知识和思想是要多贫乏有多贫乏。年届三十五岁，好运又一次眷顾了我，2002 年考上了河北师范大学中国古代文学专业的研究生，在那里度过了三年紧张而又艰苦的学习生活。说紧张，是大量的专业书籍需要去读，大量的知识需要恶补；说艰苦，这里不说我个人经济条件的拮据和专业知识的困窘了，单单英语这个拦路虎，就够我这个只在山村上初中时接触过 ABC 的人应付的了。毕业后已届不惑，虽说有一些社会阅历，可半路出家，一切都得从零开始。

从零开始，意味着近二十年的惨淡经营均已翻篇，什么行政职务、技术职称（政工）乃至人脉资源等都成明日黄花。浅想十多年前的我，几乎一无所有了，好一个“凄凄惨惨戚戚”；从零开始，意味着“雄关漫道真如铁，而今迈步从头越”。好在我这个人比较要强，不怎么服输，自信一个人的起点可以很低，但只要经过努力，摆脱自己的短板，最终人们所看到的，还是你不断攀登后到达的顶峰，而不是那个最初的出发点。

四十来岁，忙于评聘职称；四十五岁左右，致力于课堂教学；五十来岁，才开始写点儿东西。在别人看来，我还是比较幸运的。可很少有人知道，我一路走来所获取的，是遇到许多贵人的结果。在我看来，他们就像《水浒传》中的鲁达（智深）一般，古道热肠，助人为乐，成为我成长道路上的领航人、救生员。每当想起他们，我都不能不心怀感恩，铭记终生。

我将永远铭记，是河北师范大学文学院以海纳百川的胸怀接纳了我，使我的人生轨迹发生了质的转变。蔺瑞生教授、杨栋教授，特别是我的导师霍现俊教授不嫌弃我年龄偏大，学识浅薄，慨然纳我于门下，引领我走上了学术道路，并为我付出了大量的心血和关爱。毕业后，母校的老师王长华教授、郑振峰教授、阎福玲教授、赵志伟编审一如既往地关照我，呵护我，促成我在学术道路上的健康前行。

我将永远铭记，是邯郸学院，这所家乡的高校，打破常规，不拘一格，欣然引进我这个第一学历偏低、年龄偏大的学究加盟，特别是柴兴泉教授、康香阁编审、刘景耀教授、张护玺教授、张路安教授以及邯郸职业技术学院的蔺朝国教授更是给了我许多关心、理解和帮助。

我将永远铭记，是中国文史出版社，特别是方云虎先生，在学术性作品，特别是通俗性学术作品出版难的情况下，矢志初心，不厌其烦，鼎力支持，多方帮助，为此书的顺利出版倾注大量心血。

我将永远铭记，是学界的各位师友，他们的研究成果为我的撰写工作提供了许多有参考价值的观点、思路，使我时有拨云见日、柳暗花明之感。但因各种原因有的无法注明引文和作者，深以为憾。

当然，我也不会忘记与我的学术活动稍远但又关系密切的贵人，比如峰峰集团的郭庆祥先生（已故）、田成元先生、吴志强先生，他们关心我的生活，为我完成学业、从事学术研究提供了有力的保障。

我还要借此宝地，衷心感谢我的爱人王永红，是她用她那不太坚实的双肩，承担起赡养老人、抚育下一代的重任，使我三年读研、十余年学术生涯得以少干家务、专心读书；感谢我的儿子蔺骁、儿媳郑欣欣，是他们的孝心懂事营造了和谐温馨的家庭环境，使我心无挂碍、轻松愉悦地投入写作，他们还从年轻人和理科生阅读喜好的角度着眼，提出了许多建设性的意见。

谨以此书献给所有关爱过我的师长、知己和亲人。

蔺九章

2018 年 6 月于邯郸学院